小学館文庫

ボンベイ、マラバー・ヒルの未亡人たち

スジャータ・マッシー

林 香織 訳

小学館

ボンベイ、マラバー・ヒルの未亡人たち

＊主な登場人物＊

パーヴィーン・ミストリー……………　父が営む法律事務所に勤務する、ボンベイ初の女性事務弁護士。

ジャムシェジー・ミストリー…………　パーヴィーンの父、ミストリー法律事務所を構える弁護士。

カメリア・ミストリー…………………　パーヴィーンの母。

ルストム・ミストリー…………………　パーヴィーンの兄、ミストリー建設会社社長。

ムスタファ………………………………　ミストリー家の執事。

サイラス・ソダワラ……………………　ベンガルで瓶詰め飲料製造業を営む一家の次男。カルカッタ在住。

バーラム・ソダワラ……………………　サイラスの父、エンパイア・ソーダ有限会社の経営者。

ベノシュ・ソダワラ……………………　サイラスの母。

アリス・ホブソン=ジョーンズ ………　パーヴィーンの大学時代の友人。イギリス人。父はボンベイ州政府の特別顧問官。

ラジア……………………………………　織物工場の経営者であったオマル・ファリドの未亡人（第一夫人）。アミナの母。

サキナ……………………………………　ファリドの第二夫人。ナスリーン、シリーン、ジュムージュムの母。

ムンタズ…………………………………　ファリドの第三夫人。

フェイサル・ムクリ……………………　ファリド家の資産管理人。

モーセン・ダワイ………………………　ファリド家の門番。双子のザイドとファティマの父。

ジャヤント………………………………　ボンベイ湾の埠頭で働く港湾作業員。

K・J・シン……………………………　インド帝国警察、マラバー・ヒル署の警部補。

R・H・ヴォーン………………………　インド帝国警察、マラバー・ヒル署の主任警部、シンの上司。イギリス人。

1920年頃の
ボンベイ
0
0.5
1miles
ダダール・パールシ
コロニー
ダダール駅
ダダール駅
パーヴィーンの
エルフィンストーン駅
パレル駅
ヴィクトリア
庭園
カンバラ・ヒル
ペティット・パールシー
総合病院
グラント・ロード駅
マラバー・ヒル
空中庭園
ファリド屋敷
ホブソン=ジョーンズ邸
マラバー・ヒル警察署
プリンス・ドック
サヴェリ・
バザール
ヴィクトリア・ドック
アレクサンドラ・ドック
ケネディ・シー・フェイス
マリーン・ラインズ駅
クイーンズ・ロード
ヴィクトリア・ターミナス駅
ニュー・ドック
ボンベイ
バック・ベイ
フォート
バラード・ピア
チャーチゲート駅
造幣局
城
高等裁判所
ベーカリー・ヤズダニ
サスーン図書館
ミストリー屋敷
官庁
エルフィンストーン・カレッジ
造船所
ヨットクラブ
作成／ジェイ・マップ
タージマハル・ホテル

ボンベイを紹介してくれた、カリン・パレクとバハラット・パレクに。

一九二一年

第一章　見知らぬ男に見つめられて

一九二一年二月、ボンベイ

その朝、パーヴィーンは見知らぬ男と出会いがしらにぶつかりそうになった。実はすでに、彼がミストリー屋敷の柱廊のある玄関に半ば身を隠しているのに気付いていたのだが。その無精ひげを生やした中年男は、同じ服装で何昼夜も過ごしているように見えた。ブロード地のシャツと、ヒンドゥー教徒が身に着ける腰布（ドーティ）をまとっているが、その布には無数のしわが寄って、腰から足首に垂れ下がっている。やぶにらみの小さな目には疲れが見られ、汗とビンロウの実のにおいが混じった悪臭を放っていた。

こんな朝早くに、ミストリー法律事務所に客が来ることはめったにない。それはボンベイの最初の植民地、フォートにある。昔の壁は取り壊されたが、その地区はいまだに法律と銀行業の砦（フォート）で、業務が始まるのは、ほとんどのところで九時から十時のあいだとなっている。

どうやら、その依頼人はうっかり者らしい。パーヴィーンはじろじろ見ていると思われたくなくて、目を伏せた。女性の事務弁護士というのは、多くの人にとって衝撃的だ。けれども目を伏せたとき、パーヴィーンはその男がまったく貧しくなどないと知ってうろたえた。細い脚は黒い靴下にくるまれ、紐の付いた傷だらけの黒い革靴を履いている。ドーティを身に着けた男性が、イギリス製の靴と靴下を履いているのはカルカッタだけで、そこは二千キロ近くも離れている。カルカッタ。その町の名を聞くと、いやでもサイラスを思い出してしまう。

パーヴィーンが目を上げたとき、警戒心が顔に出てしまったようだ。相手はあわてて後ずさりした。

「ちょっと待って！　ミストリー法律事務所を捜してるの？」そう呼びかけたが、男は急いで通りを渡っていった。

パーヴィーンが戸惑いながらドアをノックすると、しばらくしてムスタファがあけてくれた。長年にわたってミストリー屋敷を取り仕切る執事だ。その年配の使用人は心臓と額に手を当てて挨拶すると、パーヴィーンがその日の昼食用に持ってきた弁当箱を取った。「こんにちは、パーヴィーンお嬢さま」ムスタファは言った。「今朝はお父上はどこにおられますか？」

「ジャヤントの裁判で高等裁判所へ行ってるわ。ムスタファ、入り口に誰かが待ってたのを知ってる？」

執事はパーヴィーンの向こうの、今は誰もいない玄関を見やった。「いいえ。その人はどこへ行ったのでしょう？」

「通りを渡っていったわ——あの、ドーティを着てる人よ」その男は今、建物の陰に立っていた。

ムスタファは目を細めて見た。「汚い格好をしていますが、物乞いではございませんね。靴を履いておりますから」

「靴も靴下もよ」パーヴィーンは指摘した。

「あの男がドアをノックしたら、十時以降に来るよう伝えましたのに。お嬢さま（メンサヒーブ）は朝早いお忙しい時間に、あのような見ず知らずの者にかかわっている暇はございませんでしょう——とはいえ、今日は何もご予定が入っていないようですが？」

パーヴィーンは、ムスタファの声が心配そうなのに気付いた。彼女がなんとかして依頼人を引き寄せようとしていることを知っているのだ。「今日は予定を入れてなかったの、古くからのお友だちが船でイギリスからやってくるから。到着したら会うつもりよ」

「ロンドン号ですか？」

パーヴィーンはほほえんだ。「今日の新聞で寄港する船を調べておいてくれたのね」

白髪頭の老執事は頭を下げ、その誉め言葉を受け取った。「ええ、そのとおりです。ロンドン号が乗客を降ろす時間をお知らせいたしましょう。それと、イギリス人のお友だちはミストリー屋敷へいらっしゃいますか？　ちょっとしたお茶をご用意できますが」

「アリスはまず、マラバー・ヒルにあるご両親の家へ行くと思う——でも、たぶんすぐに訪ねてきてくれるでしょうね」パーヴィーンは大理石の玄関ロビーを見渡した。壁に付けられた金色の燭台(しょくだい)に灯(とも)る、柔らかな光に照らされている。ボンベイ・ゴシック様式のこの建物を、友人のアリス・ホブソン＝ジョーンズに見せるのは楽しいだろう。六メートルある天井がデザインの目玉で、パーヴィーンの亡くなった祖父、アッバス・カヤム・ミストリーが特に自慢していたものだ。通路に飾られた縦長の肖像画から、いつも祖父にじっと見られているような気がする。その目は、彼がかぶっている、てっぺんが平らなゾロアスター教徒に特有の帽子(フェタ)と同様に真っ黒で、すべてを見通すような、温かみのまったくないものだった。

「二階で処理しなきゃならない書類が山のようにあるの。パパが昼食には戻ってきてくれるといいんだけど。今日は飛び切りおいしいお弁当を持ってきたから」

「勝訴に決まっていますよ、すべてはアッラーの思し召し(インシャー・アッラー)！」ムスタファはかしこまって言った。「それでなければ、召し上がる気にはなれないでしょうから」

「パパが負けるなんて、まずありえないわ！」パーヴィーンはそう言ったものの、その朝の案件はむずかしいものになりそうだった。彼女も父親のジャムシェジーも、車の中で一言も口をきかなかった。ジャムシェジーはメモに目を通し、パーヴィーンは窓の外を見つめながら、数キロ先の刑務所にいる若い依頼人のことを考えていた。今日は彼が自由を得る日になるのだろうか。

「お父上は人々の表情に隠された思いを見抜くという、神から与えられた能力を使って勝っておられるのです」ムスタファが言った。「旦那さま（サヒーブ）は、判事の表情を新聞さながらに読み取ることがおできになりますから」

パーヴィーンはため息をつき、自分にも同じ才能があったらいいと思った。あの見知らぬ男は途方に暮れていたのか、それとも深刻なトラブルの前触れなのか、見当もつかない。

先刻のばつの悪い出来事をひとまず忘れ、パーヴィーンは重い足取りで二階へ上がった。マホガニーで作られた二人用の大きな机に置かれた、やりかけの財産契約書に取りかかった。法的な書類仕事は退屈なときもあるけれど、一つの言葉のニュアンスによって、依頼人が成功するか破滅するかが決まることだってある。法律を三年学んでそれはわかっていたが、父親の元で半年、実務をこなすうち、各行をつぶさに調べるようになった。

日差しが次第に強くなってきたので、パーヴィーンは中央の窓に付けられた小さな扇風機のスイッチを入れた。ミストリー屋敷はその街区で最初に電気代を払い始めた建物だが、料金が高いため、パーヴィーンは扇風機を使うのを控え目にしていた。

パーヴィーンは窓の外の通りに目をやった。五十平方キロほどのフォートは、元は東インド会社に要塞化された植民地だった。今その地区には高等裁判所が置かれ、まわりに多数の法律事務所があることで知られている。イギリス人、ヒンドゥー教徒、ムスリムの法律事務所と並び、パーヴィーンの宗教コミュニティである、インド生まれのゾロアスター教徒が営んでいるところもかなりある。パールシーと呼ばれるその人々はボンベイの全人口のたった六パーセントだけれど、弁護士の三分の一を占めている。

イラン人――十九世紀以降にやってきたゾロアスター教徒の移民――は、すばらしくおいしいパン屋や、故国ペルシアの影響を受けた料理を出すカフェを営んでいるのを誇らしく思っている。通りの向かいのパン屋兼カフェ、ヤズダニはそうした店だ。そこには毎日、二百人以上の客がやってくる。今朝、店に出入りする客たちは障害物をよけるのに苦労していた。

それはあのカルカッタから来たらしい見知らぬ男だった。パーヴィーンが先刻見かけた場所を去り、ヤズダニの日よけの陰に立っている。こうすれば太陽にあぶられることなく、ミストリー屋敷に向き合うことができる。

パーヴィーンは不安が込み上げたが、ミストリー屋敷の二階にいれば、相手から見られることはないと自分に言い聞かせた。高いところにいるので、鳥のようにあたりを見渡すことができる。

オフィスの隅にあるゴードレージ社製の背の高いキャビネットは、パーヴィーン専用だ。傘、着替え、『ボンベイ・サマチャー』紙の記事が入っている。それには、ボンベイ初の女性事務弁護士として、彼女のことが大々的に書き立ててある。そのニュース記事を額に入れ、ジャムシェジー・ミストリーへの多くの賞賛の言葉と共に、一階の壁に掛けたかった。けれども、父親のジャムシェジーは、依頼人たちの目の前にそれを突きつけるのはまずいと考えていた。依頼人にとって、この事務所に女性の弁護士がいることは、穏やかに切り出してほしいに決まっているから。

パーヴィーンはキャビネットの中を引っかき回し、ようやく真珠母貝(マザー・オブ・パール)のオペラグラスを見つけた。窓のところへ戻り、男の陰気な顔がはっきり見えるようにピントを合わせた。フォートでこれまでに見かけたことのない人物だ。カルカッタで会った覚えもない。

オペラグラスを置き、前日から封を切らないままでいた何通もの手紙に取り掛かった。その束の一番上に、シー・ヴュー通り二十二番という差出人の住所が印刷された、分厚い封筒が載っている。まずは、今抱えている依頼人に対処しなければ。このミスター・オマル・ファリドは織物工場の経営者で、二ヵ月前に胃ガンで亡くなっていた。

パーヴィーンはフェイサル・ムクリという、資産管理人に指定された人物から来た手紙を読んだ。ミスター・ムクリはパーヴィーンに遺言の内容の変更を求めており、そうなると、今彼女が取り組んでいる遺産譲渡の手続きに混乱をきたすことになる。ミスター・ファリドには三人の未亡人がいて、全員がまだ彼の家で一緒に暮らしている。子供は合わせて四人で、ジャムシェジーに言わせると、一夫多妻主義者にしてはその数は慎ましいものだそうだ。

ミスター・ムクリは未亡人の三人ともが、遺産を一族の基金に寄付することを望んでいると書いていた。ワクフと呼ばれるその慈善信託は、毎年、貧しい人たちに資金を提供する一方、指定された親族に配当が支払われるというものだ。男性でも女性でも、どこだろうと望むところに寄付することができるものの、不正を防止するため、慈善信託は政府に厳重に監視されていて、突然大金が入ってくるのは、厳しい検査の理由になるかもしれない。パーヴィーンはミスター・ムクリに返事をする前に、父と話をすることにした。

パーヴィーンがその厄介な手紙をジャムシェジーの側の机上に置いたとき、ムスタファが小さな銀の盆を持って入ってきた。紅茶のカップがのっていて、皿にブリタニア社のビスケットが二枚、おしゃれに添えてある。熱いミルクティーをほんの少し飲んだあと、パーヴィーンはムスタファに尋ねた。「通りへ出てみた？」

「いいえ。なぜでございますか？」

パーヴィーンは消せない不安を口にできず、ただこう言った。「入り口を塞いでいた例の男が、通りの向かいに陣取ってるの」

「ブルース通りに潜んでいるとは！」ムスタファの険しい表情から、台所のキャビネットに入れてある、パンジャブ連隊時代の古いライフルをひっつかむ気でいるように見えた。「エスプラナード通りへ放り出してやりましょうか？」

「そんなことをする理由はないと思うけど。でも、その男を見たければ、これを使ってみて」パーヴィーンは窓のところへ行き、オペラグラスを取り上げた。年をとった執事に、ちゃんと見えるようにレンズを調整する方法を教えるのに、数分かかった。

「ああ、本当に魔法の眼鏡だ！　これがあれば、どこでも見えますね！」

「ヤズダニにピントを合わせて。その男が見える？」

「白いドーティを身に着けたやつですね」ムスタファはため息をついた。「ミルクを買いに外へ出たとき、近くにいたのを今思い出しました」

「どれくらい前のこと？」

「いつもの時刻――あなたが来られる二、三十分前です」

つまり、その男は三時間ずっとミストリー屋敷を見張っていたことになる。

法的に言えば、その男には望む場所に立っている権利が確かにある。けれども、ブルース通りはパーヴィーンにとって第二の家で、そのよそ者が誰を待っているのか、どうしても知りたかった。彼女はそっけなく聞こえるようにした。「ちょっと行って、どうしてそこにいるのか訊いてくるわ」

ムスタファはオペラグラスを置き、心配そうにパーヴィーンを見た。「若いレディがおひとりでですか。このわたくしがあのごろつきを追い払いますから」

パーヴィーンは、ムスタファを自分の心配事に巻き込んだのを後悔した。「ここにいてちょうだい。まわりに人が大勢いるんだから、何も起こるわけないわよ」

ムスタファは若いレディたちに降りかかる危険についてまだぶつぶつ言いながら、パーヴィーンに続いて下へ降りた。ひどく仰々しい様子で、重いドアをあけてくれた。パーヴィーンが出ていくと、芝居がかったしかめつらをしたまま、大理石の階段のところにとどまっていた。

牛の引く荷車がやってきたので、パーヴィーンはそれにうまく隠れて、気付かれずに道を渡った。例のベンガル人の男の前へ来ると、相手は彼女が現れたのに気付いて不意に顔を上げた。それから、身を隠そうとするかのように体の向きを変えた。

「こんにちは、旦那さま。近くで働いていらっしゃるの？」パーヴィーンはヒンディー語で丁寧に尋ねた。

「いや、いや！」相手はそう言って耳障りな咳をした。

「旦那さま、ブルース通りで誰かと待ち合わせですか？」

「違う！」男は今度は素早く答え、血走った目でパーヴィーンをにらみつけた。

なんとか落ち着いた声を出そうとしながら、パーヴィーンはふたたび口を開いた。「サイラス・ソダワラを知ってますか？」

男の口が開き、パーンと呼ばれるビンロウの実の紙タバコで汚れた乱杭歯が見えた。しばらくじっとそこに立っていて——それから走り去った。

パーヴィーンはうろたえながら、男をじっと目で追った。知らないと言ってくれることを期待していた。きっぱり否定するかと思ったのに、立ち去るなんて。

「早く！」まるでパーヴィーンがクリケットで最高点を出したかのように、ムスタファが両腕を上げて左右に振っている。

パーヴィーンはひどく体が震えていて、執事のところへは戻れない気がした。手を振り返し、思い切ってヤズダニの店のなかへ入ることにした。

カウンターの後ろでリリー・ヤズダニが働いていた。その十四歳の娘は、長い髪をパールシーの伝統のマタバナと呼ばれる布できっちりと包み、かわいい黄色のサリーの上に真っ白なエプロンをつけている。パーヴィーンが現れたのを見て、にっこり笑った。

「いらっしゃい（ケム・チョ）、パーヴィーン！」リリーはグジャラート語で呼びかけた。

「おはよう、リリー！　それと、どうして学校へ行ってないの？」

「昨日、水道管が破裂したから学校は休みなの」リリーは口をへの字に曲げ、大げさにしかめつらをしてみせた。「テストを二つ受けそこなっちゃった」

パーヴィーンは渋い顔をした。「ミストリー建設の過失じゃなきゃいいんだけど。あなたの学校を建てたのはうちの会社のはずよ」

「水道管のことなんか、誰が気にするっていうの？　ここで父さんとケーキを焼いてる方がいいよ」

パーヴィーンはそれを聞いて残念に思った。リリーがさっさとハイスクールをやめてしまうのではないかと、ずっと心配しているのだ。

フィローズ・ヤズダニがキッチンから出てきた。熱気で、丸い顔に汗をかいている。粉まみれの手をエプロンで拭いながら、話しかけてきた。「今日は何にするかい、パーヴィーン？　ダヒタンは一時間前に揚げて、甘いバラのシロップに漬けてある。それにもちろん、カシューナッツとアーモンドのファッジ、プリン、カスタードカップもあるよ」

ドキドキして、喉につかえずに甘いものを飲み込めそうにない。かといって、何も買わずに出ていくわけにもいかない。「あとで、イギリスからやってくる古い友だちを迎えに、バラード・ピアへ行くつもりなの。一番かわいいダヒタンを小さな箱に詰めてもらいたいんだけど」

「一番きれいで甘いのだね。ちょうどあんたみたいな！」フィローズが歯を見せて笑うと、顔が割れた柿のようになる。

「ところで――今朝、ボンベイの外から来た人の相手をした？」

フィローズは戸惑った顔をしたが、リリーがはっきり言った。「おかしな訛りのある、色の黒いむっつりしたお客がいたよ。デーツのケーキを一つと、アーモンドファッジをいくつか買ったわ。テーブルに座ってもいいと言ってあげたけど、外へ出てった」

「その人は数時間、外にいたのよ」パーヴィーンが言った。「ちょっと尋ねてみたんだけど、逃げ出したわ。まるで、いけ好かないイギリス人の警官に質問されたみたいにね！」

「夜行列車でやってきたんじゃないかな、ひどく疲れてるみたいだったから」リリーは考え込んだ。「このあたりでは法律事務所は何時に開くかって、おかしな訛りで訊いたの。たいていのところは九時だけど、ミストリー法律事務所なら九時半だって教えた」

「近所の立派なお方についてそんなよけいなことをしゃべるなんて、おまえはいったい何やってるんだ？」フィローズがたしなめるように、娘に指を振って見せた。

フィローズはパーヴィーンについてあれこれ知っているが、ありがたいことに誰にもばらさずにいてくれる。彼にはサイラスという名を出してもいいだろうし、その男なら知っていると、目を輝かせるかもしれない。けれども、何かと感化されやすい年頃のフィローズの娘の前で、自分の過去の過ちをさらけ出すつもりはなかった。「男の訛りはベンガルのものよ。リリーが説明してくれたから、その男のことを思い出せるかしら？」パーヴィーンは尋ねた。

パン屋の主人は首を振った。「カルダモンを入れた生地を見てなきゃならなかったから、奥にいたんだ。あんたがそのろくでなしを叱りつけてくれてよかったよ！」

「賢い女性は問題が起きる前に手を打てるんだよね」リリーが、菓子の箱に掛けたリボンを立派な蝶結び（ちょう）にしながら言った。「父さん、将来は父さんの商売をやらせてくれるよね、ミストリーさま（サヒーブ）がパーヴィーンにしてるみたいに？」

「父はそんなことしてないわ！　まだ何年も働くだろうし、わたしはいまだに自分の価値を証明しなきゃならないのよ」パーヴィーンは心からそう言った。ボンベイで唯一の女性弁護士でいるのは、荷の重いことだ。ジャムシェジー・ミストリーに恥をかかせることはできない。だからこそ、あの見知らぬ男は悩みの種なのだ——そして、その出来事を父に話すつもりがないのも、同じ理由からだった。

第二章　カーテンの奥で

一九二一年二月、ボンベイ

ミストリー屋敷へ戻ると、パーヴィーンはムスタファに菓子を預け、あの見知らぬ男と交わした言葉を手短に伝えたが、サイラスのことは言わずにおいた。おしゃべりなムスタファに、さらにあれこれ訊かれたくはなかった。仕事をしないといけないのだから。

二階へ上がり、ファイルの入ったキャビネットをあけて、亡くなったオマル・ファリドにかかわる文書を探した。苦労して読まなければならないものが数多くあった。不動産の権利書、保有する土地の地図、カーキの軍服の製造について政府と交わした契約書。二時間後、ムスタファがドアをノックし、昼食をお出ししますと告げたとき、はっとわれに返った。父親がちょうど帰ってきたところで、下で手を洗っていた。

パーヴィーンは書類を脇へやった。「父は結果を話した？」

「腹が減ったとおっしゃいました」

パーヴィーンが急いでダイニングルームへ行くと、父親は紫檀（したん）の長いテーブルに座っていた。ジャムシェジー・ミストリーは、五十歳のすらりとしたハンサムな男で、白髪交じりの茶色の髪はふさふさしている。顔つきでもっとも目立つのは鉤鼻（かぎばな）で、パーヴィーンも父ほどはっきりしてはいないが、それを受け継いでいる。パールシー以外の人たちからジョークの種にされるけれど、パーヴィーンは父と同じように自分にも一族の特徴が備わっているのを、うれしく思っていた。

二人は頭（こうべ）を垂れて祈りの言葉を唱えた。それからムスタファが、ミストリー家のゴア人の料理人、ジョンが持たせてくれた昼食を出した。ジョンはずいぶんと張り切り、ラム肉のミートボール（コフタ）、タマリンド・チキンカレー、辛子菜を入れた、どろりとしたひきわり豆のカレー（ダール）、カラメルをまぶしたライスを用意してくれていた。おまけにぴりっとした野菜のピクルス、小麦粉で作ったいい匂いのする平たいパン（ロトリス）、大きな缶に入れた、一週間は食べられそうなほどの量のアーモンドとはちみつの固いキャンディ（ブリットル）まである。

パーヴィーンがいつもより少なめにしてくれと頼むと、ムスタファに不満そうな顔をされたが、気持ちが落ち着かず、食欲がわかなかった。

「パパ。結果を聞きたくて待ちくたびれたわ。勝ったの？」

チキンカレーをたっぷりよそってもらうと、ジャムシェジーは口を開いた。「ああ。だが、審議に時間がかかったよ。相手方の弁護士が、わたしたちが負けると見込んで笑みを浮かべるのを、おまえに見せてやれたらよかった！」

「相手は、わたしたちの依頼人を証人台に立たせたの？」パーヴィーンはそう予想していた。

「そうだ――そして、あの若者はどの質問に対しても準備ができていた」

あの若者というのは二十一歳の港湾作業員、ジャヤントのことで、ほかの労働者と組合を作って騒動を起こした罪で告訴されたのだ。イギリスが共産主義者を恐れていることを考え、パーヴィーンは、ジャヤントがどんな政治団体にも属していない、勤勉な労働者だとするほうがいいと提案していた。すべての港湾作業員の安全を強く求めたにすぎないのだと。そうした気遣いは、結局は雇用主の利益になると彼女は主張した。事故があったり、誰かが死んだりすることが減れば、仕事がもっとはかどるからだ。

「よかった」パーヴィーンは自分の提案がうまくいってほっとした。「それで、ソープ判事の判決の内容はどうなの？」

「すべての告発に対して無罪だ。ソープ判事はジャヤントを元の仕事に戻し、三ヵ月前の解雇からの日給をすべて支払わなければならないと決定した。それは予想外だったよ」

パーヴィーンは手を叩いた。「すばらしいわ！　パパが弁護をするところを見られたらよかったのに」

ジャムシェジーは指を一本立て、諭すように言った。「ああ、だが事務弁護士としてのおまえの働きのおかげで、ミストリー法律事務所は利益を出せているんだ。契約書や遺言の仕事がなければ、わたしたちはジャヤントのような人の裁判を、無料で引き受けることはできないだろうからね」

これはパーヴィーンがこの六ヵ月働いてきた中で受け取った、最高の誉め言葉だった。事務弁護士としてだけでなく、弁護士助手、翻訳者、会計士の仕事もこなしてきたが、不平を言える立場ではない。女性の事務弁護士を雇ってくれる法律事務所は、この町ではほかにないのだから。「パパ、今朝は来客の予定があった？」

「おまえがオペラグラスで赤の他人を見張っていることと、関係があるのかね？」

パーヴィーンはライスをすくって口に入れ、嚙んだ。ムスタファが今朝の出来事を話したに決まっている。本当のことを言わなくてはならないが、父を不安にさせるのを避けたくもあった。

「ベンガル人の男が、三時間も通りの向かいで待ち伏せしてたの。たまりかねて、その人に理由を尋ねにいったのよ。何も説明せずに逃げ去ったわ」

ジャムシェジーは首を振った。「愛するフォートの町は、あらゆる種類の人々で溢れかえるようになってきた。だが、女性が通りで男性に近寄ることなど、絶対にあってはならない」

父親の厳しい口調のせいで、パーヴィーンの苛立ちはさらに募った。「近寄ってなんかいない――」

「おまえは通りを渡り、その男を捜し出しただろう！　教えてくれ、それはおまえがオックスフォードで学んだ、ヨーロッパ風のふるまいなのか？」

「いいえ——わたしは——」パーヴィーンは顔が赤くなるのがわかった。「初めはパパを待ってるのかと思った。約束があるか、それとも何かの訴訟の結果に怒っているのかと考えたの」

「わたしはあらゆるコミュニティの依頼人の弁護をしているが、昨年はベンガル人の仕事はしていない」ジャムシェジーは答えた。その声は、ムスタファがライスの入った磁器の碗をスプーンでこする音と同じくらい耳障りだった。「そんなことを心配するな。契約書の仕事を進めるのに集中しなさい」

「はい。契約書の王の称号を手放すわけにはいかないわよね」パーヴィーンは皮肉を込めて言った。

「努力を続けるんだ、そうすれば契約書の女王として有名になるかもしれないぞ」ジャムシェジーは含み笑いをした。

「契約書と言えば、ミスター・ファリドのところからある要請を受けたわ。その添え状は、一家の後見人のミスター・ムクリからなの。それによると、ミスター・ファリドの三人の未亡人は、遺産を一族の慈善信託に寄付したいそうよ」パーヴィーンは不安を隠さなかった。「三人とも夫からはもう金がもらえないのに、自分たちの唯一の資産を慈善基金に渡すというのだから。

けれども、ジャムシェジーは慈善信託(ワクフ)の問題については口にしなかった。顎を撫(な)で、こう言った。「おまえはマフルのことを話しているようだが」

「ええ、そうよ」パーヴィーンはため息をついた。マフルというのは、ムスリムの女性が男性の一族から受け取る二つの特別な財産のことで、その言葉を使うべきだったと気付いた。一つ目の贈り物は一族が花嫁を歓迎するしるしで、二つ目のものは離婚あるいは夫の死のさいに与えられ、生涯を通じてきちんとした扱いをするという約束を形にしたものだ。

「この頃では、ボンベイの判事たちはマフルについてかなり神経質になっている。その文書を見せてくれ」

パーヴィーンが二階から例の手紙を持ってくると、父親は金の片眼鏡を取り出し、上質の模造皮紙に書かれたものをじっくり見た。それから首を振って言った。「下らん！」

パーヴィーンは椅子の端に腰かけ、そのたぐいの宣託が下されるのを待っていた。「三人の女性がみんな、自分たちの利益に反する変更を望んでるなんて奇妙じゃないかしら――おまけにサインのうち二つはほとんど同じでしょう？　それに、女性たちからのこの手紙が英語で書かれているのは、判事にとってずいぶんと都合がいいわ。三人ともが本当に英語に堪(たん)能(のう)なの？」

「そのご婦人方に会ったことはないから、最後の質問には答えられない。だが、安易に先入観を持ってはならないぞ」ジャムシェジーは娘にたしなめるような目を向けた。

パーヴィーンは驚きを隠さなかった。「パパは何年もミスター・ファリドの弁護士をしてたのに、奥さまたちと一度も話したことがないっていうの？」

「そうだ」ジャムシェジーは茶を持ってくるよう、ムスタファに手で合図をした。「ミスター・ファリドの未亡人たちは外の世界から引きこもり、男性とは接触を持たずに暮らしている。わたしのかつての依頼人が亡くなったいま、世帯で唯一の男は、第二夫人の赤ん坊だけだ」

「戒律を守っているムスリムの女性（パーダナシン）は男性と話をしません」ムスタファが、銀のティーポットを持ってきて言った。「わたくしの母も姉妹たちも、引きこもって暮らしてはいませんでした――けれども、豊かな家の多くでは違います。特にハナフィー派の場合は」

自分がよく知らない分野についてムスタファが詳しいことに、パーヴィーンはいつも感心させられる。ムスリムの女性たちの状況は心配だったが、今は興味のほうが強くなった。引きこもって暮らす裕福なムスリムの女性というのは、また一つパーヴィーンの専門分野の仕事になるかもしれない。「ムスタファ、『パーダ』というのは『ヴェール』のことよね。『ナシン』は『女性』？」

「おまえはウルドゥー語を学ぶべきだな」父親が口を挟んだ。「『ナシン』とは『座っている』とか『暮らしている』とかいう意味だ。だから『パーダナシン』は『ヴェールの奥にいる者』のことだよ」

　パーヴィーンは、ムスタファの淹(い)れたおいしい茶をゆっくりとすすった。ミルクで淹れたダージリンにカルダモン、胡椒(こしょう)、たっぷりの砂糖が入っている。「後見人のミスター・ムクリについて、どう思う？」パーヴィーンは父親に尋ねた。「遺産について細かいことを調べる手伝いをしてくれるよう、頼むつもりだけど、何度手紙を出しても、返事をくれないの」

「ムクリはファリドの織物工場の経理担当者のひとりだった。ファリドさま(サヒーブ)が病気のあいだ、屋敷で一緒に暮らすことになったんだ。ムクリが、資産管理人と後見人の指名にかかわる書類にサインしにきたとき、会ったことがある。年は若いが――わたしの依頼人に対してとても敬意を払っていた」

「それはそうでしょうとも！　だけど、ムクリが寄こした、未亡人たちのサインのある手紙の話をしましょうよ。そのサインの二つは、同じ手によるものかもしれないと思うけど」

　ジャムシェジーはその書類をよく調べ、パーヴィーンに返した。「サキナとムンタズが書いたサインはよく似てるな。ラジアのは違っているようだが」

「すみません、旦那さま(サヒーブ)、『奥さま(ベーグム)』とおっしゃるべきです」ムスタファが部屋の隅から口を出した。そこに立って、また何か言いつけられるのを待っていたのだ。「こうした高貴な生まれの既婚女性には、敬意をこめて『奥さま(ベーグム)』と付けなくてはなりません」

　ムスタファにうなずいて見せたあと、パーヴィーンは言った。「ラジア奥さま(ベーグム)は自分でサインしたと思う。あとの二人が誰かほかの者、おそらくミスター・ムクリにサインしてもらったとしたら？」

「陰謀説か！」ジャムシェジーはくすくす笑った。「わたしたちにはわからないね」

「女性たちに尋ねたらどう？」

ジャムシェジーが力を込めてティーカップを置いたので、受け皿が音を立てた。「ご婦人方は引きこもって暮らしていると、もう言ったじゃないか。何年も前にマフルの文書を作成して以来、わたしはそれを見直したことがないんだ。教えてほしいんだが――未亡人たちがもらう遺産は、みな同じ価値のものなのかね？　この件は夫の死後、残された妻が複数いるときの最適な事例だ」

「マフルの内容はずいぶんと異なるわ」パーヴィーンは父がその質問をしてくれてほっとした。「パパの依頼人は第一夫人のラジア奥さまに土地を与えた。ギランガオンにある五千坪ほどのところで、一九一四年に建てられた二つの織物工場があるわ」

ジャムシェジーは自分のカップを取り上げて、ゆっくりとすすった。「かなり価値のある遺産のようだが、一九〇四年にはそこは沼沢地だった。会社の富を築いた織物工場が今そこにあると言うのかね？」

パーヴィーンはうなずき、父親が知っておくべきだったことを自分が見つけたと誇らしくなった。「記録されているミスター・ファリドの不動産を地図で調べたの。夫の死あるいは離婚の際にもらえるもう一つのマフルは、五千ルピーと記載されていたわ」パーヴィーンは妻たちの取り決めの詳細がすぐにわかるように、書類を手元に置いていてよかったと思った。

「ファリド旦那(サーヒブ)さまの第二夫人、サキナ・チヴネはまったく違った種類のマフルを受け取った。ダイヤモンドとエメラルドの宝石のセットで、イヤリング、ネックレス、腕輪から成るものよ。もう一つのマフルは第一夫人と同じく五千ルピーだった」

「ミスター・ファリドは第二夫人と結婚した一九一四年までは、羽振りがよかったからね」ジャムシェジーが言った。「その宝石の値段は覚えていないが、彼の貴重品の多くに掛けられた保険の書類がある」

「ミスター・ファリドはどうして第二夫人をもらうことにしたの？」パーヴィーンは尋ねた。その依頼人は善良な性格の人だったと父親から聞いてはいたが、彼女は一夫多妻制を不快に思っていた。多くのムスリムや、それより数は少ないものの上流階級のヒンドゥー教徒のあいだでは、その制度がまだ行われている。実はパーヴィーン自身の両親の一族も、一夫多妻制をとっていたことが確かにある。一八六五年まで、パールシーはそれを犯罪とはしていなかった。

「はっきりしているのは」ジャムシェジーは白髪の交じった濃い眉を上げた。「子孫を残すためだ」

「でも、第一夫人のラジア奥(ベーグム)さまは娘を産んだでしょう——今は十一歳のはずよ」パーヴィーンは感情を抑えて言った。「跡継ぎならいるじゃないの」

「だが、息子はいない――織物工場の仕事を引き継ぐ者が必要だった。強く求めたのはミスター・ファリドの両親で、サキナ・チヴネを見つけてきた。思うに、彼女がすぐに二人の娘を産んだのは、まったく期待外れだった。サキナ奥さま(ベーグム)の息子は一年半前に生まれた。そのときまでには、文句を言っていた両親は二人とも亡くなっていたがね」

「さっき言ったように、ミスター・ファリドは息子を持てたのね」パーヴィーンは腕を組んだ。「それなのに、第三夫人がなぜ必要だったのかしら?」

「ミスター・ファリドがムンタズと出会ったのはつい昨年で、結婚したのは亡くなる五ヵ月前のことだ。法的には彼がそうするのに何の問題もなかった」ジャムシェジーは首を振った。

「とはいえ、かなり奇妙だとは思ったよ」

パーヴィーンは勢い込んで、父親の言葉をとらえた。「それはどういう意味?」

ジャムシェジーはわずかに食べ残したライスをつついた。「彼女はフォークランド通りの歓楽街で音楽を演奏していた」

「ムンタズのマフルの理由はそれなのね。シタールが二つとヴィーナ(古代インド音楽の弦楽器の総称)が一つ」パーヴィーンは考え込んだ。「彼女は夫が長く生きられないと知ってたのかしら?」

「それは間違いない」ジャムシェジーが言った。「ミスター・ファリドはその頃ひどく弱っていたからな。だがそれらの楽器は、ほかの未亡人たちが受け取ったものに比べたらわずかな価値しかない。金のために結婚したとは思えん」

「これを見て！」パーヴィーンは新たな興味がわき、ムンタズの結婚契約書をよく見た。「ムンタズは一九二〇年七月に、この文書にサインの代わりにバツ印のサインをしている。でも新しい手紙には、彼女の名前が書いてあるの。この七ヵ月で書き方を学んだのかしら？　その矛盾点について、本人に訊いてみたいわ」

ジャムシェジーはまばたきした。「どういう意味だ、本人に訊くとは？」

パーヴィーンは話を急ぎ過ぎたのに気付いた。深呼吸し、こう尋ねた。「男性と接することのできないムスリムの貴婦人たちは、女性の弁護士になら会ってくれるかもしれないでしょう？」

ジャムシェジーは娘を長いこと見つめた。「可能性はあるな」

「返事をもらえないままミスター・ムクリに手紙を送り続けるよりも、女性たちと直接話したいの」パーヴィーンは専門家らしい冷静な言い方をしようとした。

ジャムシェジーは最後に残った茶を飲み干し、カップを置いた。「引きこもって暮らす女性たちのところへ直接訪ねていく心構えが、おまえに出来ているとは思えん。注意深くしないとだめだぞ」

パーヴィーンは傷ついた。「いつも注意してやってるじゃないの！」

「いや」ジャムシェジーは穏やかな笑みを浮かべた。「おまえはすぐに苛立つし、せっかちだ。政府について話をしたと小耳に挟んだぞ」

パーヴィーンは父親に顔をしかめて見せた。「内輪の付き合いの中でだけよ。ミストリー建設が政府の仕事に頼っているのは知ってるわ」

「それに、もっと多くの人が女性の権利について知るべきだとも言ったそうだな」

「パールシーのほかの女の人たちだって、同じことをやってるでしょう。ママのグループは、女性の福祉や教育にかかわる活動をいつもしてるじゃないの」パーヴィーンの話には、確かに一理あった。父は母の活動に気前よく寄付をしていたのだ。

「おまえの言うことは、これまで外の世界から引きこもって生きてきた貴婦人たちには、知らない言葉のように聞こえるだろう。おまえのウルドゥー語は初歩以下だし、イスラム法を充分に学んでもいないじゃないか」

パパは本当にわたしを批判しているのだろうか――それとも、わたしがどこまでやる気なのか、見極めようとしているだけなのかしら？ パーヴィーンはできるだけ冷静に答えた。「ミスター・ムッラーの『イスラム法の原則』を読んだわ。知らなくてはならないことはすべて、そこに説明されていた。女性たちにはヒンドゥスターニー語で話せばいい――きっとわたしの言うことを理解してくれるわ」

「だが、婦人たちはパールシーに会ったことはないはずだ」ジャムシェジーが水を差した。

パーヴィーンは苛立ちを募らせた。「パパ、男性との接触を禁じられた女性たちと直接話ができる雇い人がいるのは、ボンベイでこの法律事務所だけなのよ。自分の娘がそんな強みを持ってるのに、ちゃんと生かそうとしないのはどういうわけ？」

ジャムシェジーは長いあいだ目を閉じていた。目をあけると、真剣な顔でパーヴィーンを見つめた。「もしやるなら、わたしたちの男性の依頼人に対するのと同様の敬意を持って、仕事を果たさなければだめだ。わたしが彼の家族をないがしろにしたと知れば、オマル・ファリドは墓から起き出してくるだろう」

「もう墓にはおりません。天国にいるのです！」ムスタファが部屋の隅から文句を言った。

「わたしが一家を助けたら、雲の上からにっこり笑ってくれるでしょう」パーヴィーンはそう言うと、身を乗り出して父親の頬にキスをした。

昼食後ジャムシェジーは、ぶらぶら歩いてリポン・クラブへ出かけた。そこはパールシーの社交クラブの一つで、彼のお目当ては長い肘掛けのついた、チーク材のラウンジチェアだとパーヴィーンは知っていた。法廷弁護士の中にはそこに脚をのせ、いびきをかいて眠り込む者もいて、そのためにクラブは悪名を馳せている。ジャムシェジーは友人たちから称賛の言葉をもらい、ポートワインを一杯やって、長い昼寝をしたいに違いない。

パーヴィーンはふたたび二階の、顧客のファイルが保管してあるキャビネットのところへ戻った。ドアをあけると、気が滅入るような防虫剤のにおいがした。パーヴィーンは布、革、ボール紙で綴じられた書類をざっと調べた。

数分後、新聞の切り抜きを入れた薄いフォルダーを見つけた。オマル・ファリドは去年、四十五歳で亡くなったばかりだが、彼が新聞ダネになったのは最後の五年間だけだった。一九一五年の記事には、ファリド織物がインド軍の木綿の軍服を作るため、新しい織物工場を建設していると書かれていた。一九一七年の別の記事では、ミスター・ファリドが帰還した傷病兵たちに慈善の寄付をしていることが取り上げてあった。最後にパーヴィーンは一九二〇年の死亡記事を見直した。織物工場と慈善事業についても言及されている。最終行にはこうあった。**ミスター・ファリドは息子ひとりを含む家族を残し、逝去されました。**

その死亡記事には、妻と娘たちのことは書いてなかった。どうでもいいと思われて、記事から省かれたのだろうか……それとも、慈善事業をしているインドのビジネスマンに複数の妻がいたと詳しく書くと、嫌悪感を持たれると『タイムズ』の編集者が考えたからなのか？

パーヴィーンは、織物業者の慈善寄付についての記事に添えられた小さな写真をじっくりと見た。オマル・ファリドは真面目で立派な人に見える。ぴったりした縁なしの帽子のせいで、細面の顔が際立ち、険しい目とはっきりした鉤鼻がよくわかる。丈の長い襟なしのシャツの上にシャルワニと呼ばれる黒いロングコートを着ている。頭にはムスタファと同じように、細かく編んだ縁なしの帽子をかぶっていた。

ファリドの最後の結婚は、彼の死のほんの五ヵ月前のことだ。元からいる妻たちにとって、これは衝撃的だったに違いない――特に相手の女性が、以前にフォークランド通りで音楽を奏でていたとあっては。そこでは、アヘンと同様に、セックスの相手も簡単に見つかるのだから。

ジャムシェジーがリポン・クラブへ出かける前に、パーヴィーンはファリドの最後の結婚が怪しげなものだと思うかどうか、訊いてみた。

「そう考えるのが当たり前だろう」ジャムシェジーは言った。「だが、死に瀕している者は、社会の規範を守ろうなどとは思わないものだ。ほしいものを手に入れるのに、誰の許可もいらないんだよ」

自分の経験を思い起こし、パーヴィーンは確かにそうだと思った。

第三章　スピリット・オブ・エクスタシー

一九二二年二月、ボンベイ

三時頃、ムスタファが二階の事務所へ駆け込んできた。「ロンドン号が着きましたよ！例の眼鏡で、ここの屋根からバラード・ピアまで見渡せましたからね」
「すばらしいじゃないの！」パーヴィーンは手を叩いた。アリスこそ、今の暗い気分を治すのにぴったりの薬だ。

そのとき、一陣の風が窓から吹き込み、ファリドに関する文書が散らばった。パーヴィーンはそれらを集めながら、アリスと二人でセントヒルダズ・カレッジからとぼとぼ歩き、さまざまな講義を受けにいったとき、そんな冷たく湿った風がひっきりなしに吹き付けてきたことを思い出していた。二人で話したり笑ったり――秘密を打ち明け合ったりしたのを覚えている。アリスに自分をさらけ出す決心をすれば、ふたたびそんな生活が送れるかもしれない。

そもそも二人の関係は、パーヴィーンがアリスの告白を聞いてやったことから始まった。そのイギリス人の娘が、女の子とベッドにいたという理由で、十六歳でチェルトナム・レディース・カレッジを追い出されたとわかると、パーヴィーンは戸惑いを感じた。女性の親族や友人と一緒に眠るのは、当たり前のことだ。だがアリスから、昔のクラスメートのことをいまだに恋しく思っていると説明され、恋愛にもさまざまな形があるのだとわかった。

アリスは真実の愛を失ったという思いを追いやるため、セントヒルダズ・カレッジで数学の研究に没頭した。パーヴィーンのほかには、誰も彼女の本当の姿を知らない――やがて彼女だけが、パーヴィーン自身の過去の話を聞くことになったのと同じように。大学での二人の友情について、アリスは両親にどの程度話しているのだろう。アリスの過去のトラブルを考えれば、ホブソン＝ジョーンズ夫妻は誰であれ、娘の女友だちに疑いを持つかもしれない。パーヴィーンはできるだけ行儀よくしていることにした。

バラード・ピアは歩いて二十分のところにあるが、パーヴィーンは着いたとき汗にまみれているのも、お菓子がぐちゃぐちゃになるのもいやだった。

ラムシャンドラの、汚れ一つなく手入れされた日よけ付きの自転車タクシー（サイクルリクショー）に乗せてもらうほうが快適だ。

自転車タクシー屋のラムシャンドラは通りを楽々と抜けてバラード・ピアへ行き、そこでパーヴィーンは、パシフィック＆オリエンタル社の真っ白な蒸気船の堂々たる巨体が、高い石の壁を背にしてそびえているのを見ることができた。

自転車タクシーから降りると、パーヴィーンはラムシャンドラに金を払った。彼はすぐさま、手招きしている船員のほうへ行ってしまった。パーヴィーンは、からのフォルダーの裏にミス・アリス・ホブソン＝ジョーンズと書いて作った看板を出した。新しく着いた人たちのためにそれを掲げると、船を出迎えにきた何百人もの男性の運転手たちに交じってしまったが、ほかになす術はなかった。

アリスを探して首を伸ばしたとき、イギリス人男性の声が耳に飛び込んできた。「すみません。ミス・パーヴィーン・ミストリーですか？」

「ええ、そうです」パーヴィーンは期待を込めて、赤い髪の若い紳士のほうを見た。

「マーティンと申します。サー・デイヴィッド・ホブソン＝ジョーンズの秘書をしております。殿下もみなさんもお待ちになっておられますよ」

最後の言葉にかすかな非難が込められていると、パーヴィーンにはわかった。「ミスター・マーティン、アリスが降りてくるのを、まだみなさん待っているということですか？」

「ミス・ホブソン＝ジョーンズは二十分前に下船なさいました。お嬢さまのトランクは車に積み込まれ、ご本人もすでに乗っておられます。ですから、速やかに来て下さい」

この人は一体、自分を誰だと思ってるんだろう。学級委員とでも？　パーヴィーンは威張りくさった秘書のあとについて群衆のあいだを抜け、道路の縁石のところへやってきた。そこで秘書は、銀色に輝く車体の長い車の前で立ち止まった。

パーヴィーンは思わず息をのんだ。「それは〈シルヴァー・ゴースト〉なの？」

間違いなくロールスロイス〈シルヴァー・ゴースト〉だ。輝きを放つ車のボンネットの上には、優美な銀の彫像が飾られている。それは人生に乗り出す覚悟を決めたかのように体を前に傾けた若い女性で、両腕を翼さながらに広げていた。

「そのとおりです」マーティンが言った。「近くの藩王から、ボンベイの知事に贈られたものです」

「なんてすごいプレゼントなの！」そう言ったものの、その藩王は見返りにどんな便宜を図ってもらおうとしたのだろうと、パーヴィーンは密（ひそ）かに思った。それとも、ただ富を見せびらかすために贈り物をしたとか？

「パーヴィーン！　本当に来たのね――そうしてくれると思った」アリスが車の後部座席から、無理やり身を乗り出した。すぐさま、パーヴィーンは身に着けた薄いシルクのサリーともども、アリスのペパーミントの香りのする温かい大きな体に押しつけられ、ぺちゃんこにされた。

両腕でアリスのふっくらした体を抱きしめながら、パーヴィーンは言った。「待たせてごめんなさいね。ご家族にも、あなたをここに引き留めてしまったことを謝らないと」

「ばかばかしい！　船を降りてから、母にはわたしに噛みつくだけの時間があったというだけ。信じられないだろうけど――」

「信じられないって、何が？」アリスとほとんど年が違わないように見える見事なブロンドの女性が、天井の開いたツーリングカーから二人をじっと見ていた。ライラック色のドレスに、それとそろいの、白いシルクのバラで縁取られたクローシェをかぶった姿は、とてもかわいらしかった。パーヴィーンはアリスの中に、このあでやかな女性に似ているところが少しでもないかと探したが、二人の髪の色が同じだというほかは、共通点は見つからなかった。

「すべてが！」アリスが答えた。

アリスの辛辣な話し方から、母と娘の関係は心やすいものではないと、パーヴィーンは見て取った。アリスの父親についてはどうだろう？　パーヴィーンは、ベージュのラウンジスーツを着て、サファリハットをかぶっている背の高い中年の紳士を値踏みした。友人の背が高いのは父親譲りらしい。

女子学生がするように、アリスはパーヴィーンの手を取った。「お母さまとお父さま、こちらはわたしの大親友のパーヴィーン・ミストリー。パーヴィーン、母のレディ・グウェンドリン・ホブソン＝ジョーンズと父のサー・デイヴィッド・ホブソン＝ジョーンズを紹介させてくれる？」

「オックスフォードでのアリスとのあれこれは、すべて聞いてますよ！」サー・デイヴィッドが言った。彼はすっかり日焼けし、ざらついた肌をしている。インドに長くいるイギリス人にはよくあることだ。笑みを浮かべると、歯は肌とは対照的に真っ白だった。

「それじゃ、あなたがパーヴィーンなのね」グウェンドリン・ホブソン＝ジョーンズは、ひどく珍しい地名でもあるかのようにその名前をゆっくり発音した。「そのお名前はどういう意味を持つのかしら？」

「三つの言語で星を意味するんです。ペルシア語、アラビア語、ウルドゥー語で。祖父がつけてくれました」言い終わったあと、パーヴィーンはしゃべりすぎただろうかと思った。

「アリスの話では、きみはセントヒルダズ・カレッジのクラスで、法律を学んでいた唯一の女子学生だったそうだから、今はまた別の意味でのスターになっているに違いないね」サー・デイヴィッドはふたたび魅力的な笑顔を見せた。

「そんなことはありません。女性の先輩ならいましたから」パーヴィーンは言った。相手が本当に心の温かい人なのか、それとも自分を子供扱いしているだけなのか見極めようとしていた。

「パーヴィーン、わたしたちと一緒に家までちょっと車に乗っていく時間はあるかね？」サー・デイヴィッドが尋ねた。「アリスの到着を祝って茶でも飲もうと思うんだが」

そうやって誘ってもらい、パーヴィーンは彼が本当にいい人だと考えて構わないような気がした。けれども車をよく見ると、自分がどこに身を置けばいいかわからなかった。しかめつらをしたミスター・マーティンは助手席に座るだろうし、後部座席はアリスがふたたび両親と座るだろうから、ほとんど隙間がないように思えた。

「大変ありがたいのですが」パーヴィーンは言った。「もし、本当にご迷惑でなければ……」

「来なきゃだめだからね！」アリスが言った。

「それじゃ、こうしましょう。あなたの住所を教えてくれたら、タクシーを雇ってあとからついていくから」パーヴィーンは答えた。マラバー・ヒルを上るのは、自転車タクシー（サイクルリクショー）にはひどく困難なのはわかっていた。

「それはだめだ」サー・デイヴィッドが言った。「わたしたちと一緒に来てもらわないと」

「でも、ミスター・マーティンはわたしたちと乗るでしょう！」レディ・ホブソン＝ジョーンズが反対した。

ミスター・マーティンはパーヴィーンに背を向けたまま、サー・デイヴィッドのほうへさらに近寄った。「若い人たちの社交生活について、お嬢さまにご説明しておけばよかったのですが――」

「また今度な」サー・デイヴィッドがきっぱりと言った。「きみには事務局でわたしに渡す書類を作る仕事があっただろう。ミス・ミストリーには、わたしたちと車に乗っていただく」

「わかりました、サー・デイヴィッド」ミスター・マーティンが言った。「今日の午後ミス・ホブソン＝ジョーンズをお訪ねしましょうか？」

「いや。明日オフィスで会おう」秘書の若者ががっかりして歩き去ると、サー・デイヴィッドはパーヴィーンとアリスを茶目っ気たっぷりに見やった。「こうしたインド高等文官（ICS）の若い連中は、礼儀作法の訓練を受けてるはずだが」

「そういう学校がスイスにあるのは知ってるけど」アリスが冗談を言った。

「助手席でも構わないかしらね。後ろの席にはわたしたち三人がいて、少し窮屈ですもの」

レディ・ホブソン＝ジョーンズは、かなり引きつった笑みを浮かべていた。パーヴィーンとくっついて座るのを、不快に感じているという印象を持たれたくないみたいに。

「構いませんよ」パーヴィーンはほほえんで言った。「小さな銀色のレディのそばにいるのは楽しいでしょうから」

「その像の公式名は、スピリット・オブ・エクスタシーと言うんだよ」サー・デイヴィッドが答えた。「車本体と同様、見事なデザインだ」

「父の車はわたしたちのすぐ後ろにいる――わたしのトランクを山のように積んだ〈クロスリー〉がね。それで知事のジョージーが、部下である父のためにロールスロイスを貸してくれたというわけよ」知事の運転手の、カーキの制服を着たシーク教徒は侮辱を受けたのを無視しようとするかのように、無表情のままだった。知事を仇名（あだな）で呼ぶという、敬意を欠いたアリスの行為も、すぐそばにパーヴィーンが座っていることも、彼には屈辱的だったろう。

けれども、パーヴィーンはこの特別なドライブを存分に楽しむことにし、出発するとき、群衆に手を振った。

まるで女優になったみたいだ。パーヴィーンは知事の車の助手席に乗った唯一のインド人女性で、それがありえない出来事だというのは、その晩ボンベイ中の噂になるだろう。

「わたしたちが今いるところは、正確にはどこなの？」港が遠ざかると、アリスが尋ねた。

「ケネディ・シー＝フェイス。でも、海沿いのこのカーブした道路は、非公式には女王の首飾りと呼ばれてるわ。夜に街灯が輝くと、そんなふうに見えるから」パーヴィーンは、ボンベイに詳しいことを示せるチャンスを楽しんでいた。「チョウパッティ・ビーチに沿って行くと、さまざまな人たちがそよ風を食べにくるのが見えるわ。ヒンディー語ではそう言うの。右手には、大邸宅用の区画やホテルが多数、建設されているわ。兄の会社は、あの白いビルの右にアパートの区画を建設しかけたばかりなの」

「きみのお兄さんはどこで働いているのかね？」サー・デイヴィッドが尋ねた。

パーヴィーンは振り向き、後部座席にいるアリスの父親に直接話しかけた。「ミストリー建設です。兄は最近、社長になったんですよ」

サー・デイヴィッドは一瞬静かになり、それから笑い出した。「驚いたな、きみがあのミストリー家の一員だとは知らなかったよ。きみの一族が現代のボンベイを造ったわけだ！実は、わたしの机には、バック・ベイの開発に関するタタ卿からの提案が置いてあってね、建設業者として、ミストリーが勧められている」

「なんという偶然でしょう」パーヴィーンは決まりが悪くなった。自分の兄は、イギリス人のために卑しい下請け仕事をしているわけではないと、アリスの両親に知ってもらいたかっただけなのに。けれども、不快な決まり文句を使えば、彼らはパーヴィーンをおべっか使い（カレー・フレイヴァー）のインド人と思い込んだだろう。

パーヴィーンはケネディ・シー＝フェイスに目を戻した。ビーチサイドでは、砂の上に作られたダッバと呼ばれる屋台で、行商人たちが食べ物や茶を売っていた。

カールした黒い髪のパールシーの若者が、そうした戸外の軽食屋の一つに立ち、小柄なヒンドゥー教徒のコックに話しかけている。そのパールシーの男はイギリスのスーツを着て、わずかに杖（つえ）にもたれていた。

パーヴィーンは手を口に当てた。あれはサイラス・ソダワラだ。いや、もしそうでないとしても、彼女がこの四年間、忘れようとしてきた男とまさに瓜二つ（うりふた）に見えた。

白い肌とカールした黒い髪を持つ男がボンベイにどれほど多いかと、パーヴィーンは必死で自分に言い聞かせた。アルメニア人は何千人もいるし、インド在住のイギリス人だって、ユダヤ人だっている。それにサイラスは杖を使っていないだろう。

〈シルヴァー・ゴースト〉は速すぎる。ダッバを飛ぶように通り過ぎた。パーヴィーンは首を長く伸ばしたけれど、数分でその男はどんどん小さくなり、小さな黒い点でしかなくなった。

パーヴィーンは止めていた息を吐き出した。男は行ってしまった。幸運にも、その男は車に乗っている彼女を見ていなかった。

「何か見逃したものがあるの、パーヴィーン？」アリスが尋ねた。「たった今悪魔を見たって顔をしてるじゃない」

一九一六年

第四章　最後の授業

一九一六年八月、ボンベイ

パーヴィーンは遅刻し、誰にも見られないよう祈りながら、ガヴァメント・ロー・スクールへ駆け込んだ。荷馬車が、パーヴィーンの父親が降りなくてはならない、ブルース通りへの入り口を塞いでいたのだ。遅れたせいで、パーヴィーンはちょうど九時を過ぎた頃エルフィンストーン・カレッジに着いた——教授がまだ出席をとっていないことを祈るしかなかった。

ミストリーという苗字(みょうじ)は、アルファベット順だと真ん中あたりになるが、教授は後列の席をパーヴィーンに割り当てていた。表向きは、彼女が「聴講生」で法学の学位を取ろうとしているわけではない、ということになっている。パーヴィーンは、今日だけはその席順が気にならなかった。そこなら、遅れてきたことに気付かれにくいからだ。けれども、席に着いて数秒たつと、パーヴィーンは何か冷たくて不快なものがサリーにしみ込むのに気付いた。

またたわ！
一度目は、木製の椅子の腰を下ろすところの窪みに水が入れてあった。また別のときには、ブラックコーヒーが注がれていた。ありがたいことに、パーヴィーンは気が付き、座らずに済んだ。今回は、椅子を見もせずに腰を下ろしてしまった。授業が終わり、カレッジの女子用の休憩室という聖域にたどり着くまで、その液体が何かはわからないだろう。今度のものは粘ついていた。近くの席で学生たちが薄ら笑いを浮かべているのとあわせ、いやな予感がした。

最初の学期のあいだ、学生たちの悪ふざけについてパーヴィーンが不平を言うのを聞き、カメリア・ミストリーはショックを受けた。「教授たちに話さないとだめよ！ そんな仕打ちをするなんて、とんでもないわ」

それは無理だと、パーヴィーンは説明した。「教授たちはわたしが授業を受けるのを望んでいないから、何の役にも立たないわ。それにわたしが告げ口したとわかれば、男子学生たちからもっとひどい扱いを受けるだろうし」

けれども、どうであれ現実はますますひどいものになっていった。二週間前、試験の結果が『タイムズ・オブ・インディア』紙に発表され、法学士を目指す一年生の中で、パーヴィーン・ミストリーが二番目の成績だと報じられた。

ミストリー一家はそれを祝った。ジョンはパーヴィーンの大好きなナッツ入りプリンを焼き、ジャムシェジーはペリエ・ジュエのボトルを三本あけた。近所の人たちが午後から夜にかけてしょっちゅう立ち寄り、デザートを一緒に食べたり、祝いの言葉を述べたりした。けれども、パーヴィーンのクラスの男子学生たちは喜びはしなかった。

パーヴィーンが小論文を前の列の学生に渡し、試験監督に集めてもらおうとしたときには、教授がそれを受け取ることはなく、零点になった。別の午後には、学校当局の者だという紳士が、彼女の家の電話に、翌日の法律の授業が突然なくなったという伝言を残した。パーヴィーンは疑いを持って教室へ調べにいき、テスト用紙が配られているちょうどそのとき、どうにか席に着いた。

今日のいやがらせに使われたのは、アリの行列が椅子に登ってきていることからすると、甘いもののようだった。アダカー教授の言葉がほとんど頭に入らず、パーヴィーンはまっすぐ前を見つめた。頭の中で、教授が黒板に書いている言葉——法的な手続きに関する権利についてのもの——が、入学一週目に、ある男子学生から非難がましく耳に吹き込まれた、悪意ある言葉に置き換わった。

おまえには、ここにいる権利はない！　ぼくたちみんなにとって、おまえのせいですべてが台無しになるだろうよ。

その学生はパーヴィーンを、和を乱すクソ女と呼んだ。まるで彼女こそが自分たちを苦しめていて、大勢がつらい目に遭っているとでもいうように。

「タマリンドのチャツネだわ」グルナズが鼻にしわを寄せながら言った。パーヴィーンのシルクのサリーを、自分の鼻から十五センチほど離して持っている。「あのいやな連中は、寮の食堂からそれを取ってきたに違いないわね」

「確かにタマリンドだと思う？」パーヴィーンはカレッジの女子用の休憩室で、ブラウスとペチコート姿で立っていた。そこは、女子学生たちが授業の合間に過ごせるようになっている。そのとき、グルナズ・バンカーとヘマ・パテルはパーヴィーンのサリーをあいだに置き、隣にあるトイレから持ってきた石鹼と水でしみを落とそうと、懸命に頑張っていた。

ヘマは同情のこもった目でパーヴィーンを見た。「ずっと言ってるでしょう、わたしたちみたいに文学を専攻すればいいのに。一クラスに女子が四人いるのよ。男子たちは全員から仕返しされるのが怖くて、絶対に手を出そうとはしないわ」

「専攻を変えることはできないの。わたしがボンベイで最初の女性弁護士になると、父が期待してるから」

グルナズが、優しいがきっぱりした声で言った。彼女は学年が一つ上だけれど、バラのつぼみのようにかわいらしくて小柄なので、もっと年下に見える。「パーヴィーン、あなたは考えるより先に行動に移すタイプでしょう。どうしてあいつらをやっつけないの？　あいつらのぼんくら頭を全部、殴りつけてやりたいと願ってるはずだわ、小学校でエステル・ヴァッチャにしたみたいに」

「あのときは八歳だったし、あの子がわたしのお弁当に砂をかけたからよ！」グルナズがそれを覚えていることに、パーヴィーンは腹が立った。「わたしも、もう大人よ。できるだけノートに目を落としたままでいるんだけど、話を聞いてないと教授に思われるときもあるの。それでほかの学生たちが笑い声を立てて――ああ、もういや」パーヴィーンは思わず涙をこぼした。

「かわいそうに！」グルナズは心配げに言った。「泣いてはだめ。あなたのサリーはもう新品同様になってるわ。窓のそばに吊るして乾かせばいいだけよ」

パーヴィーンはサリーに手を伸ばした。「二十分したらヒンドゥー法の授業が始まるの。それが乾くのを待ってなんかいられない」

「急かすとマンゴーだって実をつけなくなるわよ」ヘマが言った。「座って深呼吸しなさいよ」

二人の気遣いはパーヴィーンを動揺させただけだった。「もし行かなかったら、テストが受けられなくなるわ」

「あとでやればいいじゃないの」グルナズが勧めた。「人前で恥をかくよりましでしょう」

パーヴィーンは二人の手からサリーをひったくった。「それに、欠席の理由を教授にどう言えばいいの？　服にしみがついたからとでも？　いかにもばかな女子にありそうなことだと思われるにきまってるわ！」

「でも、そのしみは濡れてるのよ。人がどう思うか……」グルナズの声が小さくなった。彼女もまたパールシーで、衛生に関して厳しく躾けられている。

「シルクはこんなじめじめしたひどい部屋の中より、外の日差しに当てたほうが早く乾くわ。それにどうやって着るか、いいことを思いついたの！」パーヴィーンはヒンドゥー教徒のやり方で、端を後ろに垂らしてサリーをまとえば、しみの部分はよく見えなくなると説明した。

休憩室のテーブルの一つで勉強していたヒンドゥー教徒の女子学生、アラダナが急いで手伝いにやってきた。

パーヴィーンはグルナズとヘマに両側を守られて、エルフィンストーンの中庭へ出た。

「見て！」グルナズが指さした。「エステル・ヴァッチャが男の人と座ってるわ！」

パーヴィーンは怒りを込めて見つめる友人の視線をたどり、錬鉄でできたベンチに目をやった。そこには彼女の小学校時代の宿敵が座り、笑い声を上げている。一緒にいる若い男はパールシーのような服装をし、豊かな黒い巻き毛が落ちかかって額をすっかり隠していた。エステルの連れは横顔が魅力的で、その見事な鉤鼻は、パーヴィーンに古代ペルシアの王族の肖像を思わせた。

「あの人はここの学生じゃないわね。いったい誰なのかしら？」ヘマが興奮して尋ねた。

パーヴィーンは大学で数多くの男子学生を見たが、これほどハンサムな人はいなかった。

「以前に見かけたことはないわ。でも、きっと服にお金をかける人よ」

「そんなこと構わないわ。あんな巻き毛の子供が持てるんだったら、どんなにいいかしら」グルナズが言った。

「あなたは結婚願望が強すぎるわ！」パーヴィーンが注意すると、ヘマがほかの二人の手をそれぞれ握って、ベンチのほうへ歩き出した。

「こんにちは、エステル」ヘマが声を掛けた。「パーヴィーンが尋ねていたんだけど、あなたの特別なお友だちはいったいどなたなの？」

エステルは気取って答えた。「すてきな人でしょ？　カルカッタから来たいとこなの。ミスター・サイラス・ソダワラよ」

「お会いできて光栄です」若い男がそう言って少し頭を下げた。彼は三人に視線を走らせ、それからパーヴィーンに目を据えた。「紹介というのは互いにし合うものじゃないかな？」

「ミス・パーヴィーン・ミストリーはガヴァメント・ロー・スクールで初めての女子学生よ。実を言うと、みいとこなの」エステルは作り笑いを浮かべて言った。「ミス・グルナズ・バンカーとミス・ヘマ・パテルは、二人とも文学を専攻してるわ」

「お名前からすると、あなたはソーダの泡みたいにはじけた方なのね」ヘマが男性に冗談を言ったので、パーヴィーンは顔をしかめた。

サイラス・ソダワラがほほえむと、真っ白な歯が見えた。「祖父はペルシアの出で、最初の仕事が瓶入りの飲み物を売ることでした。イギリス政府の国勢調査で苗字を付ける必要が出てきて、その名前を採ったんです。ソダワラ――ソーダ売りですよ」

パーヴィーンは男性のアクセントが違っていると気付いた。カルカッタの訛りなのだろう。

「わたしの祖父もそうやって名前を付けたのよ」グルナズが甘い声で言った。「それなのに、今わたしは、バンカーなんていうひどくつまらない苗字でがまんしなくちゃならないなんて」

「ミス・ミストリー――あなたもパールシーですか？」サイラスがパーヴィーンのサリーの着方に鋭い目を向けて尋ねた。ほかの者はみな頭を布で覆い、胴に回した生地の垂れたところをサリーのウェストラインに奥ゆかしくたくし込んでいるのに、彼女は違っていた。

パーヴィーンは顔を赤らめた。「ええ。ちょっと違ったふうにサリーを着てるだけです」

「残念だわ、あなたたちはもう十九歳を過ぎてるのよね」エステルがからかうように言った。

「サイラスは花嫁を選びにきているの。彼の家族は相手が十八歳より下でなければ、会おうともしないでしょうよ」

「それは、あなたもずいぶんと若いからということですか、ミスター・ソダワラ？」パーヴィーンのその問いには皮肉が込められていた。エステルのいとこの頬と首には、朝剃ったひげがまた伸びかけていたのだから。

サイラスは傷ついたようにパーヴィーンを見た。「来月で二十八になります」

「あら！　花婿にしては年がいってますね」ヘマが口を挟んだ。「わたしは二十三より上の人とは、誰だろうと結婚なんてしないわ」

「婚期を逃したのは、家業のせいというだけです。でも、その甲斐がありました。ほどなく、ソダワラ家はベンガルとオリッサのウィスキー製造を一手に引き受けることになるでしょう。実は見本を持ってるんですよ」そう言って、ジャケットの中の小さな塊を軽く手で叩いた。

グルナズがはっと息をのんだ。「いけない人ね、ウィスキーのフラスクを持ってわたしたちのカレッジへ来るなんて！」

パーヴィーンは笑い声を上げたかった。サイラスは、法学のクラスにいる偉ぶったお堅い連中とは、まったく違っているように思えたから。それでも、彼に媚びへつらうひとりと思われたくはなかった。それで、ちょっと笑みを浮かべるだけにした。「カクテルを飲む時間はないんです。ボンベイで楽しく過ごして下さいね、そして花嫁さんが見つかりますように」

「こんなふうに行ってしまうのは、ちょっと失礼だわ！」三人でその場を離れると、ヘマが嚙みついた。

「ヒンドゥー法のテストがあるから」パーヴィーンは言った。

「でも、法学部の教室からは遠ざかってるわよ」グルナズが指摘した。「向こう側じゃないの？」

「しまった――ごめんなさい！　走っていかなきゃ」サイラスとエステルから離れようと急いだため、パーヴィーンは行くべき場所を通り過ぎてしまっていた。

建物の中に入ると、パーヴィーンは薄暗がりの中で立ち止まり、階段の吹き抜けを見上げた。ひとりの学生も見当たらず、つまり彼女は同じ日に二度目の遅刻をしたわけだった。階段を駆け上がるとき、サリーの縁が肩からずり落ちて、腕を曲げたところに落ちてきた。垂れた布を元通りに掛けたものの、腰のまわりのひだが緩んでいるのがわかった。

教室のドアのすぐ外で、パーヴィーンは重い学生カバンを下ろし、慣れない着方をしているサリーのひだを整えようとした。本当は身に着けているものをすべて脱ぎ、最初からやり直す必要があったが、女子学生用の休憩室は遠すぎた。腰のところで新たにひだをつまむことに集中していると、ジョシ先生がテストについて何か言っているのが聞こえた。パーヴィーンは服装を整えるのを諦め、ドアを開いた。軋む音がして、多くの学生が振り返った。その全員が先刻のクラスにいた者たちだ。両方の眉を上げたり、薄ら笑いを浮かべたり、くすくす笑ったりした。中でもいちばんいやだったのは、教授が叱りつける声だった。

「参加してくれてうれしい限りだ、ミス・ミストリー」ジョシ先生の声には皮肉があふれていた。

パーヴィーンは謝罪の言葉をつぶやいた。席へ急ぐあいだ、視線をずっと下に向けていた。前とは違った部屋で、椅子はきれいだった。机上に六個の問いがガリ版印刷された紙が載っていた。

まわりの男子学生たちが万年筆にインクを満たし、試験に取り組み始めると、ジョシ先生が通路をやってきて、パーヴィーンに声をかけた。「これほど遅れておいて、きみにこの試験を受ける資格があるとは思えないが」

「資格がある」という言葉が、パーヴィーンの神経を逆なでした。ジャムシェジー・ミストリーの娘だから、法律を学ぶ資格があるとみなされただけで——学校は女性に学位を与えるつもりはないということだ。

「みんな取り掛かっているのに、きみは違う。ペンを持ってくるのを忘れたのかね？」パーヴィーンの答えを待たずに、ジョシ先生が言った。「余分なペンを持っている者がいるとは思えないが？」

「そんな必要はありません、先生！」パーヴィーンのペンと鉛筆は、カバンに入れた刺繍（ししゅう）を施したシルクの小袋の中にある。彼女は手を伸ばし、重たいバッグを机の上に置いた。小袋を取り出したが、驚いたことにペンが見当たらない。けれども、カバンの外側に黒いしみが広がっていた。ペンが袋から落ち、インクが漏れ出したに違いない。それを取り出しても、ひどいことになるだけだ。そして、ジョシ先生は試験に鉛筆で解答するのを認めていなかった。

ジョシ先生が教室の前へ戻るあいだ、パーヴィーンはみじめに腰を下ろし、書き入れることのできない答案用紙を見つめていた。

四十分経ったとき、その用紙はもう白くなかった。激しくあふれ出た涙が落ちて濡れていた。左手に座っている学生たちが、書き終えた答案用紙を通路のほうへ渡し始めたが、パーヴィーンはその紙の山にわざわざ自分のを置こうとはしなかった。その場にとどまり、ほかの学生たちが苛立たしげな音を立てて、教室を出るために彼女の横をすり抜けても、構わずにいた。

ようやくパーヴィーンは教室にひとりだけになった。それを待っていたのだ。持ち物をまとめるのを誰にも見られたくはなかったから。

「何をやってるんだ?」不意にジョシ先生に呼びかけられ、パーヴィーンは驚いた。

「あの?」パーヴィーンは目を上げ、教授が部屋を出ていないのを見て不意を突かれた。

「たった今カバンの中に答案用紙を入れたな――ああ、きみがそうするのを見たぞ」

パーヴィーンは濡れてかすかにしわの寄った紙を取り出した。「ほら、これです。ペンに問題があったので、何も書けませんでした」

「だが、なぜそれを自分のカバンに入れた?」

パーヴィーンは正直に答えた。「提出するのは気が引けたんです。ほかの人たちが見るでしょうから」

教授はいぶかしげに目を細めた。「答案用紙を盗むのは学則違反だ。そのことを報告しなくてはならん」

　背後でささやき声がし、廊下に誰かがいるとわかった。

「申し訳ありません、でもその答案用紙をどうこうしようとしたわけじゃないんです。お話ししたように――」

「もし試験を受けるつもりだったのなら、ペンを調達できたはずだ。きみはそれを断った」ジョシ先生の声が大きくなった。「今日はどんなゲームをしているのかね――いや、これまでずっとゲームをしてきたというのか？」

　パーヴィーンは気持ちを鎮めて言った。「ゲームじゃありません、先生。ちょっとした間違いがあったというだけです」

　教授は背筋を伸ばした。顔が赤くなっている。「法学部に女を入れるのは間違いだと学部長に言ったのだ。きみの学則違反について報告書を書くとき、それは真実だと繰り返すことになるだろう」

　パーヴィーンは体中がこわばるのを感じた。「学則違反？　わたしは何もしていません」

「きみはわざと答案用紙を盗んだ。家で――おそらくは父親に手伝ってもらって、書き入れるつもりだったに違いない」

　今、パーヴィーンは怒りに燃えていた。「不当な告発に答えるつもりはありません」

　教授は首を片側に傾け、冷笑を浮かべてパーヴィーンをじっと見つめた。「大学の規則など破っても構わないほど、自分は高い地位にあると思い込んでいるようだな。それはなぜだ、ミス・ミストリー？」

パーヴィーンは立ち上がり、声を震わせて言った。「そうした告発に答えるつもりはありません、辞めることにしましたから」

その言葉を口にしたあと、パーヴィーンは自分でも信じられない気がした。いったい何をしたんだろう？　この場にふさわしい行動は、ひたすら謝り続けることだろうに。けれどもジョシ先生の恐ろしい顔を見れば、これから何が待ち受けているかわかった。彼はアダカー先生や法学科のほかの教授陣に協力を頼み、パーヴィーンを確実に有罪にするだろう。

ジョシ先生はあっけにとられたように見えた。彼はしばらくして言った。「辞めるのにも正式な手続きがある。だが、まずわたしの告発を処理してもらわなくてはならない。言い分を聞く会を開くかどうか考慮するのに、わたしの供述が大学当局によって使われ――」

「あんたの頭に入ってるのは脳みそ、それともおがくず？」自分を抑えられないうちに、攻撃的な言葉がすらすらと口をついた。「わたしは辞めたのよ！」

階段を下りるとき、宙に浮かんでいるような気分だった。なんと表現すればいいだろう？　そう――溺れかけた人が海の泡をつかんでいるみたい。パーヴィーンは柔らかくひんやりとした雲に包まれ、怒りに燃えて激しく手足を動かしているジョシ先生から離れた。海の泡は彼女を安全なところへ運んでくれたが、まだ溺れているには違いない。

建物から出て、ごみ箱へ向かった。ブラウスの端から慎重にハンカチを引っ張り出すとそれで片手を覆い、学生カバンの中からインクの漏れたペンをつまみ出した。法学校への入学を祝って母がくれた、螺鈿細工を施したパーカー社製のものだ。それも無駄になってしまった。けれども、そのときパーヴィーンは躊躇した。処分するのは、母の思いやりや期待を捨てるのと同じだ。パーヴィーンはハンカチを二重にしてそれをきっちり包み、カバンに戻した。

「ミス・ミストリー、きみかい？」楽しげな男性の声が尋ねた。

パーヴィーンははっとして振り向き、エステルのいとこが先刻と同じ噴水のそばのベンチに、ゆったりと座っているのを見た。

「また会ったね」サイラス・ソダワラは片手を上げて挨拶した。「エステルはぼくを捨ててチョーサーを選んだよ」

パーヴィーンは垂れ下がっているサリーにカバンをしっかりと押しつけ、うなずいて見せた。「ごきげんいかが？」

グジャラート語に切り替え、サイラスが言った。「どうぞ座って。安い油でも飲んだような顔だね」

パーヴィーンは気が遠くなるかと思った。サイラスとのあいだに一メートルほど場所を空けるよう注意しながら、ベンチに腰を下ろした。

「あなたのウィスキーなら、必要ないわ」釘を刺すような口調で言った。

　サイラスは不意に笑い出した。「エステルに、あれは趣味の悪い冗談だとはっきり言われたよ。すまなかった」

　パーヴィーンの気を失いそうな感じは、ゆっくりと治まっていった。「許してあげるわ」

「まだ顔色が悪いな」サイラスが真剣な顔で言った。

「お茶を一杯飲めばよくなるんだけど」

「何か食べるものも必要だ」サイラスは顔を輝かせて言い足した。「エステルの両親がここから通りをいくつか行ったところにある、とてもおいしいパン屋を教えてくれた。ヤズダニっていうんだ」

　ボンベイを訪れたこの男が、自分の大好きなパン屋兼カフェについて耳にしていたことに、パーヴィーンは感銘を受けた。けれども、きちんとした若い女性が、付き添いなしに男性と歩いてはいけないのもわかっていた。「ミスター・ソダワラ、わたしにはキャンパスを出る理由がないわ。女子学生用の休憩室でお茶が飲めるから」

「でも、ぼくはそこには入れない！　それに実を言うと、食事をとりそこねたんだよ」

　サイラスが幼い男の子のように口をへの字に曲げるのを、パーヴィーンは魅力的だと感じた。それにたった今あんなことがあったあとだから、急いでキャンパスを出たほうがよさそうだった。パーヴィーンの家族はヤズダニの主人を知っているので、そこへ行くのは付き添いを伴うのとほぼ同じだと言えないだろうか？　彼女はゆっくりと言った。「そのパン屋はわたしの家族の事務所の近くよ。そこへ行く途中に一緒に立ち寄ればいいわ」

半ブロック先から甘い匂いがしてきた。

サイラスがため息をついた。「カルダモン入りのパンが大好物なんだ」

「どんな種類の？」パーヴィーンが尋ねた。

「ミーティ・パプディ。ほかの種類があるのかい？」サイラスがからかうように言った。

パーヴィーンは、サイラスが菓子のことをほとんど知らないのをおもしろがった。「今匂っているのはマワケーキかダヒタンね。どちらもカルダモンとサフランが入ってるの。確かめにいきましょう」

その香りをかぐと、パーヴィーンは力がわいてくる気がした。砂糖とスパイスを体に入れれば、これから何が起ころうと乗り越えていけそうだ。

黒と白のタイルの貼られたカフェに入ると、サイラスはうれしそうに中を見回し、深く息を吸い込んだ。中途半端な時間だったが、テーブルの半分以上が埋まっていた。伝統的な、あるいはヨーロッパ風の服を身に着けたヒンドゥー教徒、パールシー、ムスリムが入り交じっている。パーヴィーンは父親の仕事仲間がひとりいるのを見つけ、自分だと知られるかと思ったが、その人は仕事の話に没頭しているようだった。

パーヴィーンはサイラスがはしゃいでいるのがうれしくなった。「遅いランチには、チキンとベリーのピラフ（プラオ）か子羊のココナツクリーム煮込み（キッド・ゴーシュト）がお勧めよ」

フィローズ・ヤズダニは金庫のそばに座り、二人のやり取りをずっと聞いていた。それからテーブルのところへやってきた。「今言ってた料理と、ほかにも少し持ってこよう。プディングとケーキについては、またあとで話そうじゃないか。なあ、パーヴィーン、こちらはどのいとこかね？」

ミストリー家はボンベイの古い一族なので、カフェの主人がそう思い込むのは当然だった。けれども、パーヴィーンは正直であるように躾けられてきた。彼女はためらい、どう言ったらいいか考えようとした。

「ぼくはカルカッタから来た腹ペコのいとこですよ！」パーヴィーンが答えられずにいるうちに、サイラスが満面の笑みを浮かべて言った。

「腹ペコの人は大歓迎だよ。だが、腹をすかせたままでいるのも、もうすぐ終わりさ」フィローズはうれしそうにほほえんだ。

店主が立ち去り、二人で隅のシンクに手を洗いにいくと、パーヴィーンはサイラスに小声で言った。「どうして嘘（うそ）をついたの？」

サイラスはウィンクして見せた。「エステルはきみのみいとこでしょう？　ということは、ぼくたちは親戚みたいなものってことだよ」

「わたしの家族とエステルのところは、それほど近い親戚じゃない。休日や結婚式に集まることはないわ」パーヴィーンはエステルとの長年の確執について、説明する気はなかった。

「そう言うしかなかったよ。あの店主に女たらしだと思われたら、放り出されただろうからね」サイラスは、赤いチェックのオイルクロスの掛かったテーブル越しに身を乗り出した。

「それで、大学で何があったの？　そんなふうに髪に火が付いたようになるなんて？」

パーヴィーンの手が思わずこめかみに伸びた。長くウェーヴのかかった髪を、お手伝い(アヤ)のジャヤが何時間も前に見事な編み込みに整えてくれたのに、それが少しほどけている。「なぜ見ず知らずの人に、わたしの身の上話をしなきゃならないの？」

「ぼくが見ず知らずの人間だから、話せるんだよ。ボンベイの人なら気にすることでも、ぼくにとってはどうでもいいからね」

パーヴィーンは何も言わずにいるべきだったが、二人が出会ったときからずっと、サイラスが自分をじっと見て話に耳を傾けていることに気付いていた。彼が興味を持ってくれるような気がした。共感さえしてもらえるかもしれない。パーヴィーンは声を落として言った。

「誰にも言わないと約束して。あなたのいとこにも――誰にも」

サイラスは祈るように両手を合わせた。その親しげな仕草を見てパーヴィーンは笑みを浮かべ、励まされるように次の言葉を口にした。「三十分前にロー・スクールを辞めたの。でも、わたしは聴講生だから、それが本当に重要なことかどうかわからないけど」

濃い眉が上がり、サイラスはまるで感心しているように見えた。「おめでとう」

「いったい何を言ってるの？　両親になんて話せばいいかわからないっていうのに！」

「かなりの金を節約させてあげたと言えばいい」

パーヴィーンは目を閉じ、以前のことを思い起こした。「わたしがロー・スクールへの入学を認められたとき、両親はとても誇りに思ってくれた。それ以上に二人を喜ばせる学校があるとすれば、イギリスのカレッジだけだったわ。でも、わたしはそんなに遠くへは行きたくなかったの」

サイラスは訳知り顔でうなずいた。「ロンドンのウィスキーを全部もらったって、ぼくはイギリスになんか行くつもりはないよ。それに大学なんてものはひどく無駄だ。ビジネスに関して学ぶ必要があることはすべて、プレジデンシー・カレッジの塀の外の通りで学んだからね」

パーヴィーンのクラスに、そんなことを言う男子学生がいるとは思えなかった。自分たちが出た私立のハイスクールをあれこれ比較し、クラス順位がどうのこうのと言っている、自信過剰なクラスメートたちのことが彼女の頭に浮かんだ。彼らはウィスキーのフラスクを持ってぶらついたりはしないだろう。女性と真摯（しんし）に話をすることだってないはずだ。

フィローズ・ヤズダニが茶と料理を持って近寄ってきた。二人分をスプーンでよそってもらうと、サイラスはがつがつとかき込み始めた。半分ほどなくなったあと、一息入れた。

「ライスはとてもあっさりしていて、甘さとスパイシーさが一度に感じられる。それにマトンは柔らかくて、ぼくにはわからないスパイスが入ってる。ボンベイ独特の香料のブレンド（マサラ）かな」

「ここは家以外で一番おいしい食事を出してくれるの」パーヴィーンが言った。空腹ではなかったが、ライスと肉をどうにか少し口に入れた。

「どうして法律を学ぶことにしたの？　きみが自分で選んだのかい？」サイラスが尋ねた。

何年ものあいだ、パーヴィーンは夕食のときに父親が語る法廷でのドラマに耳を傾けてきた。そのすべてにわくわくさせられた。「実は、父はわたしをけしかけていたの」

サイラスは口いっぱいに入れたものを飲み込むと、話しかけた。「それじゃ、お父さんは弁護士なんだね？」

「ええ――実は今日は高等裁判所にいるわ。父の計画は、わたしをガヴァメント・ロー・スクールで学ばせることだった。法学部は、やがて女性に学位を認めなければならなくなるだろうって。道が開けるのに備え、前もって履修させておくつもりだったの」

サイラスは前かがみになり、テーブルに肘をついた。「法律の授業はどうなの？　そんなに面白い？」

「今のところは、面白いわけじゃない」パーヴィーンは淡々と言った。「でも、それはわたしが辞めた理由じゃないわ。一番つらかったのはクラスメートのことよ」

　サイラスはあきれたように目をぐるりと回した。「話してごらん」

　パーヴィーンはその朝、椅子にねばねばするものがついていたことや、先月、小論文がなくなったことや、授業や試験を受けさせないようにする企てが何度もあったことを話した。さまざまなエピソードを教えるにつれ、サイラスのハンサムな顔に浮かぶ表情が同情から怒りへ変わった。

「パールシーの若者たちがきみにそんな態度を取ったというのか？」サイラスがようやく言った。

「パールシーもヒンドゥー教徒もキリスト教徒もよ！　教室の全員が積極的にそうしてたわけじゃないけど、少なくとも三分の二は面白がって一緒にやったわ」

　サイラスは首を振った。「それできみのお父さんはどうしたの？」

「父の反応が怖くて、話してないのよ。法曹界では名の知られた人だから。問題を解決しようとするかもしれない――そうなると、事態はもっとひどくなるでしょうね」

「でも、きみにちょっかいを出している連中は間違いなくくそったれだ！」サイラスはナプキンで口元をぬぐい、皿の横に放った。「おまけに、今後きみはそういうやつらと法廷で一緒に仕事をすることになるんだぞ！」

「ええ、彼らのほとんどはそこで実務を学ぶでしょうね」パーヴィーンはそれについて、今まできちんと考えたことがなかった。

「隠れてこそこそやってきみをからかってるくせに、やつらはきみに話しかけようともしないじゃないか」彼の声には怒りがあふれていた。

パーヴィーンは打ち明け話をしすぎたと気付いた。サイラスが誰かに話すからというわけではなく——打ち明けたせいで、自分が気の滅入ることばかり考えてしまっているからだ。

「あなたに話してよかったのかどうかわからない。お茶を台無しにしてしまったわ」

「パーヴィーン、ぼくは——」サイラスは言葉を切った。白い肌が赤らんでいる。「すまない、ミス・ミストリーと言うべきなのに」

「わたしたちがいとこだったら話は別だけど」パーヴィーンはいたずらっぽく言った。

サイラスはパーヴィーンにこぶしを上げて見せ、笑い声を立てた。「ぼくたちは二人とも、命がけで闘ってるというわけだね？」

「あなたは何のために闘ってるの？」パーヴィーンは興味を引かれて尋ねた。

「残りの人生がひどいものにならないようにするためだ」パーヴィーンがよくわからないという顔をすると、サイラスは言い足した。「両親が推し進めている、愛のない見合い結婚のことを言ってるんだよ」

「それじゃ、あなたは結婚したくないの？」そう口にしたとき、パーヴィーンは感情が顔に出ていないよう願った。サイラスと会えるのはこれきりだというのが、残念に思われた。数日すれば、彼は婚約しているに違いない。

「ぼくは自分の好みに合う女性と一緒にいたい――両親の気に入った人ではなく」サイラスはじっとパーヴィーンを見つめた。「信じられるかい？　ぼくの一族が見合いする手はずを整えることができた、しかるべきボンベイの娘はたったの十六人なんだよ。ぼくがそのうちのひとりとの結婚に同意し、相手が二人以上の息子を産んでくれれば、次の半世紀のあいだみんな幸せでいられるというわけさ」

パーヴィーンは含み笑いをした。

「何がおかしい？」サイラスは苛立たしげに言った。

「あなたのお見合いリストには、パールシーの娘が千人も載ってると思ってたから。ここにはパールシーはずいぶんとたくさんいるのよ」

「しかるべき年齢、容貌、家柄のパールシーの女性は、それほどいないよ。それに、ふさわしい星回りについても考えなきゃならない！」サイラスはしかめつらで言い足した。

パーヴィーンはテーブル越しに相手の若い男を見た。自分では困った立場にあると思っているが、思いどおりに仕事を成し遂げたその男は、間違いなく、申し分のない女性と一緒になるだろう。「自分を哀れに思ってはだめよ。わたしの両親だって、数年後にはわたしの結婚をお膳立てするでしょうから。それが人生というものよ」

フィローズ・ヤズダニがふたたび現れ、カフェの焼き菓子の味見をしてくれと強く勧めた。サイラスはべたべたした金色のダヒタンを食べてみることにし、パーヴィーンはもっとあっさりした、焼いたマワケーキを頼んだ。フィローズはデーツとアーモンドのペストリーをおまけしてくれた。甘い砂糖と熱いお茶を体に入れると、パーヴィーンは生まれ変わったような気がしてきた。

サイラスは最後のかけらをフォークで刺して口に運んだあと、金の懐中時計を取り出した。

「しまった！　二十分前にタージマハル・ホテルへ行くことになっていた。勘定書を頼むよ」

けれども、フィローズは渡そうとしなかった。サイラスが文句を言うと、フィローズが優しく答えた。「ミストリー家はいつも毎月まとめて支払うんだ。きっと親族の食事代を持って下さると思うよ」

パーヴィーンはフィローズをちらっと見た。わざと真面目くさった顔をしている。この食事代を家族の付けにしたのは、そうすればパーヴィーンの父親ににらまれずにすむからだと思われた。一ルピー三アンナになるほど、一緒にたらふく食べた相手は誰だと父親に尋ねられたら、説明する羽目になるかもしれない。

パーヴィーンはため息をついた。「そのとおりよ。ここではまったくお金を使わないの。外へ出ましょう、ラムシャンドラを紹介するから。祖父は彼をとても気に入って、香港から自転車タクシー（サイクルリクショー）を取り寄せて贈ったの。おそらくラムシャンドラは、当時はボンベイ中でただひとりの自転車タクシー屋だったはず」

「自転車タクシー屋はカルカッタではどこにでもいるよ」サイラスがパーヴィーンをカフェ

の外へ導いた。それからきっぱりと言った。「家まで送っていかないと」

「結構よ！」パーヴィーンはミストリー屋敷の方を指さした。「道を渡るだけだから」

サイラスは長いあいだ、ゴシック様式の広大な石造りの邸宅を見つめていた。「あの大きな家かい？」

「祖父が一八七五年に建てたのよ。いまでもそこにいるわ、足が弱ったから一階のいくつかの部屋に籠っているけど」

「きみたちと暮らしてはいないの？」サイラスは戸惑ったようだ。

「わたしたちは祖父に一緒に住んでもらいたいけど、そこを出ようとしないのよ。天使の住処へ召されるまで、自分の建てた家に楽しく住み続けると誓ったから」

「だけど、まるで要塞みたいじゃないか！」

先祖伝来の家に対するときにはいつもそうだが、パーヴィーンは、誇りと気恥ずかしさの入り混じった気持ちになった。「そう思うわ。でも、実は展示物のようなものとして建てられたのよ」

「どういう意味？」

「祖父はボンベイのすべての人に、自分が提供できる質の高い芸術作品を見せたかったの。ジェームズ・フラーを雇って設計図を書いてもらった――高等裁判所を建てたイギリス人の建築家よ」パーヴィーンは続けた。「家具はすべて香港からの輸入品か、サー・ジェジーブホイ芸術大学を出た人の手になるものよ。住むにはちょっと大変だけど、法律事務所として使うには、なかなかいいところでね。父の事務所は一階にあるわ」

ようやく、納得したという表情がサイラスの顔に浮かんだ。「きみのお父さんとおじいさんは毎日、一緒にいるわけだ。それはとてもすばらしいことだね」

「わたしもそう思う。祖父は目立ちたがり屋に思われるかもしれないけど、一方で実務の知識も持っていた。非の打ちどころのなさそうな柱に目をやっただけで、触ってもいないのに、木の内部が腐っているかどうか見抜くところを目にしたことがあるわ」

「頭のいい人のようだな」サイラスはうなずいてみせた。「明日ボンベイをもっと案内してくれるかい？」

パーヴィーンは信じられないというようにサイラスを見た。「お見合いの予定が詰まってるのに、どうして観光なんかできるの？」

「母は朝寝坊なんだ、だからぼくは午前中は暇なのさ」

「あなたは結婚のチャンスを逃し、わたしは自分の評判を台無しにすることになるわ！」それでも、どんなことにも意見を求めてくれたこれまでで唯一の若い男性が、そそくさと自分の世界からいなくなるのが、パーヴィーンは内心、残念で仕方がなかった。

「エステルかきみの友人の誰かに、一緒に来てもらえばいいんじゃないかな？」サイラスが何気ないふうに言った。

「でも、水曜日よ。わたしたち――いえ、彼女たちは――授業に出ないといけないでしょう」

「それじゃ、ぼくはどうすればいいのかな？　アラビア海を見渡してみたいんだが。カルカッタには大きな港があるけど、船や建物がひしめいてる。海水浴場なんてないんだよ」

パーヴィーンの頭にランズ・エンドが思い浮かんだ。そこなら息をのむような海の景色が見られるだろう。だが、町の北でずいぶんと遠いので、サイラスがひとりでそこを見つけるのはおそらく無理だ。「チョウパッティ・ビーチなら行きやすいわ。どの自転車タクシー屋でも道を知ってるから」

「わかった、行ってみよう。でも、きみは明日からどうするの、もう学校で勉強しないわけだろう？」サイラスの温かなハシバミ色の目が、パーヴィーンにじっと据えられている。

パーヴィーンはその問いをよく考えてみた。仮病を使って家にいるとしても、二日以上は無理だ。しかも、学校を辞めたことを告げる覚悟ができているわけでもなかった――父は即座に学部長のところへ行き、娘にまた授業を受けさせるだろう。

そんなのはだめだ。今のところはまだ大学へ行っているかのようにふるまい、その時間を使って何か計画を練るのが賢明だろう。

「でも、ぼくたちはもう一度会わなきゃ！」サイラスが言った。

パーヴィーンはためらった。「わたしはもう充分困ったことになってるのよ。でも、もしあなたがちょっと挨拶したいというのなら、サスーン図書館にいるから。エルフィンストーンのすぐ隣よ。父と一緒に車に乗って町へ来ることにするわ、いつもどおりにね」

サイラスは輝くような笑顔を見せた。「ぼくも自分の本を持ってこよう。それに、きみの評判を台無しにしないと約束するよ」

サイラス・ソダワラがカフェを出て自転車タクシー（サイクルリクショー）の乗り場へ向かうのを見ながら、パーヴィーンはかすかなめまいを感じた。

その朝は若い男をすべて憎むことから始まった。そのあと、法学の教授に腹を立てまくって大学を辞めた。最後は知らない男と一緒に食事をしにいったのだ。けれども、サイラス・ソダワラの考え方はパーヴィーンの気分を明るくし、自分には何が本当に必要なのかわからせてくれた。

サイラスは間違いなく、大した人物だった。パーヴィーンはこれまで、ハンサムで、おまけに率直な物言いをする男性に会ったことはない。互いに心を開いて話をしたあとでは、親の決めたどんな花婿候補だろうと、サイラスにかなうとは思えなかった。

パーヴィーンはエステルの言葉を思い起こした。サイラス・ソダワラがボンベイへ探しにきたのは、十八歳未満のパールシーの娘だけなのだ。誰だろうと、両親の選んだ基準に当てはまらない女性に興味を持つことはありえないだろう。

第五章　ランズ・エンド

一九一六年八月、ボンベイ

パーヴィーンはウェスタンラインの女性用車両に座りながら、自分が破っているさまざまなルールに思いを巡らせていた。ひとりで汽車に乗るのも、これが初めてだ。今までは必ず、お目付け役の親族か教師が一緒だった。けれども、この一週間にやってきたいくつもの悪いことに比べたら、こんなのは大したことじゃない。

パーヴィーンはサスーン図書館の庭で、サイラス・ソダワラと三回会った。それからサイラスはエステル・ヴァッチャに頼み、マチネの映画を見るための介添え人付きの若者のグループに、パーヴィーンを入れるようにした。どういうわけか、映画館で彼はパーヴィーンの隣の席に座ることになった。そのあいだずっと、パーヴィーンは肘掛けに載せた彼の腕からエネルギーが放射されている感じがしていた。触れられたわけではないが、そうなればどんな感じがするか考えずにはいられなかった。

今日の規則破りは、今まででもっとも大胆なものだ。サイラスは家族がボンベイを去る前に、どうしても海岸へ行きたいと繰り返し言っていた。ほかの人が来るかどうか、パーヴィーンは尋ねなかった。見合いの結果を話すために、二人きりになりたいとサイラスが思っていると感じたから。そんな憂うつな知らせを聞くのに、地の果てを意味するランズ・エンドはふさわしい気がした。

バンドラ駅の暗がりから出ると、サイラスが待っていた。フェタを片手で持ち、しかもジャケットの首のところのボタンを外しているので、くつろいでいるように見える。今ではボンベイになじんでいるようだ。人々は自信に満ちたその若いビジネスマンには見向きもせず、彼のまわりを行き来した。

「やっと来たね！」サイラスはうれしそうに挨拶した。「この三十分のあいだずっと心配してたんだよ。ダダールからここへは一駅なのに、どうしてそんなに長くかかるのかってね」

「ごめんなさい。ダダールじゃなくて、チャーチゲート駅から来たの」パーヴィーンは両親に事情を知られないよう、いまだに毎朝エルフィンストーンへ通っていた。

「九時半からずっとここにいたから、おかげでふさわしい二輪馬車（タンガ）を見つける時間があったよ。御者の話では、一番の景色を見るには、バンドラの野外ステージへ行くのがいいそうだ。どう思う？」

「行きましょう！」

パーヴィーンはタンガの中でバンドラの歴史についておしゃべりしたが、落ち着かない気分だった。御者が、二人が結婚していないと推測して叱りつけるか、それ以上乗せるのを断るかするかもしれない。サイラスが個人的なことを何も言わないので、パーヴィーンはほっとした。その代わり、彼はボンベイのレストランに瓶詰めのラズベリーソーダを送るという、家業の新しい契約のことを話題にした。

「とても驚いたよ、ボンベイにはソーダの工場がたくさんあるから」サイラスは言った。

「でも、うちはもっと安くできたんだ」

「輸送費を足してもってこと？」

「請求書を送るときには、その費用は細かく分けて上乗せされることになるだろうね」サイラスはそう言って片目をつぶった。「とにかく、契約はまとまったんだ」

「事業を拡大するために、あなたはボンベイにとどまることになるかもしれないのね？」

「それはありえないよ。父が引退したら、カルカッタの事業を引き継がなきゃならないんだ。あと十年もしたら、間違いなくそうなるだろうね」

「家族のことを話してくれないの？」それは、パーヴィーンがぜひとも尋ねたいことだった。彼女はヤズダニが娘のリリーにどんな夢を抱いているかも、グルナズの母親に健康上の問題があることも、ヘマが完璧な姉にライバル意識を持っていることも、すべて知っているのだから。

「兄はニヴェドといってね。幸せな結婚をしてビハールに落ち着き、すでに息子と娘がいる」

「いいわね。でも、お母さまはお孫さんたちに会えなくてきっと寂しいでしょう」

「そのとおりだよ」サイラスはそう言い、通り沿いで遊んでいる子供たちを見て笑みを浮かべた。「うちがビハールで瓶詰めの工場を買ったとき、ニヴェドは家を出なきゃならなかった。事業を立ち上げるため、親父がそこへやったんだ。信頼して行かせられるのは、兄しかいなかった――ぼくは若すぎたし、プレジデンシー・カレッジで学ぼうとしてたところだったからね」

「それじゃ、あなたのご両親には子供が二人いるだけなのね？」パーヴィーンは自分とサイラスの人生が似通っているのに、興味を引かれた。

サイラスはまっすぐ前を見ながら言った。「アザラという妹がいたが、十四歳で亡くなった。それはうちの家族に起きた最悪のことだったよ。ぼくがみなと同じ年頃に結婚しなかったのは、それが理由でもあるんだ」

「妹さんに何が起きたの？」

そう問いかけるとサイラスが身を固くしたので、心の傷を詮索しすぎてしまったとパーヴィーンは気付いた。

「コレラだった」サイラスがつぶやいた。「モンスーンのあいだのことだ。通りに水があふれ、汚物が至るところに浮かんでいるときには、病気になるのは珍しいことじゃないからね」

「ごめんなさい。きょうだいを亡くすのはどんな感じがするか、想像することしかできないわ。しかも、そんなに若いのに」自分でも気付かないうちに、パーヴィーンはサイラスの固く握られた拳に自分の手を重ねていた。サイラスは礼を言うように彼女を見ると、指をほどいて互いの指が組み合わさるようにした。

パーヴィーンは頭がくらくらした。人のいるところでこれほど大胆なことをやってのけたことが、声を上げたいほどうれしく、それでいてひどく恐ろしかった。タンガの御者は背を向けているので怪しみはしないだろうが、右手の荷馬車の御者をちらっと見たとき、その男はまるでパーヴィーンを娼婦(しょうふ)だと思ったかのように、にらみつけ、口をすぼめて軽蔑の表情を見せた。法学のクラスでなら目をそらしただろうが、パーヴィーンは相手が視線をほかへ向けるまで、じっとにらんでやった。

「今はもう大丈夫だが、ぼくたちは衛生にはずいぶんと気を遣っているんだよ、特に雨季のあいだはね」サイラスは真顔で言った。「どこかもっと人口の密集していないところへ引っ越そうと、何度も両親を説得しようとしたんだが、火の神殿が近くにあるサクラット・プレイスから、絶対に動こうとしないんだ」

「ご両親は戒律を厳しく守っておられるの？」

サイラスはうなずいた。「アザラを失ったあと、昔からの信仰に大きな慰めを見つけたんだ」

「アザラというのはとてもすてきな名前ね。その名前の人をほかに知らないわ」

「ペルシア語から来ていて、赤という意味だ。ちょうどこの道路沿いのバラの色のようなね。バンドラはとても美しいところだな！」悲しい話題からパーヴィーンの関心をそらそうとするかのように、サイラスは言った。

タンガはスピードを落として着実にヒル・ロードを上り、パステルカラーで塗られ、屋根にタイルの貼られたポルトガル風の屋敷をいくつも通り過ぎた。セントアンドリュース教会を過ぎると、海が目の前に現れた。なんとすばらしい景色だろう――鋭い黒い岩に縁取られた、きらめく青い海が見渡す限り広がっている。カモメが頭上で輪を描き、まるで風に乗って舞っているみたいだ。

「ここで止めるよう、御者に頼んでくれる？」パーヴィーンがそう勧め、サイラスの手を慎重に離した。「野外ステージはすぐ近くだわ、そこからの景色は最高よ」

サイラスは笑った。「麗しきお方、お望みのままにいたします」

サイラスが勘定を払うあいだ、パーヴィーンは耳をそばだて、野外ステージから流れる音楽を聴いていた。彼女は楽しげに言った。「軍楽隊みたいだわ。何人で演奏しているのか見てみましょう」

「そんなことをしてもいいのかな。連中はいつも志願兵を探してるんだから！」音楽に合わせて二人で歩きながら、サイラスが笑って言った。

「入隊しようと思ったことがあるの？」パーヴィーンが尋ねた。

サイラスはばかにしたようにふっと笑った。「そんなことを望むほどぼくの頭がおかしくなったとしても、親父が許さないよ。パールシーの連隊はないからね」

「息子さんを失いたくないからでしょう」

「きみのお勧めの野外ステージは、もう充分見たよ」サイラスが言った。「海で足を濡らしにいこうじゃないか」

「家族とここへ来たことがあるけど、海へ下りていったことはないわ」パーヴィーンは岩だらけの険しい景色に、怯えた表情を浮かべた。「ここからまっすぐ行くのは、ずいぶんと大変そうね。でも、見張りの塔の跡を抜けられると聞いたことがあるわ」

壊れた壁の残骸の中の、黒焦げになったアーチまで行くと、岩がごろごろした険しいところを横切れば、海の近くへ下りていけるとわかった。パーヴィーンはサンダルを履いているので、頑丈な紐付きのブローグシューズのサイラスよりも用心して進んだ。海辺に着くと、二人はどちらも靴を脱いで手に持ち、冷たい海水が足首の上までひたひたと寄せるに任せた。かすかな流れが渦を巻き、もしもっと深いところへ歩いていったら、海の水に引き込まれ、冷たく甘美な抱擁を受けることになるとパーヴィーンは気付いた。

「何を考えてるんだい?」サイラスが尋ねた。

「溺れる者は海の泡をも摑む」パーヴィーンが答えた。「このことわざを知ってる?」

サイラスは首を振った。「いや」

「必死になっている人は、どんなつまらないものにだってしがみつくということよ」

「ぼくは泳ぎを習ったことはないんだ、カルカッタのフーグリー川の水が体に害があることを考えればね」サイラスは振り向いて、パーヴィーンにほほえんだ。「自分たちができないことについて話すのはやめようじゃないか。今日という日を楽しまなきゃ」

サイラスの目をのぞき込むと、パーヴィーンは海の水よりも深い何かの中へ沈んでいくような気がした。彼の言うとおりだ。サイラスは三日後には行ってしまうけれど、この秘密の遠出の記憶はずっとパーヴィーンの心に残るだろう。

二人は海辺に沿って一キロ半ほど歩き、小さなカニが岩のまわりを這うのをじっと見たり、コウノトリ、シラサギ、ハトと名前を挙げていったりした。餌を探し回る鳥たちを見ると、パーヴィーンは昼食の時間を過ぎていることに気付いた。バンドラ駅へ戻る前に、引き返して軽食のベルプリでも買いましょうかと、サイラスに言おうかと思った。別にお腹がすいているわけではなかったが、街からずいぶんと離れてしまい、不安になっていた。それに、サイラスを困らせるようなことをしたくはなかった。彼はいつもそうしているように、午後の中頃までに南ボンベイへ戻らなくてはならないはずだ。

二時半になったが、サイラスは立ち去る気がないように見えた。彼の両親がすでに結婚相手を決めたということなのだと、パーヴィーンは思った。

強い風がサイラスの黒い巻き毛を逆立てた。パーヴィーンはこっそりとそれに見とれた――凜々しい横顔にも。サイラスは彼女が見たことのある絵の中の、古代ペルシアの王に似ていた。

「座ろうか」サイラスが勧めた。「ほら、あの場所がいい」

そこは広く平らな岩が、それより高く突き出した石の陰になっていて、網を持って砂浜にいる数人の漁師だけでなく、野外ステージの人々すべての目から二人の姿を隠してくれる。そこに座ると、体の下の石の温かさが腿に伝わってきて、夜にサイラスのことを考えるときどき脈を打つ、秘めやかなところにまで届いた。

サイラスはほっとしたように長く息を吐き出した。「パーヴィーン、連れてきてくれてありがとう。ずっとアラビア海に向き合いたいと思っていた。この果てしない青い海は、インドへ来るときに祖父が目にしたものだ。それを自分の目で見たかった」

「あなたと同じくらい、わたしも自分の一族がここへ移ってきた歴史を知っていたらよかったのに」パーヴィーンは悲しげに言った。「わたしたちパールシーがいつ来たのか、誰も正確には知らないけれど、五百年から七百年も前のことかもしれない。それから十七世紀になってイギリス人に命じられてグジャラートを去り、ここへ移って破壊された古いポルトガルの要塞を、壁を巡らせた現代的な都市に造り変えたのよ」

サイラスがさらに身を寄せたので、二人の体の脇が触れ合った。「どうしてきみのお父さんは専門を建築から法律に変えたの？」

パーヴィーンは体に電気が走った気がした。それで、なんでもないふうを装って早口でしゃべった。「父は三人の息子の中でもっとも年下で、ほかの二人はすでにミストリー建設に入っていた。そこで建設会社には法的な保護が必要で、もし自分が弁護士になれば、無料でそれを与えられると祖父に説明したの。祖父はこれこそ、自分たちの社会的地位を世に示す方法だとみなし、父をオックスフォードへ留学させたのよ。幸いなことに父は最高の教育を受けられた。わたしの兄のルストムが自分と同じ道を歩くかもしれないと父は思ったけど、この親にしてこの子ありで、兄はミストリー建設に入ったわ」

サイラスが鼻を鳴らした。「それじゃ、お兄さんが逃げ出したから、きみは仕方なくお父さんと同じ仕事を続けるわけか」

「法学部は大きらいだった」パーヴィーンはそう言って体を震わせた。「でも、事務弁護士として働くのはわくわくすることだと思う。それは認めるわ」

「そうだろうけどね」サイラスは肩をすくめた。「でも、女性の弁護士はまだ法廷に立つことができないのなら、きみが何のために法律を学ぶのかわからないな」

「それはちょっと違うわ。事務弁護士は法廷で論争する必要がないの。それに法律事務のほとんどは型通りのものよ――契約書とか遺言書とかね。父はわたしが法学の課程を終えたらすぐ、仕事を手伝わせたいと思ってるわ」パーヴィーンはそう付け加えたが、いつものように罪悪感で心が重かった。

サイラスは同情するように言った。「両親はぼくを大学へやり、自分たちにとってもっとも重要なことを学ばせようとした。商業をね。でも、プレジデンシーの教師たちはばかだった！ ビジネスについてぼくが知っているすべては、学校の外で学んだものだ。それに今、商売がどれほどうまくいってるか見てみるがいい。父は今までにないほど鼻が高いだろうね」

「すばらしいわ」パーヴィーンは前かがみになって両手に顎をのせ、ため息をついた。「法律も商売みたいに学べたらいいのに」

サイラスはパーヴィーンを鋭い目で見た。「ぼくたちの先祖はペルシアを去らなくてもよかったのに、そうした。もっとよい未来に賭けたんだ」話をしながら、彼の腕はそっと上へあがっていき、優しくパーヴィーンの背中を抱いた。

パーヴィーンは首を回し、漁師に気付かれたかどうか、ほかの誰かが岩伝いに下りてくるかどうか確かめた。まだ、二人きりだ。

「きみに訊きたいことがある」サイラスの声は小さかったので、パーヴィーンは聞き取るのに彼の方へ体を向けなければならなかった。

「何を？」パーヴィーンは息を詰めて尋ねた。

「もしきみが法律を捨てることができるなら、ぼくも何かを捨てよう」

パーヴィーンは目を見開いた。「どういうこと？」

「二日前にあなたたちが選んだ愚かな娘と結婚するつもりはないと、両親に言おうと思う。ぼくはとても孤独だ。愛してもいない人と無理やり結婚させられたら、孤独が深まるだけだよ」

パーヴィーンはサイラスの唇に手を当てた。「そんなことを言ってはだめ。結婚が決まったのなら、進めなければ。それにその目的からあなたの気をそらすつもりは、わたしにはまったくなかったとわかってちょうだい。まずいことになるわ」

「愛（いと）しい人」サイラスはパーヴィーンの手にキスをした。

パーヴィーンは手を引っ込めた。「そんなふうに愛情を込めた呼び方をするのはやめて！」

出来もしないことを約束した男の記憶が、この先の人生に付きまとうのはごめんだった。さっさと終わらせてしまったほうがいい。

「素直になるんだ、パーヴィーン。きみの人生が開こうとしていると考えてごらん――海と同じくらい大きくね」サイラスはふたたび彼女の手を取った。「ロー・スクールを辞めたんだから、ぼくと一緒にいられるじゃないか！」

パーヴィーンはサイラスに手を握られるままにしたけれど、彼を見ようとはしなかった。

「いいえ。あなたはずっと遠くへ行ってしまうのよ」

「ちょっとだけ話をやめてくれないか」サイラスの声が大きくなった。「花嫁になってほしいと、ぼくははっきり言ってるんだよ」

サイラスはプロポーズしたのだ。パーヴィーンはうれしくてたまらなかったが、すぐにつらい気持ちになった。彼に目を向けると、こう告げた。「でも、あなたの——あなたの結婚はもう——」

「選んだのは両親だ。でも、ぼくはまだ同意してない。今二人はぼくをせっついて、理由を説明させようとしている」サイラスはパーヴィーンの目をじっとのぞき込んだ。「ぼくたちがずっと会っていることについては、両親に何も言ってない。だが、エステルが大学の友だちのひとりに紹介してくれ、その人はほかの誰よりもすばらしかったと話した」

その言葉を聞くと、パーヴィーンにある考えが浮かんだ。もしサイラスがもう数週間ボンベイに滞在することができたら、自分たちはしかるべき付き添い人の元で知り合いになれるだろう。彼女はためらいがちに言った。「おそらくわたしの両親は、長い婚約期間を設けようとするでしょうね。でも、わたしはまず何か学位を取らくては！　コミュニティのほかの人たちの模範にならないとね」

「ぼくの親は待つつもりはないだろうし、きみのご両親はぼくが充分にふさわしいとは思わないだろう！　むしろ、ボンベイの資産家と結婚させたいんじゃないかな。タタ家とかレディマニー家とか」サイラスは石をつまみ上げ、海の方へ投げた。

　パーヴィーンはその石が別の石に当たって跳ね返るのを眺めた。彼女は悲しげに言った。

「両親が誰を勧めるつもりかは知らない。でもあなたに会ったあとでは、自分がどうやってほかの人と結婚して幸せになれるのかわからないわ」

「パーヴィーン、何が起きたのかわかるかい？　ぼくたちは偶然に出会い、恋に落ちたんだ！」サイラスは息せき切って言った。「ぼくたちの両親は、自分たちの導きなしに互いを見つけたことに驚くだろうが、神がお膳立てをしてくれたと言えばいい」

　パーヴィーンはうなずき、自分たちには多くの似通ったところがあると思った。サイラスは活力に溢れ、せっかちなところがある。物事を新鮮な目で見て、思い切ってやってみる。彼こそ、パーヴィーンの運命の人なのだ。彼女には、サイラスがゾロアスター教の天使（ヤザタ）だとさえ思えた。自分に幸せを運んでくる天使だと。だが、それももう終わりだろう。

「教えてくれ。ぼくがこんなに大胆なことをしたのは間違ってるかい？」

　パーヴィーンは目の縁に涙が浮かぶのがわかった。「いいえ。この数日のあいだ、一緒に過ごせてうれしかった。そのことを決して忘れないわ」

　サイラスはパーヴィーンの顔を両手で挟み、二人の唇が触れるまで傾けた。

　パーヴィーンは相手を押しのけるべきだったが、期待で体が固まってしまったような気がした。ついに夢見てきたことが起ころうとしている。この先の人生で、サイラスに会えないことをずっと寂しく思うかもしれないが、今この瞬間を逃すつもりはなかった。

サイラスの唇はなめらかで温かく、執拗（しつよう）だった。キスされると、パーヴィーンは自分の口が開くのがわかった。そのあと、彼女はサイラスを味わうことができた。彼の唇、舌、口の中にかすかに残るフェンネルとアルコールの香りを。

パーヴィーンの興奮は高まり、サイラスにキスを返した。いくらそうしても飽きなかった。

サイラスは熱い岩にパーヴィーンを押し付け、自分の体で覆った。彼のキスは口から首へ移り、パーヴィーンは何かが花開くのを感じた。これが愛というものなのだろうか？

そうよ、パーヴィーンは確信した。真実のロマンティックな愛は、二つのエッセンスを一つに混ぜ合わせるような、逆らいがたい欲望に違いない。

サイラスの両手が、ブラウスと薄地の白いレースの肌着（スドレ）の下にすべり込んだ。パーヴィーンの体のこの隠れた部分は、快感でぞくぞくしていた。サイラスに胸を触られると、パーヴィーンは喜びにあえいだ。

かつて小説を読んでいたときに、パーヴィーンは「ふしだらな女」という語句を見つけたことがある。それは恐ろしい言葉に思えた。サイラスに不作法なふるまいをされるのではないかと恐れながらバンドラへやってきたが、今は彼に好きにされるのを楽しんでいた。そして、自分もサイラスに同じことをしている。解放されるというのは、こういうことなのだろうか？

不意にサイラスが体を起こしたので、パーヴィーンはがっかりした。両腕を体に回し、座る姿勢になった。

「本当にすまない」サイラスはあえぐように言った。「きみのような娘に、結婚前にこんなことをしてはいけなかった。だが、きみのすべてがほしくてたまらなかったんだ。今ぼくたちは、互いにとってふさわしいとわかっている。ぼくたちの結婚はこんな──情熱に満ちたものになるだろうな」

パーヴィーンは震えていた。サイラスにもう一度押しつぶされたい──自分に触れるのを決してやめないでほしいと思った。

「きみを好きになってしまった、パーヴィーン」サイラスが言い、パーヴィーンの顔から髪を払った。「今、愛とは何かわかったよ」

パーヴィーンの呼吸がゆっくりになった。彼女が感じていた興奮は落ち着きに変わろうとしている。どんな人にも、ソウルメートはひとりしかいない。この真実を無視しようなんて、自分は何を考えていたんだろう、とパーヴィーンは思った。サイラスを見ながら、彼女はささやいた。「これまで、あっという間だった。でも、わたしも恋に落ちたと思うわ」

「ぼくのプロポーズを受けてくれ。そうでなければ、この海に身を投げてしまうよ」

パーヴィーンはアラビア海を見つめた。サイラスは、みずからの心に従えと彼女に挑みかけている──先祖たちのように、輝かしい夢のためにすべてを賭け、思い切って自分自身の旅に出るようにと。

彼女はサイラスに向き直り、彼の手に自分の手が包み込まれるままにした。「ええ。あなたと結婚したいわ。わたしたちの両親が同意してくれるかどうかはわからないけど——でも、それがわたしの心からの望みよ」

「ぼくの家族はきみをとても気に入ると思う」サイラスはパーヴィーンの顔にかかった髪をそっと払った。それから彼女の額にキスした。「おふくろはずっと、娘がいないのをとても寂しく思っていた。一度会えば、きみを離したくなくなるだろうね」

サイラスはふたたびパーヴィーンを抱き寄せ、めまいを起こさせるようなキスをした。そのあと聞こえた波が砕ける音は、喝采のようだった。

一九二一年

第六章　権力者の家

一九二一年二月、ボンベイ

　人々が拍手している。

　パーヴィーンは思い出に浸っていたが、はっとわれに返った。沿道の、きちんとした身なりの一組のインド人の護衛が、知事の車が通り過ぎるときにおじぎをし、手を叩いていた。ごますりもいいところだ！　とはいえ、パーヴィーンは当の車に乗っていて、人のことなど言えた義理ではなかった。

「お父さま、どうやらあなたを知事のジョージーだと思ってるようね」アリスが大きな声で言った。

「日よけの帽子をかぶっているから、誰でも同じに見えるんだろう」サー・デイヴィッドが答えた。

「そんなこと誰にわかるものですか、ねえ？」レディ・ホブソン＝ジョーンズが軽やかに笑った。「あなたは次の知事になってもおかしくないでしょう」

「お父さまは本当にそれを望んでいるの？」アリスはショックを受けたらしい。

答えが返るのに長い間があった。「わたしは政府が望むことはなんでもするつもりだよ」サー・デイヴィッドが言った。「知事になれるとはほとんど期待してないがね」

堂々とした言い方から、その地位までの出世は、サー・デイヴィッドが望んでいることに違いないと思われた。こんな人と一緒に車に乗るのは裏切りに近いような気がした。パーヴィーンは、自治を求めるインド人たちと共に集会に出たことがあるからだ。オックスフォードやロンドンで、彼女とアリスはそうした講演会に何度か一緒に出掛けていた。

ようやく、車は背の高い門の前で止まった。ヴァニラ色の巨大な屋敷がそこに影を落としている。四人の護衛が駆け寄ってきて、二人が車に敬礼し、そのあいだにあとの二人が門をあけた。

「ここはずいぶんと警備が厳重なようですね」パーヴィーンは、それとは対照的な自分の家の門のことを考えていた。門番がいるものの、ときどき、勤務中に居眠りしたりしている。

「州政府は充分すぎるほどよくしてくれているんだよ！」サー・デイヴィッドが言った。

「昨年建てられてからずっと、わたくしはここを借りてるの」レディ・ホブソン＝ジョーンズがパーヴィーンに言った。「わたくしたちがこの場所で暮らす最初の家族なんですもの、引き出しにパン屑（くず）もなければ、浴槽も汚れてないわけでしょう。ずいぶんとありがたいわ。アリスがあちこち見て回れるほど大きな家がいいと思ったのよ」

「まったくもって、ロンドンの高級住宅地のセントジョンズ・ウッドの家を思わせるわね」

アリスがつっけんどんに言った。

「どうしてそんなことを言うの？」レディ・ホブソン＝ジョーンズは困惑したらしい。

「ネオ・ジョージアン風だから。わたしたちがマドラスで住んでいた古い家とは違って。あれは本物のインドの屋敷だった」

アリスが引き合いに出しているのは十五年前のことで、その頃彼女の父親は、今ほど重要な地位についてはいなかった。パーヴィーンには、レディ・ホブソン＝ジョーンズが気の毒に思えるほどだった。彼女はアリスの反応に打ちひしがれているように見えた。

「ある意味では、ネオ・ジョージアン建築はボンベイに合ってるんです」パーヴィーンは言った。「ボンベイは、ジョージ三世を称えて名づけられたフォート・ジョージから生まれました。この屋敷は新しいですが、その様式は確かに由緒あるものですよ」

「そのとおりだわ」レディ・ホブソン＝ジョーンズは、パーヴィーンにかすかにほほえんで見せた。

アリスの厄介な母親の信頼を得たとわかり、パーヴィーンは自分の側のドアをあけ、ステップから車を降りた。サー・デイヴィッドはまっすぐ中へ入り、レディ・ホブソン＝ジョーンズはクローシェをいじっていた。それは風のせいで斜めになっていた。

パーヴィーンはアリスについていった。アリスは大急ぎで庭へ行き、オレンジ色やピンク色のハイビスカスの生け垣を見つめた。パーヴィーンは心配になり、そういうときに誰もがするように両方の眉を上げて見せた。アリスは嘆いているみたいに目をぐるりと回した。そのとき、アリスがあの車にも、家にも、野心的な両親にも困惑しているとパーヴィーンにはわかった。

「それでもまだ、二人で本当のインドを見つけられるわよ。さまざまな人々がいていろいろな風習があるから、絶対に退屈しないって」パーヴィーンは言った。「できるだけ早くわたしの家へ来て。本物のパールシーの夕食をごちそうするわ」

アリスの目が輝いた。「スパイスをちゃんと入れてよ」

「甘さとスパイシーさは基本だから。今日はあなたにパールシーのお菓子をいくつか持ってきたの」パーヴィーンは菓子の箱を見せた。

「ヤズダニ」アリスが読み上げた。「それがお菓子の種類なの?」

「カフェの名前――」

「アリス!」彼女の母親が遠くから叫んだ。「使用人たちに会いにきなさい」

驚くほど長い召使いたちの列が玄関ポーチから続いている。彼らは直立不動で立っていた。パーヴィーンは数えてみて、お仕着せをまとった召使いが八人、埃(ほこり)だらけのぼろを着た、庭師と思われる男や少年たちが四人いるとわかった。

アリスが名前を尋ねると、使用人たちはさまざまな訛りで素早く答えた。アリスは記憶力がとてもいい。使用人たちのほとんどを覚えていられるだろう。

アリスの母親は家の内装について娘の意見を求めなかったが、それはさらに批判されるのに耐えられなかったからだろう。パーヴィーンは調度類がシンプルでモダンなのに驚いた。クリーム色のような淡い色調のカバーが掛けられた、背の低い長椅子や椅子があり、アクセントとして、背の高い鏡だの昔のイギリス人が描いた絵画だのが所々に置かれている。すべてが一緒になって、面白い調和が生み出されていた。

グウェンドリン・ホブソン＝ジョーンズは娘たちを案内し、マホガニーの階段をまっすぐ上がっていった。それは上るにつれ、なだらかにカーブしている。二階では、長い廊下の両側に閉じられたドアが並んでいた。彼女は真ん中にあるドアを開いた。「あなたの新しい寝室を見せるわね、アリス。下宿とは大違いでしょう」

広々としたアリスの寝室は薄いピンクの壁紙が貼られ、おしゃれなラタンの家具とよく合っている。けれども、驚くのはその部屋が半月の形をしていることだった。背の高い五つの出窓から眺めると、小さな光の点がきらめく淡いブルーの海まで見晴らすことができ、その光景にパーヴィーンは頭がくらくらした。

「なんてすばらしい景色なの」アリスはしばらくしてから言った。「でも、広すぎる！　自分用にそんな広いスペースは必要ないの。それに、わたしはピンクが似合うタイプじゃないし」

「あなたにはこの部屋がぴったりですよ」アリスの母親が言った。「片側には海、もう片側はマラバー・ヒルのいくつもの邸宅」

アリスはため息をつき、一つの窓から次の窓へ移動した。「オペラグラスを持っていれば、下の小道を人が歩くのが見えるのに。パーヴィーン、あなた、まだ自分のを持ってる？」

「ええ。今日使ったわ」パーヴィーンは、アリスに自分の不安を打ち明ける機会があるだろうかと思った。けれど、そうしてもいいのだろうか？　友人は到着したばかりで、きっと疲れ果てているに違いない。

「お母さま、隣に誰が住んでるか知ってる？」アリスは巨大な屋敷を見て顔をしかめた。そこは、ホブソン＝ジョーンズの家と対を成しているようだった。おまけにその屋敷はこちらとくっついていて、二つの地所を隔てるものはハイビスカスの生垣だけだった。

「エドワード・リプスタイさんよ。ホワイト・スター・ラインのインド支社で、出荷部門の総支配人をしていらっしゃる方なの」パーヴィーンたちのすぐ後ろに立っていたレディ・ホブソン＝ジョーンズから、花のような香水の匂いが漂ってきた。「未婚の息子さんが二人いるのよ。弟さんはケンブリッジで経済学を学び、お兄さんはここにいて、お父さまの会社で働いているわ。あなたをその方に会わせなければね。ミスター・マーティンのお友だちなのよ」

アリスは餌には食いつかず、こう尋ねた。「坂を下ったところの、ここより小さい屋敷には誰が住んでるの？　ほかの家よりもインドらしく見えるけど」

車がマウント・プレザント通りに入る前に、パーヴィーンは化粧漆喰を塗られた長い壁に注意を引かれていた。そのてっぺんに沿って、鋭いガラスの破片が埋め込まれていたからだ。今はその壁が、不格好に広がるインド・サラセニック様式の屋敷を取り囲んでいるのが見えた。北側と南側に庭園があり、中央の中庭には長方形のプールが設けられている。

「あの背の低い、今にも壊れそうなクリーム色の家のこと？」レディ・ホブソン＝ジョーンズは気のない感じで答えた。「噂では、ムスリムの大富豪のものだそうよ——このあたりには高貴な身分の方たちがたくさんいるの。ご主人は十二月に亡くなったけれど、屋敷にはまだ人が住んでるわ。奥さまたちと子供たちでしょうね」

「レディ・ホブソン＝ジョーンズ、その家のある通りの名前はわかりますか？」パーヴィーンが尋ねた。見知らぬ女性や子供たちの話が出たとき、奇妙な感覚がわき上がってきていた。

「シー・ヴュー通りよ」レディ・ホブソン＝ジョーンズが言った。「とはいえ、ほかの家に遮られて、あの屋敷からは本当は海が見えませんけどね」

「その人たちにも、結婚相手にふさわしい息子がいるなんて言わないでよ」アリスがうんざりした口調で告げた。

「ばかなことを言うんじゃありません！」母親がたしなめた。「毎日、金切り声や叫び声が聞こえることからすると、子供たちはまだ幼いと思いますよ。でも、その一家のことは知りません。ムスリムは人付き合いを避けるから。そうじゃありません、パーヴィーン？」

「家族によりけりです」パーヴィーンは、それがファリドの屋敷に違いないと思えた。「ムスリムの女性たちの中には、引きこもって暮らしている人もいますが、わたしが一緒に学校へ通った女の子たちは違いましたよ」

「先月、知事の奥さまのレディ・ロイドが、引きこもって暮らす女性たちのために、この上なくすばらしいパーティを開いたのよ」レディ・ホブソン＝ジョーンズがカーテンを触りながら言った。「知事官邸の廊下は、プライヴァシーを保つために幕が張られ、会場の部屋には女性の召使いだけしか入れないようにしたの。レディ・ロイドは完璧にしようと力を尽くされたのに、招待された二十人のうち、たった二人しか来なかったのよ」

「とてもがっかりなさったに違いありませんね」パーヴィーンは言った。

「そうなるのは予想がつきますよ。わたくしはそうやって引きこもって暮らすのはいやですけど、あの女性たちは宦官（かんがん）に相手をさせているんでしょう」レディ・ホブソン＝ジョーンズの唇に、意味ありげな笑みが浮かんだ。

　パーヴィーンはレディ・ホブソン＝ジョーンズの得意げなにやつきも、サンゴ色の口紅も、ハンカチで拭き取ってやりたくてたまらなくなった。けれども、小声でこうつぶやいた。

「宦官というのは、たいてい宮殿にいるものですけど」

アリスは窓のところにぐずぐずしていた。「あの家が気に入ったわ。象牙で出来たミニチュアの宮殿を思わせるから」

「ここからは遠すぎて、壁に白カビの斑点があるのが見えないのよ。化粧漆喰は剝がれているし、てっぺんに並んだ尖ったガラスはずいぶんと垢抜けないし」レディ・ホブソン＝ジョーンズは身震いした。「勝手にあの目障りなものを見ていればいいわ。わたくしは下へ行ってお茶の用意をさせてきますから」

「それはそうと、お菓子を持ってきたんです。お茶と一緒に食べたらおいしいかと思って」パーヴィーンは、この一時間ずっと持っていた箱を差し出した。

「なんて気がきくのかしら」箱を受け取るとき、レディ・ホブソン＝ジョーンズはためらいがちにほほえんだ。

母親が靴音をさせて大理石の階段を下りていくと、アリスはパーヴィーンの方を向いた。

「本当にごめんなさい。三年間、母に会っていなかったけど、ますますひどくなってるわ」

パーヴィーンは広い心でいることにした。「それでも、インド人をベランダまで招くイギリス人は多くないから――まして、家族の寝室になんてね」

アリスは唇を引き結んだ。「両親がこの大仰な寝室をわたしに与えるのは、どういう意味だかわかる？」

「あなたが楽しく過ごし、くつろげるように願ってるからでしょう」

アリスは激しく首を振った。「両親はわたしが長い期間、一緒に住むのを期待してる。わたしは帰りの切符を持って休暇に来て、四月には戻るつもりだったのに、親たちは片道切符しか買ってくれなかった」

「ボンベイに滞在するのが、どうしてそんなにひどいことなの？　あなたは来たいと言ったじゃないの」パーヴィーンは戸惑った。

「ここにはいたいけどね」アリスは慎重に言葉を選んだ。「でも、両親がわたしを言いなりにさせたがっているのは知ってる。わたしがロンドンであれこれやってるのを認めてないから」

パーヴィーンは、アリスが何かと物議をかもす活動にいくつもかかわっているのを思い、ため息をついた。「共産主義者の集会？　それとも女性の参政権のための行進？」

「もっとまずいこと」アリスは声をひそめて言った。「わたしがフィッツロイ・タヴァーンにいるのを見た人がいると、父が手紙に書いてきたのよ。心配してた」

「うちの父親も、わたしがパブでお酒を飲むのに反対するでしょうね。パールシーの女性たちは、パーティや結婚式で好きなだけちびちび飲めるっていうのに！」

アリスは海に面して並んだ窓のところへ歩き、外を見ながらこう言った。「フィッツロイ・タヴァーンが、いかがわしい場所として知られていることのほうが問題なのよ」

「まあ」二人でアリスの秘められた社交生活について話をするのは、しばらくぶりだった。

アリスの声はまだ沈んでいたが、怒りで震えていた。「あのチェルトナムでの悪夢のあと、わたしは療養所から出て、オックスフォードへ入るのを許された。治ったふりをしたからね。でも今、その嘘が自分に跳ね返ってきた。わたしは二十三歳で、まだ結婚していない。それで両親は状況を変えようと、わたしをここへ来させたのよ」

パーヴィーンはアリスのところへ行き、こわばった背中にそっと片手を置いた。「今は一九二一年よ。ご両親はあなたを無理やり結婚させることはできないわ」

「でも、永遠にわたしに干渉し続けるでしょうよ！　母はよく考えもせず、わたしをミスター・マーティンのような良家のバカ息子に引き合わせたんだから。そして今、金持ちの隣人のことをちらつかせてる。アリス・リプスタイと呼ばれるのを想像できる？　まるで皮膚病の名前みたい！」そうまくし立てているとき、アリスの体はかすかにふらついた。

パーヴィーンは友人の肘をつかんだ。「大丈夫？」

「座りましょう。まだ船に乗ってる感じがする」

パーヴィーンはアリスの隣に腰を下ろした。四本の高い支柱のあるベッドを覆う、シェニール織のピンク色のベッドカバーの上に。

「面白くない？　あなたもわたしも結婚できないなんて」アリスが言った。

「向こうの鏡に映ったわたしたち二人を見て。まさにうら若いオールドミスって感じじゃない」

「それはわたしたちの共通点の一つだわ」パーヴィーンは正確には独身ではないが、アリスがふさいだ気分になっているとき、それを咎（とが）める理由はなかった。

「でも、あなたは乗り越えたじゃない。懸命に働き、その代償に自分のお金と社会的な評価を得た。一方わたしはロンドンでの教師の仕事を辞め、無為に過ごさなきゃならない」

「また働けるわよ、アリス」パーヴィーンが反論した。「この国には優れた数学の先生が必要なの。ここの多くのハイスクールや大学が、オックスフォード出の教師を喜んで雇うわ」

「母はわたしが学んでいるあいだずっと、インテリ女（ブルーストッキング）になると心配してた」アリスがぼやいた。「もちろん、そのとおりになったけどね。青い服まで着てるんだから」

パーヴィーンは向かいにある今風の化粧台の丸い鏡に映った、アリスと自分をじっと見た。並んで座ると、ポンパドールにしたパーヴィーンのウェーヴのかかった黒髪のてっぺんは、アリスの肩のちょうど上にある。身長が二十センチ以上違うので、一緒にいるといつも滑稽な感じがした。けれども今、パーヴィーンの大きなハシバミ色の目は、楽しげというより疲れているように見える。おそらく法的な文書を読んでいるからだろう——あるいは、その日体験したショックのためか。二十三歳より少しばかり老けて見えるのは、自分の顔のせいだとパーヴィーンは確信した。依頼人に対応するのにはいいことかもしれないが、虚栄心が傷つけられた気がする。

アリスも変わった。アクアマリンの色をしたコットンのドレスは、洗濯せずに二回以上着たかのように、しわだらけでしみがついていた。ひどくだらしなく見えるのは長旅だったからか、温かい気候をアリスが不快に思っているからか、どちらかだろう。パーヴィーンにとってもっと気がかりなのは、アリスの日に焼けた丸い顔に、一年前にイギリスで別れたときにはなかった不安が見られることだった。アリスの澄んだ青い目の中ではなく、にこりともしない口元にそれが表れていた。

「なんなの？」アリスが、ひそかに詮索するような視線を受けて尋ねた。

「ブルーがよく合うわね」パーヴィーンはあわてて言った。大学時代の二人の深い友情が、過去を忘れようとしている若いパーヴィーンの、傷ついた心を癒してくれたように。

アリスのおかげで、イギリスでの生活はパーヴィーンにとってまずまずのものになり、もっと楽に、サイラスの脅しについて考えずにいられるようになった。けれども、ある晩二人がベーリアル・カレッジの横を通っていたとき、酔った一年生が中庭越しに瓶を投げてきたことがある。パーヴィーンは金切り声を上げ、暗がりに逃げ込んだ。アリスはあとを追い、なぜ瓶が割れる音がパーヴィーンを動揺させたのか、過去に起きた事実を聞き出した。

パーヴィーンは、アリスが同情も非難もしないのをありがたく思った。アリスはパーヴィーンに手を貸して立ち上がらせてくれた。落ちてきたきらめく瓶のかけらがたくさん散らばっているのも構わずに——。

われに返ると、パーヴィーンは自分が震えているのに気付いた。

「話して。何か変よ！」アリスが問い詰めた。

パーヴィーンはサイラスがふたたび現れたかもしれないと、アリスに話したくてたまらなかった。けれども、アリスが疲れ切っているだろうと思い、やめておいた。おまけに、詮索好きのグウェンドリン・ホブソン＝ジョーンズが、いつ何時入ってくるかもしれない。パーヴィーンの暮らしに何か問題があると気付けば、レディ・ホブソン＝ジョーンズは、娘がパーヴィーンと過ごすのは危険すぎると思うかもしれない。

パーヴィーンは言った。「ちょっと寒気がしただけ」

第七章　鳥は飛び立つ

一九二一年二月、ボンベイ

アリスとその両親と共にこぢんまりとしたお茶——小さな皿にのったサンドイッチ、飾りのないスポンジケーキ、パパイヤのスライス——を楽しんだあと、パーヴィーンは詫(わ)びを言い、家へ戻らなくてはならないと告げた。

「パーヴィーンのダヒタンをもっと出せばよかったのに」アリスが母親に言った。「あれがいちばんおいしかった」

「お菓子は控え目にしないと。あなたはこの前会ったときから、大量の砂糖を摂ったように見えるじゃないの」レディ・ホブソン＝ジョーンズがけなすように言った。

「わたしがお母さまみたいにほっそりすることは、絶対にないでしょう。どうして無理なことをさせ続けるの？」アリスが言い返した。

「ミス・ミストリー、また〈シルヴァー・ゴースト〉に乗りたいかね？」サー・デイヴィッドが割って入った。「サージットがお宅まで送るが」

「ご親切にありがとうございます、サー。でもダダール・パールシー・コロニーはここから遠いですから」

「わたしが一緒に行こうか？」アリスが言った。「パールシーのコロニーって、面白そう」

レディ・ホブソン＝ジョーンズが首を振った。「まあ、あなたは二週間、船に乗ってたんですよ。ちゃんとお風呂に入らないで、どうやってパーヴィーンのご家族に会えるというの？」

「明日は仕事のあとは予定がないの」パーヴィーンが言った。「家までお茶を飲みにきてくれないかしら？」

「ミスター・マーティンが、歓迎パーティにアリスを連れていくことになっているのよ」すぐさま、アリスの母親が会話にふたたび口を出してきた。「でも、この先必ず会う約束ができると思うわ」

「電話してちょうだい。家と事務所に電話機があるの。たいていの日は、朝八時から夜六時までオフィスにいるから」パーヴィーンはハンドバッグをあけ、名刺入れを取り出した。アリスに名刺を渡すと、彼女の両親が順にじっくりと見た。

「これはきみのお父さんの名刺かね？」サー・デイヴィッドが驚いたように両眉を上げた。

「わたしのですよ。イニシャルは仕事用にしか使いません——P・J・ミストリー。わたしの性別がわからなければ、新しい顧客を取り込むのがもっと簡単になりますから」

「それじゃ、きみは本当に事務弁護士として働いてるんだな！」サー・デイヴィッドは驚きを込めて、印刷された名刺からパーヴィーンの顔に目を移した。

「お父さま、そのことはもう車の中で話したでしょう」

「弁護士の研修と実際の業務には違いがある。わたしはイギリスでもインドでも、法廷で女性の弁護士を見たことはないよ」サー・デイヴィッドがアリスに言った。

「事務弁護士として働くのに、法廷へ行く必要はないんです」パーヴィーンは話した。「わたしは訴訟に関して証拠を調べたり、訴訟依頼人のための契約書を書いたりします。父は法廷へ出ますが、提訴するのに法廷弁護士を雇うんです」

「あらまあ」レディ・ホブソン＝ジョーンズはシェリーをグラスに注ぎながら言った。「あなたのお仕事はとても刺激的なのね」

アリスはその意見に飛びついた。「お母さま、女性が仕事をすることに理解があるようで、よかったわ。ボンベイでは、教えるチャンスがたくさんあるらしいから」

「でも、北ロンドンの汚いグラマースクールで働きづめだったでしょう！　少し休暇がほしいとは思わないの？」

パーヴィーンは嵐が訪れようとしているのを感じ取った。銀のフォークを空のケーキの皿に渡すように置き、こう告げた。「サー・デイヴィッド、そしてレディ・ホブソン＝ジョーンズ、すみません。もうすぐ暗くなりますので、ちょっと坂を下りて自転車タクシー乗り場へ歩きますから」

「さっき言ったじゃないか、〈シルヴァー・ゴースト〉に乗らないとだめだ！」サー・デイヴィッドは怒鳴った。「犯罪の報告書を調べてるんだが、去年のあいだに、車や自転車タクシーで移動している女性が大勢、行方不明になっているんだ」

ぜひそうしたいのに断るなんて、自分は何様のつもりだろうとパーヴィーンは思い、笑みを浮かべて言った。「ご親切にありがとうございます。でも、依頼人にこの近所に立ち寄りたいのですが。運転手さんにはずいぶんお手数をかけますけど？」

〈シルヴァー・ゴースト〉はホブソン＝ジョーンズの屋敷の門を出て、二分ほどでシー・ヴュー通り二十二番の入り口に着いた。パーヴィーンはホブソン＝ジョーンズの運転手がドアをあけてくれるまで待ち、今度は誰か見ている人がいても、みっともない姿をさらさないようにした。

パーヴィーンは門に近づいた。すでに新しい名刺を手に持っている。肩幅の広い、擦り切れたグリーンの制服を着た門番が急いで彼女のそばを通り過ぎ、ロールスロイスの反対側へ行った。

「ほかには誰もいないわよ」こんな立派な車には男性が乗っているものだと、門番が思い込んでいると気付き、パーヴィーンはその後ろ姿に叫んだ。

門番はがっかりした様子で戻ってきた。ファリドの妻たちに話があって来た、と言うと、彼は頭を激しく振り、それに合わせてトルコ帽のぐにゃりとした飾り房も揺れた。「奥さま（ベーグム）方は喪に服していて、誰とも会いません」

「ムクリさま（サヒーブ）から、奥さまたちが助言を求めておられるという手紙を受け取ったのよ」ほんの少しだけ、事実を誇張した。

門番は、その門の両側に並ぶまっすぐでどっしりした柱のように、厳しい顔で黙って立っていた。

パーヴィーンは門番の気が変わるのを待つことにした。〈シルヴァー・ゴースト〉が、近くの家の門番たちの関心を引いたのはわかっている。もしこの場にとどまっていたら、知事に派遣されたかもしれない女性に対して、ファリドの雇い人が無礼なことをしていると気付いてくれるだろう。

門番は残念そうな顔をして門をあけたが、頭は下げたままだった。パーヴィーンが中へ入るのを見たくないかのように。彼女は礼を言うと、石造りの小道を堂々と進み、いぶかしげに彼女を目で追っているように見える、クジャクの小家族の横を通り過ぎた。芝生は丈が長くて不ぞろいで、この一ヵ月、庭師が刈っていないように見えた。

家の前に立つと、化粧漆喰が劣化しつつあるのがわかった。所々に、緑がかった白カビがはびこっている。グウェンドリン・ホブソン＝ジョーンズが、その家はきちんと手入れされていないと決めてかかったのは、間違いではなかった。

錆(さ)びた蝶番(ちょうつがい)のついた重たいドアが、音を立てて開いた。ぼろぼろのチョッキと半ズボンだけを身に着けた幼い男の子が、パーヴィーンの前に立っている。彼女は、その子の大きな黒いあざに気付かないわけにはいかなかった。そのせいで、片方の頬がほとんど見えなくなっている。多くの人が、悪魔の呪いだといまだに信じている類のあざだ。

パーヴィーンはそのあざの持ち主を励ますように、笑みを浮かべた。十歳にもならないくらいだろう。「わたしはパーヴィーン・ミストリー、一家の事務弁護士よ。ムクリさま(サヒーブ)に会いにきたの。名刺を渡してくれるかしら？」

「はい、お嬢さま(メンサヒーブ)」その子はパーヴィーンが渡したものを取り、応接室から黙って出ていった。

パーヴィーンはキッド革のサンダルを脱ぎ、それを彫刻の施されたクスノキの棚へ持っていった。そこにはヨーロッパ風の紳士靴と、チャパルと呼ばれる、インドの革製のサンダルが置かれていた。一家の女性たちは外へ出ないから、婦人用のサンダルがないのだろうかとパーヴィーンは思った。おそらく、婦人の居住区域(ゼナーナ)へ続く専用のドアまであるのだろう。妻たちと幼い子供たちに設けられた区域だ。

パーヴィーンはあたりを見回し、この美しい古い屋敷を品定めした。床にはブルーとオレンジ色のタイルがダイヤモンド形に置かれ、水色に塗られた高い壁のてっぺんに渡した大理石のまぐさ石も、同じパターンで配置されていた。応接室には立派な柱が何本もあり、ぶどうの蔓（つる）や花を配した半貴石製のレリーフがはめ込まれている。この家は一八八〇年代に建てられたとパーヴィーンは推測した。ミストリー屋敷よりほんの少しあとだ。

背の低い長椅子にゆったりと腰を下ろし、ヴェルヴェットはほとんど擦り切れていたが、とても優雅なものだ。

室内履きが床に当たる音が聞こえ、パーヴィーンは背筋を伸ばした。シルクのチュニック（クルタ）とズボン（パジャマ）を身に着けた、二十代半ばのがっしりした男が、廊下を歩いて彼女のほうへやってきた。

パーヴィーンはムスタファに教えられたイスラム式の挨拶をし、指を自分の胸と額に軽く当てた。相手は挨拶を返さなかった。

「ミストリー法律事務所から来たのか？」ムクリが問いただした。

相手の無作法に気付き、パーヴィーンは言い返した。「ミスター・ムクリですか？」

「ああ。なぜミストリーさま（サヒーブ）が自分で来なかった？」その声には苛立ちがあふれていた。

パーヴィーンは肩をいからせた。「父がわたしを寄こしたんです。わたしはP・J・ミストリー――事務所のもうひとりの事務弁護士よ」

相手が顔をしかめると、ワックスで固めてカールさせた口ひげの端が下がった。「代理人の変更は望まない」

パーヴィーンはその言葉にかすかな脅しが隠されていると感じた。「変更ではありません。わたしたちのところは家族でやっていて、力を合わせ、もっともあなた方の役に立てるようにしてるんです。父がわたしを寄こしたのは、女性なので奥さまたち(ベーグム)と直接話ができるからよ。あの手紙について、どうしてもお話がしたいんです」

ミスター・ムクリは虫を追い払うかのように、片手を振った。「話す必要はない。奥方たちのサインのある手紙をきみのお父さんに送っておいた。いつもそれで事足りたから」

パーヴィーンの父親はその仕事をすっかり片づけたわけではない。だからパーヴィーンが引き継いだのだ。けれども、相手にそれを言うわけにはいかなかった。「わたしたちは注意深くその書類を見直しましたが、マフルについていくつか問題が――」

「奥方たちはみな、マフルを慈善信託(ワクフ)に入れることを望んでいる」ミスター・ムクリがそっけなく言った。「三人が受け取るのは、本当は大した額じゃない。年に一〇〇一ルピー。この名誉ある慈善信託(ワクフ)――ファリド・ファミリー基金――は収入のすべてを必要とする。これから慈善信託(ワクフ)は、イスラムの男子のための神学校(マドラッサ)を支援するので、とりわけ資金が必要なのだ」

「まあ? 変更したわけですね!」パーヴィーンは驚いた。

「それがファリドさまの遺言(サヒーフ)だった」

ミスター・ファリドの書類では、男子のための神学校については触れられていなかった。パーヴィーンは、この遺言について未亡人たちに尋ねなくてはならない。けれども、ミスター・ムクリは彼女たちに近づくのを制限している。慎重に事を進める必要があった。

「旦那(サヒーブ)さま、あなたはこの屋敷をきちんと管理なさっています。けれども、奥方たちのマフルと遺産の処理については、すでに書かれた契約書を守るというはっきりしたルールがあるんです。ここは慎重に、イスラム法のさまざまな拘束にのっとって事を進めなくてはなりません」

「そうだ」ミスター・ムクリは、いちばん遠いところにある椅子に座った。まるで境界線を引くように。「まず、葬式の費用と未払いの医療費の支払いをしなくてはならない。それはすべて肩代わりしてある」

「払っていただきありがとうございます」パーヴィーンは無理に笑顔を作った。ミスター・ムクリがそうした支払いの証拠を送ってくるのに、果てしなく長い時間がかかったからだ。

彼女はブリーフケースから、ノートと使い込んだパーカーのペンを取り出した。「次にやるべきは、そのほかの負債がすべて支払われているのを確認することです。さまざまな負債者の名前を問い合わせる手紙を何度も送りましたが、読む時間はありましたか?」

「手紙は見たが、心配はいらない。それらの請求書の支払いは済んでいる。ファリドさま(サヒーブ)は、わたしがこうしたことをきちんと処理するとわかっていたから、資産管理人に指名したんだ」

パーヴィーンは相手を探るように見た。かつてはハンサムだったのだろうが、いまは食べ過ぎでふくらんだ顔とずるそうな目をしている。くつろいだ服装をしているので、この一家の一員として暮らしているかのように見える。ここはミスター・ムクリが失いたくない、贅沢な世界に違いない。「あなたの言うとおりですね、旦那さま。けれども、定期的に品物を調達していた商人たち——仕立屋、食料品屋、建築業者など——が、支払い済みの勘定書きという証拠を出してくれれば一番いいのですが。もしその人たちの名前だけでもわかれば、この情報を集めることができます」

「わかった、わかった」ミスター・ムクリは苛立っているかのように、口ひげの端をひねった。「いまやっているところでね。だが、未亡人たちの慈善信託への寄付について、きちんとする必要がある」

「三人の奥さますべてがサインした手紙が同封してありましたね」パーヴィーンは言った。「けれど、その件を検討するどんな判事でも、それぞれの女性が自分の名前をサインするのを目撃した人がいるかどうか、きっと問題にするはずです」

ムクリはいぶかしげに目を細めた。「きみは、彼女たちが間違いなく署名したことを示す書類を持っているじゃないか」

パーヴィーンの脈が速くなり始めた。ムクリに異議を唱える気でいるのだから。「署名に立ち会った人がいなければ、判事はこの件を信用しないでしょうね」

「だが、奥方たちは男性と同じ部屋にいるのを禁じられている。いまは喪に服す期間で、それは四ヵ月と十日続く」

パーヴィーンにとって、今がチャンスだった。「もちろん、あなたは宗教的な決まり事を破りたくはないでしょう。だからわたしが来たんです。それぞれの女性たちに個別に会うことは、わたしにはとても簡単ですから。もし自分のマフルを寄付したいとわたしに言っていただければ、本人の希望として、特別な契約書をお作りします」

「本当にそんな余分なことをしなくてはならないのか？　この七月に神学校を開校するつもりでいるのに。建築業者に支払いをしなくてはならないし、本を買う金もいるし、教師に月給も渡さないといけない」

「残念ながら、その手続きは避けられません――それにその学校のことは初耳ですから、その名前と住所を教えていただけませんか？」パーヴィーンはメモを取りながら、ミスター・ムクリの顔が険しくなるのに気付いた。

「ファリド神学校という名になるはずだ。ほとんどのムスリムが住んでいる地区に建てられる」

「わかりました」パーヴィーンは答え、ミスター・ムクリが、上にガラスの破片が埋め込まれたこの屋敷の外壁と同じくらい強固な壁を、自分に対して築こうとしているのだと思い知った。

「その学校の資金を得られるのはいつになるのかね？」ムクリが尋ねた。

パーヴィーンが言おうとしていることは彼には気に入らないだろうが、それが事実だった。

「すでに確定した取り決めを変えるには、いくつかの異なる法廷で、承認を得るための申請をしなくてはならないんです。お役所仕事がひどくゆっくりなのを考えると、少なくとも三ヵ月はかかると言わなくてはなりません」

ミスター・ムクリは厳しい顔で告げた。「もうすぐ夕べの祈りの時間になるので、今夜はご婦人方には会えない。あした訪ねてきてくれ」

未亡人たちに会うのが遅れるのは構わなかった。女性たちに持っていくマフルの文書を集めたり、事務所でもう少し調査をしたりするチャンスができたのだ。彼女は感謝の笑みを浮かべて尋ねた。「ムクリさま（サヒーブ）、明日は何時にお訪ねするのが一番いいですか？」

「わたしは昼間はほとんど織物工場にいるが、四時前なら、いつでも女性たちに会いにきたらいい――夕方の祈りの前に」

「二時に伺います。今日はわたしとお話し下さって、どうもありがとうございます。断言しますが、わたしたちが関心を持っているのは、尊敬すべきミスター・ファリドの望みを叶（かな）えるお役に立つことですから」

ミスター・ムクリは椅子から立ち上がり、彼女に指を突きつけた。「きみがこの件に全力で取り組むのを期待しよう、さもないと、きみの父親にきっと言いつけてやるからな！」
ミスター・ムクリは、パーヴィーンがドアから出るのを見送りもしなかった。これもまた、失礼な態度だ。パーヴィーンはいらいらしながら、先刻置いた棚からサンダルを取ろうとかがみ込んだ。目を下へ向けると、何かに気付いた。棚の後ろの壁には、幾何学的な模様が穿(うが)たれた大理石製の仕切り壁(ジャリ)がある。その涙のしずくの形をした小さな隙間から、黒い姿が見えた。目を凝らすと、黒いものは片側へ移動し、静かに去っていった。

仕切り壁(ジャリ)や窓があるというのは、その家の女性たちが、引きこもっている場所から何が起きているか見えるということだ。イスラム建築は意図的にそういう造りにし、仕切り壁(ジャリ)の後ろで暮らす人たちに孤立感を与えないようにしている。

パーヴィーンは先刻の人影が女性なのか、子供なのか、召使いなのかわからなかった。推測できるのは、その人物が見られるのを望まなかったということだけだ。

ダダール・パールシー・コロニーへは三十分もかからないが、永遠にたどりつかないように思えた。パーヴィーンは父親に状況を話したくてたまらなかった。ミスター・ムクリに、女性たちを誘導して、彼が望まない変更をさせるつもりだという印象を与えてなければいいのだが。けれども、彼の横柄な性格を考えれば、女性たちが、自分たちの権利についてきちんと知る必要があると強く感じた。

「わたしの家は右手の、ドアが二つある黄色い大きなところよ」パーヴィーンは運転手のサージットがディンショー・マスター通りへ入ると、そう告げた。

運転手がミストリーが住む化粧漆喰の塗られた築二年の二世帯住宅の前に車を止めると、そばの公園で遊んでいた近所の少年たちがクリケットのバットを置いて走ってきて、その車をなでた。

「触るんじゃない！　このバカども、知事の車だとわからないのか？」サージットが少年たちにわめいた。

「パーヴィーンは何をしたの――あいつを食べちゃったのかい？」ひとりの少年が叫び返した。

笑い声が響く中、少年たちは車を取り囲み続けた。サージットがそんなに厳しくしなければいいのに、とパーヴィーンは思った。

「おまえたちの顔がつぶれたカリフラワーみたいにならないうちに、あっちへ行け！」

パーヴィーンが顔を上げると、兄のルストムがいた。妻のグルナズと並んで二階の寝室と居間に沿ったバルコニーに立ち、錬鉄製の湾曲した手すりから身を乗り出している。二人とも部屋着姿で、グルナズの長く光沢のある髪は、ほどけているだけでなく、布に覆われてもいない。

パーヴィーンは少しばかり苛ついた。月曜日の六時に二人でうたた寝するなんて！　まるで結婚して二年の夫婦ではなく、新婚ほやほやのカップルみだいだ。

「これはどういうことだい、パーヴィーン？」ルストムが大声で尋ねた。

「友だちが、借り物の車で家まで送ってくれたのよ。お行儀よくするなら、下りてきて見てもいいわ」

今その車には数人の若者が寄り集まっていた。パーヴィーンは、ラハン・メータとパールシーではない数人の連れがいるのを見て取った。みな国民会議派の帽子をかぶっている。彼女の父親は皮肉を込めて、そういう連中を自由の旅団と呼んでいた。

「これはどういうことだ？ どうしてドアに政府のしるしが付いた車に乗ってるんだよ？ 誰かずいぶんと偉い人のものに違いないな」ラハンがぶつぶつ言った。

「サー・デイヴィッド・ホブソン＝ジョーンズは知事の特別顧問官をなさってる」サージットがいかにも誇らしげに答えた。「ロイド知事が自分の車を使わせて下さったんだ」

「政府の公用車なのか！」ラハンがそう言って、パーヴィーンを上から下までじろじろ見た。

「本当にジョージーと親しいに違いないな」

「ばかなこと言わないで」パーヴィーンは言い返した。この車に乗るのは最初は夢のようだったが、しだいにきまりが悪くなってきていた。「サージット、ありがとう。サー・デイヴィッドご夫妻に、あなたの運転にとても感謝していると伝えてちょうだい」

サージットが車に乗って去っていったあとも、ラハンはまだぶつぶつ文句を言い続けた。

「イギリスかぶれが！　あんたの一族があのばかげたでかい門を造るのも、当たり前ってわけか」

ラハンは、ミストリー建設がアポロ・ブンダー地区のインド門の建設にかかわっていることを引き合いに出した。パーヴィーンは上に目をやった。離れたところからでも、兄の顔が赤くなるのが見て取れた。彼女は兄に首を振って見せた。自分は下にいるし、きちんとした格好をしている。わたしがなんとかしなくては。

パーヴィーンはラハンと友人たちからほんの十センチくらいのところまで、つかつかと歩いていった。「ヨーロッパ中のインド人の活動について、あなたたちのグループに話をさせてもらうわ。マダム・ビーカイジ・カマが、インドの独立について海外にいるインド兵たちに演説をしたあと、投獄されたことを含めてね」

若者たちは落ち着かない様子でぶつぶつ言った。

「マダム・カマはその演説をしたことで、大きな犠牲を払った。インドへ戻るのを許されずにいるのよ」パーヴィーンは軽蔑を込めて若者たちを見渡した。「彼女の例を考えてみるべきだわ。自由は侮辱によって勝ち取るものじゃなく、自分のコミュニティ以外の人とかかわりを持つことで得られるってことをね」

「おまえのおかげで、今夜はなかなかの騒ぎだったたね」その晩、ミストリー家の者たちがみな、両親のところの食堂で夕食の席に着いているとき、ルストムが言った。

「そんなつもりはなかったわ。アリスのお父さんから、どうしてもあの車に乗るよう言われたのよ。ルストムお兄さまがそれをよく見たいかもしれないと思ったから」パーヴィーンは一息入れた。「でも、お兄さまはちゃんとした格好をしてなかったわよね」

「おまえの言葉は研いだばかりのハサミのようだな」ルストムがパーヴィーンをにらんだ。

「どうしておまえの友人の父親が、ロイド知事の車を使えるのかね？」ジャムシェジーが、揚げパン（ブーリ）にバターを塗りながら尋ねた。

「サー・デイヴィッド・ホブソン＝ジョーンズは知事のために働いてるの。わたしを波止場からその車に乗せ、マラバー・ヒルの夫妻の屋敷へ連れていってくれたのよ。そしてもちろん、わたしが間違いなく無事に帰れるようにようにして下さったというわけ」

ルストムは、はやし立てた。「サー・デイヴィッド・ホブソン＝ジョーンズは知事の特別顧問官で、バック・ベイの開発を監督してるんだよ！」

「そうした件に関してはちょっと耳にしたわ」パーヴィーンは兄に笑いかけながら言い足した。「ミストリー建設についてご存じだったわよ」

「当たり前でしょう！」母のカメリアが言った。「アリスの家についてみんなに話してちょうだい」

パーヴィーンはあきれたように目をぐるりと回した。「マラバー・ヒルに死をもたらすとおじいさまが言っていた、あのばかみたいに大きな家の一つよ。でも、中にはとてもモダンな家具があって、興味深かったわ」

「サー・ホブソン＝ジョーンズの娘さんとお友だちだなんて、あなたも抜け目がないわね！」グルナズが興奮気味に言った。

「サー・デイヴィッドだよ」ルストムがグルナズの手を軽く叩いた。「総督をサー・ジョージと言わなくてはならないのと同じだ。名前を呼ぶ必要のある行事のときにはね。そして今、パーヴィーンのおかげで州政府の上層部とのつながりができるかもしれない」

テーブルのまわりに笑い声がさざ波のように広がり、パーヴィーンはみなの注意を引き戻すのに、自分のグラスをフォークで叩かなければならなかった。「もうたくさん！　アリスと知り合ってほぼ四年になるけど、彼女を使って何か利益を得るなんてことは、絶対にしないから。わたしたちの友情は、一族の駆け引きやビジネス、ほかのどんなことにだって一切かかわりがないの」

「でも、今話しているのは家族にとって関心のあることなのよ」グルナズが言った。「あなたの言ってるのとはまったく違うわ。あなたのお友だちは、わたしたち家族のお友だちでもあるはずでしょう？」

パーヴィーンとグルナズの気の置けない関係は、二人が義理の姉妹になったために変わってしまった。心のこもったものではあるが、まるきり気楽なものでもない。パーヴィーンは慎重に言った。「パールシーがイギリスを無条件に支持しているというのは、思い違いだわ。わたしたちはもっと上手にやらないと」

「それがおまえの目的なら、知事の車にのんびり乗ってたことをどう説明するんだい？」ルストムが鋭く問いかけた。

「その件は、本当にどうしようもなかったの。それにお兄さまがあの車を見たいだろうと思ったし。そのことでわたしを非難するのはやめてちょうだい！」

「あらまあ！」グルナズが心配そうに、二人のきょうだいを順に見つめた。「口論させる気はなかったのよ」

「口論なんてしてないでしょう」カメリアが言った。「兄と妹がちょっと騒いでるだけですよ」

ジャムシェジーがテーブルに目を落とし、叱りつけるような調子を装って言った。「誰もわたしの一日について尋ねないのは、いったいどういうわけだ。今日はたまたま、非常に重大な訴訟に勝ったというのに」

「まあ、ジャムシェジー・パパ、何もかも話して下さいな！」グルナズは嫁らしく、おだてるように言った。

ジャムシェジーはその訴訟の詳細をみなに教えてから、すべてを話し始めた。「そして判事は告げた……」に続いて「わたしは法廷弁護士に答え方を指導し……」と来て、「そのとき、あの若者ジャヤントが証人台に立って……」という具合に。

ほかのみながうっとりと聞き入っているとき、父にとって最高の夕べに、サイラス・ソダワラと仲間が町にいるかもしれないという不安を伝えるわけにはいかないと、パーヴィーンは思った。それに、もし父が神経質になれば、翌日ファリドの家へ行かせてもらえないかもしれない。あの女性たちに話をしなくてはならないというのに。

夕食のあと、パーヴィーンは階段を上って自分の部屋へ行った。手にはバナナが半分と、カリフラワーの料理の残りを入れた、小さなブリキのボウルを持っている。寝巻に着替えたあと、フレンチドアをあけた。それは静かな緑の庭園を見渡せる、パーヴィーン専用のバルコニーへ続いている。リリアンは真鍮（しんちゅう）の鳥かごの中で翼の下に頭を入れて眠っていたが、すぐに目を覚ました。

「おーい、きみ！」リリアンはやかましく鳴き立てると、止まり木から跳ねて降りた。

「おーい、リリアン」パーヴィーンは答え、オオホンセイインコに笑いかけた。

「女王陛下万歳」リリアンが叫び、食べ物のボウルに目を留めた。

パーヴィーンの亡くなった祖父はリリアンの最初の飼い主で、ヴィクトリア女王時代に乾杯の挨拶を教え込んだ。ミストリーおじいさまがどんなにそうさせようとしても、その鳥は忠誠を誓う相手をエドワード七世、ジョージ五世へ変えようとはしなかった。パーヴィーンはリリアンに、自由の詩である『母なるインドよ（ヴァンデ・マタラム）』の一節を教えて暗誦（あんしょう）させようとしたが、特別においしいごちそうをもらったあと、甲高い声ででたらめに「マタラム」とわめくだけだった。

パーヴィーンはかごの扉をあけた。その鳥は薄いグリーンの見事な羽根を大急ぎではばたかせ、飛び立っていった。庭園の上空で何度かすばやく旋回したあと、パーヴィーンが夕食のボウルを置いておいたラウンジチェアの肘掛けに戻ってきた。リリアンは上品についばんだあと、庭をめがけて短い急襲を繰り返した。その縄張りへ入る権利はないとでもいうように、ほかの鳥たちに金切り声を上げていた。

リリアンはときどき何時間も外にいて、水浴び用の水盤から水を飲んだり、ほかの鳥が侵入していないか庭を監視したりする。パーヴィーンは蚊が出てくると、バルコニーを離れて寝室の蚊帳を吊ったベッドでくつろぎ、本を読むのが常だった。

リリアンがいなくなる心配はなかった。この鳥はミストリー一家の一部になっていて、放蕩娘と同じように、いつも家へ戻ってきた。

第八章　細かな規則

一九二一年二月、ボンベイ

『イスラム法の原則』は英語で書かれていて、わかりやすいはずだった。けれど、その本を詳しく読めば読むほど、パーヴィーンは地雷原に踏み込んだように思えてきた。

イスラムの婚姻法によると、未亡人が夫からの結納金を要求すれば、夫の遺産から支払われることになる。その金は遺産が分配される前に渡されなくてはならない。けれども、「要求する」という言葉が厄介だった。もし未亡人が自分のマフルをもらいたくないのであれば、遺産の分配や寄付については、その分を差し引かずに進められると解釈できるかもしれない。おそらくムクリはそう思い込んでいるのだろう。

パーヴィーンは目をこすった。二時間、長くて退屈な法律の本を読んで疲れ果てていた。その問題を父に尋ねたかったが、父は依頼人に会いにケンプス・コーナーへ行ってしまっている。パーヴィーンはその疑問をノートに書きつけ、別の差し迫った仕事――英語で書かれたミスター・ムクリの手紙をヒンドゥスターニー語に翻訳すること――に移った。それを十二時に終えると通りを渡り、別の法律事務所の公証人にその翻訳を認証してもらいにいった。ブルース通りのにぎやかな雰囲気の中へ足を踏み入れると、最近見かけた例の見知らぬ男とサイラスのことが思い出された。角のヤズダニのところを含め、すべての店の入り口をチェックしてから、イスラム法をさらに読むためにふたたび事務所への階段を上がった。

一時十五分前に、ジャヤントが会いにきたとムスタファに告げられた。パーヴィーンは気晴らしになると喜び、急いで下へ行った。

ジャヤントはパーヴィーンを見ると、両手を合わせてナマステの挨拶をした。ボンベイの刑務所にいたときより、ずっと元気そうだった。入浴し、清潔な腰布（ルンギー）とチョッキを身に着けたばかりらしい。背中はまっすぐで、顔は前よりふっくらしている。大きな不安がすべて消えたかのようだ。

「こんにちは、ジャヤント！」パーヴィーンは言った。「昨日は傍聴できず、あなたの大勝利が見られなくて、とても申し訳なかったわ」

「おれもあなたがいなくて残念でしたよ。お礼を言いにきたんです」そう言って、背中の後ろから小さくて柔らかそうな緑色の包みを取り出した。「おふくろがあなたにスィートココナツライスを作ったんで。コーリの名物なんです」

コーリというのは地元の人たちのことで、その多くは港で働いている。「苦力（クーリー）」という言葉とそっくりに聞こえるのは皮肉なことだ。それはインド在住のイギリス人が、船荷の積み下ろしをするインド人を指して言う言葉で、ジャヤントもバラード・ピアでその仕事をしている。過酷な作業で――ほとんどの者が、けがのせいで四十歳までに亡くなってしまうほどだ。

「ココナツライス――大好物よ！」パーヴィーンはそう言って、バナナの葉で包まれたごちそうを両手で受け取った。「いつも午後のこのあたりにおなかがすくと、どうして知ってたの？　これはビスケットよりずっといいわ。でも、ちょっといい？　どうしてこの時間にここにいるの？　仕事ができるようになったんでしょう？」

「午後の仕事は五時からなんです。ラヴィおやじは、タマリンドを食べたみたいに渋い顔になってたけど、おれを中へ入れてくれた。友だちはみんな、毎日今くらいに休憩が取れるようになったから、ありがたがってます。おれはこの休憩時間を使ってあなたに会いにきたんですよ。訴訟に勝ったのは、あなたが一生懸命にやってくれたからだってわかってます」

「わたしのおかげじゃないわ」パーヴィーンが反論した。「父が納得のいくように、判事に話してくれたからよ」

「あなたが書いたいろいろなことを使ってでしょう！」ジャヤントがきっぱり言った。「おれは金はないかもしれないけど――ドックで望みのものがあれば何でも、手に入れてあげますよ。特定の人物、会社、船について知りたいなら、そう言って下さい。それに品物を安く手に入れたいなら――」

パーヴィーンはあわてて言った。「どうもありがとう。あなたの件については、会計は済んでるわ」何より困るのは、ジャヤントが窃盗で逮捕されることだ。

ジャヤントが立ち去ると、パーヴィーンはココナツライスの包みを自分の机まで持ってきた。ものを食べながら仕事をするのは行儀が悪いけれど、時間がほとんどなかった。最後の一口を食べ終えたとき、下で父親が戻ってきた音がした。パーヴィーンはあわててバナナの葉を捨て、デスクマットをハンカチできれいに拭いた。

「あら、パパ、ちょっと暑そうね！」パーヴィーンは父親の頭の髪のないところに、汗が光っているのに気付いた。

「アーマンにリボン・クラブで降ろしてくれるよう頼み、そこから歩いてきた。今年は春が来るのが早いんだな」

「座ってちょうだい、水を持ってくるわ」パーヴィーンはテーブルの上の銀の水差しから、新しいタンブラーに冷たい水を注ぎ、窓辺のミントの小枝を入れた。

「こういうことは、おまえではなくムスタファの仕事じゃないか」ジャムシェジーは椅子に腰を下ろすと、やんわりと文句を言った。

「今日はムスタファに、外へ出てわたしに何か買ってくるよう頼んだの」パーヴィーンはベンガル人の見知らぬ男か、巻き毛のパールシーをその日見たかどうか、ムスタファに通りで尋ね回ってもらおうと考えたのだ。

「あの男はいつも外出を喜ぶからな」ジャムシェジーはうれしそうに、長々と水を飲んだ。「どういうわけか、あの年なのに暑さが気にならないらしい」

「暑いと力が出るって、いつも言ってるものね」パーヴィーンは『イスラム法の原則』を取り上げた。「第一項八の四、『未亡人のマフルの要求の特質』について訊いてもいい？」

「続けてくれ」ジャムシェジーはそう言って、水をまた一口飲んだ。

保留したマフルは、死亡や離婚によって婚姻が解消したときに必ず支払われなくてはならないのか、パーヴィーンは尋ねた。「もし妻がその贈り物を受け取りたくないなら、支払われずに終わることもありえるの？」

「結婚するときには、イスラム社会では即座にマフルを要求する傾向がある。けれども、夫の死後に支払われるはずのものを、必ずしも受け取る必要はないんだ」ジャムシェジーは苦もなく答えた。「だが、女性たちがもらうべきものを受け取ったと事務弁護士が証明できれば、判事はもっと助かるだろうね。それから寄付をすればいいわけだから。そうすれば状況が明確になる」

「マフルの中には、手元に置いているはずのものもあるわ。サキナ奥さま（ベーグム）は宝石類を、ムンタズは楽器を持っているでしょうね――でも、それぞれに尋ねてみるつもりよ」パーヴィーンはファリドのフォルダーを取り上げ、ふたたびパラパラとめくった。「ラジア奥さま（ベーグム）が五千坪ほどの土地の所有者だと証明するのは、もっと厄介だわ。これらの書類すべての中に、彼女の名前の譲渡証書はなかったから。ほかのところに綴じ込まれてるの？」

「いや」ジャムシェジーはそう言ってグラスを置いた。「結婚のあと、法廷で所有者を変更する手続きをやってほしいかどうか、ファリドさま(サヒーブ)に尋ねた。彼は断ったよ。事務弁護士はそうした変更をするよう求められてはいないから、無理強いはしなかった。マフルの契約書によって約束されていることを考えれば、そうした手続きはいつでもできるからな」

パーヴィーンは父親の決定がひどく消極的なのに苛ついた。「その証書は、まだラジア奥さま(ベーグム)の名前に変更できると思うけど」

「彼女に譲渡するという夫の意思は契約書に書かれている。その仕事はわたしたちがしてもいい。そうでないとミスター・ムクリがやってしまうだろうから」

パーヴィーンは、父がそのことに関心がないとほぼ確信していた——その土地が慈善信託(ワクフ)に贈られなければの話だが。けれども、それはどういうことになるのだろうか？「土地は売られなければ、慈善信託(ワクフ)を金銭的に潤さないわ。それに、今そこに織物工場があるのに、ラジア奥さま(ベーグム)はどうやって売れるっていうの？」

ジャムシェジーはしばらくのあいだじっと座っていたが、それから首を振った。「その織物工場は残っていてかまわないが、それが建っている土地は一族の信託財産の一部になり、工場から地代を払ってもらえる。けれども、その仕事には、経験の浅いおまえには手に余るほどの法律業務がかかわってくる。昨日これをおまえに渡したとき、このことが問題になるとは知らなかったよ」

「やってみなければわからないでしょう？ ラジア奥さま（ベーグム）は、わたしがすべてを説明すれば、その土地を手放したくなくなるかもしれない」

ジャムシェジーは警告するように指を立てた。「いいかい、ラジア奥さま（ベーグム）はあの財産放棄の手紙で、ただひとり、間違いなく自分でサインをした人なんだよ。慈善信託（ワクフ）に土地を寄付することに大賛成しているかもしれない」

「そうかもね」パーヴィーンは疑わしく思いながら答えた。

「さあ、昼食にしようか？ 喉はもう乾いてないが、腹が鳴ってるぞ」

「一緒に食べられたらいいんだけど、二時までにファリドの家へ行かないと。車を使ってもいい？」パーヴィーンは懇願するような目で父親を見た。

「もちろんだ。ここからマラバー・ヒルまでは遠いから、二輪馬車（タンガ）で行くのは無理だ。それに、おまえがわたしと昼食を食べようとしないのは、別の理由があるとたった今わかったぞ」ジャムシェジーはいたずらっぽく言い足した。

パーヴィーンは当惑した。「どんな理由？」

ジャムシェジーは鉄製のごみ箱を指差した。数匹のハエが回りを飛んでいる。「このオフィスで、なんであれ茶とビスケット以上のものを食べるのは恥ずべき習慣だ。おまえのおじいさまが泣くだろうな」

　フォートからマラバー・ヒルまでは、車で三十分もかからなかった。それでも、パーヴィーンは着いたときに汗をかいていた。暖かい二月の日だから、というだけではない。未亡人たちに事情を正確に説明するのに不安があったし、フェイサル・ムクリのことを彼女たちがどう思っているか、知るつもりでいたからだ。もしムクリが不愉快なやつで、パーヴィーンにやろうとしたように彼女たちを支配しているのなら、三人とも怯えていることだろう。

　シー・ヴュー通り二十二番には、前と同じけんか腰の門番が控えていた。ダイムラーをのぞいてパーヴィーンがいるのを見ると、彼の顔が赤くなった。アーマンに指を突きつけ、この場所に車を止めてはだめだとわめいた。

「お嬢さま(メンサヒーブ)?」アーマンはいぶかしげにパーヴィーンに目をやった。

　パーヴィーンは感情を抑えた声で門番に話しかけた。「あのねえ、昨日ここでわたしを中へ入れてくれたじゃないの。わたしは一家の弁護士で、ムクリさま(サヒーブ)からまた来てもいいという許可をもらったわ」

「ああ、そうかい!」門番はすぐさま言った。「でも、奥さま(ベーグム)方に会うには婦人の居住区域(ゼナーナ)の入り口へ行ってもらわないと。そこは二つ目の門だ。もうあけておいた」

　パーヴィーンは自分がばかみたいに思えてきた。アーマンはさらに二メートルほど車を進め、第二の門から中へ入った。レンガの車寄せは屋敷の北側へ続いており、その入り口には銅製の長い屋根の付いた玄関がある。この余分な造りがあるおかげで、女性たちは誰にも見られずに馬車や車で出入りできるのだろう。

パーヴィーンは車から降りて庭園を見渡した。屋敷のまわりには背の高い木がうっそうと茂っている。放ったらかしの芝生には雑草が高く伸びていたが、境にあるバラの茂みは手入れされ、生き生きとしているように見えた。

ドアをノックすると、沈黙で迎えられた。大理石の仕切り壁（ジャリ）にあいた窓から挨拶の言葉をかけると、一分かそこらして、着古した木綿のゆるいズボン（サルワール）と長いチュニック（カミーズ）を身に着けた小さな女の子がドアをあけた。

「こんにちは（アダーブ）」パーヴィーンは、その子が前日見かけた少年と同い年のようだと気付いた。

「わたしの名前はパーヴィーン・ミストリー。奥さま（ベーグム）にお会いしにきたの」

「奥さま（ベーグム）たちはあなたのことを知ってます。中へどうぞ」その少女はずっと頭を下げていた。まるでパーヴィーンと一緒にいると気後れするかのように。

「昨日この家の母屋の玄関で、男の子が出て応対してくれたわ」パーヴィーンはサンダルを脱ぎながら言った。

「あたしのふたごの兄のザイドです。いい子ですよ」その少女はパーヴィーンに向き直り、そう言い足した。ハート形の小さな顔がよく似ているのは間違いないが、女の子にはあざがなかった。

「ザイドはわたしにとても親切にしてくれたわ。あなたの名前は？　ご両親はここで働いてるの？」子供を使用人にするのは都市ではよくあることだが、村から自分たちだけでやってきて、大きな屋敷で働いているその子たちの身をパーヴィーンは案じた。

「あたしはファティマといいます。父さんはこの屋敷の門番をしてます。モーセンという名です。母さんはあたしたちが生まれたとき、天国へ行きました、アッラーが母さんと共にありますように。あたしたち二人を産むのは、母さんには大変すぎたんです」

「本当につらいことね」パーヴィーンはもっと何か言いたかったが、年端のいかないメイドがさえぎった。

「お嬢さま（メンサヒーブ）、どうかここでお待ちを。奥さまたちをお連れします」

ファティマが急いで階段を上がっていったあと、パーヴィーンは客間の中を見回した。ミスター・ムクリと会った部屋とほぼ同じ大きさだ。この部屋の装飾は異なっていて、灰色と白の大理石の古いタイルを貼った床に華美なアグラの絨毯（じゅうたん）が敷かれている。中央のテーブルに置かれた花瓶にバラが生けられ、甘い香りがしていた。

パーヴィーンはその部屋の西側へ続く開けた場所へ目をやり、数歩進んで二・五メートル四方ほどの小さな部屋へ出た。その壁には、陶製のタイルでできた高さ一・八メートルほどの窪みが設けられている。数百もの小さなモザイクタイルがはめ込まれ、黄色がかったブルーとヴァイオレットの色合いの花の絵や、曲線を描くアラビア唐草模様になっていた。それをじっと見つめていると、古く優雅な文化の重みに圧倒された。どういうわけか、それにはなじみがあるように思えた。十七世紀の半ばにアラブ人によって征服される前、ペルシアを支配していたのはゾロアスター教徒で、華美な花のタイルのなかに、同じ美意識がはっきり表れていた。

さっと風が吹くような静かな音がして、パーヴィーンはあわてて振り向いた。

「お祈りがしたいの?」十二歳くらいのほっそりした少女が、興味深げにパーヴィーンを見つめている。その少女のサルワールとカミーズはあまり体に合っていないが、刺繡を施されたシルクの生地で、彼女は明らかに別の召使いではなかった。

「アミナ!」豊かな黒髪を巻き、頭の上でまとめた小柄な女性がその少女の後ろに駆け寄ってきた。「そんなことを言ってはだめよ。その方はムスリムではないのだから」

パーヴィーンはぶらついているところを見つかって、ばつが悪かった。それで、その女性にあわてて挨拶の仕草をした。彼女はまつげの長い美しい目を持ち、ずっと室内で暮らしている証拠に、信じられないほど白い顔をしていた。パーヴィーンと同じくらいの年に見えるが、縁飾りのない黒いサリーを身に着けている。陰気な感じがしそうなものだが、シルクのシフォンの生地のせいでエレガントな印象を与えていた。

パーヴィーンはうろたえた。「ここが神聖な場所だとは知りませんでした。ごめんなさい」

「謝ることはないわ」その女性はひどく優しい口調で言った。「ミヒラーブはわたしたちの礼拝のかなめとなる場所なのよ。あなたはミス・パーヴィーンね？　サキナと言います」

親切に応対されたおかげで、パーヴィーンの緊張はゆるんだ。「こんにちは（アダーブ）、サキナ奥さま（ベーグム）。パーヴィーンです。遅くなりましたが、ご主人が逝去されたこと、心よりお悔やみ申し上げます。父の話ではとてもご立派な方で、誰にでもいつも親切になさったとか」

サキナは真面目な顔でうなずいた。「お悔やみの言葉、ありがたくちょうだいします。遅くなどないわ、今は喪に服す期間だから」話しているあいだに、黒いサリーを着た女性がほかに二人やってきた。ビーズの付いたスリッパが大理石の床に当たり、軽やかな音を立てる。

「ラジアとムンタズをご紹介してもいいかしら？　わたしたちは、あなたがお望みのことを何でもするつもりです」

パーヴィーンが挨拶の仕草を繰り返すと、どちらの女性もそれに応じた。背の高いほっそりした女性は、灰色の筋が混じった黒い髪をきっちりと髷（まげ）に結っている。それがラジアに違いなかった。事務所にある書類から三十歳とわかっていたが、鼻と口のあいだにいくつもの長いしわがあるせいで、もう少し年上に思われた。

第三夫人のムンタズはひどく茶色い顔をしていた。一生、室内で暮らしているわけではない人には当たり前のことだ。パーヴィーンが予想したほど、性的魅力にあふれているわけではなかった。髪は乱雑な三つ編みで、顔はむくんで疲れて見えた。ほかの妻たちとのもう一つの違いは、服装だった。三人とも、縁飾りのない黒いサリーを着ていたが、サキナはシルクのシフォン、ラジアはタッサーシルクなのに対し、ムンタズは木綿を黒く染めた、安っぽいぶかぶかのものを身に着けていた——金持ちにはふさわしくない、貧しい女性がよく用いる生地だ。

「来て下さってありがとう。わたしはラジア、アミナの母です。あの子はわたしたちのなかで最初にあなたに挨拶したんですね」サキナより年上の夫人の声はもっと低く、人を安心させるような重々しさがあった。「昨日の夜、あなたがおいでになるとムクリさま（サヒーブ）に言われてから、この子はひどく興奮しているんです」

パーヴィーンは、小さな足が駆けてくる音で注意をそらされた。数秒して、レースの縁取りのある白いドレスを着た、二人の幼い女の子が現れた。

「ムンタズおばさま（カラ）、おんがくのじかんよ！」年上のほうの子が大声で言った。六歳くらいに見え、サキナの一番上の娘のようだった。

「ナスリーン、パーヴィーンさん（ビビ）のお邪魔になりますよ、わたしたちのお客さまなのに」サキナがそう言ってナスリーンの頭を軽く叩いた。「それにムンタズおばさま（カラ）は、今日はあなたやシリーンと一緒に音楽をやりませんよ。忙しいんですからね」

五歳のシリーンは上下に飛び跳ねた。「おきゃくさまって、だれ？　どこからきたの？」

「あなたたちは下にいてはいけません。大人がお話をする時間ですからね。お手伝い(アヤ)のところへ行きなさい」ラジアがたしなめるように言った。

パーヴィーンは、自分がいることで未亡人たちが不安になっており、その気持ちが子供たちにうつっているのだと感じた。でも、不安になる必要などない。パーヴィーンは子供たちにほほえみかけて言った。「お互いに挨拶してはどうかしら？　判事はわたしがお子さんたちに会ったかどうか、みんな元気に楽しく過ごしているかどうか、尋ねるでしょう」

「では、わかりました」ラジアがうなずいていった。「こんなチャンスに恵まれて、あなたたちは運がいいわね」

パーヴィーンは、幼い二人の女の子と同じ目の高さになるようかがんだ。「パーヴィーンよ。もしよければおばさんとか、カラとか呼んでね。わたしはダダール・パールシー・コロニーに住んでいて、フォートと呼ばれる地区で父親と一緒に仕事をしてるの。わたしたちは弁護士で、つまり人々が自分の財産を守るお手伝いをしてるのよ。あなたたち一家を見守り、元気でいることを確かめると、あなたたちのお父さんと約束したの」

パーヴィーンが「お父さん」という言葉を口にすると、アミナがあわててやってきて、ほかの二人の娘のそれぞれに、かばうように手を置いた。「そんなことを言わないで」

「ごめんなさい――」パーヴィーンは不安になった。

「パパ(アッパ)は今でもわたしたちを見守ってる」アミナが非難がましく言った。「天国から」

パールシーもムスリムも、天国と地獄があると考えている。これがヒンドゥー教徒との主要な違いで、彼らは生まれ変わりを信じているのだ。「お父さんがいなくて、とても寂しい思いをしているのね」

アミナはうなずいた。「そうよ。パパは病気になっても、毎日わたしと話をした。シリーンとナスリーンはあまり覚えてないけどね、二人とも病室には行かなかったから」

「パパはてんごくでもっとたのしくしてるって、アミは言うの」ナスリーンはパーヴィーンのサリーの縁飾りを、指でしきりになでた。「あなたのサリーはとってもきれいね。アミたちみたいな黒じゃないわ」

パーヴィーンは一瞬、戸惑ったが、「アミ」というのはウルドゥー語で母親のことだと思い出した。「いつも黒いのを着るわけじゃないと思うけど、今はそうすることになってるのよ」

「わたしたちは四ヵ月と十日、喪に服します」ラジアがきっぱりと言った。「そのあとは好きなものを着るの――でも、お祝いすることではまったくありませんからね」

パーヴィーンは、ラジアが夫の死を深く悲しんでいる気がした。おそらく喪失感に加えて、所帯の切り盛りをしなくてはならない重荷を感じているのだろう。ムンタズとサキナはどちらも悲しげだった。オマル・ファリドとそれぞれの妻との関係はどんなものだったのだろうと、パーヴィーンは思った。ひとりひとりに自分の違う面を見せていたのか、それとも、誰かをほかの二人よりもずっと愛していたのか。

「サリーをそんなおかしなふうに着てるのは、どうして?」シリーンが甲高い声で尋ね、パーヴィーンの思考をさえぎった。「そんなのまちがってる」

「シリーン!」サキナが優しく笑いながら娘をたしなめた。「どうか娘の失礼を許して下さいね」

「いい質問だわ!」パーヴィーンは言った。「わたしはパールシーで、こういうふうにサリーを着るのは、わたしたちの習わしなのよ」

「ちょっといい?」ナスリーンが指を伸ばして刺繡にさわろうとした。

「もちろんよ」パーヴィーンはマネキンのように立ち、自分の結婚式に一族の女性たちがまわりに集まって、サリーを着せようとしていたときのような気持ちになった。

「パールシーとは何でしょう?」アミナが、ゆっくりとした不自然な英語で尋ねた。

「インド生まれのゾロアスター教徒のことよ」アミナが小さな眉をいぶかしげに寄せるのを見て、パーヴィーンは詳しく説明した。「わたしたちは神を崇拝するけれど、アッラーではなくアフラ・マズダと呼んでいるわ。わたしの先祖はずっと昔にペルシアから船でやってきた。この百年のあいだに、また別のペルシアのゾロアスター教徒も来たわ。その人たちは自分たちをイラン人と呼んでいる、それが、彼らがいた国のペルシア語での名前だから」

「ああ。イギリス人がわたしたちをモハメッド教徒と呼ぶのと同じね。わたしたちはムスリムよ」アミナの目が輝いた。「わたしたちの祖先はアラビアから来たの。同じようにとても長い船に乗ってね」

「アミナ、英語を学んでいるの？」パーヴィーンはその少女の頭の回転が速いことと、パーヴィーンのヒンディー語の問いに英語で答え続けていることに驚いた。

「英語の先生が行ってしまうまでは、習ってました。ちゃんとごあいさつしていいですか？『グッド・アフタヌーン、ミス・ミストリー』」アミナはパーヴィーンと握手しようと、ほっそりした腕を差し出した。

「あなたに会えてとてもうれしいわ」パーヴィーンはそう言ってアミナの手を握りながら、三人の女の子たちはみな、きらきらして活気にあふれていると思った。シリーンとナスリーンの方を向き、ヒンディー語で話しかけた。「ここにいないのはあなたたちの弟さんだけね。その子にも会いたいわ」

「二階で寝てるんです。さあ、みんなの紹介が終わったところで、座りませんか？」サキナが気安い女主人といった雰囲気で勧めた。「ファティマ、イクバルのところへ行って、ファールーダを作るよう頼んでちょうだい」

メイドの少女はうなずき、急いでドアから出ていった。

そのもてなしには心を引かれたが、弁護士としての仕事を家族の集まりの会にするわけにはいかなかった。それで、自分のブリーフケースを示しながら切り出した。「みなさん全員とお話しするのはとても楽しみなのですが、まずはおひとりずつと面談しなくてはなりません」

「婦人の居住区域(ゼナーナ)には隠し事なんかないのよ。わたしたちはみんな姉妹なんですから!」サキナが親しげな笑い声を上げると、輝く歯がすっかり見えた。サキナがとても元気そうなのに、ラジアとムンタズがそうではないのはどうしてだろう？

「それはわかっています。けれど、判事は奥さまそれぞれから別々の文書を求めてるんです。亡くなったご主人がひとりひとりと結婚し、マフルの契約をそれぞれ結んだのと同じようにね」パーヴィーンは話をしながら、未亡人のひとりひとりをじっと見た。ラジアもサキナも驚いているように見えた。ムンタズの表情は変わらなかった。まるで、どうすべきか指示されるのに慣れているみたいに。

「わたしたちはここにいられないの？」アミナが尋ねた。「とても面白そうなんだけど」

この子供たちにとって、客を迎えるのがどれほど珍しいことなのか考え、パーヴィーンはためらった。「いいことを思いつきました。子供たちがムンタズ奥さま(ベーグム)と演奏をしたいのなら、今そうしない理由はないでしょう。ムンタズ奥さま(ベーグム)にお会いする前に演奏を聴きにいきますから」

「それはいいわね」ムンタズは同意し、疲れた顔で子供たちに笑みを浮かべて見せた。「すてきなコンサートをするために、練習しましょう」

「でも、ファールーダが！」ナスリーンがぶつぶつ言った。

「ちゃんとおけいこしたあと、小さなグラスで飲んでもいいわ」サキナは娘に優しい目を向けた。「パーヴィーンさん（ビビ）、まずわたしが二階の私室であなたとお話しします」

「ビビ」というのは、若い独身の女性に使うのにふさわしい敬称だった。

それにしても、第二夫人が第一夫人より先に話をすると決めるとは、この家族はずいぶんと変わっているのかもしれない。

第九章　穴の穿たれた壁

一九二二年二月、ボンベイ

パーヴィーンはサキナのあとについて大理石の広い階段を上り、ファリドの未亡人たちの私的な領域へ入っていった。ここではどの未亡人も、大理石の仕切り壁（ジャリ）で守られている。穿たれた穴から、あらゆるところに光の点が投げかけられていた。美しいがほの暗く、日が沈んでからバルコニーで本を読もうとすることがどういうものか、パーヴィーンに思い出させた。

婦人の居住区域（ゼナーナ）の二階の廊下はL字形をしていた。サキナは長い廊下を通ってパーヴィーンを案内し、それより短い廊下へ出た。突き当たりに金属製の仕切り壁（ジャリ）がある。さらに近づくと、その繊細な金属細工が、ブドウの房と蔓で覆われた格子に似せて作られているとわかった。

「こうした美しい金属細工を見ると、うちの事務所のキャビネットのドアを思い出します。

あなたのキャビネットも、同じ金属細工師が作ったのかもしれませんね」さらに近寄ると、その金色の仕切り壁（ジャリ）の反対側には鍵がかかっていて、蝶番の付いた覆いのある広い溝が中央に設けられているとわかった。「これはなんですか？」

　サキナは笑みを浮かべてから答えた。「この仕切り壁（ジャリ）は、わたしたちの婦人の居住区域（ゼナーナ）と母屋のあいだの境界になっているの。溝は、書類や何かのちょっとしたものを向こう側に渡せるところよ。昔の名残ですけど、今はムクリさま（サヒーブ）がここにいるので、それをまた使うのは都合がいいとわかったの」

「ここは、あなたがたがムクリさま（サヒーブ）と話をするときに座る場所ね」パーヴィーンは、ピンク色のヴェルヴェットの布が掛けられた小さなベンチを見た。

「ええ。反対側には、この場所へ来るのを認められ、わたしたちと話をする必要のある殿方のための椅子があるわ」

　パーヴィーンは、女性たちが他人との個人的なつながりをどれくらい持っているのか知りたかった。「ムクリさま（サヒーブ）のほかに、最近誰がここへやってきましたか？」

「十二月には多くの弔問客がやってきたわ。二週間前、軍人がラジアと慈善信託（ワクフ）の件で話し合うためにやってきたけれど、喪に服す期間（イダット）だったので、家には入れなかった」

　サキナは一家の第一夫人のことを、ファーストネームだけで呼んでいる――「奥さま（ベーグム）」をつけることで表されるはずの敬意を示していないということだ。パーヴィーンはムスタファならどう思うか考えた。「あなたの親族はどれくらい頻繁にいらっしゃいますか?」

「実家はプーナなの。だから、親族が訪ねてくることはめったにないわ」サキナは居心地が悪くなったかのように、わずかに背筋を伸ばした。「でも寂しくはないのよ。ご覧のようにとてもすてきな家があって、天気がいいときは外に出て、庭に腰を下ろすこともできるんですから」

パーヴィーンはその言葉をすっかり信じたわけではなかった。「電話はどうですか——おしゃべりはできますか?」

サキナの長いまつげに縁取られた目に怒りの炎が宿った。「電話はお金がかかる。それに電話機は母屋にあるの。仕事のことにしか使わないわ」

「マラバー・ヒルやボンベイ市内にいるお友だちを訪ねることは?」パーヴィーンは、サキナが強がりを言っているのを心配した。

「知り合いの何人かをね」サキナは落ち着き払ってパーヴィーンを見やった。「わたしたちを哀れな捕らわれの身だとは思わないでしょうね? 自ら進んでそうしたんですから」

「あなたがたがこうした生活を選んだのはわかっています」けれどもパーヴィーンは、彼女たちがほかの人たちとほとんど接しないことに——そして緊急時に電話さえ使えないことに不安をぬぐえなかった。

「危険な人たちに囲まれて路上で暮らさなくてもいいことを、娘たちが壁を巡らせた庭でバラのように育っていることを、毎日アッラーに感謝してるわ。これは、特別で穏やかな暮らしよ。わたしたちがずっと一緒にこの家にいられさえすれば、何の心配もないでしょうね」

「もちろん、必ずそうなるようにしますよ、サキナ奥さま(ベーグム)」パーヴィーンは咎められているように感じながら、サキナについて金色の仕切り壁(ジャリ)にもっとも近い戸口から中へ入った。そこは贅沢に装飾された寝室で、ピンクのシルクの覆いのある四柱式のベッドが鎮座していた。その覆いの色は、窓やドアを縁取る、ブルーとピンクのモザイクのタイルのバラ模様とまったく同じだった。

「とても魅力的なお部屋ですね。もう一つ部屋が付いているようですが」パーヴィーンは声をひそめた。「そこには赤ちゃんが寝てるんですか？」

「子供たちはみな、お手伝い(アヤ)と子供部屋にいるわ。ジュムージュムは一日のこの時間はいつも眠っています――一歳になったばかりだから。わたしは訪ねてきた親族や友人とお茶を飲んだり、ちょっとお休みしたりするのにもう一つの部屋を使うの」サキナは親切そうな笑みを浮かべて言った。それが彼女のトレードマークだとパーヴィーンは見て取った。「一緒に中へどうぞ」

「この家には使用人は何人いますか？」パーヴィーンは紫色のヴェルヴェットの長椅子に腰を下ろし、サキナはそれとそろいのウィングチェアに座った。漆塗りの黒い小ぶりの棚はイギリス製とフランス製の陶器の置物であふれ、マホガニーの立派な整理ダンスの上には、ユリと月下香がボウルに生けられている。その部屋は豪華で穏やかな雰囲気があった。「そのすてきな花を生けたのはあなたですか？」

「ええ」サキナは少し驚いたように言った。「今はわたしが花の手入れをしなければならないの。朝早く、日差しがまだ弱いときにやるのよ。以前は庭師がいたんですけど、費用を節約するために暇を出したの。アミナが言っていた家庭教師、台所の下働き、使用人頭にも」

「あなたはそういうことにとても才能があるんですね」パーヴィーンは、ほかの多くの女性なら自慢に思うような技能を見せることを、サキナが恥ずかしく思っているらしいと気付いた。「それほど多くの使用人がいなくなったのなら、掃除はファティマとザイドが引き受けてるんですか？」

「ええ。あの子たちの父親のモーセンは門番をしてるわ。それに料理人のイクバルとお手伝い（タイバ）のタイバ（アヤ）もいます。彼女は亡くなった主人が子供のときから、この家で働いてるのよ」

ファティマが銀の盆をぎこちなく持って入ってきた。薄いピンク色の飲み物がなみなみと注がれた、背の高いクリスタルのゴブレットが二つのっている。そのフルーツとミルクのポンチは室温で、冷やされてはおらず、この家には冷蔵庫がないのだとパーヴィーンは気付いた。

「おいしいですね」パーヴィーンは飲み物をすすって言った。「それで、ムクリさま（サヒーブ）はこの家に泊まっているのですか、それとも必要なときにやってくるとか？」

「母屋の一室を使ってるわ。信頼のおける男性にこの家にいてもらうのは、夫の願いだった。わたしたちが安全に暮らせるようにとね。彼がここに住み続けることをわたしたちは願ってます。きっと迷惑でしょうけど」

先日のムクリのくつろいだ服装から、パーヴィーンは彼がこの家に住んでいると推測していた。けれども、婦人たちの血縁でもない男性がそうするのは、確かに異例のことだ。母屋には一緒に暮らしている人がいるのだろうかと、パーヴィーンは思った。「奥さんやお子さんはいるんですか？」

「いいえ。それだからこそ、主人は彼が献身的にわたしたちの力になれると考えたのよ」サキナは、目の前のテーブルに掛けられた刺繍を施した布に、ファールーダのグラスを注意深く置いた。「パーヴィーンさん（ビビ）、必要な書類について説明して下さるつもりだったでしょう？」

「失礼しました」パーヴィーンはそう言い、個人的なことがらについて無駄話をしすぎたと気付いた。「まず、ご主人が一九一三年にサインなさったマフルの書類を見直してみましょう」

パーヴィーンはブリーフケースを開き、ウルドゥー語で書かれたサキナのマフルの契約書を取り出した。サキナの目が、ゆっくりとその文章をなぞった。「わかったわ。その書類には、わたしが慈善信託へ寄付するつもりの宝石類のことが書かれているわね」

「こうした高価な宝石類は、銀行の金庫に預けてあるんですよね？」パーヴィーンは法律用箋を取り出し、メモを取り始めた。

「銀行じゃないわ」サキナはそっけなく言った。「義父が寝室のすべてに金庫を作りつけてくれて、宝石類はいつもそこに保管しているの」

「まあ！　それじゃ、この部屋にあるんですね」

「ご覧になりたい？　主人が病気になる前から、わたしも目にしていないわ」

「もちろんです」パーヴィーンは、思いのほか簡単に検証できそうなことを喜んだ。

サキナは椅子から優雅に立ち上がり、壁のところへ行くと、ランの花を描いた小さな絵を脇へずらした。その後ろには、二つの丸いダイヤルの付いた真鍮のプレートがあった。数秒、操作したあと、ドアがさっと開き、サキナはいくつもの箱が入った引き出しを抜き取った。パーヴィーンの方を向き、二人のあいだのテーブルの上に一そろいのヴェルヴェット張りの箱を置いた。

「とても美しいものですね」サキナがエメラルド、ダイヤモンド、繊細な金の輪の付いたきらびやかなネックレスを見せたとき、パーヴィーンは声を上げた。サキナはもっと小さな箱をあけ、それとそろいのバングルと、見事なエメラルドの、ドロップ形のイヤリングを示した。パーヴィーンは義理の姉のような宝石の目利きではない。グルナズが一緒にいたらいいのにと、不意に思った。

「そのイヤリングとペンダントのそれぞれに、ビルマ（現ミャンマー）産の四カラットのエメラルドと、インド産の二カラットのダイヤモンドが付いてるの。バングルには、一カラットのエメラルドと一カラットのダイヤモンドが、それぞれ五つずつはめ込まれているわ」パーヴィーンを見たとき、サキナの目は輝いていた。

パーヴィーンは自分たちの前にどれほどの富が置かれているか、予想もできなかった。

「鑑定はしましたか？」

「いいえ。こんな贈り物をくれるなんて、主人が若い嫁としてのわたしの価値をどれくらいだと見積もったかわかったわ。でも今、主人がいなくなって、こんなものすごく高価な宝石は使い道がないでしょう。何もかも慈善信託（ワクフ）へ寄付するほうがいいのよ」

パーヴィーンはうなずき、亡くなった夫の気持ちについてサキナがどう考えているか、メモをとった。夫と三人の妻たちとのあいだの愛について、どうも感傷的に考えすぎていたようだ。パーヴィーンはメモに書きつけた。納得ずく。「さて、マフルの支払いの残り半分として、あなたが受け取ることになっている五千ルピーについてはどうですか？」

「それも慈善信託（ワクフ）へ寄付できるわ。わたしたちは三人とも、そのお金を放棄するつもりだから。もう同意したのよ」

おそらくサキナの態度は、多数の妻や子が一緒に暮らす家族では当然のものなのだろう。

すべて分かち合うのは。けれどもパーヴィーンは、これほど価値のある資産を放棄することがどういう意味を持つのか、この未亡人は理解していないと感じた。「ムスリムの慈善信託について、どれくらいお聞きですか？」

サキナは申し訳なさそうにほほえんだ。「それについては、ラジアが扱っているので――わたしにはあまり話してくれないの」

「あなたにとって一番いいのは、それを読むことだと思います。慈善信託の用途について説明した、公的な文書を持ってきました。あなたの家族にどれくらい分配されるかも含めて書かれています。英語ではありますけど」

サキナはふたたび笑みを浮かべた。「それじゃ、説明して下さればいいわ」

パーヴィーンは慈善信託の用途を要約し、毎年一万五千ルピーを困窮者に寄付し、けがをした退役軍人の継続した世話に充てると説明した。ミスター・ムクリと話し合ったように、慈善信託はファリドの未亡人のそれぞれに毎年、千一ルピー支払われる。同じ額が十八歳からずっと、ファリドの子供たちひとりひとりに与えられることになっている。

複雑な説明が終わると、サキナはため息をついた。「一万五千ルピーは大金でしょう？　生きているとき、主人は毎年その慈善信託に寄付していたのね！　たぶん気前がよすぎたのよ。主人の収入がなくなって、どうやってその慈善信託にお金を出し続けるかが問題ね」

「あなた方には、これからもまだ収入がありますよ。ご主人は会社を売っていませんから」

パーヴィーンはそう説明し、サキナがそれを知らなかったことに驚いた。「ムクリさま（サヒーブ）は、その慈善信託（ワクフ）で神学校（マドラッサ）を設立する計画について、話しましたか？」

「ええ。先月、仕切り壁（ジャーリ）のところで会ったとき、そう言ってたわ。戦争が終わったから、それは理にかなったことね。それに、学校教育を受ける余裕のない、貧しいムスリムの少年たちがとてもたくさんいるから」

パーヴィーンはサキナの隠し事のできない優しげな顔に目をやり、彼女自身の学校教育も、十五歳で結婚したときか、あるいはもっと早くに終わったのだろうかと考えた。それで、優しく尋ねた。「読み書きの力は男の子にも女の子にも必要でしょう。インドにいるムスリムの女の子たちの識字率は、二パーセントに満たないと知ってましたか？」

「わたしの娘たちは、ちゃんと字が読めるようになるわ！」サキナは言い返した。「重要な祈りを習い、ヒンドゥスターニー語とウルドゥー語で、礼儀正しく会話できるようにしなければ。それにあの子たちは、わたしから縫物と刺繍を習っているのよ」

「アミナは違うことを学んでいますね」パーヴィーンはそう言って、相手の反応を見た。

サキナはほほえんだ。「それはあの子の母親が選んだことよ——それに、家庭教師までつけてさらに何年か勉強している。遺産のことが落ち着いてわたしたちの経済的な事情がはっきりしたら、ムクリさま（サヒーブ）は新しい家庭教師を見つけてくれる——でも、それまでのあいだに、ラジアとわたしで子供たちに宗教的な勉強を教えてやれるわ」

サキナは、自分になじみのあるものとは異なる女の子の人生を思い描くことができないのだと、パーヴィーンにはわかった。「あなたがムクリさま（サヒーブ）をとても信頼しているのはわかります。けれども、慈善信託（ワクフ）を学校を作る資金に使いたいという彼の要望には、問題があります。法律があって、慈善の目的を変えることはできません。その慈善信託（ワクフ）は傷痍（しょうい）軍人のための基金として定義されていて、基金がほかの何かに使われるのを許可できるのは、判事だけなんです」

　サキナはしばらく黙っていた。それからパーヴィーンを見て言った。「それはつまり、弁護士ならわたしたちを助けてくれる——あなたなら、それができるということなの？」

　パーヴィーンは長椅子の上でもぞもぞと体を動かした。どうやって答えたらいいんだろう？　もちろん、彼女は一家の役に立つよう、出来る限りのことをするためにここへ来た。けれど、法律に違反することはできない。「そういう仕事は、段階を踏んでやることになります。まずはムタワリ、つまり慈善信託（ワクフ）を管理している人から、慈善信託（ワクフ）の恩恵を受ける人を変更するという案が示されなければなりません。それから弁護士を雇うことになります」

「ムクリさま（サヒーブ）は、すでにその最初のところを終えたわけでしょう、あなたにお話ししたんですから？」サキナが尋ねた。

　パーヴィーンには、サキナが明らかな点を見逃しているのを見て取った。「実は管理者は彼ではないんですよ。ラジア奥さま（ベーグム）がずっと管理者（ムタワリ）を務めています」

サキナは殴られたかのような顔をした。声を震わせてこう言った。「どういうことなの？ラジアは慈善信託（ワクフ）の手伝いをしてるけど、それはわたしの夫の基金でしょう。それに、今は当然、ムクリさま（サヒーブ）が引き継いだはずよ」

「いいえ。ラジアの名前は管理者（ムタワリ）として書類に載ってます——すべてを取り仕切る管理者として」

サキナはまだ信じられないという顔をしていた。「女性にそんなことができるの？」

「イスラム法はどの宗教だろうと、性別がどうであろうと、管理者（ムタワリ）になることを認めています。両方の目的を成し遂げられると考えているかどうか、ラジア奥さま（ベーグム）に尋ねてみましょう。彼女が経理をチェックしていたら、二つの事業を行うことで、慈善信託（ワクフ）の基金を使い果たす可能性があるとわかっているかもしれないわ」

パーヴィーンに向けたサキナの目は、訴えかけているようだった。「それじゃ、わたしたちはどうしたらいいの？」

パーヴィーンは気まずくなった。サキナを誘導することはできないし、彼女が戸惑い、みじめな思いをしているのは、明らかに新たな情報を与えられたせいだった。「一つ一つ、きちんとやっていきましょう。あなたはまだ、マフルのすべてを慈善信託（ワクフ）に寄付したいですか？」

「わからない」サキナの声は震えていて、今にも泣き出しそうだった。

「こんなふうに驚かせてしまって、本当にごめんなさいね、サキナ奥さま（ベーグム）」パーヴィーンは遅ればせながら、ラジアの立場を説明したことで、家族のあいだに不和が生じるかもしれないと気付いた。「あなたがすでに知っていることだと思ったの」

サキナは顔から涙をぬぐった。「あなたが、わたしたちと個別に話したかった理由がわかったわ！　わたしたちのうち二人にとっては悪い知らせで、ただひとりにとってはいい知らせだからでしょう」

パーヴィーンは不安になった。「どういうことですか？」

サキナは下を見ながらつぶやいた。「亡くなった主人は、わたしたち三人にとてもよくしてくれたと思ってたわ――でも、もし主人がラジアに慈善信託（ワクフ）を任せたのなら、彼女が主人のお気に入りだったということよね。それに、ムンタズやわたしよりずっと世間を知らないのに、どうやっていろいろなことをまともに決められるっていうの？」

音楽を演奏して自活しなくてはならなかったムンタズは、確かにつらい経験をしているはずだ。世慣れしているに違いないが、読み書きができないから、管理者（ムタワリ）の務めは果たせないだろう。けれども、なぜ自分には能力があるとサキナが当たり前のように思っているのか、パーヴィーンにはわからなかった。「サキナ奥さま（ベーグム）、あなたは婦人の居住区域（ゼナーナ）の中で育ったわけじゃないんですか？」

「育ったわ――でも、プーナの実家は広くて、いつも親戚が出入りしてにぎわってた。楽しいところだったわ。わたしは父、兄たち、いとこたちからすべてを学んだの――」サキナは言葉を切った。顔が赤くなっている。

おそらく、今よりも自由のあるところで育ったという印象を与えることに、ばつの悪さを感じたのだろう。パーヴィーンは、あなたの気持ちはよくわかるというように言った。「きっと、あなたにとって幸せなときだったんですね」

サキナは穏やかに答えた。「子供たちは、大勢の姉妹や兄弟たちと遊んで大きくなるのが一番幸せなのよ。だからこそ、わたしの子供たちには、アミナやその母親たちと暮らしてほしい。同じ理由で、慈善信託（ワクフ）もいつまでもしっかりしたものであってもらいたいの。そうすれば、わたしたちはずっと一緒にいられる。わたしたち妻の誰かひとりが、ほかの二人を支配するべきじゃないわ」

パーヴィーンはサキナの手に自分の手を重ねた。なぜ第二夫人が第一夫人をファーストネームだけで呼ぶのか、今わかったと思った――けれど、一家に雇われた弁護士としては、理解できなかった。「慈善信託（ワクフ）の管理者の務めをラジア奥さま（ベーグム）に任せるという、ご主人の決定を変更することはできません。慈善信託（ワクフ）に対する意向に変化があるかどうか、ぜひとも彼女と話し合うようお勧めします。あなたの資産を譲渡するかどうか、時間をかけて決めて下さい。宝石類とお金を慈善信託（ワクフ）に寄付しなければ、それらはあなたにとって経済的な保障になるし、娘さんたちにも遺せますよ」

サキナはパーヴィーンの手を払い、エメラルドのネックレスを取り上げた。その精巧な品をあちこち向けると、仕切り壁の透かし(ジャリ)から漏れる柔らかな光の中でその石がきらめいた。パーヴィーンには、サキナがそれを手放したくないように見えた。けれども、彼女はすでにどうするかはっきりと述べている——決めるのは未亡人自身なのだ。

パーヴィーンはブリーフケースから名刺を一枚取り出し、サキナが手を付けていないファールーダのグラスの隣にある銀の盆に置いた。「わたしの名刺には自宅と事務所の電話番号、それに手紙の宛先が書いてあります。もし直接お話しになりたければ、また伺うこともできるわ」

サキナは首を振った。

ブリーフケースをつかみ、いとまを告げて立ち上がると、パーヴィーンは相手をじっと見つめた。サキナは宝石類を片づけるのをやめている。まるで二十四カラットのエメラルドよりかなり重いものを測るように、ネックレスをそっと両手にぐらせていた。

第十章　妻たちのあいだの秘密

一九二一年二月、ボンベイ

廊下へ出る寝室のドアをあけたとき、パーヴィーンはアミナにぶつかって転びそうになった。

ラジアの娘は壁にもたれて座っており、無邪気な顔で見上げた。「母の部屋へご案内します。わたしともっと英語で話をしてくれませんか？」

「今しゃべったわたしのヒンディー語がわからなかったの？」パーヴィーンは、立ち聞きしていたのに知らん顔をするアミナに言い返してやった。

「いいえ。でも英語を習いたいの」

パーヴィーンは少女のふるまいに興味を持った。「それはどうして？」

アミナはためらった。「ママ(アミ)は学校へ行ったのよ。そこの先生たちは英語で話してたって。たぶんいつか、わたしも学校へ行くんだから」

ラジアは二人の話を聞いていたに違いない。角を曲がって次の廊下へ入ると、彼女がアーチ形の戸口に姿を現した。「お入り下さい、パーヴィーンさん。お茶のポットを運ばせましたから」

パーヴィーンはどの妻に対しても、勧めてくれた飲み物を断るのは失礼にあたるとわかっていた。「それはご親切に。小さなカップでいただきます」

「わたしが注ぐわ」アミナはそう言って、ティーテーブルへ急いでやってきた。金の縞のついたミントンの陶器がのっている。

ラジアの部屋はサキナのところよりわずかに狭いが、角部屋という利点があり、二つの側に窓があって、双方向から風が入るようになっている。その古びた漆喰の壁は、額に入ったスケッチや、タージマハル・ホテル、ヴィクトリア・ターミナス駅、官庁、ハッジ・アリー廟(びょう)といった、ボンベイの重要な建物のセピア色の写真で埋められていた。

サキナの部屋の中央に置かれていたのは大きく優雅なベッドだったが、ラジアのところは、木綿のパッチワークキルトのかかったツイン・ベッドだ。その部屋の自慢の品は、マホガニー製の大きな両袖机で、両側にクィーン・アン様式の椅子が置かれていた。その机の片側は、子供の本や色鉛筆、何本ものチョークで占められている。もう一方の側は、吸い取り紙の付いた台帳や文房具の山、旧式の万年筆やインク瓶が一列にのっていた。パーヴィーンは、自分と父親が法律事務所でやっているのと同様に、母と娘が一緒に作業しているのが想像できた。

　アミナは二つのお茶のカップを、シルクで覆われた紐で天井から吊るしてある、幅の広いチーク材のブランコのところへ慎重に運んできた。そのブランコは少なくとも四人が座れるほど広かった。ベランダのすぐそばにあり、そこは鋳鉄製の仕切り壁で囲まれているが、青い空と外の緑の木々が垣間見えた。

　ほかの二人の妻よりも、パーヴィーンはラジアと話し合うべきことが多くあったけれど、焦らないと決めた。ブランコのラジアの隣に腰を下ろすと、ヒンディー語で話すことにした。自分の言うことすべてを確実にわかってもらうためだ。「わたしと話をするのに同意して下さり、ありがとうございます。ところで、アミナはほかのお子さんたちと一緒に音楽のレッスンをしたくないのかしら？」

「かんたんな歌なの。もう知ってるわ！」アミナは机のところへ行き、自分のお茶のカップを持って腰を下ろすと、足を踏み鳴らした。目は母親に向けたままだ。

　ラジアはおずおずとパーヴィーンを見た。「あの子がここにいても、わたしは構いません。アミナは書類仕事を手伝ってくれて、わたしのすることはすべてわかってます。それにわたしたちが話そうとしているのは、あの子の遺産なんですから」

　パーヴィーンは茶をすすった。猛烈に熱くて甘い。顔をしかめないようにしながら、自分は信頼できるという印象を与えようとしているときに、依頼人の望みに反することはできないと気付いた。「いいですとも。でもアミナ、あなたに英語の単語を一つ教えましょうか。『機密』というのよ」

「き-み-つ」アミナはゆっくりと相手の言葉を繰り返した。「意味は?」

パーヴィーンは少女をじっと見つめて言った。「『機密にする』というのは動詞で、ほかの大勢には言いたくないことを話すほど、相手を信用しているということよ。こうした話を一緒に聞く弁護士は、許可がなければそれを他人には話さない。そして、この会話はそういうものになるわ。あなたのお母さんのためにね」

「秘密ってことよね」アミナが英語で言った。「どうしてそう言わないの?」

パーヴィーンはふたたびお茶を飲み、理にかなった説明を考える時間を取ろうとした。「秘密というのは、悪いことについて使うことが多いでしょう。わたしたちは何か悪いことを隠そうとしてるわけじゃない。それに秘密はほとんどいつも、ばれて終わるように思えるわ」

「そのとおりよ。婦人(ゼナーナ)の居住区域の中には、秘密なんてほとんどないんですから」ラジアは、疲れた顔にかすかな笑みを浮かべた。

パーヴィーンは、慈善信託(ワクフ)の管理者になっているという情報を、うまくサキナに知らせずにいましたねと、ラジアに言おうかと思った——けれど、会話のきっかけとして、それは上手なやり方ではなかった。「こんなときにわたしの頼みを聞いていただき、ありがとうございます。きっと、とてもつらい時間を過ごしておられますよね、ご主人が亡くなられたわけですから」

ラジアはほっそりした肩をすくめた。「実を言うと、この二年のあいだほどではないのよ」

パーヴィーンはそう聞いて驚いた。ラジアがもっとも献身的な妻だと頭に思い描いていたからだ。「この二年間のことを話して下さい」

「イブラヒム先生にガンと診断されたあと、主人は夜な夜なフォークランド通りへ出かけるようになった。ムクリさま(サヒーブ)が連れていったのよ。そこである種の慰めを得たんだわ」ラジアは背をそらせ、ブランコをゆっくり揺らし始めた。「もはや、主人はほとんどわたしと過ごさなくなった。それから、そこで音楽をやっていた人を家へ連れてきたの。それがムンタズよ。主人は彼女の部屋でしか過ごさなくなってしまった。それでわたしたちはあまり主人に会えなくなったのよ」

パーヴィーンは、ラジアがアミナの前でフォークランド通りの話をするのに愕然(がくぜん)とした。そのあたりは音楽だけでなく、売春や麻薬で知られている。けれども、ファリド家の女性たちは引きこもって暮らしているので、ラジアにはそれがわかっていないのかもしれなかった。

「そのあいだご主人に会えなくて、あなたはつらい思いをしていたに違いありませんね」

ラジアは考え込んでいるように見えた。「以前に一度、わたしは主人を失ったわ——サキナが来たときに」そう静かに言った。「そのさいに、主人はわたしを慈善信託(ワクフ)の管理者(ムタワリ)に指名したのよ。わたしに何かをやらせ、忙しくさせておきたかったんでしょうね。そしてその仕事はやりがいのあるものだった。とはいえ、インド中の傷痍軍人の世話をするのにこの身を捧（ささ）げるのは、ひどく間違っているように思えたわ。でも、主人はわたしに世話をされるのを望まなかったのよ」

机の向こうに目をやると、アミナが目の前の品々をいじっているのが見えた。ペン、鉛筆、レターオープナー。アミナは母親を見てはいなかったが、しっかりと耳をそばだてているに違いない。

ラジアは床に足をつき、ブランコを止めた。「パーヴィーンさん、新しい書類にサインをしてほしいんでしょう？　ムクリさま（サヒーブ）の話では、わたしたちがサインしたものには不備があるそうですが」

「そのとおりです」パーヴィーンはブリーフケースを取った。「奥さま（ビビ）たちのマフルのすべてを慈善信託（ワクフ）に移すというのは、あなたが考えたことですか？」

ラジアは首を振った。「ムクリさま（サヒーブ）は先週、わたしにその話をして、わたしたちが陥っている切羽詰まった経済状況を説明し、慈善信託（ワクフ）にもっと寄付すべきだと言ったんです。後見人として、彼はわたしたち全員が慈善信託（ワクフ）にマフルを譲り渡すよう提案したの。理にかなった考えだと思ったわ、ほかの人たちの役に立つことができるし、わたしたちも家を失う心配をしなくて済みますから」

「現在の基金の額は？」

「さあ。お見せするわ」ラジアは立ち上がって、両袖机のところへ歩いていった。大きな帳簿を取り出して開き、パーヴィーンに支出の欄を示した。

「十万七千ルピーあるようです。そして二年前に基金に加えられたのが最後ですね」

「戦時中に主人はその基金を設立することにしたの。当時わたしたちの工場は昼も夜も稼働してましたから。毎年、一万五千ルピーが退役軍人へ、三千ルピーがわたしたち妻へ流れるので、基金は危うくなりつつあるわ。子供たちが成人したあとは、一家に払われる額は毎年、七千ルピーに上るだろうし」

ラジアはちゃんと計算ができていた。けれども、どのくらい先のことまで考えたのだろうか？「その割合で支出していると、基金は数年ですっかりなくなりますよ」パーヴィーンは言った。

ラジアは重々しい顔で答えた。「わかっています」

パーヴィーンには、ラジアに伝えておかなければならないことがずいぶんあった――けれども、まず頭に浮かんだのは、もし毎年、一万五千ルピー以上出ていけば、どうなるかということだった。「神学校（マドラッサ）を建てるための追加の費用を見積もってありますか？」

ラジアの目が大きく見開かれた。「神学校（マドラッサ）？　どういうこと？」

パーヴィーンはまた別の秘密を漏らしてしまったのだとわかり、心が沈んだ。けれども、これは慈善信託（ワクフ）の管理者（ムタワリ）が知らされるべきことだ。「ムクリさま（サヒーブ）がわたしに伝えたところでは、慈善信託（ワクフ）の基金で神学校（マドラッサ）を造るそうです。すぐに教師を雇い、今年、開校するつもりでいますよ」

ラジアは長いあいだ黙っていた。口を開いたとき、その声は低く厳しいものだった。「それは――驚いたわ。あの人がわたしたちを集め、慈善信託（ワクフ）へ寄付するための署名を求めたとき、神学校（マドラッサ）の話などまったくしなかったから」

サキナは知っていた。ミスター・ムクリが彼女に伝えたからだろうか、妻たちのリーダーとして特別扱いをしたというのか？

「ムクリさま（サヒーブ）がわたしにおっしゃったんですよ」パーヴィーンは、自分の感じている不安を気取られないようにしながら言った。「みなさんのマフルが早急に移されるのを望んだのは、そのためだったんです」

「もしわたしたちのマフルをすべて寄付したら、二つの事業を支援するのに充分なお金を短期間で作れるわね」ラジアは深刻な声で言った。「けれど本当は、わたしたちの慈善信託（ワクフ）は傷ついた退役軍人を助けるためのものよ」

パーヴィーンはもっと情報を得る必要があった。「あなたにとっては、その基金の目的がいまだに重要なようにみえますが。何があったんですか？」

「それは戦争がきっかけで始まったのよ」ラジアが足の位置を変えたので、ブランコがふたたび前後に揺れた。「一九一五年、政府はファリド織物に、カーキ色の木綿の軍服の生地を何千反も製造するよう求めた。夫にとって、それは申し分のないビジネスだったわ。でもわたしには、男の人たちを戦わせ——そしておそらくはけがをしたり死んだりさせるために、自分たちは服を作っているようにしか思えなかった」

「死ぬのは悲しいことよね！」アミナが机のところから、知ったふうな意見を述べた。「あとに残された人にとっては、とても悲しいでしょ。でも、もし正しく人生を送ったら、天国に行くのよね」

「わたしたちの作る軍服がなければ、戦争へ行くことができないだろうにと思って、それが頭を離れなかったの」ラジアは今ブランコを絶え間なく揺らしていた。「インド出身者だけで七万人以上もいる、亡くなった哀れな人たちに、わたしたちがしてあげられることは何もないわ。でも、傷ついた人たちに衣類や車椅子などの必要な品を提供するくらいは、するべきでしょう——そして、その人たちの家族にも援助を広げないと。軍人恩給だけでは、暮らしていくのに充分ではないから」

ラジアの言葉を聞くと、アリスと二人で、オックスフォードのいくつかのホールに収容されていた、傷痍軍人の状況を見たことが思い出された。彼らの傷を目にするのは、辛いことだった。「どんな方法でムスリムの退役軍人を援助するんですか？」

「宗教にかかわらず、インド軍のすべての兵士を援助しているわ。兵士は司令官か医療関係者か祭司に頼めばいいだけよ。わたしには知り合いがいて――アーリフ・アリ大尉というんだけれど――その人が自分の軍の兵士たちや、ほかの部隊の人たちの多くを援助できるようにしてくれたの。彼の手紙をいくつかお見せしましょうか？」ラジアは背の高い本箱のところへ行き、それぞれのページに手紙を張りつけた、重いアルバムを持ってきた。パーヴィーンがそれをめくると、その手紙はさまざまな文字で書かれていた――ウルドゥー語、ヒンディー語、パンジャブ語、英語、タミル語。アリ大尉が書いた手紙も数多くある――英語で書かれているのは、彼が書いたことはすべて、司令官による検閲の対象になったからだろう。

一九一八年五月に、ご親切にも百ルピーをお送りいただいたのは何よりもありがたいことでした。五人の退役軍人のための衣類、十本の杖（つえ）、三台の車椅子を買うことができたのです。あなたのご提案により、これからも帰還する兵士たちに百ルピーを渡して、彼らが望むようにそれを祖国で使ってもらうようにし、また特に困窮している家族には、具体的な詳細を述べた要求書を提出するよう勧めていくつもりです。

パーヴィーンはページをめくり、アリ大尉からの別の手紙を読んだ。

あなたが出して下さったバーティアニ等兵の息子さんと娘さんの教育費を、ミスター・バーティアは感謝の涙を流して受け取りました。奥さんの心よりの手紙をここに同封します。ミセス・ファリド、退役軍人の家族が何を必要としているかいつもわたしにお尋ねになるのを、わたしはまったく面倒には思っておりません。家族と話せば、部下の性格をさらによく知ることができますし、政府に奉仕するために彼らがどれだけのものを犠牲にしたか、理解できますからね。

「終戦後、アリ大尉は主人とわたしに敬意を表すためにこの家へ来て、今なお続いている困難な状況について説明してくれました。戦争は終わったけれど、兵士たちの退院は続いていて、彼らは軍が提供できる以上の装具や理学療法を必要としているのよ」

「アリ大尉は数週間前ママ（アミ）に話しにきたけど、ムクリさま（サヒーブ）の許可が出なかったの」アミナは、パーヴィーンがサキナから聞いた話を繰り返した。

「今は喪に服す期間（イダット）だからよ」ラジアが娘にきっぱりと言った。

「仕切り壁（ジャリ）から大尉が見えたわ、ママ（アミ）。王様みたいにハンサムね」

「アミナ！」ラジアが叱った。

　女性たちは、一家のためのしかるべき仕事をする男性と、仕切り壁（ジャリ）越しに話をすべきだとパーヴィーンは考えた。だが、それは目下の問題とはほとんど関係がないことだ。「ラジア奥さま（ベーグム）、あなたは管理者（ムタワリ）なので、慈善信託（ワクフ）に関するすべてを決められるんですよ。どんな場合でも、判事はおそらく、慈善信託（ワクフ）の資金の受益者を変更するのをためらうでしょう。裁判で決定された、以前の事例を基にあなたに助言してるんです」

ラジアは怒りに近い顔でパーヴィーンを見た。「それが簡単なことみたいにおっしゃるけど。いったいどうやって、ムクリさま（サヒーブ）にわたしの望みを主張できるというの？」

「そういうふうに考えてはだめですよ」パーヴィーンは優しく言った。「あなたのご主人は一家のために働くよう、彼を指名したんですから」

「ムクリさま（サヒーブ）は一家の代理人よ――つまり、彼は家の長ということになる。すべてを取り仕切るわけでしょう。もし彼がわたしのふるまいを気に入らなければ、次に銀行へ行ってわたしたちのためのお金を引き出すときに、どうするかしら？　銀行は彼にすべての権限を認めてるんですよ」

パーヴィーンは不意に心配になった。ラジアの基金の台帳は見た――けれども、それは手書きのものだった。ミスター・ムクリは、すでにラジアが知らないうちに金を引き出している可能性がある。

「もし彼の機嫌をそこねたら、食べ物や衣類の手当はどうなるの？」ラジアの声がうわずった。「家の中の電灯に払うお金はあるのかしら、扇風機を動かすお金は？　すでに、子供たちには家庭教師がいなくなったわ」

「ミス・ミストリー、何を考えてるんですか？　ひどく怒った顔をして。ママ（アミ）に腹を立ててるの？」アミナの声は不安げだった。

「いいえ、怒ってなんかいないわ。一家の後見人について、こういう状況はよくあることよ」パーヴィーンは頬を緩めようとした。彼女の思いは、未亡人たちがフェイサル・ムクリを排除するための訴訟を起こせるかどうかに移っていた。三人がみな訴訟に加わるのに同意し、不正行為の確たる証拠を持っているならば、勝てる見込みは充分にあるだろう。

準備するのに少なくとも一週間かかるだろうし、こういうケースは法廷へ持ち込まれるのに何ヵ月もかかるかもしれない。そのあいだ、彼女たちの生活状況はどうなるだろうか？

「あなたができることはとてもたくさんあるわ」パーヴィーンは話を続け、マフルの契約書を取り上げた。それについて、まだ話し合ってはいなかった。「あなたが結婚したときに約束された、結納金の問題について話し合いましょう」

「織物工場の土地の近くの、小さな沼地よ」ラジアがそっけなく言った。「大して価値はないと思うけど」

「実は、違うんですよ。その土地は埋め立てられ、織物工場が二つ建っています」

ラジアは驚いてぐっと肩を引いた。その言葉が正しいかどうか探り出そうとするかのように、パーヴィーンを食い入るように見つめた。

「つまりそれは、ママ（アミ）がその工場の持ち主ってこと？」アミナが尋ねた。興奮して声がうわずっている。

「判事が決めることよ」パーヴィーンはラジアを見ながら言った。彼女はまだ口がきけずにいる。「その約束はマフルの書類に書いてあるわ。とはいえ、あなたのご主人はその土地の名義を変更してないんです。でも、できますよ。わたしか別の弁護士に、手続きを進めるよう指示してもらわないといけませんが」

ラジアはもうしばらく黙っていたあと、震えるように長く息を吸った。「それがいい考えかどうかわからないわ。主人はその土地を会社のために使っていて、それは家族みんなの役に立っていた。どうして心配することがあるの？」

ラジアの言葉を聞いて、慈善信託（ワクフ）を守ることのできるある考えが、不意にパーヴィーンの頭に浮かんだ。彼女は身を乗り出して言った。「もしその土地があなたの名義になっていないのなら、それを寄付することはできないわ」

ラジアは信じられないというように、にらみつけた。「サキナは宝石類を、ムンタズは楽器を贈られた。二人ともこれらのものを寄付するつもりよ——もしわたしが何も出さないなら、どう思われるかしら？」

パーヴィーンはラジアの話を聞きながら、みながファーストネームを使っているのは、未亡人たちがとても親しくしているからだと気が付いた。そういう関係にあるからこそ、ラジアは自分がより多く持っていることを、特に居心地が悪く感じているのかもしれない。「あなた方それぞれが個別に決めればいいんです。あなたは、ご自分が何をしているのかわかっても、その土地を寄付したいですか——それとも、娘さんとあなた自身を守るための資産として、それを持ち続けることを望みますか？」

ラジアはふたたびためらったあと、口を開いた。「サキナはわたしが工場の建っている土地を所有していると知れば、ひどく嫉妬するでしょうね。それに、ムンタズについてはどうかしら？　楽器をもらって喜んでいるけれど、わたしが持っているものに比べたら、ほとんど価値がないわ。土地に工場が建っていることは、秘密にしたいんです」

「この家には、秘密にされていることがいくつもあるみたいですね。サキナ奥さま（ベーグム）は、あなたが慈善信託（ワクフ）の管理者（ムタワリ）だということを知りもしませんでした」

「訊かれたら、そう言ったのにねえ！」ラジアの言い方は、まるでふざけてでもいるかのようだった。「でも、彼女は何の関心もなかった。何年ものあいだ、主人との贅沢な暮らしを楽しんでたわ。ムンタズが来るまで、相手にされないとどんな気持ちになるものか知らなかったのよ」

三人の妻たちが親しくしていると決めてかかったのは、考えが甘かったと気付き、パーヴィーンは顔をしかめた。目下のところ、女性たちが暮らすこの家は嫉妬と恨みに満ちている。

「ラジア奥さま（ベーグム）、どうやらあなたは大きな古い家と人々に鎖でつながれて、心から楽しめないようね」

ラジアはうんざりしたようにパーヴィーンを見た。「家族って、そういうものじゃないのかしら?」

パーヴィーンの体に震えが走った。数年前は、彼女もまったく同じように感じていたからだ。その記憶を押しやり、こう言った。「あなた方三人はこの家を売り、利益を分け合う権利があります。そうすれば、どこに住むことにしても、三人とも気楽に暮らせるわ。また実家の家族に会いたいでしょうし、このマラバー・ヒルで、海の景色の見える新しいフラットの一つを借りることもできる」

ラジアは戸惑った目を向けた。「あなたのような女性なら、誰かに守ってもらわなくても生きていけるでしょうけど――わたしは世の中に出た経験がないのよ。アミナの身が気がかりだし、わたしも危険にさらされるかもしれない。こういうことはどれも、ひどくむずかしいわ。マフルについてどうすべきかわからないうえに、あなたが慈善信託(ワクフ)について話したことのせいで、不安になってしまったじゃないの!」

「ミスター・ムクリに、わたしと話をする必要があると伝えて下さい。必要なことを説明しますから」パーヴィーンは名刺を渡した。「あなたが保管できるよう、マフルの文書を翻訳したものを残していきます。またわたしとお話ししたくなったら、手紙を書いて下さい――でも、家の反対側に電話があるんですよね。自宅とオフィスの電話番号が名刺に載せてあります」

ラジアはその名刺を確認し、両袖机の自分の側にある、真ん中の引き出しに入れた。「それで、これからムンタズのところへ行くのね」

　パーヴィーンはブリーフケースを取って言った。「彼女との関係はどんなふうですか、今はもう、ご主人の世話をしていないわけですけど？」

「申し分ないわ」ラジアは肩をすくめた。「文句も言わずに主人の看病をしてくれたし、娘たちのことでも、とても役に立ってくれている」

「ムンタズおばさま（カラ）はお気に入りのおばさまよ」アミナが言った。「ヴィーナの筋がいいと言ってくれてるの」

「お気に入りだとか、そんなことを言ってはいけません！　わたしたちは一つの家族なんですから」ラジアがたしなめた。

　アミナは口をぎゅっと結んだ。

　言い争いにならないようにと、パーヴィーンは仕切り壁（ジャリ）を指さした。「外で美しい音楽の演奏が聞こえますね。ムンタズ奥さま（ベーグム）でしょうか、それとも子供たちかしら」

「ムンタズおばさま（カラ）よ、もちろん！　そこへ連れていってあげましょうか？」アミナが勢い込んで訊いた。

　パーヴィーンは笑みを浮かべた。「案内してくれたら、うれしいわ」

「女の人たちが家の外へ出ても、本当に安全なの？」婦人の居住区域（ゼナーナ）の二階を出て階段を下りているとき、アミナが尋ねた。

「わたしはずっと大丈夫よ」だいたいのところは、とパーヴィーンは思った。

「別のことを訊いてもいいですか、パーヴィーンおばさま（カラ）？」

「もちろんよ」

「あなたは……わたしの秘密を守ってくれますか？」

階段を下りる足を止め、パーヴィーンはアミナを見た。「ええ——お母さんが、あなたのために知っておいた方がいいことじゃなければ」

アミナはパーヴィーンをじっと見つめた。「わたしは家族みんなのことが大好きなの。でも……」

「でも、何？」パーヴィーンは優しく促した。

「わたしは出ていって、どこかほかのところで暮らしたいの、あなたが言ったみたいに」

パーヴィーンは尋ねた。「外の世界が見たいのね？　部屋の壁に貼ってある写真に写っているものすべてを？」

アミナは顔を伏せた。ささやき声でこう言った。「ムクリさま（サヒーブ）がいるから、ここで暮らしたくないんです」

不安がわき上がり、冷たい壁のようにパーヴィーンを囲んだ。「どうして？　彼は——あなたに触ったことがあるの？」

アミナは首を振ったが、まだ黙ったままでいる。

パーヴィーンは答えを見つけ出さなくてはならなかった。「ひどいことを言うとか——なんであれ、あなたを脅すとか？」

「あの人はママとわたしにひどいことを言うわ。でも、わたしたちがそう話したって、あの人に言わないで。もっとひどいことになるだろうから」アミナは足を速め始めた、まるでこの会話を切り出したのを後悔しているかのように。

パーヴィーンはアミナについて残りの階段を下りた。「アミナ、お母さんはあなたと同じように、このことで悩んでいるの？」

「わたしは悩んでなんかいません——あいつが死ねばいいと思ってる。ママはやさしすぎるし、何も言わなさすぎるの。こわがってるのよ」

慈善信託のことでミスター・ムクリに異議を申し立てるという考えに対して、ラジアがどう反応したか考えれば、それはすでにはっきりしている。けれど、おそらくもっと何かがありそうだ——ムクリに対する訴訟に使えるかもしれないことが。「お母さんを怖がらせるようなことを、彼が何かしたの？」

「今は言えない。秘密なの。ナスリーンとシリーンはここよ」

アミナは両腕を差し出し、自分の方へ突進してくる二人の幼い子供たちを迎えようと、先に立って庭へ駆けていった。腹違いの妹たちを抱きしめ、声を上げて笑う。ついさっき、気がかりな告白などしなかったかのように。

第十一章　庭園でのコンサート

一九二二年二月、ボンベイ

パーヴィーンは落ち着いた顔で、アミナと腹違いの妹たちのあとについて、薄い絨毯が敷かれた石造りのあずまやにやってきた。そこにはいくつかの楽器が用意されていた。パーヴィーンは石のベンチに座り、アミナが二人の幼い女の子の横に立って先生の役をするのを眺めた。アミナは自信たっぷりに巧みに演奏したが、とても小さなナスリーンとシリーンは、木製の長い楽器の端まで手を伸ばすことができなかった。二人はでたらめにかき鳴らした。

パーヴィーンはあれこれ物思いにふけった。この時点では、ラジアからもサキナからも、自分たちのマフルを寄付するよう求められてはいなかった。二人の説明によると、ムクリは何とかして慈善信託（ワクフ）を操作し、変更しようとしているらしい。ムクリを一家の世話人から外す訴訟を起こすことはできるが、未亡人たちが厄介なことにならないよう、かなり慎重にやらなければならないだろう。

少女たちが激しく弦をかき鳴らして演奏を終えたので、パーヴィーンはあわてて拍手した。

「すてきな歌と演奏だったわ。ムンタズ奥さま（ベーグム）はしっかり教えてくれているようね。ところで、彼女はどこかしら？」

「おひるねをしにアーモンドの木の下へいったわよ」シリーンが木の茂っている方を指さした。

パーヴィーンはムンタズの姿が見えなかったので、立ち上がった。「捜してみるわ」

心配することはないはずだが、それでも不安を感じた。果樹の木立の方へ急いで行ってみた。そこを通り過ぎようとしたとき、灰色のものがちらっと見えた。

ムンタズは庭園の反対側の石段に倒れ込んでいた。大理石の仕切り壁（ジャーリ）のすぐそばだ。

パーヴィーンは胃が飛び出しそうになった。アミナに呼びかけ、水を一杯持ってくるよう頼んだ。ナスリーンとシリーンは次の歌を始めていて、まったく気にかけていないようだった。

パーヴィーンは急いでムンタズの方へ行き、かがみ込んでそっと肩に触れた。「大丈夫ですか？」

ムンタズは呻（うめ）き、ゆっくりと頭を向けた。「ちょっと休んでいただけよ。でも、気分が悪いの」

「中へ入らないと」ムンタズが話ができるほどしっかりしているとわかってほっとし、パーヴィーンはずっと止めていた息を吐き出した。灰色のかたまりを目にしたときには、最悪のことを考えていた。

「いえ、いいの、子供たちと音楽をする時間だから。ちょっと休憩していただけ」

パーヴィーンに手を貸してもらい、ムンタズは何とか座ろうとした。

「アミナが水を持ってきてくれるわ」パーヴィーンは言った。「お菓子はいかがですか？」

「いいえ、結構です、ところで——あなたは？　わたしたちの大切なお客さまよね」ムンタズはしわがれ声で言った。「飲み物をお出ししなければ……」

パーヴィーンは心配で、儀礼的なやりとりを続けることはできなかった。「お茶とファールーダを充分いただきました。——もうこれ以上は結構です。ご気分がよくなさそうですし、お話しするのはあとにしても構いませんよ」

ムンタズは半ば開いた目でパーヴィーンをじっと見た。「あなたと話さなきゃ——いろいろなことをちゃんとしないと」

ムンタズが選んだ言葉は奇妙に聞こえた。それでパーヴィーンは尋ねた。「状況について、どんなことをご存じなんですか？」

「わたしのお金を慈善信託(ワクフ)に寄付すれば、この家でずっと暮らしていられるんでしょう」

「誰がそう言ったんですか？」

「サキナ奥さま(ベーグム)が、もしわたしたちが慈善信託(ワクフ)に自分のお金を差し出せば、永遠にこの家で暮らしていけるって」ムンタズは声を落とした。「それは本当なの？」

「そうとは言えないんです」パーヴィーンはためらった。「ムクリさまがわたしのところへ送ってきた、あなたの名前がサインしてある書類を読みましたか？」

　ムンタズのまぶたが震えた。「どうしてそんなことを訊くの？」

「あなたは七ヵ月前、マフルの契約書にバツ印のサインをした」パーヴィーンは、読み書きのできない人たちはそうやるのだと、口にしないよう注意した。「でも、わたしに送られた書類には、あなたの名前がちゃんと書かれていました」

「マフルの書類にはバツ印を書いたわ、文字を書くのは苦手なのよ。もう一つのものには、サキナ奥さまがサインしてくれた。その方がきれいに見えるから」

　裁判所は拇印やバツ印がついている文書を受け取るけれど、今そのことを持ち出すのはふさわしくない。パーヴィーンにはわかっていたが、ミスター・ムクリはムンタズから許可をもらうよう、サキナに言ったのだ。でも、自分が何を放棄することになるのかムンタズが理解できるように、サキナはすべてを説明したのだろうか？

「充分に気分がよくなったら、手紙に書いてあったことをお伝えするわ」パーヴィーンがそう言ったとき、アミナがやってきてかがみ込み、ムンタズに水の入った真鍮のタンブラーを渡した。

「ありがとうね、アミナ」ムンタズはため息交じりに言った。

アミナは二人の隣に腰を下ろした。そしてささやき声で告げた。「パーヴィーンおばさまとムンタズおばさま、知っておいてもらいたいことが――」

「アミナ、あとで話してちょうだい、このお話が終わったらね。妹さんたちの演奏を聴きにいってはどう？」ラジアは話し合いのあいだ、自分の娘が同席するのを許したが、ムンタズの秘密を漏らすわけにはいかないと、パーヴィーンは心に決めた。アミナがむっとしたような目をして退散したあと、パーヴィーンは切り出した。「サキナがあなたに代わってサインした文書には、あなたが楽器と五千ルピーを一家のワクフ、つまり慈善基金に寄付するのを望んでいると書いてあったのよ――」

「楽器を寄付するですって？　そんなこと言われなかった！」驚きのあまり、ムンタズの口はOの字に開いた。

「心配しないで」ショックを受けている若い女性をなだめようと、パーヴィーンは出来る限り優しい口調で言った。「誰であれ、妻が自分のマフルを放棄するのなら、そう記した文書を自分で書かなければならないの。あなたはまだそんなことしてないわ」

「音楽は主人を落ち着かせてくれた。わたしが演奏したときだけ、眠りに落ちていくことができたのよ」ムンタズはそうした夜を呼び戻そうとするかのように、目を閉じた。「わたしにとって、シタールとヴィーナはとても大切なものなの、アミナ、ナスリーン、シリーン、ジュムージュムが母親たちにとってそうなのと同じようにね」

「それはよかった」パーヴィーンはムンタズがよく考えないまま寄付を決めていたとわかってほっとした。「必ず、あなたが楽器を手放さなくてすむようにするわね」

「五千ルピーはどうでもいいの」ムンタズは口をぎゅっと閉じ、真剣な顔をした。

「慈善信託（ワクフ）からほんのちょっとでもお金を受け取れればそれで充分よ」

パーヴィーンは、ムンタズが慈善信託（ワクフ）の分配金のことを言い表すのに使った言葉が気になった。「その慈善基金から、奥さまたちのそれぞれに毎年千一ルピーずつ支払われ、貯金でも、個人的な出費でも、好きなように使えるんですよ。去年はその金額を受け取りましたか？」

「いいえ。ラジア奥さま（ベーグム）が、結婚してたった半年だから、五百一ルピーがふさわしいって。そうじゃないの？」ムンタズはパーヴィーンをもっとよく見たいかのように、顔にかかった髪を後ろに押しやった。彼女は頬骨が高く、顔の形はラジアに少しばかり似ている。おそらくミスター・ファリドはムンタズの音楽が気に入っただけでなく、ラジアと似ていたから彼女を愛したのだろう。

「ラジア奥さま（ベーグム）の計算は正しいわ、あなたは去年の七月に結婚したから」パーヴィーンは、第一夫人が決めた額はしみったれていると思ったが、その意見をムンタズに伝えはしなかった。「遺産の中からも何か受け取れるでしょうけど、どれくらいになるかはもう数週間しないとわからないわ」

ムンタズはうなずいた。「でも、五千ルピーについてはどうなの？　ムクリさま（サヒーブ）が言うには、わたしはお金を貯めておけないから、自分で受け取らずに慈善信託（ワクフ）に入れた方がいいそうだけど」

パーヴィーンはムクリの提案に驚かなかったが、ムンタズが浪費家だというのは本当だろうかと思った。「お金を貯めることができないというのは？」

ムンタズは手のひらを上に向け、悲しげにほほえんだ。「お金は、わたしの指のあいだから砂みたいにこぼれ落ちていくの。十二月に慈善信託（ワクフ）からお金を受け取ったんだけど、百ルピーも残ってないわ」

パーヴィーンはそう聞いて疑わしく思った。「でも、あなたは家の中で暮らしていて——どこへも行かないでしょう。食べ物や家計の代金を請求されたんですか？」

「特別に好きな食べ物があって、それが高いの——ザクロと新鮮なデーツよ。楽器に新しい弦も買ったし、何枚かのサリーと丈の長いワンピース（カフタン）も。女性の仕立屋がやってくるんだけど、とても素晴らしい生地で——思ったより高かった。だから、喪服のサリーはひどく質素になったの」

パーヴィーンはうなずき、水を飲んだことがよかったのだとわかった——ムンタズは話をする力を得ていた。

「それに毎月外の通りへやってくる大工に、家具を注文したのよ」ムンタズはささやき声で続けた。「わたしの部屋を、ちょっとサキナ奥さまのところに似ているようにしたかったの。もう病室じゃないんだから。この先ずっとここで過ごすなら、部屋をかわいくするのがどうしていけないの？」

「そうね」パーヴィーンは、病人のにおいが部屋にひどく染みつくものだとはわかっていなかった。けれども、よく考えればわかっているはずだった。ソダワラの家の二階にある小さな部屋のひどいにおいを思い出し、頭が痛くなり始めた。パーヴィーンはすぐに話題を変えた。「ここにいて幸せですか？　ほかの奥さまたちはあなたに優しくしてくれます？」

「わたしのような素性の女が新しい妻としてやってきたら、歓迎する奥さんなんているかしら？」ムンタズは低い声で言った。「サキナ奥さまはやきもちをやいたわ。わたしがやってきたことで、病気の旦那さまの看病をする必要がまったくなくなったというのにね！　そしてラジア奥さまは第一夫人で――自分がわたしたち二人よりも優れていて、書類を自分で書けるほど頭がいいと思ってる」

パーヴィーンはムンタズを慰めることもできたし、時間が経てば状況はもっとよくなるかもしれないと言ってやれたかもしれない。けれども、ほかの妻たちとの強い絆があるわけでもなく、財産は三つの楽器だけという二十歳の娘を見ると、そんなことを言う気にはなれなかった。「ムンタズ奥さま、ここで暮らすのと、どこかほかの所へ移るのと、どちらが幸せかしら？」

「つまり——出ていくってこと？」ムンタズの声は割れていた。「たとえわたしが妻であっても？」

「あなたは今でも敬意を払われるべき未亡人よ——でも、あらゆる可能性を考えてみて下さい」パーヴィーンは優しく言った。「マフルを使って小さな家を買うことができますよ。それに遺産ももらえる。その地域がいい場所だったら、住まいを音楽を教えるところとして使ってもいいわ。それに——」

「悪だくみはやめろ！」

パーヴィーンは思わず首を回し、話をさえぎったとげとげしい男性の声の主を探した。誰の姿も見えなかったが、ムンタズはほんの五メートルほど向こうにある壁を、打ちひしがれた表情で見つめていた。庭園の反対側では、少女たちが音楽の演奏をやめていた。

「ムクリさま、そこにいるんですか？」パーヴィーンは彼に呼びかけ、家の母屋のものと思われる分厚い壁に目をやった。窓はない。そこから、ムクリは話を聞いていたのだろうか？

「わたしのために仕事をしてくれると信頼していたのに、おまえは未亡人たちに嘘八百を吹き込んで、それを裏切った。おまえは悪魔だ！」

「とんでもない、この一家の福利を守るのがわたしの義務ですから」パーヴィーンはムクリに立ち聞きされたとわかり、ショックで少し体が震えた。

「この一家の将来を保証する文書にサインするなと愚かな女に言うのは、未亡人たちの福利に反することだ。それにより、おまえに代理人を務めさせるのはやめにする――」

「すみませんが、ムクリさま（サヒーブ）」パーヴィーンは一語一語、できる限りはっきり発音しようとした。「わたしに向かって叫ぶことはありません。母屋へ出向いてあなたとお話ししますから」

パーヴィーンは震えを抑えようとしながら、庭園から婦人の居住区域（ゼナーナ）の入り口へ行った。そこで、アミナと妹たちが身を寄せ合っているのに出くわした。

「わたしに怒っているのよ、あなたたちにじゃないわ。あの人と話をして、わたしの責任をはっきりさせないとね」パーヴィーンは震える指でサンダルを履いた。密かに面談をした結果、こんなひどいことになってしまった。

「あの人が帰ってきたとあなたに伝えようとしたの」――アミナは声を詰まらせた――「でも、立ち去るよう言われたから」

「耳を貸さなかったのを後悔してるわ」パーヴィーンは険しい顔で言った。「ほかの奥さま（ベーグム）たちはどこ？　あの人はお二人を問いただしたのかしら？」

アミナの頬に涙が伝った。「わからない。あなたに言われたとおりにして、ナスリーンとシリーンが演奏するのをただ聴いてた。もう帰るの？」

「あの人と話し合って、あなたのお母さまやおばさまたちが大丈夫だと確かめるまでは、帰らないわ」

パーヴィーンは大股で外へ出て、車寄せの屋根の下へ行った。アーマンがパーヴィーンを乗せてきた車にもたれ、所在なげに運転手用の帽子を両手で回している。

「そろそろお帰りですか、お嬢さま(メンサヒーブ)?」アーマンの穏やかな表情から、何が起きたか、まったく聞こえていなかったとわかった。

「ミスター・ムクリと話をしに、反対側へ行くだけよ。正面玄関に車を回しておいてちょうだい。長くはかからないから」

正面玄関のドアは閉まっていた。パーヴィーンがノックすると、ザイドがあけてくれた。先刻の幼い少女たちと同じように、不安そうな顔をしている。

「ムクリさま(サヒーブ)に会いにきたの」わざわざサンダルを脱ごうとせずに、応接室の入り口に立った。後見人がどれほど怒っているかよくわからないので、出口の近くにとどまっていたかった。

ザイドが応接室からそっと出ていくと、ミスター・ムクリがすごい勢いで入ってきた。ヨーロッパ風のスーツを着ているが、おそらく工場の事務所から来たためだろう。昼間はそこにいると、彼は昨日パーヴィーンに言っていた。

「いくつかはっきりさせておくことがありますね、ムクリさま(サヒーブ)。奥さま(ベーグム)と内密に面談しておりました。問題に取り組んで――」

「恥知らずが！」ムクリは怒りで目を細めた。「おまえは一家の家計の管理者としてのわたしの命令を無視した。それになんというばかげた助言だ。ここの女性たちは家を出ることなどできない。どうしたらいいかわからないだろうからな！」

「面倒を起こすつもりはないんです。奥さまたちにご自分の資産について充分に理解していただき、法律がどのように自分たちを守ってくれるか伝えるのがわたしの義務ですから」パーヴィーンはラジアとサキナが聞いているかもしれないと思い、大きな声でその言葉を伝えた。「慈善信託（ワクフ）をどうするか、あなたが決めることはできません。その責任者ではないんですから」

「責任などと、よく言えたものだな？」人をばかにしたような声だ。「ボンベイの法曹界に認められてもいないくせに。おまえは法廷では何の力もないんだぞ」

　パーヴィーンはムクリが自分の経歴を調べ、闘う気でいるのだとわかった。侮辱的な言葉を投げつけることで、奥さま（ベーグム）たちを怯えさせ、パーヴィーンには自分たちを守ることはできないと思わせるつもりだろう。身長百六十センチ足らずのパーヴィーンは、背筋を精いっぱい伸ばして告げた。「仕切り壁（ジャーリ）の向こう側にいる女性たちは弱くなんかない。六つの手には、あなたの二つの手よりも強い力がある。奥さまたちの資産を操作しようとしているのなら、あなたにはこの家とかかわるのをきっぱりとやめてもらうつもりよ」

　ムクリがパーヴィーンの方へ進み出た。「クビを切れるのはわたしだけだ。一家が進む道を決める、法定代理人の権限を持っているんだからな。すぐにここから立ち去り、二度と来るんじゃない。おまえの父親に電話し、ミストリー法律事務所との契約は打ち切ると伝えるつもりだ。家に着いたら、罰として殴られると覚悟しておくんだな！」

「殴られるですって？」パーヴィーンは挑むように相手の視線を受け止めた。「父は立派な人よ、だからそんなことをされる心配はないわ」

「そうなのか？」ムクリはパーヴィーンのすぐそばまで歩いてくると、開いた手を上げた。

その瞬間、パーヴィーンは相手が自分を殴るつもりだとわかった。何を言われようと自分の方が強いのだと、ほかの女性たちだけでなく、パーヴィーンに対しても権力を振るえるのだと証明する気なのだ。ムクリは何度も何度も殴るだろう。体に痛みが走り、不意に、パーヴィーンはマラバー・ヒルではなく、遠く離れた瓶詰め飲料の工場にいた。

また同じように出し抜けに、パーヴィーンはわれに返った。無愛想な門番がドアのところにやってきていた。彼は大声で言った。「旦那さま（サヒーブ）、すみません！」

ムクリが怒鳴った。「なんだ？」

門番は天の助けだった。パーヴィーンはムクリの注意がそれたその瞬間を利用し、ドアからそっと外へ出た。車は屋根付きの車寄せにあり、アーマンが心配そうな顔で、パーヴィーンに乗るよう合図した。

「お嬢さま（メンサヒーブ）、いつもはあなたのお仕事のことについてお尋ねなどしないんですが」アリスの家を過ぎて角を曲がり、坂を下っているときにアーマンが言った。「ずいぶんと揉(も)めてましたね！」

「あの人が聞いてるなんて思わなかったわ！」パーヴィーンは胸に片手を当てた。まだ恐怖で震えている。

「ひどく怒ってましたね。叫び声が聞こえたんで門番を呼んだんです。あの男は頭がどうかしてるって、門番は言ってましたよ。あいつはあなたに触ったんですか？　あなたをお守りできなかったら、お父さまはわたしを許さないでしょう」アーマンは声を詰まらせた。

パーヴィーンはまだ心が乱れていて、話すのをためらった。まるで連続して殴られたかのように背中が痛い。そんなはずはないのに。ミスター・ムクリが自分の目の前にいたのはわかっている。彼がしたことのせいで、記憶が呼び覚まされたのだ。

「あいつは何をしたんです、お嬢さま(メンサヒーブ)？」アーマンは心配そうにバックミラーをのぞいている。

「怒鳴って、それからわたしを縮み上がらせようとした。男性の中には、恐怖を使って自分が望むものを手に入れようとする人がいて、残念ながら、あいつはその場から逃げ出そうと思わせるほどの不安を、わたしの中にかき立てたのよ」

「それは逃げるんじゃなくて――自分の身を守ることですよ！」

「奥さま(ベーグム)たちの様子を見るつもりだったのに――そうせずに立ち去ってしまった。あの男が未亡人たちに近づいて、わたしが何を話したのか無理やり言わせるかどうか、もうわからないわ」喉に何かが詰まったかのようだ。「わたしは約束を守らなかった」

「ミストリーさま（サヒーブ）も依頼人から腹を立てられることがありますよ。たいていは裁判に負けたあとですけどね」

「ありがたいことに、そういうのはしょっちゅうあることじゃないわ」パーヴィーンはため息をついた。父親が怒るだろうというミスター・ムクリの推測は正しかった。これまで弁護士に会ったことがない女性たちと腹を割って個別に話し合うつもりだったのが、二時間もしないうちに芝居がかった争いをする羽目になってしまったのだ。おそらくミスター・ムクリは、本当にミストリー法律事務所との契約を打ち切るかもしれず、そうなれば、パーヴィーンは二度と奥さま（ベーグム）たちに近づいて話をすることができなくなるだろう。

マラバー・ヒルを出て、「女王の首飾り」と呼ばれる海岸沿いの道を走っているとき、パーヴィーンの思いはさらにみじめなものになっていた。フェイサル・ムクリが、法定代理人の権限を持っているというのが本当に正しいとしたら？ 彼を一家の後見人と認める書類は見ており、法的な権限を与えるものではなかったはずだが、法定代理人だとすれば、その力はかなり強いものになる。それを見逃したのだろうか？ そのことを考慮していなかったなんて、わたしはいったいどんな事務弁護士なのだろう。ブリーフケースを捜して横に手を伸ばしたが、何もなかった。

「しまった！」パーヴィーンは叫んだ。

「どうしたんです、パーヴィーンお嬢さま（メンサヒーブ）？」

「ブリーフケースを忘れてきたわ」

「あの洒落（しゃれ）たロンドン風のですか？　ずいぶんと高価そうでしたよね」

「大事なのはその中に入ってるものよ」パーヴィーンは、自分の注意のたりなさがさらに証明されたようでうんざりした。「あの文書すべてがね。戻らないと」

アーマンは食いしばった歯のあいだから息を吸い込んだ。「知りませんよ。あの紳士はひどく怒ってたでしょう！　安全のために、お父さまに頼んでそのブリーフケースを取り戻してもらう方がいいんじゃないんですか？」

「そんなに待てないわ、ブリーフケースの中の書類が盗まれたり、破られたりするかもしれないもの。そんなことになったら、依頼人にとってはとんでもないことになる。Uターンしてちょうだい、アーマン」

「でも、お嬢さま（メンサヒーブ）――」

「これは命令よ！」パーヴィーンの声がうわずった。

アーマンは答えなかったが、パーヴィーンの厳しい言葉に、どうしようもないというように両肩を上げた。

すでに海に面した地区を一・六キロほど走ったところだった。アーマンはスピードを落とし、バスの前で急に道路を横切ってクラクションを鳴らされた。建設現場のでこぼこした地面で向きを変え、マラバー・ヒルの方へ戻り始めた。

パーヴィーンは時計をチェックした。二十分前にマラバー・ヒルを出ていたので、戻るのに少なくとももう二十分かかることになる。ふたたび坂を上り、背の高い木々に囲まれた美しい邸宅を通り過ぎながら、道を曲がるたびに不安が募ってきた。ブリーフケースがまだ婦人の居住区域の庭園にあればラッキーだ。けれども、未亡人たちが安全かどうかはわからない。思い切って立ち寄り、彼女たちの様子も見るべきだろうか？

そうしなくてはならない。訪ねるのに五分以上かかるだろうが、フェイサル・ムクリから逃げるのに、自分が力を貸すことができると未亡人たちにきちんと知らせないことは、職務怠慢になるだろう。「屋敷を通り過ぎてもらいたいの」パーヴィーンはシー・ヴュー通りに近づくと、アーマンに言った。

「どうしてです？」アーマンの声は不安げだった。

「門番に、中へ入る許可をもらわなきゃならないのはいやなの。第二の門から歩いて入ることにするわ。さっき婦人の居住区域へ向かうのに使ったところよ。門番のモーセンは一つの門しか警備できない。いつも母屋の門のところにいるんだから」

「でも、あなたが第二の門から入りたいなら、この車に乗って通るところを門番に見られますよ」

「そのことは考えたわ。門番から見えないところでわたしを降ろしたら、あなたは戻って正門で止まり、彼の注意をそらしてほしいの。そうすればわたしは第二の門を通って──」

「それがあいていたらでしょう！」

「いい指摘ね。もしあいていたら、中へ入り、済んだらあなたが降ろしてくれたのと同じところへ歩いて戻ってくるから」

「ずいぶんと複雑に思えますね。それに門番の注意をそらすのに、わたしは何を言えばいいんです？」

「ムクリについて、門番からできる限り聞き出してみて。きっと何か言うはずよ」

驚いたことに、車が通り過ぎたとき、モーセンの姿は見えもしなかった。パーヴィーンは用心のため、道路が曲がっているあたりで止めるようアーマンに告げた。彼は不満そうだったが、雇い主の命令に従わないわけにはいかなかった。

第二の門は施錠されておらず、向かいの屋敷の門番からいぶかしげに目を向けられたものの、パーヴィーンが中へすべり込むのは簡単だった。落ち着いたまともな人に見えるように努力しながら、ぶらぶら歩いて中へ入った。内心ではびくついていたけれど。

敷地内には入れたが、婦人の居住区域の庭園へは近づけなかった。そこは高い壁によって隠されている。それで、前と同じように庭へ入る必要があった。婦人の居住区域の広い応接室の奥にあるアーチ形のドアを通って。パーヴィーンはそっと婦人の居住区域のドアをノックした。答えはない。前のように窓から呼びかけるのは危険すぎる。

ためらいがちに手をかけると、ドアノブは回った。自分が立ち去ったあと大騒ぎになり、ファティマが鍵をかけるのを忘れたのだとパーヴィーンは推測した。

応接室には誰もいなかったので、静かに庭へ出た。誰かが窓からのぞいていても見られないように、家の縁に沿って歩いた。庭園はがらんとしていた。ブリーフケースは、パーヴィーンが座り、幼い女の子たちが音楽を演奏するのを見ていたあずまやにはなかった。敷物の上にまだ楽器が並べられているところにも。パーヴィーンはムンタズと話をした場所へ急いだ。そこにもブリーフケースはなかった。

パーヴィーンは、そのブリーフケースをいつから持っていなかったか思い出せないことに気付いた。ラジアの部屋から持ち出したのはほぼ間違いないが、絶対に確かかどうかはわからない。もう一つの可能性は、パーヴィーンが立ち去ったあと、ムンタズかアミナがそのブリーフケースを見つけ、保管してくれたということだ。

婦人の居住区域(ゼナーナ)の入り口で、パーヴィーンはカーテンの隙間から中をのぞいた。その部屋にはまだ誰もいなかった。片手にサンダルを持って中へ入り、階段に目をやった。そこにも誰もいなかったが、二階でくぐもった声がしているのが耳に入ってきた。女性たちが話をし、幼い子供が大声で泣いている。たぶんそれがジュムージュム、つまりパーヴィーンがまだ会っていない赤ん坊だろう。

階段を上がった。最初の廊下の端に立ち、音に意識を集中した。

ラジアの部屋から会話する声が聞こえたが、ドアがしっかりと閉まっていて、声の主が三人だという事実のほかは、何を話しているかはっきりとはしなかった。三人の未亡人が一緒にいるとわかったので、彼女たちにブリーフケースのことを尋ねる前にほかの部屋を調べられる。子供部屋を通り過ぎたとき、ジュムージュムの泣き叫ぶ声は小さくなり、シリーンとナスリーンの声がしだいに大きくなってきた。「どうしてだめなの……？」シリーンが言っている。

少し年上の女の子がたしなめるように言うのが聞こえた。「あなたたちにはふさわしくないでしょう！」

続き部屋のあるサキナの寝室のドアが開いていた。先刻と同様に、中ではすべてのものがきちんとしていた。銀の盆まで片付けられている。パーヴィーンはベッドの下、引き出しの中を見て、それから鍵のかかった金庫のドアを見ようと、絵を持ち上げて脇へどけた。その金庫は確かにブリーフケースをしまっておけるほど幅が広いが――おそらく深さが充分ではないだろう。

サキナの部屋にひとりでいると、泥棒をしているような気になった。ドアから頭を出し、新たな音がしないかと廊下をチェックした。部屋に入ってから、おそらく五分は経っているだろう。残念ながら、どの部屋がムンタズのものかはわからなかった。

パーヴィーンは真鍮の仕切り壁の方へ目をやった。婦人の居住区域と母屋のあいだにある、会話用の場所だとサキナが言っていたものだ。もしミスター・ムクリが立ち聞きするとしたら、そこしかできない。未亡人たちが、仕切り壁により近いサキナの部屋ではなく、遠いラジアの寝室で話をしている理由は、おそらくそれだった。模様のある真鍮の縁を調べたとき、赤いしみがパーヴィーンの目に留まった。

少量の赤い色はクムクムを思わせた。ヒンドゥーとパールシーの女性たちが、両目のあいだに装飾的なしるしを描くのに使うものだ。けれども、この赤いしるしは細工が施された真鍮の仕切り壁に飛び散り、床に跳ね跡としみをつけている。それは朱色の粉ではなかった。しだいに不安が募ってきて、パーヴィーンは戸口から出た。仕切り壁に近づくとき、赤い跳ね跡に触れないよう注意した。身をかがめ、文書をやり取りするための溝のすぐ下に、影のような塊があるのを見つけた。

不作法だとわかっていたが、パーヴィーンは溝にかぶせてある幅の広い金属製の蓋を持ち上げてみた。ロンドンにあるアリスの先祖伝来のタウンハウスのドアに付けられた、郵便用の溝の蓋とほぼ同じ大きさと重さだと思ったのが、落ち着いてものを考えられた最後だった。

それから、気分が悪くなった。

向こう側に、ミスター・ムクリが倒れている。両腕と両脚は激しくねじれ、脱出しようとして失敗した人みたいだった。パーヴィーンのスウェイン・アドニーのブライドルレザーのブリーフケースの縁の半分が、体の下から見えている。後頭部と襟は血まみれで、どろりとした細い筋がいくつも、黒いスーツの上着に垂れている。首から、何か銀色の長いものが突き出ていた。ナイフだろうか？　パーヴィーンにはどうでもよかった。それ以上見ているのは耐えられない。

口に手を当ててあとずさった。溝からのぞかなければ、ムクリが死んでいるのを知らずにいただろう。今となってはもう遅い。この死とそれに伴う責任に、パーヴィーンは気付いた。

一九一六年

第十二章　約束は瓶に詰めて

一九一六年八月、ボンベイ

まるでサイラスは死んでしまい、パーヴィーンは寂しく取り残されたかのようだった。バンドラで互いの気持ちを伝え合ったあと、サイラスからは何の音沙汰もない。パーヴィーンは家族の屋敷にいて、次々に悪いシナリオを想像していた。

サイラスはパーヴィーンのことを両親に話したが、きっぱりと拒否されたに違いない。ソダワラ夫妻はひどく腹を立て、彼をカルカッタへ連れ戻した。もっと明らかな可能性をくよくよ考えるよりは、そう思った方が気が楽だった。それはつまり、サイラスが約束を守らなかったということだ。彼のロマンティックな告白は、パーヴィーンとのお楽しみにふけるための策略だったのかもしれない。あるいは、あれこれよく考えてみて、両親が結婚させたがっている娘を選ぶ方がいいと決めたのだろう。

パーヴィーンが家にずっといるもう一つの理由は、両親に怒られたからだった。ジャムシェジーは金曜の午後、リポン・クラブで二人の弁護士が噂話をするのをふと耳にし、うたたねから覚めた。彼らはガヴァメント・ロー・スクールの最初の女子学生が、追い出されたのか落ちこぼれたのかどっちだろうと、しゃべり合っていた。

その晩パーヴィーンは居間に呼ばれ、両親と向かい合った。二人の顔を見ることができず、ぼそぼそとつぶやいた。「その日に説明するつもりだったのよ。適当な言葉が思いつかなかっただけなの」

「それで、だましたわけだな！ 毎日本を抱えて町へ行き、大学で車を降りていただろう。授業に出ていないのなら、いったいおまえはそのあいだずっと何をやってたんだ？ 金を使い、映画へ行き、レストランで食事をしてたのか？」ジャムシェジーは責め立てた。「言っておくが、しばらくは外出禁止だからな」

「図書館にいたのよ」パーヴィーンは声を震わせた。「法学部の学生や教授たちと、もう一日も一緒にいられなかったの」

「法学部に耐えられなかったと？」そこで初めて、パーヴィーンの父親は戸惑った顔をした。

「おまえはもっとも優秀な学生だったじゃないか」

「誰もわたしがそこにいるのを望まなかった――それで、授業に出るのがつらくなるような、ありとあらゆることをされたの」パーヴィーンは言った。

「それは本当ですよ」カメリアが口を挟んだ。「学生たちはパーヴィーンをひどく困らせた。

この子は彼らがやった悪ふざけのことを口にしてたわ。でも、それはどうにかしてもらえたはず——」

パーヴィーンは母親の言葉をありがたく思ったが、クラスメートを敵に回すのを望んでいたという印象を与えたくはなかった。「悪ふざけなんて生やさしいものじゃなくて、毎日とんでもないことが起きたわ。法律を勉強したいというわたしの望みは打ち砕かれたのよ。ごめんなさい、パパ」

「そうは言っても……」ジャムシェジーの張り詰めた表情は、戸惑いに取って代わられた。

「それじゃ、なんだ？　おまえは何になりたい？」

「どうして何かにならなきゃいけないの？　ただの自分でいることはできないの？」パーヴィーンは本当のことを打ち明けられなかった。ここから逃げ出して、サイラスの奥さんになりたいのよ。また別のあきれた告白をして、両親を打ちのめすつもりはなかった。愛する男が、結局はいなくなってしまったのなら特に。

けれども、二日後すべてが変わった。それは日曜日の夜の、祖父からの電話で始まった。それを取ったのはパーヴィーンで、祖父のおなじみのしわがれ声を聞いて、気持ちを引き締めた。いつもは、何かの厄介事について愚痴を言うために電話をしてくるのだ。関節炎のことだの、店から品物が届かないだの、ムスタファの仕事ぶりがなってないだの。

「カルカッタのパールシーの一家がミストリー屋敷へやってきて、おまえの父親に会いたいと言い張ってたそうだ。外出しているとムスタファが言うと、手紙を置いていった。図々(ずうずう)しいにもほどがあるだろう？」祖父はガミガミ言った。「そのばかどもは、弁護士を探しているわけではないとぬかしたらしい」

パーヴィーンは腕に鳥肌が立つのを感じた。「おじいさま、その人たちは何人いたの？」

「夫、妻、成人した息子。ムスタファの話では、息子が一番口がうまいそうだ。二度とそんなことをするんじゃないとあいつには言っておいた」

「中へ入れてくれてよかったわ。彼らはとても大切な人たちなのよ！」パーヴィーンはうれしさで気が緩んだ。とは言え、なぜソダワラ一家がミストリー屋敷へ行ったのかわからなかった。サイラスには自分の家の住所を伝えておいた。おそらく一家は、まず祖父に敬意を払うのが重要だと思ったのだろう。「ここへ来るよう言ってくれた？」

「なぜそんな見ず知らずの連中を送り込んで、おまえの父親をわずらわせなきゃならんのだ？」祖父は不機嫌に答えた。

「それじゃ、わたしがその手紙を取りにいくわ」

「夜に出かけてはいかん。もしよければ、わしが手紙を持っておまえのところへ行こう」祖父は言葉を切った。「ジョンは夕食に何を作っている？」

「エビのカレーよ。来てちょうだい。きっとたっぷりあるはずだから！」自分たちに会いたかったから、手紙にかこつけて電話をしてきたんじゃないかとパーヴィーンは思った。仕方がない。おじいさまは望みのものを得るだろうし——わたしもおそらくそうなるわ。

パーヴィーンは玄関ホールへやってきた祖父に挨拶し、夕食後まで父のために手紙を預かっていてほしいと頼んだ。空腹だといっそう苛立つだろうとわかっていたので、もし父親と祖父がたっぷり食べ、いくらか飲めば、その反応はましなものになるかもしれないと考えた。

プディングの最後のかけらを食べ終わったあと、パーヴィーンはみんなに居間へ来るよう頼んだ。「おじいさまが重要な手紙を持ってきたわ。まだ読んでないけど、わたしに関係するものだそうよ」

「まあ！」カメリアがそう言って顔を輝かせた。「たぶん法学部からですよ、何かいいことが——」

「ニワトリに歯が生えるまで、そんなことはありえん」祖父が言った。「この手紙は、あるカルカッタのパールシーからだ」

ジャムシェジーは手紙を開き、片眼鏡をかけてそれを読んだ。読み終えると、集まった家族を見て首を振った。「ひどく奇妙だな。明日の午後、パーヴィーンの縁談について話し合うため、タージマハル・ホテルで会ってほしいと書いてある」

「誰との？」祖父の隣で落ち着きなく座っていたルストムが、顔を上げた。

「彼らはソダワラ一家と名乗っている」ジャムシェジーが言った。「よくある名前だが、この人たちが誰か思いつかないな」

「わたし、知ってるわ」パーヴィーンはエルフィンストーン図書館でサイラスに会ったことや、グループで映画を見にいったときに、サイラスがいたことをずいぶんと簡略化して報告した。

カメリアは娘に厳しい目を向けた。「それだけ？　あなたが、バンドラ駅から若い男性と歩いて出てくるところを見た、という噂を聞きましたよ。そんなはずはない、あなたは男の人と出歩いたりなんかしないと言っておいたけど」

「それは彼がプロポーズした日よ」パーヴィーンは気まずい思いで認めた。「お目付け役がいたら、うまく申し込めなかったでしょうね」

「この若者は腰紐が緩んでるようだな！」ジャムシェジーの口が、傷んだパパイヤにかぶりついたみたいにすぼまった。

「お嫁さんを探しているのなら、ふしだらなことじゃないでしょう」パーヴィーンは言い返した。父親から即座に反対されるのは、彼女がまさに恐れていたことだった。

「最初に結婚するのはぼくのはずだよ――それに、二年間はおあずけってことになってるよね？」ルストムは両親に確認を求めた。

「年上のきょうだいが先に結婚するべきだ」ジャムシェジーは請け合ったが、そのあいだずっと、不快そうに目を細めてパーヴィーンを見ていた。「あせることはない。おまえにとっては、嫁を探す前に会社でもっと高い地位に就くことのほうが大事なんだからな」祖父が咳払いをした。「もし妹が兄より先に結婚したら、妊娠したからそうせざるを得なかったと思われる。その娘の評判は最悪になるだろう」

「わたしたちはそんなんじゃないわ」パーヴィーンはなんとか冷静な声を出そうとした。「もう学生じゃないんだから、結婚するほかに、わたしはどうしたらいいのよ?」

「穴を掘る者は自分がそこに落ちる」祖父が不機嫌そうに答え、ルストムは鼻を鳴らした。

カメリアは苛立っているかのように、マニキュアをした両手を握りしめた。「あなたはいつも、とても優しく感じのいい娘だった。町のほかの娘たちとは違って、自分に与えられたものに感謝していた。いったいどうして、わたしたちにこんな仕打ちができるの?」

「ママたちには何もしてないわ! 彼のご両親はわたしたちと会うことを求めてる。そこへ出向くことで、せめてお二人にふさわしい敬意を払うつもりはないの?」パーヴィーンは訴えかけた。「世間に認められるような形で、わたしたちを結婚させてくれるつもりはないの?」

「ほかの選択肢は――駆け落ちか?」ルストムがぴしゃりと言った。「おまえがそんなふうにぼくたちに恥をかかせたら、ぼくは絶対に嫁をもらえないぞ」

「兄さんを傷つけるつもりはないわ」パーヴィーンは兄が核心を突いたとわかっていた。

「でも、もしそうしなければならないのなら、わたしは身を引く覚悟だと、みんなに知っておいてもらいたいの。サイラスも同じよ」

「路上で暮らすことをおまえがどれほど好きか、見てみようじゃないか！」祖父はかすれ声で言った。「それから、勘当についてどう思うか、わしたちに教えてくれ」

カメリアがあわてて言った。「そんなひどいことは絶対にしませんよ。大学へ行くのを応援したのは、あなたをとても愛してるからよ――だからこそ、そんなに早くに結婚させるより、もう何年かあなたをわたしたちのところに置いておきたいの」

母親の優しい言葉に、パーヴィーンの決心は揺らぎ始めた。本当は、ふたたび家族に会う機会もないような結婚生活を送りたくはなかった。パーヴィーンはかすかに喉を詰まらせて言った。「ママたちはわたしのために何でもしてくれた。わたしも愛してるわ」

ジャムシェジーは娘を長いあいだ見つめた。「そのホテルへ行き、ソダワラ家の人たちと会おう。結婚を承諾しているわけじゃないぞ。だが、その人たちに公平な機会を与えるつもりだ」

「では、それはおまえの問題だな。わしは行かんぞ」ミストリーおじいさまは非難するように両腕を組んだ。

パーヴィーンはつらい気持ちになったが、少なくとも父親は頼みを聞いてくれた。彼女は感謝を込めてジャムシェジーを見た。「短時間でかまわないから、一度会ってくれればいいの。ありがとう、パパ」

翌日の午後、パーヴィーンたちはタージマハル・ホテルへ出かけた。堂々としたロビーを進んでいくとき、ジャムシェジーが小声で言った。「相手の男もだが、一族も重要だ。調べる時間がなかったぞ。実にまずい」

「どうするつもりだったの、パパの探偵の誰かを雇うとか？」パーヴィーンは軽蔑を込めて言った。不貞などの取るに足らない罪を暴くのに父親が雇う、抜け目のない探偵たちをよく思ってはいなかったからだ。

「そうすればよかった。わたしが知っているのは、おまえの母親が友人たちから教えてもらったことだけだ。ミセス・ソダワラはホミ・ヴァッチャのはとこだよ。ヴァッチャ一家はソダワラ家のことをほとんど知らないらしい」

「エステルはサイラスを気に入ってるわ」

「おまえはエステル・ヴァッチャを心底きらってるのに、それがどんな保証になるっていうんだ？」ジャムシェジーがぼやいた。

「そんな、仕事のときみたいな言い方はやめて、パパ。あの人たちを質問攻めにしないと約束してちょうだい！」パーヴィーンは歯を食いしばったまま、ロビーにいるなじみのある顔にほほえんで見せた。ミストリー一族は、タージマハル・ホテルで働いている人や、そこをよく訪れる人たちの多くと知り合いだった。祖父は、創業者でパールシーのコミュニティの中心人物だった、ミスター・ジャムシェトジー・タタを知っているほどだ。

「二人とも、もうたくさんよ」カメリアが言った。「相手の人たちを探しましょう」

ダイニングルームに着くと、給仕長が白い布を掛けた一般客向けのテーブルの海を抜けて、隅のテーブルへ案内した。

「お会いできてとてもうれしいです！」サイラスが声をかけてきた。襟の高い白いスーツを着て、すてきに見える。パーヴィーンたちに挨拶しようと立ち上がり、小声で言った。「ミストリーご夫妻、両親を紹介してもよろしいですか？」

ミスター・バーラム・フラムジー・ソダワラはサイラスと同じようにハンサムだったが、中年太りのせいで、顔がたるんでいた。黒いフェタの縁から白髪がのぞいている。妻のベノシュ・ソダワラもまた白髪があったが、丸い顔で若く見えた。パーヴィーンは夫人のガラシルクのサリーから、彼らが裕福だと気付いた。サリーには贅沢な刺繍が一面に施されている。ベノシュのサリーは、パーヴィーンが身に着けている、縁にプチポワン刺繍のある青いシルクサテンのものより豪華だった。カメリアのザラ刺繍を施した地味な黄色のサリーよりも、うんと立派だ。

挨拶はフォーマルなグジャラート語で交わされた。サイラスと同様、彼の両親にもわずかな訛りがあった。パーヴィーンにはそれが魅力的に聞こえ、幸運にも結婚してカルカッタへ移ったら、自分の話し方はどう変わるのだろうかと思った。

「お座り下さい」バーラムが愛想よく言った。「ウィスキーを注文しておきましたぞ——ご迷惑でなければいいんですが」

「少しだけ、オンザロックで」ジャムシェジーはうなずいた。そばに立っていたウェイターが進み出て、テーブルのカットガラスのボトルから彼に注ぎ、そのあとバーラムとサイラスのグラスに入れた。

「娘とわたしはお茶をいただきますわ」カメリアが上品な感じで言ったので、パーヴィーンは身がすくんだ。「ダージリン、ミルクとお砂糖を添えて」

たいていの場合、タージマハル・ホテルの茶はこうしたイギリス風の作法で出され、それはパーヴィーンたちが家で飲んでいるやり方ではなかった。カメリアは、自分もパーヴィーンもくつろいではならないと思っているようだ。

「いつもはお酒は飲まないんですけど、氷にウィスキーをちょっと垂らして飲むよう、主人に説得されたんです。とても緊張してるんですもの!」ミセス・ソダワラはくすくす笑った。

——予想外の、少女っぽい声だった。

「わたしもとても緊張してます」パーヴィーンはうっかり口を開いた。「でも、わたしを考慮に入れるというサイラスの望みを認めて下さって、ありがとうございます」

「姪のエステルが二人を引き合わせたようですな」バーラムが楽しげに言った。「ずいぶんと厚かましいのをお許し下さい。サイラスが言うには、まだ花婿を探しておられないとか」

「この子は学生ですから、そんなことはしておりません」給仕がナッツとビスケットの入った銀のボウルを回したが、カメリアは何も取ろうとしなかった。

「学生だった、です」パーヴィーンが訂正した。「今はもうガヴァメント・ロー・スクールに通ってはいません」

「サイラスがそう言ってました。でも、息子はあなたの年齢をはっきり知らないのよ。そんなこと考えられるかしら？」ミセス・ソダワラは明るく笑い、パーヴィーンの顔や胸など、テーブルの上に出ている部分すべてをじろじろと見た。パーヴィーンはいやな気がした。だが、自分の家の嫁になると思えば、誰でもそうするだろうとわかっていた。

「わたしは十九歳です」サイラスが話していなかったのは、それで両親に面会を断られるかもしれないと思ったからだと、パーヴィーンは推測した。

「あなたの年で、わたしはもう息子が二人いたわ。上のニヴェドは結婚して、ビハールに住んでいます。今家にいるのはサイラスだけ。家の中が静かすぎて！」ミセス・ソダワラは、ジャムシェジーとカメリアに何か訊きたそうに目を向けた。「フォートの先祖伝来のお屋敷を訪ねたんですよ。でも、なぜあなた方はそこにお住まいじゃないのかしら？」

「ミストリー屋敷はわたしが依頼人と会う場所でして」ジャムシェジーがそう言い、ミスター・ソダワラから、もう五センチほどグラスに酒を注がれるままにした。「妻が、空気がよくてもっとごみごみしていない郊外へ移るのを望んだので。わたしもすぐに、自分が静かなのが好きだとわかりましたよ」

「そうだけど、古い街区には大勢の人や出来事の記憶が詰まっているわ。レンガや石の中にそれが感じられるでしょう！」パーヴィーンはソダワラ家の人たちに、彼らのところのような、古い街区の中で暮らすのをいやがっていると思われたくはなかった。

「昼食でもいかがですか？」ミスター・ソダワラがそう言って、テーブルを見回した。「一緒に何か食べませんか。わたしのおごりということで」

「時間が許すかどうか」ジャムシェジーが言った。

「もちろん、わたしたちはこの数週間にわたって何度もここで食事をしてましてね」ミスター・ソダワラは、大勢の花嫁候補と会ったことをみなにほのめかすかのように言った。「子牛のエスカロップが好きなんですよ」

「パーヴィーンはかわいいですわね？」ミセス・ソダワラが温かな笑みを浮かべて言った。「こんなに豊かな黒髪で。毎日、朝晩のブラシがけには、メイドが二人は必要ね」

「自分でやります」パーヴィーンは顔を赤らめた。かわいいと言われるのは好きではなかったが、少なくともミセス・ソダワラは肯定的な査定をしたということだ。

「サイラス、きみ自身のことについて話してくれるかな」ジャムシェジーは作り声で尋ねた。

「きみのところの家業が瓶詰め飲料の製造ということしか聞いてないのでね」

「エンパイア・ソーダ有限会社というんですが、祖父が始めたもので、ベンガル地方で三番目に大きいものです。ビハールでは最大で、そこは兄がいろいろとやってます。ハウラーに工場を造ったばかりで、ぼくたちの家の川向こうなんです。ほとんどセールスに出ることはないので、パーヴィーンにカルカッタを案内できますよ。あなたは行かれたことがありますか?」サイラスは勢い込んで尋ねた。

ジャムシェジーは肩をすくめ、答えをはぐらかした。わざと関心のないふりをしているのだ。

「インドで一番大きく、すばらしい都市ですぞ」ミスター・ソダワラが言った。「世界中から、人々がカルカッタを見にやってくるんですからな」

「それに、勉強しにもくるわ」パーヴィーンは両親に聞かせようと付け加えた。「ミセス・ソダワラ、カルカッタに女性の大学がいくつかあるというのは本当ですか?」

「ええ。それに、地域のために奉仕活動をしている婦人会もたくさんあるのよ」ミセス・ソダワラはカメリアにあてつけがましく目をやった。「わたしたちは、家のすぐそばの拝火神殿(アギアリー)で礼拝するんですのよ。お宅のお嬢さまは、宗教教育のほうはどうなんでしょう、ミセス・ミストリー?」

カメリアは答える前に茶を一口飲んだ。「パーヴィーンはボンベイ最古のセス・バナジ・リムジ拝火神殿(アギアリー)で、入信の儀式のナオジョテを行いました。夫の先祖が一七〇〇年代から信仰しているところですわ」

「ナオジョテのあとは、どんな宗教活動を？」ミセス・ソダワラは尋ねた。

パーヴィーンはサイラスと目配せし合った。彼は訴えかけるような表情を浮かべている。

パーヴィーンは、そんなことを訊かれるとは思ってもいなかった。

カメリアが答えた。「宗教的な休日と、家族や友人にかかわる儀式のときには拝火神殿へ出かけます。ですが、うちの家族は日々の行動を通じて、宗教的な修練をしておりますの」

「祖父は拝火神殿の役員なんです」パーヴィーンは付け加え、祖父が来るのを断らないでくれていたらよかったのにと思った。両親よりは祖父の方が、古風なソダワラ家の人たちといてもくつろいでいられただろう。

「話したでしょう、彼女は最高だって！」サイラスが顔を輝かせ、パーヴィーンを見た。

ミセス・ソダワラはうなずいた。「それはよかった。亡くなった父は祭司だったんですのよ」

ミスター・ソダワラはウィスキーを飲み干し、もっと注ぐようウェイターに合図した。

「わたしたちは地元の拝火神殿の有力な後援者なんです。ベンガルにはパールシーがほとんどいないものでね。今のところ、五千人もいるかどうか。この町のように、大きな住宅地や学校を造るには人が足りないんです」

「やがてわたしたちのところにも、こうした施設ができるかもしれませんわ。拝火神殿の婦人委員会は、パールシーの小学校のための募金に熱心に取り組んでましてね。ですがもちろん、そういう場所をいっぱいにするパールシーの子供たちが、もっと必要ですけど」ミセス・ソダワラはカメリアをしみじみと見つめた。「ヴァッチャ家の話では、あなたは特に、こうした慈善活動に熱心だとか、ミセス・ミストリー。六つの学校と二つの病院を設立されたんでしょう？」

「わたしひとりでやったことではありません」カメリアは否定したが、パーヴィーンはその表情から、自分の活動を認められて母が喜んでいるのがわかった。「ボンベイの人口はだんだん増えていて、貧しい人はあらゆる宗教の信者にいますから、対応しなければなりません」

「こうしたことに対していつも財布の口を開いておくのは、わたしたちの社会の責任ですからね。考えてみれば、イギリス人は実に莫大な金を持って、てっぺんでふんぞり返ってますな！」ミスター・ソダワラが言った。

「そのとおりです。でも、彼らはパールシーが基準とする恩恵を受けているとは言えません。よき考え、よき言葉、よき行いを」パーヴィーンは言った。

「お嬢さんは本から得た知識を披露しているのね！」サイラスの母親はうれしそうに声を上げて笑い、テーブルの向こうへ腕を伸ばして、パーヴィーンの手を軽く叩いた。ミセス・ソダワラの手は温かく、パーヴィーンはサイラスとのことを思い出して、彼にほほえみかけないよう懸命にこらえた。

「ええ、ミセス・ソダワラ。娘は学ぶことが好きなんです」カメリアが言った。「実のところ、娘はさらに幅広い知識を得る必要があると、わたしたちはいつも気にかけてるんです、まだ未熟者ですから」

「女には一生にわたって、本を読む時間がありますよ。毎月、たっぷり一週間はね！」ミセス・ソダワラが言った。

パーヴィーンは、それがどういうことなのかよくわからなかったが、笑みを浮かべてうなずいた。「わたしにはとてもいいことに思えますけど」

「もし結婚を許していただけるなら、一生を賭けてパーヴィーンを幸せにすると誓います」サイラスが言った。「こんなふうに結婚させてほしいと申し出るのは、無礼に思われるかもしれないのはわかっています。でも、二人の人間がとりわけ似つかわしい場合、初めて会ったときに互いにそれがはっきりわかり、その真実を分かち合うほかはないことがあるんです」

パーヴィーンはそっと、また別の宗教的な言い回しを口にした。「真実はよいものの中でも最良のものである」

「わたしたちの預言者によって最初に言われた言葉だ！」ミスター・ソダワラがうれしそうに言った。「あのですね、心から言いますが、家内もわたしもあなたのお嬢さんほどすばらしい娘さんに会ったことはありませんよ」

そうはっきり言われると、パーヴィーンは、温かな幸せの水たまりの中に溶けていくような気がした。ソダワラの親たちは彼女を嫁にと望んでいる。だが、こちらの両親はどうだろうか？

パーヴィーンは両親にちらっと目をやった。カメリアの表情はやわらいでいたが、ジャムシェジーは裁判に負けて帰宅したときのような顔をしていた。テーブルクロスの下で、パーヴィーンは父親の手の中に自分の手をすべり込ませ、しっかりと握った。父の手に触れることで、言葉にできないことを伝えようとした。**そう、これがわたしの望みなのよ。**

ジャムシェジーは娘に手を握られたままにしていた。「今日ここへ来る前に、この会合を結婚の手続き（カステガリ）にはしないと決めていました」

「もちろん！」ミスター・ソダワラは怒りで顔を赤らめながら言った。「まだ相手の娘さんに会ってなかったですから。こちらにはこちらの基準がありますからね」

「われわれの子供たちは、親の手助けなしに互いを選んだ」ジャムシェジーは厳しい顔で言った。「結婚というのは、結ぶことのできる契約の中でもっとも重大なものだということを、娘たちは無視したわけです。調べもしないで、こうした結びつきを生じさせてはならない。妻もわたしも、まずは婿やその家族と充分にわかり合うことを期待していましたから」

パーヴィーンは父親の手から自分の手を引っ込めた。テーブルを囲んで穏やかに会話をしていたのに、父が否定的な意見を言い出す気だとわかった。以前に法廷で、父がこういうことをするのを見たことがある——陳述を展開し、合意を求め、ついに誰もが、父の主張は理にかなっているとわかるようになるのだ。

「あなたの気持ちはわかりますよ」ミスター・ソダワラは言った。椅子にもたれ、前よりくつろいでいるように見えた。「わたしたちはまず、自分の町の家族から嫁を探しました。ですが、お話ししたように、カルカッタのパールシーのコミュニティには五千人もいないんですよ。サイラスにふさわしい娘を見つけることはできなかった。だから、息子のいとこが良家の娘さんを紹介してくれて喜んでるんです」

パーヴィーンの将来の義理の父親は、力に道理で対応している。パーヴィーンは感心した——そしてミスター・ソダワラの謙虚さと自分の父親の頑固さを前にして、黙ったままでいるのに耐えられなくなった。彼女は身を乗り出して言った。「ソダワラご夫妻、ご一家でわたしたちに会いにきて下さってとてもうれしいです。あなた方の息子さんは自分たちが見つけられる最良の花婿だと、両親にわかってもらえればいいんですが」

「黙りなさい、パーヴィーン！」カメリアが口を出した。顔が紅潮している。「まだ決まったわけじゃないのよ」

ジャムシェジーにまっすぐに目をやり、ミスター・ソダワラは冷ややかに告げた。「わたしたちが息子の結婚によって、経済的な利益を求めているとお思いかもしれんが、どんな贈り物も約束もいりませんよ」

ジャムシェジーはうなずき、ウィスキーをすすった。どういうことだろう？　父には耳を傾ける気があるのだろうか？　ソダワラ夫妻はパーヴィーンの家族の同意を得るために、できる限りのものを差し出しているのに。

「おそらく二人は一目見て恋に落ちたんでしょうね」ミセス・ソダワラが控えめな笑みを浮かべて言い出した。「結婚前にふさわしいことだとは、お世辞にも言えないわ。でも、良家の二人のパールシーの子供たちが、幸せに結びつくのを妨げるわけにはいきませんでしょう？」

「妻の考えを聞いてみましょう」ジャムシェジーは首を回し、カメリアに向き合った。

彼はいつも、家庭内の重大事や家族の問題について妻の意見を求めた。パーヴィーンは固唾をのんだ。

「パーヴィーンは強情かもしれないけれど――頭がいいわ」カメリアはまだぴかぴかで、誰の手にも触れられていない自分の皿に目を落とした。「この子がわたしたちに相談してくれ、お宅の息子さんもあなた方と話をしたのはよかったと思います。今は昔と違って、インドの若い人たちの中には、自分たちの宗教コミュニティ以外の相手と結婚する人さえいるでしょう。この二人はわたしたちと同じ信仰を持っているわ」

パーヴィーンは息を吐き、母親に感謝の目を向けた。

長い沈黙のあと、ジャムシェジーが口を開いた。「わかった、子供たちがわたしたちの祝福を求めているのはいいことだ。だから、カメリアが賛成するなら、両家がお互いを知り合えるように、長い婚約期間を設けることにしましょう」

「パパ！　ありがとう！」パーヴィーンは体を回して父親を抱きしめた。その勢いで、二人のあいだに置かれた自分の茶のカップを横に倒してしまった。カメリアが手を伸ばして元に戻し、パーヴィーンのキスを受けた。

「九ヵ月から一年あれば、付き添いを伴ってさらに会う時間は充分取れるだろう」ジャムシェジーはそう言ってかすかにほほえんだ。「そしてこの期間のあいだに、パーヴィーンは大学での研究分野を見直せばいい」

パーヴィーンはうれしそうにうなずいた。バンドラでプロポーズされたとき、サイラスにこのスケジュールを提案しておいたのだ。それはまったく理にかなったことに思えた。互いに会う時間があるだけでなく、もっとも華やかな結婚式の計画を立てることができる。

サイラスは頭を下げた。顔を上げたとき、彼の目には涙があった。「あなたに承諾していただいて、とても感激してしまって。一緒に過ごした時間はとても短いですが、ぼくはお嬢さんを心の底から愛しています。でも、ご提案の婚約期間には問題があるんです」

「おお？」ジャムシェジーは音を立てて飲み物を置いた。

パーヴィーンは何を言い出すのだろうと思いながら、サイラスを見つめた。

パーヴィーンに悲しげに目をやりながら、サイラスは言った。「カルカッタとボンベイは千六百キロ以上も離れてる。頻繁に行き来することはできないよ。許してくれるかい？」

「もちろんよ」パーヴィーンはすぐさま答えた。「婚約期間は数ヵ月のことだけど、結婚は永遠だもの！　結婚するためなら、長い婚約期間もがまんしないとね」

「パーヴィーン、おまえの言ってることは本末転倒だぞ」ジャムシェジーがたしなめた。「結婚が永遠なら、互いに都合のいいときまで延期するのがなぜいけない？」

「たいへん申し訳ないんですが、息子の言うとおりでしてね」ミスター・ソダワラが悪びれた様子もなく言った。「冬の休暇をあてにして、生産量を増やしてましてね――瓶入りのアルコール飲料販売の書き入れどきなんですよ。十月から来年の三月までは結婚式をする時間がないし、そのあとは天候が不愉快きわまるものになり、おまけにフル操業でソーダの瓶詰めをせざるを得ないしでね」

「すると、うちの娘は、ベルトコンベアの上のもう一本の瓶に過ぎないとおっしゃるわけですか？」ジャムシェジーの言い方はとげとげしかった。

ミスター・ソダワラはくすくす笑った。「はは、それはおもしろい！」

ミセス・ソダワラは夫の方に顔を向けた。「うれしいことに嫁を見つけたわけですから、もう数日ボンベイに滞在してはどうかしら？　そうすれば、付き添いを伴って訪問し合う時間ができるわ」

カメリアは穏やかに言った。「それはよろしいわね」

「もう一つ思いついたわ」ミセス・ソダワラが夫からミストリー夫妻へ目を移した。「結婚式をカルカッタで行えば、今年の遅い時期にできるでしょう。そうすれば、瓶詰めの製造ができない期間が減らせるわ」

「それはどうかしら」カメリアがあわてて言った。

パーヴィーンは頭が混乱してきた。すぐにサイラスと結婚できるのはうれしいが——ボンベイで式を挙げられないとしたら、ショックだった。これまで親戚の結婚式に何十回も出席してきたが、その人たちがカルカッタまで来られるかどうかはわからない。タージマハル・ホテルの大宴会場で結婚式を挙げないなんて、ひどく奇妙な気がした——ホテルの創業者との関係を考えれば、祖父はそこでやるのが当然だと思うだろう。

「結婚式の費用はわれわれが持ちます。ここのタージマハル・ホテルで挙げるべきだ」ジャムシェジーが重々しく言った。

「でも、パパ！」パーヴィーンは続きを口にするのが耐えられなかった。もしパパがこの人たちに従ってくれなかったら、わたしはサイラスを失ってしまうわ。

「このホテルはすばらしいけれど、カルカッタにも同じようなところがありますよ」ミセス・ソダワラが意見を述べた。

ミセス・ソダワラは、自分たちが今、ボンベイでもっとも高級なホテルにいるとはわかっていないのではないかと、パーヴィーンは思った。だが、大事なのはお気に入りのホテルかどうかじゃない、サイラスだ。パーヴィーンは小声で言った。「喜んでカルカッタで結婚いたします。大切なのは式ではなく、夫とその家族なんですから」

「予約を取るのがむずかしければ、お手伝いさせてちょうだいね」ミセス・ソダワラがそう言って、パーヴィーンの手を軽く叩いた。「カルカッタのパールシーはずっと数が少ないから、必要なときは、拝火神殿（アギアリー）がいつでも手を貸してくれるわ」

ミセス・ソダワラの温かなほほえみを見ると、パーヴィーンは自分が望まれているとわかり、心が熱くなった。

「昼食を頼みますかな、ミスター・ミストリー？」ミスター・ソダワラがせっついた。

「いいでしょう」ジャムシェジーの言い方から、観念して状況を受け入れたのだとパーヴィーンはわかった。「あまり食事を急がせないでいただきたい。わたしたちには、あれこれのことをかみ砕いて理解する時間が必要ですから」

注文を終えると、パーヴィーンは詫びを言って抜け出し、婦人用の手洗いへ向かった。

大理石の廊下でサイラスが追いついた。パーヴィーンの目をまっすぐに見つめて言った。

「心からきみを愛し、尊敬しているよ。きみは親たちに対して堂々としていた——両家が歩み寄れるようにしてくれるなんて、思ってもいなかった」

「あなたを失う危険を冒すわけにはいかなかったもの」パーヴィーンは言った。「だからあんな言葉が出たのよ」

もちろん、キスしたり手を握ったりすることはできなかった。そんなことをすれば、親たちに恥をかかせることになる。けれども、二人はほんの数分だが互いに見つめ合うことができ、言葉にできないすべてのことを目で誓い合った。

第十三章　米とバラ

一九一六年九月、カルカッタ

新郎新婦のあいだには、白い布があるだけだった。パーヴィーンは、ルストムとサイラスの兄のニヴェドが掲げ持っているまっさらなリネンの片方の側で、ヴェルヴェット張りの小さな椅子に身を固くして座っていた。慣習に従い、目はずっと下に向けたままだ。膝の上いっぱいに赤いバラのブーケがのっている。ベノシュ・ソダワラからの贈り物で、愛と豊穣(ほうじょう)を表すものだ。立ち上るバラの香りが、辺りに漂う豊かな乳香と混じり合っていた。数分のうちに自分は結婚するのだと思うと、パーヴィーンは頭がくらくらした。

サイラスは白い布の向こう側に座っていた。呼吸の音が聞こえるほど、近くにいる。ランズ・エンドで二人が身を寄せ合っていたのが思い出された。今ここで家族に囲まれ、一ヵ月前には叶いそうもないと思われた夢が現実になった。

宗教的な行事に用いる、ダグリと呼ばれる襟の高い白いスーツを身に着けて結婚式場へ入ってきたサイラスは、まるで力と優雅さの化身のようだった。頭に、パグリーと呼ばれるごわごわしたターバンのようなものを巻いているために、実際よりずっと背が高く見えた。ひげは入念に剃ってある。

パーヴィーンも同様に、いちばん美しく見えるように準備をした。朝の沐浴のあと、カメリアが一時間以上かけて、結婚式用のサリーを優美に着せてくれた。八メートルの長さのシャンティレースで、花模様の上に小粒のパールの刺繍が施され、よりいっそう絢爛豪華になっている。手首は、いくつもの腕輪がはまっているせいで、こわばっていた。重い金の腕輪はパーヴィーンの一族からのもので、ソダワラ家から贈られたルビーをはめ込んだ象牙の腕輪は、ダイヤモンドとルビーの婚約指輪に完璧に調和している。首には、母のものだった金とルビーのネックレス、それに赤と白のバラでできた結婚式用の重い花輪がかかっていた。

パーヴィーンは膝のブーケをじっと見つめながら、その花を引き寄せて香りを思い切り吸い込みたいという衝動と闘った。指示されたように両手を開いておくと、祭司が乾いた米粒を左の手のひらに落としてくれた――もうすぐ、慣例によってそれを投げることになる。

祭司の一団が歌っているあいだに、そのうちのひとりが布の下側に手を入れ、パーヴィーンの右手を動かしてサイラスに握らせるようにした。これは手と手を結びつける儀式だ。互いをよく知らないカップルにとっては、こうして触れ合うのがどれほどぞっとすることか、パーヴィーンは想像した。けれども、サイラスの手は頼もしく、自分の手になじんだ。パーヴィーンはそれをしっかりと握った。

祈りが続くあいだに、上位の祭司が、柔らかい紐を二人の握り合った手に七回巻いた。神と六人の大天使という、聖なる七者を象徴している。同じ紐をパーヴィーンたちの椅子にかけるときには、二人の祭司が白い布をしっかり押さえていた。それは結びつきを象徴している。二人が結婚という形で結びつくことを。パーヴィーンはこうした結婚の儀式を何度も見てきたが、それが何千年も前から続く伝統とつながっていることに、胸が高鳴った。

ようやく七つ目の輪ができた。突然、多くの女性の声が厳かな静けさを破った。サイラスかパーヴィーンかどちらかに、最初に米を投げるよう大声で叫んでいる。

パーヴィーンが左手を上げもしないうちに、少量の米の雨が頭のてっぺんに当たった。笑いと喝采が起こり、白い布が落ちた。サイラスが満面の笑みを浮かべているのが見える。先にパーヴィーンに米を投げたので、ことわざによれば、彼が家庭の指導権を握ることになるはずだ。パーヴィーンは、これで義理の両親も喜ぶだろうとわかったが、二人にとっては何の意味もなかった。ほかの誰とも違う絆で結ばれているのだから。

騒ぎが収まったあと、パーヴィーンとサイラスが向かい合わせではなく、家族を背にして隣り合わせに座るよう、椅子が動かされた。

「アフラ・マズダがあなた方に息子、孫息子、自らを養うための多くの手段、心からの友情、体力、長寿、百五十年の命を与えて下さいますように」祭司が祈りを唱えた。

サイラスが一緒にいてくれさえすれば、その半分の寿命でもとても幸せだとパーヴィーンは思った。

撮影に来ていたカメラマンからは、ちゃんと真面目な顔をするよう頼まれたけれど、招待客が並んでいるところまで歩くあいだずっと、パーヴィーンは笑みを浮かべていた。ありえないことが本当に実現したのだという喜びを、隠し切れずに。今、彼女は新しい女性になった。もう、パーヴィーン・ジャムシェジー・ミストリーではなく、パーヴィーン・サイラス・ソダワラだ。指にはめた金の指輪がそれを証明している。

肉親と十人の親戚のほかには四十人の客がいるだけで、彼らはパーヴィーンが結婚するのを見守るために、ボンベイからはるばるやってきた。何よりも残念だったのは、ミストリーおじいさまが出席していないことだった。心臓の鼓動があまりにも速くなり、医者から、長い距離を移動するのを許されなかったのだ。けれども、タージマハル・ホテルでの顔合わせの数日後、正式な結婚の手続き（カステガリ）が行われたとき、祖父がどんな様子だったかパーヴィーンは覚えていた。ほとんどしゃべらなかったが、あとでパーヴィーンに、親たちならもっと分別があるだろうに、自分で花婿を選んだのは愚かなことだったと言ったのだ。

両親が承諾したのだから、そんな意見を述べるのは見当違いだった。祖父とサイラスが親しくなれるよう、パーヴィーンはサイラスが誠実なビジネスマンで、ミストリーおじいさまと同じように、自分の考えを口にするのを恐れないのだと教えた。けれども、一家の長はすでに孫娘がいなくなるのを望んでいるかのように、遠くを見つめていた。

サイラスと共に主賓席へ着くよう、給仕長に合図されたので、パーヴィーンはつらい思い出を振り払った。結婚式の宴がすでに用意されていた。

ソダワラ家は二百二十人の客を招待していて、みな食事を楽しんでいるようだった。パールシーの結婚式には欠かせない料理が次々に出てきた。蒸した魚、揚げたチキン、卵のカレー、ラムのカレー、サゴヤシの粉を練ってパリパリに揚げたもの、ニンジンとレーズンのピクルス、スパイスをたっぷり効かせたマトンのプラオ。デザートはアイスクリームに似たクルフィとラガン・ヌ・カスタードだが、パーヴィーンはひどくお腹がいっぱいで、なめらかで柔らかなデザートを、それぞれ数さじしか口にできなかった。

「こぢんまりした結婚式はいいね？」パーヴィーンが残さず食べようとするのを諦めたとき、サイラスが耳元でささやいた。「ボンベイじゃなくて、すでにこっちにいられて本当によかったよ」

「結婚式はそれほどこぢんまりしたものじゃないでしょう。この人たちの名前を、半分も覚えていられるかどうかわからないわ」

「だけど、きみの記憶力は大したものだと思うけどね！」サイラスがからかった。「婚約してからずっと、きみはぼくたちの預言者の言葉を引用しまくってるじゃないか」

パーヴィーンはいたずらっぽい目を向けた。「あなたのご両親のご機嫌をとりたいからってだけよ」

サイラスがささやいた。「結婚式は滞りなく進んだな、紐が切れたほかはさ。本当に、おふくろは悪態をつかんばかりだったよ！」

「どういうこと？」パーヴィーンはソダワラ夫妻を見ようと首を伸ばした。二人はパーヴィーンたちのテーブルから一メートルほど離れたところに座り、楽しげにごちそうを食べているところだった。

「祭司たちがぼくたちの椅子を結ぶのに、ずいぶんと時間がかかっただろ」サイラスが言った。「紐が切れたからだと思う。客たちに見られないうちに、寄り集まって直さなきゃならなかったんだ」

大したことではなかったとわかってほっとし、パーヴィーンは肩をすくめた。「結婚式にはちょっとしたおかしなアクシデントが起きるものよ。あとで格好の話の種になるわ」

サイラスは声をひそめた。「でも、あの紐はこの世でも天国でも、ぼくたちを結びつけるものなんだよ。それにおふくろは縁起をかつぐから」

「お母さまは、わたしたちと同じくらい楽しんでらっしゃるわ」パーヴィーンはベノシュ・ソダワラにふたたび目をやって言った。彼女はうれしそうに親戚とおしゃべりしていた。

「おふくろはうれしくてたまらないんだよ」サイラスはパーヴィーンの耳元でささやいた。「何年も妹のことで悲しんだけど——今は新しい娘ができたんだから」

誰かの代わりになるのは、それほど簡単なことじゃない。彼女の母親も、娘の人生の世話を焼けなくなるのはつらいことだろう。パーヴィーンは、ベノシュを「ママ」と呼ぶのがむずかしそうだとわかっていた。

結婚式の数日前、ミストリー一家は、ソダワラ夫妻の大きくて古い屋敷へ招かれた。一階の部屋と、サイラスとパーヴィーンが暮らすことになるウィングを案内されたが、カメリアは漆喰がぼろぼろで白カビが生え、鼻を突くにおいがするのに不安を感じた。ジャムシェジーは単刀直入に切り出し、新婚夫婦の居住区域をリフォームする金を出すと申し出た。

「ベンガル人の住宅塗装業者は遠くまでは来てくれないんですの。他人の家の仕事をするより、イーゼルの上に傑作を描き出すことばかり考えてるんですからね」ベノシュがそう言って笑った。「それに外の下水が詰まってしまったら、バスルームのにおいはどうしようもないでしょう？」

「チーク材と金は決して古びることはない」パーヴィーンは、祖父のお気に入りのことわざの一つを口にし――内装が古いのは気にならないと、はっきり示そうとした。ベノシュがいとおしげに笑みを浮かべたので、自分がふさわしいことを言ったとわかったのだ。

パーヴィーンは、今このときに思いを戻した。自分はこの世で一番、魅力的で理解のある男性と結婚式で主賓席についている。サイラスがいる限り、ほかのことはどうでもよかった。

午前一時を過ぎてすぐ、二台の車がグレート・イースタン・ホテルからサクラット・プレイスまでの短い距離を走った。パーヴィーンはソダワラ一家と共に自家用のビュイックに乗っていた。その黒い車体はワックスで光り、ジャスミンの花輪が結んである。パーヴィーンの両親とルストムは、ホテルの運転手にもっと小さな車に乗せてもらい、あとから続いた。

ソダワラ邸の細長い窓には明かりが灯っていた。使用人たちが急いで出てきて一行に敬意を表し、ジンジャーとレモングラスのお茶と、クムクムの赤い粉を入れた盆を差し出した。姑（しゅうとめ）になるベノシュがそれを使い、パーヴィーンを歓迎するための最後の儀式をするのだ。

ベノシュが指をクムクムにつけ、額に触れたとき、パーヴィーンは息を凝らした。ベノシュはゾロアスター教の経典に用いられたアヴェスター語で、長い祈りの言葉を唱え、最後にこう付け加えた。「アフラ・マズダがあなたを導いて下さいますように、あなたがよき娘としての義務を果たしますように」

パーヴィーンは結婚式の直前にも、ベノシュにクムクムを塗ってもらったが、姑となった人に触れられるのは、また違った。記憶に焼き付くような感じだった。祭司たちがパーヴィーンとサイラスを結び合わせたのと同様に、これは正式に二人をつなぐものだ。姑とコミュニティのほかのすべての人にとって、パーヴィーンは今やバビ――つまり息子の嫁になった。

パーヴィーンの目に、両親がベノシュのすぐ後ろに立っているのが見えた。まるでカメリアが何か支えを必要としているかのように、ジャムシェジーの腕が妻に回されている。だが、涙でかすんでいたのはジャムシェジーの目だった。泣かないで。パーヴィーンは頼み込むように父親を見た。パパが泣いたら、わたしも泣いてしまうわ。

「終わりましたよ！」ベノシュが指をどけ、使用人の少女に手渡された布で拭った。「パーヴィーンはずいぶんと疲れているはずよ。かわいそうに――ごちそうがたっぷり出て、ひどく大勢の人がいたでしょう。もう家へ来たから、休まないとね」

サイラスはパーヴィーンに目をやった。「そうだ、ほとんど目をあけていられないじゃないか。荷ほどきのために、ギーターに二階へ連れていかせよう」

パーヴィーンは、できれば下でサイラスとぐずぐず残っていたかった。彼は父親から寝酒にウィスキーを勧められると、うれしそうに応じた。けれども、ソダワラ夫妻は、パーヴィーンはそうしない方がいいと思っているようだ。着いてすぐあれこれ文句を言ったとしたら、いったい何様だ、と思われるだろう。それに、両親はすでに立ち去りかけていた。ずいぶんと遅い時間だし、ほんの七時間のうちに、汽車が出てしまうのだから。

「手紙を書いてちょうだいね。わたしはもう書き始めているわ」別れ際に両腕を広げて娘を抱きしめようとしたとき、カメリアはそう言って声を詰まらせた。

パーヴィーンは母親の両頰にキスをした。「毎日、手紙を書くから。読む時間があるなら、パパにわたしの手紙を見せてね」

ジャムシェジーはささやいた。「どんな法的手続きの書類でも、おまえからの手紙ほど重要なものなどあるはずがない」

「まあ、パパ！　パパがいなくて、毎日寂しく思うでしょうね」

パーヴィーンの目から涙が流れ出していた。何年ものあいだ、弁護士にとって、しっかりした文章を書く技術がとても重要だと父親から聞かされてきた。パーヴィーンは、ボンベイで最初の女性弁護士になるという計画を諦め、父親の夢を終わらせてしまったのだ。

「おやすみなさい、わたしのかわいい娘！」ベノシュがパーヴィーンに手招きして近くへ来させ、白粉を塗った頬にキスするよう求めた。「明日の朝は急いでベッドから出なくてもいいわよ。好きなときにいつでも、ギーターがベッドへお茶を持ってきてくれるから。朝食は十時よ」

ギーターという名の若いメイドは、パーヴィーンの小型のスーツケースを二階へ運ぶとき、ずっと彼女を盗み見ては含み笑いをしていた。パーヴィーンは夫婦の寝室のドアの前で立ち止まった。刺繍を施されたトーランと呼ばれる飾りが、ドアの上に下げられている。以前にはなかったものだ。戸口にある、石灰岩の粉で作られた美しい白亜の装飾も。

「なんてきれいな入り口なの」パーヴィーンは言った。「誰が作ったの？」

「あなたのお母さまです。さあ、見て下さい！」ギーターはドアをあけ放ち、五日前とはまったく違う場所を見せた。

天井の中央のモダンな電動ファンの下には、バラ模様のシルクのキルトを掛けた、高い支柱付きの新しいマホガニーのベッドがあった。ベッドの両側には、それと対になる彫刻を施したカンフルウッドのテーブルがあって、そこから銀色のランタンが光を投げかけている。パーヴィーンはうれしさでぼうっとなりながら、跳ねているシカと花の模様の、ピンクと赤の柔らかな絨毯を踏み、隣りの部屋へ続くアーチ形の入り口のほうへ歩いた。

そのリビングルームも素晴らしかった。よく磨き込まれた壁の真鍮の燭台にはろうそくが光り、マホガニーのティーテーブルと一組の緑色のヴェルヴェットの椅子を照らしている。片側の壁には飾りのついた整理ダンスが、もう一方の壁沿いにはガラス扉の書棚があった。

「バスルームは来週、修理されることになっています」ギーターが元気よく告げた。「新しい水洗トイレとバスタブができますよ。バビのための、モダンな最高級のものです」

夫婦のスイートは美しかったが――恐ろしくもあった。どうしてこんなことができたのか？　もし両親がよけいなことをしたのなら、謝らなくてはならないだろう――品物を送り返すことになるかもしれない。けれども、今はうれしい気持ちがまさっていた。本音を言うと、すべてがほしかった。

柔らかな足音がして、パーヴィーンは振り向いた。サイラスはもうフォーマルな白い結婚式用のスーツを着ておらず、スドレと呼ばれる袖の短いシャツと、婚礼衣装の一部だった白いズボンを身に着けているだけだった。彼はパーヴィーンのほうへゆっくり歩いてくると、尋ねた。「ぼくたちのハネムーンスイートは気に入ったかい？」

「想像以上にすてきなところだわ」パーヴィーンは言いよどんだ。自分の疑念を確かめるのが怖かった。「ただ、わたしの両親がよけいなことをして、あなたの家族に望まない出費をさせてしまったんじゃないかと心配なの」

サイラスはパーヴィーンの前に立った。その顔は誇りに満ちている。「ぼくがすべてを注文したんだ。ぼくたち二人のためにね」

この人は本当にやることが速いし──とても献身的だとパーヴィーンは思った。わたしを驚かそうとしてこういうことをしてくれたのなら、ほかにどんな楽しいときが待っているのだろう？　サイラスの首に腕をそっと回し、パーヴィーンはつぶやいた。「あなたは誰よりも頭がよくて優しい人だわ。とてもロマンティックね。本当に感激よ。想像できる最高の結婚祝いだわ」

「新婚旅行には行けなかったから、その金を使ったんだ。それにきみには信じられないだろうけど、がたつく古い自分のベッドを、大きくて新しいものにするのはとてもうれしかったよ」

ギーターがくすくす笑い出し、サイラスは苛つきながらそのメイドに目をやった。「もう行くんだ！　新婚の夜におまえみたいなのは必要ないからな！」

「わたしはあなたにお仕えしています」ギーターがパーヴィーンにじっと目を向け、控え目に言った。「ほかに御用はありますか？」

「どうか休んでちょうだい」パーヴィーンはうれしさでいっぱいになっていた。「それと、明日はあまり早く来ないでね」

二人だけになると、パーヴィーンはサイラスの方へ顔を上げた。彼はウィスキーと欲望の甘い香りのする長いキスをしてくれた。二人が離れたとき、パーヴィーンはサイラスの向こうの、豪華な布で覆われた背の高いベッドに目をやった。自分が彼をそこへ招き寄せるのを想像したが、まだ早すぎるだろう。

パーヴィーンは居間へ歩いていった。サイラスがついてくるとわかっていた。喜びと共に力が体にみなぎるのを感じ、パーヴィーンは小声で言った。「なんてすばらしいの。ほんの数日のうちに、ここまでしてくれるなんて信じられない。どうやったの？」

「覚えてるかい、うちの両親がきみをあちこち連れていったとき、ぼくは一緒に行かなかっただろう。本当のことを言うと、布製品と家具を選んだのは兄嫁だ。彼女がカルカッタのデパート、ホワイトアウェイ・レイドローできみのお母さんと出くわしたのも、偶然じゃないよ」

パーヴィーンは笑いが込み上げてきた。「どれもこれも、とても新しくて柔らかくて、心地がいいわ。それに、本棚を小説やわたしのブリタニカ百科事典で一杯にするのが待ち切れない。両親にそれを送ってもらいましょう。二人に言って――」

「明日にしよう」サイラスがきっぱりと言った。

彼に手を取られて寝室へ戻ると、パーヴィーンは息をのんだ。何ヵ月ものあいだ、これを待ち望んでいたが――今は少し怖かった。もし初夜がうまく行かなかったらどうしたらいい？　一度目から上手にできる人なんているのだろうか？　それに、サイラスを喜ばせてもあげたいし。

「お風呂に入るんじゃないの？」パーヴィーンは時間を稼ごうと、思い切って言った。カメリアから、行為の前とあとには風呂に入るのが普通で、少しは気が楽になるかもしれないと聞いていた。

「誰が見てるっていうんだい？」サイラスはパーヴィーンの顔からサリーを引き上げた。

「おお、パーヴィーン。どれだけ長くきみを待ったことか」

「ほんの二ヵ月でしょう――」

「二ヵ月は長すぎる」サイラスはパーヴィーンの体を包むレースをゆっくりと剝がしていった。「出会った瞬間から、きみに触れたかった。きみはどんな姿だろうか、どう感じるのだろうかとずっと考えてた……」

ふわりとしたサリーがカーペットに落ちたが、パーヴィーンには拾う暇などなかった。サイラスに抱きしめられ、それまでぼんやりと想像していたことをしてみた。震える指で、サリーにぴったり合った長いレースのブラウスのホックを外すと、サイラスが自分のスドレとズボンを脱いだ。彼はズボン下だけの姿でパーヴィーンの前に立っている。ボンベイのドックで働いている若者たちと同様、広い胸をして力強いが、肌はずっと白かった。体で黒いのは、胸を一面に覆っている縮れ毛だけで、それは細い線になってパーヴィーンがずっと想像していた場所へ続いていた。

「まあ！」それを見てわき上がった感情に自分で衝撃を受け、パーヴィーンは頭をそらせた。

「どうしたんだい？」サイラスが笑みを浮かべて尋ねた。

パーヴィーンはおずおずと言った。「もう、神聖な腰紐（クスティ）を取ってしまったのね」

「セックスのときには、聖なる紐は決して身に着けてはいけないんだよ」サイラスは「セックス」というのが、ごく普通の言葉であるかのように口にした。それから声を上げて笑った。

「ミセス・ソダワラ、あなたのクスティはどこですか？」

「あなたが捜してちょうだい——」そのあと、パーヴィーンは息ができなくなった。サイラスが体を押しつけてきて後ろに倒され、柔らかなベッドの上で、彼の温かな裸の体がのしかかってきたのだ。

サイラスはゆっくりと、シルクのブラウスの前を閉じている、小さなパールのボタンを外し始めた。あっというまにパーヴィーンは肌着（スドレ）を脱がされ、サイラスに両手で胸をしっかりつかまれた。肌から体の芯まで、小さな衝撃が走った。

バンドラのときと同じだ——ただ、今度は途中で終わることはない。パーヴィーンがいつも行きたいと願っていたところまで、二人が行くことになっている天国までずっと、続くだろう。

「愛してるわ」パーヴィーンはささやいた。

「ぼくの美しい妻よ」サイラスが息をついた。クスティをほどき始めると、指が震えた。「怖がらないで」

「怖くなんかないわ」パーヴィーンはそう言って手を伸ばし、サイラスをさらに引き寄せた。

第十四章　妻の座

一九一六年十月、カルカッタ

　サイラスが腕を差し出すと、パーヴィーンは、彼の糊(のり)のきいた白い木綿のシャツに金のカフスボタンをはめた。「今日はずっときみと離れ離れだなんて、耐えられないよ」

「わたしも同じ気持ちよ」パーヴィーンはため息をつき、また半日以上も夫が留守にすることを受け入れた。サイラスはその日、とてもきちんとした格好をしていた。バラソルにあるヨーロッパ人の社交クラブの、食事と飲み物を担当するマネージャーと約束があったからだ。もしすべてが順調にいけば、ソダワラ家は国内向けの強い酒を一手に扱うほどの契約を取れるだろう。パーヴィーンは言った。「あなたについていって、セアルダにある世界規模の瓶詰め飲料の工場のことを自慢できればいいのに。問題なのは、わたしがまだそれを見たことがないってことだけよ」

「見せるものなんかないよ、本当に。ただ普通の瓶詰め工場なんだから。ごみごみしていて、ガラス瓶がベルトに乗って動く音がひどくやかましいんだ――五分ごとに百本だからね」

「すごい！　そんな場所を見てみたいわ」パーヴィーンは自分が生産ラインを移動し、それをもっと改善する方法を調べているところを想像した。つまるところ、今はそれが彼女の家業なのだ。

「それで、きみは今日どうするの？」サイラスは頭を下げてパーヴィーンにキスしようとしながら、小声で尋ねた。

「また一日、ベノシューママの料理学校よ。今日はパールシー風マトンカレー（サリ・ボティ）を教えてもらうの」パーヴィーンは沈んだ口調にならないようにした。一家にはすばらしく有能な料理人がいるのに、なぜベノシュのお気に入りの料理をすべて覚えなくてはならないのか、理解に苦しんだ。それでも、ちょっと料理を作るのがサイラスとの暮らしの代償なら、喜んで支払うつもりだった。

「ほんの数ヵ月前にボンベイできみに会ったとき、ぼくは自分に言ったんだ。最高にうまいサリ・ボティを作れる娘さんがいるぞ、とね」

「嘘をつかないで！」パーヴィーンは夫の唇に指を当てた。「あなたが会ったのは、真面目そうに見えるけど、実はあなたと一晩中起きていられるような、欲望を秘めた娘でしょう」

サイラスが上げた低い、とどろくような笑い声を聞くと、パーヴィーンはいつもぞくぞくした。「帰りがあまり遅くならなければ、今夜は外へ出かけよう。まだヴィクトリア・メモリアルを見てなかったね、そのあと、クルフィを食べてもいいな」

「本当？」パーヴィーンは気持ちが盛り上がった。結婚式から二週間のあいだ、サイラスと外出したのは数回しかないのだ。「北カルカッタへ車で行く時間はあるかしら？」

サイラスは顔を曇らせた。「ちょっと遠いな。どうしてそこへ行きたいの？」

サイラスの首にクラヴァットを巻きながら、パーヴィーンは答えた。「お姉さんがカルカッタで学んでいる友だちから聞いたのよ、カレッジ通りのあたりにとてもにぎわってる喫茶店があるって」

「そこは、過激派になるために訓練を受けてるベンガル人でいっぱいだ」サイラスが含み笑いをしながら言った。「パールシーはほとんどいないよ」

「ベンガル人の過激派がどんなふうか、ぜひ見たいわ！」パーヴィーンは、シルクのクラヴァットをフレンチ結びにした。「もう、使用人たちがベンガル語をちょっと教えてくれたわ。わたしたちは友だちになれるかもしれない。ベスーン・カレッジは近くにあるはずね」

「ああ、きみはその大学に興味があると言ってたな」サイラスはパーヴィーンから離れ、鏡を見てタイをちょっと直した。「日曜日にそこへ車で出かけ、そのあと映画を見よう」

「いいわね」パーヴィーンは後ろから近づいて、ハンサムな夫の大柄な体に両腕を回した。

「それじゃ、今日のところはあなたはあなたの仕事をして、わたしはわたしの仕事をしましょう」

「台所で、おふくろがきみをおかしくさせなきゃいいけど」サイラスは小声で言った。

「あなたのほかには誰も、わたしをおかしくさせることなんかできないわ」

けれども二時間後、パーヴィーンは自信がなくなっていた。料理は大変だった。休むことなくタマネギをみじん切りにしていると、目が痛くなった。マッチ棒のようにジャガイモを細く切りながら、彼女は激しくまばたきをした。ほかの誰も、目は痛くなさそうだ。サイラスが帰ってくるときには、パーヴィーンはひどく赤い目をして、やつれて見えるかもしれない。

「これでいいですか？」目の前のまなの板に、ジャガイモの白い小さなピラミッドが出来たとき、パーヴィーンは尋ねた。

ベノシュは首を傾げ、その山を見下ろした。「次はもう少し細くしてほしいけど、最初にしてはまあまあね。さあ、塩を入れた冷たい水にそれを浸してちょうだい──三十分ね」

「腕時計を取ってきましょうか？」パーヴィーンは宝石類をつけず、簡素なサリーを着るよう指示されていた。結局、嫁入りのときに持ってきた衣類は料理のけいこには豪華すぎるとわかったので、ベノシュはパーヴィーンをカルカッタ最大の市場のホッグ・マーケットへ連れていき、実用的な木綿のサリーを大量に買った。その粗末なサリー五着分の値段は、パーヴィーンの普段着のシルクのサリー一枚分より安かった。ベノシュはボンベイにいるときはずっと、これ見よがしにぜいたくなものを着ていて、パーヴィーンにも結婚式用に美しい衣類を買ってくれた。だから姑につましい面があると知り、パーヴィーンは驚いた。

「あなたのそれは目なの、それとも大理石？」ベノシュがたしなめた。「テーブルの向こうに時計があるでしょう」

二メートル×三メートルほどの台所には、深鍋や平鍋が天井いっぱいに吊り下げられ、二口のガスコンロ、パン焼き用のグリドル、スパイスを挽くためのカレーストーン、石でできた幅の広い流しがある。パーヴィーンは時計には気付いていなかった。

「流しの蛇口から出る水にジャガイモを浸してはだめよ――細菌だらけだから。壺に入っている濾過した飲み水を使いなさい」ベノシュが壺を指さして言った。

「はい、ベノシューママ」パーヴィーンは、台所にいる第三の人物から離れられてうれしかった。プシュパは台所仕事をする使用人で、ギーターの母親でもある。とても親切で、パーヴィーンにベンガル語の言葉をいくつも教えてくれたが、パーヴィーンが間違ったことをしていると思ったときにはいつも、ベノシュを呼ぶという、癪にさわる癖があった。

「ババは塩を使ってませんよ！」パーヴィーンがジャガイモを水に入れようとしたちょうどそのとき、プシュパが叫んだ。

「今まで一度も台所に入ったことがないみたいだわね、パーヴィーン！」ベノシューママが言った。言葉は厳しいが、笑みを浮かべているのでそれほどきつい感じはしない。

「十三歳のときに入ったのが最後です」パーヴィーンは認め、姑の同情を引こうとした。

「トライフルの作り方をうちの料理人に教えてもらおうとしたんです。母が割り込んできて、ラテン語の勉強に戻るよう言われました。わたしの代わりに料理をしてくれる人はいつだっているけれど──代わりに勉強してくれる人は絶対にいないからって。それからは、二度と台所に入りませんでした」

「惜しいことをしたわね！」ベノシュが首を振った。「うちには、一日に数時間だけ来る使用人がひとりいるだけでしたよ。だからもちろん、わたしは料理と掃除をすべて覚えたわ」

「わたしも喜んで習います」パーヴィーンは言った。骨の折れる退屈な労働をすることで、彼女は初めて、家事をする使用人の暮らしが本当はどんなのものなのかわかったのだから。

「先週、あの酸っぱいマンゴーのピクルスを全部瓶に詰めたのは、とても面白かったです。サイラスが気に入ってくれるほど、おいしくなってくれればいいんだけど」

「ピクルス作りは遊びじゃありません。間違ったやり方をしたら、中毒になるかもしれないのよ」ベノシュは唇を真一文字に結んだ。「わかってたの？」

「いいえ──」

「もうわかったでしょう。それじゃ、さしあたってはマサラがいるわね」ベノシュはからのボウルの端をスプーンで軽く叩いた。「あなたがボンベイの話をしてたあいだに、プシュパが必要な材料をすべて量ってくれましたよ。あなたのお母さんの使用人たちは、出来合いの粉を使っただろうけど、うちは毎朝カレーストーンで挽くんですからね！」

パーヴィーンはそれには答えず、プシュパがタオルで拭いて使えるようにした、黒くて重い花崗岩（かこうがん）の厚板のそばに腰を下ろした。お腹がわずかにひきつるのにはかまわず、手を前に伸ばして重たい黒い石の棒を塩の結晶の上に転がした。朝食の直後に突然、生理が始まっていた。母親からアスピリンを二錠飲んで動き回れば、症状が軽くなると教えられている。古くさい助言を聞きたくなかったので、ベノシュには話していない。自分とサイラス、それにギーターの問題だった。ギーターはバケツをトイレへ持ってきてくれた。実家でメイドもしてくれていたように、洗濯人の女性に汚れ物を渡していた。

スパイスの莢（さや）を挽いて粉にしながら、パーヴィーンは厳しい姑に言いつけられた仕事がもうすぐ終わるよう願った。ビハールからの最近の手紙の中で、義理の姉がこう書いていた。

きっと、彼女は親切な人でしょう。でも、あなたは敬意を持っていることを見せないといけないわ。覚えておいて、彼女は何かを失った人だってことをね。

そして、その何かというのはサイラスだ。サイラスが帰宅してもほとんどベノシュとしゃべらず、そのあとパーヴィーンを急かして、一緒に自分たちの部屋へ上がっていくとき、ベノシュがどれほど悲しげに見えるか、パーヴィーンは考えた。若い二人は逃げ出して、どれほど楽しく過ごすことか。ベランダで一緒にジントニックを飲み、おもしろい話をし、風呂に入ってベッドへ行く。

パーヴィーンは以前に、自分の体について考えたことはなかった。けれども、サイラスと共にあれこれ大胆な道をたどっていくのは、わくわくした。それはいつも、興奮と息切れが入り混じる同じ山の頂で終わるように思えた。

わたしをこんな気持ちにさせる方法をなぜ知ってるの？　パーヴィーンは一度、そう尋ねたことがある。サイラスは言葉では答えなかった。

完成したマサラパウダーをすくい、適当な真鍮のボウルに入れた。混ぜ合わせた粉が、姑の細かな指示に合っていればいいのだが。

ベノシュがラムの肩肉の塊にそれを塗り、味をなじませておくよう言いつけた。ガスコンロにはラムの肝臓、心臓、肺を入れた鍋がかけてある。パーヴィーンには味わう気になれない、ベノシュの特別なレシピだ。

マッチ棒の形のジャガイモの束を揚げれば、血と骨に触れずにいられるので、ありがたい息抜きになる。一家の料理人のモヒットがぐつぐつ煮えているラムをどけ、新しい鍋を置く場所を作った。パーヴィーンはその鍋に慎重にピーナッツ油を注いだ。時計をチェックしておいたので、三十分経ったときにジャガイモの水を切り、乾かすことができた。

「油が充分に熱くなるまで、ジャガイモを入れてはだめよ」ベノシュがそう教え、熱い油に水を少し落とした。ジュージューと音がすると、苛立たしげにパーヴィーンを見た。「何を待ってるの？　もういいわよ！」

パーヴィーンはジャガイモをスプーンに盛り、金色の油に落とした。それがパチパチ音を立て、油の霧が上がると、驚いて後ろへ飛びすさった。

「牛乳売りが来ました」ギーターが、台所の入り口からベノシュに呼びかけた。「今日はミルクとクリームがあります」

「何時間も前に来てるはずだったのに。文句を言ってやらないと」ベノシュは肩越しに叫んで言い足した。「ジャガイモを焦がすんじゃありませんよ。できたと思う三十秒前に油から引き上げ、紙の上で油を切りなさい」

パーヴィーンはうなずき、ジャガイモに注意を集中した。サリ・ボティのジャガイモがどんなふうか知っているので、ちゃんとやれるだろう。色が付きかけたのを見て金属のざるに手を伸ばしたが、不意にベノシュの助言を思い出した。

「紙はあるかしら？」パーヴィーンはプシュパに尋ねた。

「紙ですか？」プシュパは食器棚を探し始めた。

ジャガイモは、急速に薄い黄色から金色に変わってきた。プシュパはまだ紙を見つけていなかった。

パーヴィーンは、はたと思い出した。玄関ホールのテーブルに『ステーツマン』紙が置いてあるのを見ていたのだ。

急いで台所を出ると、新聞をつかんで戻ってきて、まな板の上に二層になるように広げた。

それから油の中にざるを入れ、カリカリしたジャガイモを引き上げ、新聞紙の上にのせた。鍋が空になるともう少し油を足し、それから、残っている生のジャガイモを入れた。

ベノシュが、クリームの入った重たいガラスの瓶を持って戻ってきた。彼女は陽気に言った。「あなたの大好きなカスタード・ケーキを作るわよ。さあ、ジャガイモはどうかしら？」

「ここにあります」パーヴィーンが言った。

ベノシュは完璧に揚がったジャガイモを見て、ぽかんと口をあけた。「あれまあ！　新聞を使ったの？」

「ええ、あの――」

「新聞にはインクがついてるでしょ！　見てみなさい！」ベノシュが新聞をぐっと引くと、見事に揚がったマッチ棒状のジャガイモの下側が、すべて黒く汚れているのがわかった。

パーヴィーンの中に恐怖がわき上がった。「まあ。あわててたんです――インクが広がるなんて思わなくて――」

「なんて愚かなの。もったいない！」ベノシュはくどくどと責め立て続け、パーヴィーンは恥ずかしさで頭がぼうっとなった。「いったい誰が――特にあなたみたいな金持ちの娘が――おいしい揚げ物をこんな汚い紙の上に置こうなんて思うの？　五個の大きなジャガイモが無駄になった、それに油もね」

「もう一度ジャガイモを作ります」パーヴィーンは言った。「油を切るのにふさわしい紙があればいいんですけど。台所には何もなくて――」

「家の中にはもうジャガイモは一つもないわ。モヒットを市場へ使いに出さなきゃならない」ベノシュは振り返り、ベンガル語でモヒットに叫び始めた。料理のけいこのあいだは、彼は仕事を言いつけられずにすんでいたのだ。

「ごめんなさい」パーヴィーンは謝り、自分がどうしようもない愚か者のような気がした。サイラスにも誰にも、こんなジャガイモを出せるはずがない。でも、自分のミスを正すのに、あと何時間この暑くぴりぴりした雰囲気の台所にいなくてはならないのだろうか?

パーヴィーンの苦しい思いを察したかのように、ベノシュが言った。「もういいわ。モヒットがあとで残りをやってくれるから。ひきわり豆(ダール)をより分けるやり方を覚えてるわね?」

「もちろんです」乾燥した黄色い豆の粒をより分けるのは、まったく頭を使うことのない退屈な仕事で、この五日ですでに四回やっている。ダール売りが、豆と同じ色と大きさの小さな石を足しているんじゃないかと、パーヴィーンは疑うようになった。そうだとすれば、まともな食事を用意しようとする人にとっては悪夢だ。

午前中の残りの時間はみじめに過ぎ、続いてすぐ昼食の時間になった。パーヴィーンは白米とレンズ豆と一緒に出された、香辛料のきいた繊維質の臓物を飲み下した。少なくとも彼女の皿のレンズ豆には、石は入っていなかった。姑と娘は共に黙ったまま食事をした。

食事の最後に、モヒットがショウガの味がきつすぎる茶を二人のカップに注いだとき、パーヴィーンは父親ならどんな方法を勧めるだろうかと考えた。父は自分の失敗を丁寧に処理し、依頼人に謝罪し、相手方の弁護士や判事に夕食かカクテルをふるまうのだ。

「もっといい嫁になれたらいいのに」パーヴィーンが言った。

沈黙が続いたが、彼女はそれを破りはしなかった。父親から、まくし立てるように話して途中で言葉を切らずにいると、ほかの人を戸惑わせ、自信なさげに見られてしまうと教えられていた。

ついに、重いため息が聞こえた。パーヴィーンは皿から目を上げ、ベノシュがうかがうように見ているのに気付いた。

「あなたは礼儀がちゃんとしてるわ」ベノシュが言った。「とても育ちがいい。お母さんは料理は仕込まなかったかもしれないけど、上手に話すことを教えてくれたのね。あなたにずっと料理をしてもらおうとは思ってないわ。息子はそのためにあなたと結婚したわけじゃない。自分の子供たちのために、よい母親がほしくてそうしたのよ。コミュニティの仲間入りをする人がね」

サイラスは喜びを得るためにわたしと結婚したんだわ。情熱に満ちた夜を過ごし、親しい友人として一緒に冗談を言うために、そして問題を分かち合うためにも。でも、それはベノシュが聞きたいことじゃない、と思ったパーヴィーンは低い声で告げた。「お母さんの料理はとてもすばらしいです、いつまでたっても、それにはかなわないと思います」

「男というのは、いつも母親の料理が一番好きなものなの。本当に。でも心配はいらないわ。あなただって上達しますよ」ベノシュは椅子にもたれ、大きな音でげっぷをした。「気が張ってたから、昼食を終えたらちょっと休むことにしますよ。今日の夕食には、サリのほかにモヒットに野菜のカレーを作らせるわ。それにあなたが好きなカスタード・ケーキも」

「モヒットからその作り方を習いましょうか？」パーヴィーンは、ベノシュといるより、物静かな料理人と過ごす方が気楽だろうと思った。

「だめよ、あれはちゃんと教えられないから。わたしの仕事よ、また別の折のね」


二時になった。ベノシュが寝ていると、家はひどく静かだった。パーヴィーンは机に座り、両親への手紙を書き終えようとしていた。朝の出来事のあとでは、カルカッタでの暮らしがどれほどすばらしいか書くのは、おかしな気がした。

最近の手紙で、母親はベスーン・カレッジとロレト・カレッジを訪れたかどうか尋ねてきた。その二つの大学で、パーヴィーンは英文学や教育などの教養科目の学士号を取れるかもしれない。カメリアは書いていた。あなたの強みは言語よ。これに変更したらどうかしら？

パーヴィーンは最初、カメリアが自分の人生の計画に口を出してくるのに苛立ったが、ベノシュと退屈な家事をして過ごしたあと、大学というのは、日中このサクラット・プレイスを離れる正当な理由になると気付いた。両親が、グリンドレイズ銀行にパーヴィーンの口座を開いてくれていたので、誰かに借金を頼む必要はないだろう。そういうお膳立てをしてあるのはめったにないことだが、だからといって、義理の家族に何も頼まなくてもいいということにはならない。サイラスは月給ではなく、定期的に手当として金をもらっていた。パーヴィーンの口座に、もしものときに備えて夫婦のためのへそくりがあるのを、サイラスは気にかけなかった。

その朝話し合ったにもかかわらず、一緒にベスーンを訪れるというサイラスの計画はずっと先のことに思えた。それに、彼はほかのことにいろいろと興味があり、パーヴィーンは苛立たしく思うときもあった。サイラスはいつも仕事をしているので、どんなことでも彼が望めばパーヴィーンは言うとおりにしてきた。けれども今日は、少しだけれど自分のための時間がもらえた。ベノシュのおかげで午後は暇ができたから、ひとりで北カルカッタにある大学を訪れることにした。

本棚のところへ行き、両親が置いていってくれた、カルカッタのポケットガイドを引っ張り出した。路面電車のルートと料金が詳しく書かれ、町の中心と郊外の地図が掲載されたページがあった。ベスーン・カレッジは、南北に走る幹線道路のコーンウォリス通りにある。コーンウォリスまでは長いこと歩くだろうが、そこへ行けば、残りの道のりは路面電車に乗ることもできる。

パーヴィーンは風呂に入り、普段着だけれど上質なサリーを身に着けた。青とクリーム色の模様があるシルクだ。クリーム色の日傘と麦わら細工のかごを取り、大学と高校の成績証明書の入った封筒を入れた。それに大学が保証金を求めたときに備え、二十五ルピーも。階段を下りて玄関のドアのほうへ向かっていると、ギーターが昼寝をしていた敷物の上で目を覚ました。「お嬢さま（メンサヒーブ）、どこへお出かけですか？」

「観光よ」パーヴィーンが言った。「ベノシューママがわたしが戻る前に目を覚ましたら、お茶の時間までには帰ると言ってちょうだい」

カルカッタはボンベイに似ていた――そして違ってもいる。一等車の木の座席から、パーヴィーンは自分の新しいホームタウンをじっと見つめた。男の人たちは不思議なかっこうをしている。伝統的なインドの衣類を身に着け、きちんとしたイギリスの靴、スパッツ、ガーターで留めた靴下を履いている人が何人かいる。彼らは、道路沿いに見える数多くのイギリス企業で働いているのだと、パーヴィーンは想像した。女性たちもまた、ボンベイと同様に自由に出歩いている。路面電車が音をさせて北へ向かうと、若い男たちの集団が、色彩豊かな祭壇を通りのど真ん中にいくつも造っているのが見えた。サイラスと父親は、万物の母である高貴な女神ドゥルガーをたたえる祭日のパーティ用に、ベンガル人のヒンドゥー教徒から大口の注文があったと話していた。パーヴィーンは金色に輝く華麗な祭壇（パンダル）に見とれ、かつてヒンドゥー教徒のクラスメートが、ドゥルガーが右手に持つ剣は、知識の力を象徴すると言っていたのを思い出した。

ベスーン・カレッジへ行く途中でドゥルガーの姿を何度も見たのは、幸運のしるしだと思われた。法律を学ぶのを諦めたからといって、勉強を続けられないわけじゃない。文学部の学生になり、ベンガル語と文学を学ぶのもいい。そうよ！　決心すると元気がわいた。母親は英語を勧めたけれど、今はカルカッタの人間になったのだからそれはふさわしい選択だった。そしてもし妊娠したら、安静にしているあいだに本を読み、文章を書くことができる――研究分野としては、法律より簡単だろう。

ベスーン・カレッジは、ボンベイのエルフィンストーン・カレッジよりずっと小さい。パーヴィーンはギリシア風の円柱のある優雅な建物をじっと見つめた。教育施設というより、古い住宅のようだ。けれども若い女性たちが、数ヵ月前に彼女が持っていたのとそっくりな重たい学生カバンを持ってドアを通っていくのを見たとき、まさにここだと確信した。

パーヴィーンは、自分が若い女性と彼女たちの学生カバンを羨ましく思っていることに驚いた。法学部を辞めるのは簡単だったが、エルフィンストーンのキャンパスと仲間たちとの友情がひどく懐かしかった。結婚式までのこの数ヵ月、カルカッタでサイラスと暮らすことばかり考えていたけれど、結婚して二週間しかたっていないのに、日中何かしたくてたまらなくなっていた。

玄関を見張っている守衛が中へ入れ、天井の高い事務室へ連れていってくれた。そこで、パーヴィーンは年配のベンガル人の女性に自己紹介をし、転学の申し込みについて問い合わせたいと伝えた。英語で話したのは、そうすれば受付係に自分の能力を即座に示せると思ったからだ。

相手の女性は感じの悪い、細い顔の女性で、パーヴィーンの頼みを聞くと、さらに浮かない表情を浮かべた。女性はベンガル語で答えた。「この頃は若い女性からの問い合わせが多いんですが――今年度はすでに始まっています」

パーヴィーンはうなずいた。はねつけられたとわかった。

「来年の申し込みを受け付けていますが、きちんと書いてもらわないといけません」女性は気取った笑みを見せ、ファイルキャビネットへ行って、分厚い書類の包みを取り出した。「この申し込み用紙を持っていってもかまいませんよ。ただし、使うのであればね。無駄にしてはいけませんから」

はるばるやってきたのに、ただ追い返されるわけにはいかなかった。充分に会話ができるほど、まだベンガル語が上手ではなかったので、パーヴィーンはヒンドゥー語に変えた。「申し込む前に、コースについてもっと知りたいんですが。誰に尋ねればいいでしょうか？」

受付係は肩をすくめた。「校長は今、二年生に向けてスピーチをしています。そのあと、先生方との会議があります」

パーヴィーンは、父親が相手方の弁護士と互いの質問を上手にかわし合うように、自分たち二人もそういう競争をしている気がした。「学生さんたちに会えるような談話室はありますか？」

「そこは一般の方は立ち入り禁止です」受付係は乾いた唇を舐めた。「実はミセス・カミニ・ロイが今日オフィスにいらっしゃいます。でもお忙しいから、あなたと話すことはできないかもしれません」

パーヴィーンは息をのんだ。「あの有名な詩人でソーシャルワーカーの？」

受付係はそうだと言うようにかすかにうなずいた。「ミセス・ロイはベスーンの最初の卒業生のひとりです。文学とサンスクリット語を教えておられます」

「もし彼女がここにおいでなら、わたしが以前にボンベイのガヴァメント・ロー・スクールにいたと、どうか伝えてくれませんか？」パーヴィーンはやけくそになってまくし立てた。「大学一年の必修課程はほとんど終えました。オックスフォードの入試についてはラテン語、フランス語、一年次の文学に合格してます。持参した書類にすべて書いてあり——」

受付係は指を一本立てた。「あなたが持ってきたその書類を見せて下さい。そのあいだ応接室で座っていていいですよ。テーブルの上に学校便覧がありますから」

待っているあいだ、パーヴィーンは不安に押し潰されそうになった——そして久しぶりに、母親が一緒にいてくれたらと思った。

カメリアはカミニ・ロイの大ファンで、パーヴィーンのハイスクールの教師たちを説得し、彼女の詩をカリキュラムに加えてもらったことがある。パーヴィーンは、カミニ・ロイがベスーン・カレッジで教えていると、母親に伝えるのが待ちきれなかった。肉、豆、野菜の煮込み（ダンサク）作りについて書いたこのあいだの手紙より、もっと興味を持つだろう。

金縁の眼鏡と質素な白いサリーを着たベンガル人の女性が、急ぎ足で部屋に入ってきた。イギリスの上流階級のような発音で、こう言った。「ミセス・ソダワラ、わたしたちを訪ねてきて下さってありがとう」

「ミセス・ロイ！　学校であなたの詩を全部読みました」パーヴィーンは興奮して、顔が赤くなっていた。「会って下さってありがとうございます」

「どういたしまして。入学志望の学生さんが、両親に付き添われずに遠くから来ることは、めったにないのですよ」ミセス・ロイは何か訊きたそうに両眉を上げた。

「ええ、お尋ねになりたいのはわかります！　出身はボンベイですが、今は夫とその家族と共にカルカッタに住んでるんです」

カミニ・ロイは考え込んでいるようだった。「ああ、だからガヴァメント・ロー・スクールを辞めたのね。でも、学校を去るのは残念だったに違いないわ——インドで女性が法律を学ぶことができるとは、知りませんでした」

「わたしが授業に出席して試験を受けるための、特別な条件が設けられたんです——入学の規則が公式に変わったわけじゃありません」パーヴィーンは言った。カミニ・ロイはまだ何か訊きたそうだったので、パーヴィーンは付け加えた。「父は弁護士で、わたしに同じ仕事をさせたかったんです。でも、法学部に入ると、わたしはそれが自分にふさわしい職業ではないとわかりました。ずっと文学作品を読むのが好きでした。だからベスーンへ来たんです」

「あなたのオックスフォードの試験の結果を見ると、言語とライティングがとても優れているわね」カミニ・ロイは眼鏡をかけ直し、パーヴィーンの成績証明書を読んだ。「オックスフォードかケンブリッジに出願しようとは思わなかったの？」

「そのことについては当時話が出たんですが、家族と離れるのがいやだったので。それに新しい研究分野の方がいいんです」話をしながら、パーヴィーンは半分しか本当のことを言っていないとわかっていた。今でも、父親のそばで仕事をしたくてたまらない――けれど、その見込みはまったくなかった。

ミセス・ロイはパーヴィーンに温かな笑みを見せた。「欠員があるかもしれないわ。でも入学を許可する前に、委員会はあなたが必要な支援を受けられるか確かめなくてはなりません」

「わかっています」パーヴィーンは財布に手を触れた。「両親が資金を用意してくれたんです。奨学金をもらわなくてもいいですし、今日、保証金を払うのに充分な額は持っていて――」

「必要ありませんよ。ご主人とご両親が、ここで勉強するというあなたの考えをどう思っているか尋ねているんです」

　パーヴィーンはそんなことを訊かれるとは思ってもいなかった。「夫はすでに、わたしが関心を持っているのを知っています。それに、自分と結婚してほしいとわたしを説得したとき、カルカッタでのあらゆる教育の機会について話してくれました」

「それは幸先がいいわ」カミニ・ロイはそう言って表情を緩めた。「わたしたちの出願書類には、責任のある、きちんと仕事についているご家族の連署が必要なのよ。校長はあなたのご主人と、場合によってはご主人のお父さまに会わなければなりません」

「でも、どうしてですか？　わたしには自分のお金があります。それは――」「不公平に思える？」ミセス・ロイは苦笑いを浮かべた。「あなたの言うとおりだと思いますよ、ミセス・ソダワラ。女性がもっと主導権を握れるよう、規則を変えたいのですが、わたしは理事ではなく、そんな力はありません。願書を準備して、義理のお父さまとご主人と一緒に、それを持って面談にきて下さい。近々、授業であなたに会えるのを楽しみにしていますよ」

　苛立ちと希望を感じつつ、パーヴィーンは別れを告げた。

　カミニ・ロイと会ってわくわくし、自分が入学できるよう、あの詩人が口添えしてくれそうだとわかった。けれども、サイラスとバーラムに、工場の仕事を切り上げてベスーン・カレッジに挨拶しにいってほしいと頼まなくてはならない。これは容易なことではなさそうだった。

サクラット・プレイスへ戻ったときには、お茶の時間だった。ドアを開ける前から、肉がぐつぐつ煮える匂いが鼻をついた。数時間、新鮮な空気の中にいたあとでは、その匂いで胃がもたれ、気分が悪くなった。

低いつぶやき声がして、そのあとベノシューママのくすくす笑いが聞こえた。パーヴィーンはステンシルでつけられた白亜の境界線を注意深くまたぎ、そばに見慣れない女性用の革のサンダル(チャパル)があるのに気付いた。

「誰が来てるの?」パーヴィーンはギーターに尋ねた。

ギーターは小声で答えた。「親友のミセス・ガンディです。ところで、ベノシューママが心配してますよ」

パーヴィーンは挨拶するか、まっすぐ二階へ上がってベスーンの願書を書き始めるかで迷った。義務感のほうが勝ち、パーヴィーンは応接室へ近づいた。さらにそばへ寄ると聞きなれない甲高い声がした。ミセス・ガンディのものに違いなかった。

「それで、あの人は何も言わずに出ていったの？　あなたが心配するのも無理ないわ！」

ベノシューの答えは怒っているように聞こえた。「ええ、このあたりのことを何も知らないし、悪い人たちなんかがいるでしょう」

「ボンベイの娘は買い物をしたがるものよ！」ミセス・ガンディがはっきり言った。「でも、どうして家族の誰かと外出しないのかしらね？」

ドアのところで耳を傾けているのは、決まりが悪かった。それで、まっすぐ歩いて中へ入った。「ベノシュ－ママ、黙って出かけてごめんなさい。まだ休んでいらっしゃったので、起こしたくなかったんです」

ベノシュはパーヴィーンを見ると、素早く目をしばたいた。椅子から立ち上がり、パーヴィーンを追い払うかのように両手を振ると、低い声で言った。「行きなさい」

「わたしに立ち去ってほしいんですか？」パーヴィーンは、姑が激しくうろたえた顔をしているのが、理解できなかった。ミセス・ガンディはパーヴィーンを見るのが耐えられないというように、絨毯にじっと目をやっている。

「上へ」ベノシュが噛みつくように言った。「あとで行くから」

パーヴィーンはギーターの先に立って二階への階段を上った。ベノシュは彼女が噂話を立ち聞きしたと推測し、ミセス・ガンディの手前、厳しい態度を取る必要があると感じたのかもしれない。パーヴィーンは体から蒸気が立ち上る気がした――深く考えもせず行動し、部屋へ入ってしまった恥ずかしさで体が熱くなる。姑とのあいだにかろうじて結ばれている絆が、ずたずたになりかけていた。

「紹介してもらうまで待てばよかったのかしら？」パーヴィーンはギーターに尋ねた。「今度はどんな間違いをしたっていうの？」

ギーターは説明せず、ただこう言った。「こちらです。わたしについてきて下さい」

パーヴィーンは驚いて立ち止まった。三階建ての家は正方形に造られ、中央に屋根のない中庭がある。ギーターは屋敷の一番外れへ連れていった。そこには、今までパーヴィーンがあけたことのないドアがあった。

「どういうこと？」パーヴィーンは尋ねた。「今すぐ自分の部屋へ行って、お風呂に入るつもりなのに」

ギーターは苛立たしげに答えた。「ベノシューママはあなたがそうするのを望んでません」

「ばかばかしい！」パーヴィーンは腹が立ち始めた。「話がしたいのなら、わたしは自分の部屋にいるわ」

ギーターは顔をしかめた。「でも、お嬢さま(メンサヒーブ)、それは無理なんです。今は」

パーヴィーンは腰に両手を当て、自分のお手伝い(アーヤ)に向かってゆっくりしたベンガル語で話しかけた。「お風呂に入らなきゃならないのよ。外に出ていたし、月の障りでもあるんだから」

ギーターがにらんだ。「だからなんですってば！　ベノシューママは何が起きたか知ってます――今日始まったんですよね。あなたはあの部屋へ行かなきゃならないとおっしゃってます」

「どの部屋？」

「ここです」ギーターは、パーヴィーンの背よりわずかに高い金属のドアをあけた。最初に、気の滅入るような尿のにおいが襲ってきた。仮設トイレ？

パーヴィーンは鼻をつまみ、その暗い部屋に目を慣らそうとした。縦に長い窓が一つあるが、模様のある鉄のついたてで隠されている。ギーターは部屋の中央で電灯の紐を引く前に、手に布をかぶせた。

パーヴィーンはまばたきし、その場所が何かを理解しようとした。三・六メートル×二・四メートルほどの小さな部屋で、家のほかのところと同じように、ベンガラ色の床材が貼られている。狭い鉄製の簡易ベッドが置かれ、その足元にはシーツが二枚たたまれており、頭のところには黄色のカバーのついた、使い古されたような枕があった。そのほかの家具はまっすぐな背もたれのついた椅子と小さなテーブルがあるだけで、どちらも鉄製だった。テーブルの上に小さな山が三つある。一つは粗末な木綿のサリーをたたんだもの。別の一つは、清潔だが使い古されたように見える生理用の布。最後のものは、しみのある数枚のタオルだった。ぼろぼろになったグジャラート語の小説も、数冊置かれている。奥のドアは、トイレのある狭いスペースへ続いていた。

この場所はもっとも地位の低い使用人にとってさえ、殺伐としすぎている。パーヴィーンは憤りを感じて尋ねた。「これは誰の部屋?」

　ギーターは戸口に立ち、落ち着かない様子をしていた。「ここは、パールシーの女性が生理(ビナマジ)のときに休む場所です。実家で教えてもらってないんですか?」

　パーヴィーンはごくりと唾を飲んだ。ビナマジの文字どおりの意味は「祈らずにいること」だ。それは生理を表している。パールシーの女性はビナマジのあいだ、宗教的な衣類を身に着けることも、拝火神殿(アギアリー)で祈ることもしてはいけないとされる。けれども、パーヴィーンが母親から教えられた規則は、ただそれだけだった。

「ギーター――わからないんだけど。この部屋は生理と何か関係があるの?」

「ええ、それだから、あなたはここにいないといけないんです」ギーターは、同情するようにパーヴィーンにちらっと目を向けた。「背の高い水差しは、何か飲みたいときのために水が入ってます――いつでもベルを鳴らして下さい、そうしたらわたしがドアのところへ来て、もっと水を持ってきますから。それに毎日の食事も。小さい方の水差しにはタロが入ってます。それでどうするか知ってますよね」

「タロ」パーヴィーンは繰り返した。それは白い牡牛の尿で、殺菌剤として使うために集められるのは知っていた。ペルシアで、ゾロアスター教が信仰され始めたときにさかのぼる習わしだ。その部屋がひどく尿のにおいがするのは、だからなのだろうか?

「ママによると、それで体をきれいにするようにとのことです」

「体を洗うのに水を使えないなんて、ばかげてるわ。奥には流しもお風呂も見えなかった。そのためには外へ出て――」

「いいえ、だめです」ギーターは心配そうに言った。「血を流している女からは、みな三歩離れていなくてはならないとママは信じてます。だからドアにあまり近づかないで下さい」

「何時間ここにいないといけないの？　一日目だけよね、きっと？」

「いいえ。生理のあいだはずっと、そして出血が止まったときから、もう一日です」ギーターは入り口で落ち着かなげにもぞもぞした。「あの方もそうしてました」

「ベノシューママのこと？」

ギーターは声を落とした。「ええ、生理が止まる前は。でも、アザラは亡くなる前にビナマジでした」

パーヴィーンは亡くなった家族の話が出ると、身を震わせた。アザラのことをサイラスと何度か話そうとしたが、無駄だった。子供がこんなところにいなくてはならなかったかと思うと、吐き気がした。「コレラにかかっても、まだここにいるようにと言われたの？」

「コレラじゃありません」ギーターは首を振った。

ギーターの不安そうな顔を見ると、この気の毒な使用人にあれこれ尋ねるべきではないと、パーヴィーンは気付いた。ベノシュと折り合いをつけなくてはならない――おそらく、台所や祈りの部屋などからは離れているという話に落ち着くだろう。

ギーターはドアを閉め、足音が廊下に消えていった。

パーヴィーンは小さな部屋にひとりきりになり、それがどれほど恐ろしいかよくわかった。ここはひどいにおいのする監獄だ。耐えられそうもない。入り口の方へ歩いてドアをあけると、それは戻ってきて顔にぶつかり、パーヴィーンは数歩後ずさった。

「何なの？　そこにいるのは誰？」パーヴィーンは不機嫌に叫んだ。「鼻に当たったわ！」

「出てきてはいけません！」ベノシュがわめいた。

パーヴィーンは、上へあがってから自分が言ったことをすべて思い出そうとした。ベノシュにどれくらい立ち聞きされただろうか？　姑に、自分がどれほど苛立っているか知られたくはなかった。

「まあ、ごめんなさい！　お客さまはまだここにいますか？」パーヴィーンは、何とかして気安い会話に聞こえるようにした。

「いいえ！」ベノシュは怒った口調のままだ。「すぐに帰ってもらいましたよ、病気になるといけないから」

「でも――でも、わたしは病気じゃありません」パーヴィーンは文句を言った。

「月の障りなのよ。ほかの人と接触したら、病気にさせてしまう。ギーター、教えてやりなさい！　出血しているとき、おまえは仕事に来るのを許されてるの？」

「いいえ」ギーターが廊下のどこかから、律儀に答えた。「仕事には来れません。ババのそばにいたあとは、丁寧に体を洗うつもりです」

パーヴィーンには、これが深刻な口論になりそうだとわかった。訴訟当事者の冒頭陳述のような。彼女はごくりと唾を飲み込んだ。「ベノシューママ、ずっと昔は、隔離が行われていたんでしょう。でも、パールシーはアジアでもっとも進歩的な人たちです。わたしの母は引きこもらなかったし、叔母やいとこたちもそんなことはしてませんでした」

沈黙が流れた。ベノシュはドアの反対側にいたので、パーヴィーンには彼女の顔が見えなかった。ベノシュがあれこれ考えながら耳を傾けているのか、あるいは台所で見せたように怒りを募らせているのかはわからない。

ベノシュはようやく口を開いたが、喉に何かが詰まっているような声だった「今はここがあなたの家なのよ。それに、わたしは息子をとても愛しているから、健康でいてほしいと思ってるわ。あなたは自分が汚れた状態だとわからないの?」

「それは生理（メンストルエイション）と呼ばれています」パーヴィーンは英語の単語を使って答えた。「気分がいいわけじゃありません。でも、それは自然なことで、わたしの問題ですから。自分の部屋へ戻るのを許していただきたいんです」

口を開いたとき、ベノシュの声は低く、ぞっとさせるものだった。「あなたの使う言葉はわからないわ。あなたの体は、もっとも汚れた血と死んだ卵子を流してる。これが悪魔（アフリマン）を引き付けるのよ」

心臓が胸から飛び出しそうな気がした。「よきゾロアスター教徒にとって、生きていく上で指針となるのは――自分の考え、言葉、行動で、それにより善か悪かの方向を選んでいくんです。だから、わたしは悪魔など恐れていません」

ドアの向こうから、ベノシュがきつく言い返した。「言っておくけど、もしこの部屋から出たら――永遠にこの家から去ることになるからね」

パーヴィーンは怖くなった。「ママ、いやです！　立ち去りたくはありません。サイラスを心から愛しているし、彼もわたしを愛してるんですから」

「あなたがこの結婚を望んでるのはわかってますよ。やるべきことをやり、出血しているあいだはここにいるわよね」ベノシュの声は穏やかになった。「それに、ちょっと考えてみなさい。もし妊娠したら、この部屋の外で過ごす時間がたっぷりあるんだから」

ベノシュの声はひどく親しげだったので、姑は中へ入って自分を慰めるつもりだろうかと、パーヴィーンは考えた。

だが、ベノシュは掛け金がかかるよう、さらにしっかりとドアを押し込んだだけだった。

一九一七年

第十五章　検査を受けて

一九一七年一月、カルカッタ

愛するパーヴィーンへ

あなたとソダワラご一家に心からの愛をこめて。一月のカルカッタの天候はどうですか？そこで初めてのゾロアスター教の新年（ノウルーズ）の祝いをするのが楽しみに違いないわね！ボンベイではみんな元気です。あなたのお父さんは新たに三人の依頼人を引き受け、忙しくしています。ルストムは、ミストリー建設がバラード・エステートにいくつかのオフィス街を造る許可を得て、大喜びです。フォートとバラード・ピアのあいだにできる予定の地区よ。うまくいけば、その計画はこの五月にあなたがこちらへ来るときには、始まっているでしょう。

そちらの家族が、ベスーンへの入学に反対したのは残念ね。でもその大学は北部にあるから、誰もあなたに付き添えないとしたら、心配するのは当然でしょう。それに毎月、一週間ずつ休まなくてはならないのなら、勉強はほとんど進まないだろうし。ロレト・カレッジを調べてみてはどうかしら、そこならもっと近いし、月に五日、自宅で課題をするのを認められるかもしれない。同じ状況にある、伝統的なパールシーのほかの女子学生について、何かわかる可能性もあるでしょう。

ソダワラ家があなたを毎月、隔離することに執着し続けているのは残念だわ。ボンベイでわたしたちと会ったとき、その時代遅れの風習をずっと守っていることを話すべきだったのに。グジャラート語で書かれた婦人雑誌の『ストレー・ボド』を同封するわね。女性を隔離することの愚かしさを説いている、いい記事が載っています。その雑誌ごとベノシュ－ママに渡し、ご自身でこの貴重な情報を見つけてもらったらどうかしら。あなたはもうすでにお姑さんに盾突いてるのに、またもやそんなことをすると思われるよりいいでしょう。

いつも言ってるけど、自分のふるまいには充分気をつけるのよ。姑と嫁の絆というのはデリケートなもので、あせって何かすると壊れてしまうこともあるわ。お医者さんには話したの？　そういう慣習はやめたほうがいいと勧めてくれるかもしれない。お医者さんは専門家だから、嫁に言われるよりは受け入れやすいでしょう。

お父さまの両親のことを悪く思ってもらいたくはなかったから、以前にあなたに話したことはないけど、わたしが一八九〇年に若い嫁としてミストリー屋敷に入ったとき、隔離部屋があったの。おじいさまもおばあさまも、生理の一番ひどいときにわたしがその小部屋に閉じこもるのは、家族の健康にとって不可欠だと思っていた。うれしくはなかったけど、その時間を使って本を読んだり眠ったりしたわ。あなたを産んだあと、あなたのお父さまを説得し、ミストリー屋敷を出て南ボンベイのベクラへ移ったの。そこでは、そうした恐ろしい小部屋のない近代的な家が建てられていたから。

あなたとサイラスが、カルカッタで自分たちの家へ移ることにするなら、わたしたちは喜んでそれを買う手助けをするつもりよ。

今までと変わらず
あなたを愛する母より

パーヴィーンは手紙をたたみ、机の中へしまった。それはミストリー屋敷の中での家族の生活について、驚くべき情報をもたらした。祖父はパーヴィーンの婚約と結婚にかかわるさまざまな動きに一切かかわろうとせず、それ以来、二人のあいだには壁ができていた。今、祖父が自分の母親を無理やり隔離したとわかり、パーヴィーンの祖父への不快感は怒りに変わった。

通りに面した、縦に長い居間の窓から外を見つめながら、パーヴィーンは新しい家に資金を出そうという、両親の気前のよい申し出について考えていた。母親は、毎月パーヴィーンが自由に過ごせる二十日間にサイラスがやってくれるように、彼女を元気づけようとしていた。けれども、サイラスは二人のスイートのモダンな磁器のバス、トイレ、シンクの金を払い終えたばかりだ。それにソダワラの子供の中で、カルカッタで暮らしているのは彼だけだった。もし、サイラスが両親を残して去れば、思いやりがないと見られるだろう——特に、両親はこの先年老いていくというのに。

パーヴィーンが隔離されているとき、サイラスは何度か小部屋のドアの前へやってきた。ノックするのは、両親が間違いなく眠っている朝の早い時間だけだった。パーヴィーンは急いで駆け寄ってドアをあけるが、サイラスが鼻をひくつかせるのを見て悪臭がするとわかったあとは、一メートルほど距離を置くようにした。

サイラスは伝統に気を遣うのはバーラムではなく、ベノシュだと以前に説明していた。彼女は司祭の家に生まれたのだ。「母のところは貧しかったから、それだけが誇りなんだよ。だから、きみをしょっちゅう拝火神殿（アギアリー）へ連れていくのさ。母の習慣を信仰の問題として見てやってくれ、支配しようとしてるとか思わずにね」

「でも、女性が汚物にまみれて横たわるのを、神は望んではいないはずよ」パーヴィーンは言い張った。「それにわたしはあなたの妻なのよ、サイラス、お母さんのじゃなくて——わたしが健康でいられるように、強く主張してはくれないの？」

サイラスが大きくため息をつくと、甘いバーボンのほのかな香りがした。「やってはみたけど、聞いてくれないんだ。それに、二度と廊下へ出ていかない方がいい！　きみが今週の初めにそうしたと、母は知ってるよ」

パーヴィーンは憤慨した。「水が必要だったのよ。使用人の誰かを大声で呼ばなきゃならなかったから——」

「わかった、わかった。母はきみが水をもらいすぎてると心配してた、規則を破って体を洗うのに使うつもりなのかって」

パーヴィーンが、まさにそのとおりのことをしたとサイラスに告げようしたとき、下の玄関ホールでドンドンという音がした。

「誰かが上がってくる」サイラスは小声で言い、唇に指を当てた。

うろたえたが、反抗心がわいた。「今がチャンスよ。わたしを部屋へ戻してちょうだい。お風呂に入るから。わたしたち二人でお母さんに反抗すれば、すべてが終わる。わたしはこの部屋へ戻るつもりはないわ」

「きみはすぐに妊娠するだろうさ」サイラスの声はほとんど楽しげだった。「もう行かないと！」

彼は最後にパーヴィーンの手を握ると、二人の寝室の方へふらふらと行ってしまった。

そのことを思い出し、新しい家がほしいと言おうものなら、甘やかされた金持ちの娘だと義理の両親にますます思われてしまうと、パーヴィーンは考えた。けれども——これから赤ん坊を産むのであれば、その子の健康を守るためというのは、理由として使えるかもしれない。アザラの死は口にしないつもりだ。それはサイラスと両親にとって、つらいことだろうから。けれども、空気がきれいなアリポレへ移るのが赤ん坊にとっていいことだというのは、きっと理解してくれるだろう。

とは言うものの、赤ん坊を産めば、勉強する機会はまったくなくなってしまう。パーヴィーンは残念でたまらなかった。カミニ・ロイとの面会はとても楽しく、お礼の手紙を書くと本人から返事が来て、パーヴィーンの家族が、大学へ面談しにくるのを受け入れてくれたかどうか尋ねられた。

自分はどちらを望んでいるのだろう――知的な生活と、心を込めて子供の世話に打ち込む生活と？　どちらにしても、自分では決められないのが苛立たしかった。結婚して四ヵ月たっても、パーヴィーンは身ごもってはいなかった。悩みがあるせいだろうか。サイラスにナイトガウンを引き上げられるときはいつも、その夜が救済の始まりになるのかどうかで頭がいっぱいになった。その考えが頭に残っていると、体のほかの部分の感度が失われ、今では、ぞくぞくするような絶頂に達しないときもある。彼女の体は、精神と同様に力を失いつつあった。

それから間もなく、パーヴィーンはベノシュから、医者に診てもらうよう勧められた。

「バタチャリヤ先生はとても評判がいいわ。婦人の健康が専門でね。拝火神殿(アギアリー)へ来るレディの多くが、お嫁さんをそこへやったのよ。ベンガル人で、わたしたちの文化になじみがあるの」

「どんな検査なんでしょう?」医者に診てもらうのは、まさにカメリアが勧めたことだったが、秘所を見せると思うと、パーヴィーンは不安が募った。

「わたしはやったことがないけど」ベノシュはパーヴィーンの手を軽く叩いた。「お友だちの娘さんたちから聞いたところでは、気恥ずかしいけれど痛くはないそうよ。出産みたいなことはないって」

　バタチャリヤ先生の診療所は、シアター通りの白い堂々とした建物の二階にあった。待合室には、患者で一杯のお決まりの木の長椅子はなく、フラシ天の椅子とカウチがあった。そうすれば、待っている患者は互いに離れていることができる。ほかに数人、お腹が膨らんでいない女性たちが、姑だと思われる年上の女性と待っていた。妊娠した女性がひとり、小さなソファに座って本を読んでおり、彼女の夫はにこにこしながら部屋を見回している。パーヴィーンは満足げにその男性にうなずいて見せた。サイラスにもこんなふうにしてほしい。妻に付き添い、妊娠中ずっと優しく気遣ってもらいたいと思った。

　ベノシュがパーヴィーンの腕をつねった。「ほかの婦人の夫に目をやってはいけません!」

「そんなことしてません」パーヴィーンは姑の想像に顔を赤らめた。本を持ってきて読んでいればよかった。紙とペンはあるが、本人がすぐ隣にいるのに、ベノシュについての不満を記した手紙を書くのはほぼ不可能だ。

一時間近く待ったあと、看護婦がパーヴィーンを呼び、診察室へ入って医者に会うよう告げた。

「いいえ、マダム」ベノシュが立ち上がり、パーヴィーンに付き添って中へ入ろうとすると、看護婦が言った。「申し訳ありませんが、先生の希望で検査室には患者さんだけしか入れません。あなたには、あとで先生からお話ししますから」

しばらくはほっとしたものの、パーヴィーンは検査室へ入ると気絶しそうになった。目の前にシーツの掛かったテーブルがあり、そばの小さなテーブルに、金属の長い道具がいくつかと鏡が並べられていた。ガラスの小瓶、注射器、それにパーヴィーンには何かわからないものがさらにいくつもあった。ひどく恐ろしくなり、ベノシュが一緒にいてくれればと思いかけた。

「まずは検査用のサンプルを採ります」バタチャリヤ先生はパーヴィーンの父親と同じくらいの年齢らしく、白髪で分厚い眼鏡をかけている。強いベンガル語の訛りのある英語を話した。「こうすれば妊娠しているかどうかわかりますから」

妊娠の可能性があるのだろうか？

パーヴィーンは見込みがあると思った。モダンなトイレへ行き、小さなコップにどうにか少量の尿を取った。出てくると、看護婦が手袋をした手でそのコップを受け取った。当然のことをしているだけで、不愉快な仕事ではまったくないというような態度に、パーヴィーンは感心した。

看護婦は腰から下に身に着けているものを、ペチコートや丈の長いパンツ（パンタレット）も含めて脱ぐよう指示した。そのとおりにすると、体を覆うための粗末なシーツが渡された。

パーヴィーンは天井を見つめ、サイラスのことを考えていた。医者のところへ一緒に行ってくれるよう頼んだが、検査を受けるのは自分の体じゃないと冗談めかして言われた。いったいこの人は、工場で何をやってるんだろうとパーヴィーンは思った。従業員を見回っているか、商品を試飲しているかだろう。毎晩帰ってくると、いつも息にウィスキーのにおいがした。運転手に乗せてきてもらっていることだけが慰めだった。

医者と看護婦が一緒に入ってきた。医者はパーヴィーンに結婚した日と、だいたいの性交の回数を尋ねた。結婚して以来、その頻度は減ってきたかとも訊かれた。

「ええ」パーヴィーンは医者がくれた機会をとらえて言った。「義理の両親は、わたしが月に八日引きこもっていなければならないと言うんです。出血がなくなった最初の日からもう一日、閉じこもらないといけなくて。ずいぶんと長い期間になります」

「伝統を守るパールシーは、生理のあいだ隔離するというこの風習を守ってますね」医者はうなずいた。「その期間にあなたが妊娠することは、ほとんど考えられませんが」

「ですが、隔離されてお風呂にも入れないのは、健康にいいわけがありません」パーヴィーンは言った。「わたしはそんなふうに育てられはしませんでした」

「あなたはパールシーなのに？」

「ええ、ボンベイの現代的な一族の出です」パーヴィーンはあわてて答えた。「実は隔離されるのは、わたしにはずいぶんとつらいことなんです。一ヵ月のあいだずっと怯えています。睡眠と気分にも影響が出始めているんですよ」

「どんなふうに？」医者はさらに厳しい目を向け、ペンを持ってメモを取り始めた。

「そこにいないときでさえ、その小部屋に閉じ込められているひどい悪夢を見ます」パーヴィーンは前の週の夢を思い出していた。「悲しくて絶望的な気分になるんです。そのせいで夫に腹を立てたりします。両親から、わたしを守ろうとはしてくれませんから。それが時代遅れだと思ってはいても」

「若い嫁は誰でも、宗教にかかわらず婚家になじむのに苦労するものです。そのうちうまく行くようになりますよ」真剣に受け取ってはいない声だ。「ご主人との関係が心配ですね。性交の頻度はどれくらいですか？」

「四回から六回のあいだです」

「月に？」医者は目を上げずに尋ねた。

「週にです」パーヴィーンは顔を赤らめた。かなり多いと思えたが――サイラスがまだ時間を取れるのは、そのことだけだった。

「健康的な新婚夫婦ですね」医者は初めて同意を込めて言った。「それでは検査を始めましょう」

医者と話していると、彼の両手とさまざまな器具のことを考えずにすんでいた。だが、長い金属の器具が中に入れられると、パーヴィーンは痛みであえいだ。体をこわばらせながら、もし本当に妊娠しているのなら、この検査自体が危険ではないのだろうかと考えていた。

「申し訳ない。いつも大変でしてね」バタチャリア先生がそう言って、金属の器具をトレーに置いた。「さて、いくつか質問をします」

「はい」パーヴィーンは相手の顔が見えるように、どうにか座った姿勢をとろうとした。

「別の男性と性交、あるいは性的な行為をしたことがありますか？」

パーヴィーンはそんな女性だと思われたことにショックを受け、素早く言った。「いいえ。夫とだけです――」

「確かですか？　義理の父親、叔父、義理の兄弟と――」

「もちろん、そんなことはしてません。そういう家の出ではありません！」屈辱で声が震えた。カルカッタへ来てからずっと、ボンベイの退廃的で裕福なパールシーたちについて、あれこれと意味ありげな当てこすりを言われてきた。自分の一族に関する質問には、パーヴィーンは猛然と反撃した。

医者は指先を合わせて山の形にし、前かがみになってパーヴィーンをじっと見た。「もっとも立派な家の中で何が起きているか知れば、驚きますよ――ヒンドゥーでも、パールシーでも、ムスリムでも。イギリス人のところでさえもね」

パーヴィーンは心臓の鼓動が速くなるのを感じた。低い声でこう尋ねた。「病気の兆候があるから、そんなことを訊くんですか？　妊娠してないのはそれが理由でしょうか？」

「今のところ、その二つの質問にははっきりとはお答えできません。あなたの体には変化のきざしがあります。いくつかの病変と、はっきりとはしませんが分泌物が見られます」

パーヴィーンの心臓は今や早鐘を打っていた。この数週間のあいだにおりものに気付き、ギーターが洗濯人（ドービー）に渡す前に下着を丁寧に洗ったことがある。また隔離される理由にはしたくなかったのだ。

「生殖器官に影響を与える病気は性感染症と呼ばれます。あなたの体から採ったサンプルを研究所へ出しますから。数日以内に結果が出るでしょう」

「その言葉はいったいなんですか――『性感染（ヴェニリアル）』？」パーヴィーンは尋ねた。尖った声になった。どこが悪いのか理解できず、怒りを覚えた。

「もともとは、ヴェネレウスというラテン語から来た言葉です。ヴェネレウスというのは、性愛や性交に関連したという意味でね」医者は大学の講義をするかのように、そっけなく言った。

「まあ！」パーヴィーンはふたたび赤くなり、尋ねなければよかったと思った。受診にきたことが、だんだん居心地の悪いものになりつつあった。

医者は厳しい声で告げた。「こうした病気はいくつかあります。不快感を引き起こし、患者は重大な危険にさらされる可能性がある」

最悪の事態を恐れ、パーヴィーンは思い切って尋ねた。「つまり、わたしは死ぬかもしれないってことですか？」

バタチャリヤ先生は万年筆を取り、答える前に注意深くそれにインクを満たした。「婦人の場合は、まず身ごもっている胎児の健康を心配します。この検査で、あなたが妊娠しているかどうかわかるでしょう」

「子供が出来ているとは思えません。二週間前に月のものがありましたから。もし病気なら、わたしは――もう妊娠することができないかもしれないんですか？」結婚した女としての自分の人生が、数分のうちに崩れ去るような気がした。

「結論に飛びついてはいけません」医者は目の前の書類にすらすらと何か書いていて、パーヴィーンを見ていなかった。「予約して、培養の結果を聞きにもう一度来て下さい、そのときにはすべてわかっているでしょう。そのあいだは親密な接触は控えること。そして次は、ご主人を連れてきて下さい」

待合室にいた、配偶者に付き添われた女性のように。けれども、生か死かの診断を待っているのに、サイラスが誇らしげに顔を輝かせていられるはずがないだろう。医者がすでに書き記した真実をわたしが読むことができればいいのに、とパーヴィーンは思った。泣かないようにしながら、彼女は言った。「夫は来られるかどうかわかりません。瓶詰め工場のことでとても忙しいんです。毎朝、九時までには出かけてしまい、夜は十時か十一時まで戻らないこともあります」

「ご主人が一緒でなければ、あなたの診断と治療プランをお話しするつもりはありません」

男性の親族の署名がなければ、大学に出願できないのと同じだった。不意に、心の中に閉じ込めていた怒りがすべて噴き出した。「どうして夫を連れてこなきゃならないの？　この知らせを聞いたら、夫はわたしと離婚したがるかもしれないって、わからないんですか？　それにもし姑がそれを知ったら――」

医者は感情のこもらない声で言った。「その人たちにあなたを責める理由はないでしょう」

「でも、あなたが言っていることからすると、わたしはひどい病気にかかってるんですよね。もちろん、責められるに決まってます」

　バタチャリヤ先生は首を振った。「性感染症は人から人へと感染します。だから、あなたがご主人としか関係を持っていないのなら、誰のせいなのかもちろんわかりますね」

第十六章　破綻した計画

一九一七年三月、カルカッタ

パーヴィーンは玄関ホールのタイル張りの床にしゃがみ、ステンシル用の型を準備して、石灰の粉の入った器を取り上げた。型の内側に注意深く石灰を振り、それが床に落ちるのを見ていた。

前の週、パーヴィーンはベノシュの誕生日のために、特別なデザインでそれを作った。だが今日は、またいつものようにした。回転する太陽から溢れる生命力を象徴する卍（まんじ）の模様だ。石灰で模様を型抜きするのは、パーヴィーンがボンベイでときおり楽しんでいたことだった。昔、石灰の粉は汚れを封じ込め、家に入る人の足を殺菌するために使われたのだと母親が説明してくれた。その習慣は歓迎を表す方法として、今でも残っている――それはまた、一家の女たちの腕の見せどころでもあった。

この頃は、しゃがみ込んでソダワラの家を飾るのは面倒な仕事でしかなかった。まるで、醜い絵になってしまった自分の人生にはめる、優雅な額を作っている気がした。もし粉の色を選ぶのを許されるなら、カルカッタの通りの汚い焚き火の灰のような、黒ずんだ灰色にするだろう。

　廊下のすぐ先にある居間のテーブルの上で、混ざりもののない白檀の炎が燃えている。ほどなく家の中には白檀の香りが満ち、ゾロアスター教の新年の祝いが十三日間続くのだ。ベノシュ、パーヴィーン、ギーター、プシュパは三週間かけて掃除をし、やってくる親戚や客たちのために、何もかも新しく見えるようにした。

　パーヴィーンは、その月に例の小部屋へ行くまでにあと何日あるか、ひどく気になった。生理の周期からすると、祝日の中ほどで隔離されることになり、出てこられるまで八日ほどだと思われた。

　この前、その部屋にいたとき、パーヴィーンは壁についたしみの模様をじっと見つめ、それが汚れなどではないと気付いた。カレンダーのようなもので、七つか八つの模様があるのが、簡易寝台の頭のすぐ上から、床と壁の境の幅木までのスペースを埋め尽くしている。ベノシュが、そこで過ごしたときに印を付けたのだろうか。それともアザラが？

　パーヴィーンは鉛筆を使って自分の印を付け加え、この家に来て六ヵ月のあいだに閉じ込められた、およそ四十三日分を書き足していった。けれども、それぞれの期間の正確な長さは思い出せなかった。すべてがごちゃごちゃになっている。

この前は春だったので暖かく、部屋の中にいると息が詰まり、自分の汗と血のにおいが以前より強く感じられた。夏はどうなるか想像がつく。母親が勧めてくれたように、パーヴィーンは部屋での時間を、できるだけ読書をしたり眠ったりして過ごすようにした。

夢を見るのが怖かったけれど。

ぞっとするような夢を見ることもあった。幸いにも妊娠はしたが、そのあと目に問題のある赤ん坊を産んだとか。別の夢の中では、サイラスは美しい女と共謀して、パーヴィーンをハウラー橋から投げ落とした。自分が、熱を出している十四歳のアザラになる夢を一度ならず見て、固い簡易寝台から転げ落ちたこともある。

一番つらいのは、ボンベイにいた頃の夢だ。そうやって夜に現実から逃げ出しているとき、パーヴィーンはまだ大学生で、自分の寝室のバルコニーで椅子にゆったりと座っていた。そのあと目が覚めてどこにいるかわかり、声を上げて泣き始めるのが常だった。

医者のところを訪れてから、何もかも変わってしまった。

サイラスには、医者は病気かもしれないと思っていると告げたが——それ以上は何も言わなかった。病気だとしたらそれはおそらくサイラスのせいだと、話す勇気はなかったのだ。バタチャリヤ先生はぶっきらぼうで、それがパーヴィーンはいやだった。彼はサイラスを知らないし、その診断はまだ確定したわけではなかった。

その後二人で医者の診察室へ出向いたとき、サイラスはずっと笑顔で力づけてくれたが、それはバタチャリヤ先生から、二人とも淋病の治療が必要だと告げられるまでのことだった。サイラスの顔は蒼白になったものの、医師が菌の培養をするのに同意した。そのあと、医師は近代的な薬のパラゴルを使う治療について説明した。バタチャリヤ先生は、パーヴィーンはまだ妊娠していないので、赤ん坊に影響が及ぶ心配はないと言った。

その晩遅くにバルコニーに二人だけでいたとき、パーヴィーンはサイラスに、どうして感染したのか尋ねた。

サイラスは首を振り、どうしようもないという顔で言った。「わからない。でも十六歳の誕生日に、親父にカルカッタ最大の売春街のソナガチへ連れていかれたんだ。兄も同じことをされた。男になるのはどういうことか、親父なりに教えようとしたんだよ。多くの父親や叔父が男の子をそこへ連れていく。抵抗することはできないんだ」

ぶっきらぼうで物静かな義理の父親のことを考えると、そんな場所へ行くとはあまり想像できなかった。けれども、本当のことなのだろう。「あなたの十六歳の誕生日は十二年前よ。そのときには症状があったの？」

「なんて質問をするんだ？　法廷で検事と向き合ってるような気がする」

「黙って。わたしはあなたの妻よ、知って当然でしょう」

サイラスは肩をすくめた。「ぼくは何も知らなかった。病気なのに何年も気付かずにいることもあると、医者が言ったのを思い出してくれ」

恋人としてのサイラスの手管は天性のもので、二人の絆は運命的なものだからそうした絶頂へ導けるのだと、パーヴィーンはこれまで信じてきた。だが今、彼がほかの女性とセックスしたと、くよくよ考えるのをやめられなくなってしまった。彼女はおずおずと尋ねた。

「その誕生日のあと、またそういう機会があったの？」

「ない！」サイラスはパーヴィーンにひどく驚いた顔を見せると、腰を下ろしていたチーク材の椅子から立ち上がった。「こうやって侮辱し続けるなら、もう、ここにはいられない」

「ごめんなさい」パーヴィーンは絶望的な気持ちになった。「怒らせるつもりはなかったの。ただとても心配で」

サイラスがしぶしぶ、また椅子に座ると、パーヴィーンは彼をじっと見た。二十八歳でとてもハンサム、自信家でもある。サイラスがほかの女性たちといちゃついたことは、あり得るかもしれない。狭いコミュニティの中で、パーヴィーンは数人のパールシーの若い女性に会ったことがある——とてもきれいな人もいた。もし、その中の誰かがサイラスを恋しく思っていたのに、結局はほかの人と結婚したとしたら？　サイラスとその女性は密かに愛情を抱き続けるかもしれない。違う、とパーヴィーンは自分に言い聞かせた。彼はわたしだけを愛してる。

「おふくろから診察について訊かれたか？」サイラスは尋ねた。「ぼくははぐらかしておいたけど」

パーヴィーンは唇を引き結んでうなずいた。「ええ。お医者さまから、妊娠を促す治療のために二人でもう数回、来院してほしいと言われたと話したわ。まったく嘘というわけじゃないわよね？　病気が治るまで、赤ちゃんを作れないのは本当なんだから」

「いまでもまだ、赤ん坊がほしいのか？」サイラスはパーヴィーンの表情をもっとよく読み取ろうとするかのように、頭を片側に傾けた。

「ええ、でも今年はやめておいたほうが安全でしょう」パーヴィーンは、悲しみの灰色のショールに包み込まれたような気がした。ずいぶんと多くの可能性が消えつつあった。

「きみは妊娠する試みを控えるつもりなのか？　毎月あの部屋へ入るのをひどくいやがってるのに？」サイラスは信じられないようだった。

前にパーヴィーンは子供を持つのに同意したけれど、それが当たり前のことだからだ。赤ん坊の健康に不安があり、おまけにベノシューママが子供の育て方に采配を振るうとわかっていては、先行きはひどいことになりそうだった。新たな口論の種になるかもしれないので、サイラスにその話はできない。パーヴィーンは咳払いをした。これから何ヵ月も禁欲することについて、彼は明らかに腹を立てていた。「あの薬を飲み終えないと。でも、もしあなたのお母さんがパラゴルの瓶を見つけたら、わたしを閉じ込めなきゃならないと思うでしょうね」

「何もかも心配するのはやめろ！　いやな婆さんになるぞ」

パーヴィーンは苛立って言い返した。「もしあなたが病気だとわかれば、お母さんはどうするかしらね？　細菌をまき散らさないように、あなたを小部屋に閉じ込める？」

「ちっともおもしろくなんかないぞ」サイラスはバーボンを飲み終えて言った。「きみはボンベイではこんなふうじゃなかった――とても優しくて感じがよくて。でも結婚してから、ガミガミ女になっちまった」

「それは違うわ！」パーヴィーンは文句を言った。自分の意見を抑え、バーラムとベノシュを喜ばせようと、どれだけ頑張ったことだろう。

「自分の胸に聞いてみるがいい」サイラスは非難がましい目を向けたあと、立ち上がって部屋の中へ入っていった。

パーヴィーンはあとを追わなかった。自分が怒りを覚えるのも当然だとしか思えない――そしてどういうわけか、サイラスはうまく形勢を逆転させてしまった。ベスーン・カレッジかロレト・カレッジに出願することについて、以前に二人はちょっとした口論をした。サイラスは、今言い出すのは両親を怒らせることになり、もっともまずいとパーヴィーンを言いくるめた。勉強する時間は一生あるし、学位は三年もかからず取れるだろうと。それはそうだが――自分が大学を終えることは、サイラスにとって脅威なのかもしれないと、パーヴィーンは今気付いた。

夕食のとき、ある契約書を注意深く読み通さなかったとバーラムが息子を叱った折に、それがはっきりした。「プレジデンシー・カレッジのときとは違い、怠けたからといって、わたしはおまえをクビにはできん！」バーラムが怒鳴ると、サイラスは激しい怒りの目を向けた。

玄関ホールに石灰で模様を描き続けながら、パーヴィーンはボンベイで諦めてしまったことについて、悲しい気持ちで考えていた。彼女が作っているデザインは、高等裁判所の審問室の天井を縁取る、パターン模様の装飾を思わせた。子供のとき、パーヴィーンはミストリーおじいさまと法廷に座っていた。祖父は息子の仕事ぶりを見に、ときどきそこへ立ち寄ったのだ。

パーヴィーンはまだ幼くて、そこで使われる長い言葉は理解できなかった。ただ、その建物は大好きだった。とてもたくさんのオオカミ、サル、鳥の彫刻があるし、ゴシック建築の優雅なアーチは、城の中のプリンセスになった気分にさせてくれたから。チーク材と金が決して古びることのない場所だった。

高等裁判所を見ることは、おそらく二度とないだろう。パーヴィーンは片手を上げて目をぬぐったが、石灰の粉が思いがけず目にしみた。

「まあ、なんてすてきなの。石灰の粉で模様を描くのがますます上手になってるわね」

パーヴィーンは振り向き、姑がそばに立って見下ろしているのに気付いた。

「ご婦人方がもうすぐやってくるわ。織物をしにね」ベノシュが言った。

パーヴィーンはベノシュの表情がよく見えるように、目に入った粉をまばたきして取ろうとした。姑の顔は優しげだった。

「クスティを作るんですか？」パーヴィーンが尋ねた。

「ええ、そうよ。でも、がっかりしないでほしいけど、あなたがそれを織るのは許されないわ」

「なぜですか？」パーヴィーンはほっとしたのか、腹が立ったのかわからなかった。

「それを織れるのは司祭の家族の女性たちだけよ。わたしの亡くなった父は司祭だったし、ミセス・バナジのご主人も——覚えてるでしょう、あなたの結婚式の世話をして下さったから」

パーヴィーンはうなずいたが、まったく覚えていなかった。

「ミセス・バナジの娘さんとお嫁さんが、今日いらっしゃってるわ。ノウルーズ用に家族に新しいクスティを用意しようと、みんな一生懸命にやってますよ」

「ご挨拶してきます」パーヴィーンは、もしかすると本当の友だちを見つけられるかと期待して、ベノシュの友人の娘たち全員と会い続けていた。そうした娘たちは感じがよかったけれど、遠出に誘ったり、家へ招いたりはしてくれなかった。憂うつそうにしていると気付かれたのだろうか、それとも、パーヴィーンが遠くから来た甘やかされた娘だからというだけなのか？

勇気を出して笑みを浮かべながら、パーヴィーンはジンジャーとレモングラスのお茶を、ミセス・バナジと娘のセイ、嫁のトウランに出した。彼女たちはそれぞれ、小さな木製の機(はた)の前に座っていた。

「もっと砂糖を入れないと。持ってきてちょうだい！」ベノシュは一口飲んだあと言った。

パーヴィーンは砂糖入れと小さなスプーンを見つけ、全員のところを回ってから、部屋で一番小さな椅子に座った。

「クスティについて話してあげましょう」ミセス・バナジが言った。パーヴィーンを値踏みするように見ている。「七十六本の極上の毛糸で織らなければならないわ。とてもきっちりしていて、丈夫なんですよ。切れるはずがないの」

「立派なお仕事のようですけど、わたしはそれにふさわしい社会階級ではないと聞いています」パーヴィーンは手伝わないことについて、弁解した方がいい気がした。

セイがくすくす笑い、集まっている人たちに言った。「もちろん、そんな織物なんてしたくないでしょうね！　パーヴィーンさんは大きなお屋敷のお嬢さまなんだから」

「それは違います」パーヴィーンはにやにやしている娘に顔をしかめて見せた。

「この子はとても控え目なんですよ」ベノシュが優しげな笑みを浮かべて言った。「ミスター・ミストリーは弁護士ですけど、そのお父さまはボンベイの半分を建設したのよ。先祖伝来のお屋敷を見たことがあるわ」

いつもベノシュはパーヴィーンの一族が裕福なことを批判しているのに、今はそれを誇張しているのは、奇妙だった。パーヴィーンは苛立ちを感じた。「うちの先祖伝来の家は、グジャラート州にある小屋でした。何世紀も経ているから、まだそこに建っているわけじゃありませんけど」

パーヴィーンの話には構わず、セィ・バナジは言った。「もしイギリス人があなたのおじいさんにお金を払い、ボンベイの建物のほとんどを建てさせたのなら、あなたの家族は本当にものすごくお金持ちに違いないわね」

「数多くのインドの建築業者が、イギリス人から仕事をもらったんですよ。祖父はそのうちのひとりにすぎませんし、もっとも忙しかったのは一八七〇年代なんです」パーヴィーンは言った。「今、会社にいる身近な家族は兄だけです」

「お兄さん？」ミセス・バナジの目が輝いた。「おいくつなの？」

「二十一歳です」パーヴィーンは次の質問を予測できた。

「結婚してらっしゃるの？」

「いいえ。兄が会社でもっと高い地位についてからでないと、両親は結婚を許さないでしょう」

「まあ！　おそらくお兄さんはソダワラ家の次の飲料工場を建て、わたしたちの一族の娘の誰かと会うことになるわね。そうなればすてきじゃないかしら？」

「ああ、兄が長期の訪問ができればありがたいお話なんですけど。あいにくミストリー建設はボンベイにしかないんです。セメントやなんかを運ぶのが困難なのはおわかりかと――」

「ええ、ええ」ミセス・バナジは三重顎をうなずかせた。「それでも、たとえ来ることはできなくても資金は出せるでしょう」

「もちろんよ！」ベノシュは慣れた調子で指に毛糸をすべらせた。「嫁のところはとても気前がいいの。何もいらないと言っても、どんどん下さるのよ」

パーヴィーンは身をこわばらせた。「いったいなんの話をしてるんですか？」

「新しい飲料工場のことよ」ベノシュがそう言って、機にかけた糸をきつく締めた。

パーヴィーンはそんな話は初耳だった。ベノシュは大げさに言っているらしい。けれども、ソダワラ家が息子の恋愛結婚の見返りを期待しているという、不愉快な考えが新しく浮かんできた。

「どうしたの、パーヴィーン？　もう機織りを見てないじゃないの」ミセス・バナジがたしなめた。

「ハンサムなご主人の夢でも見てるんでしょう！」トウランが含み笑いをした。

「ベノシューママ、あなたかバーラムーパパが、新しい飲料工場のことについてわたしの両親に手紙を書いたんですか？」その言葉が口から出ると、パーヴィーンはひどく遠慮のない言い方だと気付いた。誰もが機から目を上げた。

ベノシュの目が苛立たしげに光った。「殿方の仕事の話をするんじゃありません。今はお友だちを作り、わたしたちの宗教の伝統について学ぶ時間ですよ」

けれども、パーヴィーンが理解するには、それまでの話で充分だった。ソダワラ夫妻は、息子がパーヴィーンを愛しているとわかったから結婚を許したわけではなく——彼女の一族の金がめあてだったのだ。

パーヴィーンはすっかりうろたえていた。そもそもサイラスは、エステル・ヴァッチャからミストリー一族の金についてそれとなく聞いたから、彼女を求めたのだろうか？ ヤズダニを出たあと、彼がどんな様子でミストリー屋敷を見つめていたか、パーヴィーンは思い出した。しかも彼はダダール・パールシー・コロニーにある一家のモダンな二世帯用住宅ではなく、ミストリー屋敷へ両親を連れていったのだ。

けれども、パーヴィーンとサイラスは運命的な恋をした。二人の絆は、理解と情熱を併せ持つすばらしいものだった。

だが今、その結婚でパーヴィーンが得たものはなんなのだろう？ 彼女をガミガミ女だと思っている夫。淋病。毎月の四分の一を、ひどいにおいのする部屋で孤独に過ごさなくてはならないこと。

姑の機をじっと見つめていると、まるで目に見えない糸が自分のまわりに巻かれ、抜けられない罠を作ってきたかのように思えた。

「おかえりなさい、バーラム-パパ。今夜はサイラスはどこに?」パーヴィーンは七時に舅がひとりで家へ入ってきたとき、そう尋ねた。どうしてもサイラスに会い、不安を解消したかった。

「今夜は遅くまで残っているよ」バーラムはフェタを脱ぎながら言った。パーヴィーンはそれを玄関ホールにある背の高い帽子掛けに置き、バーラムについて居間へ入った。

モヒットが、すでにバーラムのために、安楽椅子の横の小さなテーブルの上にウィスキーソーダを置き、グラモフォンのハンドルを回していた。毎晩ベートーヴェンを聞きながらハイボールを飲むのが、舅の習慣だった。その日課をひとりで楽しむほうが好きなのはわかっていたが、その晩パーヴィーンは切羽詰まっていた。飲料工場への資金援助について、確かめなくてはならなかった。

「なんだね?」舅は気もそぞろに見えた。

「バーラム-パパ、すみません、ちょっと心配になって」パーヴィーンは舅の向かいの長椅子に恐る恐る腰を下ろした。「お尋ねしなくてはならないことがあるんです」

舅はパーヴィーンに優しくほほえみかけた。「そうかね。だが今は音楽と酒の時間なんだよ」

「お手間はとらせません。サイラスと婚約したとき、あなたが既存の工場を引き継いだとサイラスから聞きましたが」

「ハウラーにある川向うのところのことを言ってるのかね」

「また別の工場を建てようとしてるんですか？」

「ああ、オリッサにな。どうしてそんなに知りたがるのかね？」

「あなたと父は、そのオリッサの工場の建設についておしゃべりしたのかと思って」

　バーラムの答えはつっけんどんだった。「もちろんだ」

　パーヴィーンの疑念はふくらみつつあった。「父に融資を頼みましたか？　それともこれから頼むつもりなんですか？」

「ああ、おまえだって役に立ちたいだろう」バーラムは訳知り顔でほほえんだ。「仕事上の取引やなんかの話はわたしに任せなさい。おまえの仕事はお母さんを手伝うことだろう？　ゾロアスター教の新年（ノウルーズ）まであと数日で、まだやることがたくさん残ってるそうじゃないか。お母さんはとても疲れているのに、おまえはここでわたしとおしゃべりしてるのかね。お母さんこそ、おまえの手伝いを必要としてるぞ」

「はい、パパ」礼儀として、機械的に同意の言葉をつぶやいた。けれども心の中は煮えくり返っていた。台所へ行き、料理を手伝う許しをベノシュに求めるつもりはさらさらなかった。サイラスを捜すつもりでいた。

レディがひとりで自転車タクシーや二輪馬車に乗るのは危険だと、誰でも知っている。業者にだまされるかもしれないし、路上で犯罪者に襲われるかもしれない。けれどもパーヴィーンは、その誇り高い顔立ちの、年配のシーク教徒のタンガ屋を何度か見かけていた。サクラット・プレイスは彼の持ち場だった。評判がいいのははっきりしている。

相手もまた、彼女に気付いていた。

「ソダワラ家へ来たばかりのお嫁さんだね」ハウラーまで乗せていってほしいと頼まれると、タンガ屋は言った。

「ええ。飲料工場へ行きたいの」

相手の顔が険しくなった。「ご家族は、あんたがひとりで出かけてもいいと思ってるのかね？」

パーヴィーンは、こうした遠出がどれほど疑わしげに見えるか気付いた。「夫に必要なものを持っていくだけだから」

ためらったのち、相手はうなずいた。「それじゃ、乗せていきましょう。夫婦のどちらか一方が車でどこかへ行ってるんなら、おれはもう片方をタンガに乗せてくよ。場所はわかってる」

ちょうど七時を過ぎたところで、月が昇りかけている。その薄明かりと、またたく街灯の光の中、タンガはだんだんとカルカッタの中心部から離れていった。ハウラーへ入る橋を渡ったあと、そのでこぼこの暗い道を照らすのは道端の焚き火だけになった。段ボールと布でできた、壊れそうな小屋の外に人影が集まっていた。

ソダワラの飲料工場の隣に貧民アパート（チャウル）が建っているのを見ても、パーヴィーンは驚かなかった。たぶんその中で仕事にありついているのはほんの数人だけで、多くは捨てられた瓶をそれぞれの目的のために手に入れるのだろう。タンガが通っていくと、瓦礫（がれき）の縁に誰かが立ち、エンパイア社のラズベリーソーダの瓶だとわかるものの中に、濃い茶色の液体を入れて売っていた。おそらくヤシ酒で、貧しい男の手作りのアルコール飲料なのだろう。

その工場の建物は長く暗い箱のようで、いくつかの窓には明かりがついていた。その金色の光を見ると、サイラスはきっと仕事中のはずだと、パーヴィーンはほっとした。怒りと恐れのあまり、その建物を吹き飛ばしてやりたいほどだったけれど、落ち着きかけていた。両親が融資を無理強いされたのではないかと心配していると、サイラスに説明できるだろうし、そうすればサイラスは何かしらしてくれるはずだ。

御者が止まったので、パーヴィーンは入り口を警備している、制服を着ていない二人の門番に声をかけた。その二人組は手を振って彼女を通した。だらけた様子から、ほぼ誰でも中へ入れてしまうのではないかと想像された。このことは、サイラスに警告しなければ。

正面玄関の頑丈なドアには閂がかかっていた。パーヴィーンは数回叩いたあと、一息入れてガラス窓からのぞいた。チョッキとドーティを着た年配の使用人がやってくるのが見えた。ドアの錠をあけ、すり減った木造りの玄関ホールでパーヴィーンの前に立つ彼は、怯えているように見えた。

パーヴィーンは自分が顎を引き結んでいるのに気付き、緩めた。「夫に会いにきたの。ミスター・サイラス・ソダワラに」

「ここにはいません！」使用人はそわそわと首を振った。

たぶんその男は、パーヴィーンの訛りのあるベンガル語がわからなかったのだろう。彼女は辛抱強く言った。「夫は遅くまで働いてるのよ」

「いません、いません」相手は操り人形のように、ぎくしゃくと首を振った。

廊下の先の半分開いたドアから、騒がしい声が聞こえた。使用人がぶつぶつ言うのには構わずに中へ進み、ドアをいっぱいまで押しあけた。

そこはこぎれいな待合室で、椅子と使われていない秘書用のテーブルがあった。笑みを浮かべ、ラズベリーソーダの瓶を持っているサイラスの肖像画が、額に入れられて壁に掛かっている。作業管理者と記された二つ目のドアは閉まっていた。

ドア越しにサイラスの笑い声と、別の男の騒がしい声が聞こえた。

パーヴィーンは勢いよくノックした。

「やっと来たか！」サイラスが怒鳴った。ドアがすばやく開いたので、パーヴィーンは前につんのめりそうになったが、それでも、バランスを取り戻してサイラスのオフィスへ足を踏み入れた。よれよれの格好をしたご機嫌な様子の夫が最初に視界に入り、そのあと部屋のほかの部分に目が行った。

父親のオフィスとはひどく違っていた。壁に沿って置かれた書棚は瓶でいっぱいだった。ソダワラの会社で売られているすべてのソーダ、フルーツ飲料、強い酒、ビール、飲み薬が陳列してある。大きな机の上にさえ、グラスだけでなく瓶が何本も立ててあった。

隅の机にタイプライターが置かれていたが、そばの椅子にもたれている若い女は、誰かの秘書であるはずがなかった。ブロンズ色の肌をした十六歳くらいの娘で、長い髪がピンク色のごく薄いサリーにかかっている。パーヴィーンの視線に気づくと、不意に頭を回し、顔を隠した。若い女が体をもぞもぞさせると、裸の胸のふくらみがあらわになった。

「なんてことなの」パーヴィーンは言った。一瞬目をつむり、それが現実でないよう願った。だがふたたび目をあけたとき、その半裸の娘はほかの二人の人物と共に、まだそこにいた。ラウンジチェアに沈み込んでいるのは、サイラスの親友のデクスター・ダヴァールだとわかった。あとのひとりはビピン・デュッタという名のヒンドゥー教徒で、結婚式でちょっと会ったことがある。

ビピンはショックを受けたように立ち上がったが、デクスターはさらに深く椅子にもたれ、酔っぱらってにやついていた。

「パーヴィーン──いったいどういうことだ？」サイラスが鉄のような手でパーヴィーンの腕をつかんだ。

「それはこっちが訊きたいわ」パーヴィーンは声を荒らげずにいようとした。「ドアをあけたとき、誰がいると思ったの？」

「食事が届いたと思ったのさ！」サイラスの熱い息がかかり、パーヴィーンの鼻にバーボンの香りが満ちた。「きみが来るとはな！」

「食事が届いたか──あるいは別の女が来たと？」長い髪の娘は近くのチャウルの出だと、パーヴィーンは推測していた。おそらく夜、何度もサイラスと過ごしていたのだろう。守衛が門を通してくれたのは、パーヴィーンをちらっと見て、この下劣な集まりに呼ばれたと思ったからにすぎない。

「ぼくが何しようと、勝手だろ」サイラスはろれつの回らない舌で言った。「きみにここへ来られて、ごちゃごちゃ言われる筋合いはない」

デクスターはまだ椅子にだらしなく座っていたが、しゃっくりをして言った。「おお、こいつは間が悪いな！」

「わたしはただ──」パーヴィーンは説明をやめた。今この場でのこと以外、何を言っても無駄だ。「夜遅くまで仕事をしている理由をあれこれ並べ立てて、わたしに信じさせようとしていたようだけど」

「きみは何もわかっちゃいないんだ」サイラスのハシバミ色の目がパーヴィーンを見ていたが、そこにたたえられているのは軽蔑で、愛ではなかった。

パーヴィーンは相手に視線を向けるのをやめ、見知らぬ娘をじっと見つめた。彼女の顔は怯えてしわくちゃになっていた。「あなたに性病をうつしたのはその人なの？　それとも今夜初めて呼んだのかしら？　ということは、すぐに彼女に病気をうつすことになるわよね？」

サイラスの目が怒りで燃え上がった。「くたばっちまえ」

「ミセス・ソダワラ、どうか落ち着いて下さい」ピピンが割って入った。「この女は勝手に来たんです。ご主人が求めたわけじゃ――」

「夫のために嘘をつかないで」パーヴィーンはふたたびサイラスのほうを向いた。これまで生きてきて、これほど腹を立てたことはなかった。はらわたが煮えくり返っていた。怒りだけでなく、屈辱も覚えた。

顔を真っ赤にしたサイラスは、脅しつけるように言った。「ずっと口を閉じてりゃよかったんだ」

目の端に、若い娘が椅子から降りてドアの方へそっと向かうのが映り、パーヴィーンは呼びかけた。「医者へ行きなさい――」

手遅れになる前に、と言おうとしたが、サイラスにぶたれてあとずさりした。

サイラスは鼻と頬骨を横ざまに殴った。パーヴィーンは数歩、後ろによろめいた。けれども、体勢を立て直す暇はなかった。次の瞬間、サイラスに体を寄せられ、目を殴られた。

書棚にぶつかり激しく揺れたとき、額に痛みが炸裂した。陳列してある瓶が落ち始め、パーヴィーンが床に倒れると、それらが石のように背中に落ちて砕けた。割れた鋭いガラスが当たり、冷たい酒がかかった。落下する瓶から傷ついた顔を守ろうと腕を上げたとき、叫び声と揉み合う音がするのにぼんやりと気付いた。ビピン・デュッタが、サイラスをパーヴィーンから引き離そうとしていた。

「やめるんだ――気でも違ったのか」ビピンが言った。「彼女の父親は弁護士だぞ――」

「この女はぼくの妻だ」サイラスはわめいた。「やるべきことをやるまでさ」

パーヴィーンは痛みでうずいていた。どうにか身を起こして座ろうとし、両手を床に着くと、割れたガラスが食い込んだ。

「人でなし！」パーヴィーンは金切り声を上げ、怒りをすべてサイラスにぶつけた。「わたしを愛してなんかいなかったんでしょう？　すべてはお金のためだったのね」

誰かに腕を引かれ、もうひとりの酔っぱらった友人のデクスターが、立ち上がらせようとするのに気付いた。彼はグジャラート語で言った。「来ちゃいけなかったんだ。もう行って――」

サイラスはビピンの腕を振りほどき、ふたたびパーヴィーンに向かってきた。デクスターが腕を伸ばし、彼を押しとどめようとした。三人の男たちが取っ組み合うあいだに、パーヴィーンは四つん這いから立ち上がった。倒れたとき、サリーがほどけてしまっていた。そのシルクの布を体に巻き付け、いくらかでも慎み深さを保とうとしながら、足を引きずって外へ出た。


タンガ屋はパーヴィーンがゆっくりと建物から出てくるのを見て、あわてて立ち上がった。

「お嬢さま（メンサヒーブ）！　何があったんです？　あの守衛たちに警官を呼ばせないと！」

「誰も呼ばないでちょうだい」パーヴィーンの声はカエルのしわがれ声のようだった。「送っていってくれればいいわ」

「それじゃ、お宅へですか？」

パーヴィーンは咳（せ）き込みながら答えた。「ええ。できるだけ急いで」

御者が馬の背に鞭（むち）をくれると、パーヴィーンはサイラスに襲われたときの痛みを思い出して、たじろいた。その朝、サイラスはパーヴィーンに行ってきますのキスをした。今思うと、それが最後のキスになったのだ。

チャウルを通ったとき、あの若い娼婦は家に駆け戻ったのか――それとも、自分を送り込んだ者のところへ帰ったのだろうかと思った。今夜サイラスから金を受け取っていなければ、明日、払ってもらえるかもしれない。あの二人のあいだに何があろうと、パーヴィーンはどうでもよかった。二度とサイラスと口を利くつもりはなかったから。

「ご婦人にとって、夜間は危ないですからね」タンガの御者が小声で言った。「安全なところなんてどこにもない！　ご主人とお舅さんが、こんなことをした悪い奴を捕まえてくれるに決まってます。相手の顔は見ましたか？」

パーヴィーンは疲れ果てていたので、御者に何も言えなかった。バーラムやベノシュにも話すつもりはない。この親にしてこの子あり。息子を無能で堕落した人間にしたのは、彼らなのだ。

パーヴィーンは金を取ってくるあいだ、ソダワラの家の数軒向こうで待っているよう、御者に頼んだ。「また乗せてもらうことになるから、持ち場へ戻らないでね。ちょっと家へ立ち寄る必要があるだけだから」

「病院へ行くんですか？」御者が不安げに尋ねた。

「いいえ。シアルダー駅へ」パーヴィーンはためらった。起こりうるさまざまな問題が頭に浮かんだ。「もし五分で出てこなければ、ドアをノックしてわたしに会わせるよう頼んでちょうだい。使用人に緊急事態だと伝えて」

「緊急事態」御者はたった今教えられた英単語を繰り返した。

パーヴィーンが近づいたちょうどそのとき、ギーターがドアをあけた。パーヴィーンがけがをしているのを見ると、そのメイドは口に両手を当てた。それには構わず、まっすぐ廊下へ歩いていき、階段に向かった。

ドアがあくのが聞こえたに違いなく、ベノシュが立ち上がって居間から玄関ホールへ出てきた。

「あらまあ！」彼女は叫んだ。「いったいどうしたの？」

パーヴィーンは答えなかった。サイラスが来る前に必要なものを取り、逃げるつもりでいたからだ。彼には車がある——いつ帰ってきてもおかしくはない。

パーヴィーンが急いで通り過ぎたとき、床に血が数滴落ちた。これを見て、ベノシュはうめいた。「汚いじゃないの。何があったのよ？」

「すみません」パーヴィーンは身をこわばらせた。もし今夜の本当の状況が明るみに出たら、ベノシュは二度と、嫁の後釜を寄こすよう、別の一家を説き伏せられなくなるかもしれない。

ベノシュは泣き始めた。「なぜ、なぜなの？　こんなふうに出ていくなんて、どういうことなのよ？　そこら中に血を垂らしてるのはどうしてなの？　決まりってものを知ってるでしょう！」

姑は頭がおかしくなったのだろうか？

バーラムの声が食堂から聞こえてきた。「いったいなんの騒ぎだ？」

二人とも離れてほしかった。彼女は咳払いした。「調子がよくないんです。二階へ行かないと」

「ええ、でも体を洗いなさい。小部屋へ行くのがいいわ」

おそらくベノシュは、パーヴィーンが見知らぬ誰かにレイプされたと思っているだろう。この切り傷やあざはサイラスの仕業だと大声で叫んでやりたいのをこらえ、パーヴィーンは素直に答えた。「もちろんそうします。日記を取りに自分の部屋へ寄るだけです」

「いいでしょう。あとでギーターに食事を運ばせるわ」

パーヴィーンはまっすぐ自分の部屋へ上がった。けれど、ただ日記を取るだけでなく、衣装ダンスからショールをつかんで肩に巻いた。そのタンスの下から小さなバッグを引っ張り出し、小遣いと宝石類——両親がくれた貴重な品々とソダワラ家からもらった結婚祝いの腕輪をすべて、そこに詰め込んだ。

考え直してバッグをあけ、象牙の腕輪を取り出して化粧ダンスの上に置いた。その高価な手かせは、婚家に残しておくことにした。

音を立ててバッグを閉じると、誰にも見られないように下へおりた。

バーラムが大声で電話をしているのが、ふと耳に入った。「今夜、あれに会っただと？あれが——何をしたって？」

サンダルを履こうとしたちょうどそのとき、ベノシュがあわててやってきて、パーヴィーンを見つけた。「これはどういうこと？　出ていくなんて許さないわよ。血を垂らしてるでしょう！　人さまにどう思われるか」

「もう、そんなことを心配する必要はありません」パーヴィーンは冷静に告げた。「わたしはボンベイへ戻ったと、サイラスに伝えて下さい——そして二度とわたしに構わないでとも」

出ていくとき、パーヴィーンは石灰の粉でステンシルした模様をしっかりと踏み、自分で描いた繊細なデザインをただの粉塵（ふんじん）にした。

一九二一年

第十七章　黒い指紋

一九二一年二月、ボンベイ

ファリドの家で、パーヴィーンは警部補のK・J・シンが床に黒い粉を振るのを見ていた。その黒い粉、夕方の熱気、血のにおいによって、ソダワラの家でのさまざまな記憶がよみがえってきた。おぞましい小部屋と、何ヵ月にもわたって、何時間もかけてステンシルで図案を描いた玄関のことが。

いま起きていることが悪夢のように思える。フェイサル・ムクリの死体から目をそらしてもいいのだが、そうしないのが義務だとパーヴィーンは感じた。

父親から事態の詳細すべての報告を求められるはずだと考え、パーヴィーンはそこに残れるよう頼んだ。厚かましい願いだったから、とどまるのを警部補が許してくれると、パーヴィーンは驚いた。指紋の採取が続いているとき、そこにいる許可をもらえたのは、警部補にとって自分のいいところを見せるチャンスだからだと気付いた。どのみち上司はまだ来ておらず、パーヴィーンは彼が初めて出会う女性の弁護士なのだ。

シン警部補は濃い黒色の粉をあらゆるものに素早く振りかけた。大理石の床、壁、家具。この優雅な古い家を台無しにしているわけだが、それは仕方のないことだろう。パーヴィーンはその若い警察官をじっと見つめた。顎鬚（あごひげ）をきちんと整え、ひどく大きな深緑色のターバンを巻いている。一般的なインドの警官は青いチュニックと半ズボンを身に着けているが、この警部補はインド帝国警察の制服の、こざっぱりとした白いジャケットとズボンを着用していた。

ブロンズ色のブライドルレザーのブリーフケースは、もともとミスター・ムクリの遺体の下にあり、今は粉で黒くなっていた。パーヴィーンはそれをじっと見て、どうやったら、返してくれるよう警部補を説き伏せることができるのかを考えた。警察組織にいるごく少数のインド人のひとりとしては、他のインド人の頼みを断りそうな印象を与えたくはないはずだ。

「指紋はたくさん見つかってますか？」パーヴィーンは親しげな口調で尋ねた。

警部補はばかにしたような目を向けた。「カルカッタで、ヘンリー式指紋識別システムの訓練を受けたんです。その指紋採取の技術がインドで始まったとは、知らないでしょう？」

「知らなかったわ」パーヴィーンは正直に言った。「ボンベイではどれくらいの指紋が記録されてるんですか？」

「四万五千以上です」警部補は誇らしげに答えた。「最近は、逮捕時には必ず指紋が採られるんですよ」

「記録されているのは犯罪者の指紋だけですか？」

「必ずしもそうじゃありません。掃除人と守衛はほぼ全員、指紋の採取を求められます。門のところに守衛はいませんでしたね。それがもう怪しいです。上司の警部、ミスター・R・H・ヴォーンはきっとその男を追うでしょう」

パーヴィーンは不安になり、ついたての向こう側にいる女性たちの少なくともひとりが、ムクリの死にかかわったかもしれないという密かな推測を頭から追い出そうとした。自分の仕事は彼女たちを守ることで、オオカミどもに投げ出すことではない。

パーヴィーンは何か重要なことに気付くかもしれないと思い、玄関ホールを調べた。彼女はあらゆるものをよく見た。血が飛び散っている壁の花模様のモザイク、倒れているヴェルヴェット張りのスツール、寝室へ続く開いたドア。

おそらくそこはミスター・ムクリが寝ていた場所だろう。シン警部補が粉を振りかけ続けるあいだに、パーヴィーンは立ち上がってその部屋へ入っていった。豪華なベッドには、赤いシルクのキルトがきちんと掛けられている。両側の、大理石の天板がついたテーブルには、クリスタルのゴブレットが複数置かれていた。

シューッというかすかな音がパーヴィーンの注意を引いた。それをたどって閉じたドアのところまで行き、押しあけると、その後ろは大理石のタブのあるバスルームだった。バスタブの内側の長い錆汚れに玉のような水滴がついていることからすると、彼女に聞こえたかすかな音は、きちんと締めていない蛇口から垂れていた水音だとわかった。

「どこへ行ってたんです？」シン警部補の声は鋭く、パーヴィーンのすぐ後ろで聞こえた。まるで困ったことになった子供のような気分だった。「ごめんなさい。ここが立ち入り禁止だとは知らなかったものですから」

「ドアに触ると、指紋が台無しになるじゃないですか！　ここには証拠があるかもしれないのに」

パーヴィーンは水が滴っている蛇口に目をやった。それを警部補に指摘してやれたのに。けれども、彼女は法的に手を貸す義務があるわけじゃない。それに、もし一家の誰かの弁護にかかわるようになれば、どんなことについてであれ捜査官に情報を漏らすのは、取り返しのつかない結果をもたらすかもしれない。それでも、よい関係を保ってはおきたかった。弁護士が警察から学べることはいくつもある。だからこそ、父親――警察に電話した後、パーヴィーンが次に連絡した人物――が、二人の警官と共に階下にいるわけだった。

「警部は何が持ち去られたか知りたいと思いますよ」シン警部補は言った。「これは実に厄介だな、三人の未亡人は家の反対側に住んでるんですから。彼女たちはどんなことを話してくれるでしょうかね？」

パーヴィーンは名誉を回復するチャンスだと喜んだ。「うちの法律事務所には、一家のもっとも重要な資産のいくつかについて文書にしたものがあります。捜査の助けになるよう、そうした情報を共有できると思いますけど」

シンはパーヴィーンをうかがうように見た。「いつそれを渡してもらえますか?」

「たぶん明日には。でも、わたしのブリーフケースがいるわ。壁ぎわに置いてあるものですけど――」

「男物のブリーフケースを持ってるんですか?」シンは信じられないというように、パーヴィーンからブリーフケースに目を移した。

「それはわたしのよ!」必死のあまり、泣きそうな声になった。「言っておきますけど、英国のスウェイン・アドニー社製のもので、わたしのイニシャルが刻印してあるわ。PJMって」

シンはそのブリーフケースのほうへすり足で歩いていき、それを持ち上げて調べた。「どうしてあなたのブリーフケースが遺体のところにあるんです?」

パーヴィーンは深く息を吸った。慎重にしなければ、自分に疑いが向けられるかもしれない。「今日早くに訪問したとき、置き忘れたんです。遺産の処理にかかわる通常の訪問ですよ。亡くなったオマル・ファリドはもともと父のクライアントですが、今はわたしも手助けしてるんです。わたしになら、奥さまたちが話をして下さるから」

シン警部補はパーヴィーンにブリーフケースを渡した。「それじゃ、持っていっていいですよ。でも、なくなったものがあるかどうか教えて下さい」

「ありがとう。すぐに見てみます」

パーヴィーンは、ブリーフケースが細かな黒い粉に覆われているのにも、自分が容疑者だと思われていることにも不安を覚えたが、振り払った。ノート、ボンベイの町の案内図、三本のペン、二十ルピーと小銭のパイサ硬貨は、まだ中に入っている。マフルと慈善信託(ワクフ)の書類には探られた跡があった。ミスター・ムクリはそれを見たのだ。今となってはどうでもいいけれど。

「何も盗(と)られてないわ。いつも持ち歩いている少額のお金も」パーヴィーンは言った。

「泥棒なら誰でも、そのブリーフケースを盗んだでしょうに。高価なもののようですから――」階下からジャムシェジーの声が轟(とどろ)き、シンは話をやめた。

「申し訳ないがね、お嬢さん、この区域は勝手に立ち入れないんですよ！　警察の管理下にあるので」

「そうなんですか？」聞き覚えのある女性の、間延びしたような声がする。「それじゃ、あなたがいるのはどういうことですか？　こざっぱりした服を着てるから、警官じゃないわね」

シン警部補は共感を求めるようにパーヴィーンに目をやり、小声で言った。「イギリス人の女の人たちときたら。来るべきじゃないところには、どこにだっているんですから」

「父には助けがいるようだわ」パーヴィーンはブリーフケースを持ち、表階段を駆け下りた。

アリスは白いリネンのドレスを着ており、それはしわくちゃなうえに、赤い粉で汚れていた。彼女はパーヴィーンを見ると目をぎょろつかせた。「パーヴィーン！　どうしてここにいるの？」

「それはこっちのセリフよ！」パーヴィーンは笑った。おもしろがっているふりをしようとしたが――だめだった。今はアリスが首を突っ込むのにふさわしいときじゃない。

「エレファンタ島の観光から戻ってきたところで、騒ぎを目にしたからね。このあたりで暴動でも起きてるみたいだから」

「たとえそうだとしても、他人の地所に入り込む理由にはなりませんよ」ジャムシェジーが冷たく言った。

「パパ、この人はわたしの大学時代の親友、アリス・ホブソン＝ジョーンズよ」パーヴィーンは口を挟んだ。父親と同様、アリスに邪魔されたことに腹が立ったが、のけ者にされたと彼女に思ってほしくはなかった。「すぐそばに住んでるの」

「それじゃ、あなたがあの有名なジャムシェジー・ミストリーさんなんですね！」ジャムシェジーの冷たい対応などなかったことにするように、アリスがぱっと顔を輝かせた。「パーヴィーンからあなたのことをいろいろと聞いてます。実は騒ぎになってるから来ただけなんです。うちの門番の話では、警察の車が通っていったそうで――遺体を運ぶのに使われるような」

「残念ながら、その情報のとおりです」ジャムシェジーはアリスが差し出した手を握りながら、こわばった声で言った。「この家の紳士が亡くなったんですよ」

アリスは息をのんだ。「でも、そのお大尽(ナワブ)はしばらく前に亡くなったのでは？」

父と娘は目配せし合った。ジャムシェジーが承知したというようにうなずくと、パーヴィーンは口を開いた。「アリス、あなたの言うとおり、この家の主人のミスター・オマル・ファリドは二ヵ月前に亡くなったけど、彼はビジネスマンでお大尽(ナワブ)じゃないわ。今日亡くなった紳士は一家の代理人で、後見人でもあるのよ」

「ひどい話じゃないの」アリスが言った。「その人は未亡人と子供たちを守って殺されたわけ？　ずいぶんと立派な人だったに違いないわね」

「詳しいことはわからないんですよ」ジャムシェジーは外国人を相手にするときのように、忍耐強く言った。「それは警察が調べることです。さて、ミス・ホブソン＝ジョーンズ、もしよければ――」

「でも、ミスター・ミストリー、教えていただけますか、ご婦人たちと子供たちはけがをしてません？」アリスはしつこかった。

「大丈夫よ」パーヴィーンが言った。「婦人の居住区域(ゼナーナ)に様子を見にいってきたから」とはいえ、話をする時間はなかったが。

いじゃないか？」


「パーヴィーン、おまえとミス・ホブソン＝ジョーンズは、あとで互いの家を訪問したらいいじゃないか？」

　ジャムシェジーが不快に思っているのが、パーヴィーンにはよくわかった。突然入り込んできたのは社会的地位が高い人間で、さらにあらゆるトラブルを引き起こしかねないのだから。パーヴィーンはあとで父親を安心させてやるつもりだった。だが、今のところは父の頼みどおりにすることにした。

　パーヴィーンはアリスと庭園へ歩いていった。

「謎めいたわたしの隣人とすでに知り合いだったのに、どうして教えてくれなかったの？」アリスはぶつぶつ言った。「一緒にこの庭を見下ろしたのに、一言も言わなかったんだから！」

「ご両親の家を訪ねるまで、あなたがこんな近所に住んでるとは知らなかったし、わたしには依頼人のプライヴァシーを守らなきゃならない義務があるのよ」パーヴィーンはアリスの片方の腕に自分の腕を入れた。「父は言える限りのことを話しただけよ。だってあなたがやってきたから、隠しておくことはできそうもなかったんだもの。だけど、ほかの人には黙っていてね」

　アリスは目をぐるりと回した。「そうする。でもこうやって箝口令が敷かれても、わたしの考えをあなたに伝えられないことはないでしょう？」

「話してちょうだい、だけど声を落としてね」パーヴィーンはささやいた。「壁の向こうには、耳をそばだててる人たちがいるんだから」

アリスは尖ったガラスののった、敷地の高い壁を見て顔をしかめた。「わかった。母が言うには、インドで殺人があるときはいつも、その犯人は不満を持った使用人だと考えていいんだって」

モーセンはまだ持ち場に戻っていなかった。けれども、パーヴィーンはいつもの偏見にかかわりたくなかったし、アリスにもそんなものを受け入れてほしくはなかった。「わたしの考えはね。インドにはお金持ちよりも貧しい人たちの方がうんと多いから、有罪判決を受けるのは、ほとんどがそういう人たちなの。彼らの運命はエリート階級出身の判事に決められるのよ」

「そんなこと思ってもみなかった」アリスは少し恥ずかしそうな顔で言った。「誰だろうと、犯人が捕まってほしいものね。わたしがフェアな人間だって、わかってくれる？」

「ええ」

「ここでのことが終わったら、家へ来てくれない？」

「昨日のお母さまの話だと、今夜は忙しいんでしょう？」

「ずっと船に乗っていた翌日で、まだ足がふらついてるっていうのに、その用事をすませてきたところよ。洞窟へ行ってきた。だからこんなひどい姿をしてるわけ」

パーヴィーンはためらった。アリスとあらゆることについて話をしたいのはやまやまだが、しゃべりすぎないようにするのはむずかしいだろう。「父がどう考えるか確かめないと」

「そうするようにほのめかされたわけね！」アリスは憤慨した。

おそらくは。だが、父は事件の詳細を教えるよう、アリスにどれだけせっつかれそうか、わかっていない。それに、自分とアリスが何年にもわたって本当のことを教え合ってきたことを思えば、パーヴィーンは友人をどこまで拒否できるかわからなかった。

第十八章　殺人の音

一九二一年二月、ボンベイ

パーヴィーンは門のところでアリスにそっとさよならを言った。ひとりの警官が、どうしてパトカーがいるのか探りにきた近所の人たちや店主たちの一団を押しとどめていた。パーヴィーンが屋敷の方へ急いで戻りかけたとき、ファリド家の幼いメイドが彼女の名を呼びながら走って追いかけてきた。

パーヴィーンは立ち止まった。「どうしたの、ファティマ?」

「パパ(アッバ)を返してくれるよう、けいさつに話してくれますか?」ファティマはむせび泣きながら言った。「おまわりさんたちに連れていかれたんです」

パーヴィーンはこの新しい知らせにたじろいた。「でも——警察がやってきたとき、お父さんはいなかったでしょう。それにあの警部補はまだ指紋を採ってたけど」

「ほかの人たちが来たんです。白人が。その人がおまわりさんたちに父さんを連れていくよう命令したんだと思います。でも、みんなあたしのせいなの！」

パーヴィーンの中で、さまざまな感情が混ざり合っていた。犯人が捕まったことには大いにほっとした。つまり、もう未亡人たちは安全だということだ。だが、ファティマの涙で濡れた顔を見ると、心が痛むと同時に、あわただしく逮捕されたことに胡散臭さを感じた。

「何が起きたか話してちょうだい」

「おまわりさんたちがやってきて、あたしの両手をつかみました。そして黒いインクに押しつけたんです。何度も洗ったんだけど、しみが取れません」

少女の汚れた指先を調べると、パーヴィーンは言った。「あなたは家のどちらの側にも行っているただひとりの人だから、警察は指紋を採ったのかもしれない。ミスター・ムクリを襲った人とあなたを区別しなくちゃならないからね。あなたが犯人だと思われてるわけじゃないのよ」

「アッバよりも、あたしを連れてってくれればよかった」ファティマは泣き叫んだ。「誰がザイドのめんどうをみるっていうの？」

「どうか落ち着いてちょうだい。警官たちはあなたにどんなことを尋ねたの？」

「アッバが家の中へ入るのを見たかどうかきかれました。それで、そうだと答えたんです――覚えてますか、アッバはムクリさまが叫んでいたときあなたを助けにきましたよね。でもそのあと、アッバは行ってしまいました。たった今戻ってきたところで、おまわりさんたちはアッバを取り囲んで、わたしに近よらせないようにしました。そのあとアッバを連れていったんです！」

「もっと情報が必要だわ。この一時間のあいだに、何かおかしなことを耳にしなかった？」

「おまわりさんたちにもそれをきかれました。あたしは本当のことを言ったんです。ジュムージュムの泣き声のほかは何も聞こえなかった。歯がはえかかってるんですよ」ファティマは、むき出しの小さな足からもう一方へ重心を移した。「婦人の居住区域へ戻ってくれませんか？　奥さまたちはひどくうろたえています。あのいじの悪い白人のおまわりさんが、まだここにいるんだもの」

その人物はシン警部補の上司、ヴォーン警部だろうと、パーヴィーンは気が付いた。ファティマに兄のところへ行くよう告げ、そのあと婦人の居住区域の入り口へ歩いていった。そこで、閉じたドアのところに二十代後半の、背の低いイギリス人がいるのを見つけた。彼はこぶしでドアを叩いていた。

「ナマステ！」警部は叫んだが、その態度は「あなたに敬意を払います」というその言葉の本来の意味とは、かけ離れていた。おまけに、それはヒンドゥー教徒の挨拶で、ムスリムには使わない。

「こんにちは！」パーヴィーンは英語で言った。「あの――」

その男は不意に振り向き、パーヴィーンを見て口をあんぐりあけた。「ファリド奥さま？」

パーヴィーンは片手を差し出した。「わたしの名はパーヴィーン・ミストリーです」

相手はパーヴィーンの手を取らず、突き出た青い目でなじるように彼女をじっと見た。

「きみは、うちの警察官たちを困らせているパールシーの紳士と何か関係があるのか？」

パーヴィーンは冷静に答えた。「わたしはミスター・ジャムシェジー・アッバス・ミストリーの娘で、ミストリー法律事務所を一緒にやっています。あなたはヴォーン警部ですか？」

「主任警部のヴォーンだ」彼は目を細め、パーヴィーンを疑わしげに見た。「女の法廷弁護士(ヴァキル)がいるとは思わなかった」

「わたしは事務弁護士で、ヴァキルじゃありません」ハンカチを取り出して手のひらの汗をぬぐうと、パーヴィーンはもっと感じよく言おうとした。「父がお話ししたかどうかわかりませんが、ここに住んでいる未亡人たちは戒律を守っているムスリムの女性(パーダナシン)です。尋問のさい、あなたと顔を合わせなくてはならないとしたら、冒瀆(ぼうとく)されたと感じるでしょう。男性との接触を厳しく制限されてますから」

「殺人の容疑者を捕まえるためなら、その規則を緩めてもいいと未亡人たちは思うはずだが」ヴォーンは文句を言った。

「通常、彼女たちとどうしても話をしなくてはならない男性は、仕切り壁(ジャリ)越しにそうするのが慣例になっています」パーヴィーンはきっぱりと言った。

「このドアを十分も叩き続けていて、今にも壊してしまいそうだ。わたしと話すようあなたが未亡人たちを説得してくれたら、そんなことをしなくて済むのに」

パーヴィーンは警部の赤い顔に懸念を見て取り、しばらく考えた。モーセンが身柄を確保されたので、未亡人たちの誰かがミスター・ムクリを殺したとは、ヴォーンは考えていないだろう。だが、彼女たちが現場にいたことを考えると、全員が目撃者になりうる。そうなると、まず自分が内密に会った方が、未亡人たちには安全だと思われた。

「ヴォーン警部、喜んでお手伝いしたいのですが、わたしがひとりで未亡人たちに会ったほうが、もっと率直に話してくれると思いますよ。彼女たちが何か見たり聞いたりしたか、尋ねてほしいのですか？」

「もちろんだ」警部はわずかに緊張を緩めた。「フェイサル・ムクリの家族がどこに住んでいるか、知ってますか？」

「すみません」パーヴィーンは首を振った。「ミスター・ムクリは独身で、ファリド織物に雇われてましたから、管理部門に家族の記録があるかもしれない」

「それに門番のことがある。あの幼い召使いがシンに話したところでは、門番はしばらく家にいたが、そのあと使いに出たそうだ。だがその子は門番の娘なので、父親のために嘘をついたのかもしれない。屋敷の門番が、持ち場を離れて使いに出る理由がわからない」ヴォーンはそう言って鼻を鳴らした。

「未亡人たちについては、できるだけのことをするつもりです」パーヴィーンは請け合った。

「屋敷の反対側へ行きますか？」

ヴォーンはパーヴィーンに驚かされたかのように、まばたきした。おそらく、インド人に何かを尋ねられるのに慣れていないのだろう。「ああ。検視官と殺人現場へ行くつもりだ」

一階の大きな部屋には、天井に付けられた扇風機が静かに回り、サキナはそこで長い枕にもたれて座っていた。前かがみになり、刺繍に取り組んでいる。ラジアの娘のアミナは本を読んでいるように見えた。

隣の小さな部屋から静かな詠唱が聞こえている。

「ラジアは祈ってるわ」サキナがそう言って、パーヴィーンが前にミヒラーブを賞賛した部屋のほうへ頭を傾けた。「わたしはもう娘たちと祈りました。ラジアはアミナにもそうしてほしいと思ったけど、この子はまだやってないのよ」

アミナは唇を引き結び、退屈そうな目をしていた。パーヴィーンは抱きしめてやりたかったが、思い直した。婦人の居住区域（ゼナーナ）での力関係はわかっていたので、サキナの役割を奪いたくはなかった。

「サキナ奥さま（ベーグム）、二階へ行って話しましょうか？」パーヴィーンは尋ねた。

サキナが顔を上げると、目が赤くなっているのがわかった。「子供たちの近くにいたいのよ。お手伝い（タイバーアヤ）のタイバと一緒にちょうど庭に出てるから。あんなことがあったあとだから、子供たちのそばにいてやりたいの」

　サキナは子供たちを心配しているにもかかわらず、家の中にいて、お手伝いに子供たちの世話を任せることにしたのはどうしてだろうと、パーヴィーンは思った。幼い子供たちを自分の優雅な寝室に入れないようにしているのと同様に、それが習わしなのだろうか。パーヴィーンはまだジュムージュムに会ってさえいない。咳払いをすると、彼女は言った。「こんなことになって、とても残念です。もし今日の午後あなたがたと一緒にいれば、あんなことをしたのが誰であれ、思いとどまったかもしれません」

「それは誰にもわからないわ」サキナはそう言って涙をぬぐった。「ずっと考えてるのよ、わたしたちを守るようにと指名した後見人が亡くなったと知れば、主人は何と言うだろうかって」

「かわいそうなお父さま」アミナが小声で言った。

「二人で天国にいることでしょう」サキナが少女の髪をなでようと手を伸ばした。愛情のこもった仕草だったが、アミナは身を離した。

パーヴィーンはヴォーン警部がやってきたとサキナに告げ、何かおかしなことを見たり聞いたりしなかったかどうか知りたがっていると伝えた。

　サキナは悲しげな目を向けた。「わたしたちは家の中で隔離されているのに、いったい何が見えるって言うの？　それに窓のすぐ下で話していなければ、ほとんど聞こえないのよ」

「母屋の応接室をのぞくことはできますよね」パーヴィーンは、そこで人影を見たのを思い出した。

「娘たちはときどき、かわりばんこに靴の棚からのぞいてますよ」サキナが言った。「でもあなたが立ち去ったあとは、娘たちもわたしも一階にはいなかったわ」

「モーセンは持ち場にいませんでした。なぜだかご存じですか？」

「あなたが帰っていったあとひどい頭痛がしたので、ファティマに頼んで、モーセンに市場でバラ油を買ってきてもらえないか聞きにいってもらったのよ」サキナは頭の横に手を触れた。以前は頭の上で優雅にまとめてあった髪がほどかれているのに、パーヴィーンは気付いた。彼女の漆黒の長い髪は濡れ、腰までまっすぐ垂らしてある。「わたしは横になっていたのよ。モーセンがいなかったために、こんな犯罪が起きたと思っているの？」

「もちろんよ！」アミナが力強く言った。「門を守る人がいなかったら、誰だって入れるわ。それに、あなたはいつもあの人をあれこれ使いに出すじゃない。門番なんてほとんどいないようなものよ」

「生意気な口を利くんじゃありません！」サキナが叱りつけた。

「誰のせいでもないわ」パーヴィーンはあわてて言った。まるで少女をひっぱたこうとするかのように、サキナの手が上がったからだ。「モーセンがきちんとした用事で出かけていたと、警察にはちゃんと知ってもらわないと。ですから、感謝いたします、サキナ奥さま（ベーグム）。アミナ、何か普通ではないことを耳にしたのなら、話してくれるととても助かるんだけど。尋ねてみると警察に約束したの」

「間違いなく叫び声を聞いたわ」アミナはすぐに答えた。

「いつ？」パーヴィーンはもっと話を聞きたくてたまらなかった。

「あなたが帰った三十分ほどあとよ。ほかの二人と庭にいて、ムンタズおばさま（カラ）が気分が悪くなったから、楽器を片付けてたの。そのとき叫び声がした。誰だかはわからなかったわ」

「商人たちが品物を売りにくるときには、通りは叫び声であふれてるでしょう」サキナが言った。「たぶん、そうした声だったのよ」

「男の人の声だったとは思う——でも、その叫び声は何かを売ってるようじゃなかった」アミナが言った。「恐ろしい声だった。でもほかのみんなはおしゃべりしていて、気付かなかったわ」

アミナの話で不安になったかのように、サキナの表情が険しくなった。「わたしは部屋で休んでいたので、何も聞こえなかった。あなたはいい子ね、アミナ、パーヴィーンさん（ビビ）のお役に立てるなんて」

「あなたの話を警察に伝えるわ、そうしたらもっと詳しく知りたいと言われるかもしれない」パーヴィーンはサキナの顔に緊張が走るのを見た。「どうしたんです？」

サキナは首を振った。「とても恐ろしいことだわ。これからどうやって、わたしたちだけで暮らしていったらいいのか想像もつかない。それにまだ遺産も受け取っていないし。それはあなたの仕事でしょう？」

「遅れていて申し訳ありません」パーヴィーンは謝ったものの、十二月からずっと、断続的に書類の作成に取り組んできたのは確かだ。「ムクリさま（サヒーブ）が債権者の名前を教えて下さるのを待ってたんです。彼がいなくてもやりますから」その少女を怒らせずに、どうやって続きを言ったらいいのかわからずにためらった。「アミナ、お願いがあるんだけど、しばらくのあいだサキナ奥さま（ベーグム）と二人だけで話をしなきゃならないの」

　アミナが二人を見る目には、敵意に近いものがこもっていた。「どうしてわたしは一緒にいちゃいけないの？　人がひとり死んだんでしょ。わたしが気が付かないとでも思ってるの？」

「あなたくらいの年頃の人には、手に余ることがいろいろあるのよ」パーヴィーンは優しく言った。

「それじゃ、いいわ」アミナは答えた。「二階へ行くから。わたしだって、見なきゃならないことがあるの」

「あなたがそんな態度をとっていることを、お母さまは知りたくないでしょうね」サキナが少女に言った。

　パーヴィーンはアミナが階段を上がって二階へ行くのを見ていた。どこか隠れ場所を見つけてもぐりこみ、耳をそばだて続けるだろうと思いながら。パーヴィーンはサキナに目を戻すと、声をひそめた。「数時間前、あなたの声がラジア奥さま（ベーグム）の部屋から聞こえました。何を話していたんです？」

サキナの目が驚きできらめいた。「ひとりで二階へ行ったのね、わたしたちに知られずに？」

サキナに尋ねられ、自分の行動が疑わしく思われていることにパーヴィーンは気付いた。弁解に聞こえないようにしながら、こう言った。「ブリーフケースを捜してました。それだけです」

衣（きぬ）ずれの音がしたので目を上げると、ラジアが祈りを終えてやってくるところだった。彼女の顔には疲労のために長いしわが刻まれ、目は落ちくぼみ、希望を失っているように見えた。

「お悔やみ申し上げます、ラジア奥さま（ベーグム）」そのお決まりのフレーズを口にするのは、気まずい感じがした。フェイサル・ムクリはラジアの生活に入り込み、それをひどいものにしたのだから。パーヴィーンはラジアが受けたショックに対して、同情を述べたのだった。ラジアはこの先生きていくあいだずっと、暴力的な事件の記憶につきまとわれることになるだろうから。

「わたしたちが何を話したか、お答えしましょう」ラジアが神妙に言った。「今日の午後、アミナがついたての隙間からのぞいて、男の人が血まみれで倒れているのを見たのよ。あの子は走ってサキナに知らせた。彼女の部屋がいちばん近かったから。死んでいるのはムクリさま（サヒーブ）だと言ったそうよ。わたしはサキナから聞いて、ムンタズにも声をかけたの」

パーヴィーンは、アミナがミスター・ムクリの風体を知っているのに驚かなかった。ついたての隙間から彼を見たことがあったに違いない。おそらくあのとき、靴の棚からパーヴィーンを見ていたのはアミナなのだろう。だが、もしアミナがミスター・ムクリの遺体を見たのなら、なぜそれをパーヴィーンに言わなかったのか？　アミナは叫び声を聞いたと話していた――けれども、恐ろしいものを見てしまったとは言ってない。

「わたしはショックを受け、アミナが間違っているのかもしれないと思った」サキナがパーヴィーンの思考をさえぎった。「その男性がイギリス風のスーツを着ていたからといって、それがわたしたちの後見人ということにはならないわ。外からやって来た危険人物かもしれない。疑いの答えを出すために、ファティマに見にいかせるべきだと言ったの。以前にミスター・ムクリに仕えていたから、彼の容姿を知ってるだろうと思って」

ラジアは腰を下ろし、第二夫人にたしなめるような目を向けた。「それには賛成しなかった。アミナはひどく取り乱していたそうだから、この家のほかのどの子供たちも、そんな血まみれの遺体を目にするべきじゃないとわたしは言ったのよ。モーセンは世の中のきびしい状況に慣れているので、見にいってもらおうと提案したんです。サキナは、彼を買い物に出したから無理だと言ったわ」

パーヴィーンは、ラジアの声に軽蔑がこもっているのに気付いたが、サキナは目に見える反応を示さなかった。パーヴィーンは尋ねた。「警察を呼んで、身元を確認してもらおうとは思わなかったんですか？」

「電話をかけるには、一階へ下りて母屋へ行かなきゃならなかったわ」ラジアは膝に目を落とした。「恐ろしかったの。殺人者がまだ敷地内にいるかどうか、わからなかったから」

「わたしはまず頭に浮かんだことをしたの。自分たちの私室に子供たちを入れ、ドアに鍵をかけたわ」サキナは震えながら話した。「警察が来る音が聞こえるまで、そこにとどまってたの。あなたが電話をしてくれたのね？」

「ええ」パーヴィーンは認めた。「さて、ちょっと疑問に思っていることがあるんですが。モーセンとミスター・ムクリのあいだに、何かトラブルがあるかどうかご存じですか？」

「聞いたことがないわ」ラジアが言った。「モーセンは以前はドックでファリド織物の仕事をしていましたが、奥さんが亡くなったとき、夫が屋敷でのこの仕事に変えてやったんです。母親なしで子供を育てるのに、ここはより安全な場所だから。お手伝い（タイバーアヤ）のタイバもわたしたちも、子供たちを見てやれるし。モーセンが来てから六年になりますけど、ついたての隙間からほんの数回しか、彼に話しかけたことはないわ。たいていはファティマが仲立ちをしてくれるの」

「ムンタズに尋ねるのがいいんじゃないかしら。ムクリさまは主人（サヒーブ）と一緒にフォークランド通りへ出かけたとき、彼女と知り合ったんだから」その歓楽街の名を口にしたとき、パーヴィーンたちに第三夫人の好ましからざる過去を思い出させるかのように、サキナは眉を上げた。

ムンタズがほかの未亡人たちの相談の場にいなかったことからも、彼女がこの一家の枠組みの端っこで暮らしているのがうかがえた。パーヴィーンは言った。「ムンタズ奥さま（ベーグム）と話す前に、どなたかのご親族にここへ泊まりにきてもらいたいか、教えて下さい」

サキナは長いこと黙っていて、そのあと首を振った。「兄たちはプーナで仕事をしているから無理よ。誰も思いつけそうもないわ」

「本当に？」パーヴィーンは、サキナがこの家で支配的な役割を果たしていることに驚いた。「あなた方と一緒にいて、必要な手助けをしてくれる親族の話をしてるんですよ。あるいは親しいお友だちとか？」

ラジアは疲れた顔でパーヴィーンを見た。「ムンタズがいるので、そういうことは少しむずかしいのよ」

「どうしてですか？」パーヴィーンは尋ねた。

「わたしたちの一族は、世の中に出ている女性を見下してるの——しかも、とりわけ男性をもてなしていた人たちをね」サキナの言い方はそっけなかった。「彼女と同じ家にいると、自分たちも汚れると思い込んでる。だからこの一年は、誰かが訪ねてくることはほとんどなかったわ。わたしたちの主人は、この家に長く影響を及ぼす選択をしたのよ」

もし二人ともそんなふうに感じているなら、ムンタズを説得して出ていってもらおうとしたことがあるのだろうか。

ラジアの苛立たしげな声がパーヴィーンの考えをさえぎった。「彼女がわたしたちの主人の世話をしてくれたことを、アッラーは思いやり深く見ておられるに違いありませんよ。もうやることがなくなってしまったから、子供たちに音楽を教えるようわたしが勧めたの」

「次の後見人について、何か提案がありますか？」パーヴィーンはラジアに尋ねた。

「わたしの親族はサキナよりもっと遠くにいるんです。ウードゥに農地があるの。アミナはそこでとても楽しく過ごすのよ——最後に訪れたのは二年前でね。でも、誰だろうと、ここへ移るのは無理だわ」

「ボンベイには来てくれそうなお友だちがいますか？」二人とも黙ったままだ。「もしあなたがたが誰も思いつかなかったら、ムンタズ奥さま(ベーグム)に何かいい案があるか訊いてみます」

ラジアの目が見開かれ、サキナは落胆して小さな叫び声を上げた。

「わかりました」パーヴィーンは言った。「ここへ来てもらいたい人について、もう少し考えてみて下さい」

押し黙ったまま、サキナは二階のムンタズの部屋へパーヴィーンを連れていった。

数回のノックのあと、ムンタズが応じた。その部屋は暗く、仕切り壁(ジャリ)にはカーテンが引かれていて、空気はどんよりしてかび臭いにおいがした。

「どうぞ電気をつけてちょうだい」ムンタズが、乱れたベッドからささやき声で言った。

「まだ気分がよくないんですね」パーヴィーンはそう言ってベッドのところへ行き、ムンタズの手を取った。「お医者さんを呼びましょうか?」

「けっこうよ。前よりよくなってきたから」ムンタズが小声で言った。「数時間したら治まるわ」

「ほかのお二人から、わたしがお宅へ来て警察を呼ぶ前に、ムクリさま(サヒーブ)の遺体が見つかっていたと聞きました。あなたがた三人は母屋に遺体があることについて、話をしたようですね」

ムンタズはパーヴィーンから身を守るかのように、さらにしっかりと体にシーツを巻きつけた。「サキナ奥さま(ベーグム)は、仕切り壁(ジャリ)越しにのぞいてほしいとわたしに言ったの。ムクリの顔を見たことがあるのはわたしだけだったから。でも、そうするつもりはなかったわ」

「なぜですか?」

「死んだ人を見ると、子や孫の代に最悪の不幸がやってくるのよ!」ムンタズは力を込めて言った。「そんな危ないことをするつもりはないもの!」

もしそれが本当なら、ムクリを見たのが自分でよかったとパーヴィーンは思った。もう子供を産むつもりはないのだから。「庭園でわたしと面談していたところをムクリさま（サヒーブ）に邪魔されたあと、あなたは何をしてましたか？」

ムンタズは身を震わせた。「ただ恐ろしくて。怯えて自分の部屋へ走っていって、そのあとお風呂に入ったの」

「お風呂？」パーヴィーンは信じられなかった。嵐のさなかに、いい気なものだと思えた。けれども、サキナもラジアも自室へ引き取ってしまっていたのだ。

「お風呂に入っているあいだは、誰も邪魔しにこないでしょう。廊下からずいぶん遠いから」ムンタズは言い足した。

「あなたがどこにいたか、警察に言うつもりでいます。ところで、ほかの奥さまたちが話し合いのためにあなたを呼ぶ前、何か物音や騒ぎが聞こえたのを覚えてますか？」

「いいえ。浴室は外の庭園に近いの。そこから鳥の声が聞こえたり、ときどきは通りで人の声がしたりするだけだったわ」

パーヴィーンは矛盾に気付いた。「それじゃ、ほかの奥さまたちがあなたを話し合いに呼ぶ声は、どうして聞こえたの？」

「アミナがわたしの部屋へ来て、浴室のドアをノックしたのよ」

「説明して下さってありがとう」パーヴィーンは慎重に次の言葉を考えた。「後見人としてここへ来てくれる、信頼のおける人を思いつけますか？」

「男の人に、また新しくここにいてもらわないといけないの？」ムンタズは不安げだった。

「誰かそういう人を選べば、二度とこんな恐ろしい目に遭わなくていいってこと？」

「男の人じゃなくてもいいのよ。でもあなたがたの誰かが、隔離をやめることにしなければ、銀行からお金を出してきたり、商人や役人の応対をしたりする人が必要でしょう。わたしもできる限り力になるけれど、残念ながら後見人としてここに滞在することはできないんですよ」

ムンタズはためらったのちにこう言った。「結婚している姉がいるの。旦那さんはいい人で、シタールやヴィーナを作って生計を立ててる。二人とも喜んで来てくれると思うわ。でも、ほかの奥さまたちは許してくれないでしょうね」

「旦那さんのいる女性というのは、いい考えに思えますね」パーヴィーンはムンタズに請け合った。「それにサキナ奥さまもラジア奥さまも、まだ何も思いついてなくて。だからこの話を二人に伝えましょう」

ムンタズは恥ずかしげに言った。「もしお二人がそれでいいなら、姉のタンヴィエに話をするわ。来るように手紙を書いてもらえますか？」

「お姉さんの名前と住所を教えてもらえば、使いを送ります」

ムンタズが住所を伝えると、パーヴィーンはそれをきちんと書き留めた。それからムンタズが言った。「とても恐ろしいわ、こんなことが起きるなんて。モーセンに止められずに誰かが家に入ってきたなんて、考えられない」

「モーセンはサキナ奥さまのために使いにいっていて、門のところにいなかったのよ」パーヴィーンは言った。

「わたしたちが頼むと、そういうことをしてくれるの」ムンタズがうなずいた。「あの人はいつも自分のために、そのお金をほんのちょっとだけ取っておくのよ——サービス料としてね。ところで、わたしたちはどうしたらいいのかしら？」

ムンタズの元を去り、ところどころに光が当たる婦人の居住区域の廊下へ出ながら、未亡人たちは自分たちに仕えてくれるはずの男たちの言いなりになって暮らしてきたのだと、パーヴィーンは考えていた。廊下をゆっくりと歩き、階段を下りた。ファティマがそこで、彼女を待っていた。

「どうしたの？」パーヴィーンは尋ねた。「お兄さんは大丈夫？」

誰も見ていないのを確かめるかのようにあたりを見回すと、ファティマは小声で言った。

「はい、あなたがあたしたちの力になってくれるだろうって伝えました。ラジア奥さまが、あなたと二人だけで話がしたいそうです」

今はタイミングが悪い。パーヴィーンはすべての女性たちから聞いたことを、ヴォーンに簡単に報告したかった。「戻ってきたら話をするから、ちょっと待って——」

です」

「でも、ラジア奥さまは今すぐあなたに会わなきゃいけないそうです。あなたの車でお待ち

「わたしの車の中にいるの？」パーヴィーンは啞然とした。ラジアは屋敷を出たいのだろうか――もしそうなら、アミナを連れていくつもりだろうか？

「わたしが車にいるよう勧めたんです。婦人の居住区域の入り口のすぐ近くに止めてあるから」

「でも、わたしの運転手はパーダの慣習について何も知らないのよ！」

「その人はそこにいません」ファティマが急いで言った。「あたしがその運転手さんのところへ行って、あなたのお父さんが話があると言っていると伝えたんです。その人は家の中へ入っていきました。戻ってきたら、あなたが車の中にいて、呼ぶまでこないでほしいと言っていると伝えるつもりです」

「なんて頭がいいの」パーヴィーンはそう言って、ファティマの小さな肩を軽く叩いた。幼いながらも、この子はなかなかの策士だ。けれどもその反面、そういう才能のせいで疑われることになるかもしれない。

ラジアはダイムラーの窓を閉め、後部座席に座っていた。パーヴィーンは運転席側からのぞき、未亡人が頭を下げて唇を動かしているのを見た。目は閉じられており、祈りの言葉を

つぶやいているようだ。頭と顔のほとんどはヴェールに覆われていた。アーマンや、通りかかるかもしれないほかの男性に見られないようにするためだろう。

突然ドアをあけてラジアを驚かせたくなかったので、パーヴィーンは窓ガラスを軽く叩いた。「わたしひとりだけです。乗ってもいいですか？」

ラジアは窓の方を向いてうなずいた。

パーヴィーンは車のドアをあけ、小声で言った。「車の中は暑いですね。わたしのところの窓をあけてもいいですか？　そばにはほかに誰もいないわ」

「確かですか？」

パーヴィーンは首を回し、あたりを見渡した。アーマンは母屋から出てきていたが、階段に座っており、そこからだと遠すぎて二人を見ることも、声を聞くこともできないだろう。

「大丈夫ですよ。教えて下さい、わたしの車のところへ来たのは、あなたとアミナを連れ出してほしいからですか？」

「いいえ。前に言わなかったけれど、お話ししたいことがあるの」

ラジアの顔は汗まみれだった――車内が暑いからだろうか、それとも、気持ちが高ぶっているからなのか。彼女がムクリの死になんらかの関係があるかもしれないというパーヴィーンの疑いは、強まりつつあった。

ラジアは苦しげにぼそぼそ言った。「告白したいから来たのよ。ムクリさま（サヒーブ）の殺害について、ほかの誰も尋問しないよう警察に言って下さい。殺したのはわたしなんですから」

第十九章　後見人の陰謀

一九二一年二月、ボンベイ

パーヴィーンは深呼吸し、ラジアの衝撃的な告白に対応する時間を稼いだ。確かにラジアには、一家の後見人の死を望む動機がある——けれども、そんな凶悪なことを実行する力や技があるとは、信じがたい。

「そのことを誰に話しましたか？」パーヴィーンは、ラジアがアミナに漏らしていないという、はかない望みを抱いて尋ねた。

「誰にも」

「それなら大丈夫です」パーヴィーンは落ち着いて話をしようとしながら、ブリーフケースを開いてノートを取り出した。今彼女は、殺人を告白した人物と一緒に自分の車に乗っている。それは多くの弁護士が経験してきたことだ。「出来事が起きた時間の流れを一緒に確認しましょう。わたしがムンタズ奥さま（ベーグム）と面談をしているとき、ムクリさま（サヒーブ）がそれをさえぎったのは三時半ごろです。あなたはどこにいましたか？」

ラジアの返事はすぐに返ってきた。「アミナと自室のベランダにいたわ。庭に面した仕切りを通して、あの人があなたに怒鳴ったのが聞こえてきたの」

「ひどく怒ってましたよね」パーヴィーンはそう言って、かすかな笑みを浮かべた。

「婦人の居住区域を出たあと、わたしは母屋の入り口へ行き、ザイドにムクリさまと話をしにきたと言ったんです」

ラジアの目が見開かれた。「あなたは怖くなかったの？」

「自分のことについては、考えてなかったわ。彼が怒りをあなた方三人に向けるかもしれないのが、本当に心配だった。資産のことや、マフルと慈善信託がどうなっているかについて、あなた方に説明するのがわたしの仕事だと、ムクリに思い起こさせようとしたんです。でも、わたしが何を言っても彼は怒りを鎮めなかったから、立ち去ったの」ムクリに殴られそうになったとは、ラジアに言うつもりはなかった。自分を強く見せる必要があるのに、そんなことを言ったら頼りなく思われてしまう。

「それじゃ、ムクリさまが二階の呼び鈴を鳴らしたのは、あなたが帰った直後だったに違いないわ」パーヴィーンが戸惑った顔をするのを見て、ラジアが説明した。「仕切り壁の両側には、呼び鈴があるの。それを使い、来て話をするよう知らせるのよ」

「誰が呼ばれているか、どうやってわかるんですか？」

「ファティマの仕事は、誰に話があるか行って訊いてくることなの。呼び鈴は聞こえたけど、用事のあるのがわたしではないようにと祈りながら、自分の部屋の中にいた。でも、ファティマがやって来て、わたしが選ばれたと告げたのよ」ラジアはごくりと唾を飲み込み、それから言い足した。「恐ろしくて気分が悪くなったわ。実は、仕切り壁（ジャリ）というのは鍵のかかるドアで、ムクリが鍵を持っているはずよ」

パーヴィーンはそれを知ると、冷たい指で触れられたようにぞっとした。「ムクリはそこから入ってきたことがあるんですか？」

ラジアは肩をすくめた。「わたしにはわからないわ。昔は、仕切り壁（ジャリ）はずっと閉めてあったけど、鍵はかかっていなかった。夫はそこから歩いてきたし、わたしたちも、ほかに紳士が訪ねてきていないときには母屋へ行ってたわ」

「わかりました。次に何が起きましたか？」パーヴィーンは車の座席に深く腰かけ、ラジアの表情のどんな変化も見逃すまいとした。

「わたしが仕切り壁（ジャリ）まで来たとき、反対側にムクリの影が見えたわ。マフルを慈善信託（ワクフ）に寄付することについて、なぜ立場を変えたか尋ねられた。本当はどう思っているか、どうしても言えなかった。わたしたちの慈善信託（ワクフ）の資金を彼に使ってもらいたくないとは」ラジアは息を吸った。先を続けるにはそうしなくてはならないかのように。「自分には役目を果たせないとわかったから、管理者（ムタワリ）を辞任するという手紙を書けと、あの人はわたしに言ったのよ。

わたしが夫の死後、きちんと考えることができなくなったからだとね」

ムクリはラジアの頭がおかしくなったことにしようと考えたのだ。それは、管理者(ムタワリ)を解任することのできる、いくつかの理由の一つだった。たとえラジアがそんな声明にサインしなくても、ムクリは彼女を非難するような申し立てを、ほかの妻たちに頼んで出させればいいのだ。「あなたはどう答えました?」

「考える必要があると言い、そうした手紙は書くのに時間がかかると話したわ。そのとき、あの男が警告したの、一時間以内に書類が用意できなければ……」ラジアは首を振った。

「とても、口にできないわ!」

「話して下さい」

未亡人は震える声で話を続けた。「もしその書類を渡さなければ、すぐにフォークランド通りへ行き、アミナの夫を見つけてくると言ったわ」

そんなことになれば最悪だが、一家の女性たち——未亡人だけでなく娘たち——の結婚を取り決めるのは、後見人としてのムクリの権限の一つだ。パーヴィーンは首を振って言った。

「あくどい脅しですね」

「そして、そこに立っていたとき——わたしは心が麻痺(まひ)したようになっていたけれど——ムクリはわたしとの話はもう終わりだと告げたわ。自分と話をするよう、ムンタズを連れてきてもらいたいと言われた。きっと彼女にも恐ろしい計画を用意してたんでしょう」ラジアは唇を湿らせ、不安げにパーヴィーンを見た。「ムンタズはベッドで眠っていた。何度か声をかけたけど、起きようとはしなかった。わたしはそこを離れて、もう心配するのはたくさんだと思ったの」

ムクリは読み書きのできないムンタズに、ラジアの頭がまともではないという申し立てにバツ印をつけるよう言うこともできただろう。彼ならどんなことでもやりかねない。パーヴィーンが唯一気になっているのは、なぜミスター・ファリドのような頭のいい人が、家族の世話をさせるためにそんな残酷な男を雇ったのかということだけだ。けれども、ラジアをさえぎる気はなかった。今彼女は自由に話をしているのだから。

「ムンタズの部屋を出て角を曲がり、次の廊下へ出たとき、娘に出くわしたの。ムクリさま(サヒーブ)がわたしに言ったことを何もかも耳にし、結婚させられると思って怯えていた。娘はわたしがそばへ行くのをいやがり――泣きながら庭へ駆け出していったわ」話しながらラジアは涙をぬぐった。「わたしは机のところへ行った。管理者(ムタワリ)としての仕事を辞めるという、簡単な申し立てを書くだけでいい。そんなことをしたくはなかったけれど、もしムクリを怒らせたら報復されるとわかってたわ」

「あなたの言うとおりです。アミナを結婚させ、あなたを病院へ入れることさえしたかもしれない」衝撃的でぞっとするような計画だ。パーヴィーンはついさっきアミナと交わした会話を思い出し、あの子が今聞いたことを話さなかったのはなぜなのか、思いをめぐらせた。

「それで、あることを思いついたの」ラジアはパーヴィーンをしっかりと見つめた。「道に外れた考えだけど、アミナとわたしたちみんなを救うただ一つの方法をね。ムクリをだまし、申立書を用意したと思い込ませることにしたの。その文書を渡すために、仕切り壁の溝の蓋をあけたとき、何か尖ったものを差し込んで喉を刺すつもりだった」

パーヴィーンは静かに座り、それを頭に思い浮かべようとした。「でも、溝は地面からほんの一メートルほどのところにありますよ」しばらくしてから言った。

「話をするときは、溝に向かって座るのよ」ラジアは説明した。「そうすると、溝は互いの顔のすぐ下に来るわ」

パーヴィーンは先刻サキナが示したベンチを思い出し、うなずいた。けれども、警官たちが指紋を採っていたあたりに、椅子かベンチがあったかどうか覚えがなかった。自分が座っていた紫檀の椅子は別だが。そう考えると、パーヴィーンの顔が険しくなった。

「わたしがそこへ行くと、ムクリは待っていた。仕切り壁のうしろの影から、彼が立っているとわかった。それでは、わたしの計画にとってまずいでしょう」ラジアは深く息を吸った。「どうか座って書類を受け取るようにと頼んだの。ムクリはそうした。それで溝の蓋をあけたとき、レターオープナーをそこに強く差し入れたわ。彼は叫び声を上げた。アミナが聞いたと言ったのは、まさにそれだったのよ」

「あなたのレターオープナーだったんですか！」ムクリの首に刺さっていたものに見覚えが

あったのはなぜか、今パーヴィーンは気が付いた。ラジアの机のところで、アミナがそれをもてあそぶのを見ていたのだ。

ラジアは口を閉じ、期待を込めてパーヴィーンを見た。

ラジアの話には、真実味を感じるところもあるのだが、殺害方法についてはパーヴィーンは違和感を覚えた。「死亡の状況について、もっと話してくれますか？ 争ったんですか？」

ラジアは口を閉じ、懸命に考えているように見えた。そのあと、ようやく言った。「わかるでしょう、夢から覚めたあと、それを全部覚えているわけじゃないと」

「そういうことはありますね」パーヴィーンは前の夜、サイラスに関する悪夢を見て、汗びっしょりになって目を覚ましていた。

「溝にレターオープナーを差し入れたことのほかは、覚えてないわ。死に至る一撃を加えたはずだけど。そのあと、自分の部屋へ戻り、手を洗って祈ったのよ」

ムクリの体に多数の刺し傷を負わせるには、犯人は彼のすぐそばにいなくてはならなかったはずだ。母屋の二階の廊下には、そこら中に血が飛び散っていた。「部屋で祈った後、どうしましたか？」

「水を飲んだわ」ラジアは唇を引き結んだ。「なぜそんなふうにわたしを見るの？」

「話をすべて聞かせてもらっていない気がするんです」パーヴィーンはラジアが嘘をついていると責めたくはなかったので、慎重に言葉を選んだ。「小さな隙間からどうやって多数の傷を負わせることができたのか、尋ねてもいいですか？」

　ラジアは疲れた目をしばたいた。「前に言いましたけど、すべては夢のようだった。思い出せないわ」

「それじゃ、サリーに血をつけずに、どうやってそんなふうに襲いかかることができたんです？」

　ラジアが下を向くと、黒いシルクに涙が一粒落ちた。

「もちろん、犯罪を行うのに違う服を着るかもしれないし、そのあとまた別の服に替えることだってあるでしょう。あなたが殺人を犯したときに着ていた服を見せてくれますか？」

　ラジアは目をぬぐい、首を振った。

「告白するためにここへ来たと言いましたよね」パーヴィーンが尋ねた。

　ラジアは金属のドアハンドルをじっと見ている。

「誰かの罪を隠すために、自分が責めを負おうとしてるんじゃないんですか？」ラジアが答えずにいると、パーヴィーンは言った。「あなたはアミナを守ろうとしてるでしょう？」

　ラジアはふたたび首を振ったが、まだパーヴィーンに目を向けてはいなかった。

「アミナはわたしに、ムクリさま（サヒーブ）に強い不信感を持っていると打ち明けました。あなたの机のところでレターオープナーをもてあそんでいたから、それにはきっと彼女の指紋がついてるでしょう。でもだからといって、それでアミナを刑務所に入れるのはほぼ無理です」

「どうして確信が持てるの？」ラジアが心配そうに尋ねた。

「まず、あんな小柄な少女は、ムクリさま（サヒーブ）のような大柄な男性に力ではかなわないでしょう。それに、彼の叫び声を聞いたとき、アミナは庭にいたとわたしに話しています。遺体を発見したなんて、わたしにはまったく言わなかった」

ラジアはふたたびパーヴィーンを見た。「実は、サキナの話では、彼女に遺体について知らせたのはアミナだそうよ。わたしはアミナに尋ねるのが恐ろしかった。そのことを言わずにおいたほうが、あの子の身を守ってやれると思ったのよ」

「警察がアミナを疑うとは思えません。でも、この家には、ムクリにつらい目に遭わされていた人たちがほかにもいる。それに、仕事関係とか、知り合いや親族の中に敵がいたかどうか、まだわからないでしょう」

「そのとおりだわ」ラジアは声を詰まらせた。「わからないわね」

「第一夫人として、当然ながら一家についての責任はあなたの肩にかかってますね」パーヴィーンは自分の手をラジアの手に重ねた。車の中は暑かったが、それはひどく冷たかった。「でも、嘘をついてはだめです！　実を言うと、法定で嘘をつくのは起訴に相当する犯罪なんですよ」

ラジアは不安げにパーヴィーンを見た。「わたしが法廷へ行くことになるみたいな言い方ね」

「なんとしても、あなたを法廷に立たせないようにするつもりです」パーヴィーンはラジアの手に自分の手を重ねたまま続けた。「もしよければ、わたしがあなたの弁護士になりましょう。これは、父があなたの亡くなったご主人の代理人をしていたこととは関係ありません。それとは別の、きちんと定められた契約よ。あなたが話すことはすべて——すでにわたしに言ったことも含めて——外には漏れません」

「そうしたいけれど、もしほかの誰かが、わたしよりもあなたを必要としたら？ その人はどうなるの？」ラジアの声は震えていた。

「心配いらないわ。もし別の人が代理人を必要とするなら、ふさわしい弁護士を見つける手助けをしますから」

「その二人目の弁護士は男の人なのかしら？」

「ええ。悲しいけれど、ボンベイで女性の弁護士はわたしだけなんです。利益の対立がなければ、ほかのご家族の手助けをしてくれるかどうか、父に訊いてみるつもりよ」ラジアの表情から、この提案はたいして彼女の慰めにはならなかったと、パーヴィーンは見てとった。

「今夜はここにいたいですか？ どこか別のところに泊まるなら、あなたとアミナをそこへお連れしてもいいですよ」

ラジアの目が見開かれた。「ウードゥにある実家へ行くということ？」

「警察は、そんなに遠くへ行ってもらいたくはないでしょうね」パーヴィーンは言った。

「わたしの家族のところにいることもできますが。父は以前に依頼人を家へ連れてきたことがあるわ」

ラジアは口に手を当てた。「でも、あなたはパールシーでしょう」

「心配いりませんよ。わたしたちは信仰は違ってますが、心の内はそれほどかけ離れているわけじゃない。そう思いませんか？　それにわたしたちと一緒にいれば、アミナにはいい気晴らしになるかもしれない」

ラジアはじっくり考えているようだった。そのあと、ようやく首を振った。「あの子は、サキナの子供たちのそばを離れたことがほとんどないの。今はこれまでにも増して、必要とされてるでしょう」

パーヴィーンは、一家の誰もこの家にとどまらないほうがいいと思った。もし殺人犯が外からやって来た見知らぬ人物なら、この家には金目のものがあると知っているはずで、それをもっと欲しがっているだろう。内部の人間が犯人なら、その人物には密かな計画があるはずだ。

「この家にはもう男性は誰もいませんから、母屋へ行ってみてはどうでしょう？」パーヴィーンは、ラジアがここを出る計画を立てるのを手伝うつもりだった。

「そうね。前に話したように、夫の生前はわたしたちは隔離（パーダ）を厳格に守っているわけじゃなかった。公然と外出することはなかったけれど、家の中では仕事関係の人や亡くなった夫の友人たちが訪ねてくるときだけ、婦人の居住区域に閉じこもっていたの」

「心配なことがあったら、警察かわたしに電話をしてくれますか?」パーヴィーンはラジアをしっかりと見つめた。勇気を持つことがどれほど必要か、伝えようとした。

「ええ。パーヴィーンさん、こうして相談に乗って下さってありがとう。この何時間かで初めて、また息ができるような気がするわ」ラジアは車のドアをあけた。サリーで顔を隠すと、車から抜け出して隔離された世界へ帰っていった。

汗まみれになってしまった顔と腕をぬぐいながら、パーヴィーンは母屋へ戻った。警官から、ボンベイの検視官のドクター・ホレス・カートライトがやってきたと告げられた。ドクター・カートライトはミスター・ムクリの死亡を宣告し、警察の安置所へ運ぶのを取り仕切っていた。

「どこへ行ってたんだ?」ジャムシェジーに尋ねられた。パーヴィーンの父親も、その午後の出来事の本当の意味がわかったかのように、やつれているように見える。自分が守ると約束した一家が危機に瀕しているのだ。今やファリド家の人たちの手助けは、遺産からの支払いの算定どころではない、大ごとになりつつあった。

「ダイムラーの中で相談を受けてたのよ」父親が非難がましく両方の眉を上げたのを見て、パーヴィーンは言った。「パパと話をしないといけないわ。ラジア奥さまには心配事があるのよ」

「彼女は大丈夫なのか？」

パーヴィーンは深々とため息をついた。「ほかの家族と同じくらいにはね。実はわたし——」

「今夜家へ戻ったら、そのことを話そう」ジャムシェジーは低い声で言った。「ミスター・ムクリが亡くなったことを責任者に伝えるために、ファリド織物の事務所へ行くところだったんだよ」

「彼のご両親の名前と住所を教えてもらうようにしてね」パーヴィーンは、ムクリの両親が深い悲しみに沈むだろうと想像した。どれほど不愉快な人間でも、必ず育てた人がいて、違った面を見ているはずだから。

シン警部補が指紋採取の道具を入れた重い箱を片手に持ち、慎重に階段を下りてきた。

「ミス・ミストリー、未亡人たちとの話は終わりましたか？」

「ええ。あなたと上司の方に伝えるつもりだったのですが」パーヴィーンはできるだけ礼儀正しく言った。

「わたしだけになりますね」シン警部補は少し誇らしげに言った。「ヴォーン警部はもうお帰りになりました」

パーヴィーンは、ぐずぐずしてしまい、情報を共有できなかった自分に腹が立った。「警察がモーセンを拘留したと聞きました。サキナ奥さま(ベーグム)に確認すると、使いに出したとわかって――」

「未亡人はそう命じたかもしれないが」シン警部補は指紋についてパーヴィーンと話したときと同じように、見下した言い方をした。「モーセンがすぐに出かけたか、あるいは母屋でぐずぐずしていたか、どうやってわかるんです？　あなたとミスター・ムクリとの言い争いを止めに、モーセンが家へ入っていったと、彼の娘が認めたんですよ」

シン警部補がその口論について何か知っていたら、パーヴィーンも容疑者のひとりにされるかもしれない。「その争いについては、ちゃんと説明できますよ。でも、モーセンが連れていかれ、ここには未亡人と子供たちを守る人が誰もいないという不安は解消されないわ」

ジャムシェジーが大きな声で言った。「その通り。娘もわたしも、警察がモーセンを連行したために、守る者が誰もいないまま、一家の女性と子供たちを放置することになるのを心から心配してるんですよ」

「一族の誰かに、ここへ泊まりにきてもらうようにするはずでしょう」シン警部補は言った。

パーヴィーンは肩をすくめた。「未亡人たちに尋ねたんですが、誰に来てもらいたいか、意見がまとまらなかった。とにかく、今夜は誰も来てくれないということよ！」

「警部補、警官たちの何人かが残り、屋敷の外で見張るという案はどうです？　いや、一階にいるのがいいかもしれないね？」ジャムシェジーは仲間に話すような言い方をした。

「警官たちを通常の任務から外し、個人の警護をさせるのはわたしの権限を越えています」

シン警部補はジャムシェジーを不安げに見た。

「マラバー・ヒル署が人員を割けないのなら、おそらく署長は本部から誰か寄こすでしょう。ここはかなり重要な地区で、住民たちは強盗に入られるかもしれないと不安になってますよ」ジャムシェジーが深刻な顔をして見せたので、パーヴィーンはうなずき返した。父と同じくらいうまく警察を扱えるよう、彼女は神に願った。

「警部にそのことを話しましょう」警部補の答えは、前よりほんの少し感じよく聞こえた。

「ですが、警官が任務につく前に、あの廊下のあたりは掃除しておくべきですね」

「それじゃ、証拠はすべて集めたんですか？」パーヴィーンが尋ねた。

「ええ。使用人に掃除してもらって構いませんよ」シンは言った。「二階はかなりひどいことになっていると思いますが」

パーヴィーンには、警部補が無理なことを頼んでいるように思えた。「シン警部補、これほど大きな家にもかかわらず、掃除は二人の子供の使用人がやってるんです。その子たちにとって、殺人現場の掃除は精神的にきついでしょう、悪夢を見るかも――」

「お手伝い（アヤ）はいないのかね？」ジャムシェジーが口を挟んだ。「その人ならできるだろう。お手伝い（アヤ）なら、どんなひどい状況でもなんとかしてくれるさ」

パーヴィーンはタイバーアヤにまだ会っていなかったが、子供の世話をするお手伝いが、死んだ人の血や分厚く積もった黒い粉をモップで拭くことをどう思うか、想像がついた。彼女はおずおずと言った。「頼んでみるけれど、断られるかもしれない」

「お手伝いに話しなさい、そうしたらここを出よう」ジャムシェジーはきっぱりと告げた。

「織物工場へ行く前に、おまえを家で降ろしてあげよう」

「でも、帰れないのよ。アリスが待ってるから」

ジャムシェジーは両方の眉を上げた。「そうだ。あのおしゃべりなイギリス人の娘さんと会う約束をしてるんだな。アーマンに、彼女の家族の屋敷でおまえを降ろしてもらおう。それから戻ってわたしを送ってくれればいい。住所はどこだ？」

「マウント・プレザント二十二番」パーヴィーンは言った。「最新の、大きな白い家よ」

警部補の眉毛が上がった。「それは政府のお偉いさんの家じゃないですか？」

「ええ。政府の仕事をしている、サー・デイヴィッド・ホブソン＝ジョーンズのお宅よ」パーヴィーンは、先刻アリスに対して、警部補が皮肉を言ったことを意地悪くからかってやるつもりで言った。

けれども、そんなことで相手はひるまなかった。シン警部補はただ鼻を鳴らした。「それは助かる。捜査現場のすぐ近くに、知事の特別顧問官が住んでいるというのはね。どんなことでも、通常の二倍のスピードで処理されるはずだから」

パーヴィーンは、殺人捜査が速いペースで進むとは思えなかった。まるで、長距離列車に乗ったばかりのようだ。ほかに誰が乗り込んでくるのか、その旅がどこで終わるのか、はっきりしているとは言い難かった。

一九一七年

第二十章　温かな家

一九一七年三月、ボンベイ

ボンベイ・メールにて到着
ヴィクトリア・ターミナス駅　三月二十日　午前十時着
愛するパーヴィーンより

パーヴィーンは旅の途中の駅の一つ、ナグプールで、短い電報を送った。機関車交換のために、通常は四十時間のところが四十四時間もかかった。ヴィクトリア・ターミナス駅のプラットフォームに出てきたとき、誰かが迎えにきているかどうかわからなかった。

プラットフォームを見渡すと、白い服を着たいくつもの家族が群衆を縫って行き交うのが見え、ゾロアスター教の新年なのだと思い出した。ひどく取り乱していたので、ノウルーズの最初の日に帰宅することになるとは気付かなかった。この日、パールシーの人たちは町の火の神殿に詰めかけ、そのあと祝いのパーティをしに、互いの家に押し寄せるのだ。

パーヴィーンの一家も今日はいろいろな予定があるだろう。プラットフォームを見回し、何百人もの中から見覚えのある人を探していると、喉が詰まった。おそらく父親はムスタファを寄こそうと考えただろう。ミストリーおじいさまが来るとは思えなかった。サイラスとの結婚話に、祖父はまったく乗り気ではなかったのだ。そして今、パーヴィーンは思いもよらないことになり、夫の元から逃げてきたのだった。きっとおじいさまは、一族の評判はすっかり地に堕ちたと言うだろう。

「やあ、パーヴィーン！」

パーヴィーンは体を回し、群衆のあいだに目を凝らして、父親がいつも拝火神殿（アギアリー）へ行くときに身に着ける、こざっぱりした白いスーツを着ているのを見つけた。その後ろにはルストムとカメリアがいて、その二人も祝日用に美しく着飾っていた。

「これは驚いた！」ジャムシェジーが手を振り、おずおずとうれしげな表情を浮かべた。

カメリアは笑みを浮かべたが、近くへ来てパーヴィーンの顔の黄色くなった傷が見えると、それは消えた。「まあ！　何があったの？」

「パーヴィーン、列車の寝台から落ちたのかい？」ルストムがからかった。「おまえの荷物はどこだ？」

「スーツケースはないの、このバッグだけ」二日間、誰とも話をしていないので、パーヴィーンは自分の声がかすれているのに気付いた。トイレで顔と背中の血をきれいにしたあとでも、人々は彼女を遠巻きにしていた。

「だけど、どうしてだい？」ルストムが問い詰めた。「いったい何があったんだよ？」

「あとで話してくれるわよ」カメリアが両腕を差し伸べると、パーヴィーンはその中へ倒れ込んだ。

　ノウルーズだったので、ジャムシェジーとルストムは一家を代表して、グスタヴ伯父さんのところの新年の昼食会へ出かけなくてはならなかった。パーヴィーンはひどく疲れていて行けず、カメリアは家に残ると言った。

　男たちが出かけると、カメリアはパーヴィーンのために風呂を沸かし、入浴後に食べられるように、ジョンにフェヌグリークの葉を炒めて上にポーチドエッグをのせたものを用意させた。パーヴィーンはフレッシュミントのお茶を五杯飲んだ。それはこの半年のあいだ、彼女が口にしてきたカルカッタの水よりずっとおいしかった。それからベッドへ入り、静かな、何の危険もない闇の中へ落ちていった。

　目が覚めると真っ暗だった。近くの家々からはにぎやかな音があふれ出していた。この界隈では、新年を祝ってローマ花火に火がつけられ、蓄音機がかかり、人々のおしゃべりや笑い声が聞こえる。パーヴィーンはずっと懐かしんでいたバルコニーへ出た。そこで、ミストリーおじいさまのペットのオウムのリリアンが、真鍮製の大きな鳥かごの中で眠っているのを見て驚いた。パーヴィーンは、リリアンが溢れんばかりの愛情を示してくれるかと期待し、かごの扉をあけたが、その鳥は餌を探してパーヴィーンの手をつつき、それから飛び去っていった。鳥が庭園へ向かって高く舞ったとき、背後のドアが開くのが聞こえた。カメリアが、お茶のカップを二つ載せた盆を持って入ってきた。

「やっとお茶を飲む気になったのね」カメリアが言った。「もっと早くに水分を摂ってもらいたかったのに」

パーヴィーンは、ミルクを入れたジンジャーとレモングラスのお茶のカップを受け取って言った。「リリアンが戻ってきてくれたらいいのに。どうしてミストリー屋敷じゃなく、わたしのバルコニーにいるのかしら？」

カメリアはブランコに腰を下ろし、パーヴィーンを悲しげに見やった。「あなたにはあなたの心配事があったのはわかってるけど、おじいさまのことを本当に忘れてしまったの？」

パーヴィーンは母親の言葉と深刻な様子に唖然とした。「忘れたことなんかないわ。だけど、いったいどういう意味なの？」

「ミストリーおじいさまは二月二十一日に、眠っているうちに亡くなったのよ。そのことを手紙に書いたじゃないの！　お葬式は一ヵ月前の――二十二日よ」

パーヴィーンの鼓動が一瞬止まった。「なんてことなの、ママ！　知らなかった。亡くなったですって？　そんなの本当のはずがないわ」

カメリアは頭を下げた。「本当よ。おじいさまは今天国にいます」

祖父に最後に会ったときのことを思い出すと涙が浮かび、目の端がちくりとした。カルカッタへ行く直前のことで、そのとき祖父は、自分のふるまいを婚家の望みに合わせるのが大切だと、厳しい口調で話した。まるで何が起こるかわかっていたかのようだった。祖父がムスタファから、ミストリー屋敷を訪ねてきたソダワラ一家の様子を聞いたあと、彼らの心の芯が腐っていると感づいたのと同じだ。

「苦しまずに逝かれたわ」カメリアが言った。「でも、わたしたちみんなにとって、大きな悲しみだった」

「なぜわたしは知らなかったの？」パーヴィーンは思わずむせび泣いた。「手紙はいつ書いたの？」

カメリアは泣いている娘の肩に軽く手を置いた。「二十一日にお父さまが電報を打ち、そのあとでわたしが何通も手紙を書いたのよ」

パーヴィーンは怒りで体がこわばった。「二月のそのあたりは、隔離部屋にいたわ。郵便が来たとき、一階に下りられなくて聞こえなかったのね。わたしをお葬式に行かせたくなかったから、電報も手紙も渡してくれなかったんだわ」

「手紙に何が書いてあるか、どうやってわかったのかしら？」カメリアが尋ねた。

「誰かが手紙を開封して読んだのよ――それなのに、何も言わなかったのね！」パーヴィーンは顔を上げ、目から涙をぬぐった。裏切られた気がした――婚家が両親に金をせがんだとわかったときよりも、その思いはずっと強かった。

「サイラスがやったかもしれないのね？」彼の名前を言ったとき、カメリアの口元にかすかな嫌悪感が浮かんだ。

「ほとんど家にいなかったから、手紙を取っていたのがサイラスだとは思えない。ベノシュに違いないわ」

カメリアは椅子に座ったまま前かがみになり、パーヴィーンをじっと見た。「誰に殴られたのか話してちょうだい。それと、そういうことは何度くらいあったのかも」

「サイラスよ、ベノシュじゃない。それと、殴られたのはただ一度よ」パーヴィーンは、サイラスの一家が両親から金をもらおうとしていたのかどうか尋ねようと、サイラスを捜しに急いで家を出たことを説明した。彼のオフィスで見かけた女のことも、疑念を突きつけると、彼が激怒して抑えが効かなくなったことも。

カメリアはリリアンに片手を差し出した。リリアンは戻ってくることにしたのだ。カメリアはその鳥をそっと撫でながら言った。「サイラスはあなたを殴り、ほかに女の人を作ることで、強い男になれると思ったかもしれないけれど――そうしたふるまいのすべてが、彼の弱さをさらけ出してしまってるわ。でも、具体的にどんなことを言って、そんなに怒らせてしまったの?」

パーヴィーンはためらった。母親が最後の厳しい現実に対処できるかどうか、確信が持てずにいた。ひどくみっともないことなので、それを聞いたら、カメリアは娘を家に置いておくわけにはいかないと考えるかもしれない。パーヴィーンはゆっくりと答えた。「サイラスはまた別の傷をつけたの。病気をうつしたのよ」

「病気?」カメリアは驚いたような声を上げた。「結核にかかったの、それとも――」

「いわゆる性病よ」パーヴィーンは恥ずかしさでうつむいた。「その名前を口にするのも耐えられない。早く治療したから命はあるけれど、体に受けたダメージは一生治らないかもしれない。サイラスとのあいだに子供を持つつもりはないから、大した問題というわけじゃないけど」パーヴィーンは悲しげに言い足した。

カメリアはしっかりとパーヴィーンを見つめた。「性病については聞いたことがありますよ。ケンブリッジで教育を受けたいい女医さんを知ってるから、すべて大丈夫かどうか確かめにいきましょう。予約をとってあげるわ。この話を何もかも、わたしからお父さまに伝えてもいいかしら?」

パーヴィーンは不意に慎重になった。「パパはわたしがサイラスのところへ戻るのを望むと思う?」

「すべてを知れば、間違いなくそんなことは思わないでしょうね」カメリアの声は辛辣だった。

「駅で会ったとき、パパはどう感じているのかはっきりとはわからなかった。もう誰とも結婚したくないわ、ママ！　空しいだけだもの」

カメリアは、パーヴィーンの額にかかった髪をうしろに撫でつけた。「これからどうするかはあなたが決めることですよ、あの結婚がそうだったようにね」

「ママ、心から愛してるわ」パーヴィーンは、祖父が亡くなったことを聞いたときに溢れた涙をぬぐった。「去年ママをあんなに苦しめたのに、こんなことを言う資格はないんだけど」

カメリアは娘の手をどけた。一瞬、不安げな顔をしたあと、こう言った。「わたしも打ち明けることがあるのよ。あなたがカルカッタから送ってきた手紙をすべて、お父さまに見せたわけじゃないの。ずいぶんと心配するでしょうからね。サイラスが自分の両親にはっきり言えば、すべて解決すると思っていた。とても感じのよい、しっかりした若者に見えたもの――それに、あなたがどれほど彼を愛しているのかわかってたから」

パーヴィーンはうなずいた。「わたしが隔離されるようになると、二人とも変わってしまったの。わたしは悲しく、不安に思うようになった――そして彼はその時期にわたしから離れて酒を飲み、今思えばだけど、ほかの女の人たちとふしだらなことをしてたのよ。わたしの口からこういうことをパパに伝えられればよかったんだけど――カルカッタからの便りで、よい知らせのほかは何も耳に入れてほしくはなかった。結局はパパをひどくがっかりさせることになってしまって、その埋め合わせをしたかったの」

「わたしたちは二人とも、お父さまを守ろうとしていたのね」カメリアが物思いにふけるように言った。「でも、お父さまはボンベイでもっとも成功した弁護士のひとりだということを、忘れてはいけないわ。今度はお父さまがあなたを守る番ですよ」

次の朝ジャムシェジーは、オフィスまで一緒に行く元気があるかどうか、パーヴィーンに尋ねた。

「喜んで」パーヴィーンは、チャパティに似たパン（パラータ）にバターを塗るのに使っていたナイフを置いた。「でも、まだノウルーズで、いつもは休暇を取ってるでしょう」

「今日は依頼人は誰も来ない」ジャムシェジーは茶に砂糖を入れてかき混ぜながら言った。「おまえの苦境について話し合う時間をとるのに、都合がいいだろう」

茶を飲むのを見ながら、パーヴィーンは父親が何を考えているか、まったくわからずにいた。「パパ、わたしがどう思ってるか、ママから聞いた？ 離婚の申し立てをしたいって？」

ジャムシェジーの顔は不自然なほど落ち着いていた。「おまえの意向については、お母さんが話してくれた。わたしたちは二人とも、おまえがカルカッタへ戻ることには反対だとはっきり言っておくぞ。元のさやに戻るよう手を貸してほしいと頼むばかげた電報を、二日前にバーラム・ソダワラからもらったけれどもな」

パーヴィーンはパラーターを喉に詰まらせそうになった。気を取り直すと、彼女は言った。

「駅へ来たとき、そんなこと言わなかったじゃないの！」

「そんな知らせでおまえを出迎えるつもりなど、ほとんどなかったよ。それにおまえがおじいさまの葬儀に来なかったことに、まだがっかりしていたからな。それについておまえの説明を聞きたかったんだよ」ジャムシェジーはパーヴィーンを真面目な顔で見ると、付け加えた。「わたしたち家族の間で、秘密にされていたことがずいぶんとあるな」

「そうね」パーヴィーンはうなずき、心の中にさまざまな感情がわき上がるのを感じた。

「もう二度と、そんなことにはならないわ」


父親と一緒にボンベイの町を車で走り抜けながら、パーヴィーンはなじみのある懐かしい風景を、飽きずに眺めた。暖かな風に髪をなびかせ、フローラの泉から噴水が、ダイヤモンドのようにきらめきながら噴き上がるのを見るのがどういう感じなのか、忘れてしまっていた。自分はなんとすてきな町で生まれたのか。ふたたびここを離れるのは、もう耐えられない。

ムスタファがミストリー屋敷の扉を開けたとき、彼の優雅な挨拶の言葉は体を包み込むようだった。笑みを浮かべて彼は言った。「パーヴィーンお嬢さま（メンサヒーブ）、本当にあなたなのですか？」

「会えなくて寂しかったわ、ムスタファ。元気だった？」ミストリーおじいさまが亡くなった今、ムスタファはひとりきりでミストリー屋敷の管理をしていた。ときには寂しくなることもあるだろうと、パーヴィーンは想像した。

ムスタファはうなずいてみせた。「健康につきましては問題ございませんよ、アッラーのおかげです。大好きなおじいさまの葬儀に来るのを許されなかったと、お父さまからお聞きしました。悲しかったに違いありませんね。ですが、おじいさまは今でもわたくしたちと共にここにおられます。これまでと同じように、大柄なお姿で」ムスタファは玄関ホールに新しく加えられた、祖父のそびえたつような肖像画を指さした。

「その肖像画は、確かにおじいさまにとてもよく似てるわ」パーヴィーンは言った。「誰が描いたの？」

「サムエル・フィジー＝ラーミン。著名な肖像画家のジョン・シンガー・サージェントの元で学んだ人です」ムスタファは言った。「あなたのおじいさまが亡くなる前、たった一ヵ月で仕上げたのですよ」

「それじゃ、本当に特別なものなのね」パーヴィーンは、描かれた人物の顔に浮かぶ厳しい表情を見ながら言った。この先は、もうそれを非難の印と受け取らず、幸せに生きていくつもりだ。サイラスが現れたときのように、祖父がこれからも自分に警告してくれたら、と思った。

肖像画を前にパーヴィーンが物思いにふけっているあいだに、ジャムシェジーはすでに階段を半ばまで上っていた。「行くぞ、パーヴィーン！　ムスタファ、三十分ほどしたら、茶（チャロー）を頼む」

オフィスの中は、何もかも記憶にあるとおりだった。父親の雇い人たち――事務員、事務弁護士、タイピスト――の机には仕事が山積みになっていたが、父親自身の机はきちんと片付いていた。大きな両袖机だが、片方しか使われていない。物心がついてからずっと、その もう一方は、この町で最初の女性弁護士のためにあけてあるのだと、パーヴィーンは聞かされてきた。

「座りなさい」ジャムシェジーが机のあいた側を指さしたが、そこには椅子がなかった。パーヴィーンは部屋の反対側からそれを取ってきて、腰を下ろした。

ジャムシェジーは、娘の中にさまざまな感情が渦巻いているのに気付かないかのように、こう言った。「机の真ん中に、わたしがよく使う手引書が並んでいるのがわかるだろう。一番左に、パールシーの法律をまとめたものがある。一八六五年に書かれたものだが、今なお、パールシーの家族法についてのもっとも新しい解説書だ」

「ええ、パパ」パーヴィーンはその薄っぺらな赤い本を見つけ、父親に差し出したが、彼は受け取らなかった。

「わたしはそのページに書かれたことをすべて知っている」ジャムシェジーは肩をすくめた。

「一八六五年の、パールシーの結婚と離婚に関する条例の全文をおまえに読んでもらいたい。それから、もしあればだが、その法律のどの点がおまえのケースに有利に働くか、説明してごらん」

法学部の授業とそっくりだったが、パーヴィーンはびくついてはいなかった。腰を落ち着けると、気になったらメモをとれるよう、紙とペンをかたわらに置き、その本を開いた。三十一節の「裁判による別居の根拠」というのが、議論の基になると思われた。不倫、あるいは残虐な行為を伴う不倫に対し、離婚が認められるかどうか議論になっていた。けれども、不倫をどう定義するかが問題だった。

「訊きたいことがあるの」パーヴィーンは本から目を上げ、父親を見た。

ジャムシェジーは両方の眉を上げた。「いいとも」

性的なことを父親と話し合うのは気恥ずかしかったが、パーヴィーンに選択の余地はなかった。咳払いして、彼女は話し出した。「その法律は、不倫を既婚の男性が娼婦ではない既婚女性と行う行為と述べてるでしょう。男性が娼婦ではない未婚の女性と親しくなるのは、姦淫(かんいん)と呼ばれる。娼婦の場合はどのカテゴリーに入るの？」

「サイラスのオフィスで見た女性は娼婦だと思うのかね？」

「確かじゃないけど——おそらくは。男性の行為に関する法的な規約の中で、娼婦のことが書かれてないのはどうしてなの？」パーヴィーンは父親の前にその手引書を押しやり、関連する一節を指さした。

ジャムシェジーはそれを読み通し、振り向いて娘を見た。「パールシーの法律によると、夫が娼婦と関係を持つのは離婚の原因にはならず、法的な別居の理由ですらない」

パーヴィーンは信じられない思いだった。「でも、そんなのは理屈に合わないわ」

ジャムシェジーはうなずいた。「一八六五年にパールシーの結婚と離婚に関する条例が通って以来、それがわたしたちの法律なんだ」

「もし夫が妻を殴ったら？　それは離婚の根拠になりえないの？」パーヴィーンはそこに望みをかけた。「あの部屋には二人の目撃者がいたし、タンガの御者だっているわ」

「その暴力が尋常じゃなく深刻なものだった場合だけだ」ジャムシェジーは真顔でパーヴィーンを見た。「それなら、法廷はおまえに裁判による別居を認めるかもしれん。だが、実のところおまえは目を失ったわけでも、刺されたわけでも、病院へ行ったわけでもないだろう。そうした論点を提示するわけにはいかん」

パーヴィーンはごくりと唾を飲んだ。父親の話を信じたくはなかった。「でも、あの人はわたしをひどく傷つけたわ。友人たちが引き離してくれなかったら、殺されてたかもしれないのよ！」

ジャムシェジーは厳しい顔で本を閉じた。「わたしは離婚法に組み込まれた規則に賛成しているわけじゃないぞ。だが、ありがたいことに、この法は曖昧なのでさまざまに解釈されがちなんだ。何かうまい考えを思いつけるかもしれん」

「身動きが取れないってことね」パーヴィーンは空しくなった。「今でもあのいやなにおいのする部屋で、金属の簡易ベッドで横になってるみたいな気分だわ」

「こらこら！　あるはずもないことについて、くよくよ考えるのはやめるんだ。別居を勝ち取るには、この難題をやり遂げないとな」パーヴィーンは唖然として、てきぱきと話を続ける父親を眺めた。「法的な理由もなくおまえに捨てられたと苦情を言えば、サイラスは結婚の権利の回復を求めて訴えを起こすことができるんだぞ！」

「あの人がそんなことをするとは思わないけど――」パーヴィーンは言いかけた。

「あの男がどうして別居を望むことがある？　再婚できなくなるというのに。おまえという資産を失うことになるんだ」

「ばかげてる！　まるでわたしが宝石のセットみたいな言い方じゃない！」パーヴィーンは言い返した。

父親は警告するように指を立てた。「考え得る限りの最悪の結果を説明させてくれ。もし法廷がサイラスに肩入れしたら、おまえはあの男のところへ戻るよう命じられるかもしれない。従わなければ、重い罰金を科せられるか、刑務所行きだ」

「でも、あの人の家族と暮らすのは刑務所へ行くのも同然よ」素早く立ち上がると椅子が後ろに倒れ、音を立てて床にぶつかった。「なぜパールシーの判事が、娼婦と付き合い、わたしに性病をうつし、わたしを殴った男の肩を持つっていうのよ？」

ジャムシェジーは、しばらく固く目を閉じた。それからパーヴィーンをまっすぐ見て、こう言った。「判事が法廷を代表するとはいえ、結婚の裁判の場合は、素人のパールシーの陪審員によって決定される。それに、いいかね、このケースはカルカッタで噂になるだろう。そこでは、おまえの結婚相手は、結束力の強い小さなコミュニティでよく知られた一族の出なんだよ」

父親は、実際には自分たちが負けるだろうと言っているのだ。パーヴィーンは身を震わせた。「戻ることなんてできない。死んだ方がいいわ」

「そんなことを言うもんじゃない！」

パーヴィーンは首を振った。「パパはその法律に何が書いてあるかすでにわかってる。悪い知らせをわたしにそのまま告げることだってできたのに、どうしてそれを読ませたの？」

「ただ一つの道は、法による別居だけだと言っても、おまえは信じなかっただろう」ジャムシェジーは娘に言った。「もちろん、別居を申し立てるつもりだが、相手は婚姻の権利を求めて対抗訴訟を起こすとわたしは予測している。おまえがわたしたちと暮らすのを許してくれるよう、説得しなくてはならん。そこで、おまえの知恵が必要なんだよ、パーヴィーン。あの一家を知っていて、彼らにとって何が重要なのかわかってるからね」

「あの人たちにとって重要なのは、わたしが子供を産むこと――そして自分たちにお金を渡せるくらい、わたしが裕福なことだけよ」

ジャムシェジーは並んだ本越しにパーヴィーンに目をやった。「サイラスがうつした病気のせいで、おまえが子供を産めなくなったと書かれた医者の手紙をソダワラ一家が読めば、おまえを取り戻す気はなくなるかもしれない」

「そのとおりよ」パーヴィーンは父親がその病気の予後について屈託なく口にするのを聞いて、悲しい気持ちになった。「でも、サイラスだって再婚はできないわ」

「身動きが取れないわけだよ。サイラスが不倫をするまで、この結婚についてはどうにもならない」ジャムシェジーはかすかな笑みを浮かべた。「あの男が誰かばかな女と不倫し、きちんとした離婚の根拠をわたしたちに与えてくれるよう、幸運を祈り続けなきゃならない」

「イギリスでは、結婚した夫婦がうまくいかなくなると、夫は別の女性とホテルへ行くのよ。そうすれば、彼らがベッドを共にしたとそこの使用人が証言してくれる。それで離婚の理由ができるわ」パーヴィーンは言葉を切った。「わたしについてはどうかしら？　わたしが男の人と同じことをするっていうのは？」

「だめに決まってるだろう！」ジャムシェジーは怒鳴りつけた。「わたしたち一家の名誉を汚すからだけじゃない、パールシーの法律には、不品行をした妻に離婚を認めるという規定はないからだ」

「忘れてちょうだい」パーヴィーンは、頭に浮かぶ残された可能性に話題を移した。「もう一つ考えが浮かんだの。ベノシュは友人たちに、新しい瓶詰め工場にかかる費用をパパも負担してくれると言ってた。本当だったの？」

ジャムシェジーの目が怒りに燃えた。「あいつらはすべてのものに対し、わたしに支払いを求めてきた。わたしを単なる町の弁護士ではなく、慈善活動に熱心だったレディマニー卿だと思ってるみたいにな」

「その要求になんと答えたの？」

「手紙に返事を出してやらなかった」

「わたしたちを脅迫したという理由で、離婚を勝ち取れないかしら？」パーヴィーンは尋ねた。

ジャムシェジーは不意に笑い出した。「おまえは確かに、あらゆる角度から物事を考えられる人間だな。だが、またしてもパールシーの婚姻法には規約がないんだよ」

「そんな法律大きらい。不公平だもの。弁護士たちはそれを変えるよう主張するべきだわ」

父親は鼻を鳴らした。「パールシーの結婚と離婚に関する条例が気に入らないのか？　おまえが法学部を辞めたのは残念だったな。本気で女性の権利に関心を持つパールシーの弁護士なら、変えるよう推し進めるだろうに」

パーヴィーンはうなずいた。「ねえ、パパ、次はどうなるの？　別の弁護士が、別居を求める訴訟でわたしの代理人になるの？」

「わたしがその訴訟の準備をしよう。判事の前で主張するのに、カルカッタの法廷弁護士を雇うつもりだ」ジャムシェジーは娘に探るような目を向けた。「これがどういうことか、覚悟はできているか？　もし別居を勝ち取れたら、わたしたちが亡くなったあとも、喜んでおまえをわたしたちの家に住まわせるつもりでいる。だが、おまえは二度と結婚することはできないかもしれん」

「また結婚するなんて、願い下げよ」パーヴィーンは冷ややかに笑った。

「それじゃ、おまえはどうするつもりだ？」

パーヴィーンは、カルカッタからボンベイまで長いこと列車に乗っているあいだにゆっくりと頭に浮かんできた考えを、父親に話すことにした。「何年か前にオックスフォードの入学試験に受かったでしょう。そのときはイギリスへは行きたくないと言ったわ。船酔いと長旅が怖かったから」

「それに、イギリスで過ごすことに興味はないとも言ったぞ」ジャムシェジーは含み笑いをして、パーヴィーンに思い出させた。「わたし自身はオックスフォードへ行ったが、おまえはミストリー家で二人目のオックスフォード出身者になっただろうに」

「あれこれ考え直したのよ」パーヴィーンは深く息を吸った。「一八九〇年代にプーナ出身の女子学生がサマーヴィル・カレッジに入学を許され、法律を学んだって知ってた？　ミス・コーネリア・ソラブジは、ベンガルやいくつかの太守国で事務弁護士をしてるわ」

「ああ。ちょっと聞いたことがあるが、わたしが心配しているのはおまえのことだよ。オックスフォードで法律を学ぶことが、ボンベイで勉強するより楽だとなぜ思うんだ？」ジャムシェジーは疑わしげだった。

「大変だとは思う。でも、ミストリーおじいさまなら言っただろうけど、わたしの評判はすっかり地に堕ちたの」パーヴィーンは苦笑いした。「三年間、イギリスへ勉強しにいくつもりよ。そうしたら、仕事のできる専門家としてボンベイへ戻れるわ」

ジャムシェジーは長いあいだ娘の顔をじっと見ていた。「おまえはつらいときを過ごしてきた。お母さんもわたしもおまえをそばに置き、もう大丈夫だとなるのを見届けたいと思っている。本当に行きたいのか？」

愛する家を出るのは、心苦しい。けれども、ボンベイで最初の女性弁護士になることは、パーヴィーンにとって切れたネックレスを修復し、通したビーズをダイヤモンドに変えるくらい価値あることなのだ。

一九二一年

第二十一章　男たちのあいだの話

一九二一年二月、ボンベイ

今日のところは、パーヴィーンは血と涙はもうたくさんだった。そろそろアリスに会う頃合いだ。

夜の闇のなかで、ホブソン＝ジョーンズ邸のパッラーディオ風の、背の高い窓は金色に輝き、誘いかけるようだった。アーマンが門のところに車を寄せると、六人の衛兵が駆け寄ってきて取り囲んだ。前日、知事の車が受けた媚びるような歓迎ぶりとは大違いだ。

スコットランド人の下級伍長が、用向きを説明するようパーヴィーンに要求した。彼女は冷静な声で名前を告げ、アリスに招待されたと言った。スコットランド人は別の衛兵のひとりから渡された台帳を調べ、しぶしぶ言った。「あんたの名前はここに載っている」

パーヴィーンは答えなかった。前日、その屋敷には護衛が四人しかいなかったことを思い起こしていた。衛兵の数が増えたのは、近所で起きたことに関係があるのだろうか。アーマンは門から中庭へ車を入れるのを許されなかった。衛兵たちは素早く話し合い、アーマンをパーヴィーンの父親のところへ帰し、九時にまた彼女を迎えにこさせることにした。

歩いて門を通り、ボンベイ警察の記章のついた車が屋敷のそばに止まっているのを見たとき、パーヴィーンの疑いは強まった。警察官がアリスの両親に挨拶しに訪れたのだろうか、それともやはり、近所で起きた厄介事に関係があるのか？

一家の執事は自分の仕事をわきまえていた。その背の高い優雅な様子のパンジャブ人は、前日パーヴィーンに会ったのを覚えていて、衛兵たちには欠けていた敬意を込めて、パーヴィーンを中へ案内した。執事について廊下を歩いていくと、タバコの香りが鼻をつき、閉じたドアの後ろから、男たちが低い声で何か言っているのが聞こえた。

広々とした家具のない客間で、アリスがいくつかの小さな段ボールに囲まれて、絨毯の上に座っていた。一枚のレコードを両手で持ちながら、顔を上げてパーヴィーンを見た。「よかった、来てくれたのね！　今、持ってきたレコードを調べてるところ。何を聴きたい？」

アリスは気軽な感じで、のんきに尋ねた。二時間前に知ったことなど、まるで何も気にしていないかのように。パーヴィーンはこの変化について考えていたが、ベランダの方に目をやったとき、プランターズ・チェアの背もたれ越しに、ブロンドの髪がわずかにのぞいているのに気付いた。レディ・グウェンドリン・ホブソン＝ジョーンズが、話の聞こえる距離にいるのだ。

「お母さまにご挨拶したほうがいいわね」パーヴィーンはベランダの方を指さした。

アリスはウィンクした。「自己責任でどうぞ。今夜、母は調子がいいみたいだから」

パーヴィーンは、アリスの母親が半分ほど残っている飲み物をちびちびやりながら、暗い庭園に目を凝らしているのに気が付いた。

「こんばんは、レディ・ホブソン＝ジョーンズ」パーヴィーンは、形式ばった挨拶にならないよう、温かみを込めようとした。「アリスとの第一日目はいかがでしたか？」

「とてもよかったわ。ちょっと座りません？」レディ・ホブソン＝ジョーンズの口調はいつになくくつろいでいて、おそらくは手に持っているクリスタルのタンブラーのおかげだと思われた。「こんな気持ちのいい夜に、なぜあの子は室内にいるのかわからないわ」

「勢い込んでレコードの箱をあけてます。アリスのコレクションをどう思いますか？　わたしの運転手が車を寄せたとき、通りで音が聞こえましたよ」

「四六時中、コール・ポーターを聞くことになりそうだわ。でも、アリスはほかのレコードも持ってるのよ、もっともひどい、しゃがれた耳障りな声のをね。アル・ジョンソン――」

「アル・ジョルソンよ、お母さま。まったくもう！」アリスが客間から声をかけた。

「それで、今夜はサー・デイヴィッドはどこにおられますか？」パーヴィーンは尋ねた。

「もしかしたら、今夜はご自宅ですっかりくつろいでいらっしゃるとか？」

「くつろぐような人じゃないわね」レディ・ホブソン＝ジョーンズは言った。「今は書斎にいて、出し抜けにやってきた訪問客をさばいてますよ」

「ご友人ですか？」パーヴィーンは興味を引かれたが、そう見えないようにした。

「いいえ。警察本部長と補佐役よ」レディ・ホブソン＝ジョーンズの口調には軽蔑がこもっていた。

パーヴィーンは理由が知りたかった。「もしその人たちがしょっちゅう来て話をしているのなら、友人と言えるかもしれませんね」

レディ・ホブソン＝ジョーンズはため息をついた。「わたしたちは前任の警察本部長のミスター・エドワーズを知ってましたよ、とてもよくね。もちろん、彼はインド高等文官だったわ。今のグリフィス本部長はインド帝国警察の人で、昇進したのよ」

夫人が慎重に選んだ言葉から、グリフィスのことを上流階級とは考えていないと、パーヴィーンはわかった。

レディ・ホブソン＝ジョーンズは続けた。「ミスター・グリフィスがその経験を生かして、この町の恐ろしい犯罪の波を食い止めてくれるのを願うだけだわ。今日、まさにこの界隈のごく近いところで、暴力的な犯罪が起きたでしょう！」

もしアリスが母親に、ミストリー法律事務所がファリド家の代理人をしていることを話していたら、話題が変わったことで、自分の立場が厄介なものになるかもしれないとパーヴィーンは気付いた。それを話題にすることは絶対にできない。「警察がご主人のところへ来てくれてよかったですね。今夜あなたにお会いできて嬉しく思いますが、そろそろ——」

「待ってちょうだい」レディ・ホブソン＝ジョーンズは、タンブラーの飲み物をゆっくりすすると、パーヴィーンの方を向いた。「あなたはパールシーだけのコロニーで暮らしているのよね？」

パーヴィーンは引き留められて戸惑った。それに、自分の宗教のことで何か言われるのもいやだった。「ええ。ボンベイでは、宗教的なコミュニティは互いにまとまって暮らす傾向があるんです——パールシーだけではなく、ヒンドゥー教徒もムスリムも」

「あなたの近所では、犯罪はどれくらい起こるのかしら？」

「誰も数えてないと思いますけど。それでも、問題があるとは思えませんが」パーヴィーンは相手を見た。今はまっすぐに身を起こし、油断のない目を向けている。

「きっと殺人なんてないんでしょうね！」夫人は軽く笑った。「夫にはずっと言ってるのよ、退屈なコミュニティは安全だって」

「同種の人たちだけのコミュニティ」だとパーヴィーンは思った。結局、レディ・ホブソン＝ジョーンズが言いたいのはそういうことなのだ。けれども、同じような人たちばかりの社会では、変化が起こらない。彼女は、マラバー・ヒルの住民がふたたびイギリス人だけになってほしいと、ほのめかしているのだろうか？

「インドではひどく大勢の人が死ぬわ」そのイギリス人女性は物思いにふけりかけた。「最初に何よりも心配になるのは病気のことよ。人々の家へ侵入して撃ち殺すテロリストのこともあるわ。でも今回の犯罪は、うちの窓から見える屋敷で起きたのよ。覚えてる？　あなたに見せたでしょう」

　パーヴィーンは用心しながらうなずいた。

「夫は、それが宗教的な憎しみや政治がらみの犯罪ではないと思ってるわ。それでも、わたしは今夜この敷地の裏手を見張っているの。すべてに目を配れるほど充分な護衛がいるわけじゃありませんからね」

「警察とご主人が、ちゃんと警備計画を考えついてくれると思いますよ」パーヴィーンは安心させようとした。夫人がそんなふるまいをするのは、恐ろしいからに違いないだろう。

「アリスのところへ行ってちょうだい」レディ・ホブソン＝ジョーンズは言った。「付き添いなしで出かけてはだめだと言ってやって。ここはロンドンの高級住宅地のベルグレーヴィアじゃないの。あの子も、あなたと同じように用心して行動しないとね」

　客間へ入ると、アリスが二人の使用人に、自分の蓄音機を二階へ運ぶよう指示していた。

「ソファに何枚かレコードが残ってるから、取ってくれる？」アリスは肩越しにパーヴィーンに呼びかけた。「それと飲み物を持っていって。あなたのために作ったばかりのジンライムが、トレーに載ってるから」

「あなたの部屋へ行くの？」パーヴィーンは片手に冷たいタンブラー、もう一方の手に三枚のレコードを持っていた。

「いいえ！」わずかなレコードを抱えて階段を上るアリスは、少しばかり怒っていた。「一階上にずっといい場所を見つけたから、書斎にすることにしたのよ」

そこは三階にある、両側に窓がついた角部屋だった。アリスが鎖を引いて頭上の電灯とファンをつけると、蚊と蛾の大群が網戸を叩き始めた。多くの虫が飛び回り、ラッシュアワーのヴィクトリア・ターミナス駅のようだ。「こっちへ来て座って」アリスが言った。「話すことがいくつもあるのよ。でも、まずは音楽をかけましょう」

パーヴィーンは籐のラウンジチェアに腰を下ろし、部屋を見回した。カルカッタにいたときから、彼女は狭い場所が苦手になった。アリスの隠れ場所には、ソダワラ家の隔離部屋と共通点がある。小さな簡易ベッドとテーブル。でも、この隠れ場所は心が落ち着いた。ベッドには柄ものの木綿のキルトが掛けられ、クッションには刺繡がされている。金属のテーブルではなく、紫檀の小さな机が置かれ、タイプライターと数学の本の山がのっていた。使用人のひとりが本棚にレコードを詰め込み、もうひとりが床に蓄音機を置いた。

「それでいい、ありがとう」アリスは手伝ってくれた二人の使用人に手を振って下がらせたあと、蓄音機にかけるレコードを選んだ。アル・ジョルソンのしゃがれ声が部屋に溢れたが、すぐに聞こえなくなった。

アリスはうめいた。「このレコードはそってるように見えたけど――無事を願ってたのよ、本当に」

「何週間も船に積んであったからに違いないわ」パーヴィーンが言った。「わたしの法律の本も、到着したときには緑色の毛皮で覆われてしまったようだったわ」

「別のを手に入れればいいだけ」アリスがそう言ってドアを閉めにいった。「この部屋は気に入ってくれた？」

「とてもすてきだけど、二階のあなたの寝室よりもずっと暑いわね。ドアは閉めておかなきゃならないの？」パーヴィーンは尋ねた。

アリスは机の隣の固い椅子に座った。「あなたに話すことがあるの」

パーヴィーンはその日もうすでに、暑い場所で、焼けつくように強烈な知らせを聞かされていた。それでも、喜んで冷たい飲み物をすすった。アリスがこんなことを言い出すときはいつも、役に立つ噂を教えてくれるはずだから。

「あなたがやってくる前に、わたしはレコードをかけていた。わたしが客間でそれを聞いてると、両親に思わせたかったからね」

「聞いていなかったの？」パーヴィーンは笑い声を上げないようにした。こういうたぐいのたくらみを、この友人はしょっちゅうしているのだ。

「実はね、父の書斎のすぐ外のベランダで縮こまって、父と警察の大物との会話を聞いてた。

その人物はシー・ヴュー通り二十二番のファリド家のことを話してたから、あなたのことが頭に浮かんだわけ！」

アリスは政府をスパイしていた——インド人なら刑務所行きの行為だ。けれども、どんな情報でも役に立つだろう。アリスにうなずくと、パーヴィーンは言った。「お母さまの話では、警察本部長がお父さまを訪ねて下へ来てるそうね」

「ということは、それが彼の正体なのか」アリスは何やら考えているようだ。「ニューカッスル訛りのある男が、ヴォーンと呼ばれる誰かについて話しているのが聞こえたのよ。ヴォーンという人は、例の屋敷で婦人の居住区を捜索する許可を求めていた」

パーヴィーンは不意に心配になったが、顔に出さないようにした。「そうなの？　耳がいいのね」

アリスは自分のジンライムをゆっくりとすすった。「警察は指紋も採りたいみたい」

パーヴィーンはシン警部補が犯罪学に強い興味を持っているのを思い出し、彼が女性と子供たちすべての指紋を採りたがると想像できた。警部補はすでに銀のレターオープナーを入手していて、それにはアミナとラジアの指紋がついていると思われる。

「パーヴィーン！　飲み物が酸っぱすぎたような顔じゃない」

パーヴィーンは無理に笑顔を作った。「違うわ。通常の殺人の捜査なのに、担当捜査官の手に余って、あなたのお父さまのところにまで持ち込まれたのはなぜか、理解しようとしてたの。お父さまがかかわるのは土地取引で、法と秩序に関することじゃなかったと思うけど」

「自分がデリーにいて不在のときは、知事は差し迫った厄介事を処理するのに父を指名してるのよ」アリスが言った。「でも、父はいつも乗り出すのが遅くて。まわりの人はイライラさせられることかもしれないわね、わたしにとっては言うまでもないけど」

この会話が、父親に対するアリスの悪口になってしまってはまずい。「それで、ほかにはどんな話がされてたの？」

「父は誰が指紋を採ることになるのか、さらに尋ねた。警察本部長は、警察官が被疑者の手を持ち、指をインクに押し付けると言ったわ」

「お父さまがその質問をするのは理解できるわね」パーヴィーンはしぶしぶながら、アリスの父親を認めた。「ムスリムの女性には、夫ではない男性に触れられるのを拒否する法的な根拠があるのよ。それに、彼女たちに法廷に出るよう命じることもできないの」

「でも、だからといって、その女性たちは法の支配を受けずに生きてるわけじゃないでしょう？」アリスは信じられないというように言った。

「もちろんよ。パーダナシンの場合は、判事か裁判所のほかの職員がその女性の家で供述を記録することができる。あるいは、女性に家で宣誓証言をしてもらった弁護士が、裁判で代理をしてもいいわ」パーヴィーンは、ラジアか未亡人の誰かが参考人になるかもしれないと知り、それについて考えてみたことがあった。「でも差し迫った厄介事（プレッシング）というのは――指紋を取る（プレッシング）こととかけたわけじゃないけど――警官が上流階級の女性の手に触れたら、ムスリムのコミュニティは激怒するかもしれないってことよ」

「つまり、ムスリムの人たちが警察本部へ行って、抗議する可能性があると？」

パーヴィーンは椅子の肘掛けに飲み物を置き、自分の考えを整理した。「ええ――それにボンベイでは、このことが深刻な政治不安を引き起こすかもしれないの。今話しているのは、ムスリムが自分たちのコミュニティの女性の名誉を守ろうとするってことだけど、それに共感するヒンドゥー教徒やシーク教徒の人たちまでも、インドの女性を守るのに加わるかもしれない。なんであれ政府を困らせることがあれば、独立運動にとっては絶好のチャンスなのよ」

「だからこそ、婦人の居住区域（ゼナーナ）には手を出すべきじゃないと、父は本部長に話したわけか。その代わり、警察は釈放されたばかりの重罪人を特にチェックし、新聞にその取り組みを察知させることを提案したのよ」

パーヴィーンは答えなかった。警察が成果を上げたと見せかけるために、過去に罪を犯した人がいけにえの羊にさせられるとしたら恐ろしい。同時に、警察が婦人の居住区域（ゼナーナ）を捜索したら何が起こるか、心配でもあった。

「どうしたの？ パーヴィーン」

パーヴィーンはかすかに笑みを浮かべ、もう一口、飲み物をすすった。「ちょっと考え事をしてただけよ」

「その犯罪について、容疑者の心当たりがあるかどうか話してほしいんだけど。殺人者が刑務所に入れられるのを、誰もが願ってるでしょう」

「わたしには守秘義務があるって、もう説明したわよね」パーヴィーンは一息入れた。「それと、これからどうするのか、わたしがちゃんとわかっているなんて思わないで。どんなに法律を学んでも、今日の午後のようなことへの心構えなんて、これっぽっちもできないんだから」

アリスは窓辺に立っていた。そこでは、コマドリくらいの大きさの蛾が網戸に体当たりし続けている。「ちょっと見てよ、あの大きな羽のおばかさんは中へ入ろうとしてる」

「うちのオウムなら、喜んで餌にしちゃうところだわ」パーヴィーンは言った。

「あれを見てると、例の隔離された女性たちを追いかけようとする人のことが頭に浮かぶわね。彼女たちはまったくのかごの鳥だもの」

「必ずしもそうじゃないわ。男性から離れて暮らすというのは、彼女たちが選んだことよ」

パーヴィーンは、多様な人たちが近所にいることをグウェンドリン・ホブソン＝ジョーンズが心配していたのを思い出した。「あなたのお母さまのことを考えてごらんなさい。何年もここにいるのに、インドには人が多すぎて、それが自分にとっては恐ろしいことだと思っておられるでしょう」

アリスは鼻にしわを寄せた。「母はどうしようもない人よ——使用人と衛兵の一団に自分を守らせてる。近所で起きたことのせいで、屋敷のまわりの警備がさらに厳しくなった。ところで、まだ気になってるんだけど、警察が考えているようなことが起きたのだとしたら、ファリド家の未亡人たちは自分たちだけでいて大丈夫なの?」

パーヴィーンはアリスのところへ行った。もう蛾と蚊から目を離し、ファリドの屋敷の方をじっと見つめている。「父が捜査官を説得して、今夜は警察が屋敷にいるようにしてもらったの。ほら、家に明かりがいくつか灯ってるのが見えるでしょう」

アリスは目を細めて見た。「あれがそう? 二階の二つの窓に明かりが見えるし、一階にも一つ灯ってる」

未亡人たちは一階で話し合いをしているのだろうか、二階で誰かが起きているのだろうかと、パーヴィーンは思った。警官がパトロールしているとか?

「もう一杯どう?」

パーヴィーンはその気になったが、約束を思い出して腕時計に目をやった。「しまった! 九時を数分過ぎてるわ。家まで送ってもらうために、門のところへ行くとアーマンに約束したのに」

「うちの車があるんだから、あなたの運転手を使う必要はないでしょう」アリスが提案した。

「執事をやって、あなたがあとでうちの車で帰ると知らせてやりましょう」

「そんなことをしてもらわなくても。父が乗っているだろうし、のけ者にしたと父に思われたくないの」パーヴィーンは、ボンベイへ来たばかりのアリスをほったらかしにすることに罪悪感を覚えた。「明日の夜はどう？　たぶんどこかの映画館で会えると思うけど。『シャクンタラー』っていう、ヒンドゥー神話を下敷きにした新作をやってるわ」

アリスは顔を輝かせた。「ああ、聞いたことがある！　アメリカ人の女性が主役で、インドのマハラジャの妻を演じるというのは、本当なの？」

「労働力不足のせいでね」パーヴィーンはあきれたように目をぐるりと回した。「どのインド人の家族も、娘がスクリーン上でじろじろ見られるのを許さないから」

「本当なの？　あなたの家族はあなたが男性の世界で働くのを認めてるのに」アリスは指摘した。

「でも、判事の前に出るのは、まだ許されてないわ」パーヴィーンはサリーのしわを伸ばし、立ち上がって出て行こうとした。「映画の中でも現実の生活においても、わたしたち女性の行く手には、まだまだ長い道のりが待ってるのよ」

パーヴィーンは友人の狭い部屋を出て、反ったレコードの曲を聴きながら階段を下りた。今夜アル・ジョルソンの『スワニー』のレコードの音は、セント・ヒルダのホールでかかっていたのとはかけ離れた、ひずんだものに聞こえた。

大学時代からの友情を保ち続けることはできるだろうが、このレコードと同じように、ボンベイではそれは違ったものになるだろう。

門のそばに立ったとき、もう警察の車はいなくなっていた。ダイムラーは見えなかったが、最初はほっとした。つまり、自分が時間に遅れたと思われずに済むからだ。けれども車が一台も通らず、時計が九時十五分を指すと、パーヴィーンは心配になり始めた。門のところに立ち、マウント・プレザント通りに目を凝らしていた。とうとう例のスコットランド人の下級伍長が、車寄せから重々しい足取りでやってきて呼びかけた。

「帰るのか、それともここに残るのか？」その男は咎めるように訊いた。

「うちの車で帰るつもりよ」パーヴィーンはとげとげしい言い方で答えた。「わたしを乗せてきたダイムラーを見ませんでしたか？」

相手は肩をすくめた。「わたしは外壁の中で見張りをしていた。言っておくが、どの車もこのブロックで待つのは許されていない」

パーヴィーンは苛立ちを抑えて言った。「外壁に沿って立っている衛兵たちはどうかしら？車を見たかもしれないわね？」

「わたしにはわからん。自分で訊いてくれ」

最初に尋ねた衛兵は、イングランド西部の訛りのある兵士で、さっきのスコットランド人より礼儀正しかった。彼はインド人の運転手とインド人の紳士の乗ったダイムラーは十五分前にやってきたが、門のところで待つのを許されなかったと認めた。

「わたしに伝言はなかったですか？　そのまま家へ戻るのか、近くで待つつもりなのか、聞いてませんか？」パーヴィーンはその兵士に尋ねた。気の短い父親が家へ戻り、娘を迎えにアーマンを寄こすのは考えられることだ。

「わかりません。さらにまっすぐ進むか、シー・ヴュー通りの角を曲がるかしたかもしれない。わたしならそこで待つでしょうね、その方がもっと近いですから」兵士は暗がりの中で、通りが交差していると思われる方を指差した。

「そこまで歩いて見てきます。必ず戻ってきますから」暗くなってから、人気のない界隈をうろつきたくはなかった。

「付き添えなくて申し訳ありません、マダム。任務中ですから」

パーヴィーンはため息をつき、歩き始めた。アリスの家のある通りは思ったより暗く、明かりといえば家々の門につけられたガス灯か、頭上の無数の星の光だけだった。ぶらぶら歩いている人は誰もいないが、動物たちがうろついている可能性がある。フクロウが不吉な声で鳴いていた。マングースやヘビを見つけようとしているのだろうか。

背後から見ず知らずの人間が近づいてこないよう、パーヴィーンは足音に注意深く耳を傾けた。だが、聞こえたのは車のエンジン音だけだった。あとずさりし、轢（ひ）かれないように屋敷の外壁に身を寄せた。こんな暗がりでは、運転手に彼女が見えるわけはない。ライトをつけずに車が通りをやってくるなんて、ひどく奇妙だった。まるで誰にも見られたくないかのようだ。

見知らぬベンガル人とサイラスが、不意にパーヴィーンの頭に浮かんだ。それにムクリの血まみれの遺体も。パーヴィーンはパニックに襲われた。どこへ行ったらいいのか？　あたりの家はみな門を閉ざしている。一・五メートルほど先に、身を守ってくれそうな大きな木が見えた。そこへ走ろうとしたところで、車が近づいてきた。

木に登りかけたとき、ライトが光ってパーヴィーンを照らし出した。

「パーヴィーン、いったい何をやってるんだ？」ジャムシェジーが下ろした窓から怒鳴った。

「安全なところへ逃げようとしてたのよ。なぜそんなふうに運転してたの——ライトもつけず、警笛も鳴らさずに」パーヴィーンは怒鳴り返した。恐怖から不意に解放され、心臓は早鐘を打っていた。彼女は登っていた木の幹を一メートルほどすべり下りた。

アーマンはすでに車を止め、飛び降りてドアをあけていた。「本当に申し訳ありません、お嬢さま(メンサヒーブ)。あなたのお友だちの屋敷を警備している、あのいかれた連中のいやがらせを避けようと、ライトをつけずに運転しておりました。あいつらは待たせてもくれなかったんですよ」

「パーヴィーンが出てきてわたしたちを捜してくれていたら、待つ必要はなかっただろうに」ジャムシェジーは厳しく言った。「何もかも、あのイギリス人どもが、われわれより自分たちの方が優れていると思ってるせいだ」

「アリスは違うわ」パーヴィーンは言った。

「あの娘のことは、もう一言だって聞きたくない」ジャムシェジーはそっけなく告げた。「頭痛がする、もう家へ帰る時間だ」

第二十二章　ベランダの鳥

一九二二年二月、ボンベイ

家に着くと、ジャムシェジーの機嫌はましになった。ルストムの呼びかけに答え、シェリーを飲みに居間へ行った。ほどなく、二人の男は声を立てて笑っていた。

パーヴィーンが台所へ行くと、グルナズがコンロのところにいた。クミンシードと玉ねぎを油で熱している。そうやって作ったものはダルカと呼ばれ、パーヴィーンの母親がかき混ぜている鍋一杯のひきわり豆の上にかけるのだ。「いい匂いね。ところで、ジョンはどこにいるの？」パーヴィーンが尋ねた。

「もう遅いから、下がっていいと伝えたのよ。最後の仕上げはわたしたちがするつもりだから」カメリアが言った。

「料理をするのは好きだし」グルナズが肩をすくめた。「どうしてこんなに遅くなったの？」

「ファリドの屋敷を出て、そのあと友だちのアリスのところへ行ったの」グラス一杯の水を飲み干し、パーヴィーンは言った。「九時にパパが迎えにきてくれたんだけど、家に着くまでにいろいろとあって。ごめんなさい」

「このところ、あなたはずっとあのイギリス人と過ごしてるわね！」グルナズは軽くからかうように言ったが、パーヴィーンは腹が立った。グルナズとの関係は、パーヴィーンのかつてのクラスメートが、驚いたことにルストムの結婚相手となってから、変わってしまった。グルナズが、親の決めた相手とこんなにやすやすと幸せになったことに、パーヴィーンは腹立たしさを覚えた。だが、グルナズだって、パーヴィーンがイギリスで三年勉強し、そのあと仕事を持って毎日外へ出ているのをうらやんでいるかもしれないとは、想像できた。とにかく、二人は一緒におしゃべりはするが、エルフィンストーン・カレッジの女子用の休憩室で過ごした頃のようには、互いを信頼することはできなくなっている。

パーヴィーンは、そんなことを考えるのは間違っているとわかっていた――それで無理にでも何か言わなくてはと思った。「アリスとわたしは明日の夜、映画へ行こうと思ってるんだけど。あなたも来る？」

グルナズはしばらく黙っていた。「わからないわ。イギリス人と、どうやって一緒に座れるというの？　映画館にはイギリス人専用の席があるのに」

「アリスはそんな人じゃない。わたしたちと座ると言い張るはずよ」パーヴィーンはためらいがちに言った。「それに、彼女と知り合っておくと何かと役に立つと思っていたのは、あなたじゃなかった？」

「ええ、だけど……」グルナズは言葉を濁した。パーヴィーンには、義理の姉がその計画に乗り気でないのはわかっていたが、それならそれで構わなかった。

カメリアがエプロンを取って言った。「あなたが明日何をしようと、とにかく今は手を洗う時間ですよ。夕食の用意ができたわ」


食事はおいしかった。フェヌグリークというハーブとジャガイモの入ったラムのカレー、ひきわりのココナッツ、チキンとトマトのカレー、香ばしいライス・プラオ。パーヴィーンは食べながら、父親にずっと目を向けていた。車の中で彼が一言も話しかけてこなかったのが、パーヴィーンには少し心配だった。彼女をこの件にかかわらせないと決めたからだろうか。娘がしでかした過ちを数え上げていたのかもしれない。夜に歩いてマラバー・ヒルを出ようとしたために、ジャムシェジーは怒りで頭がどうかしてしまったとも考えられる。

けれども、そのあと夕食が片付けられてから、パーヴィーンがリリアンに与える、ボウル一杯のフルーツと野菜のかけらを持ってバルコニーへ出ようとすると、ジャムシェジーが声をかけてきた。

「神よ、女王を助けたまえ！」パーヴィーン親子がバルコニーへやってくると、リリアンがわめいた。「マタラム！」

「おまえは政治的には中立ってわけね？」パーヴィーンは笑みを浮かべながら鳥かごをあけてやった。

「実に賢い鳥だな」ジャムシェジーは、ラタンのラウンジチェアの一つに腰を下ろし、ポートワインのグラスを広い肘掛けの上にバランスを取って置いた。「何もかも話してくれ」

「わかったわ。長い話になるけど」

パーヴィーンは、事実をあれこれ知ると、未亡人たちが三人ともマフルを放棄するのをためらうようになったことや、ムンタズと話をしているときに、ムクリにひどい言葉で妨害されたことを説明した。そして、考えが甘すぎると父親に思われなければいいと願いながら、こう打ち明けた。「ひどくショックだった。わたしたちの話を立ち聞きする人がいるとは思わなかったし、ミスター・ムクリからは、仕事で留守にすると聞いていたもの」

「家の中に二つの区域があれば、プライヴァシーは守られるように思えるかもしれないが、秘密を持つのはほぼ無理だろう」ジャムシェジーはポートワインをすすった。「壁とついてがあるせいで、人々はよけいにすべてを知りたくなるんだよ」

リリアンは、鳥かごからジャムシェジーの椅子の背もたれまでほんの短い距離を飛び、彼の髪をつついた。ジャムシェジーが顔をしかめて叩いたので、ようやくリリアンは庭園へ飛び去っていった。

「ラジア奥さまは、慈善信託の管理者としての役目をサキナ奥さまにはずっと秘密にしてきたの」パーヴィーンが言った。「それはなかなか大変だったに違いないわ。ラジアの話では、彼女も夫もそれが一番いいと考えたそうよ」

父親がため息をついた。「ファリドさまは思慮深い人だった。バランスを取ろうとしたように思えるな、だから妻たちにはそれぞれ、何か忙しくしていられる役目を与えたんだ」

「前に言ったけど、ダイムラーの中でラジア奥さまと話をしたのよ」パーヴィーンは、服についてラジアに単刀直入に尋ねると、殺人の自白が成り立たなくなったことを詳しく話した。

「おまえが間違っていることもあり得るぞ。ラジア奥さまに肩入れしすぎてはいないか？」ジャムシェジーは娘をじっと見て尋ねた。

「子供を心配して、母親が罪をかぶろうとする典型的なケースだと思う。もっとあれこれわかるまで、警察がラジアに手を出せないようにしておかないと。今彼女はパニックになってるから」

ジャムシェジーはうなずいた。「警察が門番を拘束したことを考えると、ラジア奥さまを弁護する必要は、結局なくなるかもしれん。おそらく、門番が犯人だとする証拠があるんだろう」

「実はグリフィス警察本部長が、未亡人たちの取り調べを望んでるの」

父親がいぶかしげに両方の眉を上げたのを見て、パーヴィーンは言った。「アリスから聞いたんだけど、警察本部長はミスター・ムクリの死について話し合うために、彼女のお父さんのところを訪れたそうよ。本部長は未亡人たちの指紋を採り、婦人の居住区域を捜索したがってるわ」

ジャムシェジーは娘をじっと見つめた。「彼らはどうすることにしたんだ？」

「サー・デイヴィッドが、そんなことをしてはだめだと警察本部長に言ったの。その代わりに、最近、刑務所から釈放されたばかりの人たちを捕らえるよう助言したわ」父親が疑わしげな顔をするのを見て、パーヴィーンは付け加えた。「未亡人たちの生活がこれ以上つらいものにならないよう願ってるけど、警察が無実の人に罪を負わせるとしたら、恐ろしいことだわ。殺人犯がシー・ヴュー通り二十二番で暮らしているなら、間違いなく誰もが危険にさらされる。その人物が捕まるよう望むわ」

「法により逮捕され、公平に扱われることを、だな」ジャムシェジーが訂正した。

「ええ」パーヴィーンは父親の真剣な顔をじっと見ながら答えた。

「よし、それじゃ、今夜わたしが知ったことを話してやろう」ジャムシェジーはそう言って、もう一口飲み物をすすった。「ファリド織物の工場へ出かけていったんだが、運よくミスター・ファリドのいとこで、取締役代理のムハメッドがまだ残っていてね。フェイサル・ムクリが亡くなったと知らせたんだ」

「その人の反応はどうだったの？」

「それにふさわしい言葉を述べたが、悲嘆に暮れているようには見えなかったぞ」ジャムシェジーは皮肉っぽい表情をした。

シー・ヴュー通り二十二番でも、誰も悲しんでいないのと同じだ——屋敷の中でそんな残酷なことが起きたことに、みな衝撃と恐れを感じているだけだった。パーヴィーンは尋ねた。

「ファリドの家へ来る前にムクリがどこに住んでいたか、その人は知ってるの?」

「工場のある地区のそばに部屋を借りていたらしい。一家の後見人になるチャンスを得ると、そこを引き払ったようだ。けれども会社の記録には、プーナの母親の住所が残されていた。ムハメッド・ファリドはわたしが自分でそこへ行き、悪い知らせを伝えるつもりだと言うと、ほっとしていたよ」

「わたしも、パパが出向いてくれるのはありがたいわ」パーヴィーンが言った。「会社でムクリに何か問題があったかどうか、訊いてみた?」

「ムハメッドの話では、ファリドさま(サヒーブ)がただの会計士をそんな大役に抜擢したことで、妬む声がずいぶんとあったらしい。もちろん、なぜあなたはファリドさま(サヒーブ)からその役を頼まれなかったのかと、ムハメッドに尋ねたよ。彼はボンベイに住んでいる親族だからな。ファリドさま(サヒーブ)は会社の将来を案じていて、二つの仕事をするのはいとこにとって荷が重すぎると思っていたからだそうだ」

「ムクリが、二人の関係を悪くするようなことを何かしたとしても驚かないけど」パーヴィーンが口を挟んだ。

ジャムシェジーは娘に向かって指を立てて見せた。「それは根拠のない推測だ。だが、ムクリについてさらに尋ねると、ムハメッドは経理主任のミスター・シャルマを呼んでくれた。シャルマはムクリが亡くなったと聞くと驚き、悔やみの言葉を述べた。さらに話を聞いてみると、亡くなった人の悪口は言いたくないとしながらも、ムクリは実のところ大した能力はなかったと話した。仕事のほとんどは部下がやっていたそうだ」

「それでも、クビにならずに済んでたんでしょう？」

「ミスター・シャルマが聞いた噂では、ムクリはミスター・ファリドの遠縁にあたるそうだ。それはムクリが常に言っていたことで、自分はファリドさまの身内みたいなものだから、いつか必ず工場長になれると話していた。結局は一家の後見人に選ばれたわけだが。それからムクリは、そのカードを最大限に利用した。ミスター・ファリドが病気になると、ムクリは屋敷に住み始め、会社と連絡を取るためには電話を使うか、たまにやってくるかするだけで、週に二、三日しか仕事へ行かなくなった。最近では週に一度、仕事をしにくるだけになっていた」

「工場の経営状況について、情報は得られたの？　このところボンベイの織物工場のほとんどが、あまりうまくいってはいないらしいわね」

「そのとおりだ。この件では、ムハメッド・ファリドは会社の業績が悪化したのを、オマル・ファリドが病気のあいだに、ムクリが相次いで誤った決定を下したせいだと言ったよ。どうやらミスター・ムクリは、カーキが売れなくなっているので、新しい布地を製造してもらいたいとミスター・ファリドが考えていると、経営部門に話したらしい。会社は新しいことを試し始め、投資をしてほかの布地を製造したが、あまり売れなかった」

「ミスター・ムクリがそうやって会社に損をさせてもクビにされなかったのなら、同僚が彼を亡き者にしようとした可能性はないかしら?」パーヴィーンは言い淀んだ。「いとこのムハメッドが、ミスター・ムクリの不幸を願ったとか」

ジャムシェジーは首を振った。「ムハメッド・ファリドは、事件の日は一日中、仕事をしていたと確認が取れた。その態度を見れば調べるまでもないから、さらに追及することはしなかったよ。彼から住所を教えてもらったので、ミセス・ムクリを尋ねていってお悔やみを述べ、葬儀の準備を始めてもらうことができる。明日プーナへ出向くつもりだ」

「ファリドの奥さまのひとりがプーナの出身なの」パーヴィーンは言った。「サキナ・チヴネよ。彼女の実家を訪ねる時間はある? サキナ奥さまには心配している親族がいて、彼女がどう思おうと、急いで助けにくるかもしれないでしょう」

「娘を教育したとき、自分の一日の予定を指図されるようになるとは思いもしなかったぞ」ジャムシェジーは含み笑いをした。

「一度の出張で二つの用事を済ませることができれば、そのほうがよくない?」パーヴィーンは笑顔で応じた。「明日わたしはファリド家へ出向いて、ほかにどんな手助けが必要か見てくるわ」

パーヴィーンと父親は話をし、予定が立ったので、心おきなく眠れるはずだった。だが、ラジアのことで自分の権限を踏み越えてしまったという思いが、頭から離れずにいた。それに一家の門番が刑務所に入れられ、何の落ち度もないのに有罪を宣告される可能性が高いというのは、不公平だ。

ようやくうとうとしかけたとき、パーヴィーンの頭にファリドの屋敷が浮かんだ――昼の光の中の、クリーム色のミニチュアの宮殿ではなく、一つの窓だけに明かりがついている夜の姿が。そこは誰の部屋だろう？　急いで屋敷へ行くと、その明かりは消えた。ほかの誰かが死の危険にさらされると思うと、たまらなく恐ろしかった。

第二十三章　行方不明の子供

一九二一年二月、ボンベイ

「『マラバー・ヒルの一家に二人目の死者』。なんだか聞き覚えのある見出しだな」ルストムが『タイムズ・オブ・インディア』紙を置き、パーヴィーンに注意を向けた。「なあ、パーヴィーン？　これはぼくたちが知ってるファリド家のことじゃないのか？」

ルストムがミストリー法律事務所で働いていたら、パーヴィーンはあれこれ話してやることができただろう。けれども彼はただのうっとうしい兄でしかないので、パーヴィーンは最低限のことしか明かすつもりはなかった。彼女はあくびをして答えた。「パパは、十二月に亡くなったミスター・ファリドの代理人だったのよ」

「そうだった！」ルストムはベーコンにフォークを刺しながら言った。「ミスター・ファリドの葬式に同行するよう、父さんに言われたけど、その朝は建設工事の予定があったんだ。一家の後見人が屋敷で亡くなったと、新聞に書いてある」

「あなた、その人のお葬式にも行くつもりなの？」グルナズが夫の手から新聞を取り上げた。彼女は風呂から上がったばかりで、濡れた髪を三つ編みにして垂らしているが、出かけるつもりらしく、すでにシャンティレースのブラウスの上に黄色いシルクのサリーを着ていた。若々しい美しさを絵に描いたようで、パーヴィーンは羨ましかった。

「警察が遺体を調べ終わるまで、葬儀はできないわ」パーヴィーンはぴしゃりと言った。その夜は長いこと目が冴えていてあれこれ心配し、眠ったら悪夢を見て疲れ果てていた。目覚めたときには遅い時間で、父親はすでに駅へ行き、プーナへ向かったとわかった。

「ファリドの屋敷が建っている場所にずっと興味があってね。しばらく前に、オフィスに保管してあるキャビネットの一つから、たまたまそこの図面を見つけたんだ。一八八〇年に、うちがその屋敷を建てていた」ルストムはなつかしげに言ったが、知ったかぶりしているようにも見えた。

「あなたはまだ生まれてなかったわ！　あなたのおじいさまの仕事だったのよ」カメリアが穏やかな笑みを浮かべて訂正した。

「そうだよ、つまりミストリー建設が建てたんだ」ルストムは目をぐるりと回してうなずいた。「ミスター・ファリドが、以前に書類にサインをしにミストリー屋敷へ来たとき、父さんが紹介してくれた。ぼくは古い屋敷を壊して、現代的な豪邸を建ててはどうかと助言した。五階建てにすれば、一つの階に家族と住み、ほかの四つの階から収入が得られるとね」

「あの屋敷はまだ建っているから、断わられたわけね」パーヴィーンが言った。

ルストムはくすくす笑った。「そうだよ、『今のところ、わたしには二人の妻と四人の子供がいる。そこにさらに加わる可能性もある。一階しかなくては平穏に暮らせるはずがない。全員が同じ階に住んだら、殺人とまではいかなくても、自殺する者が出るはずだ』ってね」

「冗談だったに決まってるわ」グルナズが言った。

「もちろんさ。みんなが笑ったよ。祖父はこの屋敷をとても上手に建てたから、そこでの暮らしをずっと楽しんでいるのは理解できるとぼくは言ったんだ」

「いい答えだわ」カメリアが言った。「でも、今は事情が変わったでしょう。引きこもって暮らす三人の女性たちは、ご主人がいなくてもちゃんとやっていけるのかしら？　毎日来てくれるようなお友だちか親族は近くにいるの？」カメリアは、真っ白なレースのテーブルクロスの向こうにいるパーヴィーンに目をやった。「それにあなたはなぜ、このことについて何も言わないの？」

「ママ、未亡人のひとりがわたしの依頼人なの、だからわたしには守秘義務があるのよ。でも、彼女たちみんなを助けられる方法を見つけるつもりだから」パーヴィーンは母親が自分を支えてくれたように、未亡人たちの力になるつもりでいた。

ルストムの目が光った。「ご主人が亡くなったわけだから、あの屋敷について決定を下せるのは奥さんたちだよな。急成長している市場で利益を上げたくはないか、尋ねてくれよ！」

「マラバー・ヒルで土地を探している人がいると知ってるから、そんなことを言ってるわけ？」パーヴィーンは食ってかかった。

「今日、業務が終わる前に何か提案できると思うよ。その気になったときでかまわないけど」ルストムは鷹揚（おうよう）なところを見せて付け加えた。

「シー・ヴュー通りで土地が売りに出されるかもしれないなんて、誰にも何も言わないでちょうだい」パーヴィーンは答えた。「そんなことをしたら本末転倒だし、わたしは依頼人の利益より自分の利益を優先したことになるわ」

「わかりましたよ」カメリアがやんわりと言った。「パーヴィーン、この町で新しくイスラムの男子のための神学校（マドラッサ）が建てられる予定があるか調べてほしいと、お父さまに頼まれてたと伝えたかったの。その答えに興味はある？」

「もちろん！　何がわかったの？」

「中等教育の会のメンバーの、二人のムスリムの婦人と話したのよ。開校予定の、少年たちのための神学校（マドラッサ）は一つだけで、運営はダウッディ・ブホラ・ムスリムだわ」カメリアが言った。

「ファリド家はスンニー派よ。おそらくそれに関わるつもりはないでしょうね」ミスター・ムクリの言う神学校（マドラッサ）は架空のもので、何かほかの目的のために、慈善信託（ワクフ）の金がほしかったに違いないとパーヴィーンは思った。

なじみのある警笛が聞こえた。アーマンが父親を駅まで送り、また戻ってきたらしい。そろそろ出かける時間だった。

三十分後、ダイムラーはファリドの屋敷の施錠された鉄の門の前に止まった。アーマンはパーヴィーンのために車のドアをあけた。彼女は降りて門まで行き、誰か手を貸してくれる人がいないかと、そこからのぞいてみた。向かいの屋敷の前の二人の門番が注意を向けているのに気付き、彼らが何か知っているかどうか確かめることにした。

「おはよう！　この屋敷の中に警察がいるかしら？」

「警察だって？」二人のうちの背の高いほうが、パーヴィーンの問いかけをばかにして鼻を鳴らした。「シーク教徒の刑事が昨日立ち去ってからは、誰もいないよ。ちびのザイドが門に鍵をかけたのさ」

すると未亡人たちは、守られてはいなかったことになる。パーヴィーンはたちまち不安に駆られた。「ところで、わたしは奥さまたちに会わないといけないの」

「呼びかければ、あの子が門まで来てくれるだろうよ。さっきは泣いてたけどな」もうひとりの門番が真面目な顔で言った。

「それじゃ、モーセンはまだ戻ってないのね？」パーヴィーンは尋ねた。

「あの嘘つきか？」背の高いほうが渋い顔をした。「姿が見えなかったとき、あいつは通りでおれたちと過ごしていたと警察に言ったんだよ。おれたちはあいつが坂を下りていって、また戻ってくるのを見た。おそらくその嘘のせいで警察に連れていかれたんだろう」

サキナはモーセンを使いに出していた。なぜ、彼はちゃんとそう言わなかったのだろう？　いくらか戸惑いを感じ、パーヴィーンはさらにモーセンについて尋ねることにした。「門番として、人間として、モーセンのことをどう思う？」

背の高いほうは無愛想な態度で肩をすくめた。「ほかの連中と同じように、自分の仕事をしてるだけさ。だが、陽気なやつじゃないね。あまりしゃべらないから」

「つらそうにしてるのも無理はないよ」もうひとりの門番が自分の考えを述べた。「奥さんを亡くして、二人の子供をわずかな金で育てなきゃならないのは、大変なことだ」

「誰だってわずかな金しかもらってないだろう」背の高いほうが言った。その声には、人をうろたえさせるような棘（とげ）がある。自分が高給取りの働く女性だと知ったら、この二人はなんと言うだろうかと、パーヴィーンは思った。

門番たちに礼を言い、ファリド邸の門へ戻った。

「ザイド、いるの？」数分呼びかけたあと、少年が車寄せへやってきた。

「来てくれてありがとう」パーヴィーンは穏やかな声で言った。「お父さんがまだ戻ってこられなくて、本当に申し訳なく思うわ」

「どうして父さんは連れていかれたの？」ザイドはすすり泣いた。

「妹さんに、それを調べてみると言ったのよ。門のかんぬきを外してもらえる?」

　ザイドは顔をゆがめながら、小さな手で鉄のボルトを引き戻そうと奮闘した。パーヴィーンはザイドと共に先に立って歩き、そのあとにアーマンが車で続いた。アーマンは母屋の玄関の外に車を止め、一方ザイドはパーヴィーンのために婦人の居住区域(ゼナーナ)の入り口をあけた。

「昨日、警察はどうなったの?」パーヴィーンはザイドに尋ねた。前夜の悪夢について詳しいことは覚えていなかったが、二人の門番と話したとき、それが頭の中にまた浮かんできていた。

「いたのはほんのちょっとのあいだだけです。何人かのおまわりさんと白人のえらいさんみたいな人が父さんを連れていって、そのあとシーク教徒のおまわりさんが帰りました」ザイドは目を見開いてパーヴィーンを見上げた。「もっと連れていかれなくてよかったです。だけど、どうしてパパ(アッバ)をつかまえなきゃならなかったの? この家を守るのはアッバしかいないのに」

「わたしも、みんなを守ってもらわなきゃならないと思うわ。ザイド、もし誰かが来たら手を貸せるように、あなたは門のところにいなきゃならないでしょう?」パーヴィーンはさらに少年の方へ身をかがめた。「新聞記者や野次馬は入れちゃだめよ。警察とか、奥さまたちの知り合いとか、ほかにあなたが信頼できるとわかっている人たちとかだけにしてね」

　ザイドは背筋を伸ばし、昔ながらの直立不動の門番の姿勢を取った。父親から教わったに違いない。「はい、気をつけます。今日アッバが戻ってきますように、インシャー・アッラー」

足音が聞こえ、白いサリーを着た年配の女性が、赤ん坊を抱いて階段を下りてくるのが見えた。そのお手伝いはパーヴィーンに会うとは思ってもいなかったに違いない。赤ん坊をしっかりと抱きかかえ、驚いて目を見開いた。

「あなたがお手伝いのタイバね？　一家の弁護士のパーヴィーン・ミストリーです」

「えっ？」その女性はよく聞こえなかったらしい。

相手が階段の一番下へ来ると、パーヴィーンは進み出てもう一度、自己紹介し、質問を繰り返した。

タイバはうなずいて首を振った。「ええ、お子さまたちの世話をしてますよ。黒い粉と血をきれいにするのはわたしの役目だと言ったのは、あんたさんかね？」

パーヴィーンは、それは自分の考えではなかったと言いたかった——けれども、父親に責めを負わせるのはプロとしてふさわしくないと思えた。「ごめんなさい。ほかに誰も思いつかなくて。ひどいことだったに違いないわね。あなたに与えられてる仕事は赤ちゃんの世話なんですもの。赤ちゃんを見せてもらってもいい？」

「さっさと見て下さいよ」タイバが抱えている包みの位置を変えると、パーヴィーンはかぎ針編みの帽子と白いモスリンのドレスを身に着けた、白い肌の赤ん坊を見ることができた。

目は閉じられていたが、鼻と顎のラインはサキナと同じように優美だった。

「それじゃ、この子がジュム＝ジュムね」パーヴィーンはその男の子をじっと見た。静かな寝息を立てている。耳の後ろに誰かが化粧用の黒い粉（コール）で黒い点をつけていた。邪眼から守るしるしは、パールシーが子供の頭と足につける点と同じで、ヒンドゥー教徒の子供たちはコールで太いアイラインを引く。パーヴィーンの頭に、生まれつきの黒いあざを持つ幼いザイドのことが浮かんだ。

　ファリドのひとり息子として、ジュム＝ジュムはかけがえのない存在だった。一族の名を受け継ぎ、相続人の筆頭になって財産の三十五パーセントを受け取ることになるだろう。三人の娘たちはそれぞれ、その半分、つまり十七・五パーセントをもらう。残念ながら、妻たちの分はそれよりずっと少ない。ミスター・ファリドにひとりしか妻がいなければ、八分の一を受け取れる。けれども三人いるため、その取り分は分割され、それぞれが四・一七パーセントしかもらえない。遺産がきちんと整理されているか確かめるのに時間を取ったのは、そういうことを知るためでもあった。未亡人たちは一パイサに至るまで、受け取るべきものをきちんともらわなくてはならない。

　タイバー＝アヤは赤ん坊を抱えて庭園へ出ていった。そこにはナスリーンとシリーンが、でたらめにボールを転がしていた。パーヴィーンはお手伝いからもっと話が聞けそうだとわかり、あとを追うことにした。「婦人の居住区域（ゼナーナ）の外へ出ることはどれくらいあるの？」パーヴィーンは尋ねた。

「たまに」タイバは用心深い目を向けた。

「昨日、母屋にいたとき、ムクリさまは亡くなったご主人の寝室を使っていたように思えたけど。そうなの？」

タイバーアヤは口の端から唾を吐いた。「ああ。新しい偉いご主人みたいに入り込んできたんだよ」

「昨日、寝室のベッドのそばにグラスが二つ置いてあったの」パーヴィーンは一息入れた。

「そこで誰かほかの人が寝たかどうかわかる？」

「えっ？」相手の顔に戸惑いが浮かんだ。

パーヴィーンはゆっくりと明瞭に繰り返した。「寝室で飲み物のグラスを二つ見たの。誰がムクリといたんでしょう？　外部の、あるいは屋敷の中の女性かしら？」

タイバーアヤは白髪頭を激しく振った。「わたしに訊かんで下さいよ。子供たちと寝てるんだから」

「あなたは子供部屋でジュムージュム、シリーン、ナスリーンと寝てるわね。年が上の女の子たち、アミナやファティマはそうじゃない」パーヴィーンは言い淀んだ。最後の問いは衝撃的だろうとわかっていた。「ムクリが、彼女たちに一緒に寝るようにさせたかもしれないと思う？」

「二人ともいい子たちだよ！　なんてことを言うのかね！」お手伝いは甲高い声を上げ、パーヴィーンにはわからないと思ったのか、マラーティ語で悪態をついた。

パーヴィーンはあわてて言った。「二人を責めたわけじゃないの――あの子たちのために、何も起きなかったらいいと本当に思ってるわ。奥さまたちについてはどう？」

タイバのしょぼついた目が細くなった。「奥さま方が住んでいるこの家で、わたしにそんなことを訊くなんてね。みなさん立派なご婦人ですよ。失礼な人だね」

パーヴィーンは降参だというように両手を上げた。「ごめんなさい。昨日の午後、何か叫び声や金切り声を聞いたかどうかくらいは、教えてくれるかしら？」

「聞いたともさ！　ジュム-ジュムは午後ずっと泣いてたよ。歯のせいでね。アミナでさえなだめられなかったんだから！」

パーヴィーンはその新しい事実に飛びついた。「アミナは午後のほとんどの時間、子供部屋であなたと一緒にいたのかしら？」

「しばらくジュム-ジュムに歌を歌ってくれてたんだけど、まだ機嫌が直らなくてね。だから、もう行って構わないと話したんだよ」

たぶん、そのときにアミナは叫び声を聞いたのだろう。ナスリーンとシリーンがボールの取り合いっこをするのを、タイバ-アヤが目を細めて見やるのを眺めながら、パーヴィーンは尋ねた。「殺人犯は屋敷の外から来たと思う？」

「ほかのどこからだって言うのかね？　モーセンや料理人のイクバルであるわけがない。二人ともムクリを怖がって、近づかなかったんだから」

「どうして怖がったの？」

「あの男が使用人への支払いを止めたのは知ってるかね、食べ物と住むところがあれば充分だと言って。そんなことをしたもんだから、それまでにいたほかの使用人が六人、辞めてしまった。残ったのはイクバル、モーセン、その子供たちだけ。わたしもそうしたかったけど、頭の上に屋根があればそれでいいし、年をとりすぎてて、どこへも行けないからね」

「そういうことを警察に話した？」

　タイバーアヤは大きな音を立てて咳をした。それが治まると、話し出した。「訊かれなかったからね。警察は、わたしが誰かを中に入れる手引きをしたかどうか知りたがっただけだよ。シーク教徒の刑事は物音が聞こえなかったことについて、わたしが嘘を言ってると思った――赤ん坊が天に届くような声で泣いてて、みんな頭が痛くなってたときにだよ」

　その短い会話の中で、タイバーアヤは耳が遠いことがわかった。パーヴィーンはもっと尋ねたかったが、ジュムージュムが大声で泣き出した。顔にハエが止まっている。タイバーアヤがそれを平手で叩くと、ジュムージュムはさらに泣きわめいた。

「昨日は掃除をしてくれて、本当にありがとう」パーヴィーンが一ルピーを渡すと、その年配の婦人は満面の笑みで受け取った。

「あんたさんが来てくれてよかった。奥さまたちはアミナのことで手を貸してもらえるからね」

「もちろんよ。整理することがいろいろあるから――」パーヴィーンは不意に話をやめた。タイバが最後におかしなことを言ったからだ。「アミナがどうかしたの？」

　タイバはふたたび首を振った。「昨日の夜に隠れてしまって、まだ出てこないんですよ」

「隠れてるというのは確かなの？」パーヴィーンは奇妙な気分になった。胸が締めつけられ、自分が怯えていることに気付いた。

「誰にわかるもんかね？　あの娘は、自分はもう大きいから、わたしが見張ってることはできないと思ってるんだよ。だけど、それでこんなことになって――」

　パーヴィーンは口を挟んだ。「今、奥さまたちはどこにいるの？」

「ラジア奥さまの部屋ですよ」

　パーヴィーンは急いで階段を上がった。アミナがいなくなったことを、タイバ＝アヤがすぐに言わなかったのは奇妙だと思われた。暴力的な犯罪に続いてアミナがいなくなったのは、ムクリを殺した者が、その少女も亡き者にしたためだとお手伝いが恐れたからなのか？　それとも、アミナが屋敷を出て、パーヴィーンのオフィスへ助けを求めに行くことにしたとすれば？　でも、それならムスタファが少女を中へ入れ、何が起きたか電話で知らせてくれるはずだ。

角を曲がり、ラジアの部屋がある廊下へ出ると、パーヴィーンは不安になった。お手伝いが思っているように、アミナがかくれんぼをしているだけだとわかったとしても、叱るつもりはない。アミナの姿を見るだけでほっとするだろうから。あの少女が隠れているなら、それにはちゃんとした理由があるはずだ。

ラジアの部屋のドアは少しだけ開いていた。パーヴィーンは自分が来たことを未亡人たちに知らせようと、ノックした。ラジアとサキナは両袖机に静かに座っていたが、すぐに振り返った。

「こんにちは。入ってもいいですか?」パーヴィーンが尋ねた。

「どうぞ」ラジアがそう言って立ち上がった。彼女の声は震えていた。「新たな問題をどうにかしようとしてたところよ。娘がいなくなったの」

パーヴィーンは進み出てラジアの肩に手を置いた。「たった今タイバーアヤから聞きました。娘さんを捜しましょう」

「昨夜、九時に電話をしたのよ」サキナが告げた。「名刺にあった番号に。でも、誰も出なかった」

パーヴィーンは気分が悪くなった。アリスのところにいたときのことで、父親はオフィスにいなかった。もしサキナが自宅へ電話してくれてさえいたら。

「最初はあまり心配はしてなかったの。あの子にはちょっとした隠れ場所がいくつもあって、そこで本を読んだり何か書いたりしてるから」サキナが言った。「でも、そのあと全然出てこなかったの、夕食のときにもね」

「どうして警察に知らせなかったんですか？」パーヴィーンが厳しい声で言った。

「警察はとっくにいなくなってたわ」ラジアの顔は悲嘆に暮れていた。「気にもかけてくれないだろうとわかってます。それになくなってるものがあったのよ」

パーヴィーンは不安を隠せなかった。「それがどういう関係があるんです？　その品は、ミスター・ムクリを狙ってやってきた者に盗まれたかもしれないでしょう」

「いいえ」ラジアが小声で言った。「アミナの衣類、スケッチブック、それにカバンがなくなってたのよ」

「あとで何がわかったか、教えてあげて」サキナが口を挟んだ。

ラジアは椅子に沈み込んだ。「わたしの住所録、この机にあった二十ルピーもなくなってたわ」

パーヴィーンの頭に、わかり切った結論が浮かんだ。「アミナはマラバー・ヒルを出たと考えてるんですね？」

「おそらくは」ラジアは確信してはいないようだった。「あの子はウードゥの親戚が大好きで。二年前、列車でわたしと一緒に出かけて、そのルートにひどく興味を持ったのよ。ひとりで旅ができると思ったのかもしれない」

「こんなときにわたしたちを置いていくなんて考えられないけど、女の子というのは感情に流されやすいものだから」サキナが穏やかに言った。「それに門は警備されてなかったし。おそらくチャンスだと思ったのね」

パーヴィーンは警備が手薄なのを利用して、アミナが世の中を見て回ろうとしたとは思えなかった。逃げ出したとしたら、自分の命を守るためか、家の外の誰かに、助けを必要としていると伝えるためでしかないだろう。「アミナが、事情を説明するメモを残さなかったのはなぜか、理解できないわ。この町の事情に疎い少女が、マラバー・ヒルから出てヴィクトリア・ターミナス駅までどうやって行けるんでしょう？　そのあと、窓口で長距離列車の切符を買わないといけないんですよ。そんなことをしようとすれば、気付かれたはずです。警察に連絡して、見張ってもらうこともできますよ。警官や鉄道会社に伝えてくれるでしょう」

「それはだめよ」ラジアが呻いた。「警察に知らせないで。昨日あんなことがあったあとなのに！」

「でも、警察が行方不明の子に注意を向けてくれれば、見つかる可能性は高くなるわ」パーヴィーンはラジアの体を揺さぶりたいのを、どうにかこらえた。彼女は世間を知らなさすぎる。「アミナが無事に戻ってくるよう、報奨金を出すこともできますよ」

「だめです」ラジアはきっぱりと首を振った。

パーヴィーンはサキナへ目を移した。

「私がこの人の気持ちを説明するわ」サキナがそう言ってラジアの手を軽く叩いた。「町をうろついていたと世間に知れたら、アミナの評判は台無しになる。お婿さんを見つけることは絶対に無理になるわ。これから、アミナのウードゥへの旅にアッラーのお恵みがあるよう祈るつもりよ。そのあと、あの子がボンベイへ戻るのに、あなたの助けをお借りできればいいんだけど」

評判が台無しになることに関しては、パーヴィーンはよくわかっているが、母親なら行方がわからなくなった子供を捜すのに、どんなことでもするものではないだろうか？　サキナに反論してくれるのを願いながらラジアに目をやったが、第一夫人は黙ったままだった。

するとそのとき、アミナがミスター・ムクリを殺したのではないかと、ラジアが密かに恐れていたのをパーヴィーンは思い出した。

起訴されないようにするため、ラジアが娘を送り出したとしたら？　必ずしもひとりでいかせる必要はなく、ラジアが信頼する誰かに案内させたとすれば？　もしそうなら——パーヴィーンが警察に連絡したら、ラジアに関して弁護士と依頼人の信頼関係を壊すことになり、アミナを危険にさらすかもしれない。

そんなことはできなかった。パーヴィーンはため息交じりに言った。「もっとも賢明だとわたしが考える行動方針は、もうお話ししました。あなた方を助けるのに他に何ができるか、わたしにはわかりません」

「できることがありますよ」ラジアの苦しげな目がパーヴィーンにじっと向けられた。「ウードゥでは、状況はもっと時代遅れなのよ。わたしの家族の家には電話がないの。電報を書きますから——あなたが送って下さるわね？　わたしの一番下の弟に——アミナのお気に入りの叔父なんですけど——鉄道の駅で待っていてもらいたいの」

「それならやりましょう」パーヴィーンはサキナに視線を移した。「お願いがあるんですが。モーセンについてもっと知らなくてはなりません、まだ警察に捕まってるんですから」

「どうして？　昨日あなたに話したでしょう、バラ油を買うよう、彼を使いに出したの」サキナは答えた。「警察に話してくれなかったの？」

「そのお使いについては警部補に話したけれど、あまり効果はありませんでした。問題の一つは、モーセンは最初、警察に嘘をついたということです。近所の門番たちとおしゃべりしていたと」

「どうしてそんなことを言ったのかわからないわ」ラジアがため息をついた。「とは言え、彼のことはあまり知らないんだけど」

パーヴィーンはそれが本当かどうかも、よくわからなかった。「モーセンはしょっちゅうお使いにいってましたよね。引きこもっておられるのに、どうやって彼と連絡を取るんですか？」

サキナは肩をすくめた。シフォンの黒いサリーが肩のところに滑り落ちた。「ファティマに言うと、わたしたちの頼みを彼に伝えてくれるの。今回わたしはザヴェリ・バザールにあるミスター・アタルワラの店へ行き、バラ油を買ってくるよう頼んだ。ムクリさま(サヒーブ)があなたを追い出したすぐあとのことよ」

「家の中が大変なことになっているのに、どうして彼を使いに出そうとしたんですか?」

「バラの香りを嗅ぐと、神経が休まるの」サキナが答えた。「夫が亡くなってから、ずいぶんとそれを使ってきたわ。バラ油の瓶がからになってると気が付いたのよ」

「警部補は、モーセンが使いに出る前に、屋敷に入ってムクリさま(サヒーブ)を殺したかもしれないとほのめかしました。それについてはどう思います?」

「わからない」ラジアが低い声で答えた。「これまでわたしたちの役に立ってくれた人のことを、悪く言ってはだめでしょう」

それでは、モーセンを信用しているとはとても言えない。パーヴィーンはサキナをじっと見つめた。彼女は神経質になっていると話したのを裏付けるように、サリーの端をもてあそんでいる。「モーセンは昨日の夜戻ってきて、すぐさま警察に止められました。サキナ奥さま(ベーグム)、バラ油は受け取りましたか?」

「いいえ」サキナは口に手を当てた。「もしその香水がここにないのなら、ザヴェリ・バザールへは行かなかったことになるかもしれない! ということは、彼が——あんな恐ろしいことをしたわけね」

「そうではなく、モーセンは連れていかれる直前に、あなたに渡すようにと、ファティマにその香水を預けたかもしれません。ファティマに尋ねてみましょう」パーヴィーンは一息入れた。「ムンタズ奥さま(ベーグム)はまだ見てないわね。あの人はいつも遅くまで寝ているから」ラジアの言い方には、わずかに咎めるような響きがあった。

パーヴィーンは、ムンタズが自室で眠っていてくれるのを心から願った。けれどもファリドの屋敷では、もはや誰も安全ではいられないのだとわかっていた。

第二十四章　妻の密かな楽しみ

一九二一年二月、ボンベイ

パーヴィーンがムンタズの部屋を尋ねようとやってきたとき、ファティマは廊下に沿ってつけられた、彫刻を施した大理石の裾板を洗っているところだった。パーヴィーンは身をかがめて言った。「ムンタズ奥さま(ベーグム)に会いにいくところなんだけど、ちょっと尋ねたいことがあるの。お父さんは警察へ連れていかれる前に、あなたに何か渡さなかった？」

「いいえ」ファティマは使っていたぼろ布を置いた。「あたしに何をくれたって言うんですか？」

「サキナ奥さま(ベーグム)に買ってきた香水を、あなたが持ってるかもしれないと思ったのよ。でも、気にしないで」

ファティマは声をひそめた。「アミナがいなくなったって聞きましたか？」

パーヴィーンはうなずいた。「ウードゥへ行ったと思う？」

ファティマはふたたびぼろ布を取って、きつく絞った。「でも、どうやって行けたのかな？　まだ子供なのに。それにアミナはあたしの友だちだったんです。さよならを言わずに行ってしまうことはないと思うけど」

「隠れてるってことはあるかしら？」

ファティマは裾板をこすった。「かくれるのは人の話を立ち聞きするからで、あそんでるからじゃありません。見つけられないのは、たぶん」——数回、深呼吸をすると言った——「人ごろしが戻ってきたからよ」

「そうじゃないことを祈るわ」

「父さんがいなくなって、今とてもこわいです。ザイドとわたしは、ゆうべ二人きりで自分たちの小屋にいたの。ドアに米のふくろを置いて、誰かがやってきたら音が聞こえるようにして。それにイクバルが、身を守るために台所のナイフをくれたんです。それを使ってわたしたち二人を守るんだとザイドは言ったけど、兄さんはとても体が小さいんだもの！」

ムンタズのドアの向こう側から、呻き声がした。思わずパニックになりかけたが、どうにかこらえた。「ムンタズかしら？」

「はい。わたしたちが来るのが聞こえたはずです」ファティマがそう言って、ぼろ布を置いて立ち上がった。「いっしょに行きますから。朝は調子がよくないんです」

ファティマはパーヴィーンの先に立ってつま先立ちで歩き、暗い部屋のなかへ入っていってムンタズの肩に触れた。

「すみません」ムンタズはベッドから身を起こしながらつぶやいた。

「構いませんよ、またお邪魔してごめんなさいね」パーヴィーンがそう言うあいだに、召使いの少女が仕切り壁(ジャリ)にかかっている長いカーテンを引きあけた。

「ムンタズ奥さま(ベーグム)、お気に入りのお茶を持ってきましょうか?」ファティマが尋ねた。少女の声には優しい響きがあり、あとから家族に加わったこの未亡人に愛情を持っているのがはっきりわかった。

「まだいいわ」ムンタズがベッドの脇のテーブルを手探りし、水の入った真鍮のタンブラーをひっくり返した。パーヴィーンが駆け寄ってタンブラーを取り上げると、ムンタズはあわてて、前日着ていたサリーでこぼれた水を拭き取った。ブラウスとペチコートを身につけたムンタズが動くと、丸みを帯びた体があらわになる。パーヴィーンは目をそらし、だらしない格好をしたその女性が、ふたたびシーツで体を覆うところを見ないようにした。

ムンタズは眠そうに目をこすった。「アミナのことで何か知らせはある?」

「奥さまたちは、あの子がウードゥにあるラジア奥さま(ベーグム)の実家へ出かけたと考えてます。あなたも同じように思いますか?」パーヴィーンはさらに言った。「あなたが何を言おうとも、秘密は守りますよ」

「アミナはいろいろなところへ行くのにとても興味があるの。奥さまたちとは違って怖がってないわ」ムンタズは話した。「ウードゥへの旅について、何度もわたしに話してくれてた。でも、今度のことはよくないわ。あんな子供に屋敷の門を出る方法がなぜわかったのかしら？」

「想像もできませんね」パーヴィーンはうなずいた。「でも、もし外へ出たとしたら、近所の門番たちが見かけたはずでしょう——あるいはこの界隈のほかの誰かが、彼らに話したはずです」

「どうやってあの子だとわかるのかしら？　ずっと屋敷の壁の奥にいたのに」

「そのとおりだわ」パーヴィーンはそう言いながら、自分がばかみたいに思えた。

「ボンベイは女の子たちにとっては厳しい町よ。そこら中に悪いやつがいるし——ああ！」

ムンタズは口に手を当てた。

「また気分がよくないんですか？」

「バケツを——」ムンタズは床を指さした。パーヴィーンは小さなバケツを見つけ、すぐにそれをつかんでムンタズに持っていった。ムンタズは頭を傾け、バケツに水のようなものを吐き出した。

吐き気を催すような甘いにおいが鼻に入り込み、パーヴィーンは扇風機の回転速度を上げた。

バケツを脇に置くと、ムンタズは言った。「もう一度ファティマを呼んで下さい。ひどく汚いから、あなたには無理よ」

「いいえ、そんなことはないわ」

パーヴィーンの頭の中で、さまざまなことがまとまってきた。ムンタズが弱っていること――丸みを帯びた体。彼女は何ヵ月もオマル・ファリドと過ごした。彼がひどく衰弱していて、性的な行為ができなかったような気もしていたが、そういうパーヴィーンの考えは間違っているかもしれない。

「最近お医者さんに診てもらいましたか？」パーヴィーンは尋ねた。

「いいえ、まだ喪に服す期間（イダット）だから」ムンタズはためらった。「もしあなたに話せば、ほかの人たちに教えるつもり？」

「秘密は守ると約束したでしょう」パーヴィーンの疑念は深まりつつあった。

ムンタズはかすかな笑みを浮かべた。「赤ん坊が生まれるの」

「それはとてもおめでたいことだわ」パーヴィーンはショックを受け、頭の中で計算しようとした。「お医者さんに診せないと。いつ赤ちゃんが生まれるか教えてくれますよ」

「自分でわかるわ。夫といつ一緒に過ごしたか考えればね」ムンタズが言った。

パーヴィーンはうなずき、ミスター・ムクリの部屋にあった二つのグラスのことをまた頭に浮かべた。父親はファリドではないかもしれない。「生まれるまで何ヵ月ですか？」

「六ヵ月。インシャー・アッラー、わたしの赤ちゃんは雨季に生まれることになるわ」

それなら、ミスター・ファリドが赤ん坊の父親ということはあり得る。考えもせずにムンタズを疑ってはいけないのだ。その一方でパーヴィーンは、ムンタズがフォークランド通りにいたときからミスター・ムクリと知り合いだったと、サキナが軽蔑を込めて話したのを思い出した。オマル・ファリドに紹介したことで、ムンタズに貸しができたとムクリは思っていたかもしれない。

「何を考えてるの？　もうひとり赤ん坊が生まれるのが不満だとでも？」ムンタズは怒ったように尋ねた。

「わたしもうれしいですよ」パーヴィーンは自分があれこれ心配しているのを隠そうとした。「ただ、サキナ奥さま（ベーグム）とラジア奥さま（ベーグム）には話すべきだと考えていたんです、お二人はもう気付いているかもしれませんが。妊娠したことがおありだから。その兆候をわかっていて、あなたの気分がもっとよくなるようにしてくれるでしょう」

ムンタズは恐る恐るまたベッドに身を横たえた。「そうやって手を貸してもらうのが怖いの」

「どうして？」

ムンタズはお腹に片手を当て、声を落としてささやくようにした。「わたしがこの家の二人目の男の子を身ごもってると想像してみて。もうひとりの跡継ぎよ。ほかの奥さま（ベーグム）たちは嫉妬するでしょう――サキナ奥さま（ベーグム）には息子がひとりいるし、ラジア奥さま（ベーグム）にはいないから。

二人はムクリさまの子だと言って、わたしを追い出すかもしれない」

ムンタズはパーヴィーンが考えていたことを口に出して言った。ムクリの権力を考えると、彼が妻たちの誰かを虐待したのはあり得る。そしてムンタズはピラミッドの最下層にいるのだ。

今のところは、パーヴィーンはその推測に飛びつくつもりはなかった。ムンタズは、オマル・ファリドが亡くなるまで五ヵ月のあいだ、寝室を共にしていた。「ご主人は十週間前にはまだ生きておられましたね。もし赤ちゃんが八月に生まれるとしたら、疑いはないはずよ」

「それまで何ヵ月もあるわ。二人はわたしの暮らしをひどくつらいものにするかもしれない。わたしは赤ん坊を失うかもしれないし、自分の命だってわかったもんじゃないわ。あんな恐ろしいことが起きたあとで、わたしの身に危険が及ばないなんて、どうやったら思えるの?」

パーヴィーンはぞっとして、気を落ち着かせるように両腕で自分の体をしっかり抱えた。もしフェイサル・ムクリだけが、夫の子供を妊娠したというムンタズの主張に反論できるとしたら、彼女にはムクリを殺す理由があったことになる。

「ずいぶんと怒ってるみたいね」ムンタズが言った。「何を考えてるの?」

パーヴィーンは体に回した腕を緩め、無理に笑顔を作った。「ごめんなさい。怒ってなんかいないわ。考えることがいろいろあって。あなたはお腹の赤ちゃんのことを心配している。

ラジア奥さまは子供がいなくなって悲しんでる。そしてサキナ奥さまは……」パーヴィーンは少し考え、声が小さくなった。「サキナ奥さまはこの家の全員のことを心配しているわ。それに彼女の子供たちも危険にさらされてるでしょう」

「イダットが明ければ、誰にとっても事情が変わるでしょうね」ムンタズが言った。「イダットが過ぎれば、未亡人は再婚できる。おそらくほかの二人はそうすると思う。わたしは違うわ、息子の世話でひどく忙しいだろうから。この家にとどまれる限り、男性の援助は必要ないの。そうなると、あとの二人はひどく腹を立てるかもしれない」

パーヴィーンはムンタズを戒めようとした。「そう思ってるだけでしょう――」

「この先数ヵ月かそこらわたしを見張り、自分の息子の競争相手になる子をわたしが産むかどうか考えることになるのは、サキナにとってどうなのかしら？　それにラジア奥さまは、一パイサでも大事なのよ。今でも四人の子供がいるのに五人目が生まれたら、ずいぶん費用がかかるでしょう。わたしを追い出した方がいいのよ」ムンタズは映画女優のように、ひどく苦しそうに額に手を当てた。

「あなたを追い出すなんてできないわ」パーヴィーンは言った。「法的にはあなたは二人と同じ権利を持ってるんですから」

ムンタズは震える声で言った。「恐ろしい事故で階段から落ちるかもしれない。悪いものを食べて死ぬことだってある。だからわたしは引きこもってるの。食事の前にファティマがすべて毒見してると、二人とも知ってるわ」

「昨日話をしたとき、暮らす場所を見つける手伝いをすると申し出たでしょう」パーヴィーンはムンタズが不意に投げやりになったのを警戒した。「あなたは自分の命が心配だけど、ここにとどまりたいわけね」

「もし出ていったら、わたしの子供が財産を要求しても、ファリドの子供だと証明するのがもっとむずかしくなるわ。だから、わたしはがまんしなきゃならない」ムンタズの声は震えていた。「赤ん坊には、ここで育ってほしいの、ほかの子たちと同じように、裕福なファリド家の一員として」

ムンタズがこの先の人生の計画を立てていて、それが揺らぐことがないのは明らかに見えた。パーヴィーンはため息をついた。「体を大事にして下さいね、ムンタズ。昨日は名刺を渡せなかったけど、ほら、これです。わたしが必要なら、電話をして」

若い妻はむっつりとうなずいた。「そうする。そして今日は大切なアミナのために祈るわ。アッラーが彼女を守って下さるように。わたしのことも守って下さいますようにってね」

第二十五章　バラの香り

一九二一年二月、ボンベイ

立ち去る前に、パーヴィーンは調理小屋に立ち寄り、年配の料理人のイクバルに会った。恐ろしい事件が起きたとき、彼は市場へ行っていた。アミナがいなくなったこともまったく知らなかった。ムクリが金をくれなくなったので、どうやって一家のために食料を買ったらいいのか心配していた。パーヴィーンはこれから数週間分の出費をまかなうようにと、十ルピー渡し、何を買ったか書きつけておくよう頼んだ。イクバルはその金を見ると笑みを浮かべたが、それ以上の情報を与えてはくれなかった。

パーヴィーンの指示で、アーマンはマラバー・ヒルを下ってボンベイの中心地へ戻った。町で最初に立ち寄ったのは電報局だった。そこで彼女はラジアのために電文を書き取ってもらい、ウードゥにある彼女の実家へ届けるよう頼んだ。次にアーマンはザヴェリ・バザールへ車を走らせた。A・H・アタルワラの店は、アターを売る店が立ち並ぶ中の一つだった。

アターというのは、もっとも香り高く健康によい花や低木や樹木の、アルコールを使わない香水のことだ。小瓶もボトルも蓋を閉めてあるが、その店には濃厚な香りが漂っていた。パーヴィーンはしばらく息を止めた。これらの多種多様な香水の匂いは、ファリド家の秘密と同様、抑え込むことはできないのだと思った。

店主のミスター・アタルワラは八十代の小柄な男で、丈の長いかっちりとしたトルコ帽をかぶっていて、二十センチほど背が高く見える。優しそうな人で、パーヴィーンの話を注意深く聞いてくれた。

パーヴィーンはファリド一家の弁護士だと自己紹介し、モーセンについて尋ねた。

「知ってますよ。フルネームはモーセン・ダワイです。最近天に召された紳士の使用人ですね」ミスター・アタルワラは長く垂れている白いひげを撫でた。「ファリドさま(サヒーブ)は立派な方で、よい妻をお持ちじゃった。何年にもわたって、モーセンはご家族のために香水を買いにきてますよ」

「モーセンは昨日ここで買い物をしましたか?」

「ええ、夕方の祈りのすぐあとにやってきました。サンダルウッドの香水を一瓶買いましたよ」

パーヴィーンはサキナが神経を鎮めるために、バラ香水が必要だと話したのを思い出した。

「バラ香水じゃないのは確かですか? バラは眠りをもたらし、不安を和らげてくれるんですよね？」

「年をとって記憶が不確かでね。調べてみますから」ミスター・アタルワラは、瓶が所狭しと置かれた長いカウンターへパーヴィーンを導いた。その下から大きな台帳を取り出した。「ほら、ここだ。自分で読んでみて下され」

彼はある行を指さした。サンダルウッドの香水が一瓶、二アンナで売られている。その横にオマル・ファリド、シー・ヴュー通り二十二番と記載されているのが見えた。店主はため息をついた。「これを勘定に入れるつもりです。毎月、ファリド家に請求書を送るんですよ。モーセンの話では、弁護士が遺産を確定したら、勘定を支払ってもらえるそうで」

パーヴィーンはいやな予感がした。「つまり、モーセンは昨日、支払いをしなかったということですか？」

「この六ヵ月は払ってません。その代金を、引き続き一家の請求書につけておくよう言われました。モーセンはいい宝石商を紹介してくれないかと、わたしに尋ねましてな。だが、宝石商がモーセンに付けで買わせてくれるとは思えなかったので」店主は渋い顔で付け加えた。

モーセンが宝石類に興味を持っているのは、重要なことだった。サキナから盗んだとしたらどうだろう？　とにかく、金を払わずに香水をもらってきたのなら、サキナが使いのために渡した金を着服したことになる。こうしたふるまいが何ヵ月も続いたとしたら、そして請求書が屋敷に届いているなら、ミスター・ムクリは知っていたはずだ。たぶん彼はそのこと

について モーセンを問い詰めただろう——それが殺人につながったのかもしれない。「あなたがファリド家からの支払いを待っている香水の代金は、すべて合わせると正確にいくらなんですか？」

「台帳の後ろを見てみましょう」店主は、しかるべきところまで台帳のページをめくっていき、ある行を指さした。「ええ、最後のつけは十月でした。四ルピー六十パイサの貸しになってますな。それに香水だけじゃないんです。スキンオイルとお香も。今日あなたが払って下されば、喜んで領収書をお渡しするんだが」

パーヴィーンは代金の欄を見ていった。以前にはバラ香水の瓶が何本か買ってあったが、この六ヵ月はサンダルウッドの香水が選ばれているようにみえる——エロティックな目的で使われることの多いものだ。

パーヴィーンは財布を開いていくら残っているか調べ、ヒンディー語か英語で領収書を書いてくれるかどうか尋ねた。店主の反応がひどく素早かったことからすると、ドイツ語の領収書でも渡してくれそうな勢いだった。パーヴィーンはさらに、前日モーセンが立ち寄った時間を詳しく記した供述書を作成し、サインを求めた。相手は仰々しく応じてくれた。

「感謝いたします、マダム。これはあなたのご親切に対するささやかな贈り物です」ミスター・アタルワラは、ピンクがかった液体の入った小瓶をパーヴィーンの手に握らせた。

「これはなんですか？」

「バラの香水ですよ。一度香りをかぐと、もっとほしくなって来店すること請け合いです」

パーヴィーンは結婚が破綻してから、香水をつけたことはない——それまでずっと、サンダルウッドをつけていたのに。けれども彼女は礼を言い、小瓶をバッグに押し込んだ。

ザヴェリ・バザールからは、湾を回ったところの、リッジ通りにあるマラバー・ヒル警察署まではほんの二十分だった。屋根が瓦葺で、黄色い化粧漆喰の塗られたその外観は、年季の入った建物の隣にあってひどくモダンだった。隣の建物は石造りのジャイナ教の寺院で、創建は一八二〇年代の初めにさかのぼる。大勢の裸足のジャイナ教徒たちが、常に寺院のまわりを流れるように動いていて、警官たちに道を譲ったりはしなかった。まるで警官たちが存在すらしていないかのように。パーヴィーンはその光景に笑みを浮かべずにはいられなかった。

寺院のパン屋の窓口で立ち止まり、キャラウェイの入ったバタービスケットを一箱買った。塩気とスパイスの効いたスナックは傷みにくいので、モーセンに渡すのにぴったりだ。

パーヴィーンはこれまで、父親と共にボンベイ中のさまざまな警察署を訪れたことがある。彼女は当直の巡査部長のところへまっすぐ行って、ビジネス用の名刺を示した。バッグだけでなく、ビスケットの入った小さな紙箱も調べてもらった。

「監房にいる」

ビスケットを一つ取ると、警官はむしゃむしゃやって飲み込み、それからこう告げた。

パーヴィーンはインクの染みがついた太い指を箱からどけるよう言いたかったが、出来なかった。そのメッセージははっきりしていた。便宜を図ってもらうのと引き換えに、その警官に何かを渡さなくてはならないのだ。

四人の房はすべて地下にあった。モーセンはさまざまな年齢の四人の男たちと共に、暑くていやなにおいのする部屋にいた。制服を着ているのはモーセンだけで、ほかの連中はぼろをまとっている。その門番がまだ緑色の長袖の制服――ファリド家の使用人であるという印――を身に着けていることに、パーヴィーンは胸を打たれた。

ほかの人がいる状況でモーセンと話すことはとてもできなかった。パーヴィーンは警官と看守にそう主張し、モーセンをそばの事務室へ連れて行くことがようやく認められた。そこは監房よりは風通しがいいものの、テーブルと二つの固い椅子のほかはなんの設備もなかった。

一緒に腰を下ろすと、モーセンは落ち着かない様子でパーヴィーンを見た。まるで以前に彼女が門のところへ来たときのように、今度も受け入れるのをためらっているかのようだ。

「わたしを覚えてる？」パーヴィーンは尋ねた。

「ああ」モーセンはつっけんどんだった。「どうして来たんだ？」「ファリド家の弁護士よ」

「あなたのお子さんたちはとても心配してるわ。あなたがどうなったか教えてあげたいの」

パーヴィーンは持ってきた箱を手渡した。まだ何枚かビスケットが残っている。「お腹がすいてるに違いないわね」

　モーセンはすべて食べ終えてから、ふたたび口を開いた。「ありがとう。パンと水しかもらえないんだ」

「昨日は何があったの？」パーヴィーンはテーブルの上で腕を組み、じっくり構えた。まだメモを取る必要はなかった。そんなことをしたら、モーセンを不安にさせるかもしれない。

「サキナ奥さま（ベーグム）は、A・H・アタルワラの店から香水を買う必要があった」モーセンは抑揚のない声で言った。「おれは行きたくなかった。偉いだんなが帰ってきたからね。だけど、その夜はあの男は家の中にいると思った。おれがほんの短いあいだいなくなっても、どうやってわかるって言うんだ？　それに奥さま（ベーグム）たちは、おれが用事をするのを期待してるしな」

　それに、モーセンはもう給料をもらっていないのだから、どうしても金が必要なはずだ。

「バザールへはどうやって行ったの？」

「歩いて坂を下り、それから路面電車に乗った」

「アタルワラのところであなたは二アンナするサンダルウッドの香水を買ったわよね。サキナ奥さま（ベーグム）はバラ香水を頼んだんじゃなかったの？」

　モーセンは激しく首を振った。「奥さまは、はっきりそうだとは言わなかった。だけど、何がお望みかわかってる。いつもサンダルウッドだ」

　パーヴィーンはときおり、初夜のサンダルウッドの香りがいまだにするような気がすることがある。彼女は首を振って尋ねた。「サキナ奥さま(ベーグム)からお金をいくらもらったの?」

モーセンの顔が用心深くなった。「一ルピー。でも、路面電車代でいくらかなくなった」

ある程度はそのとおりなのだろう。「教えて——最初、あなたはそのお使いのことを警察に言わずにいたでしょう。出かけたのを誰にも知られたくなかったから?」

「ああ」モーセンはほっとしたようにうなずいた。「門のところで警官たちに会ったとき、ムクリさま(サヒーブ)がおれのことで文句を言ったんだと思った。だからあんな遠くじゃなく、すぐ先の通りにいたと言ったんだ。ムクリはおれが奥さま方の用事をするのをいやがるだろうから。ほかの門番たちが話を聞かれて、おれの話と違うことを言うなんて思いもしなかった」

「それで、警察はどんな理由であなたを逮捕したの?」

「通りでほかの門番たちと一緒にいたと嘘をついたから、署で指紋を調べなきゃならないってさ。おれは必要ないと言ってやった。五年前に指紋を採られてたから」

「どんな事情で?」パーヴィーンはモーセンが罪を犯して起訴されたのだろうかと思った。

モーセンは用心深くパーヴィーンに目をやった。「おれはずっとドックで働いてたけど、ファリドさま(サヒーブ)から屋敷の仕事をしてもいいと言われたんだ。働き始めると、警察がやってきて指紋を採った。ボンベイでは、門番はほぼ全員、警察で指紋を登録されるから」

モーセンをここへ連れてきて指紋を採れば、警察は容疑者を拘束していると新聞に伝えることができる。さらに、刑務所に入れておくことで、もっとふさわしい人間が見つからなければ、自白を強いる機会を得ることにもなる。「サキナ奥さま（ベーグム）のためにザヴェリ・バザールへ行ったと、警察に話したんでしょう？」

「ああ、ここで尋問されたときにな。おれが持ってる香水を見て、警察は言ったんだ。『こんなのはなんの意味もない』って」

「それはどうなったの？」

モーセンは一瞬ためらった。「警察はポケットに入っていたものをみんな取り上げ、今のところは保管しておくと言ったよ。たぶんなくなっちまっただろうけど」モーセンは浮かない顔で付け加えた。

さまざまな矛盾点を思い出し、パーヴィーンは今こそ追及するときだと考えた。「今朝アタルワラさま（サヒーブ）を訪ねたの。昨日あなたがやってきたことを何もかも覚えていて、宣誓供述書を書いてくれた。時間やなんかを、宣誓した上ではっきり述べてあるわ」

「おれがそこにいたと言ってたのか？」モーセンの浮かない顔に希望に満ちた笑みが浮かんだ。

「アタルワラは、あなたがベーグムたちのために買った品物の長いリストも見せてくれた。あなたがもらったわずかなお金では支払っていない物のね」パーヴィーンははっきりと言った。「店主に頼まれて、わたしが勘定を払っておいたわ」

「おれが払えればよかったんだが」モーセンはボソボソ言った。「でも、できなかった」

怒鳴りつけ、金を盗んだのを認めろと言ってやりたいところなのに、冷静さを保つのはむずかしかった。「昨日あなたはサキナ奥さま(ベーグム)からお金を盗んだわね。そしてほかの奥さま方にも同じことをしていたのはわかってる。もらったお金で何を買ってるの?」

「肌につける水薬——ひどく高価な——医者が調合してるやつだ。もう一年、ザイドに塗ってやってる。あのあざは薄くなってきてて、たぶんどこかで仕事の口が見つかるだろう。おれたちは今よりいい暮らしができる、インシャー・アッラー」

そこでパーヴィーンはノートを開き、モーセンの証言をメモに取った。彼が話しているあいだは、書き留めるのを控えていたのだ。それからメモを読み上げると、モーセンは聞きながらうなずいた。

「それで間違いない」モーセンはむっつりと言った。

「あなたはミスター・アタルワラに宝石のことを尋ねたでしょう。屋敷から宝石を盗んだの?」

その言葉にモーセンは激怒した。「違うに決まってるだろう。おれは泥棒じゃない。屋敷の門番だ!」

パーヴィーンはうなずき、未亡人(サヒーブ)たちに会ったら、宝石類を調べるよう頼むことにした。

「ムクリさまが殺される原因になったかもしれないことを何か知ってる?」モーセンの顔をじっと見て、ためらいが表れていないか探った。「彼が奥さまたちから資金を盗もうとしたのはわかってるの。あなたは何か気付いた？」

感情が込み上げて、モーセンの目がきらめいた。「あいつは悪い奴だった。一族のひとりだったから、工場で仕事をもらっただけだ。それを得るのに何もしなかったのに」

その話は、パーヴィーンの父親が聞いたのと似ているように思えた。「自分の仕事のほかに、何かビジネスに手を染めてたかどうかわかる？　おかしな男たちが来ていたとか……女性たちということもあるけど？」

モーセンは激しく首を振った。「誰も来てなかった。屋敷をひとりで切り盛りしたかったんだから」

「ありがとう、モーセン」パーヴィーンは立ち上がり、ノートをブリーフケースに戻した。

「屋敷へ戻るつもりなのか？」

パーヴィーンは首を振った。「まずは、ほかにすることがあるの。明日訪ねるつもりよ」

「警察は屋敷へ電話をするのを許してくれるかな？　サキナ奥さま（ベーグム）と話がしたいんだ」

サキナに、使いのことを警察に話してくれるよう頼み込むつもりだとパーヴィーンは思った。「頼んでみるわ。それに、あなたが店で買い物をしたという、ミスター・アタルワラの供述書も見せるつもりよ」

看守に連れられて房へ戻るとき、モーセンの足取りは軽かった。その同じ看守が、パーヴィーンが上の階へ行くのに付き添った。きれいな空気を吸い、パーヴィーンは考えをまとめようとした。初めてファリドの屋敷に車をつけた瞬間から、彼女はモーセンがいやな人間だとはっきり見抜いていた。未亡人たちから買い物の代金として渡された金を盗っているのは、悪い性格を示す一例だ。けれども、その金を息子の肌に塗るクリームに使っているのが本当だとしたら、優しい心も持ち合わせていることになる。

マラバー・ヒル警察署の上の階で、パーヴィーンはビスケット巡査部長と仇名をつけた男に近づいた。今はチャイを楽しんでいる。「巡査部長、上の方にお話があるんですが」パーヴィーンは言った。「わたしが面会した囚人に関して、お知らせしたいことがあります」

巡査部長は、忙しい大人に会いたがる子供を相手にするかのようにほほえんだ。「それはわれわれの捜査じゃない。町の中心部を担当する課の仕事なんだよ」

「でも、囚人はここに収容されています。

ビスケット巡査部長は後ろの閉じたドアに目をやった。「フィッシャー署長は会議中だ。どれくらいかかるかはわからない」

ドアのうしろから何人かの低い声が聞こえた。

「待ちましょう」パーヴィーンは待合所の木の長椅子の端に腰を下ろした。まわりには、落ち込んで不安そうな顔をしたさまざまな人たちがいる。その多くは、親族が下の監房に入れられていると想像できた。

ドアがあき、二人のイギリス人が出てきた。ひとりはぽっちゃりとした中年男で、白いぴったりした制服を着て、肩から胸にかけてモールをいくつもぶら下げている。それがフィッシャー署長だとパーヴィーンは推測した。二人と一緒にいるのはシン警部補で、それより若い赤い顔の男は前日に会ったヴォーン警部だ。二人と一緒にいるのはシン警部補で、パーヴィーンを見ると口をぽかんとあけた。

「こんにちは」パーヴィーンは三人に会釈した。

ヴォーン警部の顔には何の表情も浮かんでおらず、パーヴィーンが誰かわからないようだった。そう、前の日は、彼女は汗まみれでだらしない格好をしていた。今はこざっぱりした姿で、繊細なチカンカリ刺繍を施した、糊の効いた木綿のグリーンのサリーをまとい、ハイデラバードの真珠のネックレス、腕輪、イヤリングをつけている。

フィッシャー署長はばかにしたようにパーヴィーンに目をやった。「親族にかかわることなら、国選弁護人と話しなさい」

「いえ、わたしは個人で開業している弁護士です」パーヴィーンはきっぱりと言った。「昨日シー・ヴュー通り二十二番で起きた死亡事件にかかわる情報があります」

「シー・ヴュー」という言葉を聞くと、二人の白人がパーヴィーンに鋭い目を向けた。

「マダム、いったい誰だと言ったかね？」フィッシャー署長が問いただした。

「ミス・パーヴィーン・ミストリーという名の女弁護士です」シン警部補がすぐさま言った。

「彼女の父親は、亡くなったミスター・ファリドの代理人です。そのミストリー法律事務所の二人が、昨日われわれの手助けをしてくれました」

「オフィスへ入って」マラバー・ヒル警察の署長の声はそっけなかった。

四人が入ってドアが閉められると、フィッシャーは幅の広いマホガニーの机の後ろにある、革張りの大きな椅子に座った。部屋にはほかに二つしか椅子がなかった。背もたれが傾いた折りたたみ式の椅子だ。ヴォーンがフィッシャーに近い方に腰を下ろした。パーヴィーンとシンに残されたのはあと一つだ。シーク教徒の警部補はパーヴィーンにちらっと目をやり、その椅子に座るよう身振りで示した。パーヴィーンは彼に女弁護士と呼ばれたのが気に入らなかったが、腰を下ろすのは気が引けた。その態度からすると、シン警部補は立たされているのに慣れていると思われた。

「説明してもいいですか?」パーヴィーンはそう尋ね、フィッシャー署長を見つめた。彼がうなずくと、パーヴィーンは言った。「ファリド家の門番で、下に拘留されているモーセン・ダワイの行動に関して、二人の人と話をしました。わたしがつかんだのは、あなた方が知っておくべき重要なことですよ」

「そうした事実はすでに報告してある」ヴォーンがせせら笑った。「最初にモーセンは、通りで若者たちとしゃべっていたと話し、それから買い物へ行ったと主張した。今度の嘘はなんだ?」

パーヴィーンは相手のいやみにかかわり合うつもりはなかった。彼女はしっかりした声で言った。「ミセス・サキナ・ファリドと話したわ。昨日の三時半ごろ、モーセンに香水の小瓶を買うよう頼んだ人よ。それでモーセンは持ち場にいなかったんです。あなたたちと同様、わたしもそれが真実だと信じる理由はなかった。だから、サキナ奥さまが使いにやった、ザヴェリ・バザールの店へ行ってきました。ミスター・アタルワラは、モーセンが四時半を少し過ぎたころにやってきたと認め、買ったものと彼が店にいた時間について宣誓供述書にサインをしてくれましたよ」

「香水の店へ出かけるには、うまい口実だな」ヴォーンが笑いながら言った。「自分にも何か買ったのかな？」

ヴォーンはガヴァメント・ロー・スクールの連中がしたように、パーヴィーンをまともに相手にしようとしなかった。怒りがわいてきたけれど、父親が如才なく話を持っていって、よい結果を得ていることが多いのを思い出した。「わたしが言いたいのは、アタルワラはモーセンが買った品物を彼に渡したということです。モーセンの話では、この署で彼を調べた警官が、保管するために所持品を持ち去ったそうですね。モーセンが買った香水はまだここにありますか、それとも、どういうわけかなくなってしまったとか？」

フィッシャー署長がはっきりと言った。「あの男が拘留されたとき、わたしはその場にいた。その小瓶と、ほかに買ったものを入れた袋があっただけだ」

本当に言いたいこと――どうして釈放しなかったんですか？――は胸にしまい、パーヴィーンは尋ねた。「買ったものってなんですか?」

三人の男たちは目配せし合った。

「肌につけるクリームじゃないですか?」パーヴィーンが尋ねた。

「そうだ」ヴォーン警部が答えた。

「息子の治療薬です。モーセンは、同じようにバザールにある薬局へも行かなくてはなりませんでした。必要だとお思いなら、それについて調べられるはずですね」

ヴォーン警部は咳払いをし、乱暴な口調で言った。「下にいる男を釈放してもらいたい理由があるのか? きみの父親に会ったが、門番の代理人を務めている者がいるとは言ってなかったぞ」

「ファリド家の弁護士として、わたしたちは確実に一家の安全が守られるよう努めています。父とわたしは昨日、男性と接触できない三人の未亡人とその幼い子供たちを、警察が二十四時間、警護するという保証をもらって、シー・ヴュー通り二十二番を出たんです。けれども、警察は夜になる前にその場所から出ていき、まだ戻ってきません」

「わたしが署長に願い出なかったので、警官たちは残らなかった」ヴォーンが冷たく言った。「容疑者は拘束された。もう危険はないはずだ」

「とにかく、警察官の任務の割り当てはわたしが決めることだ。警部補は、わたしの許可をもらうことなく、きみに警護の安請け合いをするべきではなかった」フィッシャー署長はシンをにらみつけた。

殺人者が捕まっていないのに、彼らが未亡人たちになんの護衛もつけなかったことが、パーヴィーンの怒りに火をつけた。

「たぶん、これは取るに足らないことだと思ってるでしょうね。襲われたのがヨーロッパ人の屋敷ではなかったから」パーヴィーンは言った。「問題はここがインドの町だってことです。町に法と秩序を求めるなら、すべての人を守らなきゃだめでしょう」

警察の怠慢のせいで、ファリド家の女の子がいなくなってしまったと言ってやればいいのだが。

シン警部補がひどく張り詰めた表情を浮かべていたので、パーヴィーンはそんな意見を言わなければよかったと思いそうになった。警部補は彼女に賛成するかもしれないが、警察組織の中では、彼は無力なのだとパーヴィーンは想像した。

「なぜあの守衛を仕事に戻したいのかね？　持ち場を離れ、殺人者が入り込むのを許してしまったのだから、門番としては頼りないだろうに！」ヴォーン警部が弁解がましく言った。

「そちらの警官たちと同じように、彼は主人からの直接の命令を尊重しなきゃならなかったんですよ」パーヴィーンは机の上に置いていた領収書と宣誓供述書をまとめた。「門番のアリバイについて、こうして直接、情報を伝える機会を与えて下さってありがとう。もう時間を無駄にする気はありませんから」

フィッシャー署長が咳払いをした。「ともかく――帰る前に巡査部長にその宣誓供述書の写しを取らせてくれ」

パーヴィーンは手に書類を持ったままためらった。「おっしゃるとおりにしますが、その代わりモーセン・ダワイに電話をかけさせてやってはもらえませんか。ミセス・サキナ・ファリドと話をしたがっているので」

シン警部補は上司に目をやった。「サー、その奥さま（ベーグム）が電話に出たら、こちらも彼女と話ができます。たぶん昨日よりももっと多くのことがわかるでしょう」

「それなら、そうしよう」ヴォーンがパーヴィーンに悪意のこもった視線を投げた。同僚の前で、彼女に気まずい思いをさせられたのだ。

「電話番号はわかっています」パーヴィーンはそれを書きつけた。無表情なままでいようと気をつけたが、何も感じていないどころではなかった。警察がきちんとした証拠もなしに、モーセン・ダワイを刑務所に入れておくつもりだったことに、激しい怒りを覚えていた。そして初めて、弁護士として自分がどれほどの力を持っているか、実感できた。

第二十六章　耳に残った言葉

一九二一年二月、ボンベイ

警察は有能だった。数分の内にビスケット巡査部長が宣誓供述書の写しを二通タイプで打ち、公印を押した。ヴォーン警部が一部、フィッシャー署長がもう一部を取り、パーヴィーンは自分のブリーフケースに原本を入れた。面会は成功したように見えたが、モーセンが釈放されるかどうかはわからなかった。そのあいだに、信頼のおける守衛を一時的に見つける必要がある。

アーマンは、ジャカランダの木の陰に停(と)めたダイムラーにもたれていた。その運転手は退屈そうだったが、パーヴィーンを見ると顔を輝かせた。「事務所まで、お願い」パーヴィーンは後部座席に沈み込んだ。「あなたはこの町のことを何でも知ってるわよね、アーマン。短期間、ある屋敷を護衛する門番を探すには、どうしたらいいと思う？」

「みんな、ずっとできる仕事を求めてますよ、お嬢さま(メンサヒーブ)。それに門番は屋敷を離れ、別の場所で数日間、働くというわけにはいきません。雇い主がいやがるでしょうからね」アーマンは一息ついた。「兵士として訓練を受けた人はどうですか？　復員してきた兵士たちは、全員が仕事につけてるわけじゃないでしょう」

「たぶんね」退役軍人を雇うのは現実的なアイディアで、おそらくラジアなら、近くに住んでいて、慈善信託（ワクフ）の援助を受けた人を知っているだろう。けれどもそれには時間がかかる。そのとき、パーヴィーンにある考えが浮かんだ。「ドック！　ジャヤントがそこで働いてる人を大勢知ってるわ。モーセンは港湾作業員だったと思う」

「でも、ドックの労働者はだいたいがヒンドゥー教徒ですよ」アーマンが言った。「奥さま（ベーグム）たちはいやがるかもしれません」

「たぶん彼女たちは気にしないと思うわ。一緒に生活しなきゃならないわけじゃないんだから」パーヴィーンは苛立たしかった。コミュニティが自分たちのまわりに境界を設けているせいで、暮らしにくくなってしまっている。男性と女性。ヒンドゥーとムスリム。パールシーとほかの人たち。そのあいだに線が引かれてしまっている。

「パーヴィーンお嬢さま（メンサヒーブ）、着きましたよ」

アーマンの運転でミストリー屋敷まではるばる戻ってきたものの、パーヴィーンは中へ入る心の準備ができずにいた。「しばらく散歩してくるわ。書類のケースをムスタファのところへ持っていって、二階へ運ぶように伝えてもらってもいいかしら？」

「承知しました。ですが、どこへ散歩に行かれるんです？」

「ぶらぶら歩いて埠頭まで行って、戻ってくるだけよ。頭痛がするの——歩けば気分がよくなるでしょう」

バラード・ピアの方へ歩いていくと、風が強く吹きつけてきた。ゲートから中へ入れてもらい、前方の海をじっと眺めた。小さな貨物船でいっぱいで、それらはジャヤントが毎日荷の積み下ろしをしているのと同じようなものだった。

背の高い貨物船が、ゆっくりと蒸気を吐きながら湾から出ていった。パーヴィーンはそれをじっと見つめ、船の上での熱気とひどい状況を想像した。イギリスの見知らぬ場所へ向かうときに乗船した一等船室とは、まったく違っているはずだ。一九一七年には、パーヴィーンをそこへ遣るために家族が出してくれた莫大な費用のことを、大して考えてはいなかった——ボンベイの法学部でうまくいかなかった学生が、海外で成功すると信じてくれたことも。その投資は理にかなっていたと、わかるときが来るのだろうか？

歩いていくと、見覚えのある男——自信に満ちた歩き方をする、小柄だが針金のように強靭な体をした男——がいた。呼びかけて相手が振り向くと、彼女は自分の思ったとおりだとわかってうれしかった。

ジャヤントは駆け寄ってきた。サンダルが石に激しく当たった。「お嬢さま、どうしてここに？」

「屋敷の門番として働きたい人がいるかどうか、探してるのよ。ところで、この頃仕事はどうなの？」

「慎重にしてますよ」ジャヤントは険しい顔をした。「ボスのラヴィは、いつも怒った顔でおれを見てるんです。未払いの給料を渡したくなかったんですよ。おれを追い払う気じゃないといいんだけど」

パーヴィーンはジャヤントを安心させようとした。「またクビにしたら、あなたはすぐにわたしたちのところへ来ると、わかってるはずだわ」

「クビにするってことじゃなくて。おれを殺すってことです。おれを見ている様子とか、あなたのお父さんを名指しで罵っているのを聞いたところからすると、あなたの事務所のことも心配ですよ」

パーヴィーンはジャヤントの言葉をじっくり考え、法が重要な価値を持たない場合もあることに気付いた。「人は怒ったときには、そういうことを言うものよ。わたしたちは弁護士だから、自分の身は心配してないけど。あなたのことが気になるわ。あなたには、あの船荷の会社で働く権利はあるけど――本当に危険だと感じたら、辞めたほうがいい。実は町で何か仕事を見つけてあげられるかもしれないの。屋敷の門番のね」

ジャヤントは半信半疑だった。「その一家は、以前にそういう仕事をしてなかった者を雇うかな？」

「わたしが力を貸すわ。まずは——」がっしりした男が船着き場からこちらへやってくるのを見て、パーヴィーンは話をやめた。「ジャヤント、こっちにやってくるあの人を知ってる？」

ジャヤントはあわてて首を回した。「ラヴィだ。行って下さい！　おれがあなたにあれこれ告げ口してたと思われるかもしれないから！」

「わかった、じゃこれで」パーヴィーンはあわてて言った。

ジャヤントが後ろ姿に声をかけた。「バラード・エステートを抜けていって下さい。そのほうが安全だ」

ジャヤントは自分の身を案じるのと同じように、パーヴィーンをとても心配してくれた。けれども、エレガントな新しいオフィス街を歩きながらパーヴィーンが思い浮かべていたのは、ベンガル人の見知らぬ男と、サイラスに似た人物のことだった。いろいろなことがあったので、彼らに関してはほとんど忘れていた。二度とその二人に会わなければありがたいのだが。

ようやく角を曲がってブルース通りに出た。ミストリー屋敷の前に〈シルヴァー・ゴースト〉が止まっている。予想外のことだった。パーヴィーンはホブソン＝ジョーンズの運転手の、シーク教徒のサージットに会釈した。数日前に、彼が家まで送ってくれた。車には乗客はいなかった。アリスは屋敷へ通されたに違いない。

ムスタファがドアをあけ、低い声で告げた。「居間でお待ちになっておられますよ」

「アリスにはもうお茶を出した？」パーヴィーンはそう言って、通路にある鏡に映った姿に目をやり、風で乱れた髪を直した。

「いいえ、お断りになりました……」ムスタファの声は背後で消え、パーヴィーンは居間へ足を踏み入れた。客というのはアリスではなく、サー・デイヴィッドだった。

「こんにちは」サー・デイヴィッドは立ち上がり、片手を差し出した。しなやかで光沢のあるウールで仕立てた、こざっぱりしたグレーのスーツを着ており、ラペルのせいで肩が実際よりもずっと広く見える。「名刺をもらったので、訪ねることにしたんですよ。作戦本部としては、なんとも心地のよいところですね」

パーヴィーンが名刺を渡したのはアリスだが、訂正しないことに決めた。これがありきたりの訪問だとは思えなかった。パーヴィーンがファリド家の代理人だということについて、アリスがうっかりと何か漏らしたのか、サー・デイヴィッド自身が警察から聞いたのかどちらかだろう。

サー・デイヴィッドが期待を込めて見ているのに気付き、パーヴィーンは遅ればせながら彼の手を握った。「長くお待ちにならなかったのならいいんですが」

「十分ほど前に来たばかりですよ」サー・デイヴィッドが言った。「召使いの話では、お父さまは留守だが、あなたならそのうち戻るとのことだったので」

「よろしければ、二人分のお茶を持ってきてもらいますから」パーヴィーンは両方の眉を上げてムスタファを見た。彼は静かに戸口に立っていた。

「それはありがたい」サー・デイヴィッドが答えた。「依頼人や別の約束の妨げにならなければいいんだが」

「まったく構いません。せっかくおいでになったから、喜んで屋敷をご案内しますけど」

「その必要はありませんよ。捜査当局からあなたの名前を耳にしたので来たんです」

「マラバー・ヒル署を出たのはほんの一時間ほど前なのに。ニュースが伝わるのは速いですね」

「あなたはうちの近所の家を所有する家族の代理人をしてるようですね」

「そのとおりです」パーヴィーンはうなずいた。「ファリドの未亡人が伝えたがっている情報を、警察に話してきました」

「女性たちが隔離されているコミュニティというのは、不安の種ですよ。不正や不法なことが起きたとしても、当局には知りようがない。そうした女性たちは、どうなっているのか伝えに出てくることはないんだから」

パーヴィーンはその言葉に同意したが、話にはまだ続きがあるという気がした。慎重な態度を取り続ける必要があった。「伝統の中にはゆっくりと変化しているものもあれば、そのまま残るものもあるでしょうね。女性たちの心の準備ができるまでは、もっと広い世界へ出ていくよう強いることはできません」

「ファリドの未亡人たちの仕事をして、どれくらいになるんです?」サー・デイヴィッドが尋ねたとき、ムスタファがスターリング銀のティーセットとミントンのカップを持って、戻ってきた。

パーヴィーンはその問いが罠でないよう願った。「ほんの昨日からですけど——一家は十年以上、父の顧客なんです」パーヴィーンはそう言い足して、サー・デイヴィッドに最初の一杯を注いだ。「昨日は約束があって、未亡人たちに遺産に関する希望を聞きにいきました。数時間後、一家の後見人の死亡事件が起きたんですよ」

サー・デイヴィッドはいぶかしげに、パーヴィーンを見据えた。「彼女たちの希望? 遺産の分配については、亡くなった夫の遺言で決まっているはずでしょう」

ミスター・ファリドは遺言をせずに亡くなったと明らかにするのが賢明だとは、パーヴィーンには思えなかった。未亡人たちが自分の資産を寄付するよう、ミスター・ムクリが要求していたということも教えたくはない。それを知らせると、三人の未亡人に疑いがかかるかもしれないのだ。「家族のそれぞれが一定の額をもらえるというのは、そのとおりです。けれども、未亡人たちは自分たちの資産が今いくらあるのか知り、将来のためにどういう選択をしたいのか考える必要があります」

サー・デイヴィッドは茶に目をやったが、飲みはしなかった。水に信頼がおけないか、もっと濃くなるのを待っているかどちらかだ。「それで、彼女たちの答えは？」

「それは」パーヴィーンは笑みを浮かべた。「みんなさまざまです。それに弁護士と依頼人の秘匿特権に抵触せずに、彼女たちの話をあなたに教えることはできないと思いますよ」

知事の相談役は、相変わらず感じのいい笑みを返した。「そのとおり。ボンベイで唯一の女性弁護士として、あなたはほかの者にはない力を持ってるでしょう」

「わたしには、そうは思えません」パーヴィーンは諦めたようにため息をついた。「結局のところ、裁判に出てやり合うことはできないんですから。仕事のそうした部分は父に任せるしかありません」

サー・デイヴィッドが小さなティーテーブル越しに少し身を乗り出したので、ほとんど覆いかぶさるようになった。「未亡人たちの手助けをしていることから考えて、わたしが助けを必要とするかもしれない事柄に、あなたはまさに適任のように見えますね」

パーヴィーンは、その事柄というのは、進んでやりたいようなものではないのだろうと感じた。断ろうとしたとき、窓の外で静かな詠唱が始まった。それはおなじみの呪文で、イスラム教の祈禱（きとう）時刻を知らせる係の声だとパーヴィーンにはわかっていた。ふと、ファリド家の未亡人のことが頭に浮かんだ。彼女たちはひざまずき、経験したことのない危機を乗り越えられるよう、神の加護を祈ることだろう。パーヴィーンは、人を励ますようなその韻律に

「話して下さい」落ち着きを取り戻し、サー・デイヴィッドにうなずいて見せた。「話して下さい」

「グリフィス警察本部長は、捜査当局が婦人たちの指紋を採るのにあなたが力を貸して下さったら、それは感謝するでしょう。おわかりでしょうが、それには人の手を持つことが含まれます――わたしたちが承知しているように、ムスリムの女性たちの伝統的なしきたりに反することとです。シン警部補は、喜んであなたにやり方を教えてくれるでしょう」

そのアイディアは、警察にとっては理にかなったものに思われたかもしれないが、そんなことをしたら、パーヴィーンは未亡人のひとりを刑務所へ入れるのに加担してしまう可能性がある。ミスター・ファリドはそんなことを望まなかっただろう――けれども、インド人の小娘が政府の要職にある役人の頼みを、どうやって断れるだろう？　パーヴィーンの将来が――そしておそらくミストリー法律事務所のそれも――彼女の答えにかかっている。

サー・デイヴィッド・ホブソン＝ジョーンズは頭がよく、要求に応じられない理由をちゃんとわかっているはずだと、パーヴィーンは自分に言い聞かせた。彼女は唇を嚙んで言った。

「サー・デイヴィッド、犯罪学と指紋の採取法についてこれからさらに学びたいと思っているので、お手伝いできればいいんですが。とは言え、その女性たちの指紋を採るのは重大な利益相反になるでしょう。警察が家族の誰かを告発すれば、わたしは自分が守ろうとしている人に不利な証拠を提供したことで、ひどく困った立場になるかもしれません」

サー・デイヴィッドはティーカップをじっとのぞき、紅茶がちゃんと茶色になったと判断して、ようやくそれを取って飲んだ。そして、まさにこの味だというように、笑みを浮かべた。「あなたは先走りすぎですよ。指紋は無関係な人を排除するために必要なんです。ついていて当たり前の家族の指紋を知っておけば、よそ者の指紋を見分けやすくなる」

「できれば未亡人たちの指紋を採りたいという、捜査本部の思いは充分にわかっています。警察本部長は女性警官を雇うことを始めるべきです——弁護士に頼むのではなく」

そう話したとき、法律の後ろ盾があるとわかっている強みが不安に取って代わった。「警察の捜査がうまく行くよう願っていますが、未亡人たちの指紋を採るのに協力するのは弁護士の行為に反しますから、わたしは弁護士資格を剝奪されるかもしれません」

「資格を剝奪される？」サー・デイヴィッドは意味ありげに言葉を切った。「あなたは、まだボンベイの法曹界の一員じゃないでしょう」

相手の言ったことを逆手に取って反論するとは、サー・デイヴィッドはずいぶんと頭がいいと気付き、パーヴィーンはなんとか落ち着きを保とうとした。「ボンベイの法曹界が女性弁護士の入会を認めることにしたら、わたしは法律の知識だけでなく、事務弁護士としてのこれまでのふるまいを厳しくチェックされるでしょうね」

サー・デイヴィッドはもう一口茶をすすった。きっと彼はまた別の反論を繰り出してくるだろう。パーヴィーンは素早く劣勢を挽回しなくてはならなかった。

「一つ提案してもいいですか、サー・デイヴィッド？　捜査が続くあいだ、また別の犯罪が起きるのを防ぎたいのであれば、警察があの屋敷を警備するのが賢明だと思いますが。もしモーセンがいないので、未亡人と子供たちはまったく無防備な状態です。もし殺人者が戻ってきたら、どうするんです？――あるいは、屋敷に警備員がいないと耳にしたほかの悪党が、運試しをすることにしたら？」

サー・デイヴィッド・ホブソン＝ジョーンズは、半分入ったティーカップを受け皿に慎重に置いた。「屋敷に特別に警官を配備する件については、できるだけやってみましょう」

「そうして下されば、とても助かります」パーヴィーンは言った。自分の誠意ある言い分よりも、この会話のほうが地区の警察にとっては効果があるのだとわかっていた。

「もう一つ頼みがあるんですが。あなたがあいだに立って未亡人たちと話ができるようにして下さるなら、それは弁護士の権限を越えはしませんね？」

「もちろんです――それぞれのご婦人が話すのに同意すればですが」パーヴィーンは付け加えた。

五分後、知事の顧問官は立ち去った。パーヴィーンは居間の窓辺に立ち、〈シルヴァー・ゴースト〉が離れていくのを見ていた。サー・デイヴィッドはパーヴィーンがファリド家の代理人だということについて、アリスに何か言うだろうか。それは困る！

玄関へ戻ると、町の交換手に電話し、ホブソン＝ジョーンズの屋敷へつなぐよう頼んだ。

男性の使用人が出て、お嬢さまを連れてくるので待つように、と告げた。

二分間の沈黙のあと、ようやくアリスが息を弾ませ、興奮した声で挨拶した。「もしもし、パーヴィーン！ 父が訪ねていくとあなたに警告できればよかったのに。でも、電話したら、そちらの執事にあなたは不在だと言われたのよ」

パーヴィーンは驚いた。「お父さまが、ここを訪ねるつもりだとあなたに言ったの？」

「ええ。あなたの予定を尋ねたから、今日は仕事をしていると教えた」アリスの声はひどく不安げだった。「まだわたしと口をきいてくれるの？ それとも、わたしはもう友だちじゃない？」

「お父さまのことは心配しなくていいのよ。警察の力になるよう、ちょっとしたことをしてほしいと頼まれたけど、利益相反になるから、残念だけどお断りしたわ」

「あなたがそれを悲しんでるとは思えないけど」アリスは含み笑いをした。「ところで、今夜、映画へ行く約束はまだ生きてるのよね？」

パーヴィーンは自分で誘ったことを忘れていた。「しまった！ 出かけられればいいんだけど、これからまだ何時間か仕事が残ってるの。行けるとは思えないわ」

「それは残念」アリスの声は淡々としていた。

パーヴィーンは悪いことをしたと思った。「本当にあなたと一緒に過ごしたいのよ、アリス――」

「もし時間があったら、きっとそうでしょうね。あなたはちゃんとした職があって――いつだって忙しいでしょうよ。わたしも何かすることを見つけないと」

パーヴィーンはため息をついた。インドに来て三日も経っていないのに、インドの人たちが自分のためにすぐさま仕事を持ってきてくれるはずだとアリスが思っていることに、苛立ちを覚えずにはいられなかった。「アリス、教師の職を見つけるのに手を貸すと約束するわ。でも、今夜はずっと仕事をしないといけないの。それと、大学当局から返答が来るのに時間がかかることも、知っておいてちょうだい」

「わかった」アリスは軽蔑したように笑ったが、それは彼女の母親の声にそっくりだった。

「そのときまでには、両親は『タイムズ』にわたしの婚約を発表しちゃってるわね」

アリスの言葉は、ミスター・ムクリがアミナの結婚を企んでいるとラジアが言ったことを思い出させた。けれども、ファリド家の女性たちは現実的な恐怖に直面していたが、アリスは大げさに言っているだけだ。それもまた苛立たしかった。「やめてちょうだい、アリス。イギリスの慣習法が、あなたをそんなことから守ってくれるわ」

「本当に確かなの？ あなたを雇うべきかもね」アリスは冷やかすように言った。「パーヴィーン・ミストリー殿下と過ごすには、時給を払って一緒にいていただくしかなさそうだ」

「あなたを避けようとしてるわけじゃないのよ――」パーヴィーンは言いかけたが、電話を切る鋭い音がした。

アリスを怒らせてしまった――でもアリスは、パーヴィーンの弁明に一言も耳を貸さなかった。そんなのはフェアじゃない。

消像画の脇を通って二階へ上がるとき、パーヴィーンは祖父の厳しい目が自分に向けられている気がした。アリスに対する態度を咎めているのだろうか、それとも、大事な問題から気がそれていることを、パーヴィーンに思い出させようとしているのか？

そんなばかげた考えを頭から追いやり、パーヴィーンは机に近づき、緑色のシェードの卓上スタンドをつけた。それは、机の上だけを強く照らすようにしてある。

黄色い光の輪が手紙の小さな山を照らし出した。マラバー・ヒルの件で忙しかったから、二日分たまっている。一番上には依頼人からの手紙があり、パーヴィーンが請求書に記した労働時間に対する文句が書かれていた。それにほかの訴訟について、高等裁判所から郵送されてきた文書もいくつかあった。やらなくてはならない仕事があれこれあるのに、どれもひどくつまらなく、人の気を散らせるものばかりのように思えた。ペティット・パールシー総合病院から来た手紙まである。ありがたいことに、それは経営者からの文句の手紙ではなく、新たな顧客になりそうな誰かのサインがしてあった。

その名前からすると、パールシーのようだ。シャマク・アズマン・パテル。素性は詳しく記されていないが、病院に来て遺言作成の手助けをするよう、パーヴィーンに求めていた。

その気の毒な人が亡くなる前に、ファリド家のことが片付くのを願うしかないが、もはや確かなことは何一つなかった。パーヴィーンはすぐに担当できる別の法律事務所に、その依頼を回すことにした。

残りの郵便物を処理してしまうと、パーヴィーンはブリーフケースを開き、デスクマットの真ん中にファリド家のすべての書類をのせた。ゆっくりとめくり、オマル・ファリドとフェイサル・ムクリのあいだに親族関係があると示すものを探した。家族の中の誰かが個人的な理由であれ、金銭のためであれ、ムクリの死を望んだかもしれないという考えが頭から離れなかった。けれども、何も見つからない。

パーヴィーンは苛立ち、書類をさらにめくっていったが、順番がばらばらになっていると気付いた。どういうわけか、未亡人たちの結婚契約書の最初のページがすべてなくなっている。そのページには未亡人たちの父親の名前と住所が書いてある。これでは、彼女たちを助ける親族を見つける手がかりをたどるのが、ますます困難になるだろう。

パーヴィーンは爪を嚙み、そのページを最後に見たのはいつか思い出そうとした。ムクリが亡くなる前、未亡人たちと相談していたときのはずだ。

それから、ブリーフケースはしばらく行方不明になっていた。最初のページは持ち去られたのだろうか？　まずいことになりそうな何かが書いてあったとか？

取り返しのつかない状況というわけではなかった。結婚契約書の写しは一家が持っているし、ボンベイの高等裁判所にも保管してあるはずだ。けれども、パーヴィーンは今その書類がほしかった。

電話の鳴るけたたましい音がして、パーヴィーンの思考はさえぎられた。アリスが、文句の続きを言うためにまた電話をしてきたのだろうか？　パーヴィーンは座ったまま、電話が鳴りやむまで放っておいた。

静かになると、ページの端に折り跡のついてしまった、ファリド家の書類の山をふたたび調べ始めた。フェイサル・ムクリの死について、手がかりになりそうなことが書かれているだろうか？

また電話が鳴り、今度はパーヴィーンは玄関へ大股で歩いていって、それを取った。

「もしもし？」パーヴィーンは言った。

パチパチという雑音が入り、そのあと落ち着いた低い声で三つの言葉が口にされるのが聞こえた。

「メリ・マダド・カロ」

電話をしてきた者は助けて下さいと言ったのだ。

「誰なの？」パーヴィーンはヒンディー語ではっきりと尋ねた。

「助けて！」その女性の声は訛りのある英語で繰り返した。

「ミストリー法律事務所へかけてるんですか？　誰なの？　何が起きたんです？」パーヴィーンは相手にたたみかけた。けれども、一瞬のうちに、通話が終わったのを示す鈍い音がした。

　次にどうするか、パーヴィーンには何の疑問もなかった。交換手に電話をし、シー・ヴュー通り二十二番につないでくれるよう頼んだ。けれども、回線はふさがっていた。未亡人のひとりが、誰かとおしゃべりしている――それとも、受話器が外れたままになっているのだろうか。

「通話を中断させられないんですか？」パーヴィーンが尋ねた。せっかちな人が多いことを考えれば、こんな時間では、こういう要求はよくあるはずだ。

「こんな時間では、失礼に当たりますけど」交換手が言った。

「やってちょうだい。緊急事態なのよ！」

　いくつか音がしたあと、交換手が耳元で言った。「誰も出ませんよ、マダム」

「それじゃ、マラバー・ヒル警察署につないで」

　すぐに誰かが電話に出た。声からすると、ビスケット巡査部長らしい。

　パーヴィーンは身元を明かし、シー・ヴュー通り二十二番からかかってきたと思われる電話について説明した。

「でも、そんなはずはないですよ。その家は警備されてます」巡査部長が言った。

「そのことはもう何度も聞いてるわ。でも、これは緊急事態なのよ！」

「いいですか、うちの警官が二人、門のところで見張っていて、中にもう二人いるんです。それは確かですよ。その埋め合わせに、別の者が三人、超過勤務についてるんだから」

そう聞いて安心するべきなのだろうが――パーヴィーンはあの女性の声を忘れることができなかった。「そちらの署員がいてくれてありがたいんですけど、屋敷の中で問題が起きているかもしれないの。お手伝いさんに、家族の様子を見てくるよう頼んでもらえませんか？」

「もし誰かの叫び声がしたら、警官たちには聞こえるはずですよ」巡査部長は子供をなだめるように言った。

「わたしに電話をしてきたのなら、たぶん聞こえてないわよ」パーヴィーンは音を立てて受話器を置いた。話を続けても時間の無駄だ――自分で行くしかない。

パーヴィーンは急いで階段を下り、ムスタファを呼んだ。けれども彼はいなかった。時計を見ると、八時になっていた。ムスタファの勤務時間は終わっている。おそらく大勢いる友人の誰かに会いにいったのだろう。

パーヴィーンは、その日持ってきていた小さなバッグをつかむと、外へ出てダイムラーを捜した。けれども、アーマンがいつも車を止めている場所には、茶色い水牛が眠っていた。

「アーマン！」大声で呼びながら、ブルース通り一帯を見渡した。おそらく、その牛を起こすことができず、車をほかの場所に止めたのだろう。だが、アーマンの姿はどこにも見当たらなかった。父親がプーナへ行っているのを思い出し、ヴィクトリア・ターミナス駅へ迎えにいってしまったかもしれないと気付いた。ということは、アーマンが戻るのは父親を家へ送り届けてからということになる。

別の方法を見つけなくては。

自転車タクシー（サイクルリクショー）屋のラムシャンドラが、まだ一軒だけ開いているチャイの屋台で、数人の男たちとしゃべっていた。パーヴィーンが近づくと、ラムシャンドラは話をやめてやってきた。

パーヴィーンは断られると思ったので、おずおずと持ちかけた。「ちょっと遠いんだけど、マラバー・ヒルまで行ってくれる？」

「マラバー・ヒル？」ラムシャンドラは信じられないというように繰り返した。「フォートの外へ乗せていくことは、めったにありませんよ。遠いし、道がひどいからね」

ファリド家はずいぶんと高いところにある。パーヴィーンはその作戦が不可能だと悟った。もっとにぎやかな通りへ出て、馬が引く二輪馬車（タンガ）を探してもいいが、あたりは暗いし、見ず知らずの御者と行くのはかなり危険だ。

「マラバー・ヒル警察署がジャイナ教の寺院のそばにあるの。そこから目的地まで連れていってくれるよう、警察に頼むわ」パーヴィーンはバッグを探り、残っている金がいくらあるか見た。彼女は開き直って言った。「四十分で行ってくれたら一ルピー払うわ――ここまで戻るのにもう一ルピーね。そんなに遠くまで自転車をこいでもらって申し訳ないんだけど」

「構いませんよ、マダム」ラムシャンドラは自転車タクシーの乗り場の方を向いた。「今日はお客が少なくてね――自転車をこいでるよりしゃべってる時間の方が長かった。それに、そんなにもらえば、ほぼ一週間分の稼ぎと同じですから」

「本当なの？」パーヴィーンは歩きながら尋ねた。ラムシャンドラがそんなわずかな金で暮らしているのを、気の毒に思った。

「ええ。友だちはそれを聞いたら羨ましがるでしょうね」

パーヴィーンが慣れ親しんだ席に座ると、ラムシャンドラは荷台の後ろに吊り下げられた、覆いのついた小さなカンテラと、ハンドルのところの一番大きなカンテラに油を注いだ。すべてのカンテラが灯ると通りは前より明るくなり、ラムシャンドラは自転車をこぎ始めた。パーヴィーンは前にかがみ、荷台と自分の体の重みがかからないように願った。目的地までは時間がかかりそうだ――自転車はどうにか進み始めた。

ブルース通りから細い路地へ入ると、自転車タクシーはさらにゆっくりしか進まなくなり、そのあと軋んで止まってしまった。

ラムシャンドラの声が聞こえてきた。「すみません、お嬢さま（メンサヒーブ）。自転車を調べなくちゃなりません。何かが車輪に当たったのかもしれない」

なんて運が悪いんだろう。ラムシャンドラが大切にしている自転車タクシーが、こんな夜に故障するなんてことがあるだろうか？

ラムシャンドラはカンテラの一つを取り、それを使ってタイヤを調べた。パーヴィーンは、その姿が黄色い光の輪に照らし出されるのを見た。すると、彼が険しい表情でパーヴィーンに目を向けた。

「どうしたの？」彼女は尋ねた。

「タイヤが二つともパンクしてます」

パーヴィーンは荷台から降り、ラムシャンドラがタイヤを調べているところへ行った。

「二輪ともパンク？　でも、どうして？」

ラムシャンドラの声は悲しげだった。「ちょうどブルース通りを走ってたとき、下に何かでこぼこしたものが当たる感じがしたんですよ。暗い中で確かめるのはむずかしいけど、何かがそこにあったんだと思います。本当にすみません、お嬢さま（メンサヒーブ）。今夜、タイヤを二本直すのは無理だと思います」

助けて。見知らぬ女性の、切羽詰まった声がパーヴィーンの頭に響き渡った。「でも、マラバー・ヒルへ行かなきゃならないのよ」

「タンガの乗り場がありますけど、ご婦人がひとりで乗ってはだめ――」

「わかったわ」パーヴィーンに別の考えが浮かんだ。ホブソン＝ジョーンズ邸へ電話をし、サー・デイヴィッドを呼んでもらおう。彼の願いを聞き入れるのを断って間がないのに、頼み事をしたくはない。けれども、ほかの選択肢は思いつかなかった――それに、未亡人が危害をこうむるようなことは、サー・デイヴィッドは望まないはずだ。

「事務所へ戻って電話をかけ、誰かほかの人に警察へ行ってもらえるかどうかやってみるわ」パーヴィーンは言った。「あと三十分かそこらしたら、アーマンが車で戻ってくるはずよ。タイヤのことは本当にごめんなさいね。このルピーは取っておいて――いいえ、受け取ってちょうだい。わたしが乗せてくれと頼まなければ、タイヤをだめにすることはなかったんだから」

パーヴィーンは走って角を曲がった。オックスフォードでテニスコートに立っていたとき以来、こんなに速く動いたことはなかったと気付いた。けれども、これはゲームじゃない。ほんの数キロ離れたところで、誰かが死にかけているかもしれないのだ。

暗かったので、全速力で走ることはできなかった。それにラムシャンドラのタイヤをだめにしたものがなんであれ、それにつまずくのはごめんだ。

わずかにスピードを落とした拍子に、耳の中で血が脈打つ音以外のものが聞こえた。足音だ。背後から速いスピードでやってくる。

思わず脇へどいたが、立ち止まったのがまずかった。ざらざらした布の袋を頭からかぶせられ、太く強い腕で後ろに押され、上に持ち上げられた。港湾作業員が五キロほどの箱を運ぶかのように、こともなげに持ち上げられたとき、パーヴィーンは悲鳴を上げたが、その声は袋の中にこもった。下ろさせようとして蹴とばすと、男の低いうなり声が聞こえた。

不意に、助けを求める電話と、ラムシャンドラの自転車タクシーがだめになったことが結びついた。その電話はパーヴィーンを外へ出すための策略だったのだ。そうすれば、彼女を襲いやすくなるだろう。すべては計画されたことだった。

パーヴィーンが首を突っ込むのが気に入らない者がいるのだ。相手のバランスを崩そうと何度も蹴ったが、男は一息ついただけだった。パーヴィーンを入れた袋を持ち変えて壁にもたせかけ、彼女の背中を殴りつけた。

何かがゆっくりと滴る音が聞こえたあと、パーヴィーンには何もわからなくなった。

一九一七年

第二十七章　陪審団の評決

一九一七年八月、カルカッタ

水がカルカッタを打ち負かし、その町を湖にしてしまった。グランド・ホテルの屋根付きの玄関に立つと、パーヴィーンには車寄せの向こうがほとんど見えなかった。チョーロンギー通りは一メートルほど水に浸かり、水位はさらに上がりつつあると、パーヴィーンはすでに耳にしていた。夏の雨季の雨が音を立てて激しく降り、誰も外へは出られなかった。

「雨のせいで、裁判が開かれない可能性はあるかしら？」パーヴィーンはジャムシェジーに不安を口にした。彼は、なぜ二輪馬車(タンガ)を呼んでもらえないのかと、ドアマンとずっと言い争っていた。

「すさまじい天気だな」父親も認めた。「だが、パールシーの婚姻についての審議を行う法廷の数は非常に限られているから、取りやめるかどうか決めるのは判事には重荷だろうな」

人力の自転車タクシー(サイクルリクショー)だけが、浸水した道路を通れる唯一の乗り物だった。ジャムシェジーは客を降ろしているのを一台見つけ、タクシー屋の言い値で料金の折り合いをつけた。五ヵ月待ったあとでは、ミストリー家は予定された裁判に間に合わなくなる危険を冒すことはできなかった。パーヴィーンの自由がそれにかかっているのだ。

ダルハウジー広場にある裁判所への道のりは、がたつき、水がはね、なかなか進まなかった。パーヴィーンは、その道のりが終わるのを待ちきれない気がしたが――そのとき、溺れ死んでしまいたいと思わせるようなことが、法廷で起こるかもしれないと気付いた。ソダワラの家へ戻れという判決が出される可能性もあり、もしそれに従わなければ、刑務所へ入れられるかもしれない。

パーヴィーン、カメリア、ジャムシェジーはびしょ濡れの傘をすでに満杯になっている傘立てに置き、滑りやすい大理石の玄関を通って、裁判所の指定された部屋へ歩いていった。パーヴィーンは厳めしい顔のイギリス紳士たちの肖像画には目をやらず、人でいっぱいの長椅子を見渡した。その人たちはみな裁判を待っているのだろうか？　パーヴィーンは、その中にソダワラ一家の友人のミセス・バナジとその娘を見た気がした。ゴシップのネタにする話を集めにきたのだろう。それでも、その二人がいたことは、ジャムシェジーが長椅子から戻ってきて伝えたニュースよりもましだった。

「わたしたちの法廷弁護士のミスター・ペストンジは、ここへは来ない」ジャムシェジーは深刻な顔でカメリアを見た。

「たぶん雨に足止めされてるのよ」パーヴィーンが言った。「もうすぐ来るでしょう」

ジャムシェジーは首を振った。「彼の事務所の後輩がどうにかここまでやってきてな。ペストンジは今日、予定が重なっていて、もう一つの件を優先したそうだ」

「まあ。つまりその後輩に任せるわけね——それとも、延期するんですか？」カメリアが低い声で尋ねた。

パーヴィーンは茫然としてしまい、何も言えなかった。まるでこちらの弁護士がサイラス一家と共謀し、最悪の結果をもたらそうとしているみたいだ。論理的に考えれば、そんなはずはないとわかっていた——けれど、土壇場になってこんなことになるのは、ひどくまずい。

ジャムシェジーは顔をしかめた。「わたしはその後輩の法廷弁護士としばらく話したが、あまりいい印象は持たなかった。彼はパールシーですらなく、陪審を務めるパールシーの代表者たちにとって、特に説得力があるわけじゃないだろう。わたしが自らおまえの代理人を務める方がいいと、その弁護士に伝えたよ」

「パパは頭がどうかしちゃったの？」パーヴィーンはあきれ返り、ついきつい言い方になった。

「いや」ジャムシェジーはそっけなく答えた。「延期するつもりはない。この訴訟について周到に準備したのはわたしだ。その後輩弁護士が、必要書類をすべて付けたファイルを持ってきてくれた——ちょっと濡れているが、必要なものは手に入った」

「あなたの提案はすばらしいけれど、どうやってそんなことができるんですか、カルカッタの法曹界のメンバーでもないのに？」カメリアが反対した。いつもの優しい声だが、顔は緊張していて、その様子はパーヴィーンには見慣れないものだった。

「おまえたちも知っているように、わたしはロンドンのリンカーン法曹院で弁護士資格を得た。イギリスの法的な資格を持っているので、インドのどの法廷にも立つことができる。最大の難関は、かつらと法服を貸してくれるよう、ほかの弁護士のひとりを説得することだったよ」

「なんてことかしら。父親が、借りものの服でわたしの代理人を務めるとはね？」パーヴィーンは呻いた。「パパはわたしに恥をかかせるだけじゃない、わたしたちは負けることになるわ！」

「黙って、パーヴィーン。あなたが担当させてもらえるのは確かなの、ジャムシェジー？」

カメリアの目は輝いていた。

「頼まないといけない」

「パパ、やめて！」パーヴィーンの声は悲鳴になった。「わたしは延期してほしいの。依頼人はわたしなのよ！」

「お父さまにどうしてそんな口が利けるの？　あなたのヒーローなのに」カメリアが言った。

パーヴィーンの弁護士として登録するために、夫がその場を去るのを見ながら、彼女は最後に笑みを浮かべて見せた。「こうやって娘の弁護ができる父親が、何人いるというの？」

カメリアとパーヴィーンは、前面に近い長椅子に一緒に腰を下ろした。パーヴィーンは陪審団を見たかった。彼らは判事の長椅子と向き合う時別な場所に、列をなして入ってこようとしていた。

「陪審員のひとりに見覚えがあるわ」パーヴィーンはカメリアにささやいた。「ミスター・ソダワラの友だちの銀行員よ。どうして陪審席に座って、わたしを公平な目で見られるっていうの？」

「パールシーの結婚に関する法廷の陪審員は、そのコミュニティの中心人物が務めるの」カメリアが小声で答えた。「この部屋の原告のほぼすべては、少なくともひとりの陪審員と何らかのつながりがあるはずですよ。全員ですべての事例に耳を傾けるの」

「雨のせいでソダワラ一家が来られなかったら？」パーヴィーンは尋ねた。法廷を注意深く見つめ、彼らがまだ来ていないと確信した。

「わからないわ」カメリアがそう言って娘の体に腕を回した。「たぶん、陪審団はあなたの望み通りの決定をしてくれますよ。でも、判事は延期するほうがいいと思うかもしれないわね」

ソダワラ家は、ムーディという名のイギリス人の判事が小槌（こづち）を叩いて開廷を宣言したときまでには、やってこなかった。悲しげな顔をした原告たちは、弁護士が彼らの苦情を詳しく述べるあいだ、頭を垂れていた。パーヴィーンが両親に挟まれた場所から聞いていると、ほかの原告たちはみな、六ヵ月どころか何十年もつらい思いをしたあと、離婚を申し立てたのだとわかった。パーヴィーンの年齢に近いと思われるただひとりの原告は、結婚して間もない夫で、宣誓証言のあいだにわかったのだが、妻が結婚を成立させるのに必要な性的な能力がないため、離婚を求めていた。

どの人の話も悲惨だった。パーヴィーンは娼婦を夫婦の寝室に引き入れ、同じ部屋の隅にいるよう妻に強要したビジネスマンの話に耳を傾けた。また別の女性は結婚して二十年になる夫が、いとこと関係を持っていたと訴えた。判事がいくつか質問をし、十一人の陪審員は無表情で座って、その答えを聞いていた。

三つ目の裁判の途中で、ソダワラ一家が到着した。頭からつま先までびしょ濡れだ。三人は通路を歩いてパーヴィーンを通り過ぎ、長椅子に腰を下ろした。ひとりの男があわただしくやってきて、彼らと一緒に座った。ソダワラ家の弁護士のN・J・ワディアに違いない。パーヴィーンの父親は、ミスター・ワディアはヴァキル、つまり近代的な法科大学で学位を取るのではなく、インドの伝統的な法律教育を受けた弁護士だと知っていた。実のところ、N・J・ワディアはその日ほかの二つの訴訟で、依頼人の代理人を務めている。彼はソダワラ一家を残して前に進み出て、夫が近所の女性と不倫をしたと証明しようとする女性の主張を代弁した。その告発は鋭く、力強かった。

「ワディアはこの法廷をよくわかっている」ジャムシェジーがカメリアとパーヴィーンに小声で言った。「だが、厄介な訴訟を起こすのに、娘の代理人を務める父親ほどやる気のある者はいないだろう」

パーヴィーンは、父親がカルカッタのヴァキルを確保することができればよかったのにと思った。そうすれば、地元の陪審員にもっとよい印象を与えられるはずだ。けれども、ジャムシェジーが話をした者は誰も、この訴訟を引き受けなかった。

ソダワラ対ソダワラの訴訟は、二時をちょうど過ぎたところで開始されることになっていた。パーヴィーンは昼休みのあいだも食事をとることができなかった。胃がからっぽで喉がカラカラになっているせいで、めまいがしてきた。それでも、父親のあとについて原告席に座った。父親の姿は異様に見えた。黒い上着は少しばかり短いし、かつらは、ボンベイの事務所のかつら台に置いてある、巧みに作られた自分のものより大きい。忍び笑いをする人さえいた。

パーヴィーンは座りながら、頭の後ろで何百もの目に見つめられているような気がした。それは彼女の妄想だろうか、それともムーディ判事が軽蔑したように見ているせいだろうか？　父親はすでに、陪審員の顔をのぞき込んではだめだと警告していた。そんなことをすれば、パーヴィーンは勝つ自信がたっぷりあると思われるだろう。

ジャムシェジー・ミストリーは最高のオックスブリッジ・アクセントを使い、陪審団に自己紹介をした。法廷弁護士、事務弁護士としてボンベイで二十五年の経験があり、ミスター・ペストンジは今回は出席できないので、代わりを務めると述べた。ミスター・ワディアはすぐさま、ジャムシェジーが原告の父親だと指摘した。それが明らかになると、一斉に笑いとささやき声が聞こえた。

「確かに、わたしには原告を生まれたときから知っているという利点があります――彼女の誠実さと、結果がどうなろうと、自分が正しいと信じたことをするという性格をわきまえております」

続いてジャムシェジーは、パーヴィーンが見知らぬ人間にたぶらかされ、結婚する羽目になった事情を述べた。自分はその結婚に反対したが、ソダワラ夫妻が、二人が一緒になることを強く望んでいると思ったので、しぶしぶながら承諾した、と。ソダワラ家を信用し、子供たちがカルカッタで結婚式を挙げる費用を出した。サイラスが娼婦との行為にふけるのを、両親が見て見ぬふりをしているとわかったとき、その信頼は崩れたとジャムシェジーは話した。

訴訟のさい、親たちのことを持ち出すのは戦略としては珍しいことだった。パーヴィーンには、人々のあいだから非難めいたつぶやきが漏れるのが聞こえた。

ミスター・ワディアが大声を出した。「意義あり。ミストリー弁護士はカルカッタをよくご存じない。それに、パールシーの婚姻法は、夫が気晴らしのためにする行為を婚姻の解消の正当な理由として認めていないことも、知らないのでしょうか？」

「判事、わたしの主張は第三十一項につながっているのです。悲しいことに、被告のその行為により、妻は深刻な病気をうつされる結果になりました。その病気の名を口にして、敏感な方々のお耳を汚すのはわたしの望むところではありません。けれども、すべては書類に書いてあります」

パーヴィーンは雨が天井を突き破り、自分を押し流してくれればいいと思った。父親が、何百もの見知らぬ人たちにそんなことを明かしてしまうなんてと、愕然とした。

「それが正しいのなら、声に出してその病名を言ったらどうですか？」ミスター・ワディアが異議を唱えた。「わたしの依頼人の名誉を汚す、もっともな理由がありません」

これは賢いやり方だった――もし、病名が口にされたら、パーヴィーンはこの先ずっと、傷のついた汚れ者というレッテルを貼られることになる。彼女は、父親が判事の前に二枚の書類――カルカッタで受けた医療診断と、ボンベイで治療した医師による経過観察――を置くのを、ほとんど見ていられなかった。ミスター・ワディアは身を寄せてそれを見た。それからその書類は陪審団にも示され、彼らの表情が険しくなった。

「さらに追い打ちをかけるように、被告のミスター・ソダワラは、その不道徳な行為を続けました」紙をめくる音が静かになると、ジャムシェジーは続けた。彼はパーヴィーンがソダワラの工場を訪れたときのことをドラマティックに述べて、話を終えた。サイラスのオフィスで娼婦を見つけたこと、サイラスが冷酷に暴力をふるったこと——ジャムシェジーはそれを殺人未遂と呼んだ。

「わたしの娘のパーヴィーンは、自分の命を守るためにカルカッタから逃げたんです！」ジャムシェジーは、いつものようにしだいに語気を強めた。「第三十一項により、この夫婦が別居に値する理由はいくつもあります」

ミスター・ワディアが判事席に近づく許可を求めるのを、パーヴィーンは不安げに見ていた。すぐさま、ミスター・ワディアはジャムシェジーにいくつもの質問を浴びせた。娼婦のところへ通い続けていたという証拠はどこにあるのか？　サイラスが工場へ娼婦を連れ込んだと告発したが、その女はどこにいるのか？　娼婦がその場にいたことの証人だとパーヴィーンが言っている、若い男性たちは誰なのか？　パーヴィーンが血を流しているのを見て、ハウラー駅へ運んだというタンガの御者はどうなったのか？

それらの質問は難題だった。ミスター・ペストンジは、パーヴィーンを助けたタンガの御者を見つけられなかった。サイラスの友人たちは、彼の不利になる供述をするのを拒んだ。貧民アパート（チャウル）の娼婦たちも、誰ひとりとして、サイラス・ソダワラからサービスを頼まれたと言おうとはしなかった。唯一の証拠物件は、ソナガチの赤線地区にサイラスがいるところを、探偵が撮影した三枚の写真だけで——それはほとんど役に立たなかった。娼婦と関係するのは、離婚の原因とは認められないからだ。

ミスター・ワディアは、若い妻を証人席へ立たせ、気まずい思いをさせるつもりはないと告げ、依頼人のミスター・サイラス・ソダワラに、妻についていくつかの質問に答えるよう求めた。

パーヴィーンは、その上等なグレーのスーツを着た、背の高いがっちりした体つきの男にじっと目をやった。この男のために、ボンベイを去ったのだ。どうしてこんなことになってしまったのだろう？ 彼は彼女を愛した――そして、彼女もまた、彼を愛したのに。

サイラスはあらかじめ練習したとおりにいくつもの質問に答え、パーヴィーンが夫婦生活に興味がなかったとほのめかした。また彼女が料理や掃除などの、妻がするべき仕事をきらったとも。サイラスによると、パーヴィーンは家族の許可なしにしょっちゅう家をあけていた。オフィスへやってきて、重要な仕事の会議の邪魔をした。オフィスにいたと告発された女性は、茶を持ってきた気の毒なメイドだ。自分の健康状態はまったく良好で、なんの病気の兆候もないと示す、かかりつけの医者からの手紙がある。そう言った。

サイラスの証言が行われると、陪審員たちがどう考えるか、パーヴィーンには想像できた。彼女は甘やかされた若い嫁で、夫を遠ざけ、そのあと夫がほかの女性と関係を持とうとすると、取り乱したのだと。父親に目を向け、自分の意見を言う機会を与えてほしいと声に出さずに訴えたが、首を振られた。父親は、あらかじめパーヴィーンに警告していた。夫に逆らって言い返すことを選ぶ女は傲慢だと見られ、本来は同情されるべきなのに、それを得られないのだと。パーヴィーンは腹立たしさと決まり悪さと屈辱を感じた――けれども、自分の膝に目を戻した。

ジャムシェジーがサイラスに質問する機会を与えられるまで、永遠とも思われるほどの時間がかかったような気がした。そのヴァキルはサイラスを説得し、原告側の弁護士に尋問されずに済むようにしようとしたが、サイラスはその助言を退け、ジャムシェジーに穏やかにほほえんで見せた。ジャムシェジーの負けを確信しているかのようだった。

ジャムシェジーは、驚くほどさりげない様子で質問を始めた。「きみはこのことすべてについて、どう思うかね？」

「わかりません」サイラスは不意を突かれたように見えた。

「異議あり――」ミスター・ワディアが声を上げた。

「異議を却下します」判事が言った。

「自分の結婚について説明するよう求められたら、なんと答えるかい？」ジャムシェジーは親しげな態度で尋ねた。

サイラスは驚いたようだった。「不幸でした。パーヴィーンはぼくと両親にとって、悩みの種でしかなかった」

別居につながるその言葉を聞いて喜んでもいいはずなのに、パーヴィーンはひどく悲しかった。自分と同じ心を持っていると信じていたのに、夫がこれほどつまらない、了見の狭い人間だったとは。

「パーヴィーンは厄介者というわけだね？」サイラスがうなずくと、ジャムシェジーはもの悲しい笑みを浮かべた。「きみはパーヴィーンに近づいたとき、じき二十八歳になるところだった。その前に二度婚約したが、だめになっている。カルカッタのどの一家も、きみの評判のせいで受け入れてはくれなかったんだ。それがボンベイまで妻を探しにきた理由じゃないのかね？」

「異議あり！」ワディアが金切り声を上げた。「別居の訴訟には無関係です」

「異議を認めます」ムーディが言った。「記録から削除するように」

「それで、きみは若い女性の気を引いて、射止めた――金持ちで心が優しく、頭がそれほどよくはないときみが思った人をね。そういう女性が望みだった――だが、偶然にも、きみは首の上にすぐれた頭がのった人を手に入れてしまった。パーヴィーンは、きみの行いに対する説明を求めた。パールシーにはおなじみだが、われわれの婚姻法は、ただうまくやっていけないだけの夫婦には、法的な別居を認めていない。だから、パーヴィーンとまた一緒に暮らすのなら、きみはどうやって人生を送るつもりなのか、ぜひ聞かせてもらいたい」

サイラスは何も言わず、パーヴィーンは心が痛んだ。二人の部屋で共に過ごした初めての夜が、頭に浮かんだ――夢がかなった喜びと、この先に魔法にかかったような生活がきっと待っていると思ったことが。

「きみはパーヴィーンと朝食や夕食に顔を合わせるつもりかね？　同じ寝室や風呂を使うのかい？　それとも、両親に頼んで、自分の目の届かない狭い隔離部屋に妻をずっと入れてもらうつもりか？」

傍聴人がざわめいた。彼らの家でも、生理のときに隔離する慣習をまだ行っているのだろうかと、パーヴィーンは思った。おそらく、そういう人たちは同情してくれないだろう。

「あなた方の多くは、そういう部屋について知っているかもしれません」ジャムシェジーはそう言って、部屋にいる人たちに向かって呼びかけた。「ビナマジ、つまり生理のあいだ女性を隔離するというゾロアスター教徒の風習の起源は、千二百年前にさかのぼります。正統派のパールシーは、極端な形でまだこの慣習を行っていて、生理のあいだとさらにもう二日、女性にきちんと体を洗わせないようにするのです」

「異議あり！　下品な言葉は、陪審団の耳に入れるのにふさわしくありません」ミスター・ワディアが叫んだ。話題にするのがはばかられることが口にされ、パーヴィーンは気まずい思いで顔を赤らめた。

「続けて下さい、ミスター・ミストリー」ムーディ判事が言った。興味をそそられているようだ。

「現代医学の知識による事実を否定する人もいて、出血している女性を閉じ込めれば、ほかの家族に死をもたらす菌が広がるのを防げると考えています」ジャムシェジーは続けた。「けれども、女性に他人との接触を禁じると、その女性自身の死につながりかねません。ソダワラ家では、すでにひとりの女性が生理中に監禁されて亡くなっています――ええ、ミスター・ソダワラ、あなたの表情からすると、もうそれが誰かわかってますね。彼女の名前を教えてくれますか？」

パーヴィーンは耳のなかで妙な音が鳴っている気がした。

「アザラ」サイラスが低いしわがれ声で言った。顔が真っ白だ。パーヴィーンは彼がそれほどショックを受けるのを見たことがなかった。

「それでアザラが亡くなったとき、きみは同じ家で暮らしていましたか？」ジャムシェジーが尋ねた。

サイラスはうなずいた。

「彼女が亡くなったときのきみの年齢は？」

サイラスは一瞬、戸惑ったように見えたが、そのあとつぶやいた。「二十五です」

「ありがとう」ジャムシェジーはかすかな笑みを浮かべ、ふたたび聴衆のほうを向いて呼びかけた。「わたしたちが話しているのは、サイラスの妹のアザラ・バーラムジー・ソダワラのことです。一九〇〇年に生まれ、一九一四年に亡くなっています。検視官の報告書には、死因は事故や犯罪によるものではないと書かれている。アザラは生理が始まる前に熱がありました——けれども、熱が高くなったとき、家族は医学的な助けを求めようとはせず、その少女は家の中の離れたところにある、二メートル×三メートルほどの部屋で金属の簡易寝台に寝かされていたんです」

パーヴィーンはアザラがその部屋で苦しんでいたのを、ずっと知っていた。その小部屋で過ごすあいだ中、奇妙でもの悲しい気配がつきまとっていたのを思い出した。消えかかった日付のしるしのことも。それはアザラが作ったカレンダーだったに違いない。

「異議あり」ミスター・ワディアが叫んだ。「原告側は何の証拠もない作り話をしています」

「カルカッタの検視官の報告書は公的な記録です」ジャムシェジーは書類を高く掲げて言った。「それはここにあります。ソダワラ家の元メイドのギーターが、アザラの病気の内容について宣誓証言した手紙も」

ギーターが元メイドと言われるのなら、彼女はクビにされたということになる。いまどこにいるのだろう——そしてどうやって彼女の証言が得られたのか？

パーヴィーンは、ソダワラの両親が座っている長椅子のほうへ目をやった。ベノシュはうなだれ、ハンカチで顔を覆っていた。パーヴィーンはアザラについての真実を聞きたいと強く願っていたけれど、ソダワラ家のあからさまな苦しみを見るのはつらかった。

「そのメイドの証言によれば、水と食べ物は、少女が閉じ込められていた部屋のドアの前に用意されたとのことです」ジャムシェジーは打ち沈んだ声で話した。「けれども、家族の誰も、彼女がそれを食べたことを中へ入って確認しませんでした。数日後、そのメイドは部屋へ入り、少女が自分の声に反応しないと報告しました。救急車が来たとき、アザラ・ソダワラは昏睡状態だったのです。少女は一週間後、病院で亡くなりました。一家が世話をしなかったことにより、死なずに済んだ人間が死んだのです」

「異議あり！」ミスター・ワディアが金切り声を上げた。「別の家族の死は、問題になっている婚姻の状況とは関係ありません。そんなことはどうでもいい！」

「判事、わたしはこの例によって、パーヴィーンがすでに受けた肉体的な痛手に加え、彼女の生活と自由が今後も脅かされると予想できる合理的な根拠があると、示すつもりです――一家の別の女性が亡くなったというのが、その主なものですが。パーヴィーンの夫のサイラス・ソダワラは、そのとき家にいました。成人だったにもかかわらず、まったく妹を助けようとはしなかった――彼の両親もだ」

「異議あり！　女性の健康は男の兄弟が心配することじゃない」ミスター・ワディアが叫んだ。「それは女だけの仕事だ」

ジャムシェジーの話は、まさにパーヴィーンがソダワラ一家にずっと言おうとしてきたことだ。自分の意見が相手の弁護士に逆手に取られるのを聞いていると、パーヴィーンは怒りで体がこわばった。

「異議を却下します」ムーディ判事は、わずかに前に身を乗り出した。「続けて下さい、ミスター・ミストリー」

「サイラス・ソダワラが、自分の妹への配慮を怠ったと認めるよう求めます。第三十一項にあるように、こうした行為は生命の危機や、深刻な人身傷害の恐れを感じることへの合理的な根拠となり、法による別居を認めるに値します」

ムーディ判事は顔をしかめた。「これは、わたしがこれまで耳にしたことのない法令の解釈だ。あなたの論理的根拠を詳しく述べてもらえますか？」

「判事殿、まったく単純明快なことですよ」ジャムシェジーは言った。「すでにパーヴィーンの人生は、ミスター・ソダワラの結婚の申し込みを軽はずみに承諾したために、台無しになっています。もう二度と結婚することはできず、子供も持てません。それだけでも充分な罰ではありませんか？　無理やり婚家に戻されることになるとすれば、別の娘の死の床にまた横たわるよう強いられるのでしょうか？」ジャムシェジーは判事から目を移し、サイラスをまっすぐ見つめた。「どう思うかね、サイラス？　きみの不幸な妻が戻るのを、本当に望んでいるのかい？」

サイラスは答えなかった。沈黙の後に、長椅子に座っている人々がざわつく音が満ちた。

パーヴィーンは、彼らがサイラスを――義理の父親によって評判をすっかり地に堕とされた若い男を見ようと、首を伸ばしているのだと想像した。

「いいえ」サイラスの声はほとんど聞き取れなかった。

　ジャムシェジーはうなずいた。「原告の代理として、わたしは発言を終えます」

　判事はその後、一時間の休廷を告げた。彼は陪審団に、その時間を使って自分たちが証言を聞いた九つの訴訟の評決を下すよう求めた。これほど短い時間しか与えられないことで、法廷にいる人々の動きがあわただしくなった。自分たちの訴訟をまだ審理してもらっていない人たちは、戻ってこなくてはならないことに文句を言いながら外へ出ていった。

「陪審団には、それぞれの訴訟を議論するのに七分ずつもないわ。どうやってちゃんとした評決が下せるの？」カメリアが心配した。

「もし必要なら、もっと時間をかけるだろう。今はゆったりと構えているしかない」ジャムシェジーは力説したせいで顔を紅潮させていた。かつらの端から汗の筋がいくつも流れ落ちているのが、パーヴィーンに見えた。ジャムシェジーは慣れていない法廷で、かなり準備不足だったのに、巧みな主張をした。ギーターから証言をもらってさえいたのだ。

　ひとりの女性がパーヴィーンのそばで立ち止まり、彼女の腕に手を置いた。「隔離されるというのがどういうものか、わかっていますよ。あなたが婚家へ戻らなくてもいいよう願っているわ」

　パーヴィーンにはその優しい言葉がありがたかった。「ありがとう。わたしは――」

「恥知らずな若い女どもめが！」

パーヴィーンは話に割り込んで小言を言っている男が、ソダワラ家の属する拝火神殿(アギアリー)のいけ好かないメンバーだとわかった。けれども、パーヴィーンが反応しないうちに、また別の女性に腕を軽く叩かれた。

「女性の権利のために声を上げてくれる弁護士さんに会えて、とてもうれしかったわ。それが娘さんの父親で、なおのことよかった」その親しげな女性はジャムシェジーにほほえんで見せた。「あなたの名刺を下さい。お願いしたい仕事がたくさんあるんです」

ジャムシェジーは半ば腰を曲げて丁重に挨拶した。「ご親切に、マダム。ですがわたしの事務所はボンベイにありましてね。願わくば、カルカッタの法廷に出るのは今回だけにしたいものです」

人々が離れてスペースがあくと、パーヴィーンは小声で言った。「パパはとても見事な主張をした。でも、パパがどこまでやるつもりかわからなかった。なんだか決まりが悪いわ」

ジャムシェジーは真顔で娘を見た。「ばつの悪い思いをさせてすまない。だが、わたしは自分の直感に従うことにしたんだ。結婚によっておまえが危険にさらされていると、証明しなくちゃならなかった」

「アザラの死因について、どうやってわかったの？」

「現地の人を雇い、おまえとサイラスの医療ファイルを手に入れるよう頼んだ。その病院で働いている人が、たまたまサイラスの妹のファイルも持ってきた。住所が同じ家族だからね。

その医者の報告書を見たとき、それがおまえを守るために極めて重要になるとわかったが、その報告書が正式なルートで手に入れたものではないのが問題だった」

「それでは、証拠として認められないでしょうね」パーヴィーンは言葉を切って考え込んだ。「でも、パパは検視官の報告書の話をしたじゃない」

「ああ。その検視官は政府の役人で、ベンガルの役所には、ボンベイの役所とまったく同じ詳細な報告書があったんだ」彼はそう言って満足げな笑みを浮かべた。「アザラが亡くなったとき、おまえのメイドがあの家で働いていたというおまえの話を思い出した。わたしたちの探偵が、おまえが出ていくのを止められなかったということで、ソダワラ一家はギーターをクビにしたとギーターの母親のプシュパから聞いた。ギーターは故郷の村へ戻っていたから、宣誓供述書を出しても大丈夫だと思ったようだ」

パーヴィーンはギーターのかつての仕打ちを思い、彼女に感謝する気にはまったくならなかった。ギーターが真実を話せたのに、なぜサイラスは話せなかったのだろう？「初めて会ったとき、サイラスはアザラはコレラで亡くなったと嘘をついたの。どうして本当のことをわたしに言えないと思ったのかしら」

「おそらく、それは一家が取り決めた作り話だったんだろう」ジャムシェジーが言った。「アザラの死を持ち出すのはリスクがあったが、陪審団はこれで、これからも危険が続くという可能性を考慮しないわけにはいかないだろう。実際に誰かが亡くなったときにだけ、人はもう一度よく考えてみるものだからね」

「パパが何の遠慮もなくその話をしたとき、ソダワラ家の人たちは傷ついたと思う。つらそうにしてたもの」パーヴィーンはすすり泣いているベノシュに同情を覚えたのを思い出した。

「あの人たちはアザラが亡くなったとき、自分たちがしたことにきちんと向き合わなかったんだわ。そして今、自分たちのコミュニティに状況をすっかり知られてしまったのよ」

「おそらく正統派の人たちの中には、自分たちの習わしを変えようとする人もいるでしょうね」カメリアが真剣な顔で言った。「八日ではなく、一日か二日だけ女性たちが部屋にこもるようにする家族も出るでしょう。お父さまは誰にとっても悲劇だと説明したけれど、そのことについて知れば、事情は違ってくるかもしれないわね」

「本当に……？」サイラスが群衆の中を抜けて自分たちのほうへ歩いてくるのを見て、パーヴィーンは最後まで言い終えることができなかった。彼がやってくる前に両親に警告する時間はなかった。

「よくあんなことができたものだな？　ぼくの家族に恥をかかせ――妹を殺したと言いがかりをつけるなんて？」サイラスはジャムシェジーの顔を見下ろしてわめいた。ジャムシェジーは身長百八十センチのサイラスより、十センチほど背が低かった。

「そんな言葉を使うのはきみだけだぞ」ジャムシェジーがしっかりと言った。彼らは廊下を通る人たちの格好の見ものになっていた。興奮した野次馬が二人のまわりに大勢集まり、カメリアはパーヴィーンを守ろうと腕に抱えた。自分たちが誰からも見えないようにと願って。

「あんたはくそったれだ！　ぼくの一家が懸命に忘れようとしてきた悲しい出来事を持ち出しやがって！」サイラスは怒りにまかせて叫び、警官たちが急いでやってくるのを無視した。

「父はあなたたちを侮辱するつもりはなかった」パーヴィーンの心臓は早鐘を打っていた。

「あれはただの主張よ。弁護士がやらなくてはならないことで――」

「パーヴィーン！」ジャムシェジーがぴしゃりとさえぎった。「それ以上何も言うんじゃない」

「弁護士っていうのはこの世でもっとも卑劣な生き物だ――人間じゃない」サイラスはあざ笑った。「もちろん、きみはそういうものになりたかったんだよな、パーヴィーン！」

ジャムシェジーは首を後ろに傾け、サイラスをしっかりと見ながら言った。「きみは証人台で別居を望んでいると証言した。だがきみのところのヴァキルがやったのは、家事がへたくそな妻というイメージを与えることだけだ。どんな陪審員も、そんなつまらない理由できみたち二人が別居するのを認めはしないだろう。きみにはもっと強力な事例が必要だった――だからわたしがそれを与えてやったんだよ」

「あんたはぼくの両親を殺人者呼ばわりした」サイラスは荒い息をしていて、水に沈まないでいようともがいているかのようだった。「ぼくが病気にかかっているとあんたは言った。それにアザラが死んだのを、ぼくが気にもかけてなかったとも――」

「過去について責任を負いたくないのなら、きみの将来について考えたらどうだ」ジャムシェジーは歯を食いしばった。「この先四十年か五十年のあいだ、わたしの娘がきみと暮らすことになるのがそんなにうれしいかね？　その何十年ものうちに、一日でも幸せな日があると思うのか？」

サイラスはジャムシェジーの問いに答えたが、目はずっとパーヴィーンに向けられていた。

「もし陪審団が、彼女を戻してまたぼくたちと暮らすようにさせるのなら、彼女はあんたが今日、法廷で言ったすべての薄汚い言葉の報いを受けることになるだろう。別居を認められても――めでたいわけじゃない。あんたたちの人生を地獄にしてやるからな」

ベルが鳴り、判事が法廷を再開する準備ができたと告げられた。陪審団長が一連の書類を渡すと、ムーディ判事は表情を変えずに評決を読み上げた。娼婦を寝室に連れ込んだ男の妻は、扶養手当付きで別居を認められた。離婚が認められたのは夫がいとこと寝ていた女性だ。一方、妻に結婚を成立させる能力がないと訴えた夫には、陪審団は婚姻の取り消しを許可した。そのあとパーヴィーンたちの番になった。

「ソダワラ対ソダワラ」ムーディ判事は手に持った書類が読みにくいかのように、目を細めた。パーヴィーンは体に冷たいものが流れるのを感じ、結果はよくないものだと確信した。

「この件では、陪審団は妻が夫の仕事場に侵入したことへの非難を記録に残すよう求めている。だが、女性を隔離するという、全員の同意のもとで行われる場合に限り正統性のある慣習をソダワラ家が誤用したため、妻の安全に対して疑いが生じた。六人が法律上の別居を認めるのに投票した。扶養手当はなし」

判事はしゃべり続けたが、パーヴィーンはその言葉が耳に入らなかった。聞こえたのは「法律上の別居を認める」ということだけだ。

パーヴィーンは勝った。まだサイラスと結婚してはいるが、二度と彼に会わなくてもいい。一日一日が、自分自身のものになるだろう。自分の人生を取り戻せたのだ。

パーヴィーンは身を震わせ、むせび泣きながら母親を抱きしめた。カメリアの顔も涙で濡れていた。

「ああ」ジャムシェジーはそう言って、木の枝のように力強い腕を二人の女性に回した。「わたしたちはこの子を失わなかった。ありがたいことに」

パーヴィーンは喜びに浸り切っているわけにはいかなかった。休憩のあいだのサイラスの言葉が頭に浮かんだ。「パパ、別居に異議が申し立てられる可能性はある?」

「あるかもしれんが――そんなことはしないだろう」ジャムシェジーは安心させるように答えた。「金がかかりすぎるし、苦しいばかりだから」

「でも、サイラスはわたしたちを脅したわ」サイラスはまっすぐにパーヴィーンを見つめていたし、そのまなざしには憎しみがはっきりと感じられた。

ジャムシェジーはハンカチを取り出し、カメリアの涙を拭いてやった。「あの男は望むだけ脅すことができるが、おまえがイギリスで三年間、勉強するあいだに、悪さをしようとする元気はなくなるだろうよ」

「もし、入学できれば……」

「おまえはずっと前にその資格を得たじゃないか」ジャムシェジーが請け合った。「それに、必要な書類はすでに手に入れただろう」

父親は二年前にパーヴィーンがオックスフォードの入学試験に合格したすぐあとに、彼女がイギリスへ入国する権利を申請しておいた。実は、その権利を認める文書はパーヴィーン・ジャムシェジー・ミストリーの名で発行されていて、大学の願書にはその名前を使うよう、ジャムシェジーは娘に言った。既婚女性がオックスフォードで学ぶのは前代未聞のことで——そういう形で入学が認められるのは、リスクが大きすぎた。それに法的な別居ということからすれば、旧姓を使っても、必ずしも嘘をついているわけではない。

それでも、独身の女性として自分を紹介するという難題は、カメリアと二人でトランクに荷物を詰めて過ごしている一ヵ月間、パーヴィーンに付きまとった。そのあいだずっと、父親はまだインドとヨーロッパを結んで運航している、乗客の少ない蒸気船の予約を取ろうとしていた。座席は少なく、結局、二等ではなく一等の料金を支払わなくてはならなかった。

パーヴィーンは罪悪感を覚えた。イギリスへ渡るインドの学生のほとんどが、旅費と生活費を全額支給される奨学金をもらい、家族に経済的な負担をかけてはいないと知っていた。パーヴィーンは結婚の際に両親がくれた宝石類を売ったが、一年分の授業料しか賄えないだろう。

「弁護料を値上げするのはいつでもできるからな」費用をすべて出してもらって心配だとパーヴィーンが言うと、ジャムシェジーはそう冗談を言った。「とにかく、これから数年のうちに事務弁護士をひとり雇えるだろうから、事務所の収入アップが見込めると思うよ」

別居が認められてからわずか四週間後、パーヴィーンはダッチ・エメラルド号まで乗客を運ぶフェリーの一等デッキに立っていた。日は高く昇り、両親とルストムがバラード・ピアに立っているのを見下ろすのに、目を細めなくてはならなかった。彼らの表情はわからず、ほほえんでいてくれればいいと願うしかなかった。

「誰か、最後に顔を見たい人がいるの？」女性の声がした。

振り向くと、ひどく背の高いブロンドのイギリス人の若い女性が、オペラグラスを差し出していた。

「まあ。ご親切に。でも必要ありませんわ」泣きそうになっているところを見られて、決まりが悪かった。しかも上流階級のイギリス人にだ。

「さあ、どうぞ。本当は演劇なんかを見るためのものだけど、戸外で使っても大丈夫。別れ際に一目見たくはないの？」

その若い女性は心から言ってくれているように見えたので、パーヴィーンは気を悪くさせたくはなかった。「わかったわ。ありがとう」オペラグラスを受け取り、ピントを合わせた。

「ご家族は見つかった？」

「ええ。両親は泣いてるわ。もうこれ以上、見ていられない」パーヴィーンは見知らぬ女性にオペラグラスを返した。あんなにも頑張ってまた家族といられるようにしたのに、どうして自分はボンベイを去ろうとしているんだろう？　三年離れているのは、永遠の別れのような気がした。

相手は皮肉な笑みを浮かべた。「わたしの状況とはかなり違うわね。父が働いているセイロンで船に乗ったんだけど、父も母もわたしも、タラップまでずっと言い争ってたんだから！」

「わたしたちも口論するわ。それはパールシーの気質なんですって」パーヴィーンは言った。「イギリスにいるあいだに、プロとして通用するレベルまで口論の腕を磨きたいものだわ」

相手はホーという声を上げた。「オックスフォードへ行くの？　セント・ヒルダズ・カレッジのラベルが貼られたトランクを見たんだけど。それはあなたの？」

「たぶん」パーヴィーンは、自分の荷物がこの見知らぬ女性の目に留まったのに驚いた。

「それじゃ、今日はあなたにとってラッキーな日だわ。わたしはセント・ヒルダズで二年目になるから」女性はそう言って顎をぐっと持ち上げたので、もっと背が高く見えた。わざと秘密めかした口調で、こう付け足した。「知っておかなきゃならないことは、全部教えてあげる」

「ありがたいわ」パーヴィーンは言った。まったく何も知らないまま、カレッジへ足を踏み入れることにならずに済むと思い、安心感がわき上がった。

「わたしはアリス・ホブソン＝ジョーンズ」若い女性はそう言って片手を出した。「タミル・ナードゥ州生まれ、ロンドンとオックスフォードへ船で戻るところ。ほんのしばらく船はセイロンで停泊したけど、この先どうなるのか誰にわかるって言うの？」

パーヴィーンは相手の手を握った。「会えてうれしいわ、ミス・ホブソン＝ジョーンズ。わたしはパーヴィーン・ミストリー、生まれも育ちもボンベイよ」

「アリスと呼んで」旅の友となった女性が笑顔で言った。「十四日も一緒に船に乗っていたら、他人行儀じゃいられないでしょう？」

汽笛が鳴り、フェリーの出航が告げられた。パーヴィーンは家族にじっと目を向けていたが、やがて彼らはまわりの大勢の人たちと同じようにかすんでしまった。喉につかえていたものは、まったく違う何かに取って代わられた。

期待に。

一九二一年

第二十八章　袋から出た秘密

一九二一年二月、ボンベイ

目を覚ますと、パーヴィーンの体はぐっしょり濡れ、喉はからからだった。たぶん何時間も汗をかいていたのだろう。すべては分厚いざらざらした毛布にくるまれていたせいだ。少しだけ手を伸ばし、その布を引き下ろそうとした。だが、丸まった体に布がさらにきつく巻き付いただけだった。

そのとき、彼女は思い出した――ブルース通りと、頭から袋をかぶせられるという衝撃的な出来事を。抵抗し、そのあと殴られた記憶がある。がたつく道を運ばれたこと、袋から引きずり出されたこと、打ち寄せる水の音が聞こえたことを覚えている。冷たい水の中へ石のように沈んでいく感じがして身構えた。アラビア海で人生を終えることになるのだろう。インドで新しい生活を築くために先祖が渡った海で。

カルカッタ高等裁判所で、サイラスは復讐（ふくしゅう）すると断言した。それから今まで数年のあいだ、オックスフォードで学び、ボンベイへ戻り、父親の事務所で一人前の事務弁護士として働くというわくわくする日々を送ってきた。数日前までは、パーヴィーンは自分の恐怖をすっかり忘れていた。

警告のサインはいくつもあったのに、パーヴィーンは不意を突かれて襲われた。そして、その企てはなんの問題もなく成功するだろう。パーヴィーンの両親はおかしなことには何も気付かなかったし、裁判から充分に時間が経っているので、ソダワラ家に疑いがかかることはないだろう。そしてパーヴィーンが死んだとわかれば、サイラスは新しい妻と結婚できることになる。

大きな汽笛の音でパーヴィーンの思考はさえぎられ、新たな可能性に気が付いた。大きな体をしたジャヤントのボスのことだ。ラヴィは、ジャヤントの勝訴が港湾作業員すべてにさまざまな変化をもたらすことを、激しく怒っていた。父親への復讐として、ドックで顔を見たパーヴィーンを誘拐することはあり得る。彼女は放置されて死に、ラヴィは訴追を免れるだろう。

けれど、ファリド家の状況もある。関係者の誰かが、パーヴィーンが真相に迫りつつあるのに不安を覚えたのかもしれない。女性からの電話で彼女は外へおびき出されたが、それは策略だった可能性がある。すると、ラムシャンドラの自転車タクシー（リクショー）が故障したのは、故意によるものだ。そうなるともちろん、襲った者は電話をかけてきた女性と関係があることになる。

誘拐されたのは夜の八時頃だった。今は何時だろう？　パーヴィーンはこわばった右手を左の前腕にすべらせ、ようやくフランス製の腕時計の長方形の文字盤に触れた。闇の中にいるので時間を知ることはできないが、まだ腕時計を身に着けているとわかり、元気が出た。ほかにも何か持っているだろうかと、パーヴィーンは考えた。両手で探り、ビーズのバッグが袋の隅の、足の近くに引っかかっていると気付いた。襲撃者がそれを盗らなかったのは驚きだった。おそらく、パーヴィーンが骨の山でしかなくなったあと、身元の確認のために残したのだろう。

まだ生かされているというのは、誰かが近くで見張っているということかもしれない。パーヴィーンは確かめたかった。しゃがれた声で咳払いすると、マラーティ語で叫び始めた。

「何してるの、こんなふうにわたしを袋に突っ込むなんて？　誘拐は犯罪よ」

ヒンディー語、そのあと英語に変え、次々に汚い言葉を使い、パーヴィーンは五分間、叫び続けた。沈黙のほかには何も聞こえず、どうやら自分がひとりきりだとわかった。

もし本当に自分しかいないのなら、誰にも邪魔されずに袋からの脱出を試みることができる。怖さを感じるよりもむしろ覚悟を決め、パーヴィーンはざらざらした袋を探り始めた。上端はまっすぐに縫ってあるが、足の下はロープで縛ってあるかのようにきっちりとまとめてある。外側で結んであるものをほどくのは無理だ。袋から出る唯一の方法は、縫い目を引き裂くことだろう。パーヴィーンは小さなビーズのバッグを探った。数枚のコイン、仕事用の名刺、バラ香水の小瓶、螺鈿細工の万年筆が入っている。彼女は冠のように編んだ髪から金属のヘアピンを抜き取り、それを布に突き刺そうとした。五回目の試みで、細いピンは壊れた。

尖った金属のかけらが必要だった。ブラジャーの中にはクジラのひげが入れてあると思いついたが、腕を動かしてブラウスのボタンを外すのに充分なスペースはない。仕方なく万年筆を取り、そのペン先を壊れたヘアピンの尖った部分にこすりつけた。懸命にこすると、ほんの数分でペン先はナイフのように鋭くなった。ペン先を袋の布地に押し付け、それが通り抜けると、パーヴィーンは天にも昇る気持ちになった。こつこつと袋を突き刺し、ついに十センチくらいの穴をあけた。そのあとは両手で引き裂いた。

無理やり体を出すと、こわばって丸まっている両腕と両脚をゆっくりと伸ばした。右足が痛みでうずき、背中と片方の肘にも同じように痛むところがいくつかあった。けれども、パーヴィーンは自由になった――埃の匂いのする、天井の低い暗い場所で。

あたりを手探りすると、まわりにさらに多くの袋があるとわかった。袋がいくつも詰め込まれていることから考えると、倉庫の中ではないか。おそらく、港のそばかバラード・ピアに何列も造られた、多くの倉庫の一つだろう。

そうした倉庫では品物は何ヵ月も、ときには何年も入れておかれる。ルストムが船一隻分の釘の積み荷のことで苛立っていたのを思い出した。それはミストリー建設へ運ばれるはずだったが、荷下ろしのあとうっかりと倉庫にしまい込まれ、行方不明になってしまった。自分もそんなひどい目に遭うかもしれない。

パーヴィーンは論理的に考えようとした。この場所に入れられたのなら、外への出口があるはずだ。まずは低い天井を調べ、荷物を落とすシュートの下の部分を見つけようとしたが、そんなものはなかった——少なくとも、自分の近くには。次に、袋のまわりの冷たいセメントの壁を探った。けれども、体を動かすと、自分が窓もドアもない箱の中にいるとわかって衝撃を受けた。パーヴィーンは怖くなってきた。袋を破って出てきたはいいが、自分のいる場所がわからずに途方に暮れた。

声に出さずに祈りの言葉を唱えると、頭がはっきりした。すでに品物でいっぱいのところへ運ばれてきたのなら、おそらく、その場所の前面に近いところにおろされ、そこには何であれ戸口があるはずだ。パーヴィーンは破れた袋が置いてある場所へ這い戻った。それから座って、まわりのものをすべて手で探った。大きな木の枠のようなものの上にいるらしい。縁がめくれ上がってすき間ができている。

そこをこじ開けて片手を差し入れることができた。最初は戸惑い、次に、自分が何かの保管場所の棚の上にのせられていると気付いた。頭上の天井がひどく低いのは、それが理由だった。脱出するには、下の段へ下りなくてはならない——けれども、どれだけの高さがあるのか不明だし、どんなものの上に落ちるかもわからない。

倉庫で番犬が飼われていることがある。商人たちの中には、泥棒もネズミも寄せ付けないように、ヘビを飼っている者がいるとまで噂されている。下で犬の動きがあるか確かめようと、口笛を吹いてみた。なんの反応もなかった。

パーヴィーンは開いた穴にゆっくりと体を入れ、足で下方を探ってみた。けれども、疲れ切った腕はそれ以上体を支えていられなかった。彼女はまっすぐ滑り落ち、別の袋の山の上に、体を起こした格好で着地した。しばらくそこに座り、どの骨も折れていないらしいのを確かめた――だが、力を振り絞って立ち上がろうとしたとき、腰に焼け付くような痛みを覚えた。決意を固め、あちこちぶつかりながら部屋の中を回ると、細い光の筋がいくつも見える場所があった。

指で探り、通気口のある木製のドアだと確信した。残念ながら外から鍵がかけられている。わずかに光が漏れているところに目を押し当て、そのドアは人のいる場所に近いとわかった。男たちの低く響く声がし、ふたたび船の汽笛が鳴った。

港かそのすぐ近くにいるに違いない。そして、外の声が聞こえるなら、自分の声も誰かの耳に届くかもしれないと、パーヴィーンは思った。

「助けて！」パーヴィーンは英語、それからマラーティ語で叫んだ。

何度も怒鳴ったが、誰も聞いてはくれなかった。たぶんまだ時間が早すぎるか、その倉庫がひどく遠いかだろう。

七時頃になると、ドックは活気づいてきた。けれども、そうなるとやかましすぎて、倉庫からの小さな叫び声はかき消されてしまった。もっとも早くやってくる労働者——紅茶を作る人、清掃人、ドックの積み込み人——に聞こえるよう願い、そのドアに注意を引きつけなくてはならなかった。

パーヴィーンはバッグに手を入れた。メモを書き、通気口の一つに押し込むこともできたが、働きにやってくる人たちのほとんどは文字が読めない。そのとき、バラ香水の小瓶のひんやりしたガラスが手に触れた。もしそれをこぼせば、かなり強い香りが立つだろう。ドックには珍しい、高価な女性らしい匂いがすれば、人々は倉庫のドアに関心を持つ可能性がある。そしてもし、アンナやパイサのコインを通気口に押し入れることが出来れば、誰かの目に留まるかもしれない。

パーヴィーンはその小瓶をあけ、ドアの縁の隙間にこぼした。そのあと一アンナ銅貨を押し込むと、外の玉石に当たる音が聞こえた。

「そのお金を取って！」大声で叫びながら、サーカスの呼び込みになった気がした。「お金よ！　お金！　お金！」

通気口から差し込む光はさらに明るくなり、パーヴィーンの声がほとんどかすれてきたとき、誰かが叫ぶのが聞こえた。「見ろ！　コインがあるぞ」

「なんて匂いだ？　バラなんてどこにある？」

通気口に口を近づけ、パーヴィーンは金切り声を上げた。「外へ出してくれたら、もっとあげるわ！　お願いだから、助けてちょうだい！」

「何か聞こえたか？」ひとりがもうひとりにマラーティ語で尋ねた。

「いや、だがその匂いをかぐと、気持ちが悪くなる」

「女が叫んでるような声だ。だけど、どこにいるんだろう？」

最後の男性の声には聞き覚えがあった。

「ジャヤント君？」パーヴィーンは叫んだ。「ジャヤント君、あなたなの？」

長い間があり、それから相手の大声がした。「パーヴィーンお嬢さま！　どこにいるんですか？」

「このドアの後ろ」ドアを激しく叩くと、指の関節が痛んだ。「バラみたいな匂いのするやつよ」

「棍棒を取ってきてくれ」ジャヤントが誰かに叫んだ。「それと港湾のおまわりを連れてくるんだ」

十分後、男たちがドアを力ずくであけてくれた。パーヴィーンは外に出て、この何時間かで初めて背中をまっすぐに伸ばすことができた。髪と体の上の方からサリーがずり落ちていたので、あわてて巻き付けた。彼女がサリーを整えているあいだ、ジャヤントがかばうように前に立ってくれた。

　一団の男たちの中の何人かが、倉庫沿いのレンガの歩道にコインが落ちているのに目を留めた。それを持ってこられると、パーヴィーンは首を振った。「みんなで分けてちょうだい。あなたたちはわたしの命を救ってくれたんだから」

「おれの友だちがそのコインを見つけたんです」ジャヤントが言った。

「ここはいったいどこなの？」パーヴィーンはあたりを見回し、自分のいる場所を見極めようとした。

「バラード・ピアの倉庫のある場所です。今日のおれたちの仕事は、紅茶を運ぶＰ＆Ｏ社の貨物船の積み込みなんですよ。座って下さい、お嬢さま（メンサヒーブ）。体が弱ってるみたいだ」

　パーヴィーンは、ジャヤントが引っ張り出してきたジュートの袋の上に腰を下ろした。うれしくてたまらなかった。命を失うはずだったのに、その運命をみずから断ち切り、愛しいこの世界へ戻ってきたのだから。港の塩からい空気を深く吸い込んだあと、その倉庫は個人の持ち物かどうかジャヤントに尋ねた。

「ボンベイ港のものだけど、いろんな人に貸し出されてます」ジャヤントはそう言って、足をのせるための袋をもう一つ持ってきてくれた。

「それであなたのボスのラヴィだけど——これらの倉庫のほとんどの鍵を持ってるのかしら？」

　ジャヤントはじっくり考えているかのように、首をかしげた。「はっきりとはわかりません。その日の仕事に必要な鍵しか持ってないと思うけど」

「でも、朝早くから始まる仕事なら、港湾作業員の手伝いを必要とする会社は、前日の夜に鍵をラヴィに渡すかもしれないでしょう？」

「あなたは本当にラヴィがこんなことをしたと思ってるんですか？」ジャヤントは声をひそめた。

「あの男の仕業のはずはないよ」心配そうな顔をして近くに立っていた港湾作業員が、異議を唱えた。「おれたち、昨日はここへ来なかったし、今日の仕事の予定にもないんだから。ドアの番号が違うよ」

　パーヴィーンは振り向き、斜めにぶら下がっているドアを見た。番号がそこにペンキで書いてある。一七九。それだけだった。

「懐中電灯を持ってる人はいる？」パーヴィーンは尋ねた。

　ジャヤントが首を振った。「警官ならそういうのを持ってるでしょう。ほら、いまやってくるところですよ」

　二人のインド人の巡査が急いでやってきた。そのあとから、インド帝国警察のイギリス人の警官が続いた。

「ここで何か問題が起きたのか？」イギリス人はパーヴィーンの乱れた姿に眉をひそめた。

「その若者が言っていることが、半分しかわからなかった。それに仕事中にいなくなった者たちがいると、ドックから文句が出ている」

「この注意深い港湾作業員の人たちが、わたしの命を救ってくれたんです」パーヴィーンは感謝を込めて、てんでに集まってきた労働者たちに目をやった。「この人たちはヒーローですよ」

「きみは誰だ？」相手は高圧的な口調で尋ねた。「民間人の客は、客船の到着エリアから出るのを許されてはいないんだが」

「わたしの名前はパーヴィーン・ミストリー。ブルース通りのミストリー法律事務所で事務弁護士をしています。昨夜、何者かに襲われて袋に投げ込まれ、ここへ連れてこられて閉じ込められたんです」

けれども、その警官はパーヴィーンの最初の言葉が引っかかったらしい。「それじゃ、きみは給料をもらって働いてるのか？　女性の弁護士秘書として？」

「いいえ」パーヴィーンはきっぱりと否定した。「ミストリー法律事務所に事務弁護士として雇われて、半年になるわ」

「港長を連れてこい」警官は小柄な方の巡査に命じた。「徹底的に捜査しなくては。ミス・ミストリー、中にはほかに誰かいたか？」

「誰の声もしなかったわ」

「もしこれが白人奴隷の売買なら、大勢の女性が中に捕らわれているかもしれん」

「わたしは白人じゃないわ」パーヴィーンは文句を言った。「パールシーです。わたしが扱った件にかかわっているかも――」

パーヴィーンの言葉には構わず、その警官はベルトから懐中電灯を外し、倉庫の中へ足を踏み入れると、それであたりを照らした。パーヴィーンは彼のすぐ横へ来て、小さな光の筋が袋の上を動くのを眺めた。警官はベルトにつけてあるナイフを鞘から抜き、一つの袋の縁にそれを注意深く這わせた。中にはカーキの布地が一巻き入っていた。次にあけた袋も同じように見えた。

「まずは大丈夫そうだな。大量の軍服の生地だけだ」警官はパーヴィーンの方を見て言った。

「軍服の生地？」パーヴィーンは口にした。

それぞれの袋の隅に、英語の文字が刻印してあるのが見えた。

ファリド織物、ギランガオン、ボンベイ。

第二十九章　思いがけない空間

一九二一年二月、ボンベイ

「神さまとあのすばらしい港湾作業員の人たちのおかげで、あなたは家へ帰れたのよ。でも、今回起きたことを教訓にしないといけないわね」カメリア・ミストリーがパーヴィーンをベランダに導き、腕によりをかけて淹れた、ジンジャーとレモングラスのミルクティーのカップを渡しながら言った。

パーヴィーンは風呂に入り、洗いたての部屋着を身に着け、今はおいしいお茶にパイ生地のビスケット（カリ・ビスケット）を浸していた。袋の中で不安を感じていたことは、遠い記憶になっている。「策略に引っかかって誘拐されたのよ。ひどい目に遭って学んだわ——前みたいにね」

「策略もあるし、罠もある。今回はとんでもないのに引っかかったな」ジャムシェジーがベランダの向かいのラウンジチェアから声をかけた。ジョンがにぎやかな音を立てて、キッチンでたっぷりと朝食を作っているのが聞こえる。この家で共に暮らす人たちの声や彼らの立てる音は、パーヴィーンがこれまで耳にした中でもっとも美しい音楽だった。

「あなたが夜にひとりで出かけていったとムスタファが気付いてから、どんなことになったか見当もつかないでしょう」カメリアが続けた。「わたしたちは集まって相談し、どうしたらいいかさまざまな案を出し合ったのよ」

グルナズがパーヴィーンの座っている隣にそっと腰を下ろし、彼女の腕を軽く叩いた。

「あなたが例のイギリス人のお友だちと会って、映画を見にいくことにしていたのを思い出したの。お母さまが心配していたから、ホブソン＝ジョーンズ家に電話をかけたわ。まったくどうかしてるわね、あの母親は！　自分をレディじゃなくミセスと呼んだってくどくど小言を並べられて、アリスを呼んで下さいと頼みづらくなっちゃったわ。でも、彼女は電話に出てくれた。あなたのお友だちは誠実な人ね。すぐにわたしたちのところへ来て、一緒に捜したいと申し出てくれた。でも、両親の許しがもらえなかったの。それでファリドの屋敷へ行くべきじゃないかって、教えてくれたのよ」

「今日、そこへ行かなきゃならないんだけど。昨夜、みんなで出向いたの？」パーヴィーンは尋ねた。

「いいえ。お母さまは残って電話のそばにいたわ。お父さまとルストムとわたしとで行ったの。警官は何もおかしなことはないと言ったけど、わたしは婦人の居住区域へ行きたいと言い張ったのよ。使用人の女の子が入れてくれてね。二人の未亡人と話して、あなたは立ち寄らなかったと言われたわ。あなたの行方がわからなくなってると告げると、二人とも心配してた」

「おそらくラジアとサキナに会ったんだわ」パーヴィーンは推測した。「第三夫人はどうだった？」

「彼女に会うことは求めなかったわ。あなたのことが心配だっただけだから」グルナズは不安そうにパーヴィーンを見た。「女王の首飾り（ケネディ・シー＝フェイス）に沿って走り、それからバラード・エステートとフォートの通りをすべて調べて戻ったわ。アーマンはパニックを起こしてるみたいだった。あなたが必要としてたときに、ヴィクトリア・ターミナス駅にいたことで、罪の意識を感じてるみたいね」

「もしアーマンが昨夜おまえを乗せてたら、タイヤが台無しになってたな」ルストムがグルナズの後ろに近づき、両肩を撫でた。「昨日、人通りがなくなったあと、誰かが釘や割れたガラスをブルース通りの両端に撒いたんだ。今朝、掃除するのに二時間かかったぞ――オフィスで働いてる人たちや自動車を運転する人たちには、ひどく迷惑をかけたな」

「襲った人の顔は見たの？　何か手がかりは？」グルナズの声はせっつくようだった。「悪そうな人？　それとも紳士？」

「服も顔も、肌の色さえわからなかったわ」パーヴィーンは言った。「警察に話したように、あの倉庫にあった袋は、ファリド家の人間が関与してることを示してるわ。でも、可能性はそれだけじゃない」

「ほかにどんなことを考えてるの？」カメリアが問いただした。

パーヴィーンはぐっと唾を飲み込み、打ち明けるのをずっとためらっていた不安を口にした。「数日前、サイラスに似た人を見たわ。今週はほとんどいつも、肩越しに彼がいないか確かめてるの」

「確かなの？」グルナズが目を見開いて尋ねた。

「あのくそったれ！」ルストムが吐き捨てた。「あいつはおまえに近づく権利なんてないんだぞ」

カメリアがうなだれて、椅子にどさりと腰を下ろした。「そのことは、すべて終わったと思ってたわ」

「それはいつの出来事だ？」ジャムシェジーが静かに尋ねた。

「月曜日、わたしは女王の首飾り沿いを飛ばす〈シルヴァー・ゴースト〉に乗せてもらっていた。その男はチョウパッティ・ビーチの道路沿いのカフェ（ダッバ）で食べ物を買おうと待っていたの」パーヴィーンは言葉を切った。「パパ、どうしてそれを知ってるみたいな顔をしてるの？」

ジャムシェジーはショックを受けるか腹を立てるかすると、パーヴィーンは思っていた。だが、父親は訳知り顔をした。「十中八九、おまえが見たのはあの男だ」

「彼がここにいるとわかってて、わたしに黙ってたの？」先ほどまでの落ち着きが、お茶の中に入れたビスケットのように崩れ去った。

「まずは、おまえが心配している、いわゆるベンガル人の見知らぬ男から始めようか。彼はわたしにとっては見ず知らずの者じゃない。名前はプルショッタム・ゴシュだ」

「パパの依頼人なの？」パーヴィーンにはわけがわからなかった。

「カルカッタを拠点にする私立探偵だ。ソダワラ対ソダワラの裁判で、わたしたちが使った診療記録を集めるのに雇ったんだよ。覚えているか？」

「会ったことはないわ。でももちろん、その記録が使われたのは覚えてる」パーヴィーンは好奇心と腹立たしさが入り混じっていた。どうして父親はこのことを率直に話してくれなかったのだろう？

「わたしはゴシュが率先して動いてくれるのが気に入って、裁判が終わってからずっと彼を雇っている。サイラスの状況をつかむためにな」

「ママは知ってたの？」パーヴィーンはカメリアの方を向いたが、彼女は首を振った。

「わたしは何も知らなかった」カメリアが言った。「でもきっとお父さまには理由があるのよ」

「パーヴィーンの安全が何よりも大事だ」ジャムシェジーがそっけなく答えた。「それに、もし不倫の証拠を見つけることができれば、別居が離婚に変わるチャンスになるだろうからね」

パーヴィーンはカップを置いた。父親がそんなことまでやっていたとわかって、愕然とした。もしサイラスがその調査を知ったら、パーヴィーンの家族に恨みを持つのも当たり前だろう。「サイラスはこのことを知ってたの？」

「はっきりとはわからん」ジャムシェジーが間をあけて答えたのは、気になることだった。「だが、調査の過程をざっと振り返ると、ゴシュは毎日サイラスのあとをつけてるわけじゃない――ほかの仕事と同時にやっている、見張りのアルバイトなんだ。彼の報告によると、サイラスは相変わらずお盛んなようだ。週に二回、ソナガチの赤線地帯や瓶詰め工場のスラムにいるさまざまな玄人の女性と過ごしている」

「パパ、どうしてサイラスがこのボンベイにいると、わたしに教えてくれなかったの？」パーヴィーンは強い口調で尋ねた。

ジャムシェジーは警告するように指を上げた。「おまえを必要以上に不安にさせたくなかったんだよ。最初、それは仕事での出張だと思った。あるいは親戚のヴァッチャ家を訪ねているのかもしれないと。だが、それから驚くことが起きた」

「驚かされるのはいやだわ」パーヴィーンは不安で気分が悪くなった。

「ゴシュはペティット・パールシー総合病院までサイラスを尾行した。サイラスは火曜日の夜、小型のスーツケースを持ってその中へ歩いていき、出てこなかった」

ルストムは怒ってベランダを行きつ戻りつしていた。「『出てこなかった』とはどういう意味なんだよ？　あのごろつきは裏口からこっそり出てったかもしれないだろう！」

「あるいは病人の見舞いをしているか、自分自身が患者として診察を受けているかね」カメリアが指摘した。

「あの手紙！」パーヴィーンが勢いよくティーカップを置くと、受け皿が音を立てた。「知らない人から、その病院へ会いにきてほしいという手紙を受け取ったの。その手紙を書いた人は遺言の作成を求めていた。名前は思い出せないけど、サイラスじゃなかったのは確かよ！」

「サイラスはなぜ、ボンベイに治療を受けにくるのかしら？　カルカッタにはお医者さんがいっぱいいるでしょう？」グルナズが尋ねた。

「でも、カルカッタにはパールシーの病院はないわ」カメリアが言った。「そこを訪れたときに知ったのよ。ペティット総合病院は超一流で、パールシーなら誰でも、無料あるいは補助金付きで治療を受けられるの。パーヴィーンにいやがらせをするというより、そういう理由で来たのかもしれないわね？」

パーヴィーンは深く息を吸った。「確かめなきゃ。その病院へ行くわ」

「あの男におまえと話をさせるわけにはいかない」ジャムシェジーがぴしゃりと言った。

「哀れっぽくして同情を引く作戦かもしれない。別居している夫婦に関して、そういうことを何度も見てきた」

「グルナズとわたしはその病院で、婦人ボランティア委員会に入っているのよ。パーヴィーンがどうするか決める前に、彼がそこの患者かどうか調べてみましょう」カメリアはそう言って、パーヴィーンのカップにさらに茶を注いだ。「事前に計画せずに行動してはだめよ」

パーヴィーンは苛ついた。「どうしてわたしに行かせてくれないの？　牢屋（ろうや）から抜け出したら、また別のところに入れられたみたいじゃない」

「あなたを監禁してなんかいないでしょう」カメリアがなだめた。「ひどい目に遭ったんだから、少し時間をとって、落ち着いてまた元気になってもらおうとしているだけですよ。あなたは朝食も食べてないわ――それなのにもう、病院にもマラバー・ヒルにも行きたがってるなんて！　正直なところ、どちらの状況がより危険かわかりませんよ」

「行けるかどうかは、自分でわかるわ。一日中ここに座ってたら、頭がおかしくなっちゃうじゃない」パーヴィーンは言った。

「アリスに電話したらどう？」グルナズが明るい声で尋ねた。「ちょっと立ち寄ってくれるんじゃないかしら」

アリスのことを考えると、心が晴れた。パーヴィーンはグルナズにうなずいて見せ、友だちをランチに招いてもいいか、カメリアに尋ねた。そろそろおしゃべりしてもいい頃合いだ。それにファリド家に政府がどんな関心を寄せているか、アリスにはさらに噂を耳にする機会があったはずだ。

「喜んでアリスをおもてなししますよ。ジョンに、お菓子がたっぷり出る、女性のための特別な昼食会にするよう頼みましょう——あなたもここに残るつもりじゃなければね、ルストム？」

ルストムはあくびをし、口に手を当てたが、手遅れだった。「もう数時間眠りたいところだけど、会社で仕事があるんだ」

それを聞いて、パーヴィーンにはまた別の考えが浮かんだ。「事務所へ行くのなら、ちょっと頼みたいことがあるんだけど？」

ルストムは探るように目を向けた。「なんだい？」

「シー・ヴュー通り二十二番の設計図が、キャビネットにしまってあると言ってたわよね。それを借りたいんだけど」

ルストムはカップからコーヒーをぐいっと飲み、こう答えた。「外側の包装紙を見ただけだし、その図面はヴィクトリア女王の時代にさかのぼるんだ。おそらく傷んでるだろうな」

「あるいは、おじいさまが気にして包んでおいてくれたから、図面は大丈夫かもしれない」

パーヴィーンは言った。「お願いだから、誰か事務員さんに見てもらってくれる？」「どうして今それが必要なんだ？　あまりにもいろいろなことが起きてる。疲れ果てたよ」

「おまえのために、もう充分してやったじゃないか？」ルストムはぼやいた。「どうして今

「その図面を見れば、あの屋敷の曲がりくねった内部の様子がわかるかもしれん」ジャムシェジーが言った。「わたしには特に役に立つだろう、婦人の居住区域の中には入れないからな」

「わかった、父さん。やってみるよ」ルストムが言った。

パーヴィーンは無言の感謝のしるしに、笑みを浮かべた。父親と競い合っているように思えることもしばしばだが、ときには引き分けにもなるのだ。

アリスはパーヴィーンから電話をもらうと喜んだ。前日のさまざまな出来事を、港湾作業員に助けられたことを含めてざっと聞いたあと、彼女はパーヴィーン、グルナズ、カメリアと共に、パールシー風の昼食を共にするという誘いを受けた。

アリスは一時半に、例のロールスロイスではなく、ダークブルーの〈クロスリー〉でやってきた。それでも、クリケットをやっていた近所の若者たちは、背の高いブロンドのイギリス人女性がミストリー家の門のところへ大股で歩いてきたとき、口をぽかんとあけて立っていた。その一団を見つけると、アリスは腕を回し、目に見えないクリケットのボールを彼らめがけてまっすぐ投げた。若者たちは笑いながら散り散りになった。

「アリス、いらっしゃい！」友人がドアに近づいてこなかったので、パーヴィーンは外に出ていった。

「ここは本当にあなたの家なのね！」アリスはパーヴィーンを見て顔を輝かせた。「最初、間違った家へ行ったのよ。ずいぶんと親切だった——入ってお茶を飲むよう勧められ、イギリス人の家庭教師を求めていると言われた。仕事の申し出をされたのは、それが初めてだと思う」

「パーヴィーン、あなたなの？」グウェンドリン・ホブソン＝ジョーンズが片手で日差しから目を守りながら、車からじっと見ていた。

「こんにちは、レディ・ホブソン＝ジョーンズ」パーヴィーンはそう答えながら、心が沈んだ。アリスの母親が来るとは思わなかった。

レディ・ホブソン＝ジョーンズは小道を歩いて家の中へ入り、首を回して、玄関、居間、食堂をじっと見た。「アリスが無事に着いたのを確かめようと、車で一緒にきたんですのよ。今週ボンベイではいろいろなことがありましたからねえ。昨日の夜は、ちょっと困ったことがおありだったとか？」

アリスはパーヴィーンをちらっと見た。あれこれ言わなくてもいいという意味だと、パーヴィーンは解釈した。

「自分がどこにいたのか、よくわかりません。お察しのとおり、両親はわたしが暗くなってから外出するのが心配なんですよ、もう二十三歳なのに！」パーヴィーンは明るい口調を変えないようにした。「入って母に会って下さいますか？　わたしたちと昼食を召し上がっていかれます?」
「残念だけど、ボンベイ・ジムカーナでの昼食会へ出かけるところなんですの。サージット
は三時間くらいあとに、アリスを迎えに戻りますわ」
「押しかけてきて、ごめんなさい」去っていく車を二人で眺めていたとき、アリスがパーヴ
ィーンに小声で言った。「パールシーの家がどんなふうなのか、心配だったんでしょうよ。
その銀の器とマホガニーの家具を見て、安心したと思う」
「本当? お母さまは現代的な方かと思ったけど」アリスの母親にじっと見られていては、
パーヴィーンはくつろげそうもない。彼女に昼食をとる時間がなかったのは、ありがたかっ
た。
「このあたりはいいところね」アリスは居間へ入っていき、その窓から通りを眺めた。「き
れいな鉄製のバルコニーのついた背の高い家がたくさんある――きっと時の試練に耐えられ
るはず。それに、人々が楽しく過ごせる小さな公園がたくさんあって、便利だわね」
「あなたの評価を聞けば、兄のルストムは得意がると思うわ」パーヴィーンはくすりと笑っ
た。「その家の多くを建てたのよ。公園や通りにある木々はまだ小さいけど、数十年のうち
に、ボンベイでもっとも緑の多い地区になるだろうと兄は思ってるわ」
カメリアが玄関ホールへやってきて、アリスの帽子を取った。「初めまして、ミス・ホブ
ソン=ジョーンズ? パーヴィーンの母です。娘がオックスフォードから寄こした手紙のす

べてを通じて、あなたがすてきな人だとわかりましたよ。この子の初めてのイギリス人の友だちになって下さって、ありがとう」

「初めての、そして最高の友だちよ」パーヴィーンは言い足した。「イギリスでもインドでもね」

アリスは自分の目の高さしかない小柄な女性に話しかけようと、ぎこちなく首を曲げた。片手を差し出して、言った。「ミセス・ミストリー、アリスと呼んで下さい。そして、昼食に呼んで下さって、どうもありがとうございます。まだ昨夜の大変な事態を乗り越えようとしているところなのに、招待して下さるなんて、ご親切に」

「ちょっと退屈してるんですよ、実はね」カメリアが温かな笑みを浮かべて答えた。「それにインドでは、普通友だちの母親をおばさんと呼ぶのよ。カメリアおばさんと呼んでくれたら、うれしいわ」

「ありがとうございます、カメリアおばさま!」アリスはそう言って、カメリアに輝くような笑みを見せた。

グルナズが玄関ホールへふらりと入ってきて、親しく言葉を交わしている三人のほうへやってきた。控え目な口調でこう言った。「ミス・ホブソン＝ジョーンズ、グルナズです。パーヴィーンの義理の姉になりますが、小学校のときからの知り合いなんですよ」

「あなたがパーヴィーンのお兄さんと結婚したなんて、おもしろいですね」アリスが片目をつぶった。「アリスと呼んで下さい、グルナズ！　ねえ、ルストムが半ズボンを履いてたときから、知り合いだったんですか？」

グルナズは顔を赤らめた。「いいえ。お見合い結婚だったの」

「とても幸せなね」パーヴィーンはそう言ってグルナズにほほえんだ。アリスを親友だと説明したのを、グルナズは立ち聞きしたかもしれない。「グルナズが来てから、兄が前よりどれだけいい人になったか、言えないくらいよ。わたしたちみんなにとって、その結婚はとてもすばらしいことなの」

若い女性たちはもう数分、ちょっとしたおしゃべりを楽しんだあと、カメリアに呼ばれてテーブルに着いた。魚、ジャガイモのカレー、チャパティ、ダール・プラオ、スパイシーなサラダのカチュンバルなどが並んでいる。

「毎日こんな食事をしてるんですか？」アリスはすでに、ナイフとフォークに手を伸ばしていた。

「もちろんですよ。マナガツオを召し上がる？」カメリアが尋ねた。

「ええ――でも、魚はどこにあるんです？」アリスはあっけにとられ、ジョンが皿にのせた、湯気の立つバナナの葉の包みを見つめた。

「パトラ・ニ・マチと言って、パールシー名物なのよ」グルナズが言った。

「バナナの葉は食べないの。それをあけたら、スパイス入りのココナツペーストをのせた、きれいな魚の切り身が入ってるわ」

「おいしい」アリスは一口食べると言った。「でも、わたしのはトウガラシを抜いたんですね？」

「トウガラシはあなたの胃を傷めるかもしれないと思ったのよ」カメリアが言った。「よくなかったかしら？」

「わたしはマドラス生まれで、子守はタミル人でした。チリを持ってきて下さい！」

昼食のあと、グルナズは一休みすることにした。アリスに圧倒されてしまったのかもしれないと、パーヴィーンは思った。グルナズはイギリスの最新のトレンドについて尋ねたが、アリスはファッションや映画の話はせず、最近の普通選挙運動の成功談だの、数学の分野での女性の将来だの、アイルランドの独立運動だのについて、ひとりでしゃべりまくった。

昼食をたっぷりとったので、パーヴィーンも少し疲れた——それに、この数日にわたって起きたことすべてについて、あれこれ考えを巡らせていて、まだ頭がくらくらしていた。

パーヴィーンはアリスを二階へ連れていき、風通しのよい寝室を抜けて、広いバルコニーへ出た。リリアンは昼寝をしていたが、刻んだキュウリとトマトの皿を見ると、すぐに目を覚ました。アリスはそのオウムに餌をやった。ランチを食べ終えると、オウムはイギリス人の女性の肩に止まり、長いことブロンドの髪に目をやったあと、最後にそれをついばんだ。

「リリアン。人を噛んだらだめよ！」パーヴィーンがたしなめると、オウムは音を立てて素早く庭へ飛び去った。「自分の行いを恥じているかと思いそうになるでしょう」

「人間になぞらえる必要はないわよ」アリスが言った。「その鳥は光っているものにはなんだって興味を持つんでしょう。わたしの髪の毛が食べられるものだと思ったけど、違ったから飛んでいっただけ」

「ああ、アリス」パーヴィーンは息を吐いた。「何もかも信じられないわ、ここに座って何も起きなかったみたいに冗談を言ってるなんて」

アリスは腕を伸ばし、大きな手をパーヴィーンの小さな手に重ねた。「グルナズが電話してきて、あなたが事務所で書類仕事をしてはいないとわかったとき、まず思ったのは、あなたがまた逃げたってこと。わたし抜きで映画へ行きたかったんじゃないかと考えたのよ」

「あなたを誘ったでしょう。どうしてそう思うわけ？」

「街を歩くとき、人々がわたしをどんなふうに見ているかわかってる。確かに、ほほえんでナマステの挨拶をしてくれる人もいるけど、わたしたちを快く思ってないのは知ってるわ。おそらく、わたしが昼食に招いてもらえるよう、あなたが働きかけてくれたんでしょう」

「わかってるだろうけど、あなたがやってきた日からずっと、ここへ来てもらおうと思ってたわ。そして今日、不意に昼食会をすることにしたのは、義理の姉の思い付きなのよ」パーヴィーンはいたずらっぽく言い足した。「あなたが、魚料理に新鮮な緑色のトウガラシをたっぷり振りかけるのを見るのは、とてもおもしろかったわ」

「そのあいだずっと、あなたのお母さまは魚はマチ、トウガラシはミルチと呼ぶんだと説明して下さってた。ヒンディー語はずいぶんとややこしいのね」

家政婦のジャヤが、ヒマラヤスギでできた細長い箱を持ってバルコニーへやってきた。

「お嬢さま（メンサヒーブ）、たった今これがミストリー建設から届きました」

「まさに打ってつけのタイミングね」パーヴィーンはその箱を膝にのせたが、あけるのは少し怖かった。その箱の中身はちゃんと保管されているだろうか、それとも、ゾウムシの巣と設計図の切れ端を見つけることになるのだろうか？

「赤ちゃんを抱っこしてるみたい。それはなんなの？」アリスがからかった。

「寝室の机の上であけたら、見せてあげるわ。この文書は古いもので、風で吹き飛ばされたくないの」

「わたしが見ちゃいけない極秘の法的文書ってわけじゃないのね？」アリスはパーヴィーンのあとに続きながら尋ねた。

「全然違うわ。シー・ヴュー通り二十二番の設計図よ」

箱の中には革表紙の二つ折りの本があり、一連の図面が分厚く綴じ込まれていた。紙は黄ばみ、縁が脆（もろ）くなっている。けれども、図面そのものは湿気や虫からは無事で、インクの字は黒く、充分に読めた。

パーヴィーンは細心の注意を払い、一連のページを開いた。そこには屋敷の外観図と立面図が載っている。「どう思う？　兄がここにいて、あれこれ指摘してくれればよかったんだけど。どれもみな、幾何学の図形みたいに見えるわ」

アリスはパーヴィーンの肩越しにたっぷり一分、それをじっと見たあと、こう言った。

「パブリックスクールとオックスフォードでの授業をすべて合わせると、わたしは五年間、幾何学を学んできた。でも、建物の正面部分の角度が床の図面に合っていないとわかるのに、数学の学位はいらない」

「どういうこと？」パーヴィーンは座り直してアリスを見た。彼女はまだ建物のスケッチをじっと見つめている。

「わたしが奇妙だと思うことを教えてあげてもいいけど、どの部屋に誰が住んでいるかわかれば、それはもっと意味深いものになるでしょうね」

自分がこれからやろうとしていることを認めてくれるかどうか、父親に尋ねるまで待つべきだとパーヴィーンは思った。けれども、アリスの話を聞きたかったし、どうやって彼女を調査に加えさせるか、やっといい案を思いついた。

「ちょっと待って」パーヴィーンはまたバルコニーへ出ていき、リリアンのかごの底にあるパネルをずらして、変色したソヴリン金貨を引っ張り出した。イギリスにいたときから残しておいた、数枚のコインのうちの一つだ。もちろん、この半年間、外にあったために色が変わってしまったが、いつでも磨くことができる。アリスのところへ戻ると、パーヴィーンはそのコインを差し出した。

「ずいぶんと気前がいいけど、わたしにはヴィクトリア女王の金貨よりも、ルピーの方が必要よ」アリスはそっけなく言った。

「この二十四時間で、ルピーとパイサは全部、手放したわ。この金貨は正式な支払いよ」パーヴィーンは告げた。「領収書をつけて記録するつもりだから。受け取ってくれたら、あなたはミストリー法律事務所の従業員になるのよ」

アリスはおずおずとパーヴィーンを見た。「お父さまに言わずに、わたしを雇ってもいいの？」

「幾何学コンサルタントとしての臨時の仕事よ」パーヴィーンはにっこりした。

「幾何学コンサルタント？　そんなのは聞いたことがない」

「法規を守り、かつあなたにファリド家について重要なことを話すには、それしか方法がないのよ。これから耳にすることのせいで、あなたがイギリスへあわてて戻りたくならなきゃいいと願うだけだわ」

アリスは首を振った。「わたしを船に乗せる力を持っているのは両親だけ――そして信じてもらわなきゃならないけど、あなたが話すことは一言だって外には漏らさないからね」

パーヴィーンは寝室のドアから、玄関ホールを見やった。廊下の先で母親が寝息を立てているのが聞こえる――そしてグルナズも、二世帯住宅の壁の反対側で同じことをしているだろう。ドアに鍵をかけ、アリスをふたたびバルコニーへ連れ出したあと、パーヴィーンはようやく一部始終をアリスに話した。

「答えは目の前にあると思うんだけど、わからないのよ」話し終えるとパーヴィーンは言った。「まるで浜辺にいて、海で泳いでいる人をじっと見ているような感じね。波間の小さな黒い点がなんなのか判別できないの。男なのか、女なのか、動物なのか――」

「殺人者の手口の特徴からして、まあ動物でしょうね」アリスは鼻を鳴らした。「それで、いつ決着がつくんだろう？　昨日の電話は、あなたを通りに誘い出して誘拐しようとした者からだと思ってるみたいだけど、わたしはあなたほど確信があるわけじゃない。かけてきた女性は、今はもう生きていないかもしれないでしょう」

パーヴィーンはそれについて考えてみた。「グルナズは、二人の未亡人と話したと言ってた――それはサキナとラジアで、ムンタズじゃないのはほぼ確かだわ。もしどちらかひとり、あるいは両方が、ムンタズが妊娠していると推測したとすれば？」

「あなたは、払うべき遺産の額をまだ見積もってないでしょう。相続人の数を減らし、自分の状況をよくしようとする者には、まだ時間がある」アリスは落ち着かなげにパーヴィーンの母親のペンを取り、それでテーブルをコツコツ叩いた。「誰が相続人なのか、もう一度、確認させてちょうだい」

「赤ん坊のジュムージュムがもっとも多く遺産を相続し、三十五パーセントを受け取る。娘たちはそれぞれ十七・五パーセント、未亡人たちはおのおのにつき、四パーセントにちょっと色を付けたくらいを受け取る。ムンタズの赤ん坊が生き延びれば、分配の割合は変わるわ」

アリスは首を振った。「あの未亡人たちには気の毒に。ラジア奥さま（ベーグム）は別にしてね。彼女は土地を持ってるけど、ほかの人たちは違うもの。今、彼女の娘の行方がわからなくなってる。仕返しなのかな？」

「あの子は知りすぎてるから連れ去られたのかもしれない。アミナはとても頭のいい女の子で——年長者の誰よりもずけずけと物を言うのよ。もし、ウードゥへ出かけたという説が正しいのなら、そこの親族から何か連絡があったはずだと思う」パーヴィーンは少し黙った。アミナのことを気をつけてあげるよう、未亡人たちに伝えなかったことに、罪の意識を感じた。

「何を考えてるの？」アリスが真面目な顔でパーヴィーンを見た。

アリスなら設計図について、何か思いつくかもしれない、アミナの運命に関しては無理でも。パーヴィーンはため息をついて尋ねた。「この屋敷の設計についてどう思う？」

「壁と窓を見ると、屋敷の内部には男性と女性の居住区域をつなぐものはないように見える——でももちろん、あるに決まってる。ほかにどうやって、夜に夫が妻たちのところへ行けるっていうの？」

パーヴィーンは二つの区域のあいだにある、仕切り壁の扉について説明した。「おそらく、ミスター・ファリドが鍵を持ってたんだわ。どこかにあるはずよ」

アリスは考え込むようにしながら尋ねた。「ムクリはどの部屋で寝ていたの?」

シン警部補が調べるのをよく見ていたので、パーヴィーンは、廊下とミスター・ムクリが寝ていたと思われる部屋との位置関係をたやすく思い出すことができた。彼女は設計図を指さしてアリスの問いに答えた。「屋敷のその部分には、ほかに五つの寝室があるようだけど、どういうわけか彼はこの部屋を選んだの」

「自分が王で主人だと思ってたのね」アリスはもうしばらく図面を調べた。「主寝室の片側では、壁がほかのところよりほんの少し厚いように見えるわ。わかる?」

パーヴィーンは首を伸ばした。「しっかりした壁じゃないかもしれないわね。物を入れておく場所かしら」

「家の一方の側だけ、構造に違いがあるのは奇妙よ。これ以外は、屋敷は極端なほど左右対称だから」アリスが言った。

パーヴィーンはふたたび、主寝室を思い浮かべてみた。あたりを見回しながら、部屋の中を歩く。あのとき、バスルームのドアノブに手をかけたら、シン警部補がその先へ行くのを押しとどめた。設計図を見ると、バスルームとその左にある別のドアに気付いた。

「そこはクローゼットのはずがないわね」アリスがパーヴィーンの視線をたどって告げた。

「それが、屋敷のただ一つのクローゼットでなければだけど」

「インドの人たちは衣類なんかの持ち物を入れるのに、衣装ダンスを使うの」パーヴィーンが言った。「もちろん、屋敷にはたいてい物置があるものよ」

「でも、それらがひどく小さい部屋だということは、はっきりしてる」アリスは指で図面の上の線をなぞった。「婦人の居住区域の妻たちの部屋を見ると、それぞれ、ほかより分厚くなっているところに外壁に続くドアがある。そしてその外壁には、窓がいくつか見える――」

「通路があるとしたら？」パーヴィーンが口を挟んだ。「実は未亡人たちの部屋には、西側にしか窓がないの」

アリスはパーヴィーンをじっと見た。「あなたの言うとおりだと思う。わたしの寝室の窓から屋敷を眺めたとき、小さな窓を見たことがあるもの」

パーヴィーンは胸が高鳴るのを感じた。「通路があれば、夫は中央の廊下を通ってほかの人たちの注意を引くことなく、婦人の居住区域のさまざまな寝室へ行けるわ。自由に出入りができるわけよ」

「その逆はどう？」アリスは指を使って、逆向きの道を描いて見せた。「妻たちはたやすく反対側へ行くことができたはずよ。歩いて部屋へ行き、夫と夜を過ごす――あるいはあとでミスター・ムクリとも――ほかの人にはまったく気付かれずにね」

「進んでムクリのところへ行った人なんているのかしら」パーヴィーンは身震いしながら言った。だが、未亡人たちの誰かがその通路をうまく利用することは想像できた――殺人を犯すつもりであれば。

第三十章　第二幕

一九二一年二月、ボンベイ

翌朝パーヴィーンは六時半に目が覚めた。気持ちが落ち着かず、ベッドにいることができなかった。

ベッドから出てバルコニーへ続くドアをあけたとき、まだ少し腰が痛んだ。空にかかった黒いヴェールはゆっくりと上がっていた。大気の中に何か違うものがある。まるで電気を帯びたような、ピリピリする感じがした。

パーヴィーンは変わりゆく空を見つめ、これまで読んだり聞いたりした情報の小さな断片を、すべて検討してみようとした。ムクリの死の謎の答えは、このいくつかのモザイクのかけらの中に入っている――そしておそらくアミナの行方不明に対する答えもだ。

だが、彼女もアリスも図面を前に二時間以上あれこれ考えたものの、屋敷そのものへ行かなくては、それ以上はわからなかった。とはいえ、それは無理な話だ。アリスの母親は、娘をカードゲームの会に出席させようとしていたし、パーヴィーンは家にいると父親に約束していた。

リリアンがかごからやかましく鳴き立てた。パーヴィーンがいるのに気付いたに違いない。

「庭を飛び回ってらっしゃい。食べ物がたっぷり見つかるわよ。ほかの鳥たちがどれほど忙しくしてるか見てごらん」パーヴィーンは叱りつけた。

けれどもリリアンはその場を動かず、翼をばたつかせて十センチほど飛び上がると、そのあと勢いよく止まり木に降りた。パーヴィーンをもっと苛立たせたいかのように、それを何度も繰り返した。

地虫を捕まえたり、フルーツをついばんだりする技がまったく身についていないので、朝食を皿に入れてもらいたいのだ。

以前パーヴィーンは、ファリド家の未亡人たちはみなその鳥と同じように無力だと思い込んでいたが、今はもう違う。一家の代理人を自分たちの世界に入り込ませてしまったのは、腹立たしいことだったに違いない。ラジアには、ムクリに逆らうもっとも強い動機がある。子供が結婚させられないようにするためだ。サキナは、ムクリがラジアを脅したから、彼に反感を持ったのかもしれない。それに自分の娘たちの将来の生活に不安を感じたとも考えられる。そしてムンタズは、子供に対する父親の権利を要求される可能性があるとしたら、ムクリがいなくなることを望んだだろう。

けれども、未亡人たちがどうやって自分の誘拐にかかわることができたのか、パーヴィーンにはわからなかった。彼女たちは自分の家とそこにある秘密の場所のことは知っているが、ボンベイという広い世界には疎いのだから。

この難問を考えていると、パーヴィーンは父親と話がしたくなった。父親は彼女が寝入ったときまでには、帰宅していなかった。リリアンが起きてしまったのなら、父親も目を覚ましているかもしれない。

寝巻の上に部屋着を羽織り、パーヴィーンは短い廊下を歩いて両親の部屋まで行った。ドアは少し開いており、父親がすでに支度をして、鏡付きの衣装ダンスの前に立ってクラヴァットを結ぼうとしているのが見えた。

「おはよう！」父親がボウタイの端を引きながら言った。「早く起きたな」

「パパもね。昨日はいつ帰ってきたの？」

「おまえが寝たずっとあとだ。お母さんとわたしは、寝かせておいてやろうと決めたんだよ。下で朝食を取りながら話をしようじゃないか」

食堂では東の窓から日が斜めに差し込み、マホガニーのテーブルの上に模様を作っていた。パーヴィーンが腰を下ろすと、ジョンがコーヒーとトーストしたクロワッサン生地の丸パン(ブランマスカ)を持ってきた。これは、九時半にほかの家族に出すたっぷりした朝食とはまったく違うが、この時間にはうってつけのものだ。

「昨日は何をしてたの？」パーヴィーンはあくびをしながら、コーヒーのカップを取った。

「シー・ヴュー通りへ行った」ジャムシェジーがさりげなく言った。「ムンタズ奥さま(ベーグム)が無事かどうか確認するためにね。前の夜、グルナズは彼女に会ってなかったから」

「アミナはどうだった？」パーヴィーンは尋ねた。「仕切り壁(ジャーリ)のところへ行って、そこからラジア奥さま(ベーグム)に話をするのを許された？」

「そのとおりだ」ジャムシェジーは少し怒っているように見えた。娘に自分の手順まで問われて驚いているのだろう。「シン警部補が中へ入ろうとしていた。わたしは、二人でメイドの少女に尋ねたらどうかと提案したんだ。二階で話をするために、女性たち全員に自分たちの側の仕切り壁(ジャーリ)まで来てくれるかどうかをね。警部補はそれは無理だろうと思った――だが、わたしがおまえの父親だと言うと、未亡人たちは同意してくれたんだよ」

いつもなら誇らしさを感じる状況にもかかわらず、パーヴィーンはひどく不安で、そんな気持ちにはなれなかった。「警部補の前で、アミナが行方不明だと口にしたの？　一家は警察の捜査を望んでいないのよ」

「その話はしなかったが、言うべきじゃないかとだんだん心配になってきた。もしその子が家族の誰かから危害を受けたのなら、わたしは幇助(ほうじょ)や扇動の罪に問われたくはない」

飲み込んだコーヒーが変なところに入ってしまった。パーヴィーンはむせながら、自分では正しいことをしているつもりなのに、罪に問われるのかと思うと、恐ろしくなった。告発されないとしても――アミナが亡くなったら、良心の呵責を感じずにどうやって生きていけるというのだろうか？

娘を咎めるように見たあと、ジャムシェジーはパンにさらにバターを塗り広げた。「ついでに言うと、ムンタズはほかの二人の女性とは違い、話をするために仕切り壁のところへ出てきはしなかった。ラジア奥さまの話では、気分がすぐれないためとのことだ――それで、彼女の妊娠についておまえが教えてくれたことを思い出した。休ませておいてあげるよう、シン警部補に勧めたんだよ」

パーヴィーンはふたたび、父親がよけいなことをしたかもしれないと不安になった。「妊娠のことは口にしなかったと言ってちょうだい――」

「当たり前じゃないか！」父親がきっぱりと答えた。「だが、シンは心配し、ほかの女性たちと一緒に窓のところへ来られないのなら、医者に診せた方がいいと言った。ラジア奥さまは医者を呼ぶつもりだと話したが、ムンタズ奥さまが診てもらう気になるかどうかはわからないそうだ」

「仕切り壁越しに彼女たちと話をするのはどんな感じだったの？　声の区別はついた？」

「もちろんだ。ラジア奥さまの声はサキナ奥さまより低く、彼女ほど耳に心地よくはない」

「会話の中で、ほかに何かわかったの？」

「シン警部補は、ミストリー屋敷に電話をかけたかどうか彼女たちに尋ねた。ラジア奥さまは、自分はしなかったと言った。実は名刺が見当たらなくなってしまったそうだ」

「もし名刺を捜したなら、わたしに電話しようと思ってくれたかもしれないわ」

「サキナ奥さま(ベーグム)は、おまえに電話はしなかったと話した。彼女とラジアはそろって、ムンタズは夜ずっと自分の部屋にいたから、電話をかけていないと言った。それでわたしは、身の安全に関して不安があるかどうか尋ねた。二人とも、門番のモーセンが、これからも門を守ってくれることを望んでいるそうだ」

「でも、警察は彼を刑務所から出してくれるかしら?」パーヴィーンが尋ねた。

「わたしが到着したとき、彼は釈放されて仕事についていたよ」

ということは、警察はパーヴィーンがモーセンについて知ったことを基に行動したわけだ。彼はふたたび子供たちと会うことができ、門はしっかりと守られる。パーヴィーンはこのことで自分が果たした役割に、少し誇らしさを感じた。

「ファリド織物の事務所で、ムクリの母親の家の住所を教えてもらったのを覚えてるだろう」ジャムシェジーは続け、ボウルの中の薄切りのパパイヤに取りかかり始めた。「プーナへ向かう列車に乗る前に、おまえのブリーフケースをチェックし、サキナ奥さま(ベーグム)の実家の住所を見つけた。日帰りで出かけるあいだに、両方の一族を訪れるつもりでいたんだよ。列車で腰を下ろし、書類に目を通して初めて、ムクリの母親とサキナ奥さま(ベーグム)の父親の住所が同じだと気が付いた。悔やみの電話——そして調査の電話を——同じ家にかけることになるわけだ」

「驚いた！　フェイサルとサキナ奥さま（ベーグム）は兄と妹なの？」パーヴィーンは衝撃を受けた。

ジャムシェジーはブランマスカの端をコーヒーに浸し、ゆっくりと口に入れた。「いや。親同士がきょうだいなんだ——つまりフェイサル・ムクリとサキナ・チヴネはいとこ同士だよ。その家はサキナの祖父母のものだが、フェイサルの母親が一九一〇年に未亡人になったとき、彼女と子供たちは十二歳のフェイサルを含めて、その屋敷へ移ってきた」

パーヴィーンは父親がサキナに敬称をつけなかったことに気付いた——自分たちだけで協議するときには、父親は堅苦しいことにはとらわれない。どうやら、謎めいたモザイクの最初の重要なピースが出てきたらしい。血縁関係があったから、サキナはミスター・ムクリをすっかり信用していたのだ。ほかの全員にとっては、ひどく不愉快な人間だったかもしれないが。

「子供の頃、二人はどんな関係だったの？」パーヴィーンが尋ねた。

「ムクリの母親は何も言わなかった。息子の死を悲しんでいるときに、無理に話をさせることはできなかったよ。サキナの父親のミスター・チヴネの話では、二人は兄と妹のように親しくなり、ムクリが学校へ行ってしまうと、サキナはひどく寂しがったそうだ。帰りがけに、庭でサキナの弟のアドナンに会って立ち話をしたが、もう少し情報が得られたぞ」

パーヴィーンは聞きたくてたまらないことがいくつもあったが、また話を中断させたくなかったので黙っていた。

「アドナンが言うには、フェイサルが家族に加わると、彼はその家の男子の中で一番年長になり、それまでアドナンのものだった特権を自分が得ようとしたそうだ」

「どんな特権なの？」

「アドナンが含み笑いをしただけで――わたしにはわかった。彼の記憶はしっかりしていたから、ずいぶんといやな思いをしたに違いない」ジャムシェジーは声に出して読み上げるように、ゆったりとした口調で言った。「アドナン・チヴネの話では、いとこのフェイサルがやってきてから、チキンやラムの取り分が少なくなり、季節ごとに新しい服を何枚ももらえることがなくなったそうだ。一番年が上だから、そういうものはフェイサルに与えられた。彼はまた、サキナを魅了した。彼女は自分の弟よりもフェイサルを大事にし――二人の親密さは一家にとって、いくぶん不安の種になるほどだった。フェイサルは一家に加わった一年後、正式に屋敷の婦人の居住区域（ゼナーナ）を出た――だが、屋敷の反対側に住んで町の学校へ行くのではなく、イスラムの男子のための神学校（マドラッサ）へやられたそうだ」

「寄宿制の神学校ね！」パーヴィーンは、フェイサル・ムクリが建てるつもりだと言っていた学校のことを思い浮かべた。そうした場所に関心を持つきっかけは、そこにあったのだ。

「フェイサルが去ってしまうと、サキナは悲しみに打ちひしがれた。学校の休み中に屋敷へ戻った折は、フェイサルは母親に会いに婦人の居住区域（ゼナーナ）を訪ねるのを許された――だが、結局はほとんどサキナと一緒にいた。二人の親密さが深まり、さまざまな問題が起きる可能性が出てくると、サキナの父親は、ある裕福な男性が第二夫人を探していると耳にし、その男からの結婚の申し込みを受け入れた。これがミスター・ファリドで、サキナと結婚した。彼が三十九歳でサキナが十五歳のときだ」

パーヴィーンは頭の中で年表をまとめようとした。「フェイサル・ムクリがファリドに雇われたのはいつなの？」

「サキナと結婚して三年後だ」

「サキナ奥さま（ベーグム）は十八歳になっていた――そしてすでにナスリーンとシリーンを産んでいた。フェイサル・ムクリは十九歳のはずよ」パーヴィーンはそのことについてさらに考えた。「サキナ奥さま（ベーグム）は自分のいとこを雇うよう、夫に勧めたのかしら。よくある頼み事ね」

「それはあり得るな。前に話したように、ファリド織物の経理主任は、ムクリがミスター・ファリドの親族だと思っていた」

パーヴィーンは、サキナが自分の財産を慈善信託（ワクフ）に譲り渡すという提案を熱心に支持していたのを思い出した。ムクリはその代わり、贅沢な暮らしをさせると約束したのかもしれない――おそらく自分たちだけで。ムクリはほかの妻たちを結婚させる権利を持っている。二人とサキナの子供たちのほかは、みな一家から排除されてしまう可能性がある。

もしラジアがこういうことをすべて知ったら、ムクリは一家が暮らしていくのに脅威になると気付いたかもしれない。サキナについても同じように感じただろうか――それとも、ムクリの〝第二の妻〟という立場に甘んじるつもりだったのか？

ラジアがムクリを殺したかどうか、真実を知るただ一つの方法は、直接、未亡人たちのところへ行くことだけだ。「パパ、わたしのことを心配してくれてるのはわかってる。昨日はおとなしく家にいて、ずいぶんと早くに休んだわ。元気が出た気がする。今日はファリドの屋敷で面談をしてきたいんだけど」

ジャムシェジーは残りのコーヒーを飲み干し、娘に目をやった。「おまえについていきたいのはやまやまだが、今日はミスター・レディの裁判がある。だから今日は事務作業をしているのが、おまえにとっては一番いいだろう」

パーヴィーンは唾を飲み込んだ。カルカッタを出てから、父親を軽んじないよう、心に誓ってきた。何も訊かずに家へ連れ戻してくれ、イギリスでの留学資金を出してくれ、ボンベイのほかのどの法律事務所も仕事をさせてくれなかったから、自分のところで雇ってくれた。

ジャムシェジーはパーヴィーンに、人生の第二幕を与えてくれたのだ。

けれども、その二幕目で、パーヴィーンは事務弁護士として、依頼人のラジア・ファリドにとって最良のことをする義務がある。彼女は父親の目を見つめた。「パパがプーナで聞き込んでくれたおかげで役に立つ情報が得られたけど、仕切り壁(ジャリ)越しに話しただけでは、未亡人たちの身を守るのに必要なことはわからないわ。ミスター・ムクリとの関係について、サキナと内密に話ができるのはわたししかいないのよ。ラジアやムンタズに尋ね、二人が親族だと知っていたかどうか判断できるのも、わたしだけでしょう」

「それはまた別の日、わたしが一緒に行けるときにやればいいだろう」ジャムシェジーはナプキンを脇へ置き、法廷へ出かける用意ができたとさりげなく伝えた。パーヴィーンはチャンスを失いつつあった。

「シー・ヴュー通りを訪ねたいもう一つの理由は、主寝室と妻たちの部屋のあいだに秘密の通路があるかどうか、はっきりさせるためなの。それは、パパがするにはふさわしくないことでしょう」

ジャムシェジーは不安げに灰色の眉毛を寄せた。「秘密の通路とはどういうことだ？」

パーヴィーンは、前日の行動が当然のことだと言うように、正々堂々と話そうと決めた。

「設計図がほしいと言ったことを覚えてる？　アリスに頼んで、一緒に見てもらったの。彼女はいくつかの矛盾に気付き、隠れた通路があるかもしれないと言ったわ――でも、ひどく厚い壁だとも考えられるの」

「おまえがミス・ホブソン＝ジョーンズにその図面を見せるとは思わなかった」ジャムシェジーの声は重々しく、非難が込められていた。

「臨時雇いの従業員として、アリスと契約したの」父親の疑わしげな視線に応え、パーヴィーンは言った。「一ソブリン払って、領収書をもらったわ。アリスの数学的な洞察力が、その図面に関して役に立つとわかったから」

「彼女の父親は知事の特別顧問官なんだぞ！」ジャムシェジーが興奮した口調で言った。

「このことを父親に話し、大騒ぎを引き起こすとは思わなかったのか？」

「アリスは秘密を漏らすことは絶対にないと言ったわ――それに、もううちの雇い人になったんだから、たとえ法廷に出ても、何もしゃべらせることはできないでしょう」

ジャムシェジーは長いこと黙っていた。「警察がまだあの屋敷にいるなら、訪ねていってもいい。だが、ひとりでは行くんじゃない」

パーヴィーンは安堵で満たされた――行くのを許されただけではなく、アリスと一緒に行けと暗黙のうちに勧めてくれたのだ。「許してくれて本当にありがとう、パパ。ほかにわたしが知っておくべきことはまだある？」

「検視の結果が出た。シン警部補によると、ムクリの死は脊髄を深く切られたことによるものだった」

「背中のうしろの傷ね」パーヴィーンはその光景を思い出し、急に吐き気が込み上げるのをこらえた。「現場の血と、レターオープナーがまだ刺さっていたことから、それが死因だと思えたわ」

「ああ、だが検視官はレターオープナーが凶器だとは言ってない。短刀のようなものが使われたと示唆した――だが、現場からは何も見つからなかった」

パーヴィーンはそのことをよく考えてみた。「レターオープナーは犯行後に置かれたの？」

「それについては何も書かれてないが、そうに違いないだろう」ジャムシェジーは重々しくカップを置いた。「おそらく、犯人以外の何者かが犯行後にやってきて、レターオープナーをそこに刺したんだろう」

「そうなれば、ラジア奥さま(ベーグム)かアミナに疑いがかかるでしょうね」パーヴィーンはもはや座っていられず、立ち上がって窓の外を見た。「サキナ奥さま(ベーグム)とフェイサル・ムクリの過去の関係を調べるべきだと思うわ」

「サキナ奥さま(ベーグム)——それにほかのどの妻たちとも、話をするときには充分気をつけなきゃだめだ」ジャムシェジーが言った。「情報を得たら、さっさと立ち去りなさい」

パーヴィーンは玄関で父親をしっかりと抱きしめた。ファリド家の件に今後もかかわることを許してもらったのだ。困難な状況だけれど、どれほどうれしい気持ちになったか、父親に言葉で伝えるのはむずかしかった。

ジャムシェジーはぶっきらぼうに言った。「いつものように法廷へ行くのに、盛大に送り出すものだな」

「パパの幸運を祈ってるだけよ。ミスター・レディの弁護をするんでしょう、彼の菓子店はわたしのお気に入りの場所の一つなんだから」

父親はくすりと笑った。「勝訴しても、弁護料はあまりもらえないだろうが——大きな鍋いっぱいの揚げ団子（ボーレルー）は期待できるぞ」

「今夜はお菓子でお祝いね」パーヴィーンは、父親だけでなく自分の仕事のお祝いもできればいいと思った。

第三十一章　空中庭園

一九二一年二月、ボンベイ

「ホブソン＝ジョーンズです！」アリスは二回目の呼び出し音で、元気よく電話に出た。

「パーヴィーンよ。今日は仕事に出られる？」

「もちろん。あなたが連絡してくれるのを期待して、午前中ずっと電話を見張ってた」

アリスがマラバー・ヒルへ行く気満々で目が覚めてしまったのは、パーヴィーンには驚くにはあたらなかった。「この三十分のうちに、父からどんなことを教えてもらったか想像できないでしょうね。バラバラのピースをつなぎ始めてるところよ――」

「昨晩あなたの家でやりかけたあのパズルを完成したいわね。千ピースのじゃなかった？」

アリスは明るく言った。パーヴィーンは、アリスの屋敷の電話では秘密の話はほとんどできないと不意に気付いた。

「実は空中庭園を見せたいの。暑かったら、ここへ戻ってきてそのパズルを完成させましょう」

「〈クロスリー〉で迎えにいくから。いいえ、迷惑なんかじゃない。母はレディ・ロイドとあれこれ計画があって、彼女と〈シルヴァー・ゴースト〉に乗るほうがずっといいんだから」

アリスは九時少し過ぎに、エレガントな青い車でやってきた。パーヴィーンが車に乗り込むと、近所の数人の若者たちが、背の高い金髪の訪問者に手を振った。パーヴィーンはカメリアとすれ違ったとき、真昼の太陽が昇る前に、空中庭園をアリスに見せなくてはならないと説明した。

「いい考えだわ。アリスは日焼けしたらいけないものね。パラソルを持っていきなさい」カメリアが言った。

パーヴィーンは、マラバー・ヒルの屋敷を訪ねることを母親に言いたくはなかった。ジャムシェジーはそれを許したけれど、母親は必要以上に心配するだろう。

ホブソン＝ジョーンズの運転手のサージットは見事な英語を話すので、車の中では何も話してはだめだとわかっていた。パーヴィーンは空中庭園で車を止めるよう頼んだ。そこで彼女とアリスは、子守に赤ん坊を任せておしゃべりしているお嬢さま(メンサヒーブ)たちから離れたところまで、ぶらぶら歩いていった。バラとトピアリーが並ぶ小道をいくつか抜ける。その公園の奥では、石の壁が険しい崖と境を接していた。パーヴィーンはその場所で、サキナとフェイサル・ムクリの親しい関係について説明した。また、秘密の通路を調べるつもりだとアリスに告げた。

アリスの目が興奮で輝いた。「そういうことをすべてうまくやるにはどうしたらいいの？　黙ってわたしたちに見せてくれると思う？」

パーヴィーンは首を振った。「あなたにはおとりになってもらうわ。婦人の居住区域の入り口に行って、イギリス人の家庭教師だと売り込んでくれる？　断られても話を続けてくればいいし、未亡人たちには、イギリス人の女性を追い払うほどの度胸はないわ」

「それであなたはどこへ行くつもり？」向きを変え、待たせている車まで歩いて戻るとき、アリスが尋ねた。

「屋敷の反対側へ行って、ミスター・ファリドの部屋からの秘密の通路を探るつもりよ——いいえ、ムクリの寝場所からのというべきかしらね？」パーヴィーンは顔をしかめて言い足した。

「でも、警察がいるんじゃないの？」庭園の門を抜けて通りへ出るとき、アリスが言った。

「よくわからないわ。モーセンが仕事に戻ったと聞いたから。とにかく、警察がいるなら、あなたが挨拶をしに訪ねてきたと言えばいいわ。そうすれば、あなたのお母さまが寄こしたと警察は思うでしょう。わたしは一家の弁護士で、家を訪れる充分な理由があると警察はもうわかってるわ」

屋敷の壁の外で、ノートを持った若い男が門の警備をしている警官と言い争っていた。パーヴィーンは、その男は新聞記者だと推測した。男と目を合わせないようにしながら、門に立っている警官に車の窓から呼びかけた。

「マラバー署の方ですか？」パーヴィーンはマラーティ語で丁寧に尋ねた。「来て下さってありがとう。わたしはミス・ミストリー、一家の弁護士です。お子さんたちの家庭教師と一緒に来たんです」

「あなたは署に来てましたね」警官は見覚えがあるというようにうなずいた。「警部と警部補はあとで午前中に来ることになっています」

「それを聞いてうれしいわ。いろいろとありがとう」パーヴィーンは言った。

「あなたは誰なんです？　これはどういうことですか？」警官が手を振ってパーヴィーンたちの車を通すと、新聞記者が叫んだ。

「わたしたち、ついてるわね」パーヴィーンと共に車から降りたあと、アリスが小声で言った。「この計画で、何か新しく思いついたことはある？」

パーヴィーンはサージットにちらっと目をやった。彼は婦人の居住区域の入り口近くの車寄せで待つよう、指示されている。すでに新聞を開き、待つ態勢に入っていた。「計画どおりに自分の役目を果たすのよ。あなたは婦人の居住区域（ゼナーナ）のドアをノックし、女の子たちに無料の英語のレッスンをすると申し出て。アミナがここにいないのは、本当に残念だわ――彼女はあなたと話すチャンスに飛びつくでしょうに。わたしはモーセンがいるかどうかチェックし、そのあと通路の調査を進めるわ」

「例の図面は持ってる？」アリスが尋ねた。

「ええ、バッグの中にあるけど、ある程度、部屋の配置は記憶したわ」

「それじゃ、わたしのカバンに入れておいてもいい？　この屋敷をまったく知らないんだから」

パーヴィーンは図面をアリスに渡した。「それぞれの仕事が終わったら、車で落ち合いましょう」

アリスと別れたあと、パーヴィーンはまず庭園の小屋に立ち寄った。その真ん前でモーセンが、枠に布を張ったベッド（チャーポイ）に横たわっていた。彼はベストとパジャマだけを身に着け、ぐっすり眠っていた。ザイドがチャーポイの横に座り、愛しげに父親をじっと見つめている。

パーヴィーンが近づくと、ザイドは立ち上がり、駆け寄って彼女を抱きしめた。「あなたが父さんを連れもどしてくれたんですね！　お嬢さま（メンサヒーブ）、ありがとう！」

パーヴィーンはほほえんだ。「釈放したのは警察よ、わたしじゃないわ。でも、よかったわね」

二人のやり取りを聞いて、モーセンが目を覚ました。毛布の下から頭を上げ、静かにするよう子供たちに文句を言った。それから頭を回し、パーヴィーンを見つけた。笑みを浮かべるかと思ったが、モーセンは不安げな顔をした。「あんたか！」

「おはよう、モーセン」パーヴィーンは愛想よく言った。「いつ釈放されたの？」

「電話するのを許されて、サキナ奥さま（ベーグム）にかけた数時間あとだよ。奥さまが警察を説得したんだ」

　自分を誘拐した男としゃべっているかもしれないと思うと、耐え難かった。パーヴィーンは注意深く尋ねた。「屋敷はどんな様子？　奥さまたちはここに残るよう、あなたに頼んでるの？」

「もちろんだ」モーセンはかすかな軽蔑を込めてパーヴィーンを見た。「おれは何も悪いことはしてない。ただここで休んでるだけだ。警察が門のところで新聞記者どもを近づけないでいてくれるから」

新しい容疑者を拘留しないうちにモーセンを釈放したことを、警察は知られたくないのだろう。

　パーヴィーンは、すぐに仕事に復帰するよう望んでいるとモーセンに告げた。

　モーセンの視線を感じながら、母屋の入り口のほうへ歩いていった。玄関のドアには錠がかけられ、ノックしても誰も出てこない。つまり、警察は婦人の居住区域（ゼナーナ）を集中的に警備しているとしか思えなかった。アリスは警官たちをどうにかしなくてはならないだろう。

パーヴィーンは家の側面に沿ってそっと進み、設計図で覚えていた通用口に行きついた。そこは使用人の入り口だと、その横に粗末な小さいサンダルがあるのを見て気が付いた。そこには鍵がかかっていなかった。廊下を少し歩くと、最初のときに訪ねた広く優雅な応接室があった。今回は穴のあいた大理石の壁越しに、見られたり声を聞かれたりする危険があるとよくわかっていた。仕切り壁(ジャリ)に目を向けたまま靴をそっと脱いだが、靴箱には入れず、椅子の下に置いた。

つま先立ちで二階へ上がりながら、ザイドかファティマに出くわしたときに備えて、言い訳を考え始めた。二階の書斎で、遺産にかかわる書類を探すところだと言うつもりだった。疑いが確かなものにならないうちは、あの子たちに、ムクリの死に関係する証拠を探しにきたと知らせる必要はない。

今パーヴィーンの頭にあることを、あの子たちは気に入らないだろう。ジャムシェジーからモーセンの釈放について聞いていたけれど、自分の誘拐のほんの数時間前に自由の身になったとは、パーヴィーンは知らなかった。未亡人たちはみな、パーヴィーンが名刺を渡したので、ミストリー屋敷の住所を知っている。モーセンはパーヴィーンを片付けるために、送り込まれたのかもしれない。おまけに彼はピアに詳しい。ラジアが言っていたが、屋敷へ来る前に、モーセンはドックでファリド織物の仕事をしていた。サキナもそれを知っていたかもしれない。

モーセンは宝石店について知りたがっていた。おそらく、盗みを働くつもりでいるからではないだろう。サキナは自分の宝石を売って得た金の一部を、彼に渡すと約束したのかもしれない。屋敷の使い走りをする門番に約束されたかもしれないことを考え、パーヴィーンは息をのんだ。

隔離された女性と男性の使用人とのあいだで、いったいどうやって会話が交わされたのだろうか？

サキナは、朝早くに庭園の花の世話をすると言っていた。

オマル・ファリドのかつての寝室には、真昼の太陽の一筋の光が差し込み、部屋を明るくしていた。

その部屋のどこかに施錠されたドアがあり、ミスター・ファリドはその鍵を持っていたはずだとパーヴィーンは思った。

最初に机を調べたが、書類と金しか見つからなかった。次に、マホガニーの衣装ダンスの両開きの扉を開いた。たたまれた男性用のシャツ、パジャマのズボン、膝までの長さの上着(シェルワニ)の山を両手で探った。どれも普通の品質の綿製で——経営者ではなく、雇い人の着るようなものだった。ヨーロッパ風のスーツは一着しかなく、グレーの綿でできており、よく目にするボンベイの仕立屋のラベルがついていた。そのスーツはかすかなにおいがして、まるで洗わずにしまわれたかのようだった。

それらの衣類には埃がまったくついていなかった。ミスター・ムクリのものに違いない。おそらく彼は仕事のとき、あるいは特別な場合にだけそのスーツを着たのだろう。亡くなったときには、また別のスーツを着ていた。大量の血がついていて、色は思い出せなかった。

けれども、パーヴィーンの頭に別のことが浮かんできた。傷ついた男が真鍮の仕切り壁（ジャリ）の反対側に倒れていると聞いたあとの対応について、未亡人たちに最初に尋ねたとき、サキナはこう言ったのだ。


その男性がイギリス風のスーツを着ていたからといって、それがわたしたちの後見人ということにはならないわ。


パーヴィーンはずっと前から、遺体を発見したのはアミナであるはずがないと思っていた。アミナを問いただしたとき、遺体を見たとは言わなかったからだ。サキナは、自分は見ていないと話したが、ムクリが何を着ていたか知っていた。

鋭い弁護士なら、その言葉が口から出たとたん、おかしいと気付いただろう。けれどもパーヴィーンは遺体を見たショックで頭が混乱していたし、全員から情報を得るという重い責任を警察から負わされていた。衣装ダンスに二着目のスーツがあるのを目にする瞬間まで、サキナの言葉を忘れてしまっていたのだ。

パーヴィーンは今やるべき仕事を思い出した。衣装ダンスの中を調べ終え、隠してある鍵がないかとその下や後ろを見た。何もなかった。

すでに十分が過ぎてしまった。急がなくてはならない。

ベッドの横のテーブルの引き出しの一つに、マッチ箱が押し込まれていた。もう一つには婦人用の櫛(くし)、二本のヘアピン、花香水の小瓶が入れてある。その瓶をあけて匂いをかぐまでもなかった。それはサンダルウッドの、つまりカップルが使う香水に決まっていた。ヘアピンを手にのせてひっくり返すと、光沢のある長い黒髪がついているのがわかった。サキナは三人の妻の中で一番美しい髪をしている。彼女のものに違いないだろう。ヘアピンを見て、パーヴィーンはある考えがひらめいた。鍵のかかったドアのところへ行き、そのピンを鍵穴に差し込んだ。あれこれ回してみると、ついにカチッという音がした。

固い蝶番が軋む音がしてそのドアが開き、狭く埃だらけの大理石の通路が現れた。多くの足跡がついていたが、幅は六十センチもなさそうだった。天井の近くの壁に明かり採りの窓が並んでいなければ、恐ろしいほど狭苦しく感じるだろう。その窓が閉まっているせいで、通路は息苦しかった。おまけに、ソダワラ家の例の小部屋を思い出させる、かすかなにおいもした。

パーヴィーンは通路を歩いていき、左手にあるドアまでやって来た。サキナの部屋だとわかっていた。けれども、埃の中の足跡はそこで終わっていなかった。角を左へ曲がって続いている。

ほかの二人の妻たちのひとりが、ムクリの死にかかわっているのだろうか？

パーヴィーンは、L字形の廊下の角を曲がった。そこにはラジアとムンタズの部屋がある。けれども、彼女はもはや通路沿いのドアに注意を向けてはいなかった。大理石の床の突き当たりに、黒い包みが置いてある。

パーヴィーンは前へ駆け出した。古い血のにおいが鼻に満ち、吐きそうだ。その包みの近くへ寄ると、不意に恐怖に襲われて立ち止まった。小さな体に黒いシフォンが巻き付けてある。それは乾いた血によって茶色いしみができていた。

そのシフォンを引き上げると、少女が体を丸めているのがわかった。黒い髪が顔を半分覆っている。アミナだった。

涙がわき上がってきた。行方不明になったと知らせるのをためらうべきではなかった。アミナの行方がわからなくなったと聞いたとき、警察の力を借りて、家の中をくまなく捜せばよかったのに。

パーヴィーンは震える手をアミナの額に当てた。まだ温かいが、通路の暑さのせいかもしれない。けれども、アミナの顔から髪を払いのけたとき、息を吸っているかのように、鼻孔がかすかに動くのが見えた気がした。アミナの唇は乾き、ひび割れていた。

急いでシフォンの下に手を入れ、アミナの腕を探した。手首の内側まで指をすべらせると、脈が触れた。アミナは生きているが、意識を失っている——暑さのせいだろうか？　それとも薬物を飲まされたのか?

アミナを安全なところへ運ばなければならない。三日経っていて、脱水症状は深刻な問題だった。サイラスの妹のアザラは放置され、食べ物も水もとらずに亡くなっている。アミナも手遅れにならなければいいと、パーヴィーンは願った。

パーヴィーンはアミナの体を持ち上げようと奮闘しながら、未亡人の中で、黒いシフォンのサリーを身に着けているのはひとりしかいないことについて考えていた。

ドアが開く鋭い音が聞こえた。恐怖を感じ、パーヴィーンは振り向いた。サキナが通路に入ってきていた。

第三十二章　未亡人の嘆き

一九二一年二月、ボンベイ

ヴェールが落ちた。

サキナは足早にパーヴィーンの方へ向かってきた。どこにも逃げ場はなかった。

「なぜあなたがここにいるの？」サキナが尋ねた。

「通路に興味を持ったんです」パーヴィーンは落ち着いたふうを装った。アリスのことが頭に浮かんだが、彼女は今頃車でパーヴィーンを待っているはずだ。叫び声を上げたとしても、アリスには聞こえないだろう。壁はひどく分厚かった。パーヴィーンは必死で言った。「警察もこの場所のことを詳しく知ってるし、わたしがここを調べるつもりでいるのもわかってるわ」

その日二つ目の嘘だった。カメリアはパーヴィーンの話を信じたが、サキナは首を振った。

「そうは思わないけど。警官はひとりしかいないし、大柄でみっともないイギリス人の女性に見とれてるもの。その人、うちの家庭教師になりたがっているようね」

サキナの嫌味な言い方からは、パーヴィーンとアリスがグルだと思っているかどうかはわからなかった。とにかく、アミナを安全なところへ運ばなくてはならない。サキナの疑念をどうにかするのはあとでいいだろう。アミナに手をかけたまま、パーヴィーンは言った。

「この子がこんな息の詰まりそうな暑いところに三日もいたあと、まだ生きているのには驚いたわ。運び出すのを手伝ってもらえますか？」

「でも、その子は眠ってるのよ」サキナは、まるでアミナを守ろうとするかのように言った。

「ひどくぐったりしてるわ、飲んでしまったんだから」

「何を飲んだと言うの？」パーヴィーンは、**毒を盛られたの？**と言いそうになったが、すんでのところで押しとどまった。知らなくてはならないことがいくつもあるのに、サキナを非難していたらうまくいかないだろう。サキナが答えなかったので、パーヴィーンは言った。

「わたしはあなたの弁護士ではないと、はっきりさせなくてはなりません。ラジア奥さま（ベーグム）のために、その仕事を引き受けたんです」

「もちろん、あなたはあの人を助けるのよね——あの人はすべてを手にしてるんだから」サキナは怒りをあらわにした。「でも彼女のお菓子好きな娘は、それほど運がよくないわ。モルヒネを混ぜたファールーダを飲んだから」

「モーセンがそのモルヒネを買ったの？」

「いいえ。主人の病気に使ったのが残ってたのよ。数週間前に、主人の部屋で見つけたわ。そのときは、ムンタズをどうにかするのに使おうと思っただけだった。でも眠り薬は、体の小さな子供にはずっとよく効くの」

サキナは重大なことを二つ打ち明けたが、パーヴィーンは怯えて騒ぎ立ててはならないと考えた。サキナを落ち着かせないと——つまり、自分の気持ちをわかってもらえていると思わせる必要があった。パーヴィーンは穏やかな声で尋ねた。「アミナのことが不安だったのね」

「その子はいつも見張ったり、聞き耳を立てたりしていた。この通路を見つけたとは知らなかったわ——たぶん母親から、そういうものがあると聞いたのね」サキナはしっかりと目を閉じ、黙り込んだ。それから目をあけ、冷ややかにパーヴィーンを見た。「その子が目を覚ますのを待たないと。また何か飲めるようなら、あなたが水と混ぜてもう一度薬を飲ませるのよ。その子はあなたを信用してるから」

パーヴィーンは胃がむかついた。「そんなことをしてはだめよ。アミナの父親と結婚したときから、あなたはこの子を知ってるのに。娘さんたちにとって、アミナはお姉さんみたいなものでしょう」

「娘たちはアミナを失ったらつらいでしょうね。わたしが愛をなくしたのと同じだわ——二度もね」そう言ったとき、サキナの美しい顔がとげとげしくなったように見えた。

パーヴィーンには、話のきっかけがつかめた。だが、サキナに無理強いすることなく、どこまで話ができるだろうか？　彼女は優しく切り出した。「あなたが子供の頃、フェイサルはあなたの家族と暮らしていたんですね。二人はとても仲がよかった。親友だったのね」

サキナは長いことパーヴィーンを見ていた。「誰から聞いたの？」

「あなたの家族がわたしの父に事情を説明してくれました。あなたたちが結婚するのを望まなかったと」

「家族は、わたしたちより物をわかってるつもりでいたのよ」サキナの声は悲しげだった。

「でも、わたしはフェイサルを愛していたし、フェイサルもわたしを愛していたわ」

自分が出会った不愉快な男と、サキナが思い焦がれた恋人が同じ人物だと考えるのは、パーヴィーンにはむずかしかった。けれども、人間というのは変わるもので――サイラスがその証拠だった。「フェイサルはイダットが終わったあと、あなたと結婚するつもりだったの？」

「最初、彼はそう言ったわ」サキナは一メートルほどしか離れていない通路の壁にもたれ、苦しげにパーヴィーンを見ていた。「でも、あなたが訪れてからは違った――わたしたちは、彼にできることとできないことがあると知ったわ。わたしがあれこれ尋ねたせいで、彼はわたしに腹を立てた。わたしがいなかったら、ボンベイで仕事に就くことも、邸宅に住むこともできなかったのを忘れてるみたいだった」

「そうね、フェイサルがボンベイへ出てきてまだ間もないころ――あなたは彼のことをご主人に教え、よい印象を与えたに違いないわ」パーヴィーンは褒め言葉に聞こえるように努力した。「結局、のちにご主人は、一家の後見人というもっとも重要な地位を与えたのね」

「ええ。経理部門にフェイサルを雇うよう勧めたわ」サキナは悲しげな笑みを浮かべて言った。「フェイサルの学位や善良な性格について話し、プーナではそれを生かすチャンスがないと伝えたの。主人はフェイサルに同情したけれど、わたしたちがいとこ同士だということを誰にも知られないほうがいいと考えたのよ。ほかの妻たちの妬みを買うでしょうから」

するとムクリが屋敷へ移ったとき、あとの二人の妻たちは当然ながら不審に思ったわけだ。パーヴィーンは優しく言った。「フェイサルのベッドのそばに、飲み物のグラスが複数あるのを見たわ。あなたはこの通路を使って、夜を過ごしに彼のところへ行ったんですね？」

「彼に夫としての特権を与えたのよ」サキナは壁に頭をもたせかけた。「初めは、自分の運命が好転したことに驚きしか感じなかった。でも、それからフェイサルが変わってしまったとわかり始めたの」

「話して下さい」パーヴィーンはアミナの髪をなでながら言った。アミナを抱き上げて駆け出したかった――けれど、その通路は、アミナを運びながらサキナの脇を抜けられるほど広くはない。それにパーヴィーンは、サキナがサリーのひだに右手を入れたままにしていることにも気付いた。つまり、武器を持っている可能性がある。

サキナは、誰かに自分の話を聞かせて重荷を下ろしたいとずっと願っていたかのように、勢い込んでしゃべった。「子供のころ、彼はとても大胆で面白い人だった。それが、いつも苛立っているようになってしまったの。この一家にどれほど経費がかかるか、容易には理解できなかった。でも、イダットが終わったら、結婚して裕福な暮らしができると約束してくれたのよ」

「全員のマフルの資金を加えてでしょう」パーヴィーンは言った。「彼には、男子校のためにお金を使うつもりなんてなかったと思います。わからないのは、あなたたちが結婚したあと、ほかの奥さま(ベーグム)とアミナをここに残しておくつもりだったのかどうかということよ」確信は持てなかったが、アミナに触れるとかすかな動きが感じられる気がした。

「いいえ。フェイサルは彼女たちの夫を選ぶつもりでいたでしょうね――アミナにも。でもそのあと、この数週間のうちに、結婚させるのは無理かもしれないとわたしは気付いたの」サキナは冷静にパーヴィーンを見て言った。「ムンタズは疲れていて、具合が悪いようだった。それがどういうことかわかってる。フェイサルが彼女に子種を植え付けたに決まってるわ」

パーヴィーンは、妊娠しているとサキナに知られるのを、ムンタズが心配していたのを思い出した。恐れるのには、ちゃんと理由があったのだ。「彼女がフェイサルの子を妊娠していると、どうしてわかるの？」

「わたしに対する彼の気持ちが信じられないのに、ほかの人のことを彼がどう思っているか、どうやってわかるっていうの？」サキナは目を上げて天を仰いだ。「フェイサルはムンタズがかつて楽器を弾いていた汚れた場所で、すでに彼女と知り合っていたのよ」

「赤ん坊が彼の子だとはわからないでしょう」パーヴィーンはそう言って、フォークランド通りのバーについてのサキナの講釈を避けた。「もし赤ん坊が八月に生まれれば、ご主人の子供である可能性は充分あります」

「そんなこと信じないわ」サキナは身を震わせていた。「彼女の子供も遺産の分け前をもらえるの？　そんなの不公平よ」

パーヴィーンは、自分が味方だと思わせる言い方を慎重に考えた。「生まれた子の顔を見れば、真実がわかるでしょう。今ははっきりしてませんが」

サキナは振り向いて、パーヴィーンがやってきた方へ目をやった。まるで、自分がこれまで生きてきた道を思い出しているかのように。「夫が亡くなった直後の一ヵ月は、フェイサルが言ったことをすべて信じていた。でも、あなたがわたしに話をしにきて書類を見せ、ラジアについて教えてくれたとき、フェイサルは自分で言ったようには、資金を使えないとわかったの」険しい表情が浮かび、サキナの美しい顔がゆがんだ。「わたしたちは将来の保証を失うことになったでしょうね。フェイサルはみんなのお金を取ったのだから、死ぬのがふさわしいのよ」

サイラスに会うために瓶詰工場へ急いだとき、パーヴィーンはまるで怒りに満ちた黒い雲のなかを運ばれているような気がした。誰も自分が彼の元へ行くのを止められなかっただろう。「サキナ奥さま、裏切られた苦しみはわたしにもわかります。あなたもそんな思いを抱いたんですか？　だからフェイサルを殺したと？」

パーヴィーンの声には、激しい思いが込められていたに違いない。サキナが目にかすかな驚きを浮かべてパーヴィーンを見た。「ええ。あの午後あなたが去っていったとき、フェイサルを排除しなくてはと決心したの。モーセンに何か買いにいかせ、門から離れるようにしたわ。そうすれば、犯人は外から入り込んだと誰もが考えるでしょう。わたしはこれをすでに手にしていた。一家に伝わるもので、護身のために金庫に入れておいたの」サキナがそう言って右手を差し出したので、パーヴィーンに細身の銀の短刀が見えた。その武器は柄に優雅な彫刻が施され、ぴかぴかに磨かれていた。ムガル帝国時代の遺物のようで、博物館に所蔵されていてもおかしくないものに見えた。

サキナのその美しい短刀が数日前につけた醜い切り傷が頭に浮かび、パーヴィーンははっと息をのんだ。「外部の人間がフェイサルを殺したと思わせたかったのなら、どうしてラジア奥さまのレターオープナーを首の後ろに刺しておいたの？」

「ラジアは慈善信託の管理者になるべきじゃなかったのよ！」一語一語が鋭く刺さるようだ。

「あんたのことをいつでも堂々と非難できるんだってわからせるためにやったの。わたしが一家の長なんだと思い知ったでしょうよ」

そうした復讐の方法をとったことで、サキナについて明らかになったことがある。彼女の心はさまざまな感情が溢れているのだ――大人になって暴君と化した少年に対する、裏切られたというつらい思いだけでなく、二人の女性への恨みもある。彼女たちは姉妹のように接してくれているのに。パーヴィーンはこのことをわきまえて対処することにした。「あなたがどれほど頭がいいか、誰もわかっていなかったんですね。実のところ、ムンタズ奥さま（ベーグム）はこの通路の存在を知らないみたいだわ。ご主人は彼女を訪ねるのに、それを使うことはなかったから。ずっと彼女の部屋で過ごしていたんですよね？」

「ムンタズはこの通路のことを知らないわ」サキナはばかにしたように言った。「もちろん、ラジアは知ってる――でも、自分がそれを使ったと非難されないように、通路については何も言おうとしないだろうけど。フェイサルがラジアの大切な慈善信託（ワクフ）を、そして彼女の娘まで奪おうとしたから、誰だって彼女がフェイサルを殺した犯人だと思うでしょうね」

「わかりました。あなたはこの通路を通って、フェイサルの部屋に突然現れたんですか？」

「ええ、以前に何度もやったようにね」サキナはため息をついた。「フェイサルを見ると、わたしはどうしてラジアが慈善信託（ワクフ）を管理しているのかと大声で言い始めた。彼はわたしを両腕で抱え込んだ。わたしが何を手にしているか、まったく気付かずに」

「彼は抵抗しましたか？」パーヴィーンは多数の傷を思い出して尋ねた。

「叫び声を上げ、抗おうとした――けれど、すでにひどい傷を負っていて、大したことはできなかった。うまくいったなんて、まったく思わなかったわ」サキナは悲しげにパーヴィーンを見やった。「彼は死ぬときに泣いていた。わたしがやったことが信じられないというように。わたしも同じ気持ちだった」

ミスター・ムクリの血まみれの遺体の光景は、呪いのように、パーヴィーンの記憶に永遠に残るだろう。そのせいで冷静さを失わないようにしながら、彼女は言った。「でも、あなたは罪を告白しなかった」

「当たり前じゃないの！　わたしは一家の名誉を保つ必要があった。服をすべて脱ぎ、フェイサルの浴室で体をきれいにしたわ。着ていたサリーを自分の部屋へ持っていくのは怖かったから、通路に置いておいた。アミナがいなかったら、誰にも知られなかったでしょうね」

自分の名前を耳にして、アミナが体を動かした。パーヴィーンは注意するようにアミナを軽く叩き、二度と動かないよう願った。「アミナはそれについてあなたに何か言ったの？」

「いいえ。あの子が台無しになったわたしのサリーを見ているのに出くわしたの。何か察したかどうかはよくわからないけど、わたしの部屋でファールーダを一緒に飲もうと誘い、何でも好きなことを尋ねてかまわないと言ったわ――ちゃんと答えるからとね、だってあの子は誰よりも頭がよくて勇敢なんですもの。グラスの半分ほど飲むと、意識を失ったわ。引きずって通路へ戻すのに何の問題もなかった」

「そのあと、家出したかもしれないと思われるように、アミナの持ち物を取ったのね」パーヴィーンはなだめるような口調で言った。「わたしの誘拐が、ありふれた犯人によるものだと見せかけたように。モーセンにわたしを捕らえさせたんでしょう？」

「彼は電話を使う許可をもらって、警察署からわたしにかけてきたの」サキナは開き直ったように言った。「あなたが何もかも調べていると伝えてきた。あなたを片付けるよう、モーセンに命じたの。誰もあなたを見つけられない場所の鍵を、ドックに隠してあると言ってたわ」

「モーセンは、すべてあなたのためにやったんですね。あなたが、宝石を売った分け前を渡すと約束したから」パーヴィーンは思い切って言った。

「モーセンがそう話したの？」サキナはうろたえているようだった。「クビにしないと」

サキナが話しているとき、パーヴィーンは何か物音がした気がした。ドアノブが回る音なのか？　モーセンが通路へ入ってきたら、パーヴィーンもアミナも終わりだ。

そのとき、足音がした。サキナが振り向いて通路の隅に目をやった瞬間、パーヴィーンはひざまずいた体勢から不意に立ち上がり、小柄な未亡人に飛びかかった。サキナは地面に倒されると、パーヴィーンと取っ組み合った。より体重のあるパーヴィーンはサキナにのしかかり、シルクのサリーが破れるのも構わず、短刀のありかを探ろうとした。

「あなたのせいで何もかも台無しよ！」サキナがわめいた。パーヴィーンが相手の右手に強く爪を突き立てると、ついに短刀が音を立てて落ちた。

アリスに先導され、シン警部補と巡査が急いで角を曲がってきた。パーヴィーンがサキナにのしかかっているのを見て、みな不意に立ち止まった。

「その短刀」パーヴィーンが言った。「取ってちょうだい！」

アリスがしわくちゃのハンカチをポケットから引っ張り出し、それを使って短刀をつまみ上げるあいだに、警部補と巡査がサキナを取り囲んだ。狭い通路で、パーヴィーンはどうにか彼らの脇を通ってアミナのところへ行った。アミナは起き上がろうとしていたが、また倒れてしまった。

「まだ夢を見てるのかしら？」アミナがろれつの回らない口で尋ねた。「とってもいやな夢を見てたの。サキナおば(カラ)さまが――」

「よかった、その子が無事で。どれくらいここにいたの？」アリスがまだ短刀を持ったまま尋ねた。

「ムクリが亡くなった夜、サキナ奥(ベーグム)さまがアミナにモルヒネを飲ませたの。この子は三日以上、食べ物も飲み物もなしにここで横たわってたのよ！」パーヴィーンは感謝を込めて友人に目をやった。「あなたが来てくれて、本当によかった」

「あなたが秘密の通路を詳しく調べるつもりだとわかってた――サキナ奥(ベーグム)さまが突然いなくなって戻ってこなかったとき、不安になったのよ。ラジア奥(ベーグム)さまにその通路のことを知っているか尋ねてみた。知らないと言われたけど、設計図を見せると、聞いたことがあると認めたわ。その中に入るなら、警察を連れていったほうがいいと言われた」

「来てくれてありがとう」パーヴィーンはシン警部補に言った。「それに、はっきり言っておきたいんですが、この件では、わたしはラジア奥さま（ベーグム）の代理人を務めています――サキナ奥さま（ベーグム）のではなく」

シン警部補の頭が、サキナからパーヴィーンに向いた。「それで、あなたはわたしの質問にすべて答えてくれるんですか？」

「ヴォーン警部よりも、あなたと話がしたいですね」パーヴィーンはすぐさま言った。「でも、尋問はあとにしてもらえますか？　アミナを母親のところへ連れて行くべきだし、お医者さんを呼ばなきゃならないでしょう。モルヒネがどんな影響を及ぼすか、わたしにはわからないから――」

「両手を頭の後ろにつけるように、サキナ奥さま（ベーグム）」シン警部補が堅苦しいヒンディー語で告げた。彼はサキナの涙で汚れた顔を見ないようにしていた。まるで、彼女を逮捕しなくてはならないことを、心からいたたまれなく感じているかのように。パーヴィーンは、彼が女性を逮捕したことがあるとは思えなかった――パーダナシンとあっては、なおさらだ。

「わたしは敬意を払われるべき女性なのよ――わたしに触れないで」巡査がおずおずと手首に手錠をかけたとき、サキナが訴えた。

「男性の方々――ちょっと待って」パーヴィーンはサキナのサリーの端をそっと持ち上げ、顔が隠れるように垂らした。ちょっとしたことだが、サキナの品位は保たれる。

「ありがとう」サキナは小声で言った。「刑務所へ行くつもりだと言ってちょうだい。そして、二度とわたしに触らないでほしいと」

第三十三章　消えつつある命

一九二一年三月、ボンベイ

「あなたに謝らなくてはいけないね」

パーヴィーンはフラシ天張りの豪華なアームチェアに深く腰を下ろし、磨き上げられたマホガニーの机の後ろに座った男性をじっと見つめた。事件から一週間が経っていて、パーヴィーンは最悪のことを予想してやってきた。とりわけ、警察がサキナを逮捕したとき、その場にアリスが居合わせたとあっては。「ですが、サー・デイヴィッド――いったいなぜです？あなたはずっと理解を示して下さったじゃないですか」

「あの家で暮らす女性たちに関して、あなたが力を尽くしてくれたことを言ってるんですよ。あなたがついたての奥で聞き出してくれなかったら、おそらく警察は必要な証拠や告白を集められなかっただろうから」

パーヴィーンは身を固くした。「警察の協力者になろうとしたわけじゃありません。わたしはずっと、あの一家の安全を気にかけていました。だからこそ、三人の女性たちとあの家の人々を、注意深く見ていたわけです」

サー・デイヴィッドはうなずいた。「それで納得がいったよ。あの女の子はどうですか？」

「医者の話では、あと数日、カマ病院で治療を受けなくてはならないそうですが、アミナは楽しそうにおしゃべりしています。母親が毎日付き添っていて。ぜひ知っておいていただきたいんですが、アリスはアミナに幾何学を、ラジア奥さま(ベーグム)に経理の原則を教えているんですよ」

「娘のことだが、あなたの法律事務所で臨時のコンサルタント業務を引き受けたと教えてくれた。それについてもっと知りたいんだがね」

この話し合いの理由はそれだったのだ。「父もわたしもアリスを高く買ってるんです。うちの事務所の手伝いが、オックスフォードで教育を受けた数学者にとって理想的な仕事ではないのはわかっています。実はアリスは、地元の大学で講師になるのを、あなたがたが認めてくれないと思い込んでるんですよ」

ためらったのち、サー・デイヴィッドは言った。「わたしは反対してるわけじゃない。少なくとも、そうなればインドにいてくれるわけだから」

「娘さんに伝えるべきです」パーヴィーンはそう助言し、アリスにとって父親の支えがどれほど力になるか考えた。「それと、少なくとも職を見つけるまで、手伝ってもらえたらありがたいのですが。彼女の数学の才能は、遺産の計算や何かに役に立ってくれるでしょう」

「あの子がボンベイをひとりでうろつきまわらなければね。だが、母親は当然ながら、この町はさまざまな危険をはらんでいると心配してるが」

「二人の容疑者が捕まって連行され、レディ・ホブソン＝ジョーンズは安堵されたでしょう？」

サキナは婦人用の監房で一晩過ごした。今は保釈され、プーナの実家の両親に預けられている。裁判は数ヵ月のうちに行われる予定だ。一回目はフェイサル・ムクリの殺害に対するもので、二回目はアミナの殺害未遂に関してになる。モーセンはパーヴィーン誘拐の容疑をかけられた。裁判の前に刑務所から出るのは許されないだろう。

「妻は安堵したばかりか、幼い子供のいる未亡人のための基金を設立する役目を買って出たんだよ。ちょっと教えてもらいたいんだが、あとの二人の未亡人はどんな様子かな？　二人ともあの屋敷には住んでないのは知っているが」

「ラジアはわたしの家にいます。あれこれ画策して、イダットの残りの数週間をわたしの父や兄と出くわさずに過ごせるようにしてるんですよ」パーヴィーンは答えた。「ムンタズは産科病院に入りました。そこで手厚い看護を受け、ずっとよくなったんです。二人の未亡人は地所を売ろうと考えていますが、サキナの裁判が終わり、ムンタズの赤ちゃんが生まれるまでは無理ですね」

「赤ん坊が男の子か女の子かわかるのを待ってるわけだね」サー・デイヴィッドが言った。

張りぐるみの椅子にもう少し沈み込み、パーヴィーンは答えた。「どちらにしても、その子はかなりのものを相続することになります」

サー・デイヴィッドはパーヴィーンをじっと見て言った。「ムスリムの法律は数学的な要素だらけだ――アリスはそうした数字については、誰よりも優れている。遺産に関するパールシーの法律は、それよりずっと複雑だというのは本当かな？」

パーヴィーンは含み笑いをした。「パールシーの法律には、まだいくつか残念な点もありますけど、何より優れているのは、昔からのしきたりで遺産を広範囲に分割することです。亡くなった人の財産は大勢の親族に分けられるので、わたしたちのコミュニティの多くの人たちが、経済的な安定を手に入れられているんですよ」

サー・デイヴィッドは、皮肉交じりにかすかにほほえんで見せた。「それで、あなたがたパールシーはボンベイも安定させた――病院や学校をいくつも建て、わたしたちイギリス人が見落としたさまざまな事業を行った」

イギリス人がやるべきことについて、インド人の自治を認めることを始めとして、パーヴィーンには言ってやりたいことがいくつもあった。けれども彼女は、サー・デイヴィッドにまた話を聞いてもらうことになるような気がした。「よき考え、よき言葉、よき行いをというのは、パールシーの信条なんです。でも、それはパールシーの専売特許じゃありません」

「さようなら、ミス・ミストリー」サー・デイヴィッドはそう言って片手を差し出した。「とはいえ、きっとまたすぐ会うことになるだろうがね」

二日後、パーヴィーンはグルナズとダイムラーに乗り込み、アリスの父親がパールシーの慈善事業について言ったことを思い返していた。これから、パールシーが造ったそれらの立派な場所の一つへ向かうところだ。ペティット・パールシー総合病院へ。

グルナズが病院の入退院係に問い合わせ、シヤマク・アズマン・パテルという三十二歳の男が、不治の病の患者の病棟に入院していると確認してくれた。彼女は同行し、パーヴィーンの煩雑な手続きを手助けすると言い張った。

車は揺れながら進み、ボロボロのサリーを着た幼い少女が、ごみの小山をあさってガラスのかけらを拾っている横を通り過ぎた。そのみすぼらしい子供を見ると、パーヴィーンはファティマのことを思った。彼女も運が悪ければ、同じ立場になったかもしれない。けれども、未亡人たちは彼女とザイドを追い出さずにいてくれた。

パーヴィーンはミスター・ファリドの銀行を訪れ、弁護士としての権限を使って、ラジアとムンタズに支払うべきマフルを一ルピー残らず払い出した。お手伝い（タイバーアャ）のタイバと料理人の給料もふたたび支払われるようになった——無休で働いた月の分のボーナスも。未亡人と子供たちが屋敷にいないので、ファティマとザイドの仕事は楽になり、二人は週に数回、半日だけ地域の学校に行けるようにもなった。

「その患者のファーストネームとミドルネームの意味を、ペルシア語の名前の本で調べてみたの」パーヴィーンがモーセンの子供たちのことを考え、温かな気持ちになっていたところに、グルナズが話しかけてきた。

パーヴィーンはグルナズの方を向いた。「どうだったの？」

「シャマクというのは『この世で独りぼっち』という意味よ。そしてアズマンは『果てしない』ということなの。ひどく謎めいてるでしょう？」

サイラスはバンドラで、自分がこの世界でどれほど孤独を感じているか、パーヴィーンに話したことがあった。その偽名も、またメッセージなのだと彼女は確信した。

病院でグルナズは受付を難なく通り、救命救急病棟へ入っていった。だが、そこの看護婦長は受付係ほど融通がきかなかった。患者に面会することはできない、見舞客に会えないほど弱っていると告げられた。

「でも、その患者がわたしに面会を求めているのですが」パーヴィーンは、用心のために持ってきていた手紙を差し出した。

看護婦長の目が輝いた。「ああ、よかった。わたしが数日前にその手紙を投函したんです。望みを捨てかけていたところだったんですよ」

「ミスター・パテルには死期が迫ってるんですか？」パーヴィーンは真実を知るチャンスが

なくなったのではと、不意に心配になった。

「今は何とも言えません。話すことはできますが、頭が混乱しています」パーヴィーンとグルナズが問いかけるように目を向けると、看護婦長は首を振った。「わたしは、患者さんの診断についての情報を勝手に教えられないんです。患者さんが依頼した弁護士のほかは、誰にも面会を認めることができないのと同じようにね。つまり、ミス・パーヴィーン・ミストリー以外には」

「せめてドアの外にいさせて下さい」グルナズが訴えた。「その患者が何かひどいことをするかもしれないでしょう」

看護婦長は、頭がおかしいんじゃないかというようにグルナズを見た。「ミスター・パテルはひどく弱ってるんですよ。必要なのは彼のために祈ることで、怯えることじゃありません」

グルナズは廊下で椅子に座り、パーヴィーンは看護婦長について、きつい消毒剤のにおいがする病室へ入った。部屋にはベッドが二つあった。一つは十代の少年が、もう一つは赤い吹き出物と傷のあるぞっとするような男が使っていた。「こちらがミスター・パテルです」看護婦長はパーヴィーンに小声で告げた。それから、もっと大きな声で言った。「ミスター・パテル、あなたが手紙を書いた弁護士さんが来ましたよ」

見知らぬ人物は、パーヴィーンが愛した男とは似ても似つかなかった。パーヴィーンはミスター・ゴシュとジャムシェジーが得たサイラスの情報が、手紙を書いた人物にかかわりがあると思い込んでしまった自分を責めた。もっとも、この患者にとっては、彼女の訪問が遺言を作る手助けとなるわけだが。

看護婦長が二つのベッドのあいだのカーテンを引き、パーヴィーンと斑点のある男が少年から見えないようにした。

「ミス・ミストリーがいらっしゃいましたよ」看護婦長が大きな声で言った。

その男はまばたきし、やがてしっかりと目をあけた。パーヴィーンは息をのんだ。そのハシバミ色の瞳は、サイラスのものにそっくりだった。

「ぼくの妻だ」男は苦しげに息をしながら言った。「パーヴィーン」

パーヴィーンは耳の中で脈打つのを感じた。その病人はサイラスの声をしていたが、パーヴィーンにはかつての美しさのかけらも見出(みいだ)せなかった。斑点だらけの塊でしかない。

パーヴィーンは茫然としている看護婦長に視線を向けた。「これは弁護士と依頼人の面談です」そう言った。「二人だけにして下さい」

看護婦長は気分を害したようだった。「でも、わたしの患者さんは――」

「あなたが必要なら、呼びますから」

看護婦長がぎこちなく出ていったあと、パーヴィーンは尋ねた。「どうして別の名前を使ったの？」

「そうすればきみに避けられずにすむからな」サイラスはざらついた声で答えた。

パーヴィーンは優しく言った。「あなたのために遺言を作ることはできないの。わたしはまだ家族の一員だとみなされている。利益相反になるでしょうね」

「それならそれでいい」サイラスはため息のような音を出した。「きみにまた会えてうれしいよ。もう一度会いたいと思っていた」

「ご両親はあなたが重病だと知ってるの？」

「ああ。父から仕事をやめるよう言われた。両親は、ぼくがカルカッタから離れたところで治療を受けるのを望んだ。人に知られずに済むから」

「天然痘にかかってるの？」パーヴィーンは思い切って尋ねた。

「梅毒だ。どんなものか知ってるか？」

「ええ」それはもっとも恐ろしい性病だ。パーヴィーンはごくりと唾を飲んで尋ねた。「治療法はあるの？」

「最初、マラリアに感染した血を注射された。だが、熱は出たものの、それで病気を治すことはできなかった。今は砒素の入った薬を与えられている」

サイラスは続けざまに咳き込んだ。ベッドの横のテーブルに置かれた水差しとグラスに気付き、パーヴィーンは水を一杯注いだ。

少し飲んだあと、サイラスはパーヴィーンにグラスを返し、前より力強い声で言った。

「医者たちの話では、砒素で治療できるかもしれないとのことだ。だが、それも失敗する可能性がある」

「元気になると想像してみて。そうすれば、力が出てうまく行くようになるわ」パーヴィーンは自分が励ましの言葉をかけていることに茫然とした。もう何年も、サイラスを危険な存在だと思ってきた──結局、彼が傷つけたのは自分自身だけだったのだ。

「たぶんその薬は効くだろうが、それに何の意味がある？　ぼくは生涯、まがいものの黄金を追いかけてきた。きみはぼくがこれまでに得たただ一つの宝だったのに──それを失ってしまった」

パーヴィーンは恋をしていた頃と同じように、彼の声を聞くと感傷的になることに愕然とした。「どれくらいのあいだわたしの動向を追っていたの？」

「去年の十月、いとこが『ボンベイ・サマチャー』のきみについての記事を送ってくれた。今年になってからひどく具合が悪くなってね。そのあとここへやってきた。きみをこの病院へ来させるために、遺言についての手紙を書いただけだ。きみに助けてもらいたいんだよ」

「どうやって？」パーヴィーンは恐る恐る尋ねた。サイラスから、自分のところへ戻って看病するよう頼まれたら、断るつもりだった。どれほど自分勝手だろうと、戻るのは耐えられない。それとも、サイラスは、ミストリー家が自分を引き取るべきだと思っているのだろうか？　死にかけている夫に対して、妻が負うべき責任には限りがないのだから──

「助けてくれ」パーヴィーンがあれこれ考えてうろたえていると、サイラスが低いしわがれ声でさえぎった。「もう少しだけ薬をくれたら、ぼくは永遠の眠りにつくだろう」

パーヴィーンは彼の要求がたやすいことにほっとした。「わたしには無理よ。薬の量がわからないもの。担当の看護婦さんを呼んでくるわ」

「いや。今すぐ、その瓶に入っている薬をすべて飲ませてほしい。ぼくが死ねば、きみは自由になれる」

サイラスの要求の意味に思い当たり、パーヴィーンは愕然とした。「わたしに砒素を盛らせたいの？」

「頼む」サイラスは甘い言葉で誘うように言った。「ベッドから出て、看護婦が瓶を置いたところまで行けるなら、自分でやるさ」

パーヴィーンが最初に感じたショックは疑念に代わりつつあった。サイラスは、刑務所送りになる可能性のあることをパーヴィーンに頼んだのだ。カーテンの反対側には若者が横たわっている。もし彼が目を覚まし、このすべてを聞いていたら、パーヴィーンにとって不利な証人になるだろう。

パーヴィーンは立ち上がり、サイラスを見下ろした。かつて彼はとても魅力的だった。パーヴィーンに無条件の愛情を求めた。そして今、彼はパーヴィーンをそそのかし、ほどなく自由が手に入ると思わせようとしている。それによって、彼女は殺人罪で絞首刑になるかもしれないのに。

「やってはもらえないのか？」サイラスはあえぎながら言った。

「やるつもりはないわ」パーヴィーンは自分の声が震えるのがわかった。「お医者さんに話してちょうだい。薬の量を調整して、あなたがこれほどやけにならないようにしてくれるかもしれない。回復への道は長いでしょうね。でも、あなたが自分の命に執着していれば、それを変えられるわ」

「もし死んだら？」サイラスは哀れっぽく尋ねた。

感情に流されないようにしながら、パーヴィーンは答えた。「パールシーの法の元では、遺言を残さずに亡くなると、あなたの資産は一定の額が家族に分配されることになる。だから、事務弁護士に遺言を作成してもらって。わたしを除外しておいたほうがいいでしょうね。わたしは何もいらないから」

「でも、パーヴィーン、きみにはどんなに感謝しても足りないよ」

これはサイラスの心からの思いなのだろうか、それともまた別の嘘にすぎないのか？　パーヴィーンにわかることは決してないだろう。サイラスにはかつての面影はまったくなく、この四年のあいだ身をさいなんできた怒りをたぎらせ続けるのは、パーヴィーンにはむずかしかった。「手助けできなくてごめんなさい。いつもあなたのために祈ってるわ」

パーヴィーンは病室を出た。二度と訪れることはないとわかっていた。

第三十四章　タージマハル・ホテルでカクテルを

一九二一年九月、ボンベイ

雨季が明ける前の気持ちのよい日、パーヴィーンはラジアとムンタズに会いに、タージマハル・ホテルへ出かけた。歩いて庭園から入り、受付の長い棚に傘を置いたが、ブリーフケースは持ったままにした。中には小切手と書類が数枚入っているだけなので、軽かった。ダイニングルームのテーブルを予約してあった。そこはパーヴィーンの一家がソダワラ家の人たちと会ったのと同じところだ。けれども、サイラスのことを考えないようにしようと、パーヴィーンは自分に言い聞かせた。彼はボンベイにいないのだから。

グルナズが探り出したところによると、サイラスはパーヴィーンと会った二週間後、医師の忠告を聞かずに退院し、使用人に付き添われて列車でカルカッタへ戻った。そこで生涯を終えるかもしれないし、思いのほか回復し、生き延びるかもしれないとパーヴィーンは想像を巡らせた。プルショッタム・ゴシュは見張りを続け、サイラスが亡くなったらジャムシェジーに知らせると約束していた。

「未亡人になれば、人生を新しくやり直せるぞ」ジャムシェジーは希望を込めて言った。「また結婚することだってできる。それは誰にもわからんぞ？　ルストムより前に、孫をわたしに見せてくれるかもしれんな」

けれど、パーヴィーンには再婚相手のあてなどないし、両親に探してもらう気もほとんどなかった。グルナズには言ってあるけれど、パーヴィーンは叔母になるのを心待ちにしていた。

給仕長に導かれてダイニングルームを通り、隅のテーブルに着くと、パーヴィーンは物思いにふけるのをやめた。そこにはすでにムンタズとラジアが座っていた。ムンタズはオレンジ色とクリーム色をした、ペイズリー柄の美しいサリーを着ていて、ラジアは銀糸の刺繍がふんだんに施された優しい青色のサリーを、優雅にまとっている。二人ともパーヴィーンと同じように、サリーで髪を覆うようにしていた。それは二つの文化に共通した、慎み深さのしるしだった。

パーヴィーンは二人の女性にほほえんで見せ、待たせたことをわびた。「お二人ともとても元気そうですね。とりわけあなたが来て下さって感激だわ、ムンタズ。赤ちゃんのアイシャはどうですか？」

「泣き声が歌手みたいなの、まだ生まれて六週間しか経ってないのに！　お手伝いのタイバ（タイバーアヤ）

が耳が遠くてよかったわ。だけど、あまり長くは留守にしてられなくて――あの子は数時間のうちに目を覚まして、おっぱいをほしがるだろうから」ムンタズはうれしそうにくすくす笑った。「あのね、あの子が男の子じゃなくてもぜんぜん構わないのよ。何もかもとてもうまくいったんだから」

ルストムが、ネピアン湾岸通りの清潔でモダンな建物に、ムンタズのための部屋を見つけてくれていた。彼女の姉のタンヴィエがしばしばそこを訪れている――けれど、ムンタズが言ったように、タイバーアヤが一緒にいてとてもよく働いてくれるので、タンヴィエが引っ越してくる必要はなかった。ファティマとザイドもそのアパートで寝ていて、学校が終わったあと、ちょっとした手伝いをしている。

三人ともがその日のお勧めランチ――子牛肉のマッシュルーム添え、ライスピラフ、アイスクリーム――を注文したあと、パーヴィーンはブリーフケースを開いた。そして二人それぞれに、ファリドの遺産からの支出をまとめた書類を渡した。ラジアはパーヴィーンからもらった英語の文書を黙って読んだが、ムンタズが尋ねた。

「なんて書いてあるのか、教えてもらえる？」ムンタズは不安げにパーヴィーンを見た。

「まず、一家に貸しのある人たちに対して、未払いの請求分をすべてわたしが清算したと書いてあります。ですから、もう心配することは何もないわ」パーヴィーンは答えた。「遺産については、あなたとラジアはそれぞれ七千三百ルピーを受け取ることになるでしょう。お二人とも、工場の業績がまたよくなれば、ファリド織物から残余利益の何パーセントかを受けとる権利があります」

「わたしは自分のために土地と工場の権利を主張する気はないのよ」ラジアが言った。「子供たちみんなの将来のためになるようにしたいの」

「それはわかります」パーヴィーンは応じた。「ですが、お嬢さんの安定した暮らしを望むなら、その土地をあなたの名義にし、会社から毎年、地代としてなにがしか支払われるようにすべきだわ。土地と工場の価値を分けておくことが重要なんです。もし工場が閉鎖されたら、あなたとアミナの助けになるよう、土地を売ることができるから」

ラジアはパーヴィーンの言葉をじっくり考えていたが、やがてうなずいた。「そうした利益を慈善信託(ワクフ)に役立てることもできるわね。わたしのためにその書類を綴じて整理してもらえますか？」

「明日やるつもりです」パーヴィーンはムンタズに視線を戻した。「最大の資産の処理がまだ残ってます。屋敷がね。あなたとラジア奥さま(ベーグム)は、ジュムージュムやお嬢さんたちと共に、その所有権を分かち持っています。サキナ奥さま(ベーグム)の取り分もあるはずよ」

ラジアは顔をしかめた。「なんであれ彼女と分け合うと思うと、ひどく不愉快だわ。一年だけ刑務所に入るという判事の罰は、軽すぎる気がする。ムクリの死を悼んではいないけれど、彼女がわたしのただひとりの娘を殺そうと計画したことは許せないわ」

パーヴィーンはしばらく黙り、サキナの世界も、彼女が当たり前だと思っていたことも崩れ去ったことに思いを巡らせた。サキナは残りの人生を両親と共に過ごすことになるだろう――殺人の有罪判決を受けた嫁でもかまわないという婿を、両親が見つけない限りは。

「ナスリーン、シリーン、ジュムージュムについて、何か聞いてますか？」ムンタズが尋ねた。「あの子たちのことを忘れられないの。わたしの家族だもの」

「みんな健康で、祖父母に育てられてますよ」パーヴィーンが言った。腹違いの姉さんたちがいると知ってほしいから」ムンタズが言った。

「もし許されるなら、アイシャを連れて訪ねていくつもりよ。腹違いの姉さんたちがいると知ってほしいから」ムンタズが言った。

「お二人に会えたら、みんな喜ぶでしょうね」子供たちがみじめな暮らしをしていないことを確かめるために、パーヴィーンはすでに二回、彼らを訪ねていた。「屋敷の件に戻りますが、それをどうなさりたいですか？」

「売るべきだと思う」ラジアが言った。「わたしたちにとって悪い思い出が多すぎて、そこではもう暮らせないとムンタズも認めているわ」

「それに、どうしてこれからも仕切り壁(ジャリ)の奥にいないといけないの？」ムンタズが身震いしながら言い足した。「透明な窓のない生活なんて、二度としたくないわ」

「ご存じのように、相続法によって、あの地所を所有しているのは主に子供たちということになります」パーヴィーンは言った。「あなた方とサキナの子供たちは、合計してその価値の八十パーセント以上の権利を持っています。子供たちが決定に加われるほど大きくなるまで何年も待たずに、今、屋敷を売ろうとするなら、ちょっとした免責が必要になります」

「免責ってなんなの？」ムンタズは不安そうだ。

「充分な理由があるなら、規則を破ることを判事が認めるということよ」パーヴィーンは説明した。「あの地所を売るための免責を得るには、男性の親族による承認が必要です。わたしは、あなた方の亡くなったご主人のいとこで、ファリド織物を経営しているムハメッドさんに会ったことがあるの。何度か話をしたところからすると、彼なら信頼がおける親切な資産管理人になってくれると思いますよ」

「でも、その人がもらったお金をそのままわたしたちに持たせておいてくれると、本当に思うの？」ムンタズはパーヴィーンを疑わしげに見た。「ミスター・ムクリと同じことをするかもしれない」

ラジアがムンタズに優しくほほえみかけた。「資産管理人にすることをパーヴィーンさんに許可する前に、二人でその人に会って頼んでみましょう。それだけじゃなく、自分の意向を文書にしてもらうよう、その人に要求することもできるわ」

「まあ！　あなたには弁護士の素質がありますね」パーヴィーンは感心して言った。

ムンタズがまばたきした。「賢い考えだと思うわ。ラジア、本当に一緒にムハメッドさんに会いにいってくれるの？」

「もちろんよ。世間から引きこもって暮らすのをやめるのは、思っていたほど大変じゃないわね」ラジアは自信にあふれた様子で、にぎわっているダイニングルームを見回した。「アミナは喜んでわたしを学校へ連れていき、町の名所を案内してくれてるわ。わたしたちにちょっかいを出してくる人は誰もいない。わたしが母親だと、きっとみんなわかっているんでしょうね。敬意を持って接してくれているもの」

「それは当然ですよ」パーヴィーンが言った。

「あなたの家にいるのは楽しいけれど、ムンタズと同じ建物に部屋を借りたいと思うの」ラジアがそう言って、もうひとりの未亡人の手にそっと自分の手をのせた。

「お互いに友だちになれるし——娘たちも姉妹として暮らせるわね」ムンタズが言った。ようやくくつろいだ顔になり、温かな笑みを浮かべている。

「きっと、屋敷を買いたいと申し出る人がすぐに大勢見つかるでしょう」パーヴィーンはすでに、ルストムの力を借りることを考えていた。「取り壊されたら悲しいでしょう？　今マラバー・ヒルでは、そうなるのがお決まりのやり方だけど」

ラジアは真剣な目でパーヴィーンを見た。「あの屋敷は取り壊されるのが一番いいのよ。そのとき初めて、あの悲しい出来事も消えるでしょうから」

「二度とあの家を見たくはないわ」ムンタズが身震いしながら言い足した。

ラジアが声をひそめて言った。「話は違うけれど、ムンタズのところに引っ越しても、一年のうちに移ることになるかもしれない。つい先日、結婚の申し込みの手紙を受け取ったのよ」

「そんな驚くようなことを今まで言わずにいたんですか？」パーヴィーンが笑いながら言った。「話して下さいよ！」

「アリ大尉なの、言うまでもないことだけど」ラジアが言った。

　未亡人たちのイダットが終わったあと、アリ大尉はミストリー屋敷を訪ねる許可をラジアに求めていた。そのインド軍の士官は、堂々とした態度と優しい目をした紳士だとわかった。誰に対してもとても礼儀正しく、きっかり一メートル五十センチ離して置かれた椅子に座ってラジアとおしゃべりするあいだ、その部屋にいてくれるようパーヴィーンとジャムシェジーに求めた。

　二人はこの四年にわたってずっと手紙のやり取りを続けていて、以前に二度、仕切り壁を挟んで話をしたことがあったが、パーヴィーンは互いに話すことが山のようにあるのだと気付いた。次にアリ大尉が訪ねてきたときには、アミナも同席した。彼女はすっかり回復し、パーヴィーンが学んだのと同じ女子校に通っている。

「ママがアリ大尉と結婚したら、わたしたちはいろいろなところを回ることになるのよ」アミナは以前、パーヴィーンに打ち明けていた。「ニューデリーとかペシャワル、ビルマ、マンダレーにも行くかもしれない。それが軍人の家族の生活なの。配置されたら、そこでうまくやって行かなきゃ。言葉を学んで、なんでも見ないとね!」

「ボンベイにいられなくても、あまり寂しくないの?」パーヴィーンが尋ねた。

「いつでも帰ってこられるもの。インド軍の家族用の無料乗車券を使って、インドのすべてを見られるって、知ってる? ママに結婚を申し込んでくれるといいな」

アリ大尉は、結局そうしたのだ。

「どうするつもりですか、ラジア奥さま(ベーグム)?」パーヴィーンが尋ねた。

「決める前にもう数回、大尉に会いたいと思っているんだけど」ラジアがため息をついた。

「わたしにはもう、結婚する必要なんてないのよ。でも、とても素敵なことかもしれないわね。それにもちろん、望めばいつでもいられる自分の家を持つつもりだから」

楽しく食事をしたあと、パーヴィーンはそれぞれの女性に遺産分の小切手を渡した。ムンタズとラジアは、ミストリー家の車に乗って銀行へ行くことに同意した。

「あなたに一緒に来てもらう必要はないわ。今は二人とも自分の銀行口座があるし、必要なら、わたしがムンタズを手助けできるから」ラジアはホテルの玄関に立って、アーマンがダイムラーで迎えにくるのを待つと言い張った。

パーヴィーンは反対しようとしたが、そのとき、二人が心から自立したいと思っていることに気付いた。それなら、やらせてあげなくてはならない。「いい考えだわ。そのあと、ムンタズ奥さま(ベーグム)をまっすぐフラットまで送るよう、アーマンに頼んで下さい。あなたはここへ戻ってきたらどうですか、ラジア奥さま、そうすればわたしたちは一緒にダダール・パールシー・コロニーへ戻れますけど？　あなた方が銀行にいるあいだ、アーマンには、外で待っているように言いましょう」

未亡人たちを見送ったあと、パーヴィーンはホテルの外のパーム・ラウンジと海のほうへ目をやった。その海に面したベランダは、お茶やカクテルを楽しむイギリス人とインド人の女性たちですっかり占められていた。パーヴィーンは、髪が風で乱れたブロンドの頭部に見覚えがある気がした。

行ってみると、やはりアリスだった。

「あなたに会えるなんて、うれしいわね」アリスが両腕を伸ばし、パーヴィーンの体を抱きしめた。「ウィスキーソーダを飲むには、まだ時間が早いってことはないでしょう？　注文しようとしたんだけど、ウェイターはお茶を持ってきたのよ」

「言葉の問題に違いないわ」パーヴィーンが若いウェイターに向かって手を振ると、注文を取りにやってきた。「ジンライムとウィスキーソーダをお願い。ナッツは――」

「当ホテルでは、付き添いのいない女性にはアルコールをお出ししておりません」ウェイターは横柄な口調で言った。

「でも、男性には出してるんでしょう」パーヴィーンはヒンディー語で言い返した。「どうしてなのか教えてちょうだい」

　ウェイターはそわそわと手をこね回した。「ここへお茶を飲みにくるご婦人方は、そういうことを好まれませんので」

「危険なのは、お茶を飲んでいる人たちがわたしたちに合流することでしょう。そうなると、羽目をはずした、ひどくやかましいおばさんたちの一団ができあがるわよ！」アリスがにやにやしながら言った。

　パーヴィーンはバッグに手を入れ、名刺を出して渡した。「おそらくあなたは知らないでしょうけど、わたしは事務弁護士として仕事をしているの。支配人を呼んでくれるかしら？」

　二分後、横柄な様子のインド在住のイギリス人は、パーヴィーンを見てしかめつらをした。

「ミス・ミストリー、いったいなんの騒ぎでしょう？　わたしたちにはわたしたちの決まりがあるのです」

　パーヴィーンは相手に笑みを浮かべて言った。「いくつか質問をしたいだけよ。この立派なホテルは、インド人も外国人も平等のもてなしを受けられるようにと、設立されたと聞いてます。本当にそのとおりなの？」

　相手はうなずいた。「まったくそのとおりです」

「男性客はアルコールを許されるのに――女性客はだめだなんて――平等にもてなすという考えに反してるでしょう？」

「ええ、わたしは――まさかそんな――」支配人はそれ以上は言わなかった。

五分後、パーヴィーンは霜のついたようなジンライムを、アリスはウィスキーソーダを前にしていた。

「女性たちの力に！」アリスが乾杯した。

「女性たちの力に」パーヴィーンが応じ、二人のグラスが音を立てた。

パーヴィーン・ミストリーについては、インドで最初の女性弁護士たちから着想を得た。プーナのコーネリア・ソラブジは、女性として最初にオックスフォードで法学を学んだ人で、一八九二年に英国法の試験を受けた最初の女性でもある。そしてボンベイ（現ムンバイ）のミサン・タタ・ラムもオックスフォードで法学を学び、一九二三年に女性で初めてボンベイの法曹界に認められた。コーネリアの回想録"India Calling"と"India Recalled"は、英領インドと藩王国で女性の事務弁護士として働くとはどういうことなのか、魅力的に描いている。また、"Opening Doors: The Untold Story of Cornelia Sorabji"という、コーネリアの甥のリチャード・ソラブジによる伝記も面白く読んだ。ミサン・タタ・ラムは回想録"Autumn Leaves"の中で、自分の教育や仕事の思い出を伝えている。ミサンはインド女性の選挙権のための法律の起草において、また、一九三六年に改正されたパールシーの婚姻と離婚法で、人々の離婚の自由を拡大することにおいても、中心的な役割を果たした。

わたしのもっとも重要な情報源は、ミトラ・シャラフィの"Colonial South Asia: Parsi Legal

Culture, 1772-1947"だ。著者は歴史法学者で、ウィスコンシン大学ロー・スクールの准教授でもある。シャラフィ博士は、パーヴィーンをとりまく複雑な法的状況についてのわたしのいくつもの質問に、驚くほど親切に答えてくれた。また、バルティモア大学ロースクールの法学教授、ロバート・ルビンソンから、慣習法と弁護士の職業的責任について学んだ。

義父のバハラット・パレクには感謝している。昔のムンバイの中心地を詳しく調べるよう、わたしに勧めてくれた。バハラットは近親者のチータン、ソナル、ゴピカ、ラジ・パレクに引き合わせてくれ、彼らのおかげでわたしの調査旅行は実に楽しいものになった。母のカリン・パレクからはアドバイスを受け、いつも感謝している。母はムンバイのすべてのもの、場所、時間を知っているのだ。父のスビール・クマール・バネルジーに感謝を。わたしを励まし、本を読むよう勧めてくれた。義母のマンジュ・パレクには、広い政治学の知識を分け与えてくれたことを感謝している。また、インドの著名な歴史家のひとりで、マニ・バワン・ガンディ博物館の館長、ウシャ・タッカルを紹介してくれたことにも。ウシャ・タッカルは彼女の姪のニーヤティ・シェティアに引き合わせてくれた。彼女はガヴァメント・ロー・カレッジ（かつてのガヴァメント・ロー・スクール）の卒業生で、マラバー・ヒルにとても詳しい。この特別な地区の長年の住人として、ウシャとニーヤティは彼女たちの近所の魅力的な古い地区を見せてくれ、地元の人しか知らない、アジア協会やバラード・エステートを案内してくれた。

たくさんの学識あるゾロアスター教徒の方々が、自分たちのすばらしい文化を惜しげもなくわたしに教えてくれた。弁護士で、Parsikhabar.net というウェブサイトの貢献者であるメヘルナズ・ワディアは、ムンバイ高等裁判所、リポン・クラブ、カマ協会へ案内してくれた。歴史家のシミン・パテルから情報をいただき、感謝している。彼のウェブサイト、Bombaywalla.org は、ムンバイの歴史遺産に関する情報の宝箱だ。シミンのお父さまのジェハンギル・パテルは、『パルシアナ』という雑誌と Parsiana.com というウェブサイトの編集者で、的確な意見をくれ、歴史の本を何冊も勧めてくれた。ペルゼン・パテルはシェフで、食べ物が中心の Bawibride.com というウェブサイトのフードライターだが、パールシーの料理や結婚式の習慣に関する情報について、わたしの飢えを満たしてくれ、親切にも原稿を読み通してくれた。ペルゼンのお母さまのシェルナズ・ペティガラと、伝統に関して話し合ったことは、うれしいおまけとなった。

脚本家で監督でもあるスーニ・タラポリヴァラは、映画でよく知られているが、彼女のサイドプロジェクト——メヘル・マルファティアと共同編集した、パールシーのスラングと慣用句を集めた本 "Parsi Bol 1&2" ——は非常に貴重だった。わたしにとっては、スーニと夫のフィルダウスと過ごした時間と同じくらいに。

さらなるパールシーのスラングと洞察をもたらしてくれたのは、ラヨ・ノーブルだった。また、家族の名前の付け方について、リヤ・メヘタからすぐに答えをもらえたことに感謝している。彼女はムンバイ出身で、ワシントンDCに住み、執筆を行っている。

ほかにもムンバイに住む人たちが調査を助けてくれたが、その中にはニシャ・ダーゲもいる。タージマハル・パレス・ホテルの広報担当者で、昔ながらのメニューとホテルの歴史を守ることの大切さを知っている、威厳に満ちた人物だ。フセイナ・ハティム・マチェスワラはムンバイ大学を退官した教授で、ムンバイ・マジックのツアーグループを通して、歴史的なフォート地区を詳しく見て回るツアーに連れていって下さった。

ムンバイの外でも、シャブナム・マフムードから、南アジアのムスリムの家族について教えていただいた。ミステリ作家のA・X・アフマドはカルカッタに住むご両親のナシーンとアミール・アフマドに引き合わせてくれた。お二人は親切にもてなしてくれ、昔の話をして下さった。

フセイナ・マチェスワラとメヘルナズ・ワディアは、別々の年にヤズダニ・ベーカリーへ連れていってくれた。それは伝統的なペルシア人のベーカリーで、二十世紀の初期にまでさかのぼる、歴史的な建物の中にある。このすばらしい店に敬意を表し、ブルース通りの架空のパン屋にほぼ同じ名前をつけた。本物のヤズダニの店でビスケットとお茶を楽しんでみたいなら、それはカワスジ・パテル通りにある！

ムンバイ生まれの女優で作家のアヴァンティカ・アケルカルは、ムンバイでさらに食の冒険をし、ひらめきを得る力になってくれた。ラジェンドラ・B・アクレカルは作家でインドの鉄道の歴史の権威でもあり、彼の"Halt Station India"は、鉄道の路線を知るのに役立った。また、一九二〇年のボンベイの鉄道のルートや駅について、多くの質問に親切に答えてくれた。

調査旅行のあいだに、どうやってそれほど多くの人たちに会えたのかと思うかもしれない。それができたのはみな、しっかり者で親切な運転手のナムデヴ・シンデと、わたしたちを引き合わせた旅行代理店の社員、ムンバイのトラヴェライト社のバヴィン・トプラニのおかげだ。

わたしの不屈のエージェント、ヴィッキー・ビジュールに力強いハグを。一九二〇年代のインドを舞台にした新シリーズのためのわたしのアイディアを、優秀な編集者のジュリエット・グレイムズとソーホー・プレスのすばらしいチームのほかの人たちに持ち込んでくれた。また、ペンギン・ランダムハウス・インドのわたしの編集者、アンバー・チャタージーにも、大変感謝している。彼の思慮深いメモと、わたしの歴史小説をいまもサポートしてくれることに対して。

ボルティモアのマッシー一家にたくさんのキスを。夫のアンソニー・マッシーこそ、「リーガルミステリーはどうだ?」と言ってくれた人なのだ。トニーは仕事でわたしがいないのをがまんし、文句を言わずに家庭に火を灯し続けてくれている。子供たちのピアとニールは大きくなり、わたしが調査のために留守にするときは、あれこれ家事を分担している。ええ、ちゃんとわかってるわよ！

手を貸したのにわたしが名前を挙げるのを忘れた方がいらっしゃるなら、どうか心からのお詫びを受け入れていただきたい。この企画を白日夢から出版にこぎつけたことに対して、あなたの助けをわたしがどれほどありがたく思っているか、おわかりいただければ。

訳者あとがき

林　香織

二〇一八年のアガサ賞（歴史小説部門）、二〇一九年のメアリー・ヒギンズ・クラーク賞を受賞した歴史ミステリ、お楽しみいただけただろうか。本書の舞台は一九二〇年ごろのインドのボンベイ（現在のムンバイ）、イギリスからの独立を目指す動きが活発化していた時代の物語である。

ヒロインのパーヴィーンはボンベイ初の女性弁護士で、オックスフォードで法律を学んだ有能な人物だが、女性を雇ってくれるところがなく、父親の法律事務所で裁判のための資料を作ったり、遺産の管理などの法律業務を行ったりしている。そこに至るまでの数年のあいだには様々なことがあり、パーヴィーンは心と体に深い傷を負った。お読みくだされば、彼女が弁護士を志した気持ちがおわかりいただけるだろう。

謝辞にあるように、パーヴィーンの創作にあたり、著者はインドの女性弁護士の草分け的な存在であるコーネリア・ソラブジなどから、インスピレーションを得た。コーネリア・ソラブジは、ボンベイ大学最初の女性の卒業生で、その後オックスフォードでも学んだ。本書のような社会状況の中、インドの女性や未成年者の権利のために活動し、一九二三年の法律改正により、女性弁護士として法廷にも立てるようになった。パーヴィーンの父親の予見は正しかったわけだ。

パーヴィーンは、ペルシア人を意味するパールシーという少数民族に属しており、彼らはゾロアスター教を信仰している。ムスリムがペルシアを支配するようになった後の九三〇年ごろ（諸説ある）、五隻ほどの船でインド南西部のグジャラート州へやってきて、その後ほとんどがボンベイへ移った。裕福な人たちが多く、教育や文化程度は高い。パーヴィーンもそうした家庭に育った。女性の地位が低い時代、娘を大学へ行かせ、弁護士にさせようとした彼女の父親はずいぶんと進歩的な考えの持ち主だが、新天地を目指してインドへやってきたパールシーの気質を考えれば、それもうなずける。ゾロアスター教徒の父親を持つ人しか信徒として認められないため、パールシーの人口は減少傾向にあるものの、インドの二大財閥の一つであるタタ家に代表されるように、政治的にも経済的にも、彼らはインドで大きな力を持っている。ロックグループ、クイーンのボーカルのフレディ・マーキュリーがパールシーだというのは、ご存じの方も多いだろう。また、スパイスと砂糖をたっぷり使ったパールシー料理も魅力的で、本書にも登場する。バラの蜜につけた菓子など、甘い香りが漂ってきそうな気がする。

パーヴィーンと対照的なのが、法律事務所の顧客だった裕福な織物商の未亡人たちだ。ムスリムの戒律に厳しく縛られ、男性との接触を禁じられて、マラバー・ヒルにある屋敷に閉じこもって暮らしている。パーヴィーンは三人の未亡人たちがみな、受け取れるはずの遺産をすべて、ワクフと呼ばれる慈善基金に寄付すると決めたことに不信を抱いた。一家の代理人である男にそそのかされた可能性があると考え、ボンベイ唯一の女性弁護士という利点を生かし、父親に代わって直接、未亡人たちに話を聞きにいく。彼女は当初、未亡人たちをかごの鳥のように思っていたのだが、みな、なかなかしたたかで、互いに秘密を持っているとわかる。やがて代理人の男が殺され、未亡人たちに疑いがかかった。パーヴィーンは法律の知識を武器に、父親の力も借りて、彼女たちの身の安全と権利を守るために奮闘する。小柄なパーヴィーンと、大柄なイギリス人女性である親友のアリスとのコンビも、いい味を出している。ちなみに、マラバー・ヒルは実在の場所で、ボリウッドスターたちの邸宅が並ぶバンドラ（ここも本書に登場）と並び、ムンバイ有数の高級住宅地である。

著者について触れておこう。スジャータ・マッシーは一九六四年にインド人とドイツ人の両親のあいだに生まれ、イギリスからアメリカへ移った。ボルティモアで新聞記者をした後、一時期、日本に住んでいたときにミステリを書き始めた。日本在住の日系人、レイ・シムラをヒロインとした処女作 “The Salaryman's Wife” （邦題『雪殺人事件』）は一九九七年のアガサ賞最優秀処女長編賞を受賞し、そのシリーズは高い評価を受けた。二作が邦訳されている。その後アジアの女性たちをヒロインにした歴史ミステリをいくつか書き、その中にはパーヴィーンを主人公にした短編もある。

#MeToo運動に象徴されるように、現代でも、女性ゆえに理不尽な目に遭うことに対して声を上げるのには、勇気がいる。けれど、当時のインドに、パーヴィーンのモデルになった女性たちがいたことを思うと、とても力づけられる。彼女たちは自らの手で新たな世界を切り開いていったのだ。〈シルヴァー・ゴースト〉(パーヴィーンがアリスの父親に乗せてもらった高級車)についている、スピリット・オブ・エクスタシーと呼ばれるマスコットのように。それは、翼を広げて今にも飛び立とうとしている小さな女性の像で、ギリシア神話の勝利の女神、ニケを模したものである。

本書を出すにあたり、小学館の編集者の皆川裕子さんにはとりわけお世話になった。ほかにも、いろいろな方のお力をいただいて一冊の本が出来ているのだと思う。かかわった皆さまにお礼を申し上げる。もちろん、本書を手に取ってくださった読者の方々にも、心からの感謝を。

二〇二〇年三月

解説

百年後を生きるパーヴィーンたちへ

猪熊弘子

石造りの古い西洋風の建物が建ち並ぶ美しい街、海から吹きあげる暖かな風、あたりに漂う香辛料の匂い、女性たちがまとう赤や緑や黄色の色鮮やかで柔らかな美しいサリー、たっぷりの茶葉で淹（い）れた美味しい紅茶と甘いお菓子、石畳の街道でクラクションを鳴らして通り過ぎる車、美しい模様を施したタクシー（リクショー）とそれを曳（ひ）く半裸の男たち。まぶしいくらいの色や音や香りにあふれ、人々がアグレッシブに行き交う街の片隅には、行くあてもなくさまよう人々が寝転がり、旅行者に小銭をねだろうとする大勢の子どもたちがたむろする……。

インド西部のボンベイ（現・ムンバイ）が舞台の本書『ボンベイ、マラバー・ヒルの未亡人たち』を読んでいるあいだずっと、不思議なことに私の脳裏には、そんな風に混沌（こんとん）とした街の様子がリアルに蘇（よみがえ）ってきていた。残念ながら、私はまだインドには行ったことがない。それなのにまるで身近な街であるかのようにそれらの感覚が蘇ってきたのは、きっと私がインドのお隣のバングラデシュを訪れたことがあるからかもしれないと気づいた。

かれこれ十三年も前のことになる。私が自伝（『ムハマド・ユヌス自伝』早川文庫）を翻訳したグラミン銀行総裁のムハマド・ユヌス氏が二〇〇六年にノーベル平和賞を受賞したことから、そのユヌス氏とグラミン銀行の女性たちを取材するためにバングラデシュを訪れたのだ。バングラデシュはこの物語の舞台であるボンベイとは距離も相当離れているし、民族も文化も宗教も全く違う。しかし、この物語の時代（一九一〇〜二〇年代）には、ボンベイもカルカッタ（現・コルカタ）も、バングラデシュのダッカもイギリス領インドだったことを思えば、私の脳裏に自然に光景や匂いが蘇ってくるのは当然のことなのかもしれない。

バングラデシュ訪問時に首都ダッカの南にある古都ショナルガオン（黄金の都、を意味するという）を訪れて石造りの古い回廊のある建物を歩いたときには、子どもの頃に熱中したバーネットの『秘密の花園』に出てくるインドのお屋敷のようだと興奮したことも思い出した。『秘密の花園』や『小公女』など、子ども時代に愛読していた一九一〇年頃のイギリス領インドを描いた物語は、統治する側であった裕福なイギリス人の女の子を主人公に描かれていた。しかし、本書は違う。当時、植民地として統治される側であったインド人の、しかも少数派で「パールシー」と呼ばれるゾロアスター教徒の、まだ結婚以外に生きる道などないと抑圧されていた女性が、自分の人生を自ら探し、力強く生きていく物語である。

主人公のパーヴィーン・ミストリーは、ボンベイで初の女性弁護士として、父が経営する法律事務所を父とともに切り盛りしている。まだ女性が法廷に立つことが認められておらず、男性の弁護士と同じように働けないことを残念に思っている。しかし逆に女性であることはメリットにもなる。たとえば厳しい戒律のために女性にしか顔を見せてはいけないと定められているムスリムの女性たちとも面会することができる。誰にも会えない彼女たちの思いを聞き、彼女たちの地位と財産を守るために日々奔走している。

物語は、そんなパーヴィーンが遺産譲渡の手続きを請け負っている三人の未亡人が住むマラバー・ヒルの屋敷で起こる殺人事件を軸に展開していく。遺産譲渡の手続きのために訪れた屋敷で、第一夫人だったラジアはパーヴィーンにこんな言葉を投げかける。

「あなたのような女性なら、誰かに守ってもらわなくても生きていけるでしょうけど――わたしは世の中に出た経験がないのよ」(184ページ)

確かに屋敷に閉じ込められているムスリムの未亡人たちから見れば、ボンベイの街を運転手付きの車で走り回り、弁護士として颯爽と働くパーヴィーンは、別世界の女性にしか思えないだろう。オックスフォード大学に留学して法律を学んで弁護士になったという経歴も、女性のために働くというその姿も、一九二〇年代当時には非常に先進的だ。しかし物語を読み進めるうちに、それは彼女が最初から望んだ道ではなかったことがわかってくる。

女性だということだけで差別や嫌がらせを受けて勉学に挫折し、弁護士になる夢を一度は諦めた。カルカッタに住むパールシーの男性サイラスと恋に落ち、結婚する夢がかなったものの、サイラスとその家族にひどく裏切られ、精神的、肉体的に大きなダメージを受けた。どん底に堕ちたパーヴィーンは結婚して貞淑な妻となり子どもを産み育てて幸せに暮らすという伝統的な「女性の幸せ」をあきらめざるを得なくなる。両親の深い愛に支えられたパーヴィーンはその壮絶な苦しみを力に変え、再び学んで弁護士となり、かつての自分と同じようにさまざまな因習にとらわれて苦しむ女性を助ける側になっていくのだ。

物語では、ミストリー家の屋敷と法律事務所は、ボンベイ港とバック・ベイという湾に囲まれた半島にあるフォートという地域にある。そこはボンベイで最初の植民地として東インド会社が整備した地域で、今も官庁や最高裁判所を始め多くの法律事務所が集まっている。そこにはイギリス人を始め、インド人でもヒンドゥー教徒、ムスリム、そしてパーヴィーンの一族も所属するパールシーのコミュニティがある。

パールシーとは七世紀頃（九世紀頃という説もあるという）、イランからインド西部に渡ってきたゾロアスター教徒の移民のことで、インドでは非常に少数派にもかかわらず富裕層、知識階級が多いことでも知られている。本書にも出てくるタージマハル・ホテルはこのフォート地域の近くにあり、現在もムンバイを代表する高級ホテルだが、こちらもパールシーであるジャムシェトジー・タタが建てたものである。インド近代工業の父といわれ、インド最大の財閥タタグループの創始者であるジャムシェトジー・タタは、白人専用の高級ホテルに入ろうとして拒否されたことに怒り、この素晴らしいホテルを自らの財力で建設したという。本書には、パーヴィーンの母親カメリアが、女性の権利向上や福祉、教育に関わる活動をしている姿が描かれているが、彼らパールシーは自らが富を蓄えるだけではなく、慈善活動にも力を尽くしてきたことはよく知られている事実だ。

日本人に最もよく知られたパールシーといえば、私が大好きなイギリスのロックグループQueenのヴォーカリスト、フレディ・マーキュリーであろう。残念ながら一九九一年にHIVによる合併症のため四十五歳の若さで亡くなったフレディは、本名ファルーク・バルサラといい、一九六四年に当時イギリス領だったザンジバル（現・タンザニア）で生まれた。父親は植民地政府の現地官吏として働いており、フレディは八歳のときにまさにボンベイにあったボーディング・スクール（全寮制の寄宿学校）に入学し、イギリス式の教育を受けて育ってきた。そこで早くからピアノや歌の才能を発揮するようになったという。学校を卒業して家族の住むザンジバルに戻ったが、一九六四年に革命が起き、家族は故郷を捨て、ロンドン郊外へと移り住んだ。フレディはロンドンのイーリング・アートカレッジで美術とデザインを学び、その後は音楽の道を選んで世界的なロックスターになる。彼の人生は、少しデフォルメされているものの、二〇一八年秋に公開されて世界的に大ヒットしたQueenの伝記的な映画『ボヘミアン・ラプソディ』にわかりやすく描かれている。映画の中ではフレディを中心としたQueenの成功と挫折、そして復活が描かれているが、大きなテーマは家族の絆であり、特にパールシーとして戒律を守って厳格に生きる父親と自らの生き方を模索するフレディとの葛藤と和解が描かれていた。フレディの父親はフレディに「Good thoughts, good words, good deeds」（よき考え、よき言葉、よき行いを）と言い聞かせていた。これは本書の中でもパーヴィーンの言葉として二度出てくるが、パールシーが最も大切にしている三つの信条である。若い頃は「その三つを守って何か良いことがあった？」と父に反発していたフレディだが、アフリカ救済のためのチャリティコンサート「ライヴ・エイド」に無償で出演することで「Good thoughts, good words, good deeds」を体現することとなり、父と和解する。自らの根底に流れるパールシーとしての誇りを確認した瞬間とも受け止めた。実際、フレディの葬儀はゾロアスター教の形式で行われた。

映画『ボヘミアン・ラプソディ』には、パールシーの文化に触れるシーンがたくさん出てくる。本書でもことあるごとにふるまわれる甘いお菓子類やムスタファが銀のティーポットで淹れてくれる濃い紅茶など、ボンベイでの日々の豊かな生活が描かれているが、そういったパールシーの生活に興味を持ったらぜひこの映画も、注意深く観てほしいと思う。

さて、本書は、アガサ賞歴史小説部門最優秀賞受賞、メアリー・H・クラーク賞受賞など、欧米でも高い評価を得ている話題作だという。本書をただのミステリーとして読む女性は少ないだろう。たとえば、パーヴィーンがイギリス人の親友アリスに語ったこんな言葉が象徴的で心に残った。

「映画の中でも現実の生活においても、わたしたち女性の行く手には、まだまだ長い道のりが待っているのよ」(413ページ)

ちょうど百年後の現代日本に住む私たちは、宗教的な因習のために閉じ込められたり、男性と話をすることを許されなかったりすることはない。しかし今でも「女性だから」という理由で差別されることはある。医学部の入試で「女子だから」という理由で秘密裏に入試の点数を下げられ、不合格になった女子がたくさんいたことが発覚した事件などはその最たるものだ。理不尽な差別のために会社で昇進できなかったり、性被害を受けたと告発しても正当に対応されないどころか社会から非難されたり、子育てや介護などを理由に仕事を辞めざるを得なかったり、「女性だから」という壁はまだまだ私たちの前にそびえ立っている。行く手にある道のりは長い。

そして長い人生の中では、誰でも一度は深く傷つき、こんなはずじゃなかった、と思う出来事に出会うだろう。パーヴィーンに似た経験をする人も少なくないように思う。けれども忘れてはいけない。傷ついても、苦しくても、自分の人生は誰にも変えられない。自分の人生の主人公は自分だけなのだ。そして助けてくれる人はきっといる。

パーヴィーンの物語は、百年前の異国を舞台にしたただのミステリーではない。今に生きる私たち女性が、それぞれ自分の人生を取り戻すための戦いの物語なのだ。

（いのくま・ひろこ／ジャーナリスト・名寄市立大学特命教授）

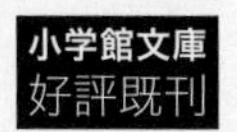

黒と白のはざま

ロバート・ベイリー　吉野弘人／訳

幼い日、KKKに目の前で父親を殺された黒人弁護士ボー。45年後の命日にその首謀者の男が殺され、彼は復讐殺人の疑いで逮捕される。親友の冤罪を晴らすべく、老教授が立ち上がる。話題の胸アツ法廷エンタメシリーズ第２弾！

―――本書のプロフィール―――

本書は、二〇一八年にアメリカで刊行された小説『THE WIDOWS OF MALABAR HILL』を本邦初訳したものです。

小学館文庫

ボンベイ、マラバー・ヒルの未亡人たち

著者　スジャータ・マッシー
訳者　林　香織

二〇二〇年五月十三日　初版第一刷発行

発行人　飯田昌宏
発行所　株式会社 小学館
〒一〇一-八〇〇一
東京都千代田区一ツ橋二-三-一
電話　編集〇三-三二三〇-五七二〇
販売〇三-五二八一-三五五五
印刷所 ——— 凸版印刷株式会社

この文庫の詳しい内容はインターネットで24時間ご覧になれます。
小学館公式ホームページ　https://www.shogakukan.co.jp

ISBN978-4-09-406771-2